KB160310

릴리스의 관 II

릴리스의 관

II

FEEL
PREMIUM EDITION

해말 장편 소설

Contents

2부

1장

마차가 덜컹이며 흙길을 달렸다. 네모난 창문 밖으로 푸릇한 숲과, 그 아래로 깔려 있는 붉은 꽃밭, 푸르고 높은 하늘과 연기처럼 흐릿한 구름들이 차례로 멀어져 갔다.

텅 빈 밭 너머에 띄엄띄엄 자리한 집들이 물안개에 휩싸여 부옇게 드러났다. 식사 때가 되어서일까. 지붕 위의 작은 굴뚝에서 하얀 연기가 뭉게뭉게 피어올라 깨어진 구름 조각처럼 아스라이 흩어졌다. 돌 틈에 끼어 앉아 있던 새들이 열기에 놀라 퍼득거리며 황급히 두 날개를 펼쳤다. 평화로운 풍경이었다.

"저하, 마마! 식사 시간입니다!"

때마침 덜컹덜컹 굴러가던 바퀴가 멈추었다. 소란스레 마차 문을 연 시렌이 창틀에 머리를 기댄 채 자고 있는 바이마르를 발견하곤 헙 소리를 내며 두 손으로 제 입을 틀어막았다.

"좀 잡아 주련?"

릴리스는 와트만의 손을 붙들고 폴짝, 한 발로 마차에서 뛰어내렸다. 널찍한 길옆의 평평한 나무 그늘 아래 벌써 모포 몇 장이 깔려 있었다. 산등

성이에서부터 시작된 강줄기가 공터를 비껴 마을 쪽으로 완만하게 허리를 꺾었고, 그곳에서 갈라져 나온 야트막한 도랑에서 흘러 내려온 물이 길옆의 작은 샘 하나를 가득 채웠다.

릴리스는 그 모든 광경을 동판에 새기듯 하나하나 눈에 힘껏 눌러 담으며 두툼한 모포 위에 무릎을 세워 앉았다.

"저하께선 왜 안 나오십니까?"

까치발을 들어 그녀의 등 뒤를 살피던 루카스가 이내 고개를 갸웃하며 물어 왔다. 릴리스는 어깨를 으쓱이며 답했다.

"주무시고 계시단다. 내내 졸린 기색이시더니."

그때였다. 마차 뒤의 짐칸에 실려 있던 장작더미를 바닥에 부려 놓고 있던 둘베트가 그 말에 드물게도 커다랗게 웃음을 터뜨리며 어깨를 들썩였다.

"본래도 공부라면 질색하셨던 분 아니십니까. 이제 와 다시 책을 펴시려니 피곤하실 수밖에요."

릴리스는 뜻밖의 말에 깜짝 놀라 두 눈을 크게 떴다. 하지만…….

"그렇지만 마주칠 때마다 늘 책을 들고 계시던걸."

이전 생에서도 이번 생에서도. 그녀는 뒷말을 목구멍 너머로 눌러 삼키곤 서둘러 고개를 흔들었다. 어느새 본래의 무뚝뚝한 얼굴로 돌아간 둘베트가 길쭉한 장작들을 엇갈아 차곡차곡 쌓아 올리며 그녀를 돌아보았다.

"그야…… 일종의 습관에 가깝다고 봐야겠지요. 궁 안에서 남의 눈에 띄지 않고 시간을 죽일 수 있는 방법이 그리 다양하진 않으니 말입니다."

아.

가시에라도 찔린 듯 심장 한구석이 뜨끔했다. 릴리스는 무릎을 좀 더 모아 뭉툭한 뼈 위에 이마를 괴곤 두 눈을 질끈 감았다. 빛이 들지 않아 깜깜한 눈꺼풀 안쪽으로 묻어 두었던 기억들이 하나둘 스쳐 갔다.

이전 생의 바이마르는 지금과 마찬가지로 키가 무척 컸으나, 체격이 좀 더 작아 다소 유약한 분위기를 풍겼다. 방을 나서는 일 자체가 드물었을뿐더러, 마주칠 때마다 늘 옆구리에 두꺼운 책들을 끼고 있었던 탓에, 솔직한 말로 릴리스는 한때 그를 대단한 책벌레라 여겼었다.

결국은 모든 것이 무신경한 착각에 불과했지만.

"에헤이, 어디 그런 말로 됩니까. 마마께서 저하의 어린 시절을 직접 보셨어야 합니다요. 교사 한 명을 부를 때마다 도망갈 방법을 궁리하느라 반나절을 죄다 쓰셨다니까요. 오죽하면 체자레 저하께서 저놈을 좀 의자에 묶어 두라고까지 말씀하셨겠습니까. 그렇지요, 둘베트 경?"

의기소침해져 조금 눈치를 살피고 있으려니, 샘가에 말을 매어 놓고 돌아온 루카스가 그들 사이로 불쑥 파고들어 능청을 떨어 대기 시작했다. 릴리스는 애써 울적함을 떨쳐 내곤 그의 이야기에 귀를 쫑긋 세웠다.

"그게 정말이야?"

"정말입니다. 본인이 오셨으니 직접 물어보시지요."

둘베트가 그새 무릎 높이까지 커다래진 나뭇단 위에 마지막 장작을 쌓아 올리며 그녀의 등 뒤를 흘금거렸다.

"쓸데없는 소리."

어깨 너머에서 인기척이 느껴져 릴리스는 앉은 채 고개를 한껏 뒤로 젖혔다. 마침 가까이 다가선 바이마르가 눈살을 찌푸리며 뻣뻣한 팔다리를 이리저리 꺾어 돌렸다. 매일같이 연무장을 구르던 사람이 벌써 며칠째 마차 안에만 박혀 있었으니 몸이 뻐근할 만도 했다.

"왜 혼자 나오셨어요. 절 깨우지 그러셨습니까."

쪼그려 앉으며 익숙하게 그녀의 손을 찾아 쥔 바이마르가 반쯤 잠긴 목소리로 웅얼거렸다. 릴리스는 엉덩이를 조금 움직여 그에게 자리를 내어 준 뒤, 두르고 있던 모포의 반을 당겨 맞잡은 손 위에 덮었다.

"그러기엔 너무 곤히 자고 있었는걸요. 덕분에 재미있는 이야기도 들었고."

바이마르는 그 말에 슬몃 양 볼을 붉혔다. 때마침, 품속에 마른풀 더미를 한가득 안고 돌아온 와트만이 둘베트가 쌓아 놓은 장작더미 앞에 앉아 불 피우기에 전념하기 시작했다. 두 사람은 한동안 나란히 앉아 그의 능숙한 부채질을 구경했다.

화르륵. 얼마 지나지 않아 장작더미 아래쪽에서 손톱만 한 불씨가 피어났다. 풀 더미가 닿기 무섭게 불길이 혀를 날름대며 빠르게 체구를 키웠다. 싸늘했던 공기가 금세 훈훈하게 달아올라 분위기를 한층 누그러뜨렸다.

폴리스로 전서구를 날리고 돌아온 시렌이 눌러쓰고 있던 후드를 걷으며 쾌활한 표정으로 일행을 둘러보았다.

"멀리서 듣자 하니 꽤 왁자지껄하던걸요. 대체 무슨 얘기들을 그리 재미있게 나누셨습니까?"

"알 거 없어."

"반이 공부를 싫어했단 말을 들었지."

두 사람의 입이 동시에 열렸다. 불가로 다가앉아 꽁꽁 언 손을 녹이던 시렌이 상충되는 답에 푸하하 웃음을 터뜨렸다.

"하하하, 맞는 이야기지요. 그것 아십니까, 마마? 실은 저도 바이마르 저하의 개인 교사였습니다. 전술을 가르쳤지요."

"전술? 그대가?"

"아로프 자작가가 워낙 다양한 전술로 공을 많이 세운 집안이라 그렇습니다. 뭐 이 작자야 아직 너무 젊고, 경험도 부족하긴 하다지만…… 썩어도 준치라는 말이 있잖습니까. 어찌 되었건 없는 것보다야 훨씬 쓸모가 있겠죠."

스튜 냄비를 불 위에 올리던 루카스가 시렌 몰래 릴리스를 돌아보며 장난스럽게 눈을 찡긋거렸다. 내내 바삐 몸을 움직여 온 탓에, 땀에 푹 절은 얇은 옷감이 살갗에 들러붙어 올록볼록 보기 좋게 다져진 근육을 여과 없이 드러냈다.

"……루카스, 옷 입어라."

그리고, 바이마르는 그 '보기 좋은' 광경을 딱 3초간 용인했다. 모두가 하던 일을 멈추고 그를 빤히 응시하는 가운데 바이마르가 큼, 헛기침을 뱉으며 한마디를 덧붙였다.

"감기 걸린다."

"농담이시죠?"

"웃."

"아니 왜……."

"웃."

"저하."

"웃."

"젠장."

루카스가 투덜거리며 벗어 던져두었던 로브를 도로 주워 입었다. 시렌은 꼴값이라는 얼굴로 그 광경을 지켜보다 둘베트와 눈이 마주치곤 거의 동시에 고개를 내저었다. 릴리스는 수하들의 떨떠름한 기색을 모른 척하며 보글보글 끓고 있는 냄비 안의 스튜에 시선을 고정했다.

어제저녁 잡아 둔 토끼 고기와 남은 육포를 몽땅 넣어 만든 걸쭉한 스튜는 보는 것만으로도 입에 침이 고일 만큼 구수한 냄새를 풍겼다. 진한 갈색 국물이 수면 위로 거품을 티뜨리며 먹기 좋게 졸아 가는 동안 와트만은 빈 냄비에 삶은 야채를 달달 볶으며 아껴 두었던 소금을 탈탈 털어 넣었다.

국경을 지나며 구해 온 흰 빵까지 함께 곁들이자 생각지도 못한 호화로운 식사가 완성되었다. 릴리스는 뜨거운 양배추를 후후 불며 시렌을 돌아보았다.

"헌데 시렌. 아까 하던 이야기 말인데……. 정말 그대가 반에게 전술을 가르쳤어?"

"앗, 뜨……! 예에, 뭐. 그랬습니다. 실제 수업이라곤 얼마 진행하지도 못했지만요……. 아, 왜 또 그렇게 보십니까. 매번 도망치는 데 열을 올렸던 건 저하이셨으면서."

불쑥 나온 물음에 화들짝 놀란 시렌이 몸을 움찔 기울이며 고개를 주억였다. 그 바람에 반쯤 쏟아진 스튜가 손등을 축축하게 적시곤 바닥으로 뚝뚝 떨어져 내렸다. 바싹 마른 천을 시렌의 손등 위로 던져 올린 루카스가 빈 그릇을 모아 챙기며 목소리를 낮추었다.

"헌데 말입니다, 마마. 실은 그 수업이 그나마 저하께서 가장 성실히 임하셨던 과목이거든요. 다른 건 몰라도 이것만은 꼭 기억해 주셔야 합니다."

"아니, 아닙니다. 그저 어린 마음에 부려 본 치기였지요. 봐주는 사람이라곤 형님 한 분뿐이셨고……."

식사에 열중하던 바이마르가 억울한 표정으로 입 안에 넣었던 빵을 꿀꺽 삼켰다. 말이 끊긴 틈을 능숙하게 파고든 루카스가 키득거리며 양철 깡통에 깨끗한 물을 콸콸 쏟아부었다.

"게다가 그때쯤 체자레 전하께서는 버얼써 기사 작위를 받으셨었지요. 종기사였던 제가 저하를 처음 뵌 것도 체자레 전하의 서임식에서였습니다."

빵빵하던 가죽 포대가 순식간에 홀쭉해지며 볼품없이 아래로 축 늘어졌다. 빈 스튜 냄비를 꺼내 든 루카스가 아직도 활활 타오르는 불 위에 물이 찰랑이는 깡통을 올리며 말을 이었다.

"선왕 폐하를 닮아 푸른 눈을 가졌다는 이야기가 온 궁 안에 파다했습죠. 그저 뜬소문일 것이라고 생각해 가벼이 넘겼었습니다만, 처음 저하를 뵙고는 정말 깜짝 놀랐지 뭡니까. 안 그렇습니까, 둘베트 경?"

"그랬지. 난 네놈만큼은 아니었다만."

"아 또. 그런 식으로 빠져나가시는 게 어디 있습니까. 정작 맹약은 경이 먼저 하셨으면서."

"맹약?"

물이 끓으며 흰 김이 모락모락 올라왔다. 국자로 물을 퍼 투박한 나무 컵에 약차를 우려내던 시렌이 습기에 연신 콜록콜록 기침을 터뜨렸다. 연기를 피해 손을 휘휘 내젓던 둘베트가 뒤늦게야 물음을 인지한 듯 황급히 입을 열었다.

"……그렇습니다. 저는 갓 서임받은 임시 호위일 뿐이었고, 저하께서 카리알로 떠날 준비에 한창 바쁘시던 때였습니다. 어느 날 갑자기 대련에서 지면 기사의 맹세를 하라시기에, 그럴 일은 결코 없을 거라 생각해 받아들였습니다만……."

"세상에 '결코'라는 건 '결코' 없는 법이지요."

어느덧 기침이 멎은 시렌이 퍽 즐거운 얼굴로 첨언했다. 루카스가 덩달아 신이 난 얼굴로 말꼬리를 낚아챘다.

"뭐, 경이 방심한 것도 이유가 되지 않겠습니까. 자신만만하게 목검이면 된다고 말씀하시던 건 대체 어디의 누구……."

"요사이 훈련이 꽤 느슨했나 보군, 루카스."

그러나 흥겨운 시간은 잠시뿐이었다. 무뚝뚝한 경고에 금세 발굽 없는 말이 된 루카스가 냉큼 웅덩이 쪽으로 몸을 내빼며 어설픈 웃음소리를 흘렸다.

"어, 흠. 저는 설거지나 좀 하러 가야겠습니다, 하하하……."

"나도 가지."

와트만이 혀를 차며 그를 따라 일어섰다. 릴리스는 시렌이 건네준 나무 컵을 꼭 쥔 채 모닥불 주변을 찬찬히 거닐며 짧은 산책을 즐겼다. 쫓는 이도 쫓기는 이도 없는 평온한 오후였다. 불조차 피울 수 없어 매번 차가운 음식으로 배를 채워야 했던 은신처에서의 나날들이 마치 아주 오래전 일처럼 느껴졌다.

아테라 기사들은 하루에도 수차례 버려진 집들을 드나들었다. 천장에서 발자국 소리가 울릴 때마다 마음을 졸여야 했던 시렌은 연신 신경성 배앓이에 시달리며 은신처에서 지내는 내내 화장실을 제 방처럼 들락거렸다. 깔끔 떠는 것으로 유명한 둘베트가 질색하며 한동안 그를 피했던 것은 여담이었다.

얼마나 걸었을까. 생각에 잠겨 바퀴 수 세는 것을 잠시 잊었다. 릴리스는 지팡이에 기대어 잠시 차오르는 숨을 골랐다.

굵직한 나무 지팡이는 루카스가 나뭇가지를 깎아 만들어 준 물건이었다. 며칠 새 손에 익었는지 이제는 손잡이를 사용하며 걷는 게 제법 자연스러워졌다.

"역시 좀 더 쉬다 올 것을 그랬나 봅니다."

그 모습이 못내 마음에 걸렸는지, 곁에 선 바이마르는 흡사 여물 뺏긴 망아지처럼 풀 죽은 모양새였다. 릴리스는 서둘러 숨을 추스르곤 그를 달랬다.

"이젠 정말 괜찮아요. 지금은 그저 조금 힘에 부쳐서……. 게다가 폴리스까지는 겨우 이틀이면 도착한다고 하지 않았던가요? 분명 카리알보다는 훨씬 더 안전하겠죠."

"물론이지요. 폴리스는 그 어느 곳보다 탄탄한 요새입니다. 분명 마마께서도 좋아하실 테지요."

바이마르가 말끝에 단단히 힘을 주었다. 릴리스는 나란히 잡은 손을 가만히 내려다보다 그의 어깨 너머로 시선을 넘겼다. 사람이 다녀간 흔적을 말끔히 지워 낸 둘베트가 어느덧 다시 마부석에 올라앉아 그들을 부르고 있었다.

일행은 다시금 길을 떠났다. 푸르른 들판과 야트막한 산. 그 사이로 난 구불구불한 길들과 높이 솟은 사철나무들. 릴리스는 등 뒤로 멀어지는 고즈넉한 풍경을 고스란히 눈에 담았다. 종일 보고 있어도 질리지 않을 만큼 아름답고 풍요로운 정경이었다.

그리고 그렇게 이틀을 달려 마차는 마침내 폴리스에 다다랐다.

다시, 스파티움이었다.

✢ �֎ ✢

"패를 보여 주십시……. 둘베트 백작님! 루카스 경! 귀환하시는 겁니까?"

성문 앞에서 출입자의 신분을 확인하던 위병이 마부석에 앉아 있던 둘베트를 발견하곤 반색하며 다가왔다. 그가 위를 향해 무어라 소리치자 넓적한 판 모양의 성문이 천천히 올라가며 반구형의 터널 입구가 드러났다.

"들어가십쇼!"

기사가 경례를 붙이며 마차를 터널 안으로 들여보내 주었다. 출입만 가능할 정도로 빼꼼 올라갔던 성문은 그들이 들어선 지 얼마 되지 않아 다시 처음처럼 굳건히 닫혔다.

마차로 얼마간을 더 달리자 비로소 꽁꽁 닫힌 거대한 강철 문이 나타났다. 삼 대장이라 불리는 폴리스의 세 검문소 중 가장 외곽을 담당하고 있는 제1관문이었다.

두터운 철판이 널찍한 터널 천장을 마치 상자 뚜껑처럼 덮고 있었다. 땜질 자국이 가득한 안쪽 벽면이 험난했을 역사를 짐작케 하는 반면, 막상 그 공격을 정면으로 받아 냈을 커다란 문짝은 마치 새것처럼 매끈해 기묘한 위압감을 자아냈다.

문틀 가장자리를 따라 오돌토돌 솟아 있는 기하학적 무늬들이 위협적인 기세로 방문객들을 맞이했다. 짜임새 있게 맞물린 벽돌들과, 튼튼하게 외벽을 지탱하고 있는 굵직한 기둥들을 면밀히 뜯어보던 와트만이 이내 혀를 내두르며 나직하게 감탄했다.

"이래서야 점령은커녕 공성전도 쉽지 않겠는뎁쇼."

릴리스는 저도 모르게 그를 따라 고개를 주억였다. 중무장을 한 기사들이 매서운 눈길로 사방을 경계했다. 두 무리로 나누어져 있는 보초병들 앞에 각기 검문을 기다리는 줄이 길게 늘어서 있는 것이 보였다. 절차가 제법 오래 걸려 지겨울 법했음에도 당연한 일이라는 듯 덤덤한 사람들의 표정이 퍽 인상적이었다.

"덕분에 스파티움의 수도는 지금껏 한 번도 함락된 역사가 없지요."

두 사람의 반응이 만족스러웠는지, 시렌이 한껏 의기양양한 얼굴로 콧대를 세웠다. 와트만은 못마땅한 듯 코끝을 찡그렸지만, 반박하는 대신 조용히 입을 다무는 것으로 수긍을 표했다.

철컹. 그사이 육중한 소리와 함께 문이 빼꼼 열렸다. 이미 소식이 닿았던지, 그들은 아무런 제지도 없이 연이어 두 번째 관문을 통과했다. 멈추지 않고 달려 나간 마차는 마지막 세 번째 검문소마저 무사히 통과한 뒤에야 조금 속도를 늦추었다.

"입성합니다."

말을 탄 채로 마차와 보조를 맞추던 루카스가 열려 있는 창 안으로 슬쩍 고개를 들이밀었다. 동시에, 끝없이 이어질 것만 같던 천장이 사라지며 어두컴컴하던 마차에 마침내 환한 빛이 들어찼다. 릴리스는 고개를 빼어 낯선 공기를 한껏 들이마셨다. 밖으로 연신 소란한 풍경이 지나갔다.

그녀는 돌길 옆으로 쫙 깔린 노점들과 물건을 사고파는 사람들, 눈을 쓸어 내는 사람들과 길거리를 돌아다니는 연인들, 장난을 치고 도망가는 아이들과 성난 어른이 고함을 치는 모습을 보았으며, 그 고함 소리를 덮는 대장간의 철 두드리는 소리와 마차 바퀴가 반석을 긁고 지나기는 소리, 어디선가 들려오는 희미한 종소리에 가만히 귀를 기울였다.

길가에 늘어서 있는 예쁜 빵집들에서는 달콤한 설탕 냄새와 은은한 버터 향이 연신 흘러나와 길가를 꽉 메웠고, 그보다 조금 더 북적이는 거리를 지나칠 때면 말구유에서 풍기는 시큼한 냄새와 사람들의 갖가지 체취가 후각을 혼란하게 만들었다. 커다랗게 숨을 들이쉴 때마다, 모든 풍경들이 콧속으로 밀려들어 와 폐부를 채우는 듯했다.

잠시간 울퉁불퉁한 도로를 달리는가 싶던 마차는 곧 판판한 대로 위에 올라섰다. 말끔하게 정돈된 거리 양옆에는 비슷한 규격의 집들이 늘어서 있었는데, 간간이 이어지던 주거지의 풍경은 궁에 가까워질수록 차츰 드물어져 어느 순간부터는 전혀 보이지 않게 되었다. 대신 그 자리를 채운 것은 역동적인 모양의 석조상들로, 한껏 웅장하고 위압적인 분위기를 자아내어 보는 사람으로 하여금 약간의 위축감을 느끼게 했다.

릴리스는 덩달아 엄숙해진 마차 안에서 목소리를 낮추어 바이마르의 손등을 쿡쿡 찔렀다.

"저건 뭔가요?"

"스파티움 역사상 중요하다고 평가되는 전투들의 한 장면과 이름난 기사들의 조각상입니다. 궁 앞까지 일정한 간격으로 전시되어 있지요. 출전이나 행진 시에도 언제나 이 길을 시작으로 폴리스를 가로지르곤 합니다."

나직한 목소리가 조근조근 지나간 역사를 읊었다. 스파티움의 건국 선조라는 두 늑대의 탄생 설화로 시작된 이야기는 어느새 정복왕 에이사르가 이름을 떨쳤던 스파티움의 황금기로 넘어갔다. 마차 안에 동승한 두 아테라인은 흥미진진한 얼굴로 그 목소리에 두 귀를 쫑긋 세웠다.

"……그리하여 결국 후퇴 대신 대승을 이루어 냈지요. 어찌 보면 진부한 영웅담입니다만, 대부분의 스파티움 아이들은 아주 어릴 적부터 이 이야기를 귀에 못이 박히도록 들으며 자랍니다. 아마 길가의 어린아이 누굴 붙잡고 물어도 같은 말을 하겠지요. 게다가……."

"저하."

그때였다. 묵직한 목소리가 마차 문을 두들겼다.

릴리스는 바싹 굳은 채 두 눈을 깜빡였다. 이야기에 정신을 팔고 있는 새 어느덧 목적지에 다다른 모양이었다. 바이마르는 그녀가 밖을 볼 수 있도록 아주 천천히 작은 문을 밀어젖혔다. 성미 급한 사람이라면 숨이 댓 번은 넘어갔을 만큼 느릿한 동작이었다.

"폴리스의 왕궁에 오신 것을 환영합니다, 마마."

먼저 마차 밖으로 나선 그가 정중히 허리를 굽히며 에스코트를 자청했다. 릴리스는 다정한 부축에 의지해 잔디에 조심스레 두 발을 디뎠다. 눈에 푹 젖은 흙바닥이 지팡이가 닿자마자 맥없이 아래로 푹 꺼졌다.

"이곳이 중앙 정원입니다. 맞은편의 커다란 건물이 바로 본궁이지요."

안쪽에 자리 잡은 와트만과 릴리스를 둘베트와 루카스, 시렌이 호위하듯 둥그렇게 둘러쌌다. 바이마르가 설명을 덧붙이며 먼저 나서서 일행을 이끌었다.

릴리스는 긴장한 채 조심스럽게 주변을 둘러보았다. 정원이라기보단 들판이라는 단어가 더 적합할 듯한 커다란 공터는 나무 그늘 하나 없는 땡볕이었다. 식물이라곤 무릎길이의 자잘한 관목이 전부인 데다, 그마저도 미적 감각이라곤 찾아보기 힘들 만큼 투박한 모양새다. 사시사철 각종 꽃이 피어나고 울창한 수풀이 장관을 이루는 아테라궁의 정원사들이 보았다면 당장에 낯빛이 시퍼레졌을 광경이었다.

"왕자님! 바이마르 왕자님!"

구경에 잠시 넋을 놓고 있던 릴리스는 다급한 부름을 듣고 멈칫 걸음을 멈추었다.

목소리가 들려온 곳은 그들이 향하고 있던 본궁 근방이었다. 커다란 건물에서 구르듯 뛰쳐나온 작은 키의 남자가 양손을 흔들며 빠르게 가까워졌다. 훌쩍 앞서 나간 바이마르가 반가운 기색이 역력한 얼굴로 그에게 먼저 인사를 건넸다.

"모군이로군."

"예에…… 휴…… 죄송합니다. 급하게 돌아 나오느라, 하하. 그보다 왕자님, 몸 성히 돌아오신 것 같아 소신 기쁘기 그지없습니다. 어니, 살붓되신 곳은 없으시겠지요?"

"당연한 것을 묻는군. 애초 떠난 지 그리 오래된 것도 아니지 않은가."

"아이고, 전하께서 들으신다면 큰일 날 소리이니 부디 그런 말은 제 앞에서만 해 주시면 좋겠습니다. 아, 아로프 자작! 내 그대 이야기도 대충 들었네. 고생이 제법 많았다지?"

"제법이라뇨! 그런 간단한 말로 넘길 수준이 아닙니다, 경. 이것 참 섭섭하게……."

"그래도 이리 무사하니 되었네. 전하께서 왕자님과 자네를 얼마나 기다리셨는지 몰라. 얼굴을 보면 필시 뛸 듯이 좋아하실 테지. 헌데……."

한동안 떠들썩한 대화가 이어졌다. 반걸음쯤 물러선 채 조우의 순간을 관조하던 릴리스는 갑작스런 눈길에 애써 침착함을 유지했다. 곧, 작은 키의 남자가 그녀를 향해 정면으로 돌아서며 허리를 굽혀 인사를 건네 왔다.

"처음 뵙겠습니다. 황녀 마마. 저는 체자레 전하의 보좌관인 모군이라고 합니다. 이쪽은 분명 와트만 경이겠군요."

"……만나서 반갑네. 모군…… 경."

릴리스는 잠시 고민하다 시렌을 따라 경칭을 붙여 모군을 불렀다. 오던 길에 보았던 석상처럼 딱딱하게 굳어 있던 얼굴 위로 의외로운 기색이 슬몃 스쳤다.

"……그저 모군으로 족합니다. 먼 길 오시느라 고생이 많으셨을 테니 우선 몸을 좀 쉬게 하시지요."

그러나 침묵은 찰나에 불과했다. 모군이 숙이고 있던 고개를 들어 올리며 자연스럽게 그들에게서 등을 돌렸다. 황녀라는 말에 눈을 접시만큼 커다랗게 키웠던 시종들이 화급히 표정을 갈무리하며 시선을 아래로 떨어뜨렸다.

"가시지요, 마마. 여기서부턴 제가 모시겠습니다."

바이마르는 능숙하게 릴리스를 안아 들곤 멍청히 서 있는 사람들을 지나쳤다. 시종일관 평온해 보이던 모군마저 이 광경에는 놀람을 감추지 못한 기색으로 두 눈을 부릅떴다. 정원을 순찰하던 기사들이 불편한 심기를 여과 없이 드러내며 철걱이는 갑옷 소리를 냈다.

"헌데 형님께선? 바로 나와 계실 거라 생각했는데."

성큼성큼 계단을 밟아 오르던 바이마르가 2층으로 오르는 단의 한중간에 멈추어 선 채 문득 뒤를 돌아보았다. 뒤늦게 따라붙은 모군이 헉헉대며 그 물음에 답했다.

"전하께서는 아쉽게도 지금 록산타 영지에 내려가 계십니다. 그렇지 않아도 왕자님을 못 보고 간다며 어마어마하게 짜증을 내셨어요. 끝마치는 대로 돌아오겠다고 하셨으니 내일이나 모레 정도에는 폴리스에 당도하실 겁니다."

"그래? 이런……."

바이마르가 미간을 설핏 찌푸렸다. 퍽 서운한 기색이었으나 릴리스는 도리어 안도하여 온몸의 긴장을 풀었다. 매도 먼저 맞는 게 마음 편하다지만 이런 매는 가능하면 오래 피하고 싶은 것이 본심이었다.

모군이 안겨 있는 그녀를 흘금 보다 큼, 괜한 헛기침을 뱉었다.

"흠, 흠. 저 역시 아쉽게 생각합니다만, 피로하실 테니 우선은 휴식을 취하시지요. 두 분의 침실은 연결되어 있으니 필요한 것이 있으시다면 양쪽 어디서든 종을 울려 주십시오. 와트만 경의 방도 같은 층에 마련해 두었습니다. 저녁 식사는 준비되는 대로 시종을 통해 바로 안내드리도록 하지요."

표정을 갈무리한 바이마르가 고개를 끄덕이곤 재차 발걸음을 재촉하기 시작했다. 안긴 채 연신 주변을 두리번거리던 릴리스는 어느 순간 움직이지 않는 주변 풍경에 놀라 위를 흘금 올려다보았다. 푸른 눈동자가 빤히 그녀를 살피고 있었다.

"무엇이 그렇게도 신기하십니까?"

눈이 마주치자 바이마르가 작게 웃으며 물어 왔다. 꿀이라도 바른 듯 부드러운 목소리에 민망함이 금세 정수리까지 차올랐다. 갓 상경한 시골뜨기도 아닐진대, 제국의 황녀 체면이 말이 아니었다.

릴리스는 짧게 변명했다.

"그게 아테라의 궁 분위기와 너무 달라서……. 알다시피 황녀궁은 이렇게 정적인 분위기가 아니니까요."

"하긴 그렇지요. 스파티움은 장식 문화가 발달한 곳은 아닌지라……. 그보다는 실용성을 좀 더 중시하는 편입니다."

바이마르가 거대한 석조 계단을 천천히 마저 오르며 설명을 덧붙였다. 이렇다 할 꾸밈이 없는 무미건조한 벽면과 달리, 계단 난간은 그나마 외양에 제법 신경을 쓴 듯 유려한 모양새였다.

두 사람은 이윽고 안내받은 방 안으로 들어섰다. 일찌감치 불을 피워 놓아서인지 공기 중에 훈훈한 기운이 가득했다. 릴리스는 바이마르의 품에서 내려와 탁자 옆에 비스듬히 기대어 선 채로 주변을 둘러보았다.

"아늑하네요."

"제가 카리알에 살 적 지내던 방과 꼭 같은 모양입니다. 본래는 이보다 좀 더 좁아 답답한 느낌이 드는 곳이었습니다만…… 마마를 그런 곳에 머무시게 둘 수는 없지요."

그렇게 말하는 바이마르는 어쩐지 뿌듯한 얼굴이었다. 릴리스는 어쩐지 분주해 보이는 그를 내버려 둔 채 새삼스러운 기분으로 방을 다시 훑어보았다.

크림색과 녹색을 주색으로 활용한 사각형의 방 안은 전반적으로 차분한 분위기를 풍겼다. 오른쪽 벽에는 부부 응접실로 통하는 흰색 문이 작게 나 있었고, 비스듬히 기울어져 있는 천장 위에는 둥그런 창이 작게 나 있어 아늑한 다락방을 연상시켰다. 침대 외의 가구들은 대체로 단출하고 밋밋한 모양새였는데, 신기하게도 아주 커다란 책장이 벽 두 쪽을 꽉꽉 채우고 있어 얼핏 서재인 듯 보이기도 했다. 릴리스는 개중 하나를 꺼내 더듬더듬 읽어 보다가 바이마르의 손에 이끌려 침대에 걸터앉았다.

열린 문으로 총총 걸어 들어온 시녀가 묵직해 보이는 대야를 탁자 위에 올려놓았다. 뜨거운 물이 담겨 있는지 안쪽에서부터 하얀 김이 모락모락 피어올랐다. 바닥에 한쪽 무릎을 꿇고 앉은 바이마르가 이내 릴리스가 입고 있던 바지의 양쪽 아랫단을 힘주어 뜯어냈다.

"물을 이리로 가져오도록. 저녁 식사는 방에서 들 것이니 부르기 전까지는 누구도 함부로 오가지 못하도록 하라."

고저 없는 목소리가 매끄럽게 명을 내렸다.

스멀스멀 피어나는 기묘한 위화감에 릴리스는 눈을 내리깔며 꿀꺽 침을 삼켰다. 다정하지 않은 바이마르가 낯선 한편, 마치 본래 알았던 사람처럼 익숙하게 느껴져 조금 슬펐다. 그녀를 미워했던, 혹은 연민했던 이전 생의 바이마르가 이와 꼭 같았으므로.

그사이 바이마르는 이미 알맞게 식은 물에 하얀 발을 담그는 중이었다. 릴리스는 살갗에 닿는 열기에 뒤늦게야 퍼뜩 제정신을 차렸다. 무슨 일이 벌어지고 있는지 자각하고 나자 순식간에 얼굴이 화르륵 달아올랐다.

종일 환기가 되지 않는 부츠를 신고 있었다. 여정 내내 제대로 씻지도 못했으니 좋은 냄새가 날 리 만무했다.

그러나 바이마르는 전혀 개의치 않는 얼굴이었다. 단단한 엄지손가락이 조금 부어 있는 발등과 말랑한 뒤꿈치를 꾹꾹 누르다가 볼록 튀어나온 복사뼈 부근을 부드럽게 문질렀다. 발가락이 절로 곱아들 만큼 세심한 손길이었다. 말리려던 것도 잠시, 릴리스는 노곤한 감각에 반쯤 허물어졌다.

"……겨야……."

"……물을 좀 더…… 아직은……."

눈을 떴을 때 이미 욕조 안이었다. 따끈한 물에 그간의 피로가 죄다 녹아내리는 듯했다. 드문드문 말소리가 들리는가 싶더니 다시금 까무룩 정신이 멀어졌다. 물 떨어지는 소리, 마른 수건으로 몸이 닦이는 감촉 같은 것들이 꿈결처럼 드문드문 이어지다 끊어지기를 반복했다.

선잠이 들었던 모양이다. 릴리스는 침대 위에서 두 번째로 눈을 떴다. 두꺼운 팔이 허리를 단단히 감싸 안고 있었고, 등 뒤로는 힘차게 고동치는 가슴팍이 틈도 없이 닿아 있었다. 몸을 조금 뒤치자 바이마르가 끙 소리를 내며 그녀를 안은 팔에 한층 더 힘을 주었다. 가까이 닿아 있는 그의 살갗에서 그녀와 같은 향이 풍겼다.

다시 시야가 가물가물 멀어졌다.

✛ ✤ ✛

축 늘어진 몸이 마치 물에 푹 젖은 솜 무더기 같았다. 릴리스는 무거운 눈꺼풀을 억지로 밀어 올리다 마비라도 온 사람처럼 동작을 멈추었다. 무언가 검은 것이 눈앞을 알짱대며 신경을 끌고 있었다.

눈을 깜빡이자 검은 것도 따라서 제 눈을 깜빡였다. 릴리스는 반들거리는 눈동자를 홀린 듯 마주 보다 화들짝 놀란 얼굴로 두 팔을 휘저으며 상체를 일으켰다.

우당탕탕. 요란한 소리가 났다. 남자가 재빠르게 몸을 피한 탓에 릴리스는 뻗었던 팔로 허공을 가르며 그대로 중심을 잃고 말았다. 난데없는 소동에 다급히 욕실에서 뛰어나온 바이마르는 문간에 서 있는 낯선 이를 발견하곤 다소 묘한 얼굴이 되어 그 자리에 멈춰 섰다.

"릴리스! 왜 소리가…… 형님? 이게 무슨 짓입니까!"

"오랜만이구나, 반."

사내가 선선히 한 손을 흔들었다. 바이마르가 볼썽사납게 바닥으로 굴러떨어진 채 굳어 있던 릴리스를 두 손으로 조심히 일으켜 세우며 투덜거렸다.

"마마께서는 아직 몸 상태가 좋지 못하십니다. 무례하게 굴지 말아 주세요."

"그게 간만에 보는 형님에게 하는 첫인사냐? 거참, 감동적이구나."

체자레가 건들대며 제 손으로 의자를 빼 앉았다. 릴리스는 그녀를 안아 올린 바이마르의 어깨 너머로 낯선 방문객을 살금살금 훔쳐보았다. 방금 전 그녀를 살피던 험악한 기세는 온데간데없이, 익살스럽기까지 한 낯선 얼굴이 머리 위에 우뚝 서 있었다.

"잠깐 본다고 얼굴이 닳기라도 한다더냐? 네가 그리도 싸고돈다기에 궁금해서 구경 좀 해 봤다, 궁금해서!"

"아니 그럼 깨어난 뒤에 보시면 될 일이지요. 자고 있는 사람을 그렇게 뚫어져라 보고 계시면 어떡합니까?"

"거 누가 들으면 해코지라도 한 줄 알겠군. 괜히 경기 일으키지 말거라. 게다가 호칭은 또 그게 뭐냐. 마마는 무슨. 여기가 아테라더냐? 그리고 너! 꼴은 또 왜 그 모양이냐? 머리가 그게 뭐야?"

"형님이야말로 거울을 좀 보셔야 할 것 같은데 말이지요."

바이마르가 툴툴거리며 체자레를 아래위로 훑어 내렸다. 버럭버럭 성질을 내던 체자레도 그 말에는 대꾸할 의지를 잃은 듯 입을 꾹 다물어 버리고 말았다. 밤새 말이라도 타고 달려온 것인지, 온몸이 흙먼지로 뒤덮여 엉망이었다.

결국 설전은 제 분을 못 이긴 체자레가 먼저 방을 뜨는 것으로 일단락되었다. 가벼운 아침 식사를 끝내고 나자 시녀 몇이 들어와 능숙하게 두 사람의 아침 단장을 도왔다. 단순한 디자인의 튜닉 드레스를 걸치고 녹색 허리띠를 두르는 것이 치장의 전부였으나 바이마르는 그것으로도 족한 모양이었다.

"역시 잘 어울리십니다, 마마."

바이마르 또한 헐렁한 튜닉을 걸친 단출한 차림이었다. 그 모습이 여전히 조금 낯설었으나, 릴리스는 그것을 표현하는 대신 말없이 마주 잡은 손에 힘을 꼭 주었다. 문간에 서 있던 시녀들이 입가를 실룩이며 두 눈을 깜빡거렸다.

체자레의 집무실은 궁의 가장 꼭대기 층에 자리하고 있었기에 방문을 위해서는 계단을 한참 걸어 올라가야 했다. 그리고 얼마 뒤. 마침내 마지막 단을 딛고 오른 두 아테라인은 복도의 황량한 풍경에 약속이나 한 듯 잠시 말을 잃었다. 바이마르가 머쓱한 얼굴로 뒤통수를 매만지며 설명을 덧붙였다.

"다소 썰렁하긴 합니다만 이곳이 알현실입니다. 때로는 명예 결투가 열리는 장소이기도 하지요. 오른쪽으로 가면 대연회장이 있습니다만 왕족끼리 식사를 할 때 주로 쓰이는 곳이라 평소에는 출입이 금지되곤 합니다. 그리고……."

설명을 이어 가던 바이마르가 문득 말을 멈추곤 뒤돌아섰다. 저벅이는 발걸음 소리가 들리는가 싶더니 불쑥 다른 목소리가 끼어들었다. 체자레였다.

"알현실은 정무를 논하는 곳이니 항상 긴장하고 있어야 한다는 성현들의 지혜가 담긴 곳이야. 때문에 천장이 높고 눈을 현혹시킬 만한 모든 것들을 배제해 놓았지. 헌데 그건 그렇고……. 보아하니 자네가 와트만 경이 틀림없겠군."

"……전하를 뵙습니다."

"예법은 되었어. 그보다 이제 그만 들어가지 그래. 내내 기다리느라 목이 빠지는 줄 알았다고."

검은 눈의 사내가 휘적휘적 걸으며 그들 곁으로 다가왔다. 그가 읍하는 와트만의 어깨를 한 손으로 가볍게 두들기며 앞장섰다.

체자레는 바이마르와 비슷한, 그러나 보다 화려하고 거추장스러워 보이는 튜닉 차림을 하고 있었다. 어깨에는 두터운 청금색 망토를 걸쳤고, 가슴팍 언저리에 보이는 커다란 메달이 그가 몸을 움직일 때마다 빛을 반사하며 달랑거렸다. 릴리스는 한참 동안 그것을 살펴본 뒤에야 금판에 빈틈없이 양각된 것이 아가리를 벌린 늑대의 형상임을 깨달았다.

"앉게나."

이윽고, 집무실 문을 열어젖힌 체자레가 한 손으로 소파를 가리키며 가볍게 턱짓했다. 커다란 책상 앞에 서 있던 모군이 그들을 발견하곤 정중하게 묵례해 왔다.

릴리스는 푹신한 쿠션 위에 앉아 머쓱한 기분으로 옷소매를 매만졌다. 체자레는 아침나절 그토록 성질을 부렸던 사람답지 않게 퍽 교양 있는 태도로 그녀의 맞은편에 자리했다. 잠시간 그녀를 살피던 그가 이내 속내를 알아차린 것처럼 무안한 기색으로 큼, 헛기침을 뱉었다.

"그, 황녀. 아침의 일은 피차 잊어버리는 게 나을 것 같은데 어찌 생각하시오?"

"형님!"

곧장 질책이 날아들었다. 수틀린 얼굴로 연신 혀를 차던 체자레는 그 반응에 금세 가장을 집어치우곤 오른쪽 발목을 왼쪽 무릎에 척 걸쳐 올리며 자세를 방만하게 기울였다.

"아, 록산타에서 돌아오자마자 내 사랑스러운 동생을 찾아갔더니만 침대에 웬 처자가 대신 누워 있지 뭐냐. 이 여자가 네가 끔찍이 여긴다던 그 황녀인가 싶어서 얼굴이나 좀 살피려 했을 뿐이야."

"형님."

"히끽 그때 눈을 뜬 게 뭐란."

"형님. 계속 이러실 생각이십니까?"

"......"

"형님."

"젠장."

결국 욕설이 튀어나왔다.

"알겠다, 알겠어. 황녀, 내 무례를 사과하겠으니 좀 받아 주시오. 하나뿐인 동생이 죽고 못 산다기에 얼굴 좀 보려 했소만, 놀라게 했다면 미안하군. 보다시피 내가 성격이 좀 차분하질 못해."

말본새야 어떻든, 릴리스는 그의 사과를 받아들여야 할 나름의 의무가 있었다.

"......괜찮습니다."

"거봐라, 괜찮다지 않아."

비스듬히 앉은 체자레가 웃음기 없는 얼굴로 그녀를 바라보며 말했다.

짐승 같은 눈이었다. 예거라트가 능숙한 조련사라면, 체자레는 그 목을 물어뜯는 흉포한 사냥개라 해야 할 것이다. 절제된 옷차림으로 정돈된 방 안에 앉아 있음에도 채 갈무리하지 못한 날것의 기운이 물씬 풍겨 절로 어깨가 움츠러들었다.

"아니, 하지만 말이다, 반. 정말이지 너무한 것 아니냐. 오랜만에 본 이 형님을 두고 오로지 황녀만 보고 있으니…… 거참, 내가 널 어떻게 키웠는데."

팽팽해진 긴장감이 극으로 치닫기 직전이었다. 불쑥 튀어나온 말에 냉랭하던 분위기가 얼음 송곳을 불 속에 던져 넣은 듯 순식간에 아주 조금 누그러졌다. 릴리스는 미지근해진 차를 한 모금 들이켜며 바이마르를 흘금거렸다. 대체 언제부터였던 것인지, 시선을 틀기 무섭게 곧장 눈이 마주치는 바람에 놀란 나머지 쿨럭쿨럭 기침이 터져 나왔다.

"저도 이제는 어엿한 성년이 아닙니까. 가정을 꾸렸으니 부인을 우선으로 챙겨야지요."

"뭐라?"

빤한 시선이 꿋꿋이 얼굴 위를 배회했다. 홀린 듯 미소를 되돌리던 릴리스는 한발 늦게 주위의 구경꾼을 깨닫고 재빨리 표정을 갈무리했다. 아이고. 문간에 서 있던 모군의 입에서 채 걸러 내지 못한 탄식이 흘렀다. 동시에, 튕기듯 자리에서 벌떡 일어선 체자레가 목에 시뻘건 핏대를 세우며 발을 굴렸다.

"그래, 그랬었지. 기어이 성년을 아테라에서 맞이하게 하다니…… 빌어먹을! 설마 그 중요한 날을 어영부영 넘긴 건 아니겠지, 응?"

스파티움인들에게 성년식이란 그저 단순한 연례행사가 아니었다.

찢어지게 가난한 이들조차도 이날만큼은 잊지 않고 가장 좋은 옷을 챙겨 입는다. 신체적 성숙을 증명함과 더불어, 비로소 시조 늑대의 설화를 이어받아 어엿한 전사로서 우뚝 서는 기념비적인 첫날이었기에 건국 기념일 못지않게 모든 이들이 들떠 있는 시기이기도 했다.

지켜 주겠다며 큰소리를 떵떵 쳐 놓았으면서, 정작 그런 날 동생의 머리털 한 가닥조차 보지를 못했으니 마음이 불편한 것도 어쩔 수 없는 일이리라. 릴리스는 멀끔한 얼굴에 깃든 자책감을 퍽 너그러운 마음으로 이해했다.

　"그야 당연한 것 아닙니까. 마마께서 아주 잘 챙겨 주셨으니 걱정하지 않으셔도 됩니다."

　그러나 바이마르는 미처 그 내심을 헤아리지 못한 듯, 연신 뿌듯한 표정으로 고개를 주억일 뿐이었다. 한발 늦게 그 기색을 눈치챈 체자레가 눈썹을 추켜올리며 미심쩍은 눈으로 두 사람을 번갈아 보았다.

　"호오…… 그래? 허면 무엇을 받았더냐? 아테라의 성년 선물이 무언지 나도 구경이나 좀 해 보자꾸나."

　"아, 그것이……."

　한편 의기양양하던 처음의 태도와는 달리, 바이마르는 선뜻 이야기를 잇지 못해 모두의 의심을 증폭시켰다. 불긋하게 달아오른 목덜미를 험악하게 쏘아보던 체자레가 내키지 않음이 역력한 목소리로 마지못해 입을 떼었다.

　"너, 그러니까 말이다, 그러니까 혹시……."

　넝쿨처럼 목을 타고 오른 붉은기가 삽시간에 바이마르의 온 얼굴을 뒤덮었다. 모군이 험, 험, 목을 가다듬으며 시선을 허공에 두었다. 변죽 좋은 와트만조차 딴청을 피우는 데 열심이었다. 체자레만이 홀로 분기탱천해 득득 이를 갈아붙이는 가운데, 릴리스는 시선을 내려 발끝을 노려보며 혹시 모를 질책을 피했다.

　"됐다! 꼴도 보기 싫으니 그만들 나가 봐."

　불편한 침묵을 얼마나 감내했을까. 앓듯 끙끙대는 신음 소리와 함께 마침내 기다려 마지않던 축객령이 떨어졌다. 그러나 눈치 없이 그녀를 안아 든 바이마르 덕에, 릴리스는 끝까지 체자레의 눈총을 받으며 집무실을 등져야 했다.

"전하."

모군이 눈치 빠르게 얼음물 한 주전자를 대령했다. 체자레는 컵도 없이 시린 물을 벌컥벌컥 들이켜며 한 손으로 뜨끈하게 달아오른 눈두덩이를 문질렀다.

밤톨만 한 꼬마가 언제 저리 자라 장성한 청년이 되었는지. 듬직한 모습이 기꺼운 한편, 꿀이라도 떨어질 듯 다정하던 눈길이 어색하기 짝이 없어 마음 한구석이 답답했다.

혹시나 이리될까 싶어 그리도 귀환을 독촉했건만. 고분고분 말을 들어 먹지 않았을 때부터 일이 틀어진 것을 눈치챘어야 했다.

"그래, 다친 곳은 없는가. 아로프 자작?"

그로부터 다시 반나절 뒤.

홀로 부름을 받고 방 안으로 들어서던 시렌은 체자레의 주위를 감도는 흉흉한 분위기를 감지하곤 나직한 한숨을 내쉬었다. 예상했던 바라 그리 놀랍지는 않았으되, 간만에 마주하는 날것의 위협이 어쩐지 생소하게 여겨졌던 탓이었다.

"저야 보시다시피 멀쩡합니다만……. 고작 그걸 묻기 위해 부르신 것은 아닌 듯합니다."

알아서 자리를 찾아 앉고 있으려니 체자레가 눈을 가늘게 뜨곤 그를 향해 턱짓했다.

"고하라."

곧 명이 떨어졌다. 시렌은 당황하지 않고 체자레의 의중을 떠보았다.

"……바이마르 저하의 본심을 말씀하시는 것입니까, 혹은 황녀 마마의 의도를?"

"뭐든."

시렌은 침을 한 번 꿀꺽 삼키곤 입을 떼었다.

"황녀 마마께서는 생을 걸고 도망치셨습니다. 또한 바이마르 저하의 목숨을 구하셨지요."

"……뭐?"

뜻밖의 이야기에 당황했는지, 체자레의 양미간이 눈에 띄게 좁혀 들었다. 그가 마른세수를 거듭하며 되물었다.

"목숨이라. 혹 추격대를 말함인가?"

"예. 도피 도중 아테라의 기사가 쏜 화살에 바이마르 저하께서 절명할 뻔하셨습니다. 황녀 마마께서 함께 계시지 않았더라면 필시 위험했겠지요."

"……허."

체자레는 그새 몇 년을 뛰어넘어 온 듯 피로한 낯이었다. 그리고 이내, 필사적으로 화를 참는 사람처럼 그의 얼굴이 시뻘겋게 달아올랐다.

"굳이 지금 그 이야기를 꺼내 드는 이유가 무엇이지? 내 즉위의 기저에 아테라에 대한 반감이 깔려 있음을 모를 그대가 아닐 텐데. 그런 내게 이제 와 황녀를 받아들이라고?"

차라리 소리를 지르는 편이 나을 듯하다. 시렌은 잠시 그런 생각에 잠겨 아래로 시선을 떨구었다. 들끓는 심정을 이해하지 못하는 바는 아니었으나, 정말로 입에 발린 아첨을 바랐다면 애초 그를 부르지 않았을 것이라는 데에까지 생각이 미치자 놀랍게도 마음이 절로 차분해졌다. 시렌은 고민 끝에 간언했다.

"허면. 이대로 바이마르 저하를 잃으실 생각이십니까?"

☩ ❈ ☩

"살로메!"

묵직한 나무 문이 소리도 없이 활짝 열렸다. 성큼성큼 침실 안으로 걸어 들어온 장신의 사내가 젖은 머리를 빗고 있던 살로메를 거칠게 당겨 안았다. 시녀들이 눈치 빠르게 방을 빠져나가는 사이, 살로메는 남자를 이끌어 푹신한 침대 위로 자리를 옮겼다. 상냥히 그를 보듬는 부드러운 살결 아래에서 체자레는 솜사탕처럼 부드럽게 녹아내렸다.

"……너무 늦었어."

그가 투덜거렸다. 살로메가 어깨를 으쓱했다.

"늦는다고 했잖아. 딱 말한 그만큼만 늦었고. 그런데 표정이 왜 그래? 동생을 만났으니 좀 더 기쁜 얼굴일 줄 알았는데."

"기뻐. 잘 자랐더군. 훌륭한 사내가 되었어."

몸을 수그린 체자레가 비어 있는 옆구리 안쪽으로 슬쩍 머리를 들이밀었다. 작은 손이 햇빛을 많이 받아 푸석해진 머리카락을 쓰다듬으며 이리저리 흐트러뜨렸다.

"내가 맞춰 볼까……. 동행이 마음에 차지 않는 거지?"

"……."

답이 없자 살로메는 짧게 숨을 뱉었다.

"하지만 그 애의 선택이잖아."

"그러니 가만히 두고 보고 있지 않나."

"가만있지 않았으면 큰일이었겠는걸. 탑 꼭대기에 손님 둘을 받을 만한 큰 방이 있었던가?"

궁의 외딴곳에 세워진 뾰족탑은 대대로 왕족 이상의 죄인을 가둬 온 호화로운 감옥이었다. 지금은 패퇴한 1왕자가 갇혀 방이 꽉 찼으니, 기실 살로메의 말은 그저 뼈 있는 농담에 불과했다.

"참, 듣기론 방을 함께 쓴다던데…… 성년식은 어떻게 된 거야? 고작 몇 달 전이었잖아?"

체자레는 커다란 몸을 일으키며 터지려는 한숨을 삼켰다. 시시콜콜한 소문에 대해선 언제나 다섯 걸음쯤 뒤처져 있는 살로메가 어떤 사실을 알고 있다는 것은, 이미 대부분의 권세가들도 그것을 알고 있다는 뜻과도 같았으므로.

참으로 곤란한 일이었다. 뭐, 그래. 부부이니 손 정도는 당연히 잡을 수도 있는 것이고, 같은 이유로 더한 일도 할 수 있는 것이 사실일 터인데.

"성년식 이야기는 하지도 마라. 선물로 무얼 줬냐고 물었더니 둘 다 얼굴이 벌게져서는……. 아주 꼴들이 가관이었단 말이지."

단단히 맞물린 입매가 불편한 심기를 드러냈다. 살로메는 습관처럼 손을 놀리며 얼굴 한번 본 적 없는 황녀의 모습을 머릿속으로 더듬더듬 그려 보았다. 고국을 등지고 떠나왔다 했으니, 필시 나름의 사연을 품고 있을 것이리라. 어설픈 동질감일지는 모르겠으나 살로메는 어쩐지 벌써부터 그녀가 싫지 않았다.

살로메는 조심스레 말을 골랐다.

"어쨌든 이미 국경을 넘어왔잖아? 뭐가 됐든 아테라 황제는 우리 탓을 할 테고…… 소감은 어때? 바이마르가 원래 눈이 좀 높았으니 영 근거 없는 소문일 것 같지는 않더라고."

"……눈 높은 것으로 따지자면 너도 그에 못지않아."

불퉁하게 나온 말에 다시 가벼운 웃음이 터졌다. 체자레가 불쑥 몸을 틀어 그녀를 한 바퀴 돌려 눕혔다.

"내 청혼을 받아들였으면서, 얼굴은 로지아 후작이 더 취향이라고 했었잖나. 난 아마 평생 그 말을 잊을 수 없을 거야."

"그 얘긴 대체 언제까지 우려먹을 생각이야? 어쨌든 내가 선택한 건 당신이잖아."

짙은 눈썹 사이에 우묵한 골이 패었다.

"젠장, 하지만 난 그놈이 정말 싫다고……. 속이 검은 놈이야."

체자레가 다시 휙 몸을 굴려 그녀를 등지고는 입을 꾹 다물었다. 하여간에 고집스러운 남자 같으니. 살로메는 그렇게 생각하며 그의 어깨를 살살 쓸었다. 그럼에도 바로 이런 점이 그녀에게는 못 견디게 사랑스러우니 정말이지 우스운 일이었다.

✤ ✤ ✤

"살로메는 체자레 형님의 하나뿐인 정인입니다. 왕궁 기사단의 부단장이기도 하지요. 아직 식을 올리지는 않았지만 모두가 살로메를 왕비로 인정하고 있습니다."

다음 날 아침. 릴리스는 예상치 못했던 만남에 깜짝 놀라 몸을 뻣뻣하게 굳혔다. 옅은 갈색 머리칼과 그보다 조금 진한 고동색 눈동자. 가만히 있어도 웃는 듯 둥글게 휘어진 눈매가 쾌활한 성정을 여과 없이 드러내며 그녀를 물끄러미 응시해 왔다.

체자레의 정인. 릴리스는 그 말을 곱씹으며 고개를 들어 그녀와 시선을 마주했다. 커다란 키와 더불어, 허리춤에 매달려 있는 검 한 자루가 유독 눈에 밟혔다. 기억 속의 모습과 한 치의 다름도 없는 차림에 손바닥에 식은땀이 흥건히 배어났다.

"이 둘과는 어릴 적부터 함께 연무장을 뒹굴었답니다. 전우라고도 할 수 있지요. 이리 만나 뵙게 되어 영광입니다, 마마."

살로메는 격식을 갖추어 인사를 건넸다. 활동성을 고려한 듯 다소 짧은 드레스 자락 아래로 구두 대신 뭉툭한 부츠 코가 드러났다. 그녀가 얼룩덜룩하게 묻어 있는 모래를 슬쩍 털며 민망한 듯 미소했다.

"보통 종일 연무장을 들락거리는지라…… 아테라에서는 보기 드문 차림이지요? 스파티움은 사교계랄 것이 따로 없어 복식에 그리 큰 신경을 쓰는 편이 아니랍니다. 마마께는 다소 무료하게 느껴지실 수도 있겠으나……."

"……"

살로메의 목소리가 차츰 잦아들었다. 한껏 상념에 빠져 있던 릴리스는 바이마르가 의아한 듯 그녀의 이름을 부른 뒤에야 정신을 차리곤 서둘러 살로메의 오해를 부정했다.

"아뇨! 그게, 그렇지 않아요. 저도 본래 살롱을 즐겨 드나드는 편이 아니었던지라…… 오히려 다행이라 해야겠군요."

감상에 사로잡혔던 시간이 생각보다 길었던 모양인지, 체자레의 검은 눈 속에 얼핏 의심스러운 기색이 돋아났다.

"허면 식사 후에는 주로 무엇을 하시나요? 저야 연무장만 있다면 어디든 상관없다지만……."

그러나, 다행히도 살로메는 이전의 침묵을 문제 삼지 않기로 마음먹은 듯했다. 릴리스는 그녀의 여상한 태도에 내심 감사하며 작게 웃었다.

"……최근에는 남는 시간에 보통 걷는 연습을 한답니다. 오는 길에 부상을 입어 움직임이 자유롭지 않거든요."

"이런, 정말인가요?"

갈색 눈이 접시처럼 둥그레졌다. 곁에 앉아 불퉁한 얼굴로 애꿎은 찻잔만 괴롭히던 덩치 큰 불청객이 순간 멈칫하며 릴리스를 쏘아보았다. 눈에 띄게 공격적인 기세에 살로메가 당황한 기색으로 그를 돌아보았다.

"체자레?"

"……그 다리……."

음산한 목소리가 흘렀다. 두 쌍의 눈이 허공에서 맞부딪쳤다. 적개심과 호기심, 불쾌감이 뒤섞인 묘한 시선에 릴리스는 황망한 기분으로 무릎께에 올린 주먹을 꽉 쥐었다.

그리고 다음 순간, 자리를 박차고 일어선 체자레가 말을 얼버무리며 살로메의 팔을 잡아끌었다.

"이쯤 봤으면 충분하니 그만 파하도록 하지. 난 집무실로 돌아가야 해. 미뤄 둔 일들이 산더미란 말이다."

"뭐? 잠깐만……!"

살로메는 얼떨떨한 얼굴로 항변했다. 지금 막 자리를 잡고 앉은 참이다. 아직 차 한 잔도 제대로 우러나기 전이었으나 왕이 고집을 부리면 누구도 그를 말릴 재간이 없었다.

탕. 요란하게 닫힌 문 너머로 투닥거리는 소리가 들려왔다. 무슨 일이냐, 아무것도 아니다 하는 소란한 공방이 점점 작아지며 멀어져 갔다. 오래 알고 지냈다는 이야기대로, 퍽 사이가 돈독한 듯했다. 릴리스는 앉은 채로 잠시간 흐뭇하게 그 소리를 듣고 있다가, 이제는 일상이 되어 버린 아침 산책을 위해 방을 나섰다.

바이마르가 새로 구해 온 길쭉한 지팡이는 전에 쓰던 것보다 한결 가벼워 오랫동안 쥐고 있어도 손목이 아프지 않았다. 릴리스는 널찍한 정원을 두어 바퀴 돌고 난 뒤, 매끈한 돌 벤치 위에 바이마르와 나란히 앉아 고즈넉한 풍경을 감상했다.

"아테라에서도 이렇게 앉아 볕을 쬐었었는데. 기억하나요?"

"물론입니다."

"그땐 사이가 무척 서먹했었는데……."

바이마르는 말 대신 머쓱한 미소로 화답했다.

릴리스는 그를 달래듯 몸을 한껏 붙여 드러난 목에 볼을 맞댔다. 익숙한 듯 뻗어 나온 굵직한 팔이 허리를 휘감아 몸을 훌쩍 띄워 제 무릎 위에 앉혔다. 불어오는 찬 바람 사이로 흙냄새와 덜 마른 풀 내음이 물씬 풍겼다. 1년 내리 꽃향기로 덮여 있는 아테라의 정원과 달리, 정돈되지 않은 날것의 냄새에서 생생한 현실감이 느껴졌다.

"……마마. 이러시면 곤란합니다."

묘한 움직임이 감지된 것은 그로부터 몇 분도 채 흐르지 않았을 무렵이었다.

"왜요?"

바이마르가 몸을 들썩이며 끙끙 앓는 소리를 냈다. 길 잃은 아이처럼 굵은 목에 두 팔을 두르고 앉아 있던 릴리스는 어리둥절해하며 그에게 물음을 되돌렸다. 그러나 바이마르는 이번에도 어색한 미소를 내보일 뿐 시원한 답을 내어 주지 않았다.

"정말이지……."

찰나 탄식 같은 한숨이 머리 위로 흘렀다. 뒤이어, 벌떡 자리에서 일어선 바이마르가 한 팔로 그녀의 몸을 단단히 받쳐 안으며 성큼성큼 정원을 가로지르기 시작했다. 그는 어쩐지 퍽 다급한 기색이었다.

"반?"

"아직은 바람이 조금 찹니다. 오늘은 이만 들어가시지요."

"하지만 나온 지 얼마 되지도 않았는걸요. 의사도 이 정도는 괜찮다고 했잖아요."

항변이 이어졌다. 그러나 바이마르는 여전히 그것을 듣는 둥 마는 둥 하며 바삐 걸음을 재촉할 뿐이었다. 스파티움에서는 보기 드문 정다운 광경에 지나치던 이들이 눈을 크게 뜨곤 두 사람을 돌아보았다. 릴리스는 덜컥 겁이 올라 고개를 한껏 아래로 수그린 채 목소리를 낮추었다.

"알겠어요. 알겠으니 이만 내려 줘요, 반. 사람들이……."

"릴리스."

반듯한 미간이 슬몃 우그러지며 휙휙 귓가를 스치던 바람 소리가 뚝 멎었다. 어느샌가 멈춰 선 바이마르가 물끄러미 그녀를 내려다보고 있었다. 릴리스는 그 푸르고 깊은 눈에 사로잡혀 아주 잠시 숨 쉬는 것을 잊었다. 이윽고, 둥그런 이마에 가벼운 입맞춤이 떨어졌다.

"아테라에서는 마마께서 내내 저를 보호해 주셨었지요. 저 역시 제 몫을 다하는 것뿐입니다. 마마를 지키고 싶어요. 바라는 건 단지 그것뿐입니다."

눈두덩이, 콧날, 뾰족한 턱 끝과 볼록 솟은 광대를 오가던 마른 입술이 미지근한 귓바퀴를 아프지 않게 살짝 물곤 떨어졌다.

"그러니 부디 청을 들어주세요."

호수처럼 새파란 눈동자가 기이한 열기를 뿜어냈다. 깃털 베개를 품에 안고 있는 것처럼 가슴께가 견딜 수 없이 간질거렸다. 릴리스는 저도 모르게 안겨 있던 몸을 조금 들썩였다.

그때였다. 침을 꿀꺽 삼켜 낸 바이마르가 엉덩이를 받치고 있던 왼팔을 아래로 늘어뜨리며 오른발을 아주 천천히 뒤로 물렸다. 아래로 미끄러져 내려온 두 발이 금세 푹신한 맨땅에 닿았다.

녹아내린 설탕처럼 달콤했던 분위기가 순식간에 얼음 결정처럼 뾰족하게 얼어붙었다.

그러고 보니 최근 이런 일이 잦았다. 결단코, 그러니까 절대 무언가를 조르는 건 아니었지만 어쨌거나 요사이 바이마르는 전과 같은 농밀한 접촉을 다소 꺼리는 감이 있었던 것이다. 처세에 둔한 그녀조차 느낄 수 있을 정도로 확연한 변화였다.

릴리스는 섭섭한 기분에 입을 조금 내밀었다.

"됐어요."

그의 목에 두르고 있던 팔을 내던지듯 풀어내자 바이마르가 어리둥절한 얼굴로 천천히 허리를 수그려 그녀의 몸을 바닥에 완전히 내려 주었다. 릴리스는 다시 붙잡힐세라 잽싸게 몸을 틀어 정원 옆에 난 작은 오솔길로 접어들었다.

생각처럼 움직이지 않는 다리 때문에 속도가 대단히 느렸으므로, 사실 바이마르는 마음만 먹는다면 두세 걸음만으로도 그녀를 따라잡을 수 있을 터였다.

그러나 그는 결코 릴리스를 앞서지 않았다.

세 걸음. 아니, 두 걸음만 떼면 될 것임에도 바이마르는 제자리에 못 박힌 듯 선 채 계속해서 일정한 거리를 유지했다. 카리알을 떠나오며 새로 생긴 그만의 습관이었다. 어쩐지 그 이유를 알 것만 같아, 릴리스는 애써 먹먹해지려는 가슴을 추슬렀다.

"마마? 왜 갑자기 화가 나셨습니까?"

때마침 걱정스러운 목소리가 어깨를 두들겼다. 릴리스는 얼른 하고 있던 생각을 접고는, 혀를 내어 마른 입술을 슬쩍 축였다.

"……이쪽이 할 말이에요. 반이야말로 내게 불만이 있는 게 아닌가요?"

"결단코 아닙니다. 제가 감히 그럴 리가 있겠습니까."

"그럼 왜—"

크흠. 릴리스는 말을 멈추곤 보일 듯 말 듯 뒤를 향해 눈짓했다. 슬렁슬렁 그들을 뒤쫓던 사내 둘이 멈칫하며 서로를 마주 보았다. 그리고 이내, 눈치 빠른 와트만이 멀뚱히 서 있는 둘베트의 멱살을 틀어쥐며 뒤따라 걷던 속도를 늦추었다.

릴리스는 다시 몸을 틀어 그새 또다시 바싹 마른 입술을 달싹였다.

"거짓말."

"거짓말이 아닙니다."

바이마르가 한 걸음 가까워졌다.

"하지만 요즘 반은 날 제대로 만지려 들지도 않는걸요. 본래 그렇게 일찌감치 잠드는 편도 아니었으면서. 폴리스에 오기 전엔 분명히……."

"마마!"

릴리스는 지팡이에 의지해 능숙하게 중심을 잡고 섰다. 새빨개진 바이마르의 얼굴이 마치 가을볕에 잘 익은 과일처럼 먹음직스러워 보였다. 그녀는 비슷하게 붉어진, 그러나 그보단 한층 멀쩡한 안색으로 제 귓불을 매만졌다.

"크흡…… 큼!"

때마침 등 뒤 저편에서 나직한 웃음소리가 흘러나왔다. 거리가 제법 멀어졌다 한들, 귀 밝은 기사들이 이런 흥미진진한 대화를 놓칠 리가 없었다. 릴리스는 보물찾기라도 하듯 땅을 노려보고 서 있는 두 기사를 다소 멋쩍은 기분으로 일별했다.

"마마, 그게 아닙니다."

한편 바이마르는 배고픈 강아지처럼 그저 릴리스의 눈치를 살피는 중이었다. 릴리스는 그 솔직함에 잠깐 높은 점수를 주었다가, 의심이 확신이 된 것에 다시 한번 실망해 발끝으로 땅을 퍽퍽 파냈다.

"불만이 있을 리 있겠습니까. 저는 단지…… 지금은 마마의 신변을 보호하는 것이 우선이라고 생각했을 뿐입니다. 절대 다른 생각이 있어 그런 것이 아니에요."

"오는 길도 위험하긴 마찬가지였는걸요. 분명 그때 그 마을에서는—"

순간, 바이마르가 창백해진 낯으로 입술을 달싹였다. 마주 보고 서 있는 두 사람 사이로 세찬 바람이 불어닥쳤다.

"……바로 그래서입니다."

바람에 섞여 온 흙먼지로 인해 눈을 살짝 감은 사이 바이마르가 성큼 거리를 좁혀 왔다. 마디 굵은 손가락이 주먹 쥔 손안으로 파고들어 와 그물처럼 단단히 깍지를 꼈다. 땀이 배어나 미끈거리는 손바닥이 살갗을 치대듯 가볍게 문질렀다.

릴리스는 눈을 떠 시선을 조금 올렸다. 바이마르는 방금 전과 다르게 자못 침착한 표정이었으나, 여전히 광대 근처를 떠도는 옅은 홍조 때문에 마치 수줍음을 타는 새신랑처럼 보이기도 했다.

릴리스는 묵묵히 다음 말을 기다렸다.

"마마께선 늘 괜찮다고 하시지만…… 그럼에도 저는 가끔 그날의 일을 몸서리치게 후회하곤 합니다."

지팡이를 쥔 손에 무심코 힘이 꽉 들어갔다. 바이마르는 마치 과거를 헤아리듯, 나무 한 그루 없는 황량한 정원을 뚫어져라 쳐다보고 있었다.

"제가 그날 스스로를 좀 더 자제했다면, 일찍 잠자리에 들어 출발을 재촉했다면, 마마께서 좀 더 편히 쉬실 수 있었다면, 그런 일은 벌어지지 않았을지도 모른다는 가정이지요."

"……말 그대로 가정일 뿐인걸요."

릴리스는 서둘러 도리질했다. 고개를 틀어 그녀를 보고 있던 바이마르가 희미하게 미소하며 손끝에 입을 맞췄다.

"맞습니다. 피했다고 한들 추격대는 결국 우리를 찾았을 테고, 마마께서는 몸살을 앓으셨겠지요. 하지만 적어도, 이렇듯 평생 남을 상처는 입지 않으셨을지도 모릅니다. 저는……."

목소리가 귓전에 채 닿기도 전 흩어졌다. 새까매진 시야 안쪽에서 빛이 번쩍이며 두통을 야기했다. 릴리스는 눈을 감고 애써 숨을 골랐다. 가슴이 답답해 금방이라도 질식해 죽어 버릴 것만 같았다.

"내가 부끄러운 건가요?"

기어이, 그녀는 참지 못하고 그의 말을 끊었다. 바이마르가 아랫입술을 하얘지도록 힘주어 짓씹으며 외쳤다.

"그런 게 아닙니다!"

"그런 게 아니라면 대체 뭔가요? 어차피 폐하로 인해 벌어진 일이니 오히려 사과해야 하는 건 내 쪽이 되어야겠죠. 괜히 따라붙어 상황을 어렵게 만들었고, 부상은 그에 상응하는 결과물일 뿐이에요. 아니면, 반은 내심으로 내가 이렇듯 스스로를 비난하게 만들고 싶은 건가요?"

릴리스는 한 걸음 물러섰다. 반사적으로 다시 거리를 좁혀 온 바이마르가 아픈 사슴처럼 끙끙대며 그녀의 곁을 맴돌았다.

"그게 아닙니다. 절대로 그렇지 않아요."

그는 급기야 반쯤 울 것 같은 얼굴이었다. 릴리스는 가만히 그를 바라보다 어깨를 늘어뜨렸다. 어쩐지, 선량한 꼬마를 괴롭히는 못된 악당이라도 되어 버린 것 같다.

"……알아요."

모진 말을 꺼낸 것은 질책하기 위함이 아니었다. 그런 충동이 아예 없었다곤 말할 수 없지만, 그럼에도 껍질을 한 꺼풀 벗겨 낸 듯 마음이 가벼워졌다. 릴리스는 한숨을 길게 한 번 내쉬는 것으로 남은 감정의 찌꺼기를 털어 냈다.

"이 자리에서 분명히 해 둘게요. 난 이 일로 단 한 번도 반을 원망해 본 적이 없으니."

"……."

"그러니 약속해요. 쓸데없는 생각은 더 이상 하지 않을 거라고."

바이마르는 주저하는 기색이었다. 파르르 떨리는 눈꺼풀이 처연함을 더했으나 릴리스는 오늘만큼은 그것에 넘어가지 않으리라 결심하고 두 눈에 한껏 힘을 주었다.

한참 뒤. 바이마르가 천천히 고개를 주억였다.

"그렇게 하겠습니다. 하지만 마마, 그…… 마마께서 서운해하시는 것은……."

릴리스는 당황해 제 귓불을 쥐어짜듯 매만졌다. 손끝에 와 닿는 온도가 지나치게 뜨거웠다. 이래서는 명백히 밤일을 조르는 꼴이 아닌가. 생각의 끝에서 절로 부정이 튀어 나갔다.

"됐어요. 그건 그냥."

하지만 바이마르가 그보다 좀 더 빨랐다.

"아닙니다. 그게 아니에요. 저는 단지…… 마마께서 더 이상 위험에 노출되지 않으시길 바랄 뿐입니다. 폴리스의 성벽은 언제나 견고하지만, 내부의 적에게는 그보다 좀 더 관대하지요."

"……."

"마마."

릴리스는 그의 말뜻을 온전히 이해했다. 성안에서 행해지는 여러 종류의 '관대'에는 보통 썩 달갑지 않은 것들이 따라붙기 마련이었으므로. 게다가 자부하건대 그녀는 그런 종류의 포용에 누구보다 익숙한 사람이었다.

릴리스는 고개를 슬쩍 모로 틀었다. 어느덧 어깨 아래까지 자란 바이마르의 긴 머리칼이 바람에 흩날리며 그녀의 양 볼을 간지럽혔다. 스파티움의 그 어떤 사내도 그처럼 머리를 기르지 않는다. 장신구도, 치렁치렁한 몸치장도 그들에겐 전부 생소한 문화였다.

그러니 오로지 바이마르만이 그녀에게 유일했다.

"……그래요."

느릿하게 답이 흘러나왔다. 그러나 반색하던 바이마르는 이어지는 말에 금세 세상 시름을 다 짊어진 사람처럼 침울해지고 말았다.

"대신 이제는 입맞춤도 금지예요."

그러니까 이건 그냥, 일종의 심술이었다.

⚜⚜⚜

살로메는 첫 만남 이후 종종 홀로 릴리스를 찾아와 티타임을 함께했다. 곧 가족이 될 사람이라는 관계성은 차치하고서라도, 그녀의 부드러운 말씨와 활달한 태도에는 오랜 세월 품어 왔던 동경심을 자극하는 무언가가 있어 릴리스는 내심 그 시간을 손꼽아 기다리곤 했다.

"아, 그러고 보니 아테라에는 살롱이라는 게 있다지요? 여인들만이 모여 친목을 다지는 것이라던데. 이곳에는 따로 그런 문화가 없어 궁금했답니다."

"생각만큼 그리 자주 모이는 것은 아니에요. 공후작 이상 되는 가문의 여식들이 종종 비정기적으로 다른 영애들을 초대해 티타임을 여는데, 보통 이런 행사를 살롱이라 부른답니다."

"릴리스도 살롱을 자주 여는 편이었나요? 모두 참석하기 위해 요란을 떨었을 것 같은데."

"……애석하게도 기회가 많지 않았답니다. 하지만 살로메라면 분명 지루하다 느꼈을 거예요. 함께 모여 수를 놓거나, 다과를 드는 것이 대부분이니까요."

하지만 어째서일까. 요사이 릴리스는 종종 살로메가 불편하게 여겨졌다. 그녀가 싫은 것은 분명히 아닌데도, 조용히 이야기에 귀를 기울이고 있노라면 검은 뱀 같은 것이 가슴속에 단단히 똬리를 튼 듯 속이 꽉 죄어오곤 했던 것이다.

"맙소사. 전 역시 스파티움에서 태어난 걸 행운이라고 여겨야겠군요. 얌전을 떠는 건 딱 질색인지라…… 아, 그보다 릴리스. 혹시 연무장에 와 볼 생각은 없나요? 마침 오후에 훈련이 있거든요. 바이마르도 있을 테니 꼭 한번 보러 와요."

그러나 깊게 생각할 겨를은 없었다. 스파티움의 기사들을 선보일 수 있다는 사실이 퍽 기뻤던 모양인지, 훈련 시간이 되자마자 드물게도 둘베트가 먼저 나서 그녀를 재촉하기 시작하는 바람에 릴리스는 금세 고민을 잊고 새로운 일정에 몰두했다.

참관을 위해 두어 번 기사단을 만나 본 일은 있었지만, 오늘처럼 구경을 목적으로 삼아 본 적은 없었다. 그녀는 두근거리는 마음으로 널찍한 연무장에 한 발을 디뎠다.

수많은 기사들이 넓은 공터에 열을 맞추어 서 있었다. 땀에 젖은 몸에서 모락모락 김이 올랐다. 살로메는 대열의 가장 앞쪽으로 가 묵직해 보이는 검날로 허공을 베고, 찌르고, 휘둘러 끊어 내기를 반복하며 기사들을 독려했다.

바이마르는 무리의 가장 끝에 서 있었다.

목덜미에 질끈 묶여 있는 기다란 머리칼이 땀에 젖어 등판 위로 가닥가닥 흩어졌다. 그는 오로지 앞만 응시하며 묵묵히 검을 휘두르는 중이었다. 종종 보이곤 하던 무심한 표정이 마치 그를 낯선 사람처럼 여기게 만들어 릴리스는 찰나 아주 조금 외로워졌다.

"본래 스파티움 본성 기사단의 수가 이 정도인가? 아니면 일부?"

그렇잖아도 울적했던 기분이 바닥으로 쑥 꺼지기 직전, 불쑥 튀어나온 와트만의 목소리가 침잠을 저지했다. 릴리스는 고개를 흔들어 상념을 털어 내곤 이어지는 두 기사의 대화에 정신을 집중했다.

"물론 일부다. 본성 외에 하부 기사단의 수만 헤아린대도 족히 열 개가 넘을 테니까. 애초 수도의 백성들 중 반 이상이 서임을 받은 기사들이니 수만을 따지고 드는 건 별 의미가 없다고 봐야겠지."

"엄청나군."

와트만이 혀를 내두르며 감탄했다. 릴리스는 기사단의 평균적인 머릿수를 알지 못해 그가 놀라는 이유에 대해 정확히 공감하지 못했지만, 대충 듣기로도 퍽 대단한 듯싶어 서둘러 눈짓으로 맞장구를 쳐 주었다. 그것만으로도 충분히 만족했는지, 언제나 과묵한 표정인 둘베트의 낯에 뿌듯한 기운이 희미하게 어렸다가 사라졌다.

때마침 휴식 시간을 선언한 살로메가 쾌활하게 걸어와 악수를 청했다.

"어서 와요, 릴리스. 초대한 건 나인데 막상 와 있는 것을 보니 부끄럽네요."

발갛게 상기된 얼굴 위로 상냥한 미소가 엷게 걸렸다. 이마의 땀을 닦으려던 그녀가 더러워진 소매를 발견하곤 혀를 차며 손등으로 턱을 훔쳤다. 뜨겁게 내리쬐는 한낮의 태양빛이 살로메의 정수리 위에서 후광처럼 빛을 뿜었다.

그 무엇도 그녀 안의 기백을 쉬이 깰 수 없을 것이다. 스스로에 대한 드높은 자부심이 맨눈으로도 볼 수 있을 만큼 확연히 드러났다. 릴리스는 강렬한 빛에 눈이 부셔 눈꺼풀을 살짝 내리깔았다. 동시에, 벽돌 너덧 개를 위에 올린 듯 가슴께가 확 조여들었다가 아주 천천히 부풀어 올라 원래의 모양을 다시 찾았다.

"마마, 혹 어딘가 편찮으신 것입니까?"

무심코 한 손을 들어 심장 부근을 문지르던 릴리스는 나직한 목소리에 이끌려 퍼뜩 우울에서 벗어났다. 어느덧 다가와 일행의 뒤편에 서 있던 바이마르가 목에 걸고 있던 수건으로 머리의 물기를 털어 내며 그녀를 의아한 듯 내려다보았다. 릴리스는 서둘러 자세를 바로 하곤 그를 보며 활짝 웃었다.

"잘 봤어요, 반. 정말 재미있었는데, 그간은 대체 왜 오지 못하게 했던 거예요?"

타지 않은 하얀 목덜미가 열기로 인해 시뻘겋게 익어 있었다. 바이마르가 땀에 젖은 손을 바지에 문질러 박박 닦아 내며 대꾸했다.

"그야 볼썽사납게 흙바닥을 구를 뿐이니까요. 이런 모습을 굳이 마마께 보여 드린다 한들……."

"저하! 다시 소집입니다!"

꿀 같은 휴식 시간은 몹시도 짧아 마치 10분이 찰나에 불과한 것처럼 느껴졌다. 저만치 서 있던 루카스가 큰 소리로 바이마르를 외쳐 불렀다. 그럼에도 볼일 급한 강아지처럼 한참을 선 자리에서 주춤대던 바이마르는 재차 부름이 이어진 뒤에야 아쉬운 표정으로 발을 질질 끌며 대열로 복귀했다.

"좋을 때군."

팔짱을 끼고 그 모습을 지켜보던 와트만이 넉넉하게 웃으며 평을 내렸다.

"암, 좋을 때지."

둘베트가 그답지 않게 허허로운 답을 냈다. 픽, 와트만의 입에서 헛웃음이 비어져 나왔다.

"노인네도 아니고. 말본새 하고는."

"자기소개는 그쯤 해 두지."

"누가 할 소릴."

릴리스는 곧 이어질 활기찬 대화를 예감하곤 두 사람과의 거리를 조금 벌렸다. 사이가 좋은 건지 나쁜 건지, 한번 시작하면 끝을 볼 때까지 투덕거리니 결국 제일 고생하는 사람은 늘 함께 있는 그녀였다.

"아니, 왕자님. 오늘은 왜 그냥 오셨습니까?"

한편, 제자리로 돌아온 바이마르는 순식간에 또래 기사들에게 둘러싸였다. 사이좋은 막내 왕자 부부는 최근 폴리스 왕궁의 제일가는 화젯거리다. 호기심 많고 말도 많은 한창때의 청년들이 이런 좋은 먹잇감을 그냥 놓칠 리 없었다.

"아니 그, 보통 때에는 매번 안아서 옮겨 드리지 않습니까. 헌데 지금은 그냥 보내시기에 여쭤봤습죠."

바이마르에게서 답이 없자 누군가 나서서 친절하게 부연했다. 진심으로 그 이유가 궁금한 모양인지 눈빛들이 하나같이 별을 가져다 박은 듯 초롱초롱했다.

바이마르는 대답하는 대신 물끄러미 제 꼴을 내려다보았다. 그의 시선을 좇아온 기사들이 땀과 먼지로 범벅이 된 옷을 보고는 그제야 탄성을 터뜨리며 고개를 끄덕거렸다. 암, 저런 차림으로 여자를 에스코트할 수는 없는 법이다.

게다가 오늘 황녀는 어쩐지 평소보다 한층 화사해 보이는 차림을 하고 있었다. 무늬 없는 연녹색 튜닉 드레스를 입고, 오팔 허리띠를 맨 그녀는 매끈하고 연약해 마치 공방에서 갓 구워져 나온 도자기 인형처럼 보였다.

"그런데 말입니다, 왕자님. 그 귀걸이 말인뎁쇼. 움직이는 데 불편하지는 않으십니까?"

옹기종기 모여 있던 기사들 중 하나가 다 쓴 수건을 받아 가며 다시 슬쩍 물음을 던졌다. 바이마르는 무심코 귓불을 매만지며 대꾸했다.

"글쎄, 경들 눈에는 그리 보이는 모양이군."

"아니, 아닙니다. 그저 궁금해서 여쭤본 것이니 신경 쓰지 마십쇼."

"포장할 필요 없어. 꺼려 하는 마음도 이해 못 하는 바는 아니니."

기사들이 머쓱한 얼굴로 서로를 마주 보았다. 친근하게 달래 줄 법도 했으나, 바이마르는 오해를 푸는 대신 자리를 피하는 편을 택했다. 성큼성큼 멀어지는 그의 뒷모습을 보며 누군가 작게 투덜거렸다.

"아니 근데 솔직히, 저 정도로 잘 어울리는 건 좀 반칙 아니냐."

언제 주눅이 들었냐는 듯, 먼저 말을 꺼냈던 기사가 볼을 긁적이며 너스레를 떨었다.

"말도 마. 난 처음에 누구시냐고 물어봤다가 몇 대 걸어차일 뻔했다니까."

"난 아테라 놈인 줄 알고 결투 신청할 뻔."

순간 와르르 웃음이 터져 나왔다. 와중에도 바이마르의 자태는 청초하기 짝이 없었다. 똑같이 땀에 젖고, 똑같이 흙먼지 범벅이 되었음에도 홀로 반짝거리는 모양새에 눈이 다 부실 정도다.

왁자지껄한 수다가 한바탕 지나가고 다시 침묵이 찾아들었을 무렵, 멍하니 바닥에 주저앉아 있던 기사 하나가 홀린 듯 중얼거렸다.

"야. 나도 머리 기르고 장신구 달면 저렇게 될 수 있냐."

이 새끼 더위 먹었네. 일동은 침묵했다.

✤ ✤ ✤

"폴리스에서는 매달 한 번씩 커다란 시장이 열린답니다. 특히 이때는 대장간에서도 그간 묵혀 두었던 무기들을 한데 모아 싸게 팔기 때문에 사람들이 몹시 많이 몰려 조심해야 하지요."

"마음을 단단히 먹고 나서야겠어요."

"그렇잖아도, 전에 한번 체자레와 잠행 삼아 시장에 들렀던 적이 있었답니다. 그런데 어휴…… 어찌나 사람이 많은지 체자레마저 길을 못 뚫어 안달을 내더라니까요. 구경은커녕 노점 하나 둘러보기도 힘에 부쳐서, 돌아왔을 적엔 둘 다 쫄쫄 굶은 거지꼴이 따로 없었답니다……."

살로메는 실로 타고난 이야기꾼이었다. 몰래 궁을 빠져나간 이야기. 길거리에서 신기한 공연을 보았던 일이나, 사람들 사이에 섞여 불꽃놀이를 구경했던 것. 생일날 친구들과 소소한 파티를 하고, 선물로 내내 가지고 싶었던 검을 받아 기뻤던 어린 날의 추억까지. 그녀가 풀어놓는 갖가지 경험담들은 마치 책 속 이야기처럼 흥미진진해 언제나 홀린 듯 양쪽 귀를 활짝 열어 놓게 만들었다.

"하지만 무척 즐거웠을 것 같아요."

릴리스는 진심을 담아 말했다. 살로메의 유년 시절은 그녀가 듣기에는 너무나 아름다워 멀리서 보아도 반짝반짝 빛이 날 것만 같았다. 그녀라면 어딜 가더라도 지금처럼 상냥하게 상대를 보듬어 줄 수 있을 것이리라. 쫓기듯 남의 나라로 도망쳐 와 눈치를 살피고 있는 자신과는 전혀 다른 처지였다.

그렇게 생각하자 똬리를 틀었던 뱀이 꿈틀거리듯 가슴 한구석이 다시금 이상하게 꾹 조여들었다. 릴리스는 한순간 조금 의기소침해졌다.

"황녀 마마. 체자레 전하께서 부르십니다."

낯익은 목소리가 그녀를 부른 것은 그때였다. 맞은편에 앉아 문 쪽을 향해 고개를 죽 빼고 있던 살로메가 방 안으로 들어서는 이를 보며 활짝 미소했다.

"아로프 자작! 오랜만에 보는군. 귀환했다는 이야기는 들었는데."

"저 역시 오랜만에 뵙습니다, 살로메 경. 그보다…… 담소를 방해한 셈이 되어 죄송스럽군요."

"아니, 아니야. 나도 마침 들러야 할 곳이 있거든. 그보다 아쉽게 되었네요, 릴리스. 기왕이면 함께 가 주고 싶었는데……."

살로메는 끝까지 아쉬운 기색을 감추지 못한 채 느릿하게 자리를 떴다. 릴리스는 기꺼운 내색을 보이지 않으려 애쓰며 그녀를 복도 끝까지 배웅했다. 어쩐지 지금은 조금, 그녀와 거리를 두고 싶은 기분이었다.

"무슨 일인지 아는 게 있나?"

복도는 조용했다. 창을 통해 쏟아지는 볕 아래 세 사람분의 그림자가 길게 늘어졌다. 시렌이 걷는 속도를 늦추며 답했다.

"글쎄요. 저도 그저 모셔 오라는 명만 들었습니다. 저하께서는 어디에 계십니까?"

"오후 훈련이 있지 않니."

"하지만 기왕이면 함께 가시는 편이 나을 듯한데…… 오시라 청하는 것이 낫지 않겠습니까? 시종을 보낼까요? 와트만 경은 어떻게 생각하십니까?"

시렌이 불안한 듯 그녀를 채근했다.

"언제까지고 그를 대동할 순 없잖아."

혹하지 않았다면 거짓말일 것이나, 그녀는 의지하고픈 마음을 꾹 눌러 참고 차분히 타일렀다. 차마 그 말에는 반박할 수 없었던지, 시렌도 그쯤에서 그만 입을 다물어 버리고 말았다.

계단을 올라 예의 삭막한 알현실을 지나자 천장까지 닿을 듯한 커다란 문이 보였다. 보는 것만으로도 상대방을 기죽게 만들기 위함인 듯 유난히 육중해 보이는 외관이었다. 릴리스는 침을 꿀꺽 삼키며 곧게 난 복도를 천천히 걸었다. 문 앞에서 서성이며 그녀를 기다리고 있던 모군이 문을 두드려 객의 도착을 알렸다.

곧 답이 돌아왔다.

"들라."

"경들은 여기서 기다리셔야 합니다."

당연하게 릴리스의 뒤를 따르려는 와트만의 앞을 모군이 황급히 막아섰다. 어쩔 수 없다는 듯 팔짱을 끼고 벽에 기대어 선 와트만이 못마땅한 표정으로 눈살을 찌푸렸다.

릴리스는 세 남자를 뒤로한 채 앞으로 크게 한 발을 내디뎠다. 모군이 안심한 듯 짧은 한숨을 내쉬는 것을 마지막으로 등 뒤에서 쿵, 문이 닫혔다.

분명 문소리를 들었을 것임에도 체자레는 한참 동안 어떤 반응도 보이지 않은 채 그녀를 방치했다. 릴리스는 무안한 기분으로 잠시간 문간을 서성이다가, 마침내 결심을 굳히곤 천천히 걸어 널찍한 소파의 팔걸이 옆으로 다가섰다.

"앉게."

체자레는 책장 두 개를 붙여 놓은 것만큼 커다란 창문 아래에 서 있었다. 커다란 창을 투과해 밖에서부터 짓쳐들어온 햇빛이 그에게 가로막혀 더 나아가지 못하고 바닥 위로 옅은 그림자를 만들었다.

북방식 집들은 전통적으로 창문을 작게 내어 들이치는 찬 바람을 막아 왔다. 생존을 위한 선조들의 오래된 지혜였으나, 세월이 흐르며 이는 곧 부의 정도를 가늠하는 척도가 되어 가진 자들의 경쟁심을 부추겼다.

커다란 창을 달고도 널찍한 성의 보온을 유지할 수 있다는 것은 곧, 주 인 된 자가 그만한 재력을 가지고 있음을 나타내는 일종의 보증이었다. 어 찌 보면 무용한 사치라 하겠으나, 그럼에도 많은 북방인들, 특히 영지와 성을 지닌 대다수의 귀족들은 창문을 공들여 단장하는 데 많은 돈을 쓰는 것을 대단한 자랑거리로 여기곤 했다.

폴리스 왕궁의 창문들 역시 그 기조를 따라 대대로 창문의 크기를 키워 왔다. 장식을 최소화하여 실용성을 살린 삭막한 외벽과는 조금 다르게, 조 각조각 깨어 붙인 색유리를 통해 새어 들어온 햇빛이 밋밋한 바닥에 어른 거리는 광경을 보는 것은 그 나름대로의 건조한 멋이 있었다.

"읽어."

후. 깊은 한숨 소리 뒤로 툭 무언가 떨어지는 소리가 들려왔다. 발끝으 로 색색깔 그림자를 툭툭 건드리며 시간을 죽이고 있던 릴리스는 탁자 위 에 놓여 있는 둘둘 말린 종이 뭉치를 보며 한순간 말을 잃었다. 눈에 익은 황금색 매듭을 보는 순간 덜컥 가슴이 내려앉았다.

"황제가 전쟁까지 불사할 기세더군."

때를 맞추어 체자레가 부드득 이를 갈았다. 며칠 전, 바이마르의 앞에서 보이던 태도와는 전혀 판판인 모습이었다. 어쩌면 이게 그가 적에게 드러 내는 본모습일 것이리라. 릴리스는 그렇게 생각하며 떨리는 손으로 간신 히 서신을 집어 올렸다.

"읽어."

체자레가 다시 말했다. 릴리스는 느릿하게 매듭을 풀고, 익숙한 필체로 적혀 있는 내용을 찬찬히 두 눈에 담았다. 그리 긴 내용도 아니었다. 거래, 황녀, 송환 같은 몇 개의 단어가 고삐 풀린 말처럼 눈앞에 떠다녔다.

"그대도 알고 있겠지. 내가 옥좌에 앉은 지 이제 고작 두 달 하고도 스무 날이 지났을 뿐이다. 지금은 왕권을 다지는 데 주력해야 할 시기야."

체자레는 여전히 그녀를 등진 채였다.

"내부 세력을 견제하기에도 시간이 모자랄 판에 타국과 전쟁을 벌인다고? 국지전이었다면 모를까 전면전을 치를 생각은 아직 해 본 적이 없어. 이게 다 그대가 머물러서 생긴 일이라는 것을 모르지 않을 텐데."

싸한 침묵이 일었다. 릴리스는 직접적인 비난에 조금 놀라 저도 모르게 겁먹은 듯 움츠러들었다. 그동안 바이마르와 함께 있으며 그의 유한 태도에 익숙해진 탓인지, 본래 이런 사람이라는 걸 알고 있었음에도 마치 처음 마주하는 것처럼 어색한 무섬증이 일었다.

릴리스는 안일했던 스스로에 대해 반성하며 아랫입술을 한 번 질끈 깨물었다.

"……허나 제가 동행하는 걸 허하신 것은 전하이십니다."

쾅. 체자레가 창틀 위로 주먹을 내리쳤다. 돌아선 그가 길쭉한 다리를 성큼 내딛자 단 몇 걸음 만에 거리가 한층 좁아 들었다.

무릎이 닿을 정도로 가까이 다가온 체자레가 상체를 굽혀 얼굴을 한껏 들이밀었다. 얼굴 위로 더운 김이 훅 끼쳤다. 일렁이며 타오르는 검은 눈동자 한가운데에 하얀 얼굴이 제물처럼 곧게 박혔다. 릴리스는 덫에 걸린 짐승처럼 물끄러미 그 시선을 마주했다. 체자레가 음산하게 뇌까렸다.

"나는 그런 적이 없어! 바이마르의 독단이다. 게다가 시렌이 중간에서 말을 전하지 않아 나는 그대들이 스파티움에 도착한 뒤에야 이 모든 일을 알았지. 허했다고? 하! 말도 안 되는 소리는 집어치우게. 알았다면 내가 그대의 동행을 쾌히 허했을 것 같나?"

"……."

"대답해 보라, 황녀. 내가 그대를 진심으로 두 팔 벌려 환영했을 것 같은지. 가뜩이나 우왕좌왕하는 귀족들 앞에, 그 얼굴을 직접 들이대고 싶었을 것 같으냐 이 말이야."

물론 그럴 리 없었다. 릴리스는 태연한 척 눈을 내리깔며 서신을 도로 접고 끈을 매듭지었다. 내색하지 않으려 했지만 손이 절로 덜덜 떨려 결국

리본을 묶는 데는 실패하고 말았다.

"내가 오늘 아펠라에서 무슨 소리를 들었는지 아나?"

문득 그의 목소리가 은근해졌다. 릴리스는 침묵했다. 체자레는 기다리지 않고 말을 이었다. 목소리에 힘이 실리는 것은 금방이었다.

"그래, 모르겠지. 그 건방진 것들이 무어라 지껄여 대었는지 말이야."

그가 웃었다. 그러나 그도 잠시, 곧 휴화산이 폭발하듯 요란한 목소리가 터져 나왔다.

"감히— 내 앞에서! 바이마르를 서자라고 폄하해? 왕자를 다시 보내야 한다고? 형님 편에 붙어서 숨도 못 쉬고 끅끅대던 것들이 이제 와 기세를 펴고! 감히! 내 앞에서!"

릴리스는 남은 용기를 전부 끌어모아 그의 말에 반박했다.

"하지만—"

"형님!"

쾅! 문소리에 이어 쩌렁한 고함 소리가 집무실을 울렸다. 바이마르가 급하게 뛰어 들어와 그녀의 앞을 가로막았다. 씻지도 못하고 달려온 듯, 온몸이 땀에 푹 절은 채였다.

씨근대던 체자레가 고개를 틀어 바이마르를 노려보았다. 검은 눈에서 시퍼런 불꽃이 튀었다.

"끼어들지 마라! 얌전히 있어도 모자랄 판에 이따위 혹을 달고 돌아온 것은 바로 네가 아니더냐. 덕분에 아펠라만 아주 살판이 났지. 쓰레기 같은 것들이 너를 다시 아테라로 보내라며 며칠 밤낮으로 청원하고 있다. 돼지 같은 것들! 그저 탐욕에 눈이 멀어 눈앞의 안전만을 갈구하지."

체자레는 사납게 바이마르를 몰아붙였다. 바이마르가 그 못지않은 거친 기세로 머리를 쓸어 넘기며 목소리를 내리깔았다.

"……아버지도 다를 바 없지 않으셨습니까."

"그래. 그래서 협정을 체결하고 항복을 선언하고! 기어이 너를 보냈지. 이 스파티움에 그런 굴욕을 안겨 주었으면서, 본인은 고작 점령전 한 번에 꼬리를 말고 아나토리아로 도망을 가? 네가 답해 보거라, 그게 한 나라의 왕이더냐?"

"그런 것은 지금 중요하지 않습니다. 그리고 마마를 몰아붙이지 마세요. 억지로 설득해 모셔 온 것은 접니다."

"결국 선택지를 고른 것은 저 황녀야. 네가 아테라에서 알량한 보호를 받았다 한들 내가 그것을 그대로 갚아 주어야 할 이유가 있느냐? 탑에 있는 형님이 이 꼴을 보면 얼마나 배를 잡고 웃겠나!"

"그러는 형님께서도 살로메를 데려오지 않으셨습니까."

바이마르가 툭 말을 던졌다. 일순간 집무실 안의 공기가 얼어붙었다. 어떻게든 대화에 끼어들 틈을 찾고 있던 릴리스는 본능적으로 위기를 감지하고 어깨를 움츠렸다.

"네가 지금 어느 안전이라고!"

챙강―

순식간에 검을 뽑아 든 체자레가 날 선 눈으로 두 사람에게 검을 들이대었다. 릴리스는 눈을 두어 번 더 깜빡인 뒤에야 바이마르가 허리춤에 차고 있던 검을 뽑아 그것을 쳐 냈음을 깨달았다. 훈련용 검이 진검을 당해 낼 수는 없었기에 바이마르의 검날은 이미 반으로 동강 나 버린 뒤였다.

서느런 검날이 목덜미에 닿아 얕은 상처를 만들었다. 바이마르는 흐르는 피를 대충 훔쳐 내고 말을 이었다.

"살로메 역시 로타이 부족의 핏줄이 아닙니까? 아테라보다 더하지요! 복속되는 그날까지 스파티움을 부정하지 않았습니까."

"다물어라, 바이마르 갈바르."

"아테라로 돌아갈 생각은 없습니다. 마마를 보내지도 않을 거고요. 제가 무엇 때문에 그들의 무례를 묵과한다고 생각하십니까?"

"다물어! 자릭! 왕자를 끌어내라! 감히 집무실 안에서 검을 뽑았으니 옥에 처박아. 황녀도 함께!"

불같은 노성이 얼음 같던 분위기를 단번에 살라 먹었다. 체자레의 명령에 즉각 문을 열고 들어온 거구의 사내가 바이마르를 향해 정중히 허리를 숙였다.

"가시지요, 저하."

무뚝뚝한 눈빛이 두 사람을 무심히 훑고 지나갔다. 들으란 듯 긴 한숨을 뿜어낸 바이마르가 부러진 검을 바닥에 내던져 버리고는 말릴 새도 없이 릴리스를 번쩍 안아 들었다.

모군이 사색이 된 얼굴로 그들을 지나쳐 집무실로 뛰어들었다. 바이마르는 묵묵히 기사의 인도를 따랐다. 복도를 지나 거대한 석조 계단을 한참 밟아 내려가는 동안 그 누구도 입을 열지 않았다. 군데군데 걸려 있는 횃불만이 흐릿하게 길을 밝히는 가운데, 계단이 끝나는 곳에 굵은 창살이 달린 자그마한 방이 보였다.

"주로 왕족을 가두는 곳입니다. 반성실이라고도 불리지요."

의아해하는 기색을 눈치챘는지 바이마르가 창살문을 밀고 안으로 들어서며 부연했다. 릴리스는 성인 남자 두 명이 뒹굴뒹굴해도 될 법한 널찍한 침대 위에 앉아 아늑해 보이는 내부를 한 번 둘러보았다.

손바닥만 한 램프와 손때 묻은 옷장 하나. 푹신한 카펫이 깔려 있는 작은 방은 어떻게 보아도 옥이라기엔 지나치게 호화스러운 감이 있었다.

"이런 일이 종종 있는 모양이에요."

곧 기사 둘이 들어와 사람 몸집보다 커다란 화로를 방 한가운데에 두고 떠났다. 쌀랑했던 공기가 훈훈하게 달아오른 가운데, 바이마르가 말썽 부리다 들킨 아이처럼 시무룩한 얼굴로 릴리스를 안으며 두 팔에 힘을 꽉 주었다. 화롯불의 열기와 더불어, 맞닿아 있는 두 사람분의 체온으로 금세 온몸에 열이 후끈 올랐다.

"형님 말씀은 신경 쓰지 마세요. 마마의 탓이 아닙니다."

옥문을 닫고 자물쇠까지 단단히 채운 자릭이 두 사람을 향해 묵례한 뒤 조용히 자리를 비켰다. 릴리스는 바이마르에게 안긴 채 양어깨를 들썩였다.

"이 정도는 각오하고 왔으니 괜찮아요. 그보다 반이야말로, 무례를 보아 넘기다니 그게 무슨 말이에요?"

"……별일 아닙니다."

바이마르가 낭패한 얼굴로 말을 돌렸다. 릴리스는 잠시 고민하다 악다물린 턱에 촉, 가볍게 입을 맞췄다.

"하지만 반의 일이라면 전부 알고 싶은걸요."

단단한 몸이 부르르 떨렸다. 바이마르는 그 언젠가처럼 그녀를 원망스럽게 흘겨보다 아주 길게 숨을 뱉으며 동그란 정수리에 얼굴을 부볐다. 혹시나 전처럼 거부할까 싶어 알게 모르게 긴장했던 릴리스는 그제야 조금 마음을 놓고 마음껏 그를 마주 끌어안았다. 바이마르가 한숨을 섞어 투덜거렸다.

"마마께서 그런 눈으로 보시면 저는 거절할 수가 없다는 걸 아시지 않습니까……."

"그러니까 말해 줘요."

"……정말로 별일 아닙니다. 아펠라의 귀족들이…… 아, 아펠라는 원로원을 뜻하는 스파티움식 단어입니다만…… 아무튼 아펠라의 몇몇 귀족들이 저를 다시 아테라로 돌려보내자는 청을 올리고 있는 모양이더군요. 아직 큰형님의 세력을 완전히 소탕하지 못해 벌어진 일이지요."

릴리스는 고개를 갸웃했다.

"하지만 스파티움은 독립을 바라고 있지 않은가요?"

바이마르가 눈살을 찌푸렸다.

"안타깝게도 모두가 그런 것은 아닙니다. 대다수의 백성들은 독립을 원하지만 일부 귀족들, 특히 선왕 전하를 따랐던 힘 있는 귀족들은 의견이 다르지요. 테바이 출신 용병들이 기승을 부리는 것도 바로 그 때문입니다."

"테바이라면 전사들로 유명한 곳이 아닌가요? 산지가 많아 무척 척박하다 알고 있는데."

바이마르가 화로를 좀 더 두 사람 가까이로 당겨 왔다. 열기가 훅 가까워졌다. 그가 그녀의 신발을 벗겨 낸 뒤 푹신한 이불을 끌어당겼다.

"맞습니다. 원래 테바이는 각지에 퍼져 용병 활동을 하며 벌어들인 돈으로 나라를 꾸려 갔습니다만, 최근 들어서는 서쪽의 아나토리아에서 그들에게 막대한 자금을 지원하고 있다 들었습니다. 스파티움에 내분을 일으키려는 속셈이겠지요."

"그로 인해 아나토리아가 얻는 득이 있나요?"

"그렇지는 않습니다. 다만, 강대한 무력을 지닌 나라가 지근에 있다는 것만으로도 위협을 느꼈었겠지요. 스파티움이 아테라의 속국이 되면서 그쪽도 다소 숨통이 트였을 테니……."

제 부츠를 멀리 던져 버린 바이마르가 릴리스의 신을 마저 벗기며 두툼한 이불을 그들이 앉아 있던 침대 가장자리로 끌어왔다.

"어쨌거나 아펠라의 일부 원로들이 간혹 저를 불쾌하게 보는 것은 사실입니다. 게다가 스파티움이 아무리 핏줄에 관대하다고 한들, 저는 서자이니 트집을 잡고자 한다면 피하기가 쉽지 않아요."

"그런 말 말아요!"

릴리스는 왈칵 치솟는 화에 자신도 모르게 언성을 높였다. 분한 나머지 벌떡 일어서려 했지만 바이마르가 잡고 있어 그저 몸을 들썩이는 것에서 그치고 말았다. 나쁜 사람들. 릴리스는 와트만이 종종 입에 담곤 했던 속된 말을 따라 하며 입술에 한껏 힘을 주었다.

"그깟 핏줄, 하나도 중요하지 않아요."

그 고귀한 혈통 탓에 평생을 인형처럼 갇혀 살았다. 촌부의 딸로 태어나 자유로이 바깥을 누비며 사는 편이 차라리 백배는 더 존귀했으리라.

바이마르는 한동안 말이 없었다. 가만히, 알 수 없는 눈으로 그녀를 보던 바이마르가 뭔가 말하려는 듯 입을 달싹이다 고개를 푹 숙였다. 날렵한 콧날이 둥근 어깨 위에 닿아 살짝 구부러졌다.

"……마마께서 저를 그렇게 귀히 여겨 주시는 것이 좋습니다."

릴리스는 동그란 숯덩이 안에서 부풀었다 작아졌다 하는 불꽃을 말끄러미 바라보았다. 얼마나 시간이 흘렀을까. 이윽고 뭉그러진 목소리가 새어 나왔다. 그 목소리는 어딘가 벅찬 듯도 했고, 울먹이는 듯도 했다.

"기뻐요."

몸이 앞으로 기울어졌다. 화롯불 위로 타각타각 불꽃이 튀어 올랐다. 릴리스는 그 훈기를 좇아 고개를 모로 틀었다. 촉촉하고 말랑한 것이 기다렸다는 듯 입술 위로 닿아 왔다.

가만히 그것을 누르고 있다 몸을 뒤로 물리자, 바이마르가 앓아누운 사람처럼 나직하게 신음했다. 말캉하고 부드러운 것이 집요하게 그녀를 뒤따랐으나 릴리스는 단호하게 그를 물리쳤다.

"안 돼요."

"하지만, 마마."

바이마르가 돌아누운 릴리스의 허리를 한 팔로 단단히 휘감아 끌어당기며 나직하게 애원했다.

"이만 자요."

그러나, 릴리스는 모른 척 그의 팔을 한껏 위로 끌어당겼다. 온몸을 짓누르는 뜨겁고 커다란 감촉이 이제는 너무나도 익숙하게 느껴졌다. 체자레의 분노도, 예거라트의 편지도 이 품속에서는 아무것도 아닌 것처럼 저만치 잊혔다. 누구도 더는 그녀를 강제할 수 없는. 아주 튼튼하고 아늑한 요람 속에 들어와 있는 기분이었다.

릴리스는 그것에 충분히 만족했다.

✤ ✾ ✤

화풀이의 일종이었던 짧은 감금은 채 반나절도 되지 않아 자연스레 해금되었다. 바이마르는 점심까지 여유롭게 들고 난 뒤에야 집무실에 있을 체자레를 만나기 위해 천천히 길쭉한 계단을 올랐다. 그사이 아테라의 화려한 건축 양식에 익숙해진 것인지, 어둑한 복도가 그저 밋밋하게만 느껴지는 것이 어쩐지 퍽 생소하게 여겨졌다.

"대체 그 여자 어디가 그렇게 좋냐."

바이마르는 노크도 없이 커다란 문을 밀며 들어섰다. 책상에 앉아 정무를 보고 있던 체자레가 불퉁스러운 표정으로 그를 쏘아보며 입가를 비죽였다.

흰자위에 서 있는 시뻘건 핏발로 추측컨대, 그 또한 밤새 잠을 설친 듯했다. 바이마르는 대답 대신 곧바로 물음을 되돌렸다.

"이유가 꼭 필요합니까, 형님?"

"헛소리는 그만하면 됐어. 도무지 속이 시끄러워 못 살겠으니 네가 나를 좀 설득시켜 보거라. 출신조차 의심받는 아테라 황녀를 내가 이 나라에 들여야 할 이유가 대체 뭐란 말이냐?"

벌떡 일어선 체자레가 한 손으로 연신 버석한 얼굴을 문지르며 자리를 옮겼다. 마침 구름 밖으로 빼꼼 고개를 내민 해가 환한 빛을 뿜어내며 집무실 내부를 훤히 밝혔다. 바이마르는 그를 따라 탁자 맞은편에 앉아 헐렁한 소매를 걷어 올렸다.

"아펠라 원로들이 정말 이제 와 그 이야기를 들먹인단 말입니까?"

"흥…… 너를 보낼 적만 해도 그럴 리 없다며 한껏 목청들을 높여 대던 작자들이, 필요하다 싶으니 이제 와 손바닥 뒤집듯 말을 바꾸려 들더구나. 그러니 속 시원히 말을 좀 해 보거라. 구태여 동행한 이유가 대체 무엇이더냐? 그 여자 어디가 그렇게 좋아서?"

햇빛에 눈이 부신 듯 손날로 얼굴을 가리고 있던 체자레가 못마땅한 기색으로 커다랗게 콧방귀를 뀌었다. 바이마르는 곧 대단히 진지해졌다.

어디 보자. 그는 생각하며 열 손가락을 쫙 펼쳤다.

"……마마께선 소리 내어 웃는 일이 몹시 드무십니다. 양말을 신는 것을 거추장스럽게 여기시는데, 그래서인지 보통 구두보단 부드러운 가죽신을 고르시지요. 단것은 매우 좋아하십니다만, 그런 반면 편식이 조금 있어 식사 때에는 필히 주의를 기울여야 합니다. 손 닿는 협탁 서랍 속에는 늘 레몬 사탕이 한가득 들어 있고, 제가 드린 역사서를 베개 삼아 종종 낮잠을 청하시지요. 가장 즐겨 읽으시는 책은 탐 밀튼의 모험 시리즈입니다만, 제가 보기엔 모험 그 자체보다 주인공의 연애사에 좀 더 관심이 크신 듯해요. 고기보단 해산물을 더 선호하시고, 특히 매운 것은 거의 드시질 못합니다. 본인은 전혀 아니라고 믿고 있는 듯합니다만, 까딱하단 배탈이 날수도 있어 가급적 매운 음식은 내지 않는 편이에요. 방향 감각이 조금 떨어져 가끔은 뻥 뚫린 정원에서도 길을 잃어버리시는데, 이 또한 본인은 전혀 모르고 있는 사실이라 일단은 다들 모른 척을 하고 있는 중입니다. 그리고…….”

열 손가락이 차례차례 접혔다 펴지기를 반복했다. 울컷 솟는 짜증을 이기지 못한 체자레가 쥐고 있던 깃펜을 탁자 위로 집어 던지며 분통을 터뜨렸다.

“됐다! 됐어! 듣기 싫으니 그쯤 해 둬.”

“아직 더 남았는데요.”

바이마르는 못내 아쉬운 기분으로 반박했다. 아직 많이 남았는데. 그런 내심을 읽어 낸 것인지 체자레가 한층 더 험악해진 표정으로 발을 굴렀다.

“아, 글쎄 됐다니까! 알겠으니 일단 불러올리기나 하거라.”

바이마르는 고개를 가로저었다.

“아직 주무십니다.”

할 말 많은 표정으로 침묵하던 체자레가 한숨을 섞어 짧게 명했다.

“그럼 깨워.”

내밀고 있던 손을 거두어들인 바이마르가 못마땅한 얼굴로 팔짱을 끼며 말했다.

“그럴 수는 없지요. 험한 도망길에 가뜩이나 몸이 상하신 데다가, 어젯밤 누구 덕에 지하에서 밤을 지새느라 마음고생까지 톡톡히 하지 않으셨습니까. 하다못해 낮잠이라도 충분히 주무시게 해 드려야 조금 마음이 놓이겠습니다.”

“……화로를 들여 줬잖나. 궁에 있는 것 중에서도 가장 큰 물건이야. 일부러 숯도 꽉꽉 채우라고 지시까지 내렸는데…….”

“그걸로 되겠습니까?”

체자레는 대답 대신 두 손으로 제 얼굴을 감싸 쥐었다. 건강한 것으로는 둘째가라면 서러울 만큼 자신있는 그였으나, 요사이 바이마르와 말을 섞고 있노라면 병증이라도 생긴 듯 자꾸만 하늘이 노래지는 기분이었다. 승계 다툼에 엮여 화를 입을 일이 없으니 차라리 다행이라 생각했던 것이 고작 반년 전이건만, 그 안일한 기대가 오히려 더 큰 화가 되어 돌아온 셈이다.

이윽고, 손을 내린 체자레가 몸을 바로 세웠다.

"……좋아. 알겠으니 한시라도 빨리 데려오도록 해라. 그리고 한 가지 더."

"또 무엇입니까?"

"또는 무슨 또! 이건 정말 중요한 문제란 말이다. 그러니까 네 그 머리 말이야."

투박한 손가락이 한 갈래로 묶인 바이마르의 머리카락을 정확히 가리켰다.

"그 머리는 자를 생각이 영 없는 것이냐? 지금 네 모습은 누가 보아도 영락없는 아테라인이란 말이지. 왕자가 구태여 나서서 적국 풍습을 좇아 좋을 게 무어 있어?"

드디어 올 것이 왔구나. 모군은 닮은 듯 닮지 않은 배다른 형제를 흥미진진한 눈빛으로 번갈아 바라보며 걸걸한 목소리를 따라 고개를 주억였다. 그나마 아끼는 막내라고 제법 목소리가 부드럽다. 보자마자 가위부터 찾지 않은 것만 해도 사실 대단한 인내심의 발로였다.

"적어도 아직은 아닙니다. 마마께서 이 모습을 퍽 좋아하시거든요."

그러나 정작 바이마르는 의기양양한 얼굴로 제 머리를 슬쩍 쓸어 넘길 뿐 그 충고를 진지하게 귀담아들을 생각이 없는 듯했다. 대번에 발끈한 체자레가 막 자리를 박차고 일어서기 직전, 이제는 퍽 굵직해진 목소리가 이어졌다.

"어느 정도의 빈축은 각오했습니다만, 의외로 반응이 썩 괜찮더군요. 기사들도 걸고넘어지지 않는 문제를 굳이 원로들의 입맛에 맞춰 바꿀 필요는 없지 않겠습니까."

뭐…… 조금은 그럴 만도 하지. 모군은 촤르르 흘러내리는 결 좋은 머리칼을 보며 자신도 모르게 그 논리에 설득당했다. 아닌 게 아니라, 까까머리를 탈피한 막내 왕자는 최근 마치 날개 돋친 말처럼 사방으로 미모를 뽐

내는 중이었던 것이다. 타박의 말이 목젖 바로 아래까지 올라왔다가도 그의 수려한 자태만 보면 그저 보기 좋다는 생각밖에 들지를 않으니 실은 그 또한 문제라면 문제였다.

체자레는 그쯤에서 다시 대화할 의욕을 잃었다. 두어 번 손을 내젓자 바이마르가 기다렸다는 듯 잽싸게 집무실을 빠져나갔다. 쾅. 문 닫히는 소리가 얄밉게도 요란했다.

"빌어먹을, 살로메가 보고 싶어…… 아직 돌아오지 않았나?"

체자레가 앓는 소리를 내며 신경질적으로 콧잔등을 두어 번 씰룩였다.

"아직 돌아오지 않으셨습니다. 진압이 늦어지시는 모양이지요."

모군은 창 너머의 저물어 가는 해를 바라보며 잠시 손을 멈춘 채로 시간을 가늠했다. 빌어먹을. 거칠게 욕을 짓씹은 체자레가 로타이 부족어로 빠르게 억센 소리를 뱉었다.

"역시 내가 가야 했어."

"하지만 집안일은 직접 해결하고 싶으시다 하지 않으셨습니까."

"그래, 그랬지……."

하나뿐인 정인을 싸움터에 보내 놓았으니 마음이 편치 않을 만도 했다. 모군은 빈 병에 잉크를 채우며 두 형제의 순탄치 않은 연애사에 내심 혀를 내둘렀다.

혈통이 귀하고 권력이 있으면 무엇 하나. 모름지기 사람이란 그저 평범하고 조용하게 사는 것이 가장 행복한 법이었다.

'순탄치 않은 연애사'의 중심축을 담당하는 아테라의 황녀는 그로부터 두어 시간이 더 지난 뒤에야 방문을 청해 왔다. 모군은 시녀들에게 지시해 미리 다과를 준비해 놓은 뒤 눈치껏 방을 빠져나와 그녀를 안으로 들여보냈다.

"나는 여전히 그대가 마음에 들지 않아."

책상을 돌아 나온 체자레가 소파에 파묻히듯 기대앉았다. 새까만 눈동자가 흔들리는 왼 다리와 곧게 선 지팡이를 뚫어져라 응시했다.

"아마 앞으로도 썩 다르지 않을 거라 생각하네만."

체자레가 한 손으로 맞은편의 빈자리를 가리켰다. 릴리스는 말없이 그 지시를 따라 푹신한 쿠션 위에 엉덩이를 대고 앉았다. 무릎까지 오는 낮은 티테이블 위에는 커다란 쟁반과 빈 찻잔 두 개, 그리고 찻주전자가 덩그러니 놓여 있었다.

물끄러미 그것을 바라보고 있으려니 커다란 손이 빈 찻잔을 집어 들어 성의 없이 그녀의 앞에 턱 내려놓았다. 따라 줄 생각까지는 없는 모양인지 제 몫의 찻잔만 가득 채운 체자레가 오른 무릎에 왼쪽 발목을 척 걸치고 앉아 오만한 표정으로 턱을 추켜올렸다.

"물론 공적인 이유가 더 크니 너무 실망하진 말게나. 그대가 내 명분을 뿌리째 뒤흔들고 있거든."

"압니다."

"알고 있다니 그거야말로 다행이군그래. 아, 생각해 보니 사적인 이유도 아주 없는 건 아닌 듯한데. 하나뿐인 소중한 동생의 정인이 하필이면 적국 태생이라니. 쌍수를 들며 반기는 게 더 이상하지 않겠는가."

가늘어진 눈매가 적개심을 드러냈다. 릴리스는 결코 낯설지 않은 뾰족한 시선에 얽혀 천천히 과거로 흘러들어 갔다.

망설임도 없이 검을 들이대던 흉흉한 기세의 사내와, 편안한 차림으로 그녀의 맞은편에 앉아 있는 장신의 사내. 얼핏 판이하게 다른 모습인 듯 보였으나, 결국은 무엇도 다르지 않았다. 그녀의 처분을 논하며 바이마르의 고난을 염려하는 것. 릴리스는 새삼 처음의 선택이 옳았음을 깨달았다.

체자레는 그녀를 죽이지 않을 것이다.

확신하는 순간 온몸에서 힘이 죽 빠져나갔다. 그러나 안심하기엔 아직 조금 일렀기에, 릴리스는 식은땀이 배어난 두 손을 무릎 위로 얌전히 모아 쥐었다.

"어쨌거나, 이 일에 관해선 더 이상 말을 섞고 싶지 않아. 동생의 구구절절한 사랑 이야기는 이미 충분히 들어서 지겨울 지경이거든."

의도인지 습관인지, 체자레는 여전히 그녀에게 시선을 두지 않은 채였다.

"그러니 그대는 그저 내 물음에 답하기만 하면 된다. 왜 황제가 그대를 원하지?"

그는 무척 피곤한 낯이었다. 쟁탈전을 마무리하고 옥좌에 오른 것이 고작 몇 개월 전의 일이다. 정무가 바빠 대관식 역시 약식으로 치렀다 들었다. 그런 와중에 기다려 마지않았던 동생이 적국 황녀를 부인이랍시고 데려왔으니 머리가 아프다 못해 터질 지경일 것이리라.

릴리스는 최대한 차분하게 답하려 애썼다.

"……제 핏줄을 이은 아이가 태어날까 그렇습니다."

"핏줄? 계승권 다툼을 우려하는 것인가?"

체자레가 눈살을 찌푸렸다.

"하긴…… 선황제가 그대를 무척 아꼈다는 이야기는 나도 들은 바가 있지. 허나 황제는 최근에 정비를 간택했다고 하던데……. 그렇다면 황제의 아이가 적통이 될 것이 분명한데 왜 구태여 그대를 경계하는 거지?"

합리적인 의심이었다. 릴리스는 조심스레 말을 골랐다.

"……알고 계시듯이 아테라 황실은 2대째 후계 문제로 진통을 겪었습니다. 폐하께서는 어린 시절부터 그 일에 휩쓸렸던 과거 때문에 핏줄을 잇는 데 일종의 결벽을 보이십니다. 분쟁의 싹 자체를 불허하시지요."

"정녕 그것을 원했다면 그대를 혼인시키지 말았어야지."

그러나 노력이 무색하게도, 체자레는 단번에 그녀의 치부를 파헤쳤다. 릴리스는 아랫입술을 힘주어 깨물었다. 언제고 해야 할 이야기라 생각은 했다지만 막상 스스로 과거를 반추하려니 어쩔 수 없이 낯 뜨거운 수치심이 일었다.

"……폐하께서는 저를 이용해 민심을 다스리십니다. 선황제를 몰아내고 옥좌에 앉은 비정함에 대한 탄원을 저를 아끼는 모습을 보여 줌으로써 무마하셨고, 그러한 태도가 의심으로 번지기 전 혼인을 통해 소문을 불식시키셨지요."

그녀의 말을 듣던 체자레의 한쪽 눈썹이 슬쩍 들려 올라갔다.

"아테라의 선황제가 온 황궁에 피 칠갑을 하고 돌아다녔다는 이야기는 몇 번 들어 알고 있지. 그땐 다소 과장된 소문이라 여겼었는데……. 당시 황제가 많이 어렸나?"

"열 살이셨다고 들었습니다."

쯧. 체자레가 크게 혀를 찼다.

"……심사가 꼬일 만도 하군. 허면 그대는 어떻지? 그 다툼에 끼어들 생각이 있나?"

"아닙니다."

"황제는? 그걸 알고?"

침묵이 곧 긍정이었다. 적막한 가운데 창밖에서 부는 세찬 바람 소리만이 집무실 안을 음산하게 떠돌았다.

"아, 그래. 이제야 조금 알겠군."

살짝 미간을 찌푸렸던 체자레가 손등에 턱을 괴며 두 눈을 가늘게 떴다. 볼이 눌려 말끝이 미묘하게 흐려졌다. 릴리스는 두 눈을 질끈 감았다. 이제 그도 끈 떨어진 인형처럼 버려진 여자를 동생의 부인으로 받아들여야 한다는 사실을 깨달았을 것이다. 혹 전처럼 그녀를 내치려 드는 것은 아닐까. 이미 그때와 다름을 충분히 알고 있음에도 자꾸만 그런 생각이 들어 눈앞이 어두워졌다.

"……황제가 그대를 궁에 가두어 키운 것도 그 때문인가? 시렌에게 듣자 하니 도망치지 않았다면 꼼짝없이 새 신부가 되었겠더군."

그러나 체자레의 반응은 예상과는 조금 달랐다.

그는 고함치는 대신 느릿하게 말을 끌며 한참 동안 물끄러미 그녀를 응시했다. 릴리스는 겁에 질린 속마음을 들키지 않기 위해 억지로 허리를 꼿꼿이 세웠다. 그 모습을 지켜보던 체자레가 문득 상체를 기울이며 목소리를 내리깔았다.

"……허면…… 내 여기서 그대를 죽여 버린다면 황제가 만족할까? 제 손을 더럽히지 않고 골칫덩어리를 처치해 버렸으니 말이야."

오싹 소름이 끼쳤다. 무감정한 검은 시선이 그녀를 감정하듯 끈질기게 따라붙었다. 릴리스는 무의식적으로 목덜미의 흉터를 어루만지다가, 흠칫 놀라 천천히 팔을 내렸다. 이윽고 다시 소파 등받이에 몸을 기대앉은 채자레가 품속을 뒤져 구겨진 서신 하나를 꺼내 들었다.

불길한 예감이 차올랐다.

"요전번의 서신과 함께 온 것이지. 비공식적인 제안에 불과하다지 만…… 한편으론 그가 이쪽을 더 바라고 있다는 생각을 도통 지울 수가 없더군."

릴리스는 채자레가 건넨 구겨진 서신을 펼쳤다가, 접었다가, 다시 펼친 뒤 앉은뱅이 탁자 위에 내려놓았다. 그리고 문득, 그을린 손이 불쑥 튀어나와 그것을 잡아채었다.

"……따를 생각 없으니 그런 표정 지을 필요 없어. 내가 동생과 평생 척을 지고 살 생각이었다면야 상관치 않겠지만……."

집게로 서신을 꾹꾹 눌러 구긴 채자레가 벌떡 일어서 그것을 집무실 한복판의 화로 안에 쑤셔 넣었다. 종이 타는 냄새와 함께 연기가 풀풀 솟았다. 그는 마치, 불 안에서 적당한 말을 골라내고 있는 듯했다. 릴리스는 고개를 떨군 채 한 손으로 얼굴을 더듬었다. 자신이 지금 어떤 표정을 하고 있는지, 도통 짐작이 가질 않아 혼란스러웠다.

시간이 얼마나 흘렀을까. 재만 남은 화로를 연신 뒤적이던 채자레가 집게를 내려놓곤 창가로 걸어가 밖을 바라보며 우뚝 섰다. 피곤한 듯 곤란한 듯, 거칠게 가라앉은 목소리가 침묵을 깨뜨렸다.

"……살로메는 로타이 부족의 핏줄이다."

로타이. 익숙지 않은 단어가 몸통 굵은 가시처럼 목 안쪽에 걸렸다. 바이마르에게 역정을 내던 채자레의 모습이 불쑥 떠오르며 그림자 진 그의 뒷모습 위에 겹쳤다. 어쩐지 긴장이 되어 릴리스는 침을 꼴깍 삼켰다.

"선선대 때 스파티움에 편입된 부족이지만, 당시 반항이 거세어 제법 잡음이 있었지. 한동안은 잘 지내나 싶었는데…… 하필 아버지의 치세 동안 다시 반기를 드는 바람에 살로메의 입장이 퍽 곤란해졌어."

창문이 덜컹이며 그의 목소리가 잠시 묻혔다.

"······다행히 살로메는 조금 달랐다. 어릴 적부터 수련 기사로 궁에 들어와 가족보다 나와 함께 지낸 날이 더 많았지. 함께 일선에 나서 전장을 뒹군 일도 잦았어. 결국 이 점이 참작되어 반발을 잠재울 수 있었다지만······ 어쨌거나, 살로메 역시 완전히 흠결 없는 왕후라고는 할 수 없겠지. 그러니 합리를 이유로 이제 와 그대를 내쳐 버린다면 내 양심에도 명분이 서질 않아."

더불어 바이마르에게도. 릴리스는 그가 생략했을 뒷말을 홀로 따라 이으며 땀이 찬 손바닥을 위쪽으로 뒤집었다.

실은 조금쯤 궁금했다. 체자레는 왜 그렇게 화를 냈을까. 바이마르는 왜 굳이 살로메의 이야기를 꺼냈던 걸까. 그럼에도 아무것도 묻지 않았던 건, 혹여 상처를 들쑤시는 일이 될까 두려웠기 때문이었다. 그녀가 자신의 과거를 꺼려 하듯이 살로메도, 체자레도, 바이마르도 혹시 그러하진 않을까 걱정이 되어서.

그러나 자신이 틀렸다. 릴리스는 부끄러운 마음에 두 눈을 질끈 감았다. 우쭐해 한 적도 없지만, 고작 제 주제에 남을 가여워했다는 것이 말도 안 되는 위선처럼 여겨졌다. 역경과 고난을 넘어 마침내 삶을 쟁취하는 모험 소설의 주인공들처럼, 그녀의 세계에서 살로메는 여전히 더할 나위 없이 빛나는 주연일 뿐이었는데.

나와는 처음부터 아주 다른 사람이었는데.

"난 아테라와 적이 될 걸세. 이곳에 적을 둘 생각이라면 그대 역시 그만큼의 각오를 보여야겠지."

어느새 돌아선 체자레가 답을 구하듯 그녀를 빤히 응시해 왔다. 릴리스는 집요하게 자신을 바라보는 눈길에 붙들렸다. 창 너머, 그의 머리 위에 떠 있는 태양이 빛을 내뿜어 눈이 부셨다.

그녀는 그 빛 아래에서 작은 쥐처럼 어깨를 움츠렸다.

"체자레!"

그러나 적막을 깨뜨린 것은 둘 중 어느 누구도 아니었다. 예고도 없이 들이닥친 요란한 목소리가 단번에 모두의 시선을 집중시켰다.

살로메였다.

"체자레, 내가……! 릴리스?"

저벅이는 군화 소리가 빠르게 가까워졌다. 훅 끼쳐 오는 비릿한 냄새에 두 쌍의 눈이 커다래졌다. 눈 깜짝할 새 성큼성큼 집무실 안을 가로지른 체자레가 살로메의 양어깨를 거칠게 잡아채며 언성을 높였다. 방금 전까지만 해도 릴리스를 채근하고 있었다는 것은 죄다 잊어버린 듯 다급한 태도였다.

"다쳤나?"

"응? 아니. 응. 조금. 하지만 거뜬해. 살짝 긁힌 것뿐인걸."

살로메가 민망한 듯 릴리스를 곁눈질하며 머쓱하게 미소했다. 밀어 내는 대로 두어 걸음 물러선 체자레가 그제야 표정을 조금 풀며 커다랗게 혀를 찼다.

"하여간 조심성도 없지."

"충분히 조심해서 이 지경이란 생각은 안 들고?"

가벼운 어조에 체자레가 다시 와락 얼굴을 일그러뜨렸다. 언성이 높아졌다.

"그게 말이나 되는……!"

"참, 참! 원로들은 이제 대강 정리되었어. 신진 세력이 로타이를 이끌 테니 부족 일에 관한 건 더 이상 걱정하지 말란 뜻이야. 들어오자마자 이것부터 말해 주려고 했는데. 당신이 호들갑을 떠는 바람에……."

"그건 아직 묻지도 않았다! 일단은 여기 앉아."

살로메를 이끌어 제 자리에 눌러 앉힌 체자레가 화를 참는 얼굴을 하곤 탁자 서랍을 뒤적여 자그마한 통을 꺼내 들었다. 릴리스는 그답지 않게 상냥한 손길로 상처 위에 푸르스름한 덩어리를 짓이겨 바르는 체자레를 조금 낯선 기분으로 지켜보았다.

"그나저나 영 안색이 나쁜데…… 혹 나 없는 새 무슨 일이라도 있었나요, 릴리스?"

방이 추웠나. 얌전히 치료를 받고 있던 살로메가 나직하게 중얼거리며 고개를 갸웃했다. 체자레가 그 말에 잠시 멈칫하는 사이, 틈을 타 그를 옆으로 훌쩍 밀어 낸 살로메가 자유로워진 손으로 신발에 묻은 흙을 털어 내며 살짝 웃었다.

릴리스는 활기 넘치는 그 얼굴에서 쉬이 시선을 떼지 못했다. 흙먼지로 더럽혀진 두툼한 천에서 희미하게 풍기는 마른풀 냄새가 겨울바람의 서느런 향과 뒤섞여 매캐하게 코를 근지럽혔다. 북풍의 냄새. 삶과 자유의 냄새였다.

그리고 순간, 릴리스는 그 낯선 향취에서 일종의 향수 같은 것을 느꼈다. 그리 오래되지 않은 과거의 어느 날, 단상 위에서 그녀를 내려다보던 살로메를 마주했던 것과 같은.

눈꺼풀을 뚫고 들어올 듯 강렬했던 정오의 햇살. 단상 위에 서 있는 세 사람은 너무나 높고 멀어 보여서, 아무리 애써도 손끝 하나 닿을 수 없을 듯했다.

그러나 기실 살로메는 그때와 무엇도 변한 것이 없었다. 시간을 거슬러 돌아온 이는 오로지 그녀뿐이었으니 변한 것도 오로지 그녀뿐이었다. 그럼에도 릴리스는 이 치밀어 오르는 거북함이 대체 무엇을 의미하는지 아직도 정확히 알지 못했다.

"남은 이야기는 내일 이어서 하도록 하지, 황녀."

때마침 냉랭한 축객령이 떨어졌다. 무심코 시선을 들어 올렸으나, 여전히 체자레의 머리 위에 떠 있는 해가 눈부셔 릴리스는 그를 똑바로 마주볼 수가 없었다. 아직 남은 빛의 잔상 때문일까. 나란히 앉은 두 사람이 마치 빛으로 빚어낸 성스러운 조각상 같았다. 평생 손이 닿지 않을 곳에서 그녀를 굽어보는 그런 존재.

그리고 그것은 조금 비참한 기분이었다.

가느다란 지팡이에 의지한 자그마한 몸뚱이가 비틀거리며 인적 드문 회랑으로 들어섰다. 들이친 햇빛으로 인해 회백색 돌바닥 위로 그림자가 길쭉하게 늘어졌다. 그러나 불규칙한 박자로 바삐 이어지던 걸음은 얼마 가지 못해 꺾여 버린 가지처럼 바닥으로 스러졌다. 자유롭지 못한 다리가 기어코 주인의 의지를 배반하고 만 것이다.

힘이 들어간 근육이 부들거리며 경련을 일으켰다. 발끝부터 시작된 저림이 무릎을 지나 허벅지까지 올라왔다가 아주 천천히 사그라들었다. 비명조차 나오지 않을 정도로 극렬한 통증이었다.

릴리스는 바닥에 주저앉아 몸을 웅크린 채 한동안 가만히 숨을 골랐다. 다섯 번쯤 심호흡을 거듭했을 무렵, 까무룩 멀어졌던 정신이 돌아오며 흐릿했던 사위가 분명해졌다. 릴리스는 그제야 자신이 인사도 없이 집무실을 빠져나왔음을 깨달았다. 어렴풋이 누군가 그녀를 붙잡았던 것도 같았다. 아마도 살로메였으리라.

환히 웃는 그녀의 얼굴을 떠올리자 이번에는 목구멍이 꾹 조여들었다.

릴리스는 비척비척 다리를 끌며 길게 뻗은 복도를 마저 걸었다. 어쩐지 속이 상해 자꾸만 숨이 거칠어졌다. 화를 내고 싶은 것 같기도 했고, 누군가를 원망하고 싶은 것도 같았다. 불시에 다시 살로메의 얼굴이 떠올랐으나, 그것은 곧 와트만의 얼굴로 탈바꿈했다.

"세상에, 마마!"

챙. 기겁해 달려오려던 와트만의 앞을 교차된 창대가 단호하게 막아 세웠다. 릴리스는 황급히 고개를 내저었다.

"……난 괜찮아. 아무렇지도 않은걸."

그러나 다시 한 걸음을 떼기 무섭게 몸이 휘청 기울어지는 바람에, 결과적으로 그 말은 무용한 변명이 되고 말았다.

"말이 되는 소릴 좀 하십쇼! 이게 어떻게 아무렇지도 않은…… 젠장."

설마하니 그럴 줄은 몰랐던지, 핏기 없는 얼굴을 보면서도 내내 냉랭한 태도를 견지하던 스파티움 기사들조차 그 모습에는 놀란 기색으로 서둘러 길을 비켜 주었다. 부름을 받고 뒤늦게 쫓아온 둘베트가 눈을 부라리며 앞장서 그들을 지나쳤다. 릴리스는 피로감에 짓눌려 습관처럼 다리를 절룩였다.

방으로 돌아가는 길이 오늘따라 유난히도 멀게 느껴졌다. 와트만이 무어라 연신 말을 붙였으나, 릴리스는 그 시도를 죄다 외면한 채 도착하기 무섭게 문을 잠그고 곧장 침대로 뛰어들었다. 자꾸만 들뛰는 마음이 아무래도 이상해 불쑥불쑥 겁이 솟았다. 이처럼 감정에 휩쓸린 적이 과거에도 있었던가?

"마마!"

얼마나 그렇게 웅크려 있었을까. 쿵쿵. 누군가 조심스럽게 방문을 두들겼다. '잠겼습니다!' 하는 와트만의 외침이 익숙한 목소리 위로 어렴풋이 겹쳐 들렸다. 화급히 몸을 일으키려던 릴리스는 이어 들려온 굉음에 벼락 맞은 고목처럼 그대로 굳어 버렸다.

쾅—!

귀청을 찢을 듯 커다란 소리였다. 미처 사정을 파악하기도 전, 머리끝까지 덮고 있던 이불이 걷히며 익숙한 향이 훅 끼쳤다. 이불 끝자락을 꾹 틀어쥔 바이마르가 상기된 얼굴로 그녀를 내려다보고 있었다. 엉망이 된 머리칼과 어긋나게 꿰어 있는 단추들. 언제나 단정했던 평소의 차림과는 다르게 잔뜩 흐트러진 모습이었다.

릴리스는 그에게서 시선을 떼어 내어 천천히 방 안 풍경을 훑었다. 말끔하게 두 동강 난 두터운 문짝과 대롱대롱 흔들리며 톱밥을 토해 내는 부서진 경첩, 바이마르의 손에 들려 있는 흑색 검까지 눈에 담고 나자 비로소 상황이 이해되었다.

문을 부수고 들어온 것이다.

"저하……! 맙소사."

소란을 듣고 급히 달려온 시렌이 양손으로 머리를 쥐어뜯으며 분주하게 복도를 서성였다. 누가 형제 아니랄까 봐. 문 부수는 게 능숙하기 짝이 없다는 볼멘소리가 드문드문 새어 나왔다.

그사이, 두 팔을 쭉 뻗은 바이마르는 힘든 기색 없이 그녀를 훌쩍 들어올려 비어 있는 옆방으로 자리를 옮겼다. 수런거리는 사람들을 무시하며 릴리스를 침대 위에 앉혀 둔 그는 덧창을 전부 닫은 뒤 커튼까지 꼼꼼히 치고 나서야 그녀의 곁으로 돌아와 일렁이던 촛불을 후 불어 껐다.

방 안은 곧 밤처럼 어두워졌다.

"마마. 어째서 혼자 울고 계셨습니까?"

차가운 손끝이 눈가를 부드럽게 쓸었다. 몸을 움츠리자 고운 미간이 성난 듯 구겨졌다. 살갗에 묻어나는 물기가 전혀 없었음에도, 바이마르는 그녀가 울고 있었음을 확신하는 얼굴이었다.

"혹시 또 형님이……."

"아니에요."

릴리스는 서둘러 그의 오해를 부정했다.

"그렇다면 왜 혼자 울고 계셨습니까?"

가까이 다가온 바이마르가 그녀를 가두듯 몸 옆으로 양손을 짚었다. 릴리스는 난감한 기분이 되어 말을 골랐다. 감정을 표현하는 것은 그녀에게 퍽 낯선 분야였으므로. 그리고 이런 기분은, 뭐라고 설명해야 할지 도무지 가늠조차 되질 않아 더욱 곤란했다.

"울지 않았어요, 그냥……."

그러나 바이마르는 도저히 물러설 것 같지 않은 표정을 하고 있었다. 그가 두 손을 뻗어 족쇄를 채우듯 릴리스의 팔목을 붙들었다. 뱉어 내는 숨결마저 모조리 잡아낼 듯, 푸른 시선이 떨어질 줄을 모른 채 그녀의 얼굴 위를 배회했다.

릴리스는 입을 달싹이다 고개를 푹 숙였다. 그는 살로메를 존중한다. 때로는 존경하는 듯도 했다. 그런 여자를 질투하고 있다는 걸 안다면 분명 마음이 상할 것이다…….

"릴리스?"

질투라고? 릴리스는 스스로의 생각에 퍼뜩 놀라 두 눈을 깜빡였다. 아니, 설마 그럴 리가. 그녀는 생각을 부정하려 연신 고개를 흔들었다.

"별것 아니에요. 전하께서 저를 부르셨고…… 아테라에서 서신이 왔다고 하더군요. 그래서……."

바이마르는 릴리스를 재촉하는 대신 그녀가 뱉지 못한 뒷말을 대신 읊었다.

"예거라트가 마마의 귀환을 요구했겠군요, 맞습니까?"

"……그래요."

"그래서 울었습니까? 살로메가 말하길 마마의 표정이 좋지 않았다고 하더군요. 혹……."

바이마르가 미간을 설핏 좁혔다. 집요한 시선이 머릿속을 헤집어 놓을 듯 끈질기게 따라붙었다. 새파란 눈동자가 어둠 속에서 야광주처럼 영롱한 빛을 뿜었다. 보는 순간 홀려 모든 것을 털어놓아야 할 것처럼 신비로운 색이었다.

목구멍이 조여드는 듯했다. 릴리스는 급기야 숨을 헐떡이기 시작했다. 질투 따위 할 리 없다고 생각했던 몇 분 전의 그녀가 마음속에서 살랑살랑 백기를 들어 올렸다. 질시라니. 다시 생각해도 치졸하기 짝이 없는 행동이었다. 멍청하게 갇혀 지낸 세월로도 모자라, 그런 저열한 마음을 품었다는 것을 들키고 싶지 않았다. 더는 미움받고 싶지 않았다.

그녀는 벽장 속에 갇힌 쥐처럼 움츠러들었다.

"혹 살로메가 마마께 무례하게 굴었습니까?"

그러므로 릴리스가 다음 말을 제대로 알아듣지 못한 것은 퍽 당연한 수순이었다.

"반, 지금 뭐라고……."

"살로메가 마마께 무례하게 굴었는지 여쭈었습니다. 정말 그렇습니까?"

적국의 황녀와 고국의 왕비. 우위를 점하고 있는 것은 명백히 후자였다. 아테라인 열을 붙들고 같은 질문을 한대도 분명 같은 답을 들려줄 것이리라.

그런데도. 그럼에도 불구하고 바이마르는 마치 잘못한 것이 살로메인 듯 굴고 있었다.

릴리스는 침을 꿀꺽 삼켰다. 풀무질이라도 한 듯 가슴속에서 불길이 훅 일었다. 그녀는 그 더운 바람에 떠밀려 볼썽사납게 나동그라졌다. 온몸이 공기 가득한 자루처럼 빵빵하게 부풀어 올라 둥실둥실 허공을 떠다니는 것만 같았다.

릴리스는 아주 천천히, 최대한 부끄럽지 않을 것 같은 단어를 골랐다.

"그렇지 않아요. 살로메는…… 잘못이 없는걸."

"마마."

"내 탓이에요, 그냥 혼자 조금 속상해서, 그래서……."

문장이라기보다는 그저 단어의 나열이었다. 그녀는 붙잡힌 두 손을 의미 없이 움찔거렸다. 말들이 터진 둑 너머에서 밀려오는 강물처럼 후드득 입 밖으로 쏟아져 내렸다.

"살로메는, 그녀는 나와 달라요. 그녀에겐 자격이 있지만 난……."

"……."

바이마르는 아무 말도 하지 않았다. 침적한 방 안의 분위기가 그녀를 채찍질해 오는 듯했다. 릴리스는 횡설수설 말을 이었다.

"나는…… 아테라의 황녀가 아니라면 반에게 줄 수 있는 게 없어요. 아무것도……."

바이마르에게선 여전히 답이 없었다. 릴리스는 차마 그를 마주 보기가 힘들어 물끄러미 바닥만 내려다보았다. 칼릴에게 모욕당했을 때조차 이처럼 수치스럽지는 않았었는데.

"그래서…… 억울해요……. 그녀가 미워……."

기어코 참고 있던 눈물이 쏟아졌다.

이런 감정은 공정하지 않다. 그렇게 스스로를 타일렀음에도 도무지 마음을 갈무리할 수가 없었다. 그녀가 누렸을 자유가, 그녀가 쌓아 왔을 명예와 업적이 눈부셔 속이 쓰렸고 이기적인 스스로의 모습이 한심해 헛웃음이 났다.

이런 못된 생각을 하는 걸 알면 분명 실망할 텐데. 그래서 말하지 않으려 했는데.

"릴리스."

"……."

"릴리스."

답이 없음에도 바이마르는 계속해서 릴리스의 이름을 불렀다. 열 번을 넘게 부르고도 목소리에 짜증 한 번을 섞지 않는다.

"내 황녀님."

그리고 다음 순간, 단단한 가슴이 그녀를 와락 끌어안았다. 훅, 쪼그라들었던 자루 안에 다시 공기 한 줌이 쌓였다. 안도감에 절로 어깨의 힘이 풀렸다. 그렇게 실망하고도 온기를 갈구하는 꼴이 우습고도 부끄러웠다.

그러나 다음 순간 그녀는 더욱 황망해졌다.

"왜…… 웃어요?"

놀랍게도 바이마르는 웃고 있었다. 심지어 정말로 기쁜 듯 보이기까지 했다. 그가 어리둥절한 릴리스의 얼굴에서 눈물을 닦아 내며 볼에 입을 맞췄다.

"마마께서 그 말을 하시길 기다렸습니다."

릴리스는 멍청히 되물었다.

"무슨…… 말을요? 살로메를 미워한다고?"

"아뇨."

바이마르가 웃음기 섞인 목소리로 답했다.

"억울하다는 말."

쿵쿵. 심장 뛰는 소리가 선명하게 귓가를 파고들었다. 바이마르가 젖은 볼과, 턱, 귓바퀴에 입을 맞추고는 달콤한 숨을 내뿜었다.

"황제는 마마를 함부로 다루었지요. 이는 지탄받아 마땅한 일입니다. 그러니 억울해하는 것은 절대로 나쁜 게 아니에요. 살로메를 미워해도 됩니다. 하지만 정말 그녀를 싫어하는 것은 아니잖아요?"

"……."

"얼마든지 속상해해도 됩니다. 질투해도 괜찮아요. 맙소사. 그런 걸로 제가 실망할 거라고 생각하시다니."

바이마르는 이번에야말로 정말 커다랗게 웃음을 터뜨렸다. 그의 가슴팍이 커다랗게 들썩일 때마다 릴리스의 몸도 함께 오르락내리락하기를 반복했다.

차츰 눈물이 멎으며 시야가 선명해졌다. 릴리스는 잠시 고민하다 꼬물꼬물 고개를 들어 올렸다. 바이마르가 그녀를 한 번 꽉 끌어안았다가 곧 느슨하게 팔의 힘을 풀었다.

"제가 마마 주변의 사람들을 보며 어떤 생각을 하는지 낱낱이 아신다면…… 마마야말로 분명 저를 꺼려 하게 되실 겁니다."

"그럴 리가요."

하하. 바이마르가 작게 웃었다.

"살로메는 애초부터 마마와는 전혀 다른 사람인 데다가…… 누군가를 보며 그런 감정을 느끼는 건 아주 자연스러운 반응이지요. 그러니 좀 더 억울해하고, 미워하고, 질투하세요. 그렇게 잔뜩 투정을 부리시고 난 뒤에는 사탕을 아주 많이 드릴 겁니다."

"사탕이요?"

영문 모를 말이었다. 마침내 몸을 떼어 낸 바이마르가 이마를 맞댄 채 연신 쪼듯 입을 맞춰 왔다. 릴리스는 아직 덜 풀린 금지령을 언뜻 떠올렸으나—

"예, 사탕. 그러니 마마께선 고르기만 하시면 됩니다. 매일매일 아주 듬뿍 손안 그득 쥐여 드릴 테니까. 하나만 고를 필요도 없어요. 전부 당신 겁니다."

이어지는 그의 말에 그만 모든 것을 잊고 말았다. 그녀는 잠시 생각하다 되물었다.

"……무슨 말인지 모르겠어요."

"상관없습니다. 제가 알고 있으니까."

여전히 알 수 없는 말이었으나, 이제는 아무래도 상관없을 듯했다.

살로메와 그녀는 아주 다르니, 어쩌면 그의 말이 전부 옳을지도 몰랐다. 기사가 되어 바이마르에게 검을 바칠 수는 없을 테지만 그럼에도 분명 그를 위해 그녀만이 할 수 있는 무언가가 아직 남아 있을 것이므로.

릴리스는 눈썹을 깜박여 축축하게 남아 있던 물기를 털어 내고는 너른 어깨에 울어서 붉게 달아오른 볼을 비볐다.

버리지 말아 달라고 빌어야 했던 것은 역시 이쪽이 아니었을까. 그러나 밀려드는 입맞춤에 그 생각조차 곧 밀려 사라지고 말았다.

닿은 숨이 사탕보다도 더 달았다.

⚜

다음 날 아침. 릴리스는 퉁퉁 부은 눈으로 집무실을 찾았다. 잠시간 심각한 표정으로 그녀를 바라보고 있던 체자레가 바이마르와 와트만을 번갈아 손가락질하며 물었다.

"너희가 울렸나?"

"그럴 리가요."

체자레는 단호한 부정에 머쓱한 표정으로 손을 내렸다. 이내 자세를 바로 한 그가 등받이에 편히 몸을 기대고 한 손으로 허리춤의 견장을 툭툭 두들겼다.

"그래서 대답은? 뭐, 보아하니 안 들어도 알 것 같긴 하네만……."

"물론 짐작하신 대로입니다."

릴리스는 빡빡한 눈을 신경 쓰지 않으려 애쓰며 답했다. 새까만 눈동자가 빤히 그녀의 낯을 살폈다.

"……진심인가? 참고로 말하자면 나는 지금 무력시위까지도 염두에 두고 있어. 부담스러운 것도 사실이다만, 목적이 수복이라면야…… 기사들의 사기도 최고조에 올랐으니 피할 수 없는 일이라면 부딪쳐 봐야겠지."

"……."

"왜, 놀랐나?"

체자레는 이제 반쯤 웃고 있었다. 릴리스는 멋쩍은 기분으로 표정을 갈무리했다.

"……솔직히 그렇습니다."

과거, 그는 전면전을 피하기 위해 예거라트의 제안을 받아들였다. 그녀에 대한 일말의 호감조차 없었기에 가능한 일이었다. 그러나 지금은.

"그래, 헌데……."

"……?"

"나도 그대에게 궁금한 것이 한 가지 있어."

잠시간 말이 없던 체자레가 불쑥 몸을 앞으로 기울였다. 릴리스는 생각을 지워 내고 허리를 곧게 펴 그를 마주 보았다. 코앞까지 들어 올린 찻잔 너머로 빤한 시선이 넘어왔다. 또다시 한동안 침묵을 지키던 체자레가 이윽고 눈치를 살피듯 바이마르를 곁눈질해 가며 입을 열었다.

"카리알에 안가가 있었다지. 혹 처음부터 도망칠 생각이었나?"

입 안이 바싹 말랐다. 언제고 들을 거라 생각했던 추궁이었으나, 적어도 그때가 지금은 아니었다. 문득 오른뺨을 간질이는 시선이 느껴졌다. 바이마르였다. 릴리스는 찻잔을 내려놓으며 순순히 반쪽 진실을 풀어냈다.

"……언젠가는…… 폐하께서 제게 칼을 들이미실 수도 있겠다고 생각했었지요."

"구태여 카리알이어야만 했던 이유가 있었나? 어차피 그곳도 아테라의 땅인 것은 매한가지일 텐데. 램프 밑이 어둡다는 옛말이 그 수완 좋은 아테라 황제에게까지 통하지는 않을 성싶어 묻는 것이네."

체자레는 어렵지 않게 핵심을 짚어 냈다. 솟아오른 광대와 대비되게 움푹 팬 눈 안쪽의 검은 눈동자가 몹시도 끈질기게 그녀를 좇았다. 릴리스는 그 시선에 붙들려 잠시 과거로 끌려 들어갔다.

기억하기로는 분명 여름이었다. 체자레는 계절이 다 지나기 전, 그가 스파티움의 왕이 되었음을 공식적으로 전 대륙에 선포했다. 카리알은 그보다 앞서 아테라 기사들을 몰아내고 독립을 선언했으며 공교롭게도 바로 그날, 릴리스는 예거라트와 오찬을 함께하고 있었다.

'폐하.'

칼릴이 황급히 들어와 두 사람 앞에 무릎을 꿇었다. 철걱이는 갑옷 소리들이 열려 있는 문 너머로 어렴풋이 들려왔으나, 이때까지만 해도 릴리스는 앞으로 벌어질 일들을 미처 예감하지 못했다. 스파티움의 행보가 뒤숭

숭하니 그것에 관한 일이 아니겠는가, 어렴풋이 그리 짐작했을 뿐이었다.

'폐하. 카리알이 아테라의 기사들을 전멸시키고 독립을 선언했습니다.'

예거라트는 목소리를 높이거나, 혹은 상대를 무력으로 위협하여 목적을 달성하는 그런 종류의 인간이 아니었다. 그는 그저 침묵으로 불쾌감을 표했다.

'릴리스. 오늘은 이만해야겠구나.'

어둠을 틈타 스파티움으로 떠나야 했던 것은 그로부터 채 한 달도 지나지 않아서였다. 풀벌레 소리가 귀를 어지럽히던 후덥지근한 밤이었다.

"카리알이…… 독립을 준비하고 있지 않은가요?"

"뭐……?"

릴리스는 벽에 걸린 달력을 보며 무심코 찬찬히 날짜를 헤아렸다. 뜬금없는 물음에 체자레의 눈빛에 시꺼먼 날이 섰다.

그는 흥분하는 대신 침착하게 되물었다.

"……그대가 알고 있다는 것은 황제 또한 짐작하고 있다는 뜻인가?"

릴리스는 그 반응에 뒤늦게야 자신이 저지른 실수를 깨닫고 몹시 당황해 코끝을 벅벅 긁었다. 패를 섞기도 전에 밑천을 죄다 내보인 셈이었다.

"제가 가진 모든 정보들은 개인적인 것입니다. 그 점에 대해서는 걱정하지 않으셔도 된다고 확언하지요."

그러나 이미 던져진 주사위요, 뒤집힌 카드였다. 릴리스는 기죽지 않았음을 드러내기 위해 목을 한껏 꼿꼿이 세웠다.

"내가 그 말을 어떻게……!"

당연하게도, 체자레는 그 말에 몹시 노한 표정이 되었다. 감정을 다스리듯 몇 번 심호흡을 거듭하던 그가 벌떡 일어서서 방 안을 서성이기 시작했다. 써늘한 침묵이 집무실 안에 내려앉았다.

"출처를 말할 수 있나?"

물론 없었다. 오른뺨은 이제 불편하다 못해 따끔하게 느껴질 정도였으나 릴리스는 고집스레 앞을 향해 시선을 고정했다. 채도가 낮은 스테인드글라스를 통과한 햇빛이 체자레의 얼굴 위로 어둑한 그늘을 만들었다.

"그대는 참으로 알 수 없는 사람이로군……. 뭐, 좋아. 언제고 기회는 차고 넘치는 법이니……."

대화가 재개된 것은 그로부터도 한참이 지난 뒤였다. 눈을 감고 있던 체자레가 느릿하게 걸어와 자리에 도로 착석했다. 식욕을 억누르고 있는 포식자처럼 한참 동안 릴리스를 뜯어보던 그가 문간을 향해 가볍게 손짓했다.

"우선은 해야 할 일부터."

모군이 기다렸다는 듯 재바르게 깃펜과 종이를 갖다 바쳤다. 펜촉이 서걱거리며 흰 종이 위를 신경질적으로 뛰노는 동안 누구도 쉽사리 입을 열지 않았다. 고민 한번 없이 종이를 꽉 채워 낸 체자레가 마지막으로 아래쪽에 커다란 서명을 적어 넣었다.

"반, 네가 독립할 카리알의 수장이 되어야겠다."

덜 마른 잉크 냄새가 코끝에 훅 끼쳤다. 모두가 말을 잃은 가운데 깃펜을 던지듯 내려놓은 체자레가 소파에 깊숙이 몸을 묻은 채 펄럭이는 종이를 바이마르에게 넘겼다.

"네가 벌인 일이니 네가 책임을 져."

흰자위에 시뻘겋게 선 핏발이 쌓인 피로감을 여과 없이 드러냈다. 바이마르는 지체하지 않고 그의 명을 받들었다.

"그렇게 하겠습니다."

뜯어말릴 사이조차 없었다. 바이마르가 체자레의 서명 옆에 제 것을 적어 넣기 무섭게, 모군이 종이를 돌돌 말아 고정시키곤 그 위에 녹인 밀랍을 듬뿍 흘렸다. 인장을 찍어 서신을 봉하고 나자 방 안은 아무 일도 없었다는 듯 다시 고요해졌다.

"……살로메가 로타이의 원로들을 끌어내 아펠라가 다소 소강상태이긴 하다마는, 아직도 황녀의 거취에 불만을 품은 이들이 제법 남아 있는 것이 사실이다. 불신이 더 확산되면 옥좌마저 위태로울 수 있음을 알아야 해."

"알고 있습니다."

"그러니 네가 카리알을 독립시켜라. 명분을 세워서 네 가족을 지키란 말이다. 스파티움 남자라면 응당 해야 할 일이지. 단지 문제가 하나 있는데……."

체자레가 손끝으로 탁자를 두들기며 목소리를 내리깔았다.

"아무리 취지가 좋다 한들 결국 중요한 것은 당장의 생계다. 가뜩이나 수확이 적은 겨울철에, 내전으로 이미 국고가 제법 비었어. 병사들을 먹인다는 이유만으로 식량을 죄 털어 버릴 수는 없는 일이니……."

"아직 나라 안에 수두룩한 용병들도 문젭니다. 견제를 위해서는 궁부터가 보란 듯 건재해야 하겠지요."

둘둘 말린 종이를 품속에 넣어 챙긴 모군이 비어 있는 잔들을 채워 주며 잠시 끊긴 말을 이었다. 체자레의 가슴이 그에 응수하듯 커다랗게 들썩였다.

"……단순한 농성이라면 모를까. 부담을 떠안기로 한 이상 판이 커질 것도 염두에 두어야 해. 식량과 자금을 비축해야 하니 병력을 많이 내어 주기에는 무리가 따른다는 걸 알아 두거라."

"알겠습니다."

바이마르는 선선히 고개를 주억였다.

"그리고……."

"전하. 알현실에 그리암 후작이 도착했다 합니다."

때마침 문밖에서 들려온 목소리에 체자레의 입에서 앓는 소리가 튀어나왔다. 관자놀이를 문지르며 자리를 털고 일어선 그가 주변을 둘러본 후 옆을 향해 고갯짓했다.

"그러고 보니 선약이 있었군. 이 이야기는 차후 다시 논의하도록 할 테니 둘 다 그만 돌아가 보도록 해. 안색들이 좋지 않으니 쉬는 것도 썩 나쁜 선택은 아니겠군그래."

불같은 성질만큼이나 행동거지에도 거침이 없었다. 제 말을 끝마친 체자레가 더는 볼일이 없다는 듯 훌쩍 집무실을 나섰다. 모군은 남아 있는 두 사람에게 꾸벅 고개를 숙여 보이고는 허겁지겁 체자레를 뒤따랐다.

릴리스는 발소리가 완전히 멀어진 뒤에야 미진하게 남아 있던 긴장을 풀어냈다. 한바탕 휩몰아친 돌풍에 생각이 죄다 날아간 듯 머릿속이 텅 비어 버린 것 같았다. 그녀는 떨리는 손으로 찻잔을 들어 너무 우려 떫어진 차를 단숨에 들이켰다.

"그럼 우리도 이제…… 반?"

그러나 이상하게도, 이 순간 바이마르는 무섭도록 말이 없었다. 재차 부르며 말랑한 왼뺨을 건드리자 그가 마치 불에 덴 사람처럼 퍼뜩 놀라며 두 눈을 깜빡였다.

"아…… 마마."

표정 없이 침묵을 지키던 방금 전과 달리, 바이마르는 어느덧 평소의 다정한 낯으로 돌아와 그녀를 바라보고 있었다.

착각이었나.

릴리스는 눈매를 살짝 좁혔다. 그사이 먼저 일어선 바이마르가 손을 내밀어 익숙하다는 듯이 그녀를 부축했다. 릴리스는 팔걸이에 기대어 놓았던 지팡이를 찾아 쥐곤 천천히 걸어 집무실을 빠져나왔다. 스쳐 지나며 마주한 와트만의 얼굴이 퍽 괴상하게 일그러져 있어, 그녀는 의아한 기분으로 부러 조금 속도를 늦추었다.

'왜.'

고개만 틀어 입 모양으로 물으려니 와트만이 양쪽 눈썹을 홱 추켜올렸다.

'앞에. 좀.'

눈치 보랴, 따라 걸으랴 할 일이 태산이었다. 릴리스는 입을 비죽였다.

'잘 보고 있거든?'

두 눈을 부라리자 그가 우습지도 않다는 듯 쿵, 코웃음을 쳤다. 주군에 대한 예의는 국경 저 너머에 버리고 온 모양새였다.

'저하 좀.'

그러나 이어지는 말에는 그녀조차 반박할 답이 없었다. 와트만이 송충이 같은 눈썹을 요령 좋게 꺾으며 바이마르를 눈짓했다. 릴리스는 고개를 틀어 흘금 그의 얼굴을 살폈다. 기민하게 시선을 감지해 낸 바이마르가 눈을 마주하며 엄지로 부드럽게 손등을 매만져 왔다. 여느 때와 다름없이 살가운 태도였다.

릴리스는 애써 자연스레 미소를 되돌렸다. 가능한 한 평소처럼 보이기를 바랐으나 실제로 어떤 표정을 지었는지까지는 알 수 없었다. 오래 우린 찻잎 때문일까. 어쩐지 혀끝이 아릿했다.

❖ ❖ ❖

출발일은 그날로부터 두 달 뒤로 정해졌다.

퍽 빠듯한 일정이었음에도 기사들은 순순히 명령을 받들어 출발 준비에 박차를 가했다. 반년간 내전을 치르며 단단히 잡힌 군기가 이를 가능케 만들었음은 물론이었다.

난데없이 나타난 아테라의 황녀에 대한 불신 또한 전쟁 준비에 매진하며 조금씩 사그라드는 기미를 보였다. 아펠라에게는 불행이요, 체자레에게는 퍽 다행스러운 일이었으나, 안타깝게도 모두가 이처럼 유한 반응을 보이는 것은 아니었다.

"와트만, 나 물 좀."

탁자 위에 젖은 수건처럼 늘어져 있던 릴리스가 팔을 죽 뻗으며 와트만의 옆구리를 쿡 찔렀다.

"누누이 말씀드립니다만 마마, 저는 절대 시종이……."

"빨리."

묵묵히 검을 손질 중이던 와트만은 툴툴거리면서도 벌떡 일어서 빈 잔에 찬물을 가득 따랐다. 물 한 방울 넘치지 않고 깔끔하게 가져온 모양새가 몹시도 그다워 릴리스는 컵을 받아 들며 소리 없이 조금 웃었다.

"역시 경뿐이라니까."

타성적인 칭찬이 못마땅했는지, 와트만이 쟁반을 치우며 불만스럽다는 듯 눈썹을 꿈틀거렸다.

전속 시녀가 한 명이라도 있었다면 하지 않아도 될 허드렛일이었다. 그러나 이곳은 명백한 적국의 심장이다. 권력으로도 찍어 누르기 어려운 것이 해묵은 적개심이었던 탓에 릴리스는 목욕과 치장을 제외하고는 구태여 남의 손을 빌리지 않았다.

물 한 컵을 벌컥벌컥 들이켠 뒤, 릴리스는 거울 앞에 앉아 홀로 흐트러진 머리를 정돈했다. 숙련된 시녀의 손길에는 한참 못 미치겠으나 하다 보니 처음보단 제법 솜씨가 나아져 이제는 모양새가 제법 그럴싸했다.

빛에 눈이 부실 만큼 화창한 날이었다. 며칠 내리 이어지던 눈바람이 멎고 나자 기다렸다는 듯 파란 하늘이 얼굴을 들이밀었다. 방을 나선 릴리스는 건물 외벽에 딸린 기다란 회랑을 걸으며 체자레의 집무실로 향했다.

저만치 보이는 야트막한 난간 위에 깃털이 하얀 새 몇 마리가 조르륵 열을 맞추어 앉아 있었다. 짹짹거리며 목청을 돋우던 새들이 딸각이는 지팡이 소리에 놀랐는지 일순간 퍼드덕 요란한 날갯짓을 하며 하늘로 날아올랐다. 지저귐 소리만이 희미하게 남아 있는 널찍한 난간 위에 먹다 남은 빵 부스러기가 드문드문 흩뿌려져 있었다. 릴리스는 잠시 멈춰 서서 그것들을 내려다보다 그림자가 가리키는 방향을 따라 다시 걷기 시작했다.

"앉게나."

오늘의 체자레는 다소 생경한 차림을 하고 있었다.

은실로 물결무늬를 수놓은 새하얀 천이 자연스러운 주름을 만들며 어깨부터 무릎까지를 전부 덮었고, 가장자리에 촘촘히 매달린 자주색 술은 밋밋한 옷감에 생기를 더해 마치 소년처럼 경쾌한 분위기를 자아냈다. 재봉선이 드러나지 않는 것으로 미루어 보건대, 아마도 옷감 전체가 하나의 천으로 되어 있는 듯했다.

릴리스는 뾰족한 귓바퀴에 아슬아슬하게 꽂혀 있는 하얀 깃펜을 물끄러미 살피며 그가 권하는 대로 널찍한 소파 맞은편에 조심스레 자리를 잡고 앉았다. 시선으로 그녀의 동작을 좇던 체자레가 픽 웃으며 고개를 비스듬히 기울였다.

"왜. 나는 평소에도 무식하게 검만 휘두를 것 같나?"

퍽 심술궂은 목소리였다. 문 앞을 지키고 서 있던 모군이 동생 사탕 뺏는 형을 구경하듯 한심한 눈길로 흘금 그들 쪽을 돌아보았다. 체자레는 무언의 비난을 모른 척하며 불퉁한 태도로 문을 등졌다.

"농이니 구태여 답할 필요 없네. 그보다…… 그대가 먼저 접견을 청해 온 것은 오늘이 처음인 듯한데."

새까만 눈동자가 다리 아래를 분주히 오갔다. 릴리스는 적당한 답을 고르지 않아도 된다는 부담감에서 벗어나 순순히 고개를 끄덕였다. 사실대로 말하자면, 깃펜과 체자레의 조합은 다소 어설퍼 조악하게까지 보이는 감이 있었던 것이다.

"……그런 듯합니다."

"참, 듣자 하니 최근 시렌과 공부를 시작했다지? 따라가기 벅차지는 않은가?"

귀환한 왕자 일행의 일거수일투족은 분 단위로 나뉘어 그에게 보고된다. 체자레는 그것을 숨길 생각이 없는 듯했고, 릴리스 또한 그것을 모른 체할 생각이 전혀 없었다. 어떻게 대답할까 고민하던 그녀는 문득 아침나절 있었던 시렌과의 격렬한 토론을 상기하곤 저도 모르게 고개를 설레설레 내젓고 말았다.

"솔직히 말해 조금은 괴롭습니다만…… 다행히 아직은 배우는 기쁨이 좀 더 크니 괜찮습니다."

"하하! 그건 또 의외의 감상이로군. 아로프 자작이 겉보기론 비실비실해도…… 실은 여간 독종이 아니라서 말이지. 보통 이맘때면 죄다 백기를 들고 후퇴하기 마련이거든."

불편한 기색을 빠르게 지워 낸 체자레가 짧게 웃음을 터뜨렸다. 굵직한 이목구미가 한순간 유쾌한 곡선을 그리며 근엄하던 인상을 무너뜨렸다. 시원하게 말려 올라간 양쪽 입꼬리와 덩달아 볼록 솟아오른 도톰한 광대가 언뜻 바이마르의 웃는 모습을 연상시켜 릴리스는 잠시간 그 얼굴에 시선을 빼앗겼다.

지금쯤 훈련에 열중하고 있겠지. 릴리스는 벽으로 막혀 있는 연무장 방향을 향해 고개를 틀며 마음속으로 그리운 얼굴을 덧그렸다. 출병일이 정해지며 일정이 빡빡해진 바이마르는 요사이 혹독한 훈련으로 눈코 뜰 새 없이 바쁜 나날을 보내는 중이었다.

릴리스 역시 놀 수만은 없어 시렌을 교사로 삼아 그간 미루어 두었던 학업에 열중했다. 하루에도 몇 시간씩 이어지는 수업은 솔직히 말해 제법 고된 편에 속했으나, 놀랍게도 릴리스는 까탈스럽기로 유명한 시렌마저 한수 접고 들어갈 만큼의 놀라운 과제 집착력을 보이며 빠르게 뒤처진 진도를 따라잡았다.

천생 기사인 와트만과 둘베트로서는 퍽 이해하기 힘든 유대감이었으나, 어쨌건 두 사람은 그런 면에서 제법 합이 좋은 편이었다.

"헌데."

그때였다. 뚝 웃음을 그친 체자레가 한쪽 눈썹을 휙 꺾어 올리며 고개를 갸웃했다.

"그대도 아테라에서 학문을 배웠던가? 아로프 자작의 수업은 제법 까다로워 쉬이 따라갈 수가 없을 텐데 말이야. 황제의 태도로 봐서는 그대가 학문에 정진하는 걸 썩 달가워하지 않았을 법한데……. 아니, 뭐 물론 하나뿐인 황녀를 내내 백치로 묻어 두기도 곤란한 노릇이었겠지만……."

내키는 대로 주절거리던 체자레가 문득 말끝을 흐리며 험, 험. 난데없는 헛기침을 끼워 넣었다. 릴리스는 그 기색을 모른 척하며 부드럽게 대화를 이어 갔다.

"전하의 말씀이 옳습니다만, 선황 폐하께서 돌아가시기 전까지는 그래도 제법 학문을 수학했기에 아주 생소하지는 않습니다."

"커흠, 흠…… 선황이 그대를 정말 아끼기는 했었던 모양이야. 흠, 흠. 허면 기간은 대략 어느 정도 되었던가?"

체자레는 이제 확연히 안도한 얼굴이었다. 릴리스는 그에게서 시선을 떼어 내어 손가락을 꼽으며 잠시 지난해를 셈하여 보았다.

"선황 폐하께서 위독해지셨고, 이후에는 오라버니…… 현 황제 폐하께서 황위에 오르셨으니 대략 2년 남짓이라 보아야 하겠지요."

"알 만하군그래."

열한 살의 여름. 릴리스는 열네 살이던 발칸 소공을 처음 만났다. 상상 속에서만 존재했던 또래 친구가 생각보다 쌀쌀맞아 조금 울적했다는 것만 제한다면 제법 그립기도 한 시절이었다.

그러나 일찌감치 후계 수업에 매진하던 똘똘이 소공과 글도 채 떼지 못한 어리숙한 황녀가 잡음 없이 어울릴 수 있을 리 없었다. 모든 수업이 릴리스의 수준에 맞추어 진행되었으므로, 소공은 대부분의 시간 동안 눈을 반쯤 감은 채 꾸벅이며 조는 것이 일상이었다.

역사와 병법론은 개중에서도 두 사람 모두의 사랑을 듬뿍 받았던 몇 안 되는 과목이었다. 푸근한 인상의 노백작이 지어내는 갖가지 이야기들을 가만히 듣고 있노라면 머리 아픈 이론들조차 그저 재미있는 동화처럼 느껴졌다. 늘 어른스러운 체하던 발칸 소공도 그 시간만큼은 평범한 또래 소년으로 돌아와 신이 난 얼굴로 수업에 귀를 기울이곤 했다.

그러나 오늘 체자레를 찾은 것은 이런 이야기를 털어놓기 위함이 아니었다. 릴리스는 들고 온 작은 주머니를 꺼내어, 주둥이에 묶인 끈을 풀어 낸 뒤 그것을 탁자 위에 올려놓았다. 주머니를 물끄러미 들여다보던 체자레가 두 눈을 가늘게 뜨곤 추궁하듯 물어 왔다.

"설명하라."

"도망할 적 챙겨 온 것들입니다. 자금이 걱정이라고 하지 않으셨던가요?"

입을 다문 체자레가 손을 뻗어 주머니 안쪽을 뒤적였다. 가장 먼저 집힌 것은 주먹만 한 사파이어다. 그것을 눈높이로 들어 올려 꼼꼼히 뜯어보던 체자레가 한숨을 섞어 가며 나직하게 감탄했다.

"……모르긴 몰라도 성 하나는 족히 사겠군. 물론 나야 주겠다면 기꺼이 받을 생각이네만……."

담소를 나누며 조금 가벼워졌던 분위기가 다시 차분하게 가라앉았다. 릴리스는 끈기 있게 상대의 결정을 기다렸다. 이윽고, 체자레가 불편한 듯 몸을 두어 번 들썩이곤 엄지로 턱 끝을 문질렀다.

"그대, 훗날 정말 후회하지 않을 자신이 있나?"

"……고작 이것으로 신임을 살 수 있다면야 제겐 오히려 남는 장사겠지요."

릴리스는 그저 한 번 웃고 말았다. 민심이란 어찌나 무섭고도 쉬운 것인지.

"그대의 입에서 나오는 말치고는 무게가 제법 되는군."

"……제게 큰 아량을 베푸셨음을 압니다. 반드시 보답하겠습니다."

릴리스는 천천히 일어나 지팡이에 몸을 의지했다. 무릎을 천천히 굽히는 동안 손잡이를 쥔 왼손이 바들거리며 온 무게를 지탱했다. 예거라트처럼 능숙하게 타인의 마음을 주무를 수는 없을 것이나, 언제고 회유가 필요한 순간은 존재하는 법이었다.

그리고, 릴리스는 지금이 바로 그때이기를 간절히 바랐다.

⚜ ⚜ ⚜

"반, 정말 괜찮은 거예요?"

"……마마의 얼굴을 보니 이제 조금 괜찮은 듯도 합니다."

바이마르가 지친 듯 웃으며 젖은 머리를 탈탈 털었다. 고된 훈련에 살이 빠진 탓인지, 턱선이 눈에 띄게 날카로워져 마치 낯선 사람을 보고 있는 듯했다. 릴리스는 이불을 걷고 들어오는 그의 팔을 제 쪽으로 힘주어 끌어당기며 조금 투덜거렸다.

"조금쯤은 쉬엄쉬엄해도 되지 않아요? 어차피 궁을 나서면 몸 쓸 일만 한가득일 텐데."

커다란 몸이 아무런 저항도 없이 가까워졌다. 자리를 잡고 누운 바이마르가 한 팔로 가느다란 허리를 와락 휘감으며 그녀의 정수리 위에 아프지 않게 턱을 괴었다. 폴리스에 도착한 뒤로 한 뼘은 더 자란 듯한 육중한 몸이 마치 이불처럼 온몸을 단단하게 덮어 왔다.

오늘은 볼멘소리를 좀 하려고 했는데. 막상 얼굴을 보고 나니 그저 좋기만 해 투정을 부리고픈 마음마저 싹 날아가고 말았다. 릴리스는 스스로를 책하며 보일 듯 말 듯 입술을 비죽였다.

"듣자 하니 반이 직접 나머지 훈련을 자처한다고 하던걸요."

결국 꺼내 놓은 것이 이런 어설픈 불평이다. 규칙적으로 부풀었다 꺼지기를 반복하던 탄탄한 가슴팍이 순간 움직임을 뚝 멈추었다가 이내 다시 서서히 가라앉았다. 대답 대신 천천히 몸을 일으킨 바이마르가 팔꿈치로 상체를 단단히 지탱한 채 릴리스를 내려다보았다.

"……스무 날 뒤 출병할 예정입니다."

말 돌리는 솜씨도 이제는 수준급이었다. 이어, 곧바로 크고 따뜻한 손이 다리의 흉을 살살 어루만져 와 릴리스는 더 툴툴거릴 기회조차 잃고 말았다. 매일 잊지 않고 약을 발랐음에도 뾰족한 화살촉이 박혔던 부분에는 아직 동그랗게 작은 홈이 패어 있었다.

"폴리스에서 군대를 끌고 곧바로 카리알로 향할 겁니다. 마마께선 후방에 계십시오. 위험하니 절대 앞으로 나오시면 안 됩니다."

피곤한 낯임에도 바이마르의 어조만은 여느 때와 다름없이 부드럽고 단정했다. 살갗을 쓸어내리는 섬세한 손길에 몸이 절로 노곤해져 릴리스는 나직한 숨을 뱉으며 둥그렇게 등을 말았다.

"다시는, 다시는 마마가 다치는 걸 보고 싶지 않아요."

침대 한쪽이 푹 꺼지며 단단한 팔뚝이 다시 익숙하게 온몸을 휘감아 왔다. 따뜻하고 판판한 가슴팍 안쪽에서 들리는 심장 뛰는 소리가 귀를 울릴 정도로 선명하게 느껴졌다.

"저, 반."

그러나 아직 할 말이 남아 있었다. 릴리스는 무거워지는 눈꺼풀을 애써 위로 밀어 올리며 고개를 모로 틀었다. 바이마르는 이미 반쯤 잠든 모양인지 답이 없었다. 종일 몸을 굴렸으니 그럴 만도 했다.

하지만.

"……아니에요, 잘 자요."

릴리스는 말을 얼버무렸다. 할 말이 있어 부른 것은 자신이면서, 막상 잠든 그를 보니 다행이라는 생각이 먼저 들어 우스웠다.

최근 바이마르의 일상은 눈에 띄게 분주했다. 무리하게 몸을 혹사시키고, 방으로 돌아와 곧바로 잠을 청하는 날들이 계속되면서 어느 순간부터는 얼굴을 맞대고 이야기를 나누는 것조차 어려워졌다.

역시 그것 때문일까. 릴리스는 생각에 잠겨 몸을 조금 뒤척였다. 잠결에도 그것을 제지하려는 듯 허리를 감싸 안은 팔이 조금 더 단단해졌다. 릴리스는 기꺼이 그에게 몸을 내어 주면서도 새벽이 밝아 올 때까지 뜬눈으로 잠을 설쳤다. 이상하게도 여전히 입 안이 떫었다.

깜빡 잠들었다가 눈을 떴을 때 옆자리는 이미 비어 있었다. 릴리스는 아쉬운 마음으로 단장을 마치고 일과대로 너른 궁을 한 바퀴 돌았다. 아테라였다면 궁의 주인을 막론하고 천장이며 기둥에 금칠부터 해 두었을 일이건만 스파티움의 건물들은 눈길 닿는 곳마다 온통 잿빛투성이라 길을 찾는 일부터가 쉽지 않았다.

릴리스는 동쪽 회랑을 거닐다 문득 자리에 멈추어 섰다. 흐린 하늘 끝에 거대한 탑 꼭대기가 비죽이 솟아 있었다. 그녀를 따라 같은 방향으로 시선을 두고 있던 와트만이 심드렁한 목소리로 모두 아는 이야기를 다시 읊었다.

"탑 꼭대기에 1왕자가 갇혀 있다더군요. 한 달 뒤에 유배를 보낼 예정이라고 들었습니다."

마치 설명에 동조라도 하듯, 갑작스레 빗방울이 후드득 떨어지기 시작했다. 예고 없이 퍼붓는 비에 밖에 있던 사람들이 요란을 떨어 대며 건물 안으로 다급히 뛰어들었다.

밖에서 보는 탑은 퍽 생경한 모습이었다.

릴리스는 와트만의 만류를 뿌리치고 난간을 향해 두어 걸음 다가섰다. 빗소리에 소음들이 차츰차츰 멀어졌다. 마치 막 속에 홀로 갇혀 있는 듯했다.

"아무래도 오늘 훈련은 공치겠는뎁쇼. 비도 웬만큼 와야지 원…… 이래서야 앞도 안 보이겠습니다. 우리도 이만 돌아가지요."

"……그래. 돌아가야지."

"거참, 옷이 다 젖으셨습니다. 저게 뭐 그렇게 볼 게 있다고……. 아, 좀 빨리 가십시다요."

성급한 재촉이 연달아 이어졌다. 소나기로 피어난 희뿌연 물안개가 우중충한 탑 외관을 오래된 얼룩인 양 희미하게 지워 냈다. 릴리스는 와트만의 '들쳐 업고 가겠다'는 으름장을 듣고 난 뒤에야 앞을 향해 완전히 몸을 틀었다. 주변은 여전히 소란하기 짝이 없었고, 빗소리는 잦아들 줄 모른 채 땅을 성난 듯 두들기고 있었다.

그녀는 한참 뒤 다시 멈춰 서서 뒤를 돌아보았다.

어느덧 탑은 아주 없어진 듯 희뿌옇게 시야에서 지워진 뒤였다. 마치 다시는 그녀의 앞에 나타나지 않을 것처럼.

⚜ ⚜ ⚜

스파티움의 우기는 퍽 짓궂은 편이었다.

하루에도 몇 번씩 날이 개었다 흐리기를 반복했고, 기온도 종일 들쑥날쑥 널을 뛰어 옷차림을 가늠하기가 힘들었다.

릴리스는 겉옷을 끌며 텅 비어 있는 연무장을 터벅터벅 지나쳤다. 몇 시간 전만 해도 훈훈했던 공기가 이제는 뼈에 스밀 것처럼 차갑게 느껴졌다.

복도에 막 들어섰을 무렵이었다. 푹 젖은 몰골로 방문 앞을 서성이던 바이마르가 복도 끝에서 절뚝이며 걸어오는 그녀를 발견하곤 얼굴을 와락 일그러뜨리며 성큼성큼 다가왔다.

며칠 만에 마주하는 반가운 얼굴에 절로 웃음이 피어났다. 한편, 거리를 좁혀 바짝 다가선 바이마르는 여전히 걱정스러운 기색이었다.

"날이 궂은데 어딜 다녀오시는 길이십니까? 바람이 많이 부는데 뭐라도 걸치시지 않구요."

"그냥 이곳저곳 산책을 좀…… 헌데 반이야말로 왜 안 들어가고 그렇게 서 있나요? 옷이 다 젖었잖아요. 그러다 감기라도 걸리면 어쩌려구요."

그 말에 바이마르의 낯이 설풋 어두워졌다.

"아…… 그게, 마마께서 이곳에 계실지 확신이 서질 않아서……."

"그게 무슨 소리예요?"

대체 무슨 말을 하고 있는 거람. 릴리스는 도통 이해할 수 없는 소리에 고개를 흔들었다. 깊어진 눈으로 물끄러미 그녀를 바라보던 바이마르가 이내 조심스런 목소리로 부연했다.

"마마께서 최근 옆방 침실에서 자주 낮잠을 청하신다고 들었습니다. 혹 방해받는다고 생각하시는 게 아닐까 저어되어……."

"상대가 반이라면 아무래도 상관없는걸요."

릴리스는 대차게 오해를 부정했다. 꼬리 내린 개처럼 축 처져 있던 눈꼬리가 그제야 조금 되살아나며 릴리스를 마주 보았다.

"됐으니 이만 들어가요. 여기……!"

막 몸을 틀어 걸음을 내딛던 순간이었다.

"마마!"

뭉툭한 지팡이 끝이 바닥에 고여 있던 물웅덩이를 짚으며 앞으로 죽 미끄러졌다. 덩달아 넘어지려는 그녀를 잽싸게 잡아챈 바이마르가 안절부절 못하는 얼굴로 한쪽 무릎을 꿇고 앉았다. 갑자기 가해진 충격에 놀란 것인지, 뻣뻣해진 왼 다리가 눈에 띄게 바들바들 떨리며 경련을 일으키고 있었다.

"괜찮, 괜찮으십니까? 죄송합니다, 마마. 제가 젖은 채로 복도를 활보하는 바람에……."

바이마르가 사색이 된 얼굴로 자책했다. 릴리스는 신음을 입 속으로 삼키며 애써 입가에 웃음을 매달았다.

"괜찮아요. 아프지 않다면 거짓말이겠지만…… 실은 오늘 아침부터 내내 상태가 좋지 않았는걸요."

"오늘 아침부터 그랬단 말입니까? 그럼 언질이라도 주시지 그러셨습니까. 아무 말씀도 없으셔서 생각지도 못했습니다."

달래기 위해 꺼낸 말이었는데. 어째 더한 걱정을 얹어 준 모양새가 되어 버렸다. 릴리스는 한층 더 심각해진 바이마르의 얼굴을 내려다보다 무의식적으로 그의 젖은 머리를 쓸어 올려 매끈한 이마를 드러냈다.

그날 이후 어쩐지 조금 어색해진 듯했으나, 그럼에도 바이마르는 언제나 의연하게 그녀의 곁을 지켰다. 단순한 애정이라 정의하기 힘든 만큼 무겁게 느껴지는 감정이었다.

릴리스는 덩달아 가라앉으려는 기분을 떨치기 위해 어설프게 변명했다.

"그냥 조금요. 아무래도 날이 궂으니 어쩔 수 없겠죠."

그 말에 대놓고 못마땅한 표정이 된 바이마르가 그녀를 번쩍 들며 거침없이 방문을 열어젖혔다. 환자보다 정작 본인이 더 아픈 표정이라 절로 실실 웃음이 흘렀다. 허리를 굽혀 그녀를 의자에 앉혀 주던 바이마르가 그 소릴 들었는지 곧장 불만 가득한 목소리로 투덜거렸다.

"정말이지, 마마께선 스스로를 좀 더 아끼셔야 합니다. 아직도 흉터가 이렇게나……."

"저하, 시렌입니다."

그때였다. 정갈한 노크 소리가 애틋하던 분위기를 산산조각 냈다. 입을 꾹 다문 바이마르가 문을 노려보며 쯧, 커다랗게 혀를 찼다.

"들어와."

이윽고 나직한 허락이 떨어졌다.

제 키만 한 지도를 품에 안고 뒤뚱뒤뚱 방 안으로 걸어 들어온 시렌이 끙끙거리며 탁자 위에 그것을 펼쳐 놓았다. 뒤늦게 합류한 와트만과 둘베트가 붉은색과 푸른색의 깃발 모형들을 지도 위에 신중하게 배열하는 동안, 릴리스는 의자를 조금 뒤로 물린 채 탁자 위를 빼꼼 내려다보았다. 최근 들어 종종 소집되던 전략 회의였다.

"출발지는 이곳입니다. 여기서 출정해 클라렌 협곡을 넘고."

스파티움을 상징하는 푸른 깃발 모형들이 시렌의 손끝에서 거침없이 전진했다. 협곡을 넘어 카리알을 향해 점점이 이어진 깃발 아래 산시 평원이라 쓰인 네 글자가 선명하게 눈에 들어왔다.

"평원에 막사를 치는 것이 신호입니다. 시간을 끌고 있으면 카리알 안쪽에서 문을 열어 주기로 되어 있으니 후퇴하지 않는 것이 관건이에요."

"내부에서 반발이 거세지는 않겠나?"

둘베트가 물었다. 시렌이 얼굴을 설풋 찌푸리며 고개를 흔들었다.

"어차피 카리알 인구의 대부분이 스파티움입니다. 그간 섞여 들어와 정착한 아테라인들도 제법 되기는 할 테지만…… 이제 와 그런 것들을 일일이 따지기엔 시간이 빠듯하지요. 게다가 먼저 신경 써야 할 곳은 이쪽입니다."

기다란 손가락이 산시 평원 너머의 작은 성 그림을 힘주어 짚었다. 릴리스는 흐릿하게 보이는 단어를 읽어 내려 열심히 노력했다. 구……드. 아니, 고드……가 아니라, 고트, 고트 영지였다.

푸른 깃발 하나를 영지 안에 자리한 성 앞에 올려놓은 시렌이 둥글게 모여 선 이들을 돌아보며 말을 이었다.

"방어에 특화된 곳이라더군요. 성 자체가 요새 형태로 지어져 있어 공략이 쉽지 않을 거라 들었습니다."

"하지만 영지를 포기하면 빠르게 카리알로 진입하는 일은 거의 불가능에 가깝다고 보아야 할 텐데. 산을 둘러 갈 경우 시간이 너무 늦어져. 아테라에서 지원군을 보내오면 속절없이 시간만 끄는 형국이 될지도 모른다고."

와트만이 고개를 설레설레 내저었다. 둘베트가 고개를 끄덕이며 동조했다.

"그 말이 옳아. 운 나쁘게 매복에 걸리기라도 한다면 몰살당할 가능성도 배제할 순 없겠지."

그러고는 한동안 아무도 말이 없었다. 창을 때리는 빗소리가 조용한 방 안을 촘촘히 메우는 가운데, 릴리스는 고개를 조금 앞으로 내어 탁자 위에 놓인 지도를 유심히 살폈다. 오가는 이야기들이 그리 어렵게만 느껴지지 않는 건 필시 시렌의 혹독한 가르침 덕일 것이다.

최종 목적지인 카리알은 양국의 군사적 요충지다. 험준한 산맥으로 둘러싸여 있어 토양이 다소 척박하지만 대신, 오가는 길이 제한되어 전술적 가치가 무척 높은 곳이기도 했다.

깃발이 모여 있는 산시 평원은 공성전을 벌일 수 있을 만큼 널찍했으나, 끝자락이 고트성과 거의 맞닿아 있다시피 해 습격의 위험을 배제할 수 없었다. 점령을 포기한다면 남은 방도는 와트만의 말대로 산을 타는 것뿐이다.

물론 고트 백작 또한 쉬이 항복하려 들지는 않을 것이나, 지금으로서는 그를 먼저 치는 것만이 그들에게 남아 있는 유일한 선택지처럼 보이는 게 사실이었다.

릴리스는 잠시 고민하다 붉은색 깃발 모형 하나를 조심스레 집어 들었다.

탁.

네 쌍의 눈이 하얀 손을 따라 움직였다. 깃발 모형을 고트성 위에 조심스럽게 올려 둔 릴리스가 영지 뒤편의 둥그런 능선을 손가락으로 덧그리며 머뭇머뭇 입을 떼었다.

"……국경 지대의 영지민들은 주로 약초를 재배해 생계를 이어 간다고 들었는데."

"갑자기 그게 무슨 말씀이십니까?"

시렌이 은테 안경을 위로 바짝 추켜올리며 그녀를 바라보았다. 날카로운 시선에 금세 혀가 마비된 듯 빳빳해졌다. 릴리스는 간신히 침을 삼켜 말라붙은 목구멍을 축였다. 때를 맞추어 눈치 있게 끼어든 와트만이 아닌 척 슬그머니 그녀를 거들었다.

"맞는 말입니다. 북부에서만 자라는 희귀한 품종들이 제법 있는 편이라 듣기로는 은근히 돈이 된다고들 하더군요. 대개 성 밖에 따로 밭을 만들어 재배합니다만, 아무래도 세금이 걸린 문제라 영지에서도 제법 엄격하게 순찰을 돌고 있습니다. 생각해 보니 저도 몇 번인가 차출되었던 적이 있습죠."

변방에서 굴러먹던 거친 과거가 새삼 빛을 발하는 순간이었다. 조용히 그의 말을 듣고 있던 바이마르가 생각에 잠긴 얼굴로 미간을 살짝 좁혔다. 무심코 바이마르를 따라 하던 시렌은 신경질적으로 콧잔등을 찡그리며 안경을 고쳐 썼다.

"이해했습니다. 농토가 많지 않은 곳이니 충분히 그럴 만도 하지요. 하지만 마마께서 구태여 그 이야기를 꺼내신 것에는 분명 다른 이유가 있으리라 짐작됩니다만……."

의미심장한 마무리에 네 쌍의 시선이 다시 한곳으로 모여들었다. 릴리스는 무언의 재촉에 황급히 까마득해진 기억을 더듬었다. 뭐라고 했더라. 분명 그때 발칸 소공이 말하기를—

"……계절."

"계절이요."

시렌이 그녀의 말을 반복하며 다음 말을 채근했다. 릴리스는 어릴 적 들었던 노백작의 옛이야기를 가물가물 떠올리며 시선을 내리깔았다. '남쪽의 왕이 얼음 여왕과 사랑에 빠졌다더라'는 전형적인 도입부로 시작되는 창작 동화는, 비극으로 끝나 눈물을 쏙 빼게 만들었던 감상과는 별개로 지역의 특징을 제법 잘 담아내어 아직도 드문드문 흐릿한 기억들을 남겼다.

"……우기의 끝이 가까워지고 있으니 이제 슬슬 씨를 새로 뿌릴 때가 되었지. 성에서 직접 나서서 지킬 만한 곳이라면 분명 기사들을 차출해 순찰을 돌게 할 테고."

그리고 노백작의 이야기 속에서, 태양처럼 빛나는 황금색 머리칼을 지닌 남쪽의 왕은 바로 이날 아름다운 얼음 여왕과 마주치며 한눈에 사랑에 빠졌더랬다. 난데없는 전개에 부끄러워하던 어린 소공의 모습이 덩달아 떠오르자 절로 입가에 웃음이 스몄다.

"상황이 상황이니만큼 변수가 있을 가능성도 배제할 순 없습니다. 혹수도에서 지원군을 보내지는 않겠습니까?"

한동안 옛 추억에 잠겨 있던 릴리스는 둘베트의 목소리에 퍼뜩 현실로 되돌아왔다.

"아마도 아닐 거라고 생각하는데……."

아테라의 황제들은 대대로 북부의 영지들을 천대해 왔다. 수도와 달리 권력의 입김이 직접 닿지 않아 통제가 어려웠던 탓이었다. 생계에 급급해 문화적 소양이 뒤떨어진다는 다소 허영심 어린 편견 또한 그러한 분위기에 크게 일조했다.

"말씀대로라면 꽤 많은 기사들이 성을 비우는 시기가 분명 있을 겁니다. 방비에 능한 요새라고 했으니 전력이 빠질 때를 노리는 것이 여러모로 이득이겠지요."

시렌이 심각한 표정으로 둘베트와 그녀를 번갈아 보았다. 릴리스는 얼떨떨함을 숨기고자 괜히 말을 얼버무렸다.

"……어디까지나 가능성일 뿐이니 흥분은 금물이야. 물론 아주 장담 못 할 이야기는 아닐 테지만……."

"그럼요, 지당하신 말씀입니다. 거보세요, 마마께서도 충분히 영특하시니 걱정 마시라고 제가 누누이 말씀드리지 않았습니까. 이것 참."

순식간에 낯을 확 바꾼 시렌이 기분 좋게 미소하며 그녀의 양손을 덥석 잡았다. 매번 무뚝뚝한 표정이라 내심 걱정이 많았는데. 그래도 제자라고 여겨 주긴 했었던 모양인지, 매사에 심드렁하던 고동색 눈동자가 오늘따라 유난히도 반짝거렸다.

낯선 접촉에 놀란 것도 잠시, 릴리스는 이어지는 칭찬에 마음을 훅 놓아 버리곤 머쓱한 듯 그를 보며 마주 웃었다. 훈훈한 분위기에 와트만이 흡족한 듯 콧잔등을 찡긋거렸다.

한편, 바이마르는 두 선택지 사이에서 홀로 치열하게 고민하는 중이었다. 기뻐하는 릴리스를 이대로 두고 보느냐, 스멀스멀 피어오르는 불쾌감에 굴복하느냐. 그는 스스로가 전자를 선택할 줄 아는 너그러운 사람이라고 생각했으나 얼마 가지 않아 치졸한 질투심 앞에 무릎을 꿇고 말았다.

"떨어져라, 시렌."

"아, 왜 그러십니까. 누구누구와는 다르게 성실한 마마를 격려하는 중인데요.”

“알겠으니 좀 떨어져.”

아니, 내 제자 내가 좀 칭찬하겠다는데 그게 그렇게 고까울 일인가. 시렌이 투덜투덜 불만을 쏟아 내며 꽉 쥐고 있던 손을 천천히 놓아 주었다. 그제야 만족한 듯 자세를 바로 한 바이마르가 네 개의 깃발 모형 중 하나를 집어 능선 위쪽으로 천천히 밀어 올리며 목소리를 낮추었다.

“……마마의 말씀에도 분명 일리는 있어. 하지만 당장 전면전을 치르기엔 준비할 시간이 충분치 않으니……. 아테라가 불만을 품고 곧장 대군을 움직이기라도 한다면 상황이 퍽 곤란해진다. 계속된 진압으로 무기가 부족해진 것도 문제야.”

“저하의 말씀이 옳습니다. 고철을 녹여 국지전도 아닌 전면전을 치르는 것은 모험을 넘어 자살행위가 될 수도 있……지요…….”

둘베트가 릴리스를 흘금거리며 말꼬리를 흐렸다.

“머릿수로 따지자면 어차피 스파티움보단 아테라가 우세 아닌가. 간만보다 어느 세월에 독립을 하려고?”

득달같이 말꼬리를 잡고 달려든 와트만이 비아냥거리며 둘베트를 타박했다.

“귀가 안 들리나? 내가 우려하는 것은 준비의 문제다. 실력을 논하고 싶다면야…… 아테라 정예 부대 둘을 한꺼번에 끌어다 놓아도 우리 스파티움 기사 열 명이 더 우세할 거라 장담하지.”

둘베트가 입매를 비스듬히 늘였다. 와트만이 들고 있던 깃발 모형을 손 안에서 우그러뜨리며 이를 드러냈다.

“고국으로 돌아왔다고 아주 기세가 등등해진 모양이신데, 요전 날 대련에서 이긴 게 누구였는지 기억은 나시려나 몰라.”

“피죽도 못 먹은 것처럼 비실거리는 게 불쌍해서 봐줬더니만. 아테라 놈들은 이런 식으로 등 뒤에 칼을 꽂나?”

“그 피죽조차 없어서 전쟁도 못 치르겠다는 양반이 입은 어떻게 놀리시는지 몰라. 꿰매 주랴?”

"머리 땋고 다니는 꼴들을 보자니 아테라 놈들은 죄다 바느질에 퍽 소질이 있어 보이긴 하더군. 실도 필요한가?"

"바늘은 됐고. 대신 네 그 턱부터 뚫어 주마."

"못 배워 먹은 티가 여기서 나는군. 그럴 땐 입을 찢어 버린다고 하는 거다."

쾅. 의자를 발로 차며 벌떡 일어선 두 남자가 서로의 멱살을 틀어쥐었다. 사나운 기세에 놀라 뒤로 나동그라졌던 시렌이 탁자 다리를 붙들고 엉거주춤 몸을 일으키더니, 한심하다는 기색이 역력한 낯으로 두 사내를 등졌다.

"자, 자, 저쪽은 그냥 두시고. 그래서 어디까지 이야기하셨지요, 저하? 아, 철이 부족하다고 하셨던가……."

시렌은 지끈거리는 관자놀이를 문지르며 탁자 위를 뚫어져라 내려다보았다.

바이마르의 말에도 일리는 있었다. 물자 공급은 전쟁의 기본이다. 땅이 넓고 평지가 많은 아테라에 비해 농지가 적고 날이 추운 스파티움은 상대적으로 식량이나 자원이 부족해 언제나 곤란을 겪어야 했다. 번듯한 매장지 하나만 새로 터져 준다면야 더 바랄 게 없을 테지만…….

"그런 문제라면 걱정하지 않아도 될 듯한데."

그때 불쑥 목소리가 튀어나왔다. 마치 속마음을 읽기라도 한 것처럼 시기적절한 순간이었다.

"예?"

"카리알에…… 철광이 매장되어 있다고 들었다. 물량이 적지 않으니만큼 이쪽에서 선점할 수만 있다면 그에 대해선 더 이상 걱정할 필요 없겠지."

반사적으로 되물었던 시렌은 '누군가'의 정체를 알아채곤 화들짝 놀라 입을 쩍 벌렸다. 서로의 멱살을 틀어쥐고 있던 두 남자의 손이 동시에 아래로 툭 떨어져 내렸다.

"마마, 대체 무슨…… 아니, 그보다 그게 정말 사실입니까?"

두 귀를 의심하듯 양미간을 한껏 좁힌 바이마르는 들고 있던 깃발 모형을 탁자 위에 내려놓으며 못 미더운 표정으로 고개를 흔들었다. 난데없이 철광이라니? 카리알에서 생의 반을 살았던 그로서도 처음 듣는 이야기에 그저 어안이 벙벙했다. 시렌 역시 같은 생각이었던지, 이윽고 말뚝처럼 뻣뻣하게 굳어 있던 그가 팔짱을 풀며 단호하게 앞서의 발언을 부정했다.

"진위 여부조차 확실하지 않은 이야기이니만큼 필시 뜬소문에 불과하겠지요. 마마의 말씀을 부정하고 싶진 않지만, 전쟁은 단순한 입씨름이 아니에요. 어정쩡한 정보로 전략을 세우기엔 이쪽의 위험 부담이 너무 큽니다."

사심 한 톨 담기지 않은 논리 정연한 반박이었다. 어색한 침묵이 방 안을 감싸고 도는 가운데, 바이마르는 팔을 뻗어 차분히 그를 타일렀다.

"……진정해라, 시렌. 어쨌든 사실이 아니라고 단정할 수만도 없는 것 아닌가."

"다른 말로는 사실이라고 단정할 수도 없단 뜻이 되겠지요. 이 시점에서 꺼내고 싶은 이야기는 아닙니다만 마마께서는 어쨌든 아테라인이십니다. 적이 허황된 정보를 마마께 흘려 이쪽을 혼란케 하려는 의도가 아니라고 어찌 확신하십니까?"

그러나 시렌은 이미 흥분한 듯 쉬이 말을 멈출 기세가 아니었다. 다소 거친 언사에 분위기가 무겁게 가라앉았다. 내뻗었던 팔을 도로 거둔 바이마르가 다시 그를 다독였다.

"시렌, 말을 아껴라."

"하지만……!"

"시렌 아로프."

기어이 나직한 일갈이 떨어졌다. 시렌이 후, 짧게 호흡하곤 늘어진 튜닉 자락을 손으로 걷어 내며 바닥에 한쪽 무릎을 꿇었다.

"……다소 무례했다는 것은 인정합니다만 발언을 철회할 생각은 없습니다. 송구합니다, 마마."

"네가……."

바이마르는 피곤한 낯으로 다시 입을 떼었다. 그라고 하여 이 상황이 당혹스럽지 않을 리 없었으나, 곤란해하는 릴리스의 얼굴을 보는 게 그에게는 훨씬 난처한 일이었다.

실은 그 또한 묻고 싶은 것이 아주 많았다. 왜 하필 카리알이었는지, 그를 데려갈 생각이 있기는 했었는지. 그리고 왜, 그에게는 한마디 말조차 해 주지 않았었는지.

그러나 적어도 지금은 그런 감상에 빠져 있을 상황이 못 되었다. 바이마르는 릴리스가 흘금 그의 얼굴을 살피는 것을 필사적으로 모른 체했다. 이대로 그녀를 똑바로 마주 본다면, 그간 해묵었던 원망과 투정을 죄다 쏟아 내어 버릴 것 같았으므로.

"괜찮아요, 반. 믿지 못하는 게 당연한걸요. 하지만 시렌."

때마침 불쑥 튀어나온 작은 손이 그의 왼쪽 어깨 위에 가볍게 얹혔다. 쓸데없는 생각은 말라는 듯, 나는 아직 이곳에 남아 있다는 듯이. 우습게도 그 아무것도 아닌 접촉에 치솟았던 불안감이 썰물처럼 밀려났다. 바이마르는 목구멍까지 차올랐던 말들을 애써 꿀꺽 눌러 삼키며 숨을 골랐다.

여전히 꿇어앉은 채인 시렌이 부름에 답하듯 머리를 조아렸다.

"……예, 마마."

"전략을 짤 때는 언제나 가정이 필요한 법이라 하지 않았나. 내 정보가 절반쯤은 헛것이라고 한들, 그 절반에 대한 가능성까지 점쳐야 하는 게 그대의 임무일 테지. 그대가 내게 직접 그렇게 가르쳤듯 말이야."

"……."

"내가 틀렸나?"

커다랗게 헛숨을 들이켠 시렌이 고개를 크게 내저으며 몸을 한층 더 아래로 수그렸다.

"아닙니다."

"일어나게."

마침내 허락이 떨어졌다. 느릿하게 무릎을 털고 일어선 그가 콧잔등을 찡그리며 옷소매로 안경알을 벅벅 닦았다. 귀를 겨우 덮는 머리칼 사이로 붉어진 귓바퀴가 언뜻 보였으나 약속이나 한 듯 모두가 그 모습을 모른 체했다.

"마마의 말씀이 옳습니다. 제가 과한 걱정을 했군요."

그때였다. 시렌의 뒤편에서 굵직한 팔이 불쑥 튀어나와 산만하게 허공을 붕붕 휘젓기 시작했다. 시선이 전부 그에게 쏠린 가운데, 득달같이 탁자 앞으로 달려 나온 와트만이 당황한 기색이 역력한 얼굴로 릴리스를 바라보았다.

"잠시만, 잠시만 기다리십쇼, 마마. 그럼 혹시 그때⋯⋯."

후. 말 사이에 짧은 한숨이 섞였다.

"그러니까 아테라에서 말입니다요. 구태여 화산 지대를 사들이라 명하셨던 이유가 혹시⋯⋯."

"⋯⋯."

당황한 얼굴로 입을 뻐끔대던 릴리스가 시선을 피하듯 눈동자를 옆으로 도르륵 굴렸다. 꿀꺽. 어디선가 침 넘어가는 소리가 났다.

"저, 마마?"

"⋯⋯."

무언이 곧 긍정이었다. 설마가 사람 잡는다더니. 와트만이 중얼거리며 비련의 남자 주인공처럼 비틀비틀 바닥에 주저앉았다.

"허⋯⋯."

세상 다 산 사람처럼 고개를 절레절레 흔들던 그가 갑자기 눈을 부릅뜨곤 멀쩡한 팔로 바닥을 탕탕 두들기기 시작했다. 스파티움인 셋이 의아한 눈으로 두 사람을 번갈아 보는 가운데 와트만이 다시 눈을 부릅뜨며 울분을 토해 냈다.

"아니, 설사 걱정이 되어 그러셨다 한들, 적어도 저에게는 미리 언질을 주셨어야 하는 것 아닙니까요. 이것 참, 서운하다 해야 할지 속상하다 해야 할지⋯⋯."

입이 열 개라도 할 말이 없었으나 일단 뭐라도 대꾸는 해 주어야 했다. 릴리스는 입이 열두 개 있는 사람처럼 우물쭈물 변명했다.

"그렇게 여겼다면 정말 미안해. 내 행동에 확신이 없어서 그랬던 것뿐이니 경을 못 믿었다는 오해는 절대로 하지 말고……."

"허면 그 정보는 어디서 얻으셨습니까? 마마 주변에 저 이외의 다른 조력자가 있었다는 낌새는 전혀 없었는데 말입니다요."

곤란하기 짝이 없는 질문이었다. 한 번 죽었었노라 솔직하게 딜어놓은들 돌아올 반응이 너무나 뻔했으므로, 릴리스는 익숙지 않은 연기까지 동원하여 말을 얼버무렸다.

"별것 아냐. 이건 그냥…… 그냥 어쩌다 엿듣게 된 것뿐이고. 알잖아. 본궁 회랑에선 온갖 이야기가 다 오가는걸. 하필이면 경이 궁을 잠시 떠나 있었을 때라……."

"지금 그 빌어먹을 겨울딸기 이야기를 하시는 게 맞습니까? 세상에나."

"……."

한 개가 줄어 입 열한 개가 남았다. 와트만은 이제 거의 나라를 잃은 표정이었다. 사정은 모르겠으나 어쨌거나 지금 상황이 몹시 곤란한 것은 알겠다. 시렌은 잠시 대화가 끊긴 틈을 타, 서둘러 분위기 환기를 시도했다.

"어쨌든 그러니까 광산 말입니다만…… 그러니까 어디까지나 있다고 가정했을 때 말입지요."

큼, 그가 목을 가다듬으며 흘긋 주변의 눈치를 살폈다.

"다시 말씀드립니다만, 절대 마마의 말씀을 곧이곧대로 믿는단 뜻은 아닙니다. 하지만 그래도 혹시 모를 가능성을 믿는다고 가정했을 때, 지도상 그 위치가……."

"알겠으니 좀 대충 말해라, 아로프 자작."

다시 장황하게 이어지려는 말을 둘베트가 싹둑 잘랐다. 울컥한 시렌이 그를 쏘아보며 이를 갈았다.

"아직 경이 뭘 잘 모르시는 모양이라 말씀드립니다만 본래, 이런 건 확실하게 짚고 넘어가야 하는 겁니다."

"그 입바른 소리 때문에 루모스 경에게 된통 당했던 것은 벌써 잊었고?"

의기양양한 응수에 얇은 입술이 아교로 붙여 놓은 듯 찰싹 들러붙었다. 둘베트가 피식 웃으며 그를 마저 골려 대었다.

"그때 분명히 싹싹 빌면서 더 이상 깐족대지 않겠다고 맹세를……."

"그래서 말입니다만, 마마 혹 매장지의 위치에 대해서는 아는 것이 없으십니까?"

화급히 둘베트를 제 등 뒤로 밀어 낸 시렌이 필사적인 눈빛으로 릴리스를 물끄러미 응시했다. 엉겁결에 답이 흘러나왔다.

"뭐, 화산 지대 근방이라는 것 정도는……."

아차. 릴리스는 말하다 말고 슬그머니 와트만의 눈치를 살폈다. 순식간에 입이 열 개로 줄어들었다.

"허면 땅 주인은 아직 그 사실을 모르고 있겠군요."

둘베트가 눈살을 찌푸리며 말했다. 와트만이 곧장 그를 돌아보며 불퉁하게 뇌까렸다.

"모르긴 뭘 모르나. 우리 마마께서 그 땅 주인이신데."

아, 이제는 정말 남은 입이 없었다. 릴리스는 그저 침묵을 택했다.

⚜ ⚜ ⚜

"이런 걸 캐묻는 것은 무척 실례라고 생각하네만."

체자레가 그답지 않게 주저하며 말을 꺼냈다.

"그럼 묻지 마시지요, 형님."

"아니. 그래도 물어야겠다. 황녀, 그대 혹시 예언가인가? 혹은 점술가라거나, 그도 아니면……."

체자레는 물음을 던지면서도 몹시 내키지 않는 기색이었다. 릴리스는 당치도 않은 오해를 빠르게 부정했다.

"예언가도 점술가도 아니며 전하께서 언급하시려 했던 그 어떤 것과도 관련이 없으니 부디 안심하세요."

"그래…… 그렇다면야. 하지만 그대도 이해를 해 주어야 해. 인형처럼 궁에 곱게…… 노려보지 마라, 반. 듣기 싫겠지만 틀린 말은 아니지 않더냐. 곱게…… 알겠다니까! 큼, 모셔 둔 황녀가 이제 보니 정치판을 꿰뚫고 있으니, 외려 미심쩍어하지 않는 것이 이상하지."

체자레가 헛기침을 연발하며 겨우겨우 말을 맺었다.

"어쨌든 다시 한번 말하겠네만 황녀, 알다시피 우리는 그런…… 예언 같은 것들을 몹시 불신하는 경향이 있거든. 아테라에서는 점성술이 제법 인기 있다고 듣긴 했네만……."

"괜찮습니다."

"알겠네. 그럼 다 된 것이지. 그리고 반 너는 제발 그렇게 쳐다보지 좀 말거라! 하여간 애지중지 키워 놨더니만 하는 짓이라곤 꼭!"

무언의 압박에 시달리던 체자레가 제 영역을 주장하듯 괜스레 목청을 높였다.

"무엇보다 가족을 우선으로 생각해야 한다고 가르쳐 주신 것은 형님이 잖습니까."

그러나 바이마르는 입바른 말로 단번에 그의 기를 꺾었다. 체자레가 제 발등을 찍은 도끼를 막 알아챈 사람처럼 끙끙거리며 머리를 짚었다.

"그래, 그랬지. 하지만 그래도, 큼. 그래도 그…… 대낮부터 한방에 드는 일은 궁 안에선 조금 자제하는 편이 좋겠어. 나만 보면 죄다 그 이야기를 하는 통에 귀가 다 아플 지경인 데다가, 누누이 말하고 있다만…… 이곳은 아테라가 아니란 말이다!"

말하기 민망한 듯 주저하던 체자레의 목소리는 막판이 되자 마치 고함을 지르는 것처럼 커다래졌다. 홀로 씩씩거리던 그가 이내 못마땅한 낯으로 한쪽 다리를 반대편 무릎 위에 척 걸쳤다. 모두의 머리 위로 머쓱한 침묵이 내려앉았다.

"……부부가 한방에 드는데 구태여 밤낮을 따져야 합니까? 아테라에서도 별다르지 않았는데요."

바이마르는 한 박자 늦게 체자레의 추궁에 반박했다. 새빨개진 얼굴과 흔들리는 시선이 당황한 속내를 여과 없이 드러내고 있었다.

체자레가 두 눈을 커다랗게 부릅떴다.

"뭐라? 한방을 썼단 말이냐? 아직 미성년이었는데!"

"아닙니다. 꼭 그런 것은……."

볼을 긁적이며 꺼낸 말에 체자레가 자리에서 튕기듯 벌떡 일어섰다. 그는 마치 입으로도 불을 뿜을 수 있는 사람처럼 무시무시한 얼굴을 하고 있었다.

"뭐? 잠깐. 그럼 결국 각방을 썼단 뜻인가? 어찌 그럴 수 있단 말이지? 널 얼마나 홀대했으면!"

어쩌라고. 차마 입 밖으로 꺼내지 못한 불만이 모군의 얼굴 위로 적나라하게 떠올랐다.

"됐다. 이제 그 얘기는 그만두지. 더 하다간 혈압이 올라 예서 죽겠어. 그보다……."

다시 자리에 앉고 나서도 혼자 팔걸이를 내리치며 흥분하던 체자레는 한참이 지나서야 불쾌감을 가라앉혔다. 내심 껄끄러운 화제의 퇴장을 기다리던 릴리스는 무심코 안도의 숨을 뱉으며 가슴을 쓸어내렸다.

"내 어제 카리알에 대해 제법 재미있는 이야기를 들었는데 말일세, 황녀."

그러나 다소 빠른 안심이었다. 덜컥 놀란 시렌이 물을 마시다 말고 쿨럭쿨럭 요란한 기침을 터뜨렸다. 릴리스는 멍하니 앉은 채로 두 눈을 깜빡였다. 나른하게 앉아 있는 체자레의 얼굴 위로 예거라트의 그림자가 덧씌워졌다.

"……말씀하시지요."

아테라의 황궁은 살아 있는 유기체였다. 벽에도, 바닥에도, 심지어는 천장에도 예거라트의 눈과 귀가 숨어 있었다. 스파티움이라고 하여 무엇이 다르겠는가.

"이미 용건을 짐작한 듯싶으니 빙빙 돌리지 않고 묻도록 하지. 내가 그대의 도움을 더 바라도 되는 것인지 이 자리에서 다시 한번 다짐을 받고 싶은데."

그러나 계략과 은폐는 체자레의 주된 종목이 아니었다. 릴리스는 그 당연한 사실에 새삼스레 안심해 두 눈을 꾹 감았다 떴다.

"……바라시는 대로일 것을 확언드립니다."

"좋아, 좋아. 그런 의미에서 내 제안이 하나 있는데 말이야."

확고한 긍정에 좋아라 웃던 체자레는 다음 순간 그답지 않게 소심해진 기색으로 눈을 굴렸다. 잠시 침묵이 흐르며 긴장감이 팽배해졌다. 눈치를 살피듯 바이마르를 곁눈질하던 체자레가 이윽고 조심스럽게 입을 떼었다.

"괜찮다면 내게 광산의 소유권을 양도했으면 하는데…… 그대 생각은 어떠한가?"

"형님!"

곧장 고함이 터져 나왔다. 양미간을 잔뜩 좁힌 바이마르가 당장이라도 자리를 박찰 듯 몸을 들썩거렸다.

"크흠. 역시 싫은가? 뭐…… 그렇다면야 우선은 대여 정도로 만족하겠네. 5년 정도면 충분하겠군."

내 이럴 줄 알았지. 들으란 듯 커다랗게 툴툴대던 체자레가 릴리스를 빤히 보며 잽싸게 말을 돌렸다. 이 정도면 목숨값으로 후하게 쳐준 걸세. 새까만 눈동자가 그가 눙친 뒷말을 대신했다.

"그리하지요."

"좋아. 부디 그대의 정보가 맞길 바라지. 그나저나……."

선선한 수긍이 이어졌다. 만족스러운 얼굴로 두 손을 비벼 대던 체자레가 돌연, 표정을 바꾸며 홱 목을 틀어 바이마르를 노려보았다. 하여간 저 배은망덕한 놈 같으니라고. 새까만 시선에 그런 비난이 뚜렷해 릴리스는 저도 모르게 조금 질린 표정이 되고 말았다.

"너는 대체 누구 편이냐? 어려운 부탁을 좀 했기로서니, 그렇다고 이 형님 앞에서 두 눈을 까뒤집어?"

두터운 손이 또다시 단단한 팔걸이를 내리쳤다. 바이마르가 이제는 조금 익숙해진 무심한 낯으로 양어깨를 들썩였다.

"형님이야말로 굳이 답을 다시 듣고 싶으십니까? 분명 아깐 그만두라고……."

"아, 그래! 됐다! 됐어! 너희끼리 잘 먹고 잘 살아 보거라! 썩 나가서 출정 준비나 해!"

체자레가 손을 휘휘 내저으며 몸을 옆으로 틀어 앉았다. 왜인지 그 모습이 조금쯤은 가엽게 느껴져, 릴리스는 괜스레 미적대며 방을 떠나는 시간을 지체했다.

"헌데 황녀, 그 다리 말이야."

바이마르의 재촉을 들어 가며 겨우 두어 걸음이나 뗴었을까. 문득 등 뒤에서 주저하듯 한껏 낮아진 목소리가 날아들었다. 릴리스는 힘이 없는 다리를 지팡이에 의지한 채, 성급한 티가 나지 않도록 아주 천천히 몸을 돌렸다.

"……낫고는 있나? 아니 그, 올 때부터 그 상태였잖나. 시일이 꽤 되었는데 아직도 별 차도가 없어 보여."

부리부리한 눈이 지팡이를 뚫어져라 쳐다보았다. 체자레는 마치 원치 않는 선물을 받아 곤란에 빠진 어린아이처럼 복잡한 표정이었다. 릴리스는 예상치 못한 물음에 당황해 자신도 모르게 어색하게 입꼬리를 끌어 올렸다. 기대하지도 않았던 선물을 받아 당혹한 어린아이처럼 두 눈을 크게 뜬 채로.

'젠장할.'

체자레는 입을 달싹이다 끝내 고개를 아래로 떨구었다. 감사와 타성적인 적의 사이에서 채 갈피를 잡지 못한 마음이 시계추처럼 오락가락 좌우로 흔들렸다.

무안한 표정으로 그를 마주하고 있는 얼굴을 보니 어쩐지 마음이 더욱 불편해졌다. 어쩌면 눈에 띄는 저 길쭉한 지팡이 때문일지도. 그도 아니라면 내내 마음속에 돌처럼 얹혀 있는 시렌의 말 때문일 것이다.

'하여간 매번 걱정이나 시키고.'

체자레는 멀뚱히 서 있는 바이마르를 곁눈질하며 속으로 연신 긴 한숨을 뿜어냈다. 다소 유난처럼 보이는 것을 알고는 있었으나, 실제로도 그가 바이마르에게 가지는 감정은 조금 특별한 것이 맞았다.

왕가라 해도 제 손으로 자식을 키워 내는 것이 전통인 스파티움이었지만, 몸이 약해 누군가를 돌보기가 여의치 않았던 선왕비를 대신해 실질적으로 체자레를 키운 사람은 당시 수석 시녀였던 바이마르의 어미였다. 그러니 훗날 그녀가 선왕과 마음이 통해 아이를 낳았다 한들, 그 사실이 체자레에게 대단한 감상을 주지는 못했다.

도리어, 체자레는 어린 이복동생을 다소 가엾게 여기는 편이었다. 어미가 그를 낳고 얼마 지나지 않아 죽어 버린 탓에, 정작 바이마르는 모친의 정이라곤 모른 채 혹독한 유년을 보내야 했던 것이다.

체자레는 친자식도 아닌 제가 그녀의 애정을 전부 받았다는 죄책감을 못내 떨쳐 내지 못했다. 모친에 대한 동정이 좀 더 남아 있었더라면 상황이 달라졌을지도 모르겠으나 안타깝게도 선왕비는 본인의 병으로 인해 대단히 예민한 성정을 지닌 이였다. 1년에 고작해야 네다섯 번 얼굴을 보는 것이 전부였으니 그에게 있어서 모자간의 정이란 아테라만큼이나 멀게 느껴지는 이야기일 뿐이었다.

하여, 무능한 아비와 그런 아비를 따르는 형 대신 체자레는 배다른 막내를 가족으로 삼았다.

"……됐네. 이만 나가 봐."

바이마르는 그의 손이 닿지 않는 곳에서 훌쩍 자라 어른이 되었다. 그가 보지 못하는 곳에서 사랑에 빠졌고, 이제는 그가 지켜 주지 못하는 선 너머에서 제 삶을 꾸리려 하고 있었다.

그러나 그뿐이었다. 체자레는 하고 싶은 말들을 죄다 목구멍 너머로 밀어 삼키곤 다시 고개를 돌려 어둑해진 창밖을 내다보았다.

어쩔 수 없는 일이었다. 그녀가 아테라의 황녀이듯이, 그는 스파티움의 왕이었으므로.

✠ ✦ ✠

　시간은 화살처럼 빠르게 흘렀다. 출정 날짜가 가까워지며 궁 안의 분위기도 날을 벼린 듯 사나워졌다. 사용인들마저 얼마 전부터는 눈에 띄게 몸을 사리는 기색이라, 요사이 릴리스는 매일 하던 산책마저 자제한 채 오로지 서재와 침실만을 오가며 조용한 나날을 보내는 중이었다.

　'또야.'

　느지막하게 잠에서 깨어난 릴리스는 텅 비어 있는 옆자리를 내려다보며 가벼운 한숨을 뱉었다. 바이마르는 오늘도 새벽같이 나가 버린 모양인지, 그가 누워 있었을 시트 위는 이미 미지근한 온기조차 없이 차갑게 식어 버린 뒤였다.

　부드러운 천 위를 한 손으로 가만히 쓸고 있으려니 어쩐지 서운함이 북받쳤다. 물론 그가 단순히 사적인 감정으로 바쁘게 구는 것이 아님을 잘 알고 있지만, 멍하니 앉아 해가 쨍쨍한 정원을 내려다보고 있자면 온갖 상념이 떠오르는 걸 막기 힘든 것도 사실이었다.

　'괴로웠겠지.'

　자의로 스스로를 가두는 것은 생각보다도 훨씬 고통스럽고 서글픈 일이었다. 그러나, 지루하거나 속상할 때마다 이전 생의 바이마르가 얼마나 힘들고 괴로웠을지를 떠올리면 그런 기분은 곧장 씻은 듯 사라지고 도리어 가슴이 욱신거렸다.

　'분명 지금도 혼자 속상해하고 있을 텐데…….'

　침대 아래에 놓인 슬리퍼를 찾아 신은 릴리스는 머리맡에 놓아두었던 지팡이를 쥐고 남은 한 손으로 불투명한 휘장을 걷어 냈다. 벽 오른편에 나 있는 작은 문을 지나자 곧 침실에 딸려 있는 자그마한 응접실이 나타났다.

　진녹색 카펫이 깔려 있는 소박한 응접실 한가운데에 동그란 탁자가 놓여 있었다. 릴리스는 그 옆에 놓여 있는 의자의 높다란 등받이 위에 품 넓은 남색 겉옷이 구겨진 채 대롱대롱 걸려 있는 것을 발견하고는 다소 급하게 걸어가 그것을 품 안에 꽉 끌어안았다. 조금 도톰하고 부드러운 천에서는 청량하고 달콤한, 그래서 더욱 익숙한 향기가 났다.

"보고 싶어."

릴리스는 자신도 모르게 큰 소리로 중얼거리곤 깜짝 놀라 양 볼을 붉혔다. 그러나 한편으론 입 밖으로 내뱉고 나니 한층 간절한 기분이 드는 것도 사실이었다. 출병이 코앞으로 다가온 지금, 더는 지체해선 안 된다는 생각에 불쑥 다시 조급증이 일었다. 이러다 어영부영 출정이라도 하고 나면 정말로 오붓하게 둘이서 보낼 시간조차 내기 힘들 것이다.

"그러니까 사과주 말씀이십니까?"

"그렇다니까."

같은 날 오후. 은밀한 부름에 방 안으로 들어섰던 와트만은 난데없는 명에 검지로 슬슬 턱을 쓸었다. 어쩐지 오늘 내내 조용하다 싶더니만 이런 깜찍한 생각을 하고 있었을 줄이야. 낭만이라고는 모르는 둘베트 놈이라면 필시 영문을 몰라 두 눈을 껌뻑였겠으나…….

'크흠.'

이래 봬도 연회 때마다 미망인들을 양 떼처럼 몰고 다녔던 몸이다 이거야. 와트만은 은근히 스스로를 추켜세우며 목소리를 낮추었다.

"그러니까 아테라에서 드셨던 '그' 사과주 말씀이시지요?"

"일부러 계속 물어보는 거 맞지?"

릴리스가 두 눈을 힘주어 부릅떴다. 물론 그래 보아야 와트만에게는 어린 새가 부리를 비죽이는 꼴이었다. 그는 음흉한 미소를 흘리며 비가 들이치는 덧창을 닫아걸었다.

"아니, 마마께서 어느 틈에 이렇게 어른이 되셨나 생각하다 보니…… 새삼 감개가 무량해 그렇습죠."

"그냥 이 꼴이 재미난 게 아니라?"

"이것 참, 너무하십니다, 마마. 저만큼 마마 곁에 오래 붙어 있었던 사람이 없는데 말입지요. 순진하기 짝이 없던 분이 이제 다 자라셔서 이리

밤놀이까지 계획하시고…….”

“아, 좀……! 악!”

이어지는 놀림이 퍽 분했던지, 참다못한 릴리스가 눈치를 보다 힘차게 멀쩡한 오른발을 내뻗었다. 그러나 목표한 대로 정확히 허벅지를 걷어찼음에도 와트만은 그저 태연한 얼굴로 휘파람을 불어 젖힐 뿐이었다. 이내 눈살 하나 찌푸리지 않고 있던 그가 밝은 얼굴로 가해자의 안위를 살폈다.

“괜찮으십니까? 이것 참, 미처 말씀을 못 드렸습니다만, 오늘 마침 훈련 삼아 가리개를 달고 있었다는 걸 깜빡했지 뭡니까요. 무슨 가죽으로 만들었다나……. 하여간 제법 단단해서 발이 많이 아프실 텐뎁쇼…….”

음흉한 미소를 싹 지워 낸 와트만이 울적한 척하며 양쪽 눈썹을 아래로 늘어뜨렸다. 가증스럽기 짝이 없는 수하의 행태에 릴리스가 툴툴대며 아린 발을 매만졌다

“끙…….”

“아니, 그러게 왜 매번 그리 몸을 쓰고 그러십니까. 아테라에서도 여러 번 당하시고선.”

“경이야말로 매번 일부러 날 놀려 먹는 것 아냐?”

차마 부정할 수 없었던 와트만은 큼, 헛기침을 연발하며 화제를 돌렸다.

“그나저나 똑같은 사과주는 구하기가 영 어려울 듯한데. 비슷한 물건이면 만족하시겠지요? 어쨌거나 중요한 건 그다음 아니겠습니까.”

‘그다음’에 강세를 준 그가 콧노래를 흥얼대며 방문을 벌컥 열어젖혔다. 경비를 서고 있던 둘베트가 채식하는 곰을 목격한 사냥꾼처럼 멍청한 표정으로 릴리스를 돌아보며 입을 달싹였다.

“……마마, 와트만 경이 실성을 한 모양입니다.”

“가끔 저러니 내버려 둬. 그보다 경, 반…… 아니, 저하께 전할 말이 좀 있는데.”

하얗고 고운 손이 팔랑이며 그를 불렀다. 시키는 대로 가까이 다가섰던 둘베트는 난데없는 명에 놀라 두 눈을 휘둥그렇게 떴다. 그가 어리둥절한 표정으로 되물었다.

"그러니까 지금, 꾀병을 부리시겠다는 말씀이십니까?"

✢ ❀ ✢

저녁 식사는 평소보다 조금 일렀다.

푸릇한 야채들과 신선한 기름. 콩을 으깨 만든 담백한 후무스와 납작하게 구워 낸 노릇한 피타가 접시에 수북이 쌓인 채 사람의 손길을 기다렸다.

바삭한 껍질이 일품인 통통한 울새 요리와 속을 잔뜩 넣어 만든 큼직한 사모사. 게다가 릴리스를 위해 특별히 푹 고아 만든 사슴고기스튜까지 곁들이고 나니 더할 나위 없이 풍성한 식탁이 되었다. 아프다는 말에 만사를 제치고 달려온 바이마르가 직접 식당까지 행차해 특별히 지시한 차림이었다.

"좀 더 드시지 않고요."

"오늘은 충분히 먹었어요. 그보다 반, 반에게 줄 게 있는데……."

그러나 정작 환자 본인은 음식을 먹는 둥 마는 둥 하며 식사 시간 내내 딴청을 피워 바이마르의 속을 애달프게 만들었다. 도리어 평소보다 들뜬 낯으로 소매를 잡아끄는 모습이 의아함을 부추겨 바이마르는 궁금함을 꾹 참고 묵묵히 릴리스의 뒤를 따랐다.

"그럼, 좋은 시간들 보내십쇼."

문간에 서 있던 와트만이 그를 보며 쾌활한 얼굴로 인사를 건넸다. 언제나와 비슷한 태도였으나 오늘따라 눈빛이 음흉한 것이 어쩐지 낌새가 심상치 않다.

이유를 물어볼까 고민하던 와중, 릴리스가 먼저 그를 안으로 이끌며 문을 쾅 닫아걸었다. 바이마르는 엉거주춤 의자를 끌어 앉은 채 눈으로 그녀의 움직임을 좇았다.

줄 것이 있다는 말이 사실이었던지, 진지한 얼굴로 책상 서랍을 뒤지던 릴리스는 잠시 뒤 무언가를 꺼내 들곤 천천히 뒤돌아섰다. 덩달아 긴장한 바이마르가 옷매무새를 이리저리 가다듬는 동안 성큼 다가온 릴리스가 들고 있던 것을 그의 턱 밑으로 쓱 내밀며 웅얼거렸다.

"가져…… 아니, 읽어 봐요."

"갑자기 무슨…… 혹, 선물입니까?"

릴리스가 머뭇대며 고개를 두어 번 주억였다. 수줍은 기색이 역력한 얼굴을 보고 있자니 불쑥 지나간 추억이 떠올랐다. 바이마르는 무심코 귓불을 매만지며 자꾸만 헤벌쭉 벌어지려는 입을 앙다물었다.

밀랍으로 된 봉인을 뜯어내자 단출한 구성의 계약서가 나타났다. 실은 그렇게 부르는 것이 옳은지도 확실치 않았다. 종이 아래쪽에 적혀 있는 커다란 서명과, 마치 그의 자리인 듯 네모진 빈 공간이 보여 그 엇비슷한 것이리라 미루어 짐작했을 뿐이다.

그리고 다음 순간, 바이마르는 흉곽을 부풀려 숨을 한껏 들이켰다. 새하얀 종이 한복판에 적혀 있는 짤막한 문장 몇 줄이 내용의 골자를 이루고 있었다. 그리고 그가 방금 읽어 내린 것이 맞는다면, 그렇다면 이건 분명—

"이게……."

그러니까 지금 릴리스가 그에게 내민 것은, 말하자면 영구적인 영토 양도권이었다.

릴리스 반 모라 아테라의 이름으로 등록된 카리알의 모든 땅을
바이마르 갈바르의 이름으로 귀속하도록 한다.

"카리알 말이에요. 숨기려고 했던 건 아니었는데. 그래도 불안하다면 반이 전부 가져요. 더 좋은 걸 주고 싶었는데, 알다시피 지금은 지닌 게 이것뿐이라……."

우물우물 설명이 덧붙었다. 바이마르는 종이를 꽉 쥔 채 얼떨떨한 기분으로 두 눈을 깜빡였다. 분명 알아들었는데. 무슨 뜻인지 이해할 것도 같은데. 흥분이 과해 도무지 머리가 제대로 돌아가질 않았다. 그러니까. 이

걸, 지금 내게.

가슴팍이 다시 한번 커다랗게 들썩였다. 때를 맞추듯, 더뎠던 이해가 벼락처럼 머릿속을 관통했다. 순식간에 자라난 기대와 충족감에 실성한 사람처럼 헛웃음이 터져 나왔다.

같은 말을 꺼냈다가 망신만 당하고 물러났던 체자레가 이 사실을 안다면 눈을 까뒤집으며 성질을 부릴 것이다. 더불어 바이마르는 장담컨대, 와트만 역시 이 사실을 까맣게 모르고 있으리라 확신했다.

서운하지 않았다면 거짓말이 될 것이나, 바이마르는 남은 인내심을 바닥까지 끌어모아 그 속내를 들키지 않으려 노력했다. 아테라에서의 자신이 먼저 나서 모든 이야기를 털어놓지 못했듯이, 릴리스 또한 필시 그녀만의 사정이 있었으리라는 데에까지 생각이 미쳤던 때문이다.

어린애처럼 감정에 휘둘리는 모습을 보여 주고 싶지 않다는 욕심도 그에 한몫을 거들었다. 물론 생각만큼 쉽지는 않았기에 평소보다 혹독하게 스스로를 몰아붙였던 것도 사실이었다.

이제 보니 그마저도 잘되지 않았던 모양이지만.

바이마르는 간신히 진정하곤 무릎 위에 얹은 두 손을 꽉 맞잡았다. 침착함을 가장하기 위함이었지만, 과하게 힘이 들어간 탓인지 도리어 쥐어짠 듯 가늘게 떨리는 목소리가 흘러나왔다.

"제가…… 이것으로 무엇을 할 줄 알고 이리 덥석 넘겨주시는 것입니까?"

긴장해 솟은 땀으로 양 손바닥이 축축해졌다. 자신이 물어 놓고도 어쩐지 덜컥 겁이 솟아 바이마르는 볼 안쪽 살을 힘주어 깨물었다. 순순히 기뻐하면 될 일인데. 도리어 현실감이 없어 자꾸만 입 밖으로 못난 말이 나갔다.

"하지만 그러지 않을 거잖아요."

그러나, 릴리스는 도리어 당혹한 기색이었다. 바이마르는 그대로 엉거주춤 일어섰다. 손 틈 새로 빠져나간 구겨진 종이가 툭 소리를 내며 바닥에 나뒹굴었다.

기쁜 한편 서럽고, 서러운 한편 가슴이 벅차 자꾸만 이상하게 엉덩이가 들썩였다. 이대로 앉아 있다가는 또 볼썽사나운 꼴을 보일 것 같았지만, 그럼에도 멀어지고 싶지는 않아 바이마르는 쭈볏거리며 한동안 의자 주변을 서성거렸다.

"같이 가자고 말해 주지 못해서, 미안했어요."

그러나 이 말까지는 도저히 아무렇지 않은 척 막아 낼 자신이 없었다. 바이마르는 석상처럼 멀뚱히 선 채로 두 눈을 깜빡였다. 그새 양 볼이 축축하게 젖어 들었다. 결국 울고 말았다는 사실이 부끄러운 한편 그간 혼자 꾹꾹 눌러 왔던 서운함이 터져 나왔다.

"도망가지 않겠다고 하셨으면서, 저만 보내겠다고 하셨으면서……."

다섯 살배기 어린아이도 이처럼 멍청하게 말하지는 않을 것이다. 그러나 지금은, 도무지, 그 어떤 방법으로도 스스로를 다스릴 수가 없었다.

"대답해 주세요. 도망가지 않겠다고 하셨던 것도 전부 거짓입니까? 제가 마마를 억지로 끌고 온 것은 아니지요? 예?"

딱딱한 바닥에 두 무릎이 닿았다. 치마로 감싸인 뭉툭한 무릎에 볼을 부비고 있으려니 열에 들뜬 눈가를 차가운 손이 달래듯 가볍게 문질러 왔다.

"아니에요, 그런 거."

"정말이시지요?"

어리광이라는 것쯤은 이미 알고 있지만, 그럼에도 바이마르는 확신이 필요했다. 그가 사랑하는 사람은 겁이 많고 조금 느려서.

"정말이에요."

이렇게라도 확인하지 않으면 좀이 쑤셔서.

"그럼 더 말해 주세요."

그래서 늘 애가 닳아서.

"……그래요, 정말."

도무지 어떻게 두어야 할지 알 수가 없어지는 것이다.

어쩌다 이렇게 되었을까.

릴리스는 진지하게 지금의 상황을 고찰했다. 그저 기분을 풀어 주고 싶을 뿐이었는데. 정작 바이마르는 사과 따위는 안중에도 없다는 듯 바닥에 주저앉아 치마폭에 얼굴을 파묻고 있을 따름이었다. 어쩐지 허탈하기도, 한편으론 고맙기도 해 릴리스는 한 손을 들어 눈앞의 하얀 뺨을 감쌌다.

"반, 이것 좀 봐요."

주둥이가 길쭉한 사과주병 겉면에 물방울이 송골송골 맺혀 있었다. 함께 놓여 있던 바구니에서 잔 두 개를 꺼내 술을 따르고, 분명 와트만이 챙겨 두었을 냅킨까지 몇 장 꺼내 놓으니 제법 그럴듯한 분위기가 연출되었다. 릴리스는 고개를 푹 숙이고 웅얼거렸다.

"아테라에서 처음 함께 마셨던 사과주예요. 똑같은 건 구할 수가 없어서, 대충 맛이나마 비슷한 것으로 골라 봤는데……."

말을 이어 갈수록 얼굴이 달아올랐다. 릴리스는 바싹 마른 입술을 혀로 살짝 축이다 말고 잔에 반쯤 차 있는 사과주를 물처럼 벌컥벌컥 들이켰다. 시원하고 달콤한 액체가 목구멍을 타고 내려가자 갈증이 싹 가셨다.

"술을 그리 드시면 안 됩니다!"

놀란 바이마르가 울던 것도 멈추고는 빈 잔을 그녀의 손안에서 빼어 들었다. 못마땅한 얼굴로 그것을 쏘아보던 그가 이윽고 한숨을 뱉으며 탁자 위에 잔을 올려놓았다.

"그러지 말고. 반도 좀 마셔 봐요."

잔소리를 모른 척하며 빈 잔에 새 술을 따라 건네자 바이마르가 머뭇대며 길쭉한 팔을 한껏 길게 뻗어 왔다. 달콤한 향이 코끝을 간질이는 가운데 침묵이 두 사람을 에워쌌다.

"반, 얼굴이……."

고요의 바다를 헤치며, 창 너머의 해가 천천히 서편으로 넘어갔다. 주홍빛 빛무리가 파도처럼 일렁이는 아름다운 광경이었다.

그러나 릴리스는 그보다 강렬한 황혼에 곧 온 신경을 빼앗겼다. 바이마르의 얼굴 위로, 지평선도 살라 먹을 듯한 새빨간 노을이 지고 있었다. 사람의 얼굴도 풍경이라 칠 수 있다면 반드시 화가를 불러 이것을 그리라 명했을 것이다. 대가로 황녀궁 전체를 달라고 한들 아낌없이 바쳤으리라.

그녀는 순간 진심으로 이제는 버린 직위가 아쉬워졌다.

"놓아⋯⋯주십시오, 마마. 얼굴이 흉합니다."

바이마르가 스르륵 고개를 떨구었다. 드러난 살갗이 화상 입은 사람처럼 온통 새빨갛게 익어 있었다. 겨울 호수처럼 냉하게 얼어붙었던 푸른 눈이 천천히 녹아내리며 때아닌 봄을 불렀다. 꽃잎이 저녁 이슬을 담뿍 머금은 듯, 기다란 속눈썹이 물에 젖어 아래로 몸을 축 늘어뜨렸다.

"한 번도 그런 적은 없었는걸요."

검지로 장난치듯 코끝을 조금 긁어 주자 바이마르가 눈을 깜빡이며 배부른 짐승처럼 나른하게 미소했다. 수줍은 기색은 여전했지만, 이제야 평소의 그를 보는 듯해 마음이 한결 놓였다. 그가 몸을 반쯤 일으켜 앉으며 속삭였다.

"마마께선 여전히 제게 숨기는 것이 많으시지만⋯⋯ 그렇지만 이제 저는 그 마음으로 되었습니다."

커다란 손이 천천히 뒷목을 덮어 왔다. 너른 가슴팍에 얼굴이 닿고, 축축한 입술이 목덜미에 꽃잎처럼 내려앉았다. 금지령을 떠올렸는지 입술이 닿기 직전 다소의 주저가 있었으나, 바이마르는 이내 언제 그랬냐는 듯 빠르게 벌어진 틈을 파고들었다. 물컹한 것이 부드러운 점막을 좋을 대로 희롱했다. 입천장을 뭉근하게 자극하는 감각에 소름 끼치도록 손발이 눅진해졌다.

정신을 차렸을 때는 어느덧 방 한구석이었다. 몸이 붕 떠오르는가 싶더니 등 뒤로 푹신한 감촉이 느껴졌다. 젖은 입술이 아프지 않게 귓바퀴를 물었다가, 아랫입술을 잘근거리다 끝내는 턱 끝을 희롱했다. 눈 깜짝할 새 침대 위로 올라온 바이마르가 제 몸으로 아래를 묵직하게 짓눌렀다.

"⋯⋯반?"

그 순간이었다. 화들짝 몸을 일으킨 바이마르가 허둥지둥 침대를 빠져나갔다. 난감한 표정으로 얼굴을 쓸어내리던 그가 눈을 굴리며 엉거주춤 머리맡 협탁에 기대어 섰다. 릴리스는 멀뚱히 앉아 눈을 굴렸다. 머릿속에서 경종이 땡땡 울려 대기 시작했다. 잠깐, 아니, 이거, 설마, 그.

"반."

일단 그녀는 최대한 상냥하게 목소리를 가다듬었다. 팔을 뻗자 당연한 듯 손가락을 얽어 온다. 스스로도 놀랐는지 당황해 하는 기색이 역력했으나 릴리스는 개의치 않고 손아귀에 좀 더 힘을 주었다.

이성과 감성의 맹렬한 충돌이었다. 다리 한쪽은 필사적으로 문을 향해 뻗어 있었고, 그런 주제에 상체는 거의 반쯤 침대를 향해 기울어졌다. 릴리스는 후자의 승리를 바랐고, 이번에야말로 결코 도망치지 않으리라 결심했다.

물론 쉽지는 않은 작업이었다.

"마마, 이러시면 안 됩니다, 제가."

번개라도 맞은 듯 놀란 얼굴이 된 바이마르가 휘청거리면서도 훌쩍 뛰어 둘 사이의 거리를 벌렸다. 릴리스는 가만히 그 모습을 바라보다가 아직 쥐고 있는 두툼한 손가락 마디 끝에 가볍게 입을 맞췄다. 순식간에 힘이 빠진 손목이 당기는 대로 점차 가까워졌다.

그 틈을 타 어깨를 붙들자 육중한 몸이 넘어질 듯 침대 위로 기울어졌다. 하얀 다리가 기다렸다는 듯 두툼한 허벅지를 휘감았다.

"내려, 내려가겠습니다."

바이마르는 이제 거의 숨이 넘어가기 직전인 사람처럼 보였다. 릴리스는 미소했다. 젊고 강건한 육체를 가진 사내가 오직 그녀만을 위해 인내하고 있다는 사실이 살 떨리게 만족스러웠다.

"반."

부름에 답하듯 헐떡이는 숨소리가 흘러나왔다. 때를 맞추어 이성이 부러진 깃발을 산 아래로 집어 던졌다.

인내는 그것으로 끝이었다. 바이마르는 며칠 굶은 사람처럼 입맞춤에 매달렸다. 다급한 손길을 따라 카펫 위로 차곡차곡 옷이 쌓였다. 두툼한 로브와 얇은 셔츠. 흰 웃옷과 다리에 딱 붙는 바지까지.

잘게 떨리는 손끝이 몇 번을 망설이다 이윽고 아주 천천히 어깨 끈을 풀어 헤쳤다. 축축한 볼이 쇄골에 닿아 조금 간지러웠다. 몸을 움츠리는 것을 어떻게 생각했는지, 젖은 입술이 달래듯 목덜미를 물고 빨았다. 말랑하고, 따뜻하고, 기분 좋은 감각이었다. 온몸이 끝도 없는 낭떠러지로 추락하는 듯 기묘한 고양감이 일었다.

"릴리스……."

질끈 감은 눈 위로 입맞춤이 비처럼 쏟아졌다. 턱선을 타고 뚝뚝 흘러내린 땀이 촛농처럼 뜨겁게 피부를 달구었다. 릴리스는 짓눌린 채 열기에 몸서리쳤다.

땀으로 축축해진 살갗에 닿은 손이 자꾸만 미끄러졌다. 어깨에서 툭 떨어진 손이 탄탄한 가슴팍을 할퀴듯 가볍게 문지르며 지나갔다.

커다란 손이 골반을 단단히 틀어쥐었다. 이어, 예고도 없이 속으로 묵직한 질량감이 밀려들었다. 릴리스는 눈을 감고 헐떡이다 팔을 뻗어 너른 등을 감싸 안았다. 밀착된 가슴 한복판에서 쿵쿵 심장이 뛰고 있었다.

두근거리는 맥박 소리가 마치 원래 한 몸이었다는 양 서로에게 녹아들어 일정한 리듬을 만들었다. 손끝에 닿은 근육이 파도처럼 넘실거리며 단단한 것이 다시 몸 안쪽을 빠듯하게 채워 왔다. 예민한 피부가 한데 엉켜 쓸릴 때마다 눈 안쪽에서 번쩍번쩍 불이 튀었다.

들쑤시듯 밀어 대는 힘에 엉덩이가 살짝 들리며 몸이 접혔다. 시트 위로 종아리를 잡아 누른 바이마르가 홀린 듯이 숨을 몰아쉬며 몸을 치댔다. 비비고 문지르고 누르는 감각에 배 안쪽이 화상이라도 입은 것처럼 뜨겁게 욱신거렸다. 릴리스는 풍랑에 휘말린 쪽배처럼 정처 없이 그 소란에 휩쓸렸다.

"아……!"

헐떡이는 숨소리가 한데 엉켰다. 일순 움직임을 멈춘 바이마르가 숨을 몰아쉬며 나직하게 신음했다. 따끈한 속살이 그를 힘껏 쥐어짜고 있었다. 힘 있게 부풀었던 것이 참아 내고 있던 욕망을 마음껏 풀어놓았다. 그러나, 바이마르는 와중에도 멈추지 않고 엇박자로 허리를 쳐올렸다. 턱 끝에서 땀이 뚝뚝 떨어져 내려 이미 더럽혀진 시트를 적셨다.

"제가 그간 정말이지 얼마나……."

이마에 젖은 입술을 꾹 눌러 붙인 그가 자세를 바꾸려는 듯 몸을 뒤로 빼냈다. 움직일 때마다 나는 질척이는 소리가 다시 쾌감에 불을 지폈다. 땀에 젖어 헝클어진 머리칼이 하얀 얼굴 위로 흘러내려 유독 도드라져 보였다. 그 모습에 넋을 빼고 있는 사이 상체를 완전히 일으킨 그가 릴리스를 제 무릎 위에 앉히고는 허리에 두 팔을 단단히 감았다.

"조금만 더……."

실려 있는 몸의 무게 탓에 아까보다 한층 결합이 깊었다. 릴리스는 무의식적으로 도리질했다. 도망치고 싶으면서도, 이 순간을 결코 놓치고 싶지 않았다. 두 다리가 본능적으로 움직여 두툼한 허리를 휘감았다. 빠듯하게 찼던 것이 출납하기 시작하자 눈앞이 점멸했다.

빗물이 고여 웅덩이가 되듯 쾌감이 차곡차곡 몸속으로 흘러들었다. 넘칠 듯 말 듯 찰박이는 소리를 타고 단단한 것이 온몸을 헤집었다. 불씨가 튀듯 타각타각 몸이 튀어 올랐다.

"천천히, 천천히…… 아!"

허벅지 안쪽에 잔경련이 일었다. 통제를 벗어난 몸이 제멋대로 조였다, 풀어졌다, 허물어지기를 반복했다. 와중에도 멈추지 않던 바이마르가 어느 순간 후, 길게 숨을 뱉어 내며 고개를 수그렸다. 틈도 없이 꽉 끌어안긴 몸이 달군 돌처럼 뜨거웠다.

얼마나 그렇게 멋대로 휘둘렸을까. 기진맥진한 채 한참을 꽉 끌어안겨 있으려니 꾸벅꾸벅 눈꺼풀이 내려앉았다. 흥분이 조금 가시자 판단력이 돌아왔다. 릴리스는 호기롭게 그를 유혹했던 것도 잊고 갑자기 쑥스러워졌다. 조심 좀 해 달라던 체자레의 말이 불쑥 떠올라 부끄러움을 부추겼다. 아직 잠들 시간까지는 한참이 남았는데. 궁 안 사람들이 그녀를 대체 어떻게 볼 것인지.

"주무셔도 됩니다."

괜찮아요. 다정한 목소리가 불안을 누그러뜨렸다. 단단한 팔이 몸을 받치며 등을 고정해 주자 수마가 천천히 온몸을 덮쳐 왔다.

평온한 저녁이었다. 황혼은 반쯤 사그라들어 희미한 흔적만을 베일처럼 도시 위로 덮고 있었고, 해는 거의 넘어가 지평선 너머로 머리꼭지만을 살그머니 내민 채였다.

붉은 기운을 담뿍 받아 불그스레해진 광대 위에 입을 맞추자 바이마르가 쑥스러운 듯 눈을 접으며 웃었다. 릴리스는 가물거리는 시야 너머로 채 지지 않은 노을 끝자락을 눈에 담으며 어렴풋이 생각했다.

이번 겨울엔 루비 귀걸이를 선물해야지. 영원히 지지 않을 노을을 그의 귀에 걸어 줄 것이다.

2장

사방이 온통 빗소리로 그득했다.

막사 안으로 새어 들어온 바람이 이따금씩 탁자 위의 촛불을 흔들었다. 릴리스는 뚝뚝 떨어지는 촛농을 보며 손을 뻗어 협탁 위를 더듬었다. 흑단을 매끈하게 깎아 만든 지팡이가 손아귀에 잡혔다.

날렵하고 길쭉한 모양의 새까만 지팡이는 살로메의 작별 선물이었다. 아가리를 쫙 벌린 늑대의 얼굴이 손잡이에 정교하게 조각되어 있었고, 한 손에 쏙 들어오는 그 얼굴을 조금 비틀면 안쪽의 세검을 뽑아 쓸 수도 있었다. 여러모로 공을 들인 작품임이 분명했다.

릴리스는 막사 입구의 두터운 천을 걷고 밖으로 나섰다. 듬성듬성 놓여 있는 천막 아래 기사들이 삼삼오오 모여 있었다. 한 발을 밖으로 딛는 순간, 웅성이던 소리가 단번에 잦아들었다. 사방에서 날아오는 끈끈한 시선들이 빗물에 젖은 옷자락처럼 온몸에 질척하게 달라붙었다.

양철 깡통에 물을 받던 루카스가 고개를 까딱이며 그녀에게 알은체했다. 릴리스는 허리를 굽혀 반쯤 찬 깡통 안을 들여다보았다.

"빗물을 받는 건가?"

"예에. 흙탕물을 하도 마셨더니 어쩐지 배 속이 찌르르한 것이…… 영 기분이 나빠서 말입지요. 헌데 마마께선 왜 나오셨습니까? 식사 준비라면 곧 끝날 듯한데."

격의 없는 놀림에 릴리스가 눈을 흘겼다.

"……배고픈 거 아니니 그리 보지 말거라. 그런데 와트만 경은?"

"저어―기 있습니다요."

루카스가 턱으로 그녀의 뒤쪽을 가리켰다. 모닥불을 빙 돌아 걸어오던 와트만이 들고 있던 주머니를 보란 듯 달랑이며 씩 웃었다.

"어딜 다녀와?"

"마마 드실 간식이라도 있으려나 싶어 찾으러 다녀왔습죠. 본래 행군 중엔 닥치는 대로 먹어 줘야 하는 법 아닙니까. 혹시 몰라 많이 챙겨 왔으니 생각나는 대로 틈틈이 찾아 드십쇼."

쓱 내민 손바닥 위에 말린 고깃덩이 세 조각이 놓여 있었다. 어쩐지 냄새가 난다 싶더라니. 릴리스는 통박 대신 그것들을 선선히 받아 챙겼다.

흐뭇한 얼굴로 돌아선 와트만이 마른 장작 몇 개를 주워 모닥불 속으로 던져 넣었다. 근처에 서 있던 기사들이 그의 행동에 흠칫 거리를 벌렸다가, 루카스의 눈치를 보며 주춤주춤 다시 돌아와 제자리에 섰다.

"……신경 쓰이지 않아?"

육포 하나가 게 눈 감추듯 목구멍 너머로 꿀떡 사라졌다. 릴리스는 남은 두 개도 마저 입 속으로 털어 넣으며 쪼그려 앉은 채 발치에 떨어져 있던 바싹 탄 숯덩이로 바닥을 벅벅 긁었다.

"그게 대체 무슨 말씀이십니까?"

와트만이 멀뚱한 얼굴로 그녀에게 되물었다. 릴리스는 새까만 나무토막을 다시 불 속에 휙 집어 던졌다. 화르륵. 의미 없는 불길이 잠시간 일어났다 금세 사그라들었다.

"그러니까…… 시선 말이야."

"하! 설마하니 제가 이 정도도 예상 못 하고 마마를 따랐겠습니까?"

주홍빛 그림자가 주름진 눈가를 집요하게 핥아 대었다. 와트만이 간지러운 듯 불길이 어른거리는 살갗 위를 긁적이며 말을 이었다.

"게다가…… 사실 이 정도 서먹함이야 따돌림 축에도 못 든다고 봐야 합니다. 용병들과 일할 땐 훨씬 고된 일들이 많았거든요. 애당초 그놈들은 명예고 도덕이고 없는 놈들인지라……."

"테바이 놈들이 꼭 그렇지 않습니까. 돈만 주면 나라 팔아먹는 일도 쌍수를 들고 환영할걸요."

루카스가 툭 끼어들어 말을 얽었다. 옳소. 그렇지. 여기저기서 기다렸다는 듯 나직한 동조가 흘러나왔다. 와트만이 너털웃음을 터뜨리며 눈앞의 등짝을 퍽퍽 두들겼다.

"이놈 말이 맞습니다. 그러니 걱정일랑 이제 그만 붙들어 매시고, 마마께서는 그저 몸 성히 따라오시는 데에만 집중하시면 된다 이 말입죠. 그렇지, 루카스 경?"

"암요. 제가 누차 말씀드리지 않았습니까. 우리 스파티움이 본래 기강 하나는 끝내준다니깝쇼."

루카스가 빗물로 꽉 찬 깡통을 바닥에 던지듯 내려놓았다. 햇빛에 말린 벽돌마냥 딱딱하던 분위기가 한순간 진흙 반죽처럼 아주 조금 물렁해졌다. 릴리스는 자리를 털고 일어서 지팡이를 고쳐 쥐었다. 어색한 시선이 모여들었다가 이내 부스스 사방으로 흩어졌다.

"반은?"

"잠시 정찰을 나가셨습니다. 이제 곧 협곡이니까요."

루카스가 비에 젖은 머리카락을 탈탈 털며 답했다. 릴리스는 그의 머리에서 튀는 물방울을 피해 조금 뒤로 물러서다가 마른 장작을 밟고는 그대로 미끄러졌다.

"위험……!"

모닥불 근처에 서 있던 기사 하나가 반사적으로 손을 뻗다가 멈칫하며 상체를 뒤로 물렸다. 붙잡을 것이 없어 휘청이던 릴리스는 그대로 질척한 바닥 위에 나동그라졌다. 화들짝 놀란 루카스가 잽싸게 달려들어 그녀를 부축하며 기사를 향해 두 눈을 부라렸다.

"괜찮으십니까? 너, 이 자식……!"

"난 괜찮아. 어차피 젖은 건 망토뿐이고."

허공에 홀로 떠 있는 손이 대단히 어색했다. 릴리스는 서둘러 팔을 거둬 들이며 성난 얼굴로 뒤를 향해 고함치는 루카스를 만류했다. 삽시간에 분위기가 싸늘하게 얼어붙었다.

"죄송합니다……! 제가……."

기사가 다급히 바닥에 무릎을 꿇고 앉았다. 바지 밑단에 커다랗게 진 얼룩이 범위를 점점 넓혀 가며 옷감을 엉망으로 만들었다. 가만두었다간 고개까지 조아릴 기세라, 릴리스는 황급히 양팔을 내저었다.

"아니, 정말 괜찮다니까."

"하지만……."

루카스가 눈에 띄게 얼굴을 찌푸렸다. 릴리스는 그의 부축을 받으며 땅위에 겨우겨우 양발을 바로 딛고 섰다. 금방이라도 피를 볼 듯 험험한 기운을 풍겨 대던 와트만이 팔짱을 풀고는 앞으로 나서며 기사들의 시야에서 그녀의 몸을 가렸다.

"예서 내 신분을 모르는 이가 어디 있겠니. 그리 이해하지 못할 일도 아니니 너무 그렇게 책하진 말아."

"그렇지만……."

"내가 경에게 명령하지 않게 해 주렴."

가늘게 떨어지는 빗줄기 사이로 잔뜩 젖은 풀 내음이 어른거렸다. 릴리스는 그 냄새를 폐부 깊숙이 들이켜며 희미하게 미소했다. 더 이상 궁에 갇혀 있는 것이 아님을 때때로 이렇게 실감할 때면 언제고 마음이 한껏 너그러워져 모든 걸 포용할 수 있을 것만 같았다.

루카스가 긴 한숨을 뿜어냈다.

"……이번만입니다. 저하께서 정찰을 나가셨기에 망정이지……."

"알아들었으니 걱정 마. 그보다 시렌은? 아직 막사에 있나?"

서둘러 말을 돌리자 다시 푹, 한숨이 흘러나왔다. 루카스가 어쩔 수 없다는 듯 한 걸음 물러서며 길을 터 주었다.

"예에…… 감기라도 걸렸는지 꼴이 영 말이 아니던걸요. 아마 아직 자고 있는 모양입니다만, 가 보시렵니까?"

"응, 그럴까 해."

릴리스는 비틀대며 왼편으로 돌아섰다. 질척이는 바닥이 마치 늪처럼 부츠를 빨아 당겼다. 한 걸음을 내디딜 때마다 몸이 사정없이 휘청거렸다. 구경꾼이라도 된 양 빼곡하게 주변에 모여 있던 기사들이 흠칫 놀라며 서둘러 시선을 피했다.

그녀는 지팡이를 던져 버리고 싶은 충동을 열다섯 번 정도 꾹 눌러 참은 뒤에야 간신히 목적지에 도달했다. 와트만이 막사 입구를 가리고 있는 천을 걷으며 먼저 안으로 불쑥 고개를 들이밀었다. 멀겋게 뜬 얼굴로 지도를 들여다보고 있던 시렌이 놀란 표정으로 콜록콜록 기침을 뱉었다.

"마마, 어떻게 여기까지 오셨습니까?"

"안 보이니 궁금해져서. 헌데 뭘 보고 있었어?"

"콜록, 크흠…… 큼. 그게, 매복 가능성을 점쳐 보고 있었습니다. 아직 이렇다 할 낌새는 없어 보입니다만……."

릴리스는 지팡이를 내려놓으며 자연스럽게 빈 의자를 찾아 앉았다. 와트만까지 그녀를 따라 착석하고 나자 그렇잖아도 작은 막사가 눈에 띄게 비좁아졌다. 시렌은 몸을 우그리며 산만 한 덩치의 기사를 노려보았다. 와트만이 어깨를 들썩이며 한쪽 입술을 비뚜름히 끌어 올렸다.

"장담할 수는 없지. 아테라 황실의 전서매는 속도가 무척 빠른 편이라고 들었어. 난 한 번도 써 본 일이 없지만…… 이미 전갈이 오고 갔으리라 짐작하는 것도 그리 큰 억측은 아닐 듯한데."

릴리스는 머리 위로 오가는 신경전을 모른 채 어렴풋한 기억을 더듬더듬 끄집어냈다. 탁자 구석에 짐짝처럼 박혀 있던 시렌이 충혈된 눈을 가느스름하게 떴다.

"하지만 출병 직전까지 공표를 미루었지 않습니까. 벌써 소식이 갔을 거라곤……."

릴리스는 대답 없이 한참 그를 바라보다 입을 뗐다.

"스파티움 궁에 그대 같은 간자가 없을 거라고 장담할 수 있겠나?"

"……."

"아로프 자작."

"아니, 마마…… 그때 일은 저도 정말이지 유감으로 생각하고 있단 말입니다…… 그…… 아시잖습니까?"

릴리스가 그에게 작위를 붙여 부른 것은 처음이었다. 난처한 기분에 등줄기로 비죽비죽 식은땀이 솟아났다. 시렌은 괜스레 옷소매로 멀쩡한 목덜미를 문질러 닦아 냈다. 릴리스가 말간 얼굴로 한쪽 눈썹을 비뚜름히 추켜올렸다.

"글쎄, 난 잘 모르겠는데. 와트만, 경의 생각은 좀 어떠한지 묻고 싶군."

"저라고 뭐가 그리 다르겠습니까. 그때처럼 뺨이라도 한 대 맞아 준다면야 또 모를 일이지만……."

당시의 피격을 떠올렸는지, 순간 시렌의 낯이 급속도로 창백해졌다. 와트만의 솥뚜껑 같은 손을 곁눈질하던 그가 무심코 오른뺨을 매만지며 얼굴을 수그렸다.

"저, 마마. 그 이야기는 일단 나중으로 미뤄 두시고……."

떨리는 손가락이 푹 팬 지도의 절벽 끝을 짚었다. 릴리스는 어깨를 으쓱하는 것으로 그 어수룩한 화해 신청을 받아들였다. 살살 눈치를 살피던 시렌이 그제야 안심한 듯 콜록, 콜록, 연달아 기침을 토했다.

"콜록, 뒤뿐만이, 콜록. 아니지요. 협곡의 초입 역시 위험합니다. 매복이라고 하여 적이 늘 등 뒤에 있는 것은 아니니까요."

"게다가 북부의 절벽들은 낙석이 많은 편이라 언제고 주의를 기울여야 해. 멀찍이 가던 선봉 부대가 난데없는 봉변을 당한대도 할 말이 없는 게 바로 이곳이거든……. 헌데 자작, 좀 더 멀리 떨어지는 게 좋을 듯싶네. 마마께 병균이 다 옮을 판이라고."

"한편으로는 그마저도 다행이라고 봐야겠지요. 그만큼 고지를 선점하는 것이 어렵다는 뜻일 테니……. 우선은 전후방을 최대로 경계하겠습니다. 그리고 경, 잊고 계신 듯합니다만, 여긴 엄연히 제 막사입니다."

"그게."

"글쎄. 나라면 이곳을 택할 듯한데."

지저분한 입씨름이 시작되기 직전이었다. 불쑥 난입한 그녀 탓에 혀를 깨문 와트만이 턱을 쥐곤 끙끙대며 앓는 소리를 냈다. 킬킬 웃던 시렌은 목을 긋고, 엄지를 아래로 떨구는 아테라식 수신호에 얼른 표정을 바로 하며 안경을 고쳐 썼다. 언제 흥에 겨웠냐는 듯 금세 평소의 모습으로 돌아간 그가 깃펜을 매만지며 진지한 눈빛으로 릴리스를 바라보았다.

"어째서 그렇게 생각하십니까?"

시험관이라 해도 손색없을 만큼 깐깐한 낯이었다. 릴리스는 침을 꿀꺽 삼키고는 아주 천천히 답을 내었다.

"……후방에서 공격을 하다 낙석에 떨어져 밀린다면 등 뒤에 스파티움 국경을 바로 두게 되지 않겠나. 잘못 걸렸다간 도리어 몰살당할 확률이 높으니 쉬이 도전하려 들지는 않을 거야."

짝짝짝. 말이 끝나기 무섭게 시렌이 열광적으로 박수를 쳐 대기 시작했다. 그가 손바닥을 연신 맞부딪치며 칭찬을 거듭했다.

"복습하는 태도가 무척 훌륭하십니다, 마마, 정확히 기억하고 계시는군요."

릴리스는 앉은 채로 코끝을 긁적였다. 귀 끝이 절로 달아올랐다.

"배운 대로 읊은 것뿐인걸. 경에게는 항상 감사하고 있어."

"모두가 배운 것을 그대로 행한다면 이 세상에 영웅 아닌 이가 어디 있겠습니까? 감히 아뢰건대 마마를 경계한 것은 예거라트 황제의 현명한 선택입니다."

데운 포도주를 들이켠 것처럼 배 속이 훗훗해졌다. 다소 과장된 호응임을 알고 있음에도 자꾸만 입이 헤벌쭉 벌어졌다. 릴리스는 민망함을 숨기려 괜히 멀쩡한 옷소매를 잡아 뜯었다.

"……평생 들어 본 것 중 제일가는 헛소리로구나."

"아테라에는 죄다 눈 없는 인간들뿐인가 보지요."

시렌이 대수롭지 않다는 듯 대꾸하며 콜록콜록 기침했다. 기특하다는 듯 그를 물끄러미 응시하던 와트만이 커다란 손바닥을 힘차게 위로 추켜올렸다. 깜짝 놀란 시렌이 반사적으로 몸을 웅크림과 동시에, 연약한 등짝을 퍽퍽 두들기는 경쾌한 소리가 났다.

"오시는가 봅니다."

한참 동안 칭찬을 빙자해 시렌을 괴롭히던 와트만이 문득 막사 입구를 흘금대며 입을 뗐다. 릴리스는 그를 따라 조용히 밖의 소리에 귀를 기울였다. 찰박찰박. 물웅덩이를 거칠게 밟는 다급한 발자국 소리가 윙윙 부는 바람 소리 사이로 희미하게 섞여 들었다.

"마마, 여기 계시다고 들었…… 표정이 왜 그러십니까?"

때마침 막사 입구를 가리고 있던 천이 불쑥 걷히며 막혔던 찬 바람이 막사 안으로 마구 짓쳐들어왔다. 미심쩍은 얼굴로 사방을 둘러보던 바이마르가 바삐 다가와 그녀를 번쩍 안아 들었다. 맞닿은 몸에서 풀 내음이 물씬 풍겼다.

"내내 밖에 계셨으니 몸이 좋지 않으실 만도 하지요."

행여 트집이라도 잡힐까 전전긍긍하던 시렌이 황급히 나서 말을 돌렸다. 그를 흘금 돌아본 바이마르가 릴리스를 안아 든 채 의자 하나를 찾아 자리를 잡고 앉았다. 와트만까지 의뭉스러운 얼굴로 입을 꾹 다물어 버리자 막사 안은 묘하게 적막해졌다.

"마침 잘되었습니다, 저하. 그렇잖아도 막 의논이 끝난 참이니 두 분 다 이만 돌아가 쉬시는 게 좋겠어요. 저도 몸이 으슬으슬한데 마마라 한들 멀쩡하실 리가 있겠습니까?"

물론 그에 구애받을 시렌이 아니었다. 물 흐르듯 이어지는 말에 금세 신경을 빼앗긴 바이마르가 릴리스와 와트만을 번갈아 보며 물었다.

"의논?"

"예. 마마께서 말씀하시길, 협곡은 낙석이 많은 지대라 특별히 주의를 요한다고 하시더군요."

"낙석이라."

"그러합니다. 요 며칠 내린 비로 지반이 물러졌을 가능성도 염두에 두어야지요. 정찰 결과는 어떻습니까? 별다른 일이라도?"

"없었다."

시렌은 문답을 이어 가며 자연스럽게 바이마르를 자리에서 일으켰다. 말주변이 어찌나 능란하던지, 수작질을 뻔히 알고 있던 와트만조차 쫓겨난 뒤에야 사정을 눈치채곤 커다랗게 혀를 찼을 정도였다.

"날이 찬데 이곳에 들어와 계시지 않구요."

어쨌거나 그들은 각자의 막사로 뿔뿔이 흩어졌다. 왕자 부부가 함께 쓰는 커다란 막사 안은 화로의 열기로 제법 훈훈했다. 릴리스를 침대 끄트머리에 앉혀 놓은 바이마르가 한쪽 무릎을 꿇고 앉아 능숙하게 젖은 신발과 양말을 벗겨 내기 시작했다.

"반이 보고 싶어서……."

릴리스는 부지깽이로 화로 안을 엉성하게 뒤적이며 목소리를 낮추었다. 쇠꼬챙이가 벌건 숯덩이들을 찌를 때마다 불씨가 팔락팔락 피어올랐다.

잠시간 손을 멈춘 바이마르가 흩날리는 불씨 너머로 그녀를 물끄러미 응시해 왔다. 그리고 이내, 벌떡 일어서서 제 옷을 훌훌 벗어 던지기 시작했다. 비옷을 겸하는 두터운 로브와 안쪽에 걸치고 있던 젖은 망토. 살짝 눅눅해진 셔츠와 더러운 부츠까지 탈의한 바이마르가 잽싸게 침대 위로 기어올라 와 릴리스를 와락 끌어안았다. 벗은 몸에서 빗물과 나무껍질 냄새가 폴폴 풍겼다.

"저, 반. 우선 빗물부터 닦는 게 좋을 듯한데."

"그럼 마마께서 닦아 주시지요."

살며시 밀어 내며 말을 걸자 기다렸다는 듯 벌떡 일어선 바이마르가 냉큼 마른 수건을 가져와 그녀의 눈앞에 내밀었다. 종일 밖을 맴돌았음에도 희기만 한 목덜미 위로 주홍색 불그림자가 어른거렸다.

남의 시중을 들어 본 적은 없지만, 바란다면야 못 해 줄 것도 없었다. 릴리스는 수건을 쥐고 침대 위를 기어 탄탄한 상체 가까이 다가섰다. 매끄러운 흰 피부가 빛을 반사해 상아처럼 반들거렸다. 바늘 한 땀 들어가지 않을 것처럼 잘 짜인 몸이었다.

군데군데 남아 있는 자잘한 흉터조차 마치 일부러 만들어 낸 장식 같았다. 물과 땀에 푹 젖은 살갗이 손바닥에 반죽처럼 차지게 달라붙었다. 약간은 서늘한 그 감촉에 문득 언젠가의 밤이 떠올랐다…….

"이, 이제 다 됐어요."

릴리스는 열심히 제 몫을 다하던 수건을 화급히 던져 버렸다. 잘 나가다 이런 낯 뜨거운 상상이라니. 와트만이 안다면 배를 잡고 바닥을 뒹굴 일이었다.

"마마?"

어리둥절한 표정으로 앉아 있던 바이마르가 떨어진 수건을 다시 집어 들어 축축한 머리를 탈탈 털었다. 머리칼에 가려졌다가 드러난 오른쪽 귓불에서 푸른빛이 희미하게 반짝거렸다. 릴리스는 그 모습을 구경하다 무릎걸음으로 다가서서 그의 손을 덥석 잡아채었다.

"저어, 반. 그 귀걸이…… 혹 아테라에서 가져온 물건인가요?"

"예. 마마께서 주셨던 것이지요. 왜 그러십니까?"

어쩐지 심장이 간질거렸다. 그녀는 손을 내리곤 얇은 모포를 가슴 앞으로 끌어당겼다.

"아뇨, 설마 지금까지 가지고 있을 거라곤…… 도망칠 적에 다 버리고 왔을 거라고 생각했어요."

"그럴 리가 있겠습니까. 매일 하고 다녀도 된다고 이르셨으면서."

바이마르는 외려 의아한 얼굴이었다.

"그건 이게 아니었잖아요?"

"다를 것 없습니다. 제게는 모두가 똑같이 중요하니."

훌쩍 거리를 좁혀 온 그가 한숨처럼 웅얼거렸다. 부드러운 목소리에 귀가 설탕처럼 녹아내릴 듯했다.

"그보단 빨리 협곡을 지났으면 좋겠습니다. 마마를 이런 곳에 오래 머물게 두고 싶지 않아요."

"하지만 이곳도 충분히 안락한걸요."

릴리스는 다부진 어깨 너머로 널찍한 막사를 둘러보았다. 램프와 협탁,

침대며 옷장까지 없는 것이 없을 정도다. 챙겨다 놓은 모포만 해도 벌써 일곱 장이 넘어가는 마당이었다.

물론 바이마르의 생각은 조금 달랐다.

"괜찮지 않습니다. 고트성으로 들어가면 가장 먼저 벽난로 앞에 앉혀 드릴 테니 아무 걱정 마시고 그저 푹 쉬어 주세요. 매번 새벽녘에 깨어 뒤척이시는 걸 알고 있습니다. 저야 워낙 익숙하니 그럴 수 있다고 쳐도……."

그가 말하다 말고 가까이 닿아 있는 볼에 제 입술을 가볍게 문질렀다. 커다란 몸이 아프지 않게 무게를 실어 왔다. 릴리스는 손을 뻗어 그 등을 한껏 그러안았다.

스파티움의 병사들이 이 꼴을 본다면 쥐던 검도 떨어뜨리고 제 눈을 의심할 것이다. 실제로, 기사들을 대하는 그의 모습은 체자레의 축소판이라 해도 과언이 아닐 만큼 차가운 구석이 있었다.

"식사를 해야겠군요."

저녁 식사를 알리는 종소리가 사방으로 요란하게 울려 퍼졌다. 바이마르는 기다리다 못한 기사가 밖에서 큼큼 헛기침을 흘릴 때쯤이 되어서야 벌떡 일어서서 셔츠를 대충 꿰어 입었다. 저벅저벅 막사 끝으로 걸어간 그가 입구의 천을 들추어 쟁반 위의 그릇들을 받아 챙겼다. 검은 빵과 물, 따뜻하게 끓인 묽은 스튜와 딱딱한 육포가 접시 위에 가지런히 놓여 있었다.

릴리스는 익숙하게 육포를 스튜에 담가 흐물흐물하게 만든 뒤, 빵을 반으로 쪼개 그 안에 푹 담갔다. 부드러워진 빵을 입 안에 그득 넣으니 짭짤한 양념 맛이 퍼지며 제법 풍미가 있었다. 그간의 노숙으로 체득한 소소한 지혜였다.

저녁을 다 먹은 뒤에는 모두가 일찌감치 잠자리에 들었다. 새벽같이 일어나야 한다는 것을 알아서인지 금방 이곳저곳에서 코 고는 소리들이 들려오기 시작했다. 바싹 마른 모포를 덮고 든든한 품 안으로 파고들자 긴장이 풀리며 졸음이 쏟아졌다. 릴리스는 빗물 떨어지는 소리를 들으며 까무룩 잠들었다. 다시 비가 오고 있었다.

＋❋＋

릴리스는 말 등에 올라앉아 몸을 조금 흔들었다. 오기 전 새로 맞춘 안장이 무척 편안해, 이제는 종일 고삐를 쥐고 있어도 다리가 아프거나 불편하지 않았다. 오르고 내릴 때마다 필히 다른 사람의 손을 빌려야 한다는 것만 제한다면 더할 나위 없이 만족스러웠으리라. 그러나 그마저도 안장에 발을 걸칠 수조차 없던 처음에 비한다면 그저 감사할 따름이었으므로, 릴리스는 기분 좋게 발끝을 꼼지락거리며 뒤를 흘긋 돌아보았다. 수백 명의 병사들이 열을 지어 이동하는 모습은 언제 보아도 장관이었다.

"협곡입니다!"

루카스가 깃발을 높게 들어 올리며 소리쳤다.

동터 오는 아침, 둥근 해가 빛을 흩뿌리며 벼랑 끝에 희게 걸렸다. 밤새 내리던 비가 막 그친 참이었다. 깎아지른 듯한 절벽이 물 마른 계곡을 가운데에 두고 서로 경쟁하듯 솟아 있었다. 벼랑 끝에 걸려 있는 두 쌍의 무지개가 희뿌연 시야 너머에서 흐릿하게 보였다.

"행군 중에 무지개를 보는 일은 몹시 드물죠. 그러니까 제가 여러 번 말씀드리지 않았습니까요, 부단장님. 아무리 생각해도 이번 원정은 느낌이 좋다니까요?"

감탄한 것은 혼자뿐이 아니었던 모양이다. 문득 등 뒤에서 호들갑 떠는 목소리가 들려와 릴리스는 귀를 쫑긋 세웠다. 둘베트가 뒤를 돌아보며 일침을 놓았다.

"그런 얘긴 협곡을 다 넘어간 뒤에나 해라, 스쿼드."

"에이, 경은 낭만을 너무 모르십니다. 그렇지요, 마마?"

스쿼드가 말 아래에서 불쑥 얼굴을 들이밀며 물었다. 릴리스는 대답 대신 짧게 웃음을 터뜨리곤 말을 몰아 그들을 빠르게 지나쳤다.

이슬이 툭 터지듯 유쾌한 소리였다. 아테라의 황녀라는 신분 탓일까. 그저 꺼림칙하게만 느껴지던 냉한 기운이 단번에 스르륵 녹아내리며 청량한 기운을 사방에 흩뿌렸다. 주변을 에워싸고 있던 기사들이 깜짝 놀란 얼굴로 서로를 마주 보았다.

잠시의 해프닝을 뒤로한 채 행군은 종일 계속되었다. 쉼 없이 걸음을 재촉했지만 종종 맞닥뜨리는 낙석 때문에 처음만큼 속도가 나질 않아 그들은 결국 생각보다 이르게 이동을 접어야 했다.

모닥불 주변에 둘러앉아 무장을 푼 기사들 앞에서 루카스가 하늘을 올려다보며 짧게 휘파람을 불었다.

끼루룩— 어디선가 괴이한 울음소리가 들리는가 싶더니, 커다란 새 몇 마리가 절벽 위에서 허둥지둥 날아올랐다. 크고 작은 돌가루들이 후드득 그들을 향해 떨어져 내렸다. 둘베트가 망토를 툭툭 털며 눈살을 찌푸렸다.

"와이번 구간이군. 불침번을 늘려야겠어."

"우선은 제가 서지요."

루카스 휘하의 병사 하나가 번쩍 손을 들며 망보기를 자청했다. 그와 함께 앉아 무기를 손질 중이던 키 작은 병사가 주변을 돌아보며 말을 이었다.

"그 뒤는 저희가 맡겠습니다."

"무리하진 마라. 어차피 곧 마몬 경이 합류할 거야."

새로운 소식에 병사들의 낯이 눈에 띄게 환해졌다. 제법 연륜이 있는 기사인 모양이지. 릴리스는 대수롭지 않게 생각하며 그 이야기를 흘려들었다.

다행히 이후로도 며칠간 날이 개었다. 우기의 변덕에 힘입어 속도를 올린 덕일까. 한참을 걷다 보니 어느덧 저 멀리 협곡의 끝이 보였다. 폴리스를 떠난 뒤 어느덧 한 달을 꽉 채운 행군이었다. 적진으로 가로지르면 훨씬 빠를 테지만, 군대가 있어 길을 돌아가느라 날이 조금 지체되었다.

그들은 정오 무렵 골짜기 근처에 멈춰 짐을 풀었다. 앞으로 비죽 나온 절벽이 안쪽을 가리고 있어 정찰병이라도 보내지 않는 한 접근을 눈치채지 못할 만큼 으슥한 곳이었다. 선봉 부대가 앞장서 평원을 돌아보는 동안, 나머지는 저녁 준비를 하며 뒤따라올 마몬의 부대를 기다렸다.

몇 시간이나 지났을까. 진지 끝에 서서 협곡 반대편을 살피고 있던 병사가 헐레벌떡 달려와 객의 등장을 알렸다. 들뜬 분위기가 사방으로 퍼져 가는 가운데, 릴리스는 잔뜩 긴장하며 낯선 이와의 만남을 준비했다.

"마몬 경께서 오십니다!"

외침에 응답하듯, 한 무리의 병사들이 커다란 덩치의 사내를 앞세운 채 성큼성큼 진지를 가로질렀다. 지원군의 등장에 골짜기가 순식간에 떠들썩해졌다. 릴리스는 소란해진 주위를 한 바퀴 둘러보며 반걸음 물러서서 무리의 가장 앞에 선 이를 살폈다.

핏줄이 불거진 팔뚝과 근육으로 다져진 듯한 다부진 몸이 인상적인 남자였다. 연륜 있어 보이는 가느다란 검은 눈과, 악다문 듯 각진 턱이 그의 성미를 은연중 드러내었다. 흡사 잘 연마된 연장을 보고 있는 듯도 했다.

"저하! 이게 대체 얼마 만입니까. 정말이지 몰라보게 장성하셨군요. 길에서 마주친대도 알아보기 힘들 만큼 훌쩍 자라셨습니다."

성큼 가까워진 마몬이 너털웃음을 터뜨리며 바이마르를 힘주어 끌어안았다. 허약한 사람이라면 몸이 부서질까 걱정될 정도의 격렬한 포옹이었다.

"칭찬으로 듣겠네. 오랜만이군, 마몬 경."

"그간 잘 지내셨던 모양입니다. 아테라에 가신 일로 체자레 전하께서 어찌나 걱정을 하시던지요. 둘베트! 이거 자네도 대단히 오랜만이구만."

팔을 풀어낸 마몬이 둘베트를 바라보며 씩 웃었다. 가벼운 악수를 나눈 뒤 다시 여상한 인사가 이어졌다.

"경께서도 여전히 건강해 보이십니다. 국경 지대에 다녀오셨다지요?"

"그렇다네. 아펠라의 그 어린것들이 이 늙은이를 어찌나 부려 먹으려 드는지……. 대신 테바이 놈들을 아주 박살 내고 왔으니 서쪽은 당분간 잠잠할 거야. 아, 루카스 네놈도 여기 있었군그래."

"저하께서 이곳에 계시니 당연한 일이지요. 헌데…… 생각보다 이르게 도착하셨습니다. 내일이나 되어야 뵐 수 있을 줄 알았는데요."

"사실 조금 서두르긴 했다네. 알다시피 뵙고 싶은 분이 계셔서 말이야……."

한순간, 피할 새도 없이 시선이 마주쳐 릴리스는 깜짝 놀라 두 눈을 크게 떴다. 자신도 모르게 뒷걸음질 치려던 걸 겨우 참아 낸 것이 그나마 다행이었다. 맹금류의 것같이 사나운 눈동자가 어둑한 하늘 아래 칼날처럼 번득였다.

"……인사가 늦어 송구합니다. 아테라의 황녀 마마. 소신, 바이마르 저하를 돕기 위해 먼 길을 달려왔습니다. 마몬이라고 불러 주시지요."

릴리스는 의연한 척 그의 인사를 받아넘겼다.

"만나서 반갑네, 마몬 경. 먼 길 오느라 고생이 많았군."

"제가 들을 이야기는 아닌 듯싶군요. 정말 먼 길을 떠나오신 분은 정작 황녀님이 아니십니까."

노기사가 입꼬리를 올리며 미소 지었다. 그러나 온화한 말투와는 대조적으로 그의 눈은 조금도 웃고 있지 않은 채였다. 한참 뒤, 그의 시선이 꼬리를 남기며 천천히 떨어져 나갔다.

"저하, 선발대로 나섰던 퀴렛 경이 돌아왔…… 마몬 경! 드디어 오셨군요. 기다리고 있었습니다."

때마침 돌아온 시렌 덕에 일행의 주의가 자연스레 분산되었다. 마몬이 반색하며 시렌에게 악수를 청하는 동안, 릴리스는 바이마르의 등 뒤에 숨어 마몬의 시야에서 가능한 한 멀어지려 애썼다.

"아로프 자작이로군. 이번에도 그대가 전술을 맡고 있는가?"

"어쩌다 보니 그렇게 되었습니다. 아직 부족함이 많은 저를 이리 믿어 주시니 그저 감사할 따름이지요. 중앙 막사는 이쪽입니다…… 억!"

일순 시렌에게서 외마디 비명이 튀어나왔다. 마몬이 너털웃음을 터뜨리며 맞잡은 손을 아래위로 거세게 흔들었다. 그 기세에 부평초처럼 흔들리던 시렌은 손목이 뻐근할 즈음이 되어서야 무시무시한 악력에서 해방되었다.

"쯧, 자네는 여전히 허약하구만!"

마몬이 혀를 차며 제 손을 탈탈 털었다. 시렌은 내일이면 멍이 들 것처럼 욱신거리는 손목을 매만지며 팔꿈치로 몰래 루카스의 옆구리를 꾹 찔렀다. 퍼뜩 놀란 루카스가 마몬과 시렌을 번갈아 보다 이내 알겠다는 얼굴로 먼저 나서 일행을 재촉하기 시작했다.

"자, 자. 일단은 다들 막사로 가시지요. 이야기는 가서 해도 되지 않겠습니까?"

바이마르는 마치 그 말만을 기다렸던 사람처럼 릴리스를 번쩍 안아 올렸다. 시렌과 둘베트가 호위하듯 그들 양옆에 붙어 섰다. 막사로 향하는 일행의 뒷모습을 빤히 보고 있던 마몬이 입술을 씰룩이며 검지로 허리띠를 툭툭 두들겼다.

"안 들어가시려나 봅니다?"

"……."

문득 걸걸한 목소리가 그에게 말을 걸어왔다. 아까부터 손톱 밑 가시처럼 거슬리던 아테라의 기사였다. 건방진 놈. 마몬은 못 들은 척하며 그의 앞을 성큼성큼 지나쳤다. 불쾌한 낯짝이었다.

"……들이 전해 오기를, 오후쯤 기사단이 성을 나설 예정이라고 합니다. 밭까지는 대략 반나절이 소요되니 되도록 빨리 승부를 보는 것이 중요하겠지요."

막사 안에서는 이미 의논이 한창이었다. 길쭉한 지휘봉을 든 시렌이 깃발 모형이 빼곡한 지도를 요리조리 짚어 가며 방향을 가늠했다. 입구에 서서 호위 역을 수행하던 루카스가 그를 보곤 잽싸게 길을 비켰다.

"행군 속도를 좀 더 올려야겠군."

커다랗고 둥근 탁자 주변에 네 사람이 빙 둘러앉아 있었다. 바이마르와 릴리스, 시렌과 둘베트를 순서대로 훑어보던 마몬은 투구를 탁자 위에 올려놓으며 아직 비어 있는 바이마르의 왼쪽 옆자리를 마저 채웠다.

"저하의 말씀이 옳습니다. 기사단 하나가 통으로 잘려 나간 꼴이니 공략하는 데 기대를 걸어 볼 만하겠지요. 물론 고트성이 특출난 요새라는 점 또한 염두에 두셔야 할 테지만, 일단 지금 전체 병력이…… 그러니까……."

바이마르의 말에 맞장구치던 시렌이 문득 미간을 찌푸리며 고민에 빠졌다. 묵묵히 대화를 듣고 있던 둘베트가 나지막하게 그의 말을 부연했다.

"3개단이지."

"그렇지요! 둘베트 경의 말대로입니다. 더할 나위 없는 호재이니 반드시 늦지 않게 결판을 내이야겠지요."

잠시 침묵이 흘렀다. 모두 그를 따라 지도에 정신을 팔고 있는 사이, 마몬은 열어 두었던 물통 뚜껑을 거세게 닫으며 바이마르를 돌아보았다. 탁. 유난히도 크게 울리는 소리에 모두의 관심이 곧장 한곳으로 쏠렸다.

"헌데…… 저하, 진정 황녀 마마께서 이 자리에 참석하셔도 되는 것이 맞습니까?"

불신 가득한 목소리에 막사 분위기가 단박에 싸늘하게 얼어붙었다. 반쯤은 의도한 일이었으므로, 마몬은 입을 다문 채 태연한 얼굴로 사태를 관망했다. 불편한 적막이 흐르는 가운데 시렌이 안경 코 받침을 밀어 올리며 조심스런 어조로 그에게 반박했다.

"마마께서는 전하께서 직접 임명하신 이 군대의 겸임 지휘관이십니다. 저희 또한 마마께 출병 시 큰 도움을 받았지요. 그러니 이곳에 계시지 못할 이유가 없지 않겠습니까."

"허나 뿌리는 변치 않는 법이 아닌가."

마몬은 단호하게 고개를 가로저었다. 뻣뻣한 태도가 눈에 거슬렸던지, 턱을 악다문 바이마르가 그를 돌아보며 나직하게 경고했다.

"그 전에 마마와 내가 부부의 연을 맺었다는 사실을 그대에게 먼저 주지시키고 싶군, 마몬 경. 혹 일이 바빠 소식을 듣지 못했는가?"

애써 억누르고 있는 기색이 역력했으나 목소리에는 아직도 성난 기미가 가득했다. 마몬은 곧장 고개를 수그렸다.

"이 마몬, 고국을 위해 몸을 바치느라 어느새 이렇게 늙어 버렸지만 아직 그 정도로 귀가 먹진 않았습니다. 승리의 함성 정도는 너끈히 들을 수 있을 만큼 힘이 넘치지요. 저하께선 혹 신을 믿지 못하십니까?"

"……경의 충심을 의심할 리 있겠나."

바이마르가 턱을 추켜올렸다. 마몬은 자세를 바로 하곤 그와 시선을 똑바로 맞추었다.

"저를 이리 믿어 주시니 그럼 편히 여쭙겠습니다. 저하께선 고국을 속국으로 전락시킨 아테라의 행태에 진정 아무런 유감도 없으십니까? 체자레 전하께서도—"

"후작. 지금 이 자리에서 논해야 하는 문제가 진정 그것뿐이라고 생각하나?"

쿠당탕. 의자가 요란한 소리를 내며 뒤로 나동그라졌다. 벌떡 일어선 바이마르가 냉엄한 얼굴로 마몬을 내려다보았다. 보석처럼 아름다운 푸른 눈 속에서 새파란 불길이 커다랗게 일렁였다. 팽팽한 긴장감이 막사 안에 감돌았다.

'하필.'

바이마르는 참담한 기분으로 입술을 깨물었다. 마몬은 스파티움의 이름난 명장이다. 체자레도 한 수 접고 들어가는 노회한 귀족이기도 했다. 순간의 감정에 치우쳐 함부로 대할 만한 상대가 아니었으나, 그 명백한 사실마저도 지금 치밀어 오르는 무력감을 달래기엔 역부족이었다.

한편, 마몬은 대답도 항변도 하지 않은 채 조용히 바이마르의 심중을 가늠했다. 노장과 지휘관의 대립은 진지의 사기에 전혀 득 될 것이 없었으므로, 상식적으로는 바이마르의 말이 옳았다. 병사들이 동요하면 기강이 흐트러진다. 늘 그렇듯 항명은 의심을, 의심은 분열을 낳기 마련이었다.

이윽고 바이마르가 지친 듯 한 손으로 얼굴을 쓸어내렸다.

"……경의 말을 이해한다. 그러나 유감을 운운하는 것은 내게 모욕이야. 볼모나 다름없던 이 앞에서 그대가 이제 와 아테라에 대한 감상을 묻는 것인가?"

그는 불과 몇 분 사이에 마치 열댓 살은 더 먹어 버린 사람처럼 피로해 보였다. 마몬은 생각 끝에 전략적 후퇴를 택했다. 어쨌건 무엇보다 중요한 것은 눈앞의 전투다. 게다가 체자레마저 황녀를 받아들인 지금, 지나친 반발은 도리어 항명으로 비쳐질 가능성이 있었다.

그는 한발 물러서 여태 외면했던 얼굴을 마주 보았다.

"말이 다소 지나쳤던 듯합니다. 바라건대 그만 노여움을 푸시지요."

온후한 듯 싸늘한 사죄가 이어졌다.

"……노엽지 않았네."

뒤늦게 덤덤한 대답이 흘러나왔다. 갈빛 눈이 물끄러미 그를 응시하고 있었다. 나지막한 목소리가 시퍼렇게 날이 서 있던 공기에 부드러운 숨을 흘려 넣었다. 마몬은 그제야 수그렸던 고개를 들어 올리다가, 그가 어린 왕자의 기세에 잠시나마 눌렸었음을 뒤늦게 깨달았다.

"저, 그러니까 말입지요……."

기다렸다는 듯 냉큼 나선 시렌이 눈치를 살피며 끊겼던 회의를 이어 가기 시작했다. 어색한 분위기 위로 마치 아무 일도 없었던 듯 주절거리는 목소리들이 차례로 덮이며 밤이 깊어 갔다.

⚜ ⚜ ⚜

이틀 뒤. 마침내 푸른 기가 머리 위로 높이 솟았다. 협곡 앞의 평지에 다닥다닥 붙어 선 막사들이 성벽 주변을 포위하듯 둥글게 에워쌌다. 선두에 반, 간격을 조금 띄워 다시 후미에 반을 배치해 둔 모양새였다.

바이마르를 위시한 제1대대가 공격을 전담한다면, 릴리스가 지휘를 맡은 제2대대는 주로 후방을 지키며 물자를 조달하는 데에 힘을 쏟았다. 체자레가 둘 모두에게 동등한 지휘권을 부여했으므로 엄밀히 따졌을 때 병력의 반은 릴리스의 것이었으나, 당연하게도 모두가 그 명을 달가워하는 건 아니었다.

뿌리 깊게 박혀 있는 상명하복의 정신 탓일까. 보란 듯 불복종하는 이들이 없는 것은 퍽 다행스러운 일이었으나, 태도 이면에 깔려 있는 미묘한 배척까진 권력으로 다스릴 수 없어 릴리스는 한동안 이 문제로 제법 골치를 썩여야 했다. 그녀가 출병에 드는 대부분의 자금을 부담했다는 사실이 알음알음 퍼지고 난 이후로는 불만의 소리가 한풀 꺾이며 기세가 다소 누그러들었지만, 릴리스는 아직도 커다란 막사에 홀로 앉아 있는 일이 조금은 버겁게 느껴질 때가 있었다.

"오른 날개의 1부대. 왼 날개의 1부대가 각각 양쪽 성벽을 교란하라. 나머지는 중앙을 격파한다. 시간이 관건이니 속히 출병하도록."

난데없는 적의 출현에 분주해진 고트성의 병사들이 연달아 횃불을 밝히며 방비 태세를 갖추었다. 하늘에 잔뜩 끼어 있는 먹구름 탓에 낮임에도 사방이 마치 밤처럼 캄캄했다. 바이마르는 굳건히 서 있는 성벽에서 시선을 떼어 내며 모여 선 기사들에게 명을 내렸다.

"받들겠습니다."

"폴리스에 영광을."

"폴리스에 영광을."

주먹 쥔 손을 이마에 대어 보인 둘베트가 신속히 몸을 일으켜 막사를 빠져나갔다. 그의 뒤를 따라 쿼렛 경과 루카스, 스쿼드가 차례로 맹세의 말을 읊으며 승리를 기원했다.

철컥거리는 갑옷 소리가 빗소리와 뒤섞여 정신을 산란하게 만들었다. 바이마르는 마지막으로 갑옷을 점검한 뒤 몸을 숙여 하얀 이마에 오래도록 입술을 부볐다.

어깨에 얹힌 손이 가늘게 떨리고 있었다. 그는 잠시간 형용하기 힘든 눈빛으로 릴리스를 내려다보다 이내 밖으로 나가 준비되어 있던 말 위에 올랐다.

"선봉 부대가 성벽을 오르면 곧바로 문을 부수어라! 카리알로 가는 첫 관문이다. 단숨에 돌파한다! 폴리스의 영광을 위해!"

"폴리스의 영광을 위해!"

마몬이 우렁찬 목소리로 병사들을 독려했다. 병사들의 고함 소리가 바닥을 드러낸 계곡을 채우며 물결처럼 일렁였다. 쏟아지는 비가 시야를 가리고 땅을 물렁하게 만들었으나 그 누구도 아랑곳하지 않았다.

"출격하라!"

마침내 마지막 명령이 떨어졌다. 말들이 갈기를 털며 동시에 발굽으로 거세게 땅을 박찼다. 수백 명의 병사들이 전열을 갖춘 채 발을 맞추어 앞으로 걸어 나가기 시작했다.

"스, 습격이다! 막아!"

"궁수 부대는 어디 있나!"

성벽 위편에서 들려오는 다급한 목소리가 빗속을 뚫고 메아리쳤다. 쏟아지는 빗줄기가 갑옷을 때려 대며 듣기 거북한 소리를 냈다. 무리의 후미에 섞여 사방을 경계하던 바이마르는 소란을 한 귀로 흘려들으며 두 눈을 가늘게 떴다. 성가퀴에 반쯤 가려진 그림자들이 부산하게 움직이는가 싶더니 일제히 자세를 낮추며 하늘을 향하여 활시위를 당기는 모습이 한눈에 들어왔다.

바이마르는 오른손을 머리 위로 들어 올렸다.

"2부대 방패 준비!"

두터운 방패를 둘러맨 병사들이 그 목소리에 일제히 앞으로 뛰쳐나왔다. 바닥에 웅크린 보병들의 머리 위로 둥그런 방패가 지붕처럼 덮였다.

그때였다.

"쏴라!"

걸걸한 목소리 뒤로 화살이 휙휙 날아들었다. 텅! 텅! 요란한 소리를 끝으로 한차례 쏟아지던 화살 비가 멎었다.

"예상했던 일입니다만, 성 밖으로 나와 대치하지는 않을 모양입니다."

비슷한 공방이 몇 번 더 이어졌다. 스파티움 병사들이 몸을 수그린 채 천천히 다시 진격을 시도했다. 느릿하게 전진하는 기사들을 바라보던 마몬이 눈을 깜빡여 눈썹 위에 고인 빗물을 털어 내며 바이마르를 돌아보았다. 화살은 혼자의 힘만으론 군대를 무너뜨릴 수 없지만, 전열을 흐트러뜨리고 병사들을 지치게 만드는 데에는 지나칠 정도로 효과가 좋았다.

"병력이 부족하니 방어가 최선이라고 판단했겠지. 상관없으니 우선 문부터 뚫어 내. 저녁까진 함락되어야 한다."

바이마르는 어둑한 하늘을 올려다보았다. 며칠간 멎었던 비가 언제 물러갔냐는 듯 다시 무시무시한 기세로 쏟아지고 있었다. 거센 빗줄기가 방패며 갑옷을 두들겨 움직임을 둔하게 만들었다.

그는 얼굴 위로 흐르는 빗물을 거칠게 훔쳐 냈다. 손 그늘을 만들어 성벽을 주시하던 시렌이 성벽 끝 망루에서 피어오르는 검은 연기에 화들짝 놀란 얼굴로 바이마르를 돌아보았다.

"저하, 방금……!"

"알아. 나도 눈 정도는 있다. 넌 뒤로 물러가. 마마와 함께 후방을 지켜라."

바이마르는 말을 마치곤 곧장 돌아서서 중앙 진영의 널찍한 천막 아래로 들어섰다. 그는 말을 달려 멀어지는 시렌의 모습을 일별하다 고개를 틀어 다시 전방위를 훑었다. 세찬 빗줄기 때문에 앞이 잘 보이지 않아 많은 부분을 감각에 의존해야 했다.

"몰아붙여라! 아테라 놈들에게 또 승리를 빼앗길 셈인가? 성벽을 넘어! 문을 열어라!"

걸걸한 목소리가 사방을 뒤흔들었다. 어느덧 선봉으로 나선 둘베트가 병사들을 독려하고 있었다. 말들이 호응하듯 앞발을 치켜들고 투레질했다. 방패와 검을 치켜든 기사들이 구령에 맞추어 한 발짝 한 발짝 다시 힘겹게 전진을 시작했다.

치열해지는 전투에 막사에서 달려 나온 릴리스는 너른 공터의 끄트머리에 서 있었다. 평지가 그리 넓지 않았던 탓에, 그녀는 눈앞에서 펼쳐지는 참상을 생생히 지켜보아야 했다. 피와 고통스러운 비명이 사방에 난무했다.

"달릿 경, 후방에서 빠져나간 지원군이 얼마나 되지?"

와트만과 함께 서서 그녀의 뒤를 지키고 있던 달릿 경이 잠시 생각한 뒤 대답했다.

"백 정도입니다. 혹 걸리는 일이 있으십니까?"

달릿은 스쿼드의 휘하에 있는 젊은 기사로, 릴리스에 대해 퍽 호의적인 태도를 내보이는 이들 중 하나였다. 이유까진 알 수 없었으나 어쨌거나 전쟁터에 함께 따라나선 일이 평판을 올리는 데 퍽 도움이 된 것만은 사실인 모양이었다.

처음 출정에 동행하겠다고 선언했을 때, 스파티움의 두 형제는 입을 모아 릴리스의 의견을 반대했다. 바이마르는 위험을 이유로 그녀를 막았고, 체자레는 그의 평판과 기사들의 기강을 들먹이며 그녀의 말을 일고의 가치도 없는 것으로 취급했다.

끝까지 결심을 밀고 나가며 결국 이곳까지 따라나설 수 있었던 건 오로지 그녀의 의지를 따른 결과였다. 그러나 바이마르는 아직까지도 마음이 놓이지 않는 모양인지, 종종 그녀의 위치를 확인하지 않으면 불안함에 안절부절못하는 모습을 보여 시렌을 몹시 곤란하게 만들었다.

"그건 아니야. ……그보단 날이 굿으니 체온 유지가 문제겠는걸. 병사들은 교대로 나선다 했던가?"

"맞습니다. 아마 한 시간쯤 뒤에는 쿼렛 경의 부대가 저 자리를 대신하겠지요. 그 전에 스튜라도 끓여 돌린다면 몸을 덥히고 기력을 보충하는 데 더할 나위 없는 도움이 될 겁니다. 준비하라 이를까요?"

달릿이 여전히 힘겹게 전진하는 병사들을 바라보며 물었다. 릴리스는 고개를 끄덕이는 것으로 목소리를 대신했다. 짧게 묵례하고 돌아선 그가 이내 불가에 모여 있는 병사들을 향해 서둘러 뛰어갔다.

릴리스는 그녀를 흘긋거리는 시선들을 모른 체하며 묵직해진 눈꺼풀을 힘겹게 밀어 올렸다. 이대로 바닥에 눕는다면 그대로 푹 잠들 수 있을 것만 같았다.

다소 제멋대로 따라오긴 했으되 그녀라고 하여 마냥 놀고만 있었던 것은 아니었다. 전쟁터는 생각보다 훨씬 바빴고, 생사가 오가는 만큼 즉각적인 판단이 중요했다. 특히나 물자에 관한 것은 온전히 그녀의 몫이었으므로 릴리스는 출병 초반, 잠자는 시간을 제외하고는 거의 막사에 틀어박혀 시렌이 가져다준 문서들을 끙끙대며 검토하곤 했다.

그 노력 덕인지, 생전 입 밖에 내어 본 적 없던 '지휘관다운' 언사들도 이제는 제법 입에 붙어 구태여 신경 쓰지 않아도 얼추 그럴듯한 분위기를 낼 수 있을 만한 수준이 되었다. 와트만은 이 변화가 영 마음에 차지 않는 모양이었으나 릴리스는 조금은 변한 듯한 스스로의 모습에 퍽 만족하는 편이었다.

어쨌거나 바이마르가 하지 않아도 될 고생을 자처하는 것은 그녀의 탓이 컸다. 체자레가 과거와 달리 비난과 손해를 감수하면서까지 전면전을 선포한 것 또한.

살로메처럼 전장을 누비며 그들을 도울 수는 없겠으나, 릴리스는 자신이 할 수 있는 일을 하고 싶었다. 무지와 안일함으로 점철된 지난 생을 되풀이할 필요는 없지 않은가.

"마마."

생각에 잠겨 있는 사이 와트만이 그녀를 부르며 뒤편을 눈짓했다. 와트만보다도 머리 하나는 더 클 듯한, 험상궂은 인상의 기사 하나가 방금 전까지 릴리스가 있던 막사 주변을 기웃대고 있었다.

불러야 하나 고민하던 와중, 다른 병사 하나가 황급히 뛰어와 그를 이끌고 가는 바람에 그녀는 곧 다시 앞을 향해 몸을 틀었다.

복종심의 역치를 따진다면 스파티움이 단연코 그 어느 곳보다도 우위를 차지할 것이리라. 릴리스는 종일 막사를 드나드는 기사들을 마주하며 세웠던 어렴풋한 가설을 이 순간 완전히 확정 지었다.

물론 대부분이 퍽 불손한 태도를 취하기는 했으나, 어쨌거나 적국의 황녀에게 무려 '명령'을 받기 위해 모여드는 그들의 우직함에는 와트만조차 이미 여러 차례 감탄한 바가 있을 만큼 어떤 뿌리 깊은 기개 같은 것이 있었다.

"마마! 어찌 나와 계십니까?"

그때였다. 비를 뚫고 달려온 시렌이 그녀의 어깨 위로 우비 하나를 더 덮어씌우며 호들갑을 떨었다. 이미 푹 젖어 있던 옷에서 빗물이 잔뜩 떨어져 내렸으나 마음새가 고마워 릴리스는 선선히 그의 배려를 받아들였다.

"앞을 봐! 앞! 여기 한 명 추가다!"

마주 보고 서 있는 두 사람 곁을 마침 들것을 짊어진 병사 둘이 아슬아슬하게 스쳐 지나갔다. 화살을 맞은 부상병들이 피투성이가 된 채 줄줄이 진영으로 실려 들어오고 있었다. 질척이는 바닥 위로 핏빛 빗물이 고였다. 갑옷 덕에 대부분이 경상이었지만 내리는 비로 인해 붕대가 젖어 치료가 여의치 않았다. 여기저기서 끙끙 앓는 신음 소리가 났다.

"들어가시지요. 이런 것 보셔서 좋을 게 없습니다."

시렌이 제 몸으로 천이 늘어진 입구를 가리며 말했다. 릴리스는 잠시 고민하다 그를 밀어 내곤 막사 안으로 조심스레 한 발을 디뎠다.

안쪽은 생각했던 것보다도 훨씬 더 분주했다. 피와 진물로 너저분해진 하얀 시트가 한쪽 구석에 아무렇게나 쌓여 있었고, 의무병들은 붕대와 약을 들고 바쁘게 침대와 침대 사이를 오갔다.

릴리스는 그러다 저도 모르게 코를 킁킁거렸다. 비릿한 철 냄새가 축축한 공기와 뒤엉켜 얼굴에 질척하게 들러붙었다.

그녀는 잠시 코를 찡그리다가 비명 소리가 나는 곳을 향해 무심코 고개를 돌렸다. 낯익은 꽁지깃이 문득 눈에 들어왔다. 아테라에서 주로 쓰는 붉은 꿩의 깃이다. 때마침 바쁘게 다가온 의무병이 들고 있던 상자를 탁자 위에 올려놓곤 그들 쪽을 돌아보며 인사를 건넸다. 팔뚝에 두른 완장으로 미루어 보건대 아마도 부상병 막사의 책임자인 듯했다.

"마마를 뵙습니다. 무슨 일로 이곳에 계시는 것입니까?"

"방해하러 온 게 아니니 놀라지 말게. 도울 일이 없을까 싶어 들렀을 뿐이야."

"……혹 이런 경험이 또 있으십니까?"

릴리스는 침묵했다. 병사는 뒤늦게 우문이라는 것을 깨달은 얼굴이었다. 그때 누군가 그를 불러 대화는 자연스레 끊겼다. 사내 하나가 벽에 몸을 기댄 채 화살이 박힌 오른쪽 어깨를 부여잡고 끙끙대고 있었다.

주머니 속에서 작은 칼을 꺼내 든 의무병이 그것을 화톳불에 잠시간 달구었다. 소독이 끝난 칼날이 이내 상처 주변을 헤집기 시작했다. 마취도 없이 생살을 찢어 내는 고통에 병사가 헉헉 소리를 내며 이불을 쥐어뜯었다.

두둘두둘한 화살촉 돌기 위로 피떡이 된 살점이 진득하게 묻어났다. 상처 부위에서 줄줄 흐르는 붉은 액체가 이불깃을 질척하게 적셨다. 침대 옆을 지나치던 앳된 얼굴의 병사 하나가 인상을 찌푸리며 새 붕대를 그들 쪽으로 던져 주었다.

피로 얼룩진 화살대가 쓰레기와 뒤섞여 바닥을 굴렀다. 상자 안을 뒤져 소독약을 찾아온 의무병이 주저 없이 상처 위로 그것을 들이부었다. 생살을 불로 지지는 듯한 고통에 육지 위에 버려진 물고기처럼 축 처져 있던 몸이 움찔움찔 튀어 올랐다.

릴리스는 그 모습을 보며 저도 모르게 두 손을 모아 쥐었다. 꼭 말아 문 입술에서 시큼한 피 맛이 났다. 그녀를 내려 보던 갈색 눈동자, 살갗을 파고들던 차가운 쇠의 감촉과, 뼈를 갈아 내듯 끔찍했던 고통.

"……그러시다면야 여기서 부탁드릴 만한 일은 없을 듯합니다."

문득 낯선 목소리가 귓속으로 파고들었다. 어느새 상처에 붕대를 감고 일어선 의무병이 몇 발짝 떨어진 곳에서 그녀의 얼굴을 빤히 들여다보고 있었다. 아까의 물음에 대한 나름의 답인 모양이었다.

릴리스는 무심코 욱신거리는 다리를 조금 들어 뒤로 뺐다.

"미안하네. 괜히 들어와 폐를 끼쳤군. 그대들이 날 꺼려 하는 것은 잘 알고 있어."

어쩌면 섣불리 들어온 것부터가 잘못이었을 것이다. 그녀는 서둘러 스스로를 변명했다. 찜찜한 기색을 감추지 못하던 의무병이 이윽고 어쩔 수 없다는 듯 그녀를 먼저 등졌다.

"……딱히 마마를 꺼려 해 가 보시라 권한 것은 아닙니다."

묵묵히 제 물건을 챙기던 그가 다시 입을 연 것은 릴리스가 막 입구 근처에 다다랐을 때였다. 둘 사이의 거리는 그리 가깝지 않았고, 사방에서 들려오는 비명과 신음 소리 때문에 심리적으론 실제보다도 훨씬 멀게 느껴졌다.

릴리스는 목소리를 따라 몸을 조금 틀었다. 의무병이 신속한 손길로 침대 위에 널려 있는 붕대와 약초들을 차곡차곡 상자 속에 도로 담고 자리에

서 일어섰다.

"……마마께서 출병하는 데 큰 도움을 주셨음을 모두가 들어 알고 있습니다. 섣불리 마음을 열지 못하는 건 역시 타고나신 핏줄 탓이 크겠지만……."

그는 여전히 바닥에 시선을 고정한 채였다.

"어쨌든 그렇다고 해서 구태여 이런 일에 손을 대실 필요까진 없다는 뜻입니다."

꾸벅. 무뚝뚝한 묵례가 이어졌다. 멀어진 등이 곧 바쁘게 움직이는 사람들 틈으로 섞여 들었다. 릴리스는 시선으로 그의 뒷모습을 좇다 와트만에게 이끌려 막사를 벗어났다.

다시 나온 바깥은 여전히 어수선했다. 그새 어둑해진 하늘 아래로 우렁찬 북소리가 끝도 없이 울려 퍼졌다. 그치기는커녕 한층 더 거세진 빗줄기 때문에 사방이 베일 한 겹을 둘러놓은 듯 부옜다.

그때였다.

"……?"

릴리스는 둔중한 울림에 고개를 모로 틀었다. 다친 이후 예민해진 발의 감각에 무언가 꺼림칙한 것이 느껴진 탓이었다. 그녀는 황급히 와트만을 붙들었다.

"와트만, 지금."

수백 명의 돌진으로 연신 지면이 흔들렸으나 방금 전은 지금까지와는 다소 결이 달랐다. 그것은 표면에서 퍼져 나가는 울림이 아닌, 아주 깊은 곳에서부터 시작된 듯한 무거운 소리 같았다. 마치 누군가 지축을 뒤흔들고 있는 듯한.

쿵.

릴리스는 왼발로 땅을 한번 굴러 보았다.

쿵. 쿵.

길게 간격을 두고 이어지던 흔들림은 시간이 지날수록 점점 더 거세어졌다. 히히히힝! 막사 옆에 옹기종기 묶여 있던 말들이 앞발을 들며 커다랗게 울부짖었다. 불길한 낌새에 막 뒤돌아선 순간이었다.

"마마!"

"낙석, 낙석입니다!"

문득 뒤편에서 고함 소리가 터져 나왔다. 시렌이 그 자리에 굳은 듯이 서서 두 눈을 깜빡였다. 너 나 할 것 없이 낯빛들이 죄다 희게 질린 가운데, 협곡 안쪽에서부터 순식간에 붕괴가 시작되었다.

꿈처럼 비현실적인 광경이었다. 빽빽하게 자라나 있던 나무들이 일제히 흙더미에 휩쓸리고, 절벽이 깎여 내려가며 산사태를 일으켰다. 쿵. 쿵. 쿵. 어마어마한 크기의 바위들이 굴러떨어지며 끝에서부터 차례로 막사들을 짓뭉갰다.

"젠장!"

와트만은 기민하게 위기에 대응했다. 순식간에 말고삐를 낚아챈 그가 릴리스와 시렌을 짐짝처럼 양어깨에 둘러메었다.

"히히히힝!"

놀란 말들이 울부짖으며 진흙 바닥을 발굽으로 마구 밟아 대었다. 우왕좌왕하던 병사 몇이 사방으로 튀어 나가는 말들 아래 깔려 진흙탕에 머리부터 거꾸로 처박히는가 하면, 혼비백산하며 막사에서 뛰쳐나오던 이들이 서로 엉켜 바닥에 나뒹굴며 비명을 내질렀다.

발치까지 밀려든 진흙 더미가 범람한 강물처럼 넘실거렸다. 안장 위에 두 사람을 던져 올린 와트만이 말 목에 양팔을 휘감은 채 한 발로 말의 배를 세게 박찼다. 때아닌 재난에 평원에서 한창이던 전투마저 잠시 멎은 듯 보였다.

"여기! 이쪽입니다!"

"여기도 있다! 좀 도와줘!"

의무병들이 쉴 새 없이 부상자들을 들것으로 실어 날랐다. 굴러떨어진 돌들에 머리를 얻어맞은 병사 하나가 내던져진 나무토막처럼 뻣뻣하게 굳은 채 흙 속에 파묻혀 사지를 바르작댔다. 끔찍한 광경에 얼어 있던 병사들이 이내 그를 잡아끌어 출렁이는 진흙 너미에서 끌어냈다.

콰르릉— 기다렸다는 듯 뒤따라 요란한 소리가 울려 퍼졌다. 협곡의 양 날개 중 한쪽이 완전히 깎여 나간 것이다. 집채만 한 바위들이 쿵쿵 떨어 져 내리며 그나마 남아 있던 몇 안 되는 막사들을 푸딩처럼 짓뭉갰다. 그 야말로 아수라장이었다.

"마마!"

흥분했던 말은 평지 한복판에 도달하기 직전에야 간신히 달리는 것을 멈췄다. 릴리스는 가쁜 숨을 몰아쉬며 땅 위에 후들거리는 두 발을 딛고 섰다. 뿌연 안개 너머로 커다란 그림자가 가까워지는가 싶더니, 투레질하 는 말에서 뛰어내린 이가 한달음에 달려와 그녀를 와락 끌어안았다.

"나는 괜찮아요, 반."

비에 젖은 익숙한 향이 느껴졌다. 맞닿은 가슴을 통해 거세게 뛰고 있는 심장이 느껴졌다. 끌어안은 두 팔에 꽉 힘을 주었던 바이마르가 이내 몸을 떼어 내곤 릴리스의 온몸을 샅샅이 훑어 내렸다. 혈색을 잃은 얼굴이 마치 밀랍처럼 창백했다.

"무사하셔서 다행입니다……."

릴리스는 다시 와락 끌어안겼다. 목덜미에 얼굴을 파묻은 바이마르가 연신 입을 달싹이며 생전 처음 접하는 낯선 어조로 무언가를 읊었다. 그것 은 마치 노래 같기도 했고, 어떤 간절한 기원처럼 들리기도 했다.

"저하! 중앙 부대가 성문 앞까지 도달했습니다!"

그러나 여유를 부리고 있을 틈이 없었다. 나이를 무색케 하는 마몬의 외 침 소리가 빗소리를 뚫고 선명하게 들려왔다. 릴리스는 진격을 독려하는 노기사의 뒷모습을 일별한 뒤 안락한 품에서 조심스레 벗어났다.

"……공성 망치를 준비해. 왼쪽 성벽이 허물어졌으니 그리로 사다리를 타고 올라라."

"방어벽은 어떻게 하는 게 좋겠습니까?"

못내 아쉬운 듯 허전해진 품을 내려다보던 바이마르가 걸치고 있던 우 비를 벗어 릴리스의 머리 위로 덮어씌웠다. 지근거리에서 대기하던 둘베 트가 천막으로 향하는 두 사람의 뒤를 따랐다.

"왼쪽 날개 부대 절반을 뒤로 보내라. 북서쪽 방면으로 방어벽을 쳐. 포로의 처분은 추후 의논하도록 하지. 곧 가겠다."

"알겠습니다."

산사태로 잠시 멎었던 전투가 다시 재개되었다. 부상병 막사를 새로 만들 시간이 없어 온갖 사람들이 한 천막 아래 옹기종기 모여들었다. 그러나 그도 잠시. 릴리스가 안으로 들어서자 순식간에 인파가 둘로 쫙 갈라졌다.

"이야, 꼭 마법 같습니다요."

와트만이 실없는 농담을 주워섬겼다. 그 누구도 웃지 않았으나, 살얼음판처럼 아슬아슬하던 분위기가 덕분에 퍽 누그러졌다. 못마땅한 기색으로 사위를 둘러보던 바이마르가 흐트러진 머리카락을 다시 단단히 동여매었다. 릴리스는 빗속으로 사라지는 그의 뒷모습을 물끄러미 눈에 담았다.

"저하께서 아까 읊으신 것은 스파티움의 고대어입니다. 무사 귀환을 기원하는 전사들의 축원이지요."

곁으로 다가온 시렌이 조용히 속삭였다. 요란한 고함 소리, 추적추적 내리는 빗소리가 일순간 훌쩍 물러났다가 다시 선명해졌다.

지루하고 질척한 공방이 이어졌다. 보병들이 성문의 중앙으로 굴러가는 거대한 망치 아래 숨어 쏟아지는 화살 비를 피했다. 젖은 붕대로 상처를 동여맨 기사들이 검을 꼬나들곤 평원으로 달려 나갔다. 날이 저물고 있었다.

흐릿한 초승달이 구름 사이로 빼꼼 얼굴을 내밀었다. 폭우 속에서도 살아남은 몇 개의 횃불들이 위태롭게 흔들리며 어둠을 쫓고 있었다. 어둑한 성벽 너머를 관찰하던 바이마르는 그를 부르는 목소리에 몸을 돌렸다.

"저하. 고트성의 기사단이 능선 끝에 진을 쳤다고 합니다. 어찌하시겠습니까?"

"뭐라? 이것 참! 성문은 아직도인가?"

"예? 예, 그게 아직……."

불쾌한 급보에 마몬이 왈칵 성을 냈다. 깜짝 놀란 전령이 벌벌 떨며 그의 눈치를 살폈다. 루카스가 끌끌, 커다랗게 혀를 찼다.

"아니, 마몬 경. 애꿎은 병사는 또 왜 괴롭히고 그러십니까. 제가 후방을 맡을 테니 걱정일랑 그만 붙들어 매 두십쇼."

호기로운 장담에 기사 몇이 키들대며 장단을 맞추었다. 그러나 어설픈 유쾌함도 잠시. 웃음소리가 멎고 나자 분위기는 처음보다 한층 더 써늘해졌다.

"저하, 아로프 경께서 오십니다!"

그때였다. 망을 보던 병사 하나가 새로운 객의 방문을 알렸다. 모두가 약속이라도 한 듯 어둠 속을 주시하는 가운데 말 한 필이 서서히 가까워졌다.

이윽고, 천막 아래 도착한 시렌이 구르듯 말 등에서 뛰어내렸다. 가벼운 묵례가 오고 가며 인사치레는 자연히 생략되었다.

바이마르의 얼굴이 무섭도록 굳어졌다.

"무슨 일이지? 마마께 혹 문제라도 생긴 것인가?"

"아뇨, 그렇진 않습니다. 단지 전해 드릴 말이 있어……."

가늘어진 눈이 병사들의 면면을 훑다 정확히 마몬에게 꽂혀 들었다. 숱 많은 눈썹이 의아한 듯 꿈틀대다 반쯤 꺾여 올라갔다.

"크흠, 흠. 시작하겠습니다……."

모른 체하며 능숙하게 그 시선을 비껴 낸 시렌이 요란하게 목을 가다듬었다.

"북부에 위치한 아테라의 성들은 대개 그 구조가 비슷합니다. 동서에 각각 위치한 망루와 외벽 안쪽에 세워진 중앙탑. 성문은 이중으로 되어 있지만 안쪽의 문은 보통 미닫이가 아닌 도르래 방식이지요. 문을 뚫고 들어가면 균형추를 찾으십쇼. 그것만 끊어 내면 점령은 금방입니다."

또랑또랑 이어지는 '전언'에 모두의 얼굴이 괴상하게 일그러졌다. 기묘한 침묵이 내려앉았다. 잘못 들었나. 둘베트가 제 두 귀를 의심하며 한 손을 들어 올렸다.

"아로프 자작. 지금, 그……."

"아직 안 끝났습니다."

시렌은 가볍게 방해를 물리쳤다.

"……."

"계속하겠습니다— 듣자 하니 놈들이 후방에 진을 치고 있다지요? 북부 놈들 싸움질하는 꼴이야 제가 죄다 꿰고 있으니, 걱정일랑 마시고 그저 둘베트 경이나 좀 딸려 보내 주십쇼."

"……."

"……."

"……."

"이상입니다."

푸하하하! 말을 맺기 무섭게, 기다렸다는 듯 커다란 웃음소리가 터져 나왔다. 당연하게도 소란의 주인공은 루카스였다.

"흐으…… 푸하핫, 잠깐만. 그거 혹시 와트만 경이 보낸 전언입니까? 아니, 그건 알겠는데. 그래도 그렇지 어쩜 그렇게 토씨 하나 안 바꾸고는…… 푸하, 푸하하핫!"

크흡, 큽. 루카스에게 전염이라도 된 양 사방에서 콧김 뿜는 소리가 새어 나왔다. 까마득한 상관 앞에서 차마 폭소를 터뜨릴 수는 없었던 탓이다. 둘베트가 피곤한 얼굴로 머리를 쓸어 넘겼다.

"적당히 해 둬라, 루카스."

"아니, 부단장님은 이게 안 웃기십니까? 세상에 저 수도사 같은 얼굴로 용병이나 쓸 법한…… 푸하하하……."

"놀라운 일이야. 스파티움의 전사들이 대체 언제부터 아테라의 개가 되었나?"

막 무어라 타박을 보태려던 참이었다. 다음 순간 둘베트는 목적도 잊은 채로 딱딱하게 굳어 버렸다. 사위가 적막하다. 솜씨 좋은 누군가 마치 칼로 소음만을 도려낸 듯했다.

목소리의 주인공은 마몬이었다. 허리까지 꺾어 가며 웃고 있던 루카스가 그물에 걸린 새우처럼 몸을 한껏 구부린 채 뒤룩뒤룩 눈을 굴렸다.

"……말씀이 지나치십니다, 경."

둘베트는 두 주먹을 꽉 쥐었다. 전사의 명예를 의심하는 것은 스파티움 인으로서 범할 수 있는 최대한의 모욕이다. 당장 결투를 청한대도 누구 하나 너무하다고 탓하지 않을 일이었다. 비에 젖어 차게 식어 있던 정수리에 순간 훅 열이 몰렸다.

"경이야말로 믿음이 지나친 것 아닌가. 제 고국도 배반한 자에게 어찌 뒤를 맡길 수 있단 말이지? 대체 그의 무엇을 믿고?"

그러나 마몬은 멈출 생각이 없는 듯했다. 호기심과 불신, 의심과 비난이 뒤섞인 눈빛들이 바늘처럼 목덜미를 따끔하게 찔러 왔다. 둘베트는 숨을 깊게 들이쉬었다.

"……주군을 따르는 것 역시 기사도의 일환입니다. 제가 드릴 수 있는 말은 같은 기사로서 저는 그를 비난할 수 없다는 것뿐입니다."

"구구절절 옳은 말이군. 그 '주군'이 아테라의 황녀라는 점을 간과할 수 있다면 말일세."

마몬이 주름진 미간을 한껏 일그러뜨렸다. 빗물과 진흙, 곳곳에 튄 핏물로 얼굴이 엉망이었다. 다른 기사들도 대부분 그와 사정이 비슷했으나 온몸에서 풍겨 대는 흉흉한 기세만큼은 노기사를 따라갈 이가 없었다.

'말렸어야 했나.'

시렌은 아랫입술을 잘근 물었다. 병사들이 눈에 띄게 동요하고 있었다. 긁어 부스럼이 될까 싶어 인내했던 것이 이제 와 뼈아픈 패착이 된 셈이다. 어쩐지 입맛이 썼다.

"저하. 병력의 일부가 빠졌는데도 벌써 반나절이 넘어가도록 공성전이 이어지고 있습니다. 송구한 말씀이오나 이것이 함정이 아니라고 어찌 확신하십니까?"

그러나 무엇보다 큰 문제는, 저 비난이 어느 정도 사실에 가깝다는 점이었다.

물론 후자는 의심에 불과했으나, 본래 전시에는 모든 것이 호도되는 법이었다. 진짜 거짓도 거짓이요 반쪽짜리 거짓도 똑같은 거짓이다. 싸움에 대한 흥분과 기대로 푹 절여진 병사들 앞에서는 대체로 모든 것이 실제보다 더한 의미를 지니곤 했다.

하물며 적국의 황녀에 대한 것이 아닌가.

"마몬, 입을 조심하라."

바이마르는 이를 갈아붙였다. 악다물려 각진 턱에 명백한 경고의 의미가 실려 있었다. 병사들이 일제히 어깨를 움츠리며 고개를 떨구었다. 눈이라도 마주친다면 본인이 그 '경고'의 대상이 될 거라 생각해 지레 겁을 먹은 것이다.

"마몬 경."

두려움이 모이면 적의가 된다. 이미 불신이 짙게 깔려 있는 마당에 이보다 더한 부담을 질 수는 없었다. 시렌은 고민 끝에 앞으로 나섰다.

"신은 이미 충분히 몸을 사려 왔습니다. 허나 저 아테라 기사가 저하의 의중을 이토록 난잡하게 들쑤시고 있는 이상……."

그러나 마몬이 좀 더 빨랐다. 그가 잠시 말을 멈추곤 숨을 가다듬었다. 사이에 끼어든 침묵이 퍽 길게 느껴졌다. 불안과 의심과 회의와 불신이 싹을 틔우고 뿌리를 내리기에 충분한 시간이다. 우연인가 의도인가. 시렌은 후자에 지금 가진 모든 것을 걸 수도 있었다.

"그러니 이제 제게 답을 주십시오, 저하. 황녀 마마를 진실로 믿으십니까?"

소란한 평원 한복판에서 오로지 그들만이 놀랍도록 적막했다. 바이마르는 그를 마주 보는 사내의 얼굴을 피하지 않고 똑바로 바라보았다. 일평생 전장을 떠돌며 고국의 명예를 드높여 주었던 이가 아닌가.

그러므로 그는 답을 들을 자격이 있었다.

"믿는다."

성문을 뚫어 대는 둔중한 소리가 쿵쿵 하늘과 땅을 울렸다.

"스파티움의 뿌리, 레무스 형제의 이름을 걸고?"

"돌늑대의 후손, 레무스 형제의 이름을 걸고."

"지지 않는 해, 위대한 폴리스의 광영도 거시겠습니까?"

"북방에서 뜨는 해, 위대한 폴리스의 광영을 걸고."

마몬은 장대비가 부슬비가 되었다가, 다시 폭우처럼 쏟아지기 시작할 때쯤이 되어서야 긴 숨을 뱉어 냈다. 그가 한 손으로 짧은 머리칼을 훑어 내렸다.

"맹세컨대, 저하께서는 지금 하신 확언에 반드시 책임을 지셔야 할 것입니다."

고저 없는 목소리가 마치 협박처럼 들렸다. 당장의 묵인이라는 숨은 의도는 차치하고서라도, 그 불퉁한 어조가 상대의 심기를 거스를 법도 했다.

그러나 바이마르는 그의 무례를 탓하지 않았다. 바싹 긴장했던 병사들이 어리둥절한 얼굴로 두 사람을 흘긋대었다. 당장이라도 검을 뽑아 들 것 같은 서늘한 표정으로, 바이마르는 천천히 흥분을 가라앉혔다.

"둘베트와 루카스는 시렌에게 합류하라. 안개가 걷히기 전 후방을 정리해. 적에게 대비할 시간을 길게 주지 않도록. 와트만 경이 그대들과 협력할 것이다."

바이마르는 순식간에 지휘관의 본분으로 돌아갔다. 태연하게 지도를 살피는 그의 오른쪽 어깨 위로 기울어진 천막에서 떨어진 빗방울이 주르륵 흘러내렸다. 일단락된 분위기에 병사들이 숨통이 트인 얼굴로 제각기 가슴을 쓸어내렸다.

"정면은 마몬 경, 그대에게 맡기겠다. 보병들을 전부 정면에 배치하고, 성을 점령해 기를 올릴 수 있도록. 솔리안 경이 이곳에서 지원을 맡을 것이다."

"폴리스에 영광을."

바이마르는 멈추지 않고 말을 이었다. 둘베트가 주먹 쥔 오른손을 절도 있게 이마에 붙였다 떼어 냈다. 그때까지도 어정쩡하게 몸을 굽힌 채 마몬의 눈치를 살피던 루카스가 쥐 난 다리를 벌벌 떨며 허겁지겁 시렌의 뒤를 쫓았다. 그들은 곧 어둠 속으로 사라졌다.

해가 완전히 떨어진 공터는 한 치 앞도 가늠하기 힘들 만큼 어두웠다. 마몬은 산발적으로 오르는 횃불 사이를 요령 좋게 피해 걸었다. 제 일에 열중하던 병사들이 그를 보곤 꾸벅꾸벅 고개를 숙여 보였다.

"어째서 이대로 물러나신 것입니까? 아테라의 황녀를 전선에서 내쫓고 자 함이 아니셨습니까?"

막사가 등 뒤로 빠르게 멀어져 갔다. 부관인 실라 경이 그의 곁에 바싹 따라붙어 주변을 살피며 목소리를 한껏 낮췄다. 마몬은 걸음을 한층 빨리 하며 되물었다.

"……멍청한 소릴 잘도 하는군. 경은 이 전쟁의 목적이 무엇이라고 생 각하나?"

"그야 당연히 스파티움의 독립이지요!"

"아는 놈이 이제 와 그런 질문을 해?"

"예에?"

실라는 어리둥절한 얼굴이었다. 마몬이 짧게 한숨을 내쉬었다.

"개인적인 유감은 차후의 문제다. 당장에 급한 것은 최대한 빨리 성을 점령하는 일이야. 이제 와 사기를 저하시켜 좋을 게 무어 있나?"

"제 말이 바로 그 말입니다! 아니, 아무리 머물 곳이 마땅치 않다고 해 도 그렇지. 하필이면 적을 둔 곳이 전쟁터라니……. 그러니 이 눈치 저 눈 치 보느라 자꾸만 패가 갈리는 것 아닙니까."

"……."

"저하 휘하의 기사들은 이미 죄다 저편으로 넘어간 눈치고, 다른 놈들 도 자꾸만 말을 얼버무리는 꼴이 영 불안하단 말입니다요. 오늘 일만 해도 그래요. 경께서도 결국 한 수 접고 들어가시지 않으셨습니까. 이래서야 있 던 불만도 죄다 사그라들 판…… 아니, 잠깐만요."

그때였다. 투덜투덜 불평을 쏟아 내던 실라가 무언가 깨달은 얼굴로 제 자리에 멈춰 섰다. 커다래진 눈과 벌어진 입술이 그의 경악을 고스란히 드 러냈다. 마몬은 개의치 않고 발을 더 재게 놀렸다.

그 순간 커다란 함성이 들려왔다. 마침내 첫 번째 성문이 뚫린 것이다.

쉬고 있던 병사들이 벌 떼처럼 앞으로 달려들며 고성을 질러 대었다.

"성문이 뚫렸습니다! 드디어……가 아니라 하나가 더 붙어 있는뎁쇼!"

소란이 살짝 잦아든 것은 달려온 기병이 멀찍이서 전달해 준 비보 때문이었다. '제기랄! 좋다 말았네!' 누군가 외치며 신경질적으로 발을 굴렀다.

이중 성문과 그 옆의 도르래. 과연 아테라 놈의 말이 옳았다. 어쩐지 진 듯한 기분에 입맛이 썼다. 마몬은 분한 마음을 감추며 기병에게 새 명령을 하달했다.

"공성 망치는 거두지 말되, 몰래 돌아가 문 옆을 쳐라! 기계 장치를 먼저 찾아 해제하도록."

잠시 우중충하던 분위기가 그제야 밝게 되살아났다. 아홉 코스 정식을 대접받은 사람처럼 발랄해진 병사들이 앞다투어 방패를 꼬나들었다.

멀찍이서 멍청한 얼굴로 대화를 곱씹고 있던 곰 같은 사내가 마구 달려와 마몬의 팔뚝을 붙잡고 늘어진 것은 그와 거의 동시에 벌어진 일이었다.

"아니, 잠시만요, 각하! 부탁이니 제발 아니라고 말해 주십쇼."

어찌나 급한지, 그는 평소 부르던 호칭마저 집어치운 모양이었다.

"뭘?"

"황녀 말입니다! 설마하니 각하, 이제 와 망명을 반긴다거나, 실은 처음부터 호감이 있었다거나, 혹은, 킥!"

그냥 두었다간 내연남 소리까지 튀어나올 판이었다. 마몬은 본능적으로 오른발을 힘차게 휘둘렀다. 저놈에겐 입을 여는 시간조차 아깝다.

"휴! 아니라는 말씀이시죠? 이것 참 다행입니다, 제가 그만 오해를."

"닥쳐."

실라는 마몬의 일격을 능숙하게 피해 냈다. 커다란 덩치만 보고서는 상상하기 힘들 만큼 잽싼 몸놀림이었다. 과연 대단한 순발력……! 전투 준비로 분주하던 병사들이 선망하는 눈빛으로 그를 빤히 쳐다보며 발을 동동 거렸다.

구경꾼은 삽시간에 수배로 늘어났다. 흉흉한 기세를 풍기는 상관과, 10년 전에 헤어진 첫사랑 보듯 눈을 반짝이는 부관의 묘한 조합이 주변의 이목을 끌었던 것이다.

마몬이 피곤한 표정으로 볼을 쓸어내리며 다시 진지를 가로지르기 시작했다. 옹기종기 모여들었던 병사들이 흠칫 놀라며 사방으로 흩어졌다.

"다른 누굴 위해서가 아님을 이미 알고 있지 않나, 나는 오로지 전하를 따를 뿐이야."

두툼한 손가락이 검집을 툭툭 두드렸다. 실라가 할 말 많은 얼굴로 입술을 비죽이다 길게 한숨을 토해 냈다.

"이미 여러 번 그분께 목숨을 빚졌지. 원하신다면 더한 명도 따를 수 있다."

"내키지는 않는다는 말씀이시죠?"

"……."

실라는 알아서 답을 찾아 들었다. 마몬의 눈이 이내 무언가를 떠올리는 것처럼 잠시 아득해졌다. 마치 지금보다 좀 더 젊었던, 좀 더 호기롭고 오만하며 잃을 것이 없었던 시절을 추억하는 듯했다.

"……그래도 전 역시 아테라의 황녀가 싫습니다. 이리 보고 저리 봐도 그냥 비리비리하게 생겨 먹었을 뿐인데……. 우리 왕자님께서 왜 그리 홀딱 빠져 계시는지 도통 이해할 수가 없다니까요. 하여간에 취향도 참 독특하시지. 여자라면 스파티움에도 널려 있지 않습니까."

그러나 역시 아닌 것은 아닌 것이다. 실라는 투덜대며 굵은 밧줄 두 묶음을 챙겨 들었다. 단언컨대 이 불평은 결코 사감이 깃든 게 아니었다. 절대로. 결단코. 맹세코.

"못난 놈. 아직도 세레나가 그리 좋으냐?"

허리춤에 밧줄을 둘러매던 실라가 꽁지깃에 불붙은 새처럼 제자리에서 펄쩍 뛰어올랐다.

"예에? 아니 누가, 누가 그런 소릴 한답니까? 거참, 세상에. 말 같지도 않은 소릴 잘도 하십니다. 게다가 경계서는 무슨, 아니 이 세상에 여자가 얼마나 많은데, 제가, 예? 제가, 세레나를, 하, 참!"

묻지도 않은 말까지 늘어놓은 실라가 양손을 휘두르며 강하게 부정했다. 어둠 속에서도 훤히 보일 정도로 얼굴이 온통 시뻘게졌지만, 어디까지나 격한 몸놀림에 숨이 차 그런 것일 뿐이었다. 숨이 차서.

"못난 놈."

스파티움 병사치고, 아길레스 실라가 세레나 로사를 10년째 짝사랑 중이라는 것을 모르는 이가 없었다. 너무도 공공연한 사실이라, 만약 눈치 못 챈 이가 있다면 그놈이 바로 첩자라는 우스갯소리가 돌 정도다. '그' 세레나 로사는 정작 푸른 눈의 막내 왕자에게 꽤나 관심이 있는 듯했지만……

'하필이면.'

마몬은 혀를 차면서도 내심으론 실라의 한탄에 동조했다. 세상에 그리 많은 여자를 두고 하필이면 택한 것이 아테라의 황녀라니. 체자레의 청이 아니었다면 이만큼 물러설 생각조차 하지 않았을 것이다.

실라는 이 모든 소동을 부러 일으킨 것이라고 생각하는 듯했으나, 실제 마몬이 명을 따른 것이라곤 그저 잠시간의 묵인이 전부였다. 물론 병사들은 그것만으로도 충분히 마음의 짐을 덜 것이 분명했으니, 기실 체자레로서는 충분히 만족할 만한 성과를 거두어 낸 셈이 될 것이다.

마몬은 말 등에 올라 고삐를 단단히 고쳐 쥐었다. 어느샌가 달려 나온 바이마르가 선두에 서서 병사들을 지휘하고 있었다.

쿵, 쿵, 쿵. 연신 성벽을 때려 대는 망치 소리가 어둑한 하늘을 뒤흔들었다. 시퍼런 불을 뿜는 수백 쌍의 눈이 오로지 정면만을 뚫어져라 노려보았다. 병사들이 뱀처럼 뒤엉키며 서로를 막고, 찌르고 밀어 내며 길을 뚫었다. 틈을 타 열린 성문 안쪽으로 파고든 돌격 부대가 왼편에 달라붙어 쇠줄을 두들겼다. 깡! 깡! 철과 철이 부딪칠 때마다 허공에 작은 불꽃이 튀어 올랐다.

땀과 빗물이 뒤섞여 온몸이 축축하게 젖어 들었다. 한데 뭉친 병사들이 힘주어 앞사람의 등을 밀었다. 하나! 둘! 하나! 둘! 우렁찬 구령 소리가 북소리를 타고 협곡에 메아리쳤다.

어느덧 구름이 걷히고 동녘이 희미하게 밝아 오고 있었다. 지난한 대치가 계속되는 가운데, 외침에 응답하듯 고정대가 조금씩 흔들리기 시작했다.

"밀어라! 마지막 한 겹이다! 밀어!"

차례를 기다리며 천막 아래 남아 있던 병사들이 일제히 뛰쳐나가 흥분한 얼굴로 허공에 주먹을 휘둘렀다. 릴리스와 시렌은 그에 떠밀려 진지의 앞쪽으로 밀려났다.

여명이 밝아 오며 밤새 어둠에 묻혀 있던 성벽의 윤곽이 어렴풋이 드러났다. 겹겹이 쌓여 있는 먹구름을 뚫고 내린 한 줄기 햇빛이 성문을 또렷하게 비추었다.

그때였다.

"정면! 정면이 뚫렸다!"

마침내 육중한 소리와 함께 문이 뒤로 넘어갔다. 동시에 등 뒤에서도 귀를 찢을 듯한 함성이 울려 퍼졌다. 릴리스는 한쪽 귀를 막고 선 채 발꿈치를 들어 앞을 살폈다.

"마마! 여기 계셨군요, 한참을 찾았습니다."

후방을 치고 돌아온 와트만이 피에 젖은 검을 털어 내며 그녀의 곁으로 다가왔다. 솔라 경이 병사들을 이끌고 돌진하며 목청을 돋우었다.

"들어가 점령해! 민가는 건드리지 말고 성으로 돌진하라! 약탈은 금한다!"

"약탈은 금하라 하신다! 돌격하라!"

"마마! 이쪽으로!"

말 한 필을 끌고 온 시렌이 와트만과 힘을 합쳐 릴리스를 말 위로 밀어 올렸다. 그들은 기사들의 물결에 휩쓸려 눈 깜짝할 새 성안으로 들어섰다.

그리 넓지 않은 중앙 대로는 종일 내린 비로 이미 엉망이었다. 허름한 옷을 입은 백성들이 비에 푹 젖은 채 덜덜 떨며 길바닥에 엎드려 있었다.

젊은 혈기를 이기지 못한 청년들이 농기구를 들고 달려들다가 기사들에 의해 금세 제압되었다. 아테라의 백성들이다. 차마 그 모습을 마주 보기 힘들어 릴리스는 머리를 덮은 후드를 아래로 푹 눌러썼다.

그들은 기사들의 호위를 받으며 길을 내처 달렸다.

"이 야만인 놈들! 너희가 감히!"

바이마르는 먼저 고트성에 도착해 그녀를 기다리고 있었다. 릴리스는 첨탑 위에 걸린 커다란 먹구름을 바라보다가 응접실로 들어섰다. 온통 진흙 발자국으로 더럽혀진 거대한 홀 한복판에 백발의 남자가 꿇어앉아 있었다. 고트 백작이었다.

"황녀 마마! 어찌 이러실 수 있사옵니까! 그러시고도 진정 아테라의 황족이십니까!"

눈이 마주쳤다고 생각한 순간, 백작이 피를 토하듯 격렬하게 외치며 그녀를 쏘아보았다. 분주하던 홀 안이 한순간 마치 텅 빈 것처럼 고요해졌다. 분노와 실망감으로 이글거리는 노백작의 눈동자가 너무도 선명해 릴리스는 잠시 몸을 떨었다. 흑백투성이의 세상에서 오로지 그의 두 눈만이 색을 입은 듯했다.

"추우십니까?"

떨림이 느껴졌는지 시렌이 제가 덮고 있던 망토를 그녀의 어깨 위에 주섬주섬 얹어 주었다. 두꺼운 천을 두 겹이나 걸치고 있으려니 돌이라도 지고 있는 듯 몸이 퍽 무거웠다.

"마마! 아테라의 백성들이 가엾지 않으십니까?"

백작은 이제 거의 악을 쓰고 있었다. 눈에는 핏발이 가득 섰고, 옷은 넝마 조각처럼 너덜거렸으나 그럼에도 그는 전혀 지치지 않은 것처럼 보였다.

"……포박을 풀라."

릴리스는 그에게 조금 더 다가섰다. 백작을 감시하던 기사 두엇이 얼굴을 찌푸리며 창을 들고 있는 손에 힘을 주었다. 등 뒤에서 웅성거리며 알아듣기 힘든 말들이 쏟아졌다.

"……릴리스 반 모라 아테라의 이름으로 맹세컨대, 아테라의 백성들은 국적을 이유로 그 어떤 보복도 당하지 않을 것이다."

그러나 그 소란은 이어지는 그녀의 말에 씻은 듯 멎어 버렸다. 그러다 이내 곧 수군거리는 소리들이 커졌다가, 줄어들었다가, 다시 커졌다 마치 원래부터 아무런 소리도 없었던 듯 뚝 멎었다.

릴리스는 수백의 시선을 등 뒤에 창날처럼 꽂은 채 숨을 단번에 모아 뱉었다.

"……더불어 오늘부로 고트성은 스파티움의 영토가 될 것이며."

두 겹을 겹쳐 두른 망토의 무게가 양어깨를 버겁게 짓눌러 왔다. 물에 젖어 축 늘어진 망토 끝자락에서부터 비릿한 피 냄새가 풍겼다. 필시 이 또한 누군가의 삶의 무게였을 것이니,

"권하건대 그대는 부디 투항하여 목숨을 건지라."

그러므로 필요하다면 반드시 책임지리라. 릴리스는 다짐하며 그에게서 돌아섰다.

세베력 123년 여름. 고트성이 함락되었다.

✠ ❀ ✠

첫 승리의 기쁨은 꿀처럼 달콤했다. 여운을 느낄 새도 없이 다시 출병 준비를 해야 했지만 누구 하나 그에 대해서 불만을 토로하지 않았다.

"저, 마마. 정말 저하와 계속 이렇게 내외하실 생각이십니까?"

새벽부터 영지를 나선 일행은 동이 트고도 한참이 지나서야 아침 식사 준비를 시작했다. 구운 고기를 넘겨주던 시렌이 슬쩍 한마디를 흘렸으나 릴리스는 그 말을 못 들은 척하며 끝이 조금 탄 고기를 꼭꼭 씹었다.

"저하께서도 걱정이 되어서 하신 말씀이겠지요. 설마 다른 뜻이 있어 남으라고 하셨겠습니까. 게다가 아시다시피 고트성에도 임시 성주가 필요합니다. 마마보다 더 그 자리에 적합한 사람이 있을 리 없지요."

그러나 한 입을 채 삼키기도 전, 이번에는 와트만이 슬며시 나서서 시렌을 거들었다. 뾰족한 시선이 곧장 그를 향했다.

"경은 내 편이야, 공 편이야?"

크흠. 와트만이 헛기침을 연발하며 머리를 긁적였다.

"편이라뇨, 무슨 그런 서운한 말씀을요. 그저 저하께서 며칠째 울적한 얼굴로 막사를 휘젓고 다니시니 드리는 말씀입지요. 이 좁은 곳에서 서운한 티를 팍팍 내시니 신경이 안 쓰이고 배기겠냔 말입니다."

"그럼요, 그럼요. 고트 영지에는 둘베트 경이 남아 있는 데다가, 곧 체자레 전하께서 후방 지원군을 보내오실 것 아닙니까. 최전선이 될 카리알보다야 그곳이 백배 안전한 게 사실이지요. 게다가 마몬 경도……."

와트만의 가세에 힘입어 릴리스를 부추기던 시렌이 찌릿한 눈빛에 찔끔하며 시선을 비꼈다. 릴리스는 빈 접시를 내려놓으며 귀에 걸리는 이름에 살짝 미간을 좁혔다.

"……그러고 보니 마몬 경의 선택은 확실히 의외로운 면이 있었어. 날 피하기 위해서라도 자청해 영지에 남을 거라고 생각했는데."

툭 내뱉은 말에 루카스가 흠칫 놀라며 다급히 손을 내저었다.

"싫어하다뇨! 절—대 그렇지 않습니다. 저희야 달이 다 차도록 마마를 봬 왔지만…… 경과는 이번이 첫 만남이시니 서먹하신 것이 당연하지요. 게다가 마몬 경은 잔뼈 굵은 기사입니다. 분명 곧 이해를…… 아, 저하! 오셨습니까?"

다소 급하게 변명이 이어지는 와중 입구의 천이 불쑥 걷혔다. 바이마르와 마몬이 비에 젖은 망토를 털며 막사로 들어서고 있었다. 약속이라도 한 듯 동시에 입을 꾹 다문 이들이 눈치를 살피며 조심스레 식기를 내려놓았다.

후우. 루카스가 다 들리도록 한숨을 내쉬다가 슬쩍 눈을 굴리며 와트만의 옆구리를 쿡쿡 찔렀다. 같은 동작이 여러 번 반복되자, 결국 등쌀에 못이긴 와트만이 꾸물꾸물 자리에서 일어서며 큰 소리로 혀를 찼다. 도망칠 틈만을 노리고 있던 시렌과 스쿼드가 기다렸다는 듯 쫄레쫄레 그의 뒤를 쫓았다.

"하여간 애새끼들이란……."

막사 밖으로 나서자마자 와트만에게서 불경한 푸념이 터져 나왔다. 모두가 약속이나 한 듯 침묵으로 동조하는 가운데, 앞서 걷던 루카스가 와트만을 돌아보며 걱정스러운 얼굴로 그의 팔을 들여다보았다.

"그나저나 다친 곳은 이제 좀 괜찮으십니까? 아직도 통증이 느껴진다면 서요. 괜히 무리하다가 성치도 않은 몸 더 상하는 건 아닌지 모르겠습니다."

세 쌍의 시선이 한데 꽂혔다. 머쓱한 표정으로 몸을 비틀어 시선이 닿은 어깨를 뒤로 감춘 와트만이 한 손으로 루카스의 얼굴을 저만치 밀어 냈다.

"큼, 됐어. 거 멀쩡한 사람 병자로 만들지 말고 음식이나 좀 더 챙겨 오지 그러나? 눈치 보느라 제대로 못 먹었더니 배고파 돌아가시겠구만."

"거참 성격도. 걱정을 해 줘도 통박입니까?"

"내버려 두시죠, 워낙 부끄러움을 많이 타는 분 아니십니까."

루카스가 툴툴거리며 두어 걸음 물러서자 시렌이 냉큼 다가와 그 자리를 차지하곤 히죽거렸다. 막사에만 애새끼들이 있는 게 아니었군. 와트만이 피곤한 듯 미간을 문지르며 길게 한숨지었다. 바싹 붙어 선 스쿼드가 키득거렸다.

"아무렴요. 건장한 남자 놈들 사이에서 지내기가 얼마나 어려우시겠습니까. 성치 않은 몸이 어디 한 군데 부러지기라도 하면 큰일이니 우리가 잘 살펴 드려야지요. 막사 동기들도 순한 놈들로만 붙여 드리고—"

"아, 거 입 좀 안 닥쳐!"

참다못한 와트만이 왈칵 성질을 부리며 그에게 달려들었다. 사냥꾼을 본 토끼마냥 깜짝 놀란 스쿼드가 그를 피해 급히 산길을 달리기 시작했다. 난데없이 시작된 추격전에 덩달아 쫓기는 신세가 되고 만 시렌이 헉헉대며 두 눈을 세모꼴로 만들었다.

"젠장. 그러니까 왜 와트만 경을 찔러 가지고는 이 꼴을 만듭니까!"

"아니, 그게 왜 내 탓입니까? 끼어든 게 누군데!"

루카스는 황망한 얼굴로 항변했다. 그러거나 말거나. 달리기를 멈춘 시렌이 숨을 몰아쉬며 다시 그를 타박했다.

"그러니까 시답잖은 걱정 같은 걸 안 했으면 되는 일이었잖습니까!"

"아니, 죄다 성격에 무슨 문제라도 있습니까? 대체 왜 걱정을 해 줘도 난리야!"

억울한 외침이 어둑한 숲을 왕왕 울렸다. 물론 답해 주는 이는 없었다.

✤ ✤ ✤

예정대로, 기사단은 일곱째 날 새벽 무렵 산시 평원 근처에 당도했다.

잠시 행군을 멈추고 숨을 돌리는 사이 카리알에서 전령이 도착해 그들을 인도했다. 기세가 단단히 오른 스파티움 기사단이 둥둥둥 북소리를 내며 평원으로 진입했다.

"일제— 정지!"

바이마르가 외쳤다. 갑작스러운 대군의 등장에 카리알 성벽에서 뿔피리 소리가 여러 차례 울려 퍼졌다. 해를 등지고 서 있는 병사들의 눈앞으로 흐릿한 그림자가 기다랗게 늘어졌다. 평원을 뒤덮은 회빛 물결이 성벽 기단까지 침범해 상대를 위협하듯 사납게 일렁였다.

"돌격 준비—"

푸르릉, 말들이 입을 털며 앞발을 흔들었다. 이내 굳건한 목소리가 공기를 갈랐다.

"일제 진격!"

두두두두. 말발굽 소리가 땅을 뒤흔들었다. 방패 군단을 앞세운 스파티움 기병들이 말고삐를 틀어쥔 채 속도를 높여 성벽을 향해 달려들었다.

선두에 선 마몬이 말 위에서 상체를 뒤로 빼며 굵직한 팔에 힘을 실어 앞으로 휘둘렀다. 그의 손에 들려 있던 묵직한 창이 바람처럼 날아가 막 시위를 겨누고 있던 궁수 부대 지휘관의 목을 정확히 꿰뚫었다. 어마어마한 힘이었다. 와아아아! 놀라운 광경을 목도한 스파티움 기사들의 입에서 일제히 고함 소리가 터져 나왔다.

바이마르는 성벽 위에서 쏟아지는 화살 비를 왼팔에 든 방패로 막아 낸 뒤 한 번 더 커다랗게 고함쳤다.

"성문을 열어라! 스파티움의 영토를 되찾으러 왔다!"

줄지어 선 기병과 보병들이 선봉을 따라 우르르 앞서 나갔다. 머리 위로 높이 치켜든 방패가 햇빛을 받아 번쩍이며 거대한 비늘처럼 구물거렸다. 뱀의 몸통처럼 꿈틀거리며 나아가던 방패 군단의 기세에 한동안 주춤하던 화살 세례가 다시 빗발치기 시작했다.

"깃발이 올랐다, 깃발이다!"

지겨우리만큼 똑같은 힘겨루기가 계속되는 사이 어느덧 해거름이었다. 눈을 부릅뜨곤 앞을 살피던 병사 하나가 문득 뒤를 돌아보며 커다랗게 외쳤다. 과연 그 말대로, 성벽 위에 매달린 하얀 깃발이 점령군을 반기듯 바람결에 힘차게 펄럭이고 있었다. 안쪽에 있을 간자의 신호다. 이제 곧 성문이 열릴 터였다.

"전진하라!"

둘베트가 오른편에서 기사들을 독려하며 소리쳤다. 릴리스는 후미에 머물러 그 광경을 지켜보았다. 손바닥에 축축한 땀이 솟았다.

오래 기다릴 필요조차 없었다. 거대한 성문이 거짓말처럼 천천히 동굴 같은 아가리를 벌리고 있었다. 캉—! 캉—! 검과 검이 맞부딪치는 소리가 점차 선명해졌다. 마침내 활짝 젖혀진 문 안쪽에서 아테라 기사들이 기세를 높여 봇물처럼 쏟아져 나왔다. 겹겹이 도열해 방어진을 구축한 기사들이 창을 앞세우며 기병들을 위협했다.

"중간의 기병대는 뒤로 빠져라! 화살의 겨냥 거리에 들어서지 마!"

바이마르가 고함쳤다. 명령에 따라 신속하게 거리가 벌어지자 겨눌 대상을 잃은 화살들이 우박처럼 바닥을 후드득 때려 대며 비스듬히 꽂혔다.

먼발치에서 상황을 지켜보던 시렌이 재빨리 방패 부대를 앞세워 보병들을 앞으로 밀어 보냈다. 와트만이 그 광경에 신난 모양새로 휘파람을 불었다.

"여간 난리도 아니로군."

"새삼스럽게 웬 감탄이십니까. 원하신다면야 내보내 드릴 수도 있는데."

마음만 먹으면 그쯤이야 일도 아니죠. 시렌이 덧붙이며 히죽 웃었다. 와트만은 못내 아쉬운 얼굴로 고개를 가로저었다.

"……됐다. 그보다 대치는 대체 언제 끝나는 거야? 오늘 밤은 꼭 좀 흙바닥 아닌 곳에서 자고 싶다고."

"성문이 열린 것만 해도 엄청난 성과지요. 다 아실 만한 분이 왜 또 트집이십니까."

시렌이 눈살을 찌푸리며 뻐근한 목을 이리저리 돌렸다. 그를 따라 굳은 어깨를 좌우로 늘리던 릴리스는 문득 성벽 안쪽에서부터 들려오기 시작한 엄청난 고함 소리에 옆으로 홱 고개를 돌렸다. 흑색 갑옷을 입은 일단의 기사들이 미친 듯이 아테라의 기사들을 베어 내며 문 앞의 공터를 점령하고 있었다.

마몬이 끌고 온 기병대가 길목을 막고 선 틈을 타, 솔라 경이 이끄는 방패 부대가 아테라의 기사들을 한 걸음 한 걸음 구석으로 몰아붙였다. 어느새 다시 반쯤 닫혔던 철문이 팽팽한 대치 속에 제자리걸음을 계속할 무렵, 흑색 갑옷 차림의 기사들 여럿이 틈을 뚫고 돌진해 문을 지탱하고 있던 굵직한 밧줄을 단번에 끊어 냈다.

쿵. 묵직한 소리와 함께 성문이 온전히 입을 벌렸다. 자세를 낮추어 때를 기다리던 보병들이 열을 맞추어 일제히 앞으로 돌진하기 시작했다. 릴리스는 말에 올라 무리의 선두에 자리한 채 그 열띤 기세에 휩쓸렸다.

"늦어서 송구합니다, 저하."

성문 앞에 도열한 기병들의 등 뒤로 푸른 깃발이 사납게 흩날렸다. 흑색 투구를 벗어 든 키가 큰 기사 한 명이 성큼성큼 걸어 나와 바이마르의 앞에 무릎을 꿇었다. 그를 따라 나온 일단의 사내들이 일제히 주먹 쥔 손을 이마에 대고 고개를 숙였다.

"체자레 전하의 친위대입니다. 말루쿠라고 하지요."

시렌이 속삭였다.

"멀―루쿠."

릴리스는 낯선 단어를 웅얼웅얼 발음해 보았다.

"아뇨. 멀루쿠가 아니라 말, 말루쿠입니다. 스파티움 고대어로 '창'이란 뜻이지요."

시렌이 말고삐를 당기며 작게 웃었다. 릴리스는 안장 위에 앉은 채 도열한 기사들 사이를 느긋하게 지나쳤다.

그들은 서둘러 입성하는 대신, 잠시 멈춰 서서 대열을 정비했다. 당연하게도 바이마르의 말이 선두를 차지했고, 마몬과 둘베트, 와트만이 뒤에서 나란히 말을 몰며 두 번째 줄을 메웠다. 릴리스는 바이마르의 말에 올라 그의 품에 단단히 끌어안겼다.

곧 행진이 시작되었다.

"폴리스의 광명을 위해! 북방의 태양을 위해!"

어두운 터널에서 빠져나가는 순간 햇빛이 쏟아져 들어와 시야가 명멸했다. 색감은 아주 서서히 돌아왔다. 그리고 다음 순간, 릴리스는 그녀의 앞에 펼쳐진 광경에 눈을 휘둥그렇게 떴다.

강렬하게 내리쬐는 정오의 햇살 아래, 중앙 성문을 지나 대로를 행군하는 기사단의 양옆으로 사람들이 구름처럼 몰려들어 두 손을 위로 번쩍 든 채 격렬하게 흔들어 대고 있었다. 앞치마를 두른 아낙들이며 좌판을 깐 상인들까지 옷차림이 무척 다양했으나 환호하며 종이꽃을 뿌려 대고 있는 얼굴들은 하나같이 즐겁고 기뻐 보였다.

모여 선 군중들이 스파티움어로 연신 무언가를 외쳐 대었다. 릴리스는 어지러운 말들 속에서 '환영, 드디어' 등의 짧막한 단어들을 추려 내었다. 기사들이 환성에 응답이라도 하듯 절도 있게 행군하며 큰 소리로 노래를 부르기 시작했다.

먼 옛날 북쪽 숲에 어느 청년이 살았다네
폴리스의 처녀 하나가 숲을 지나다 그를 만나
아이를 낳고 다시 길을 떠났지
형제는 버려져 늑대 젖을 먹고 자랐다네—

형은 무예가 뛰어났고
동생은 그보다 더 뛰어났지
하늘 아래 태양이 두 개일 순 없는 법
두 사람은 스무 날 밤낮을 다투어 승부를 가렸다네!

오! 북방의 신전
태양의 폴리스!

어느덧 노래는 합창이 되었다. 꽃을 뿌려 대던 이들이 주먹 쥔 손을 흔들며 고함치듯 목소리를 높였다. 개중 몇은 격정을 못 이겨 눈물을 훔치기도 했다. 릴리스는 언젠가 보았던 아테라 거리의 축하연을 떠올렸다.

온갖 꽃들이 뿌려진 바닥은 걷기도 아까울 정도로 화려했으며 길 양옆에는 황금색 비단으로 사방을 둘러놓은 천막이 설치되었다. 곳곳에 술과 음식이 흘러넘쳤고 달콤한 향내가 공기 중을 떠돌며 포도주에 절인 과일처럼 온 메트로를 향락과 기쁨에 취하게 만들었다. 연회장이 아닌 그저 길바닥에 불과한 곳마저도 그 순간만큼은 마치 천상의 낙원처럼 보였으리라.

그러나 릴리스에게는 지금의 소박한 행진이 그때의 화려했던 행렬보다 훨씬 웅장하고 아름답게 느껴졌다. 우아한 가사도, 유려한 가락도 없는 거친 군가와 그에 호응하는 사람들의 열기가 태양보다 뜨거웠다.

그녀는 완전히 압도되었다.

"다들 이날만을 애타게 기다렸습니다."

근처에서 말을 몰던 카리알의 기사 하나가 활기찬 목소리로 두 사람에게 말을 붙였다. 바이마르가 딱딱한 얼굴로 고개를 끄덕였다. 그는 몹시 긴장한 기색이었다.

대로를 지나 커다란 분수 광장에 다다른 무리는 직진하는 대신 옆으로 말 머리를 틀었다. 아까보다 좀 더 넓은 길이었지만 어디든 사람이 꽉꽉 들어차 발 디딜 틈이 없는 것은 매한가지였다.

릴리스는 가지런히 늘어선 상점들과 잘 정돈된 거리들을 열심히 둘러보았다. 노랫가락은 아까보다 작은 소리로, 그러나 여전히 가늘게 이어지며 한낮의 거리를 떠돌고 있었다. 꿈결 같은 풍경이었다.

"이제 이곳이 우리의 집이 될 겁니다."

문득 귓가에 봄비처럼 촉촉한 목소리가 와 닿았다.

"그러니 화내지 말아 주세요."

함성도, 노랫소리도 더 이상 들리지 않았다. 고요 속에서 오로지 낯익은 목소리만이 뚜렷하게 귓가를 어지럽혔다. 릴리스는 고개를 조금 젖혀 바이마르를 올려다보았다.

"화나지 않았어요."

와중에도 시무룩한 듯 처진 눈꼬리가 그저 예뻤다.

남아 있으라는 권유에 얼핏 토라진 것처럼 보였겠으나, 사실 내내 그녀의 마음을 어지럽혔던 것은 고트 백작의 마지막 외침과 원망 가득하던 아테라 기사들의 눈빛이었다. 연장자답지 못한 태도였다는 것을 깨닫는 순간 부끄러움에 양 볼이 뜨거워졌다.

"마마께서 안전하시길 바랐어요……. 단지 그뿐입니다."

"……알아요."

노랫가락이 다시 희미하게 들려오기 시작했다. 두툼한 망토 너머로 들려오는 힘찬 고동 소리가 움츠러들었던 마음을 부드럽게 어루만졌다. 릴리스는 거친 손을 끌어다 뭉툭한 손톱 위에 조심스레 입을 맞췄다. 물끄러미 그녀를 내려다보던 바이마르가 몸을 감싸 안은 팔에 꽉 힘을 주고는 고삐를 고쳐 쥐며 속도를 올렸다.

앞장선 바이마르가 행군을 재촉한 덕에 기사단은 예정보다도 훨씬 빠르게 성으로 들어설 수 있었다. 돌을 깎아 덧대어 놓은 듯한 투박하고 두꺼운 문 앞에 서 있던 대머리 사내가 그들을 발견하곤 반가운 얼굴로 다급히 다가왔다.

"폴리스에 영광을! 만나 뵙게 되어 영광입니다, 저하! 무스타리라고 불러 주십시오. 부족하나마 이곳에서 전하의 명을 수행하고 있었지요. 앞으로는 제가 시종장으로서 성 내부의 살림을 책임지게 될 것입니다. 모쪼록 잘 부탁드립니다."

"반갑군. 이쪽은 아테라의 황녀 마마일세. 나와 함께 이곳에 머무실 거야. 앞으로는 아로프 자작이 내 보좌를 전담할 테니 자세한 사항은 그를 통해 전달해도 좋네."

"아테라의 황녀님께 제 검을 바칩니다. 모쪼록 지내시는 동안 불편함이 없으시도록 노력하지요. 머무실 곳은 이쪽입니다."

릴리스는 그의 인사에 눈을 둥그렇게 떴다. 아테라에서는 검을 바치는 것을 대단한 맹세로 여겼던 탓이었다. 그러나 주변의 누구도 그녀처럼 놀라지 않았기에 릴리스는 찰나 조금 민망해졌다.

그녀는 머쓱함을 숨기며 태연한 척 주변을 둘러보았다. 세월의 흔적을 그대로 받아 낸 듯 오래된 돌벽이 잠시 눈길을 끌었으나 그 외에는 딱히 관심을 기울일 만한 것이 없었다. 주변은 온통 회빛이었고, 이렇다 할 장식조차 없어 실은 본성 자체의 크기를 제외한다면 그간 머물던 폴리스의 성과 딱히 구별조차 가지 않을 정도였다.

두 사람은 곧 부부 침실로 안내되었다. 휑한 방 안에 기사 다섯은 족히 누울 수 있을 것 같은 커다란 침대가 놓여 있었다. 릴리스는 체통 없이 푹신한 이불 위에 풀썩 엎어졌다.

그녀를 따라 침대 위로 올라온 바이마르가 커다란 손으로 뭉친 종아리를 힘주어 꾹꾹 주무르기 시작했다. 그렇지 않아도 내내 다리가 저리던 참이다. 묵은 피로가 싹 풀리는 느낌에 목에서 절로 끙끙 앓는 소리가 새어 나갔다.

"저하……! 저하! 좀 나와 보셔야겠습니다! 포로들이 패악을 부리고 있어……서……요……. 큼, 죄송합니다, 마마."

마침 반쯤 열려 있던 문이 완전히 젖혀지며 시렌이 방 안으로 불쑥 얼굴을 들이밀었다. 짜증스러운 기색으로 머리를 쓸어 넘긴 바이마르가 벌떡 일어서더니 성큼성큼 방을 가로질러 문을 거세게 밀어 닫았다. 쾅. 요란한 소리가 복도에 매정하게 메아리쳤다.

"조금만 더 있다 가겠습니다."

커다란 몸이 침대 위에 풀썩 엎어지자 이불이 출렁였다. 릴리스는 허벅지에 얹혀 있는 얼굴의 무게에 얼마간 끙끙대다 겨우 자리를 잡고 앉아 허리를 폈다. 피로 탓인지 살이 빠져 윤곽이 한결 뚜렷하게 드러나는 턱선이 안쓰러워 울컥 속이 상했다.

"크흠, 저하."

똑똑. 정중한 노크 소리와 함께 다시 시렌의 목소리가 들려왔다. 제법 급한 모양인지 부름 사이에 끼는 틈이 갈수록 짧아지고 있었다. 릴리스는 괜히 걱정스러운 마음으로 문짝과 턱 아래의 얼굴을 번갈아 보았다. 답하기 싫다는 듯 얼굴을 잔뜩 찌푸리고 있던 바이마르가 미적미적 상체를 일으키며 그녀의 손을 와락 끌어당겼다.

"서둘러 다녀오겠습니다."

손끝에 거칠어진 입술이 닿았다 아주 천천히 떨어져 나갔다. 릴리스는 닫힌 문을 등진 채 모로 누워 창밖으로 보이는 풍경을 관찰했다. 카리알. 어쩐지 그 말이 실감이 나질 않았다.

"저하."

마몬을 위시하여 홀 한복판에 모여 있던 기사들이 안으로 들어서는 바이마르를 보며 자세를 바로 하곤 경례를 붙여 왔다. 바이마르는 냉랭한 표정으로 그 인사들을 받아넘기며, 밧줄로 꽁꽁 묶여 바닥에 꿇어앉혀진 이들의 면면을 찬찬히 살폈다. 하나같이 치장에 공을 들인 모양새인 것을 보니 묻지 않아도 출신이 짐작되어 코웃음이 났다.

"관료들인가?"

"예. 모두 아테라인입니다. 기사들은 따로 포박해 지하에 가둬 두었습니다만…… 어찌 처분할지 여쭈어보려 모셨습니다."

"처분이라……."

관례상 던진 물음에 예상했던 대로의 답이 돌아왔다. 처분. 바이마르는 짧은 단어를 곱씹으며 잠시간 침묵했다.

그 순간이었다.

"더러운 스파티움의 핏줄! 서자가 감히 제 주제를 모르고 제국을 능멸하고……! 컥! 으아아악!"

벌건 얼굴의 풍채 좋은 사내가 몸을 꿈틀거리며 고함을 내질렀다. 동시에, 포로들의 뒤편에 석상처럼 서 있던 마몬이 기척도 없이 발검해 오른팔을 가차 없이 아래로 내리그었다. 종이 자르듯 선득한 소리와 함께 묵직한 몸이 툭 떨어지며 바닥으로 고꾸라졌다. 시뻘건 피가 바닥에 고여 금세 주먹만 한 웅덩이를 만들었다.

"아아악! 내 어깨! 내 어깨가……!"

사내가 발버둥 쳤다. 그러나 묶인 채라 그저 바닥을 구르는 것이 몸부림의 전부였다. 잘린 어깨에서 줄줄 새어 나온 피가 돌바닥 틈새에 마치 작은 샘처럼 고였다. 묶인 채 한데 엉켜 있던 아테라인들이 허옇게 질린 얼굴로 포박에서 벗어나려 온몸을 뒤틀었다.

"이게, 이게 무슨 짓입니까!"

"저치는 아테라의 관료요! 말도 없이 검을 뽑다니 이런 야만적인……!"

이곳저곳에서 떨리는 목소리가 흘러나왔다. 나름의 항변이었으나 그마저도 닭이 제 꽁지를 숨기듯 하나같이 매가리가 없었다. 와하하, 기다렸다는 듯 요란한 웃음들이 터져 나왔다.

"으하하하! 아니, 아테라 사내들은 담력이 요것밖에 안 되는 거요?"

"입을 함부로 놀렸으면 죗값을 치러야지. 그렇지 않습니까, 저하? 아무래도 곱게 돌려보내 주기는 글렀는뎁쇼."

"본래 왕족을 모욕한 이들은 혀를 자르는 게 관례요. 이만한 걸 다행인 줄 아셔야지."

흙빛이 된 얼굴들 틈에서 히끅히끅 숨 들이켜는 소리가 샜다. 저마다 입을 앙다물고 있는 꼴들이 퍽 겁을 집어먹은 모양새였다. 바이마르는 눈물과 콧물로 엉망이 된 사내의 얼굴을 물끄러미 내려다보다 선 채로 태연하게 품속을 뒤적였다.

"스파티움 왕의 전언이다. 황제에게 전하도록."

곱게 접힌 종이 한 장이 손가락에 딸려 나왔다. 바이마르는 허리를 숙여 사내의 몸을 옭아매고 있는 밧줄을 힘껏 당긴 뒤, 아래 생긴 빈틈에 들고 있던 서신을 다소 거칠게 욱여넣었다. 배려 없는 손길에 얇은 종이의 모서리가 길게 찢겨 너덜거렸다.

"일손이 부족하니 기사들의 반은 광산에 투입해라. 나머지는 폴리스와 고트 영지로 분산해 보내도록. 형님께서 처리하실 것이다."

바이마르는 그대로 일어서 남자를 등졌다. 엄중한 눈길에 기사들이 일제히 부복하며 머리를 조아렸다.

"예."

"또한."

그는 천천히 홀을 가로질러 햇빛을 그대로 담아내고 있는 커다란 창 앞에 섰다. 추위에 시달려 제 빛깔을 잃었던 정원이 어느새 푸릇한 옷을 덧입고 있었다. 바이마르는 양팔을 뻗어 닫혀 있던 창문을 활짝 열었다.

"스파티움이 아테라에 이르노니, 너희의 목줄은 우리를 죌 수 없음이라. 하여 스파티움은 이 시간부로 독립을 선포하는 바이다."

희미한 꽃 내음이 실린 바람이 스산하게 울며 양 볼을 간지럽혔다. 여름을 타고 전운이 밀려오고 있었다.

✤ �֍ ✤

높이 솟은 뾰족지붕 위에 까마귀 한 마리가 앉아 있었다.

쫓아내고자 울린 종소리에 놀라 달아나는가 싶더니, 이내 한 무리를 더 이끌고 와 가맣게 궁 정원을 덮은 모습에서 꺼림칙한 기운이 풍겼다. 까악 거리는 울음소리와 혼비백산한 시종들의 비명이 뒤섞여 고즈넉하던 궁은 곧 소란해졌다.

예거라트는 밖을 보던 시선을 거두어 회의장 안을 둘러보았다. 평소라면 경박하다며 혀를 찼을 일이나 지금은 누구도 바깥의 소란을 지적할 생각이 없는 듯했다.

"스파티움에서 공식적으로 독립을 선언했습니다, 폐하. 게다가 벌써 영지 두 개가 그들의 깃발 아래 떨어졌지요. 이 모욕을 필히 그대로 갚아 주어야 합니다!"

"옳습니다, 제국의 힘을 보여야지요!"

회의장 안에 모여 있는 사람들의 얼굴에 긴장감이 역력했다. 누군가 호쾌하게 서두를 떼자 그를 따라 목소리가 차츰차츰 높아졌다. 그 꼴이 퍽 우스워 예거라트는 거만하게 턱을 괴고 성의껏 시선을 맞춰 주었다.

카리알이 독립을 선언한 지도 벌써 한 달이 훌쩍 넘었다. 소문이 빠른 국경에서는 매일같이 크고 작은 전투가 벌어졌고 민심이 흔들리는 것을 우려해 숨어 다니던 기사들도 이제는 도시 한복판을 지나 출병하는 것을 전처럼 꺼리지 않았다. 매일 밤 거리를 메우던 음악 소리도, 반짝반짝 예쁘던 조명들도 전쟁의 공포에 밀려 모조리 그 빛을 잃었다.

스타렉 공작은 길쭉한 네모 모양 탁자의 상석 근처에 단정하게 앉아 있었다. 벌건 얼굴의 사내들과 심드렁한 표정의 예거라트를 번갈아 보던 그가 이윽고 픽 웃으며 살며시 앞으로 상체를 기울였다.

"거참 기세들은 대단하오만."

스타렉 공작은 우선 칭찬으로 포문을 열었다. 예거라트가 탁, 탁, 검지로 탁자를 치며 좌중을 둘러보았다. 언뜻 불만을 표하는 것처럼 보이기도 했으나 스타렉은 그것이 동조와 재촉의 의미일 것이라고 미루어 짐작했다. 바로 이 순간, 황제가 가장 바랄 법한 말이 그것 외에 달리 있을 리 없었던 것이다.

"헌데…… 다들 내놓을 병력이 충분하신가 보오? 나야 뒷방 늙은이 신세라 가진 게 없지마는 그대들 말을 들으니 따로 생각해 둔 바가 있는 것도 같구려. 내가 알기로 다들 소유한 사병 수가 분명 턱도 없이 적을 터인데……."

탁. 규칙적으로 이어지던 소리가 그것을 끝으로 뚝 멎었다. 스타렉은 껄껄 웃고 싶은 속마음을 숨기며 짐짓 덤덤한 표정을 유지한 채 주변을 둘러

보았다. 낯이 붉어진 이들이 입을 뻐끔대다 괜스레 목소리를 높였다.

"어허, 흠, 흠! 공작께서 무서운 말씀을 하시는군요. 그렇지 않습니까?"

"아무렴요. 당연히 궁의 병력을 뜻하는 것이지요! 꼭 딴생각이라도 품고 있는 것처럼 말씀하시니 심히 당황스럽습니다."

장마철 비처럼 성토가 쏟아졌다. 예상했던 반응이었다. 스타렉은 짐짓 미안한 듯 눈살을 찌푸리며 어깨를 들썩였다.

"그렇다면야 이 늙은이가 사과를 해야겠구려. 걱정이 되어 그만…… 헛나온 말이라고 편히 생각들 하시게나."

예거라트가 즉위하며 황권을 한층 공고히 다져 놓은 지금, 각 가문은 황제의 윤허 아래 일정 규모 이하의 사병만을 소유할 수 있었다. 영지의 위치나 가문의 계급에 따라 조건에 차등을 두기는 했으나 황제가 목숨 줄과도 같은 무력을 틀어쥐고 있다는 것은 대부분의 귀족들에게 엄청난 공포감을 유발했다.

예거라트가 흡족한 듯 웃으며 스타렉을 치하했다.

"공의 충심이 참으로 지극해 새삼 감탄이 이는군."

"어디 저뿐이겠습니까. 송환된 카리알의 관료들 역시 폐하의 지극한 충신이지요. 왕자를 폄하하다 혀가 잘렸다는 이야기가 있던데, 참으로 기개가 대단합니다."

힉. 힉. 여기저기서 숨 들이켜는 소리가 났다. '혀를 자르다니, 세상에' 같은 말들이 수군수군 이어지다 이윽고 그 위로 불편한 침묵이 고였다. 한껏 목소리를 높이던 이들마저 언제 그랬냐는 듯 어두워진 얼굴로 흘끔거리며 서로의 눈치를 살폈다.

기실 혀가 잘렸다는 것은 뜬소문에 불과했다. 불쌍한 아테라 관료는 어깨에 붕대를 감고 돌아왔을 뿐이나, 이대로라면 이제 정말 소문 그대로의 참상을 당할 수도 있을 듯했다. 스타렉은 내심으로나마 그에게 심심한 사과를 보내며 멀쩡한 제 혀를 찼다. 이 모든 사실을 모를 리 없는 예거라트가 픽 웃으며 슬쩍 그를 거들었다.

"나 역시 듣자 하니 그렇다고 하더군."

"스파티움인들의 그런 야만적인 면이 백성들을 두렵게 만들지요. 그렇지만 모두가 합심하여 병력을 모은다면 능히 국경을 회복할 수 있을 것이라고 믿습니다."

"흠."

"그리 어려운 일도 아니지요. 나라가 없으면 가문도 없는 법. 의무를 다하고자 하는 귀족들이 앞장서서 사병을 바칠 것이라고 믿어 의심치 않사옵니다."

"그대의 말이 옳아. 명예를 아는 이들이라면 기꺼이 손을 보탤 거라 나역시 믿어 의심치 않네."

귀족들 모두 불길한 예감에 입을 다물었다.

사병 각출이라니. 황제에게 칼자루를 쥐어 주겠다고 공표하는 것이나 진배없는 일이 아닌가. 도중에 수틀려 돌려주지 않겠다고 뻗대기라도 한다면 대단히 곤란한 풍경이 연출될 것이다. 안 된다고 하기에는 충심이 걸리고, 그러마 하기에는 그간 들인 돈과 시간이 아까웠다. 기사 하나를 키워 내는 데 족히 10년의 세월이 걸린다는 것을 감안한다면 벼락이 떨어진다고 해도 동의하고 싶지 않은 일이다.

"그렇지 않은가?"

그러나 감히 황제 앞에서 그런 속내를 드러낼 수 있을 리가.

"물, 물론입니다, 폐하. 스파티움의 독주를 이대로 좌시할 수는 없지요."

"고트 영지까지 빼앗겼으니 반드시 본때를 보여 주어야 합니다. 천한 핏줄이 감히 황녀를 등에 업고 승리의 노래를 부르고 있으니 실로 어불성설이지요."

"노드람 백작의 말이 옳사옵니다."

겉 다르고 속 다른 말이 줄줄이 이어졌다. 예거라트는 턱을 괴고 있던 팔을 떼어 내고는 늘어진 망토를 걷어 내며 자리에서 일어섰다.

"그대들의 충심이 나를 참으로 흡족하게 하는군. 곧 새로운 명을 내릴 것이니 이만 돌아가서 기다리도록 하라. 스파티움에는 내 친히 선포할 것이다."

문 앞에 선 예거라트는 흙빛이 된 귀족들의 면면과 스타렉 공작을 차례로 일별한 뒤 천천히 회의장을 나섰다. 탕, 요란한 소리와 함께 문이 닫혔으나 예거라트는 움직이지 않고 그로부터 한참을 더 제자리에 머물렀다.

그리고 안쪽에서 다시 고성이 터져 나오기 시작했을 즈음, 그는 예고도 없이 문을 벌컥 열어젖혔다. 벌떡 일어서서 허공에 주먹질을 해 대던 자도, 탁자를 내리치던 자도, 다른 이의 멱살을 잡고 있던 자들까지도 말문을 잃은 얼굴로 멍하니 눈만 끔뻑였다.

예거라트는 쥐 죽은 듯 조용해진 회의장을 돌아보며 능청스럽게 덧붙였다.

"참, 내 한 가지 잊은 것이 있군. 본래는 황녀가 돌아올 때까지 기다리려 했으나⋯⋯."

"⋯⋯."

"아무래도 그런 일은 요원할 것 같아 빠르게 혼인식을 거행하고자 한다네. 공식 연회는 한참 뒤에나 열 수 있으니⋯⋯ 승전 축하연과 겸할 수 있다면 더할 나위 없이 좋겠군."

탁.

다시 문이 닫혔다. 예거라트는 이번에는 지체하지 않고 걸음을 떼었다. 복도를 지나 정원으로 나서자 삼삼오오 모여 있던 시녀들이 화들짝 놀라며 고개를 수그렸다. 시꺼먼 까마귀 깃털이 그들의 발치에 수북이 쌓여 있었다.

그는 깃털 하나를 챙겨 든 채 다시 걷기 시작했다. 본궁 응접실을 지나 기다란 복도의 끝에 다다르자 보초를 서고 있던 기사들이 절도 있는 동작으로 한 손을 가슴께에 올렸다. 예거라트는 그 인사를 받는 둥 마는 둥 하며 작은 문 너머의 좁고 가파른 지하 계단을 터벅터벅 내려갔다.

인기척을 느꼈는지 이미 부복하고 있던 갈색 머리의 사내가 놀라는 기색도 없이 그를 불렀다.

"폐하."

"반성은 충분히 했나, 칼릴?"

피투성이, 먼지투성이가 된 칼릴이 고개를 떨구었다.

"……송구합니다."

"릴리스는 카리알에 머물고 있는 모양이더군. 잘 걷지도 못할 터인데 용케도 그곳까지 도망을 쳤어. 궁에만 살던 아이니 제법 고생을 많이 했겠지."

칼릴은 부정하지 못했다. 예거라트가 들고 있던 깃털을 손끝으로 쓸어 내리며 가볍게 혀를 찼다.

"예쁘장한 인형이라고 한들 몇 없는 황가의 핏줄이다. 그 애에게 해를 입힐 수 있는 이는 오로지 나뿐이야. 그대라면 알 것이라고 생각했는데."

"……."

"스파티움이 독립을 주장하고 있다. 카리알에 있다는 바이마르 왕자가 직접 서신을 보내왔더군. 한때의 정도 있으니 마땅히 답장을 해 주어야 하지 않겠나."

칼릴은 여전히 말이 없었다. 그러나 예거라트는 그의 기사가 주군의 말을 충분히 귀담아듣고 있다는 것을 알았다. 그는 땅에 끌려 더러워진 망토를 바닥에 벗어 던지며 명했다. 검은 깃털이 팔락팔락 바닥으로 떨어졌다.

"새벽 나절 게서 나올 수 있을 것이다. 아침부터 복귀하여 기사단을 이끌라."

† ❀ †

어슴푸레한 새벽빛이 동녘 끄트머리에서부터 하늘을 붉게 물들이고 있었다. 체자레는 녹색 융단처럼 푹신한 초원 한가운데에서 말을 멈춰 세웠다. 평지의 끝. 빽빽한 삼나무 숲 바로 앞에 낯익은 이가 서 있는 것이 보였다. 그는 능숙하게 바닥으로 뛰어내리며 시종에게 말고삐를 넘겨주었다.

"아침부터 어딜 그리 다녀오십니까?"

"요 며칠 몸이 찌뿌둥하더군. 몸을 푸는 데에는 아침 승마가 최고라고 테오니스 그대가 말하지 않았던가."

체자레는 뻐근한 팔을 휘두르며 경사가 완만한 언덕을 내려갔다. 잽싸게 따라붙은 테오니스가 고개를 갸웃하며 그에게 되물었다.

"제가 말입니까?"

"아마도. 그래서 서부에는 별일 없던가?"

"카리알 소식에 다들 무척 들떠 있습니다만, 그걸 제한다면 대체로들 조용한 편입니다."

1왕자는 일주일 전, 기사들의 감시하에 서부 항구에서 출발하는 작은 배에 올랐다. 테오니스는 그를 항구까지 이송한 뒤 새벽 무렵 막 귀환한 참이었다.

체자레가 뿌듯한 얼굴로 마른풀을 밟았다.

"바이마르가 제 몫을 무척 잘해 주었지. 고트 영지에 사람은 보냈나?"

"예, 둘베트 경이 아주 기뻐하더군요. 참, 듣자 하니 살로메 경께서 카리알로 내려가셨다고……."

테오니스는 체자레의 눈치를 보며 슬며시 말을 꺼냈다. 훤칠한 얼굴에 어렸던 뿌듯한 기운이 온데간데없이 사라지고 못마땅함이 그 자리를 대신 채웠다.

"어찌나 신이 났는지 아무리 말려도 도무지 들어 먹질 않더군. 죄다 남동부에 보내 놓고 나니 어지간히 입맛이 써. 홀로 이 무료한 궁에 갇혀 있어야 하다니 정말이지 너무한 일이 아닌가."

언덕 아래에서 보초를 서고 있던 경비병이 그들의 얼굴을 보곤 고개를 조아리며 황급히 궁문을 열어 주었다. 체자레는 테오니스를 꼬리처럼 단 채로 뛰듯이 걸어 빠르게 정원을 지나쳤다.

휘적휘적 계단을 올라 집무실로 향하는 복도에 들어서기 무섭게, 난간 근처를 서성이던 모군이 반색하며 두 사람을 맞이했다. 테오니스가 순식간에 어두워진 체자레의 얼굴을 흘금거리며 키들키들 숨죽인 웃음을 흘렸다.

"좋은 아침입니다, 전하, 테오니스 경. 아, 참고로 말씀드리자면 저 역시 왕자님의 승리에 대단히 감명받았습니다만, 오늘만큼은 그 이야기로 오전 시간을 허비할 수 없음을 미리 언질 드리고자 하니 부디 유념해 주시기 바랍니다."

막 그 이야기로 시간을 벌려던 체자레는 순식간에 낙담한 얼굴이 되었다.

"내일은 아펠라가 열릴 예정이고, 오후에는 알현을 요청한 귀족들과의 만남이 줄줄이 예정되어 있지요. 그러니 필히 오전 내에는 업무를 마무리해 주셔야 합니다."

모군이 제 키만큼 쌓여 있던 서류 뭉치를 책상 위에 턱, 올려놓으며 다다다 말을 쏟아 내었다. 꽉 쥐어진 손을 펼쳐 깃펜을 욱여넣어 주는 것도 잊지 않았다. 테오니스는 이제 거의 배를 잡고 웃고 있었다. 반박할 의욕을 상실한 체자레가 신경질적인 손놀림으로 가장 위에 놓여 있던 종이를 끌어 내리며 투덜거렸다.

"내가 왕위에 올라 제일 끔찍하다 여기는 것이 바로 이 짓거리야. 형님께서 허튼짓만 안 하셨어도 평생을 그저 기사로 살았을 텐데."

쯧. 혀 차는 소리 뒤로 사각거리는 깃펜 소리가 이어졌다. 그리고 얼마가 더 지났을까. 얼굴을 구긴 채 명단을 훑어보던 체자레가 문득 눈살을 찌푸리곤 손짓으로 두 사람을 불렀다.

"이봐들. 지금 내 눈에 보이는 이름이 빌링스턴 로지아가 맞는 건가?"

"애석하게도 그렇습니다."

모군이 대각선 방향으로 놓인 제 책상에서 엉덩이도 들지 않은 채 대꾸했다. 체자레가 종이를 마구 흔들며 신경질을 부렸다.

"그대는 보지도 않고 어떻게 아나?"

"그야 다섯 번도 더 넘게 철자 확인을 끝냈으니까요."

그렇다면야 할 말이 없었다.

"하지만 그가 왜 이제 와 알현을 청한단 말이지?"

보란 듯 종이를 구겨 쓰레기통에 던져 넣은 체자레가 한 손에 턱을 괴곤 중얼거렸다. 테오니스가 어깨를 으쓱했다.

"아나토리아에 계신 선왕 전하께 무언가 의도하는 바가 있으실지도요. 후작이 선왕 전하의 오랜 우군인 것이야 이미 공공연한 비밀이 아닙니까."

"후작이 부리는 용병의 수만 해도 이백이 훌쩍 넘어가는 마당인데요. 의도는 무슨. 불안하니 부디 그런 말씀은 자제해 주시길 부탁드립니다."

모군이 부르르 몸을 떨며 손사래를 쳤다. 때마침 아침 햇살이 집무실 안을 훤히 밝히며 서리 맞은 사람마냥 딱딱하게 굳어 있는 세 사람의 얼굴을 비추었다.

이후로는 누구도 한동안 말이 없었다. 대단히, 무척, 매우 찜찜한 오전이었다.

반갑지 않은 객은 약속한 시간에 딱 맞추어 모습을 드러냈다.

"오랜만에 뵙습니다, 전하."

몸에 딱 맞게 재단된 남색 정장 차림의 로지아 후작이 정중히 읍하며 단 아래로 다가섰다. 체자레는 옥좌에 비스듬히 기대앉아 고개를 주억였다.

"그렇군. 아버님은 잘 계시는가? 그대도 최근에는 아나토리아에서 대부분의 시간을 보낸다고 알고 있는데. 아무래도 섬나라이니 이곳보다 훨씬 따뜻하겠지."

"전하의 말씀이 옳습니다. 벌써 꽃봉오리가 곳곳에 맺혀 퍽 운치가 있지요. 아, 안부는 기꺼이 전해 드리겠습니다. 선왕 전하께서도 분명 기뻐하시겠지요."

로지아 후작이 은은한 미소를 흘뿌리며 답했다. 체자레는 자세를 바로하며 코웃음 쳤다.

"과연 그럴지도 모르지. 싸움을 극도로 싫어하시는 분이니 못난 아들의 뒤늦은 안부 인사도 필시 기껍게 받아 주실 거라 믿네."

신랄한 비꼼에도 로지아 후작은 빙긋이 웃을 뿐 가타부타 말이 없었다. 과연 추종자를 벌 떼처럼 끌고 다닌다는 아나토리아의 인기인답게, 나이를 어디로 먹는 것인지 의문스러울 만치 멀끔한 낯이었다. 저러니 살로메마저도 홀딱 넘어가 얼굴만큼은 취향이라는 개도 귀담아듣지 않을 소리나 해 대는 것이 아니겠는가.

불쑥 심사가 뒤틀린 체자레가 다리를 꼬아 앉으며 고개를 비딱하게 기울였다.

"……그나저나 이제 와 무슨 심경의 변화인지 모르겠군, 후작. 대관식을 치를 때까지도 아무 말이 없지 않았나."

"분명 그랬었지요. 헌데 요사이 퍽 재미있는 소식이 들려와서 말입니다."

"……."

"듣자 하니 아테라의 황녀가 이곳에 있다더군요."

욕이라곤 한마디도 모를 것처럼 반듯하게 생겨 먹어선, 하는 말마다 불쾌하기 짝이 없어 절로 눈살이 찌푸려졌다. 체자레는 검은 눈을 가늘게 뜨며 답했다.

"정확히는 카리알이지. 충성스러운 테바이 용병들이 소식을 전해 주던가?"

"충성이라…… 맞습니다. 돈만 제때 주면 나름대로 의리를 지키는 놈들이지요."

"차라리 그대가 멕스 경과 혼인했다고 털어놓는 편이 훨씬 더 신빙성 있겠군."

멕스 로지아는 후작의 남동생이었다. 로지아는 체자레의 이죽거림에도 개의치 않고 태연한 표정을 고수했다.

"돈은 거짓말을 하지 않습니다, 전하. 덕분에 그들은 어디서나 머물 수 있지요. 스파티움, 아나토리아, 테바이, 노르드. 심지어는 아테라에까지도 말입니다."

"……무슨 뜻이지?"

"아테라에 머물고 있는 테바이 용병이 이상한 소문을 물어다 주더군요. 동부 끝에 위치한 작은 영지가 바로 황녀의 고향이라는 이야깁니다. 아이를 직접 받았던 늙은 산파가 실종되기 직전까지 그 소릴 떠들고 다녔다고 하더군요. 물론 전부 믿기에는 다소 꺼림칙한 내용입니다만⋯⋯."

목소리가 차츰 잦아들었다. 알현실에 긴장감이 흐르며 느슨하던 공기가 일순간 찢어질 듯 팽팽해졌다. 로지아 후작은 젊은 왕의 면을 살피며 차분하게 뒷말을 이었다.

"이상하지 않습니까? 아테라 황녀의 모친은 선황제의 먼 친척 누이일진대, 황위를 찬탈하는 과정에서 깡그리 죽어 버렸다는 황족이 어떻게 갑자기 그런 시골에 나타났단 말입니까? 듣자 하니 선황제의 옹호 외에는 그녀의 신분을 증명하는 것이 아무것도 없다더군요."

"얼토당토않은 소문이로군."

체자레는 그의 말을 단번에 일축했다. 로지아 후작이 빙그레 웃었다.

"물론 그럴 수도 있겠습니다만, 다른 이도 아닌 전하께서 그리 말씀을 하시니 이것 참⋯⋯. 다소 난감하군요."

독사 같은 놈. 자신도 모르게 혀를 찬 체자레가 아차 싶은 얼굴로 입술을 짓씹었다. 로지아 후작은 마치 그 소리를 듣지 못한 사람처럼 어깨를 들썩였다.

"어쨌거나 결국은 둘 중 하나겠지요. 전하의 말씀대로 같잖은 모함이거나, 혹은 쓸 만한 진실이거나―"

"⋯⋯."

"하지만 후자라면 대단히 슬픈 일이 아니겠습니까. 가짜 황녀에게 놀아난 왕자라니, 나라 체면이 말이 아닐 겁니다."

"닥쳐라, 후작."

참다못한 체자레가 벌떡 일어서며 일갈했다. 몸이 절로 움츠러들 만큼 사나운 기세였으나, 정작 로지아 후작은 주눅 든 기색도 없이 그를 빤히 마주 볼 뿐이었다.

"허튼소리는 집어치워. 내 앞에서 왕가를 모욕할 셈인가?"

"그럴 리가 있겠습니까. 충심의 발로였을 뿐이니 부디 어여삐 보아 넘겨 주시지요."

득득 이 가는 소리가 선명히 들려왔다. 로지아 후작은 체자레의 분노를 기쁘게 집어삼키며 여유롭게 미소했다. 예나 지금이나 여전히 불같은 사내가 아닌가. 살로메가 이런 이를 마음에 품을 줄 알았다면 그 오랜 세월 동안 그저 인내하며 기다리지만은 않았을 것이다.

"그럼 이만 물러가겠습니다."

그러나 이제 와선 모두 늦은 후회일 뿐이었다. 그는 애써 생각을 털어 내곤 단정히 읍한 뒤 알현실을 빠져나왔다.

그리고 이튿날 같은 시각.

"전하, 최근 폴리스에 아테라 황녀에 대한 믿기 힘든 소문이 나돌고 있다 합니다. 혹 이에 관해 아시는 바가 있으신지요."

체자레는 아펠라의 귀족들 앞에서 가장 바라지 않았던 방식으로 그 이야기를 다시 접했다. 노골적으로 불쾌감을 드러내는 왕의 얼굴에 탁자 위로 싸늘한 침묵이 고였다.

"본국인 아테라에서조차 낡아 빠진 우스갯소리 취급 받는 이야기를 이제 와 내게 들이대는 저의가 대체 무엇이지?"

"하오나 전하, 이는 곧 바이마르 저하의 명예와 직결되는 일이 아닙니까. 하물며 바이마르 저하께서는 현재 왕국의 독립을 위해 전쟁을 치르고 계시는 바……."

하하! 체자레가 거칠게 웃음을 터뜨렸다. 사나운 짐승처럼 이를 드러낸 그가 책상을 쾅 내리치며 으르렁댔다.

"아니, 아니지. 모르는 척하지 말게나. 그대야말로 시정잡배들이나 입에 올릴 법한 저열한 소문이라며 과거, 나에게 그리도 읍하지 않았던가. 벌써 노망이 나 기억이 가물가물한 듯한데, 이 아펠라를 떠나 편히 쉬고 싶다면야 내 얼마든지 소원을 들어줄 용의가 있다네."

"……말씀이 심하신 듯합니다, 전하."

흰머리가 그득한 노공작이 노한 기색을 내보이며 볼을 잘게 떨었다. 1왕자의 편에 붙었던 원로 귀족 두엇이 그의 말에 동조하듯 고개를 주억였다. 그리고 곧, 그에 항의하듯 여기저기서 격앙된 외침이 터져 나왔다.

"공이야말로 지나치게 무례한 것이 아니오! 기꺼이 제 가문을 바쳐 독립을 갈구하는 이들이 눈앞에 족히 열이 넘거늘 어찌 예서 왕자 저하의 명예를 논하는 것이오?"

"옳은 말씀이십니다. 수백, 수천의 기사들이 오로지 이 순간을 위해 검을 닦아 왔다는 사실을 그새 잊으셨습니까, 노공?"

"그러는 그대야말로, 무력으로 나라의 평안을 유지하는 것이 진정 옳은 일이라고 생각하는가?"

"허면 노공께서는 아테라의 역사서에 스파티움이 평생의 속국으로 기록되길 원한다는 말씀이십니까? 그 돼먹지도 않은 화친으로 테바이 놈들마저 기가 살아 날뛰고 있습니다. 대체 우릴 얼마나 우습게 봤으면 겁도 없이 이렇게 나라를 들쑤시고 다닌단 말입니까?"

"어허! 테바이 놈들이 설치고 다니는 것이 어디 하루 이틀 일인가? 그 책임을 왜 애먼 곳에 묻는 게요! 외려 옥좌 다툼에 갈려 나간 병사들이 더 많은…… 크흠!"

"왜 멈추십니까? 계속 말씀하시지요. 듣자 하니 전하의 승계에 무언가 불만이 있으신 모양인데."

"비약하지 말게! 나 역시 걱정되어 하는 말일 뿐이야. 다시 말하건대 바이마르 저하의 명예를 지키는 것이 곧 나라의……."

체자레는 오른손을 들어 올렸다. 험악한 어조로 오가던 설전이 밧줄 잘리듯 일거에 뚝 끊겼다. 씰룩이며 입을 다문 노공이 불만 가득한 얼굴로 두 눈을 부릅떴다. 체자레는 씨근대는 이들을 제지하며 등받이에 천천히 몸을 기댔다.

"내 이쯤 되니 진심으로 궁금증이 일어날 지경인데…… 그대에게는 이 과업이 고작 왕자의 평판에 기대어 그 가치를 평가받아야 할 정도로 하찮게 느껴지는 모양이군."

"전하."

"뜻도 없이 부르는 것은 경고의 의미인가? 이 아펠라에서 누가 누구의 머리 위에 있는지조차 모르는 꼴이라니. 명예도 긍지도 모르는 떠돌이 용병들을 너무 오래 보아 온 모양이오, 노공."

채 길들지 못한 젊은 왕의 분노에 상판 위에 고였던 침묵이 젤리처럼 흐물흐물 녹아내렸다. 불편한 기류가 사방을 에워싼 가운데, 체자레가 탁, 탁, 검지로 탁자 상판을 두들기며 고개 숙인 이들의 면면을 훑었다.

"내가 즉위한 게 불만이거든 염려 말고 이 자리를 뜨게나. 원로원에 들고 싶어 눈이 벌게진 이들이 저 문밖에 아직 넘쳐 나는데, 그걸 알면서도 군이 버티고 앉아 불쾌한 소리를 늘어놓는 이유를 모르겠군."

칼날 같은 경고에 공기가 한층 뾰족해졌다. 눈치를 살피며 끼어들 틈을 찾던 모군이 재바르게 다음 안건을 꺼내 들었다. 마치 아무 일도 없었다는 듯 다시금 새로운 논의가 이어졌다.

아펠라는 그로부터 정확히 다섯 시간 뒤 완전히 파했다. 체자레는 텅 빈 회의실에 홀로 남아 옥좌의 팔걸이에 비스듬히 걸터앉은 채 신경질적으로 머리를 쓸어 넘겼다. 짧게 깎은 검은 머리칼이 손바닥 아래서 갈기처럼 부스스 흐트러졌다.

"……늑대의 후손이라 자처하는 것들이 이제는 제 안위를 위해 왕가를 물어뜯으려 드는군."

"전하."

"속국이 되어 영위하는 평화에 대체 무슨 의미가 있단 말이지? 왕자가 팔려 가듯 식을 올린 걸 보고 그들은 아무것도 느끼지 못했나?"

체자레는 씨근거리며 이를 사리물었다. 정제되지 않은 분노로 인해 숨소리가 자못 거칠었다. 모군이 그를 달래며 램프에 조심히 불을 댕겼다.

"그래도 잘 처신하셨습니다. 괜히 흥분해 보아야 미끼를 던져 주는 꼴이 될 뿐이지요."

어느덧 저녁이었다. 식당에서 솔솔 올라오는 음식 냄새가 텅 빈 회의실 안을 넘실대며 떠도는 동안 체자레는 입을 닫고 귀를 닫았다.

"왕가의 사내들이 흠결 있는 여자를 들였다며 몰아붙이고 싶은 모양이지. 살로메나 황녀의 귀에 쓸데없는 이야기가 들어가지 않도록 각별히 주의하라고 일러라."

"알겠습니다. 헌데 바이마르 저하께는……."

자리를 털고 일어서던 체자레는 주춤한 채 긴 숨을 뱉었다. 천지 분간 못 하고 날뛰는 놈들. 나라가 없으면 권력도 없다는 것을 진정 모르는 것인가?

"……내가 서신을 쓰도록 하지. 오로지 반 혼자만 보도록 하라."

＋❦＋

시간은 강물처럼 소리 없이 흘렀다.

아슬아슬한 평화가 지속되는 가운데 계절은 순환했고 낮은 차츰 짧아졌다. 눈에 띄게 길어진 밤이 이른 겨울의 도래를 알리고 있었다.

슬슬 찬 바람이 불어닥치면서부터는 해가 쨍한 대낮에도 종종 싸락눈이 쏟아졌다. 이제는 제법 적응해 의연하게 창문을 닫을 수 있게 되었지만, 여름과 겨울이 혼재된 듯한 북부의 기묘한 날씨는 평생을 남쪽에서 살아온 두 아테라인들에게 여전히 다소 엉뚱하게 느껴지는 구석이 있었다.

릴리스는 한숨을 삼키며 문 앞에 선 채로 옷자락에 붙은 눈을 조심조심 털어 냈다. 하필이면 우박까지 함께 쏟아져 소매에 달린 레이스가 완전히 젖어 엉망이 되어 버렸다.

그때였다.

"아니, 마마. 왜 안 들어오시고 그리 서 계십니까? 아침부터 대체 어딜 다녀오셨기에 이제야 오셨습니까? 기다리느라 아주 목이 다 빠지는 줄 알았습니다요."

인기척을 느꼈는지 안쪽에서 먼저 문이 벌컥 열렸다. 얼굴보다 앞서 툭 튀어나온 커다란 목소리가 통박을 놓듯 그녀를 재촉했다.

"좋은 아침입니다, 마마."

이어, 시렌을 밀치며 성큼 문밖으로 나선 바이마르가 릴리스를 인형 들 듯 번쩍 안아 올렸다. 다 컸으려니 생각했던 것이 큰 오해였던지, 그는 달이 찰수록 조금씩 더 건장해져 이제는 안겨서도 목을 한껏 꺾어야 얼굴이 한눈에 들어올 만큼 체구가 커다래졌다.

릴리스는 해사한 얼굴을 마주 보며 미소했다.

"좋은 아침이에요. 그런데 반, 안 바빠요? 훈련은? 영지 일은? 국경은요?"

"……이틀이나 얼굴을 못 뵈었는데 일 이야기부터 꺼내시는 겁니까? 저는 마마가 뵙고 싶어 밤새 말을 달려 돌아왔는데."

조르륵 질문을 늘어놓자 바이마르가 시무룩한 표정이 되어 입술을 비죽였다. 그러나 그도 잠시. 이내 더운 숨이 살갗을 간지럽히다 부드러운 뺨을 지나 귓불에 안착했다. 벽난로 가까이 앉아 있던 살로메가 두 사람을 보며 흐뭇한 얼굴로 손바닥에 턱을 괴었다.

"여전히 사이가 좋구나, 반."

"……아직 늦지 않았으니 부러우시다면 지금이라도 돌아가세요, 누님. 그렇잖아도 형님께서 매일같이 저를 닦달하시는 통에 아주 머리가 아파 죽을 지경이란 말입니다."

바이마르가 불만스럽게 투덜거리며 고개를 바로 했다. 이때다 싶어 보내려는 심산이었으나 정작 당사자는 그 말을 곧이들을 생각이 없는 듯했다.

"하하, 설마. 뭐 좀 과하게 걱정하는 면이 있기는 하지만…… 출정은 애초에 그도 찬성했던 일인걸. 게다가 이곳에는 릴리스도 있고, 곳곳에 훈련 상대도 넘쳐 나니 지루할 틈이 없어 아주 만족스러워. 솔직히 폴리스의 궁은 좀 재미가 없거든."

"……."

살로메가 장작 너덧 개를 벽난로에 던져 넣으며 손사래를 쳤다. 릴리스는 처음으로 체자레가 조금 가엾게 여겨졌다.

살로메가 카리알에 머물기 시작한 지도 벌써 한 달이 다 되어 가는 지금, 젊은 왕의 최대 관심사는 오로지 정혼녀를 수도로 다시 불러올리는 일인 듯 보였다. 하루가 멀다 하고 성으로 날아드는 편지에 참다못한 시렌이 불손하게 신경질을 부린 횟수만 해도 다섯 손가락을 훌쩍 넘겼을 정도다.

그러나 정작 살로메는 그 정성에 별 감흥을 받지 못하는 듯, 매번 시큰 둥한 반응을 보일 뿐이었다.

재미있다는 듯 그들을 번갈아 보고 있던 와트만이 재빨리 나서서 어색한 정적을 깨뜨렸다.

"마몬 경만 놓고 보아도 그 말씀이 옳습지요. 요사이 아랫것들 굴리기에 아주 재미가 들린 모양이던데…… 오며 가며 마주칠 때마다 표정이 너무 밝아 깜짝 놀랄 지경입니다."

와트만은 '그래서 배알이 꼴린다'는 속내를 현명하게 숨기며 너스레를 떨었다. 살로메가 동조하듯 양 손뼉을 소리 나게 마주쳤다.

"옳은 말이야. 폴리스와 가까운 도시에선 아무래도 실전 경험을 쌓기가 쉽지 않으니."

"아 그러니까, 제가 전에도 말씀드리지 않았습니까요. 우리 스파티움 기사들이 원래…… 아차차, 죄송합니다, 마마. 이 말씀을 먼저 드렸어야 했는데 그만 다른 이야기에 정신이 팔려서는……."

어깨까지 들썩이며 헤벌쭉 웃고 있던 시렌이 다음 순간 퍼뜩 놀란 얼굴로 뒤통수를 긁적였다. 자못 진지해진 표정에 사담으로 부드럽게 풀어졌던 분위기가 순식간에 딱딱해졌다.

"저, 마마. 그, 놀란 산맥의 광산 말입니다. 괜찮으시다면 그쪽으로 인력을 좀 더 투입하는 것이 어떻겠습니까? 최근 아테라의 도발도 있었으니…… 채굴하는 데 좀 더 박차를 가하는 편이 나을 듯해 여쭙습니다."

놀란산에 있는 광산은 철광석의 매장 비율이 무척 높아 최근 가장 활발하게 채굴 작업이 이루어지고 있는 곳이었다. 아테라의 전쟁 선포에 스파티움인들의 기세가 한층 올라 있는 상태인 것을 감안한다면 시렌의 말대로 조금 더 속도를 낸다 한들 큰 무리는 없을 것이다.

릴리스는 생각 끝에 그의 제안을 승낙했다.

"허한다."

"그럼 그리하겠습니다."

시렌이 고개를 조아리며 바쁘게 방을 나섰다. 릴리스는 문 너머로 사라지는 마른 등을 물끄러미 바라보다가, 문득 며칠 전 그가 전해 주었던 낯 뜨거운 소문을 떠올렸다.

고국을 버린 파렴치한 황녀와, 그녀를 꼬여 낸 요망한 죄인.

구태여 출처를 고민할 필요조차 없었다. 국경을 넘은 지 이미 한참이 지 났건만, 예기라트는 여전히 그녀를 이용해 민심을 선동하는 중이었다. 예 나 지금이나 달라진 게 없는 그의 수완에 입맛이 썼다.

릴리스는 고개를 흔들어 울적한 기분을 털어 내었다. 생각에 잠겨 있는 사이 다들 자리를 비켰는지 어느새 방 안에는 둘뿐이었다. 시선이 바로 닿 은 탄탄한 어깨 위로 검고 윤기 나는 머리칼이 사륵사륵 흩어져 있었다. 기온이 올라가 짧아진 반소매 안쪽으로 근육이 불거진 탄탄한 팔뚝이 슬 몃 보였다.

과연, 요망하다는 말이 어울릴 법한 외양이었다.

"반, 입 맞춰 줘요."

방금 전까지만 해도 그 말에 불만을 표했으면서, 막상 얼굴을 보니 입가 에 배시시 미소가 스몄다. 기꺼운 마음으로 작게 조르자 바이마르가 기다 렸다는 듯 냉큼 입술을 맞대어 왔다.

"매일 이렇게 솔직하시다면 참 좋을 텐데……."

따뜻한 숨이 깃털처럼 가볍게 입가를 간지럽혔다. 릴리스는 어깨를 살 짝 움츠린 채 답했다.

"……멀리 다녀왔으니 주는 상이라고 생각해요."

"당분간은 성을 떠날 생각이 없습니다만…… 대신 곧 지금보다 바빠질 것 같으니 미리 상을 많이 받아 두는 편이 낫겠습니다."

바이마르가 작게 웃고는 빈 의자에 가볍게 걸터앉았다. 자세를 바로잡 으며 몸을 한껏 붙여 온 그가 다시 새가 모이를 쪼듯 가볍게 두어 번 입술 을 맞붙였다. 릴리스는 탄탄한 허벅지에 엉덩이를 올린 채로, 몸을 조금 틀어 이어지는 공세를 피했다.

"더 바빠진다구요? 누가 또 오나요?"

"북부 병력의 반이 카리알로 더 내려올 예정입니다. 살로메가 있긴 하지만…… 형님께서 제게 총책임을 맡기셨으니 소임을 다해야겠지요. 허나……."

저지당한 입맞춤에 불만을 표하듯 서늘한 눈매가 한층 가늘어졌다. 말을 고르듯 침묵을 지키던 바이마르가 이윽고 조금 누그러진 얼굴로 한숨을 내쉬었다. 걱정스러움을 담뿍 담은 눈길이 세상 가장 귀한 보물 보듯 그녀를 빤히 살폈다.

"그보다 저는 늘 마마가 염려됩니다. 정말 불편한 곳이 없으신 게 맞지요? 요즈음 밖에서 보내시는 시간이 길어진 듯해 걱정이 큽니다."

이제는 익숙해질 만도 했으나, 다정한 말은 들을 때마다 부끄러워 발끝이 동그랗게 곱아들었다. 이렇게까지 자신을 염려해 주는 사람이 있다는 게 아직도 쉬이 믿기지 않는다. 가끔은 꿈을 꾸고 있다는 착각마저 들 정도였다.

평생 모른 채 살아갈 수도 있었을 사이인데. 어쩌면 전처럼 그저 허무하게 스쳐 갈 인연일 수도 있었을 텐데.

"마마?"

"……그렇지 않아요. 오히려 할 일이 생겨 좋은걸요! 그…… 어렵지만 한편으론 재미도 있구요."

안 돼. 릴리스는 고개를 가볍게 흔들었다. 단순한 가정임에도 가슴이 욱신거리며 조여들었다. 상상만으로도 목구멍이 턱 막혀 숨이 쉬어지지 않는다. 이 온기를, 이 목소리를 놓치고 싶지 않았다. 누구에게도 주고 싶지 않았다.

이기적이라 해도 어쩔 수 없다. 태어나 처음으로 가져 본 욕심이었다. 손끝에서부터 피어나기 시작한 불씨가 어느덧 활활 타올라 온 마음을 잠식했다. 너무 거세어 그녀마저 집어삼켜 버릴 것만 같은 열기였다. 생전 느껴 보리라 상상조차 하지 못했던. 그래서 더 무섭고 격렬한 감정이었다.

"그렇다면 다행입니다만 절대 무리하시면 안 됩니다."

한숨이 조금 섞인 나직한 목소리가 차분하게 그녀를 달래 왔다. 릴리스는 그에게 힘껏 끌어안긴 채 가만히 고개를 주억이다 시선을 조금 올렸다.

수려한 얼굴 위에 어려 있던 착잡한 기색이 그녀와 눈을 마주함과 동시에 스르륵 녹아내렸다. 스멀스멀 마음을 파고들던 두려움도 그와 함께 사라져 자취를 감추었다.

그러나 기실, 바이마르의 걱정이 꼭 기우인 것만은 아니었다. 그 못지않게 릴리스 역시 카리알에서 대단히 바쁜 나날을 보내고 있었던 것이다.

터를 잡기 무섭게 광맥을 찾고, 캐낸 철광을 제련하는 데에만 한 달이 넘는 시간이 걸렸다. 그뿐인가. 일선에서 지휘를 맡아야 하는 바이마르를 대신하여 영지를 관리하는 것 또한 그녀의 몫이었다. 식량이며 병장기 공급까지 신경 쓰다 보면 눈 깜짝할 새 밤이 찾아들어 하루의 끝을 알렸다.

피곤하지 않을 리 없다. 하지만 생전 처음 느껴 보는 뿌듯함과 책임감이 그보다 앞서 몸을 움직이게 만들었다. 날 선 눈빛들이 차츰 누그러지고, 흉흉하던 민심이 가라앉으며 이제 거리에도 조금씩 생기가 돌고 있었다.

아테라의 황족이 다시 성안에 들어앉았다는 데 치를 떨던 이들조차 시렌이 퍼뜨린 '모든 철광석은 스파티움의 독립을 위해 쓰인다' 는 사실에 근접한 소문에는 차마 처음처럼 이를 드러내지 못했다. 나쁘지 않은 흐름이었다. 적어도 아직까지는.

"듣자 하니 칼릴이 한동안 지하에 갇혀 있었다고 하더군요. 황제의 심기를 거슬렀던 모양인데…… 어쨌거나 며칠 전 복귀했다는 소문이 돌았으니 아마 아테라도 이제 슬슬 출정 준비에 박차를 가할 겁니다."

릴리스는 조곤조곤한 속삭임에 고개를 갸웃했다. 친위대 대장인 칼릴은 시종장과 더불어 오랜 세월 예거라트에게 충성을 바쳐 온 이였다. 웬만한 일이 아니라면 벌을 받을 이유가 없을 터인데.

그러나 의문은 딱 거기까지였다. 예거라트의 속내를 짐작하려 해 봤자 머리만 더욱 복잡해질 뿐이었으므로, 그녀는 생각을 접고 다시 바이마르에게로 관심을 돌렸다.

"그보다, 반은 이제 어디로 가나요?"

"달튼으로 갈 생각입니다. 항복 의사를 밝혔으니 공식적으로 정비를 해 두어야겠지요."

"고트, 요체프, 달튼이군요."

릴리스는 손가락을 차례차례 꼽아 보았다. 세 곳 모두가 최근 두 달 사이 새로이 정복한 아테라의 영지들이다. 카리알까지 합한다면 벌써 네 개의 성이 스파티움의 손에 떨어진 셈이었으니 그야말로 승승장구라는 말이 어울릴 법했다.

얼핏 무리하게 보이는 정복 행위에 우려를 표하는 이들도 적지만은 않았으나, 스파티움인 대부분은 이 승리에 크게 만족해 콧대를 높이 세웠다. 특히나 오랜 세월 동안 아테라와 서로 뺏고 빼앗기기를 반복해 왔던 요체프와 달튼의 경우 카리알만큼이나 기쁘게 스파티움의 통치를 받아들여 체자레를 더욱 흡족케 했다.

"허면 둘베트는 언제쯤 돌아올까요?"

릴리스는 이제는 조금 흐릿해진 고트 백작의 형형한 눈빛을 떠올리며 차가워진 손끝을 마주 비볐다. 바이마르가 그녀의 눈가에 입을 맞추며 중얼거렸다.

"형님께서 곧 관료를 보내신다고 했습니다만…… 내내 아테라의 영지였던 곳이라 정리가 녹록지 않은 듯합니다. 아마 좀 더 시간이 걸리겠지요."

"이보다도 더 길게 말인가요?"

"제가 할 말입니다. 돌아오기만 한다면 당장 병력의 절반을 떼어 내어 맡겨 버릴 생각이에요. 그럼 저도 조금 더 여유롭게 마마와 시간을 보낼 수 있을 테고……."

"어…… 그렇지만 지금도 일주일에 나흘은 보는걸요."

릴리스는 미래의 둘베트에게 심심한 위로를 보내며 어른스럽게 바이마르를 위로했다.

"설마하니 진심으로 하시는 말씀은 아니시겠지요?"

휙 고개를 쳐든 바이마르가 눈살을 찌푸리며 투덜거렸다. 릴리스는 낯간지러운 기분으로 그를 마주 보다가, 이내 한 손을 들어 그의 뒷덜미를 자신의 어깨 위로 힘주어 내리눌렀다. 목덜미에 닿은 속눈썹이 깜빡일 때마다 피부가 쓸려 간지러웠다.

"······이상하지요. 돌아가고 싶다는 의미는 절대 아닙니다만, 아주 가끔 은······ 아테라에서 머물던 때가 그립다는 생각이 들곤 합니다."

얼마나 그렇게 안겨 있었을까. 나른한 분위기에 휩싸여 졸고 있던 릴리스는 예상치 못한 말에 깜짝 놀라 자세를 바로 했다. 역시 지금의 나는 부담일지 몰라. 불쑥 그런 생각이 들자 가슴이 철렁 내려앉았다. 따끈한 욕조에 온몸을 담근 듯 노곤하던 기분이 순식간에 휘발되었다. 릴리스는 눈앞의 어깨를 밀어 내고 바이마르의 얼굴을 보려 했지만, 그는 고집스레 지금의 자세를 고수했다.

"화내셔도 어쩔 수 없어요. 적어도 그곳에서는 이렇게 종일 마마와 떨어져 있을 필요가 없었으니까······."

나직한 목소리가 웅얼웅얼 흘러나와 살갗 위를 스쳤다. 단단한 몸은 여전히 미동조차 없다. 릴리스는 어깨를 밀던 손을 들어 햇볕이 내려앉은 새까만 정수리를 천천히 쓸어내렸다. 사륵사륵 머리칼이 떨어지는 차분한 소리에 들끓던 불안감이 아주 조금 쓸려 나갔다.

스스로 등졌다 한들 아테라는 그녀가 나고 자란 고국이었다. 외롭고 슬펐던 생의 사이사이, 움트지 않은 씨앗처럼 묻혀 있는 희미한 추억들이 있다. 한 줌도 되지 않을 의미 없는 미련이라지만, 한때는 그것만이 유일한 위안이던 시절이 있었다. 스스로를 공물이라고 칭하던 바이마르와 기억의 색채가 같을 리 없었으나─

그럼에도 바이마르는 그 시절이 그립다 말하고 있었다. 단지 그녀 하나 때문에.

자신은 결코 바이마르가 내보이는 감정의 깊이를 따라갈 수 없을 것이다. 불쑥 그런 생각이 들어 릴리스는 잠시 손놀림을 멈추었다. 그것은 퍽 생경한 깨달음이었다. 몹시 고양되는 한편, 가슴 한구석이 무섭도록 조여오는 이상한 감각에 손끝이 차가워졌다. 기쁘고도 무서워 눈시울이 뜨끈해졌다.

릴리스는 이제, 사람이 자신이 아닌 타인을 얼마나 아끼고 마음에 담을 수 있는지를 알았다. 그러나 우물 바닥에 단단히 박혀 있는 커다란 돌멩이처럼, 도무지 꺼내어 부수어 버릴 수 없는 미진한 불안함만큼은 어쩔 도리가 없어 그녀는 아직도 때때로 스스로에 대한 불신에 휩싸이곤 했다.

예거라트가, 그리고 다른 모든 이들이 그러했듯, 바이마르 또한 그만의 이유로 그녀를 사랑하는 것은 아닐까. 무언지 모를 그것이 완전히 닳아 없어져 버린다면, 그렇다면 바이마르도 더 이상 그녀를 사랑하지 않게 되는 것이 아닐까.

이 순간마저도 그런 불길한 생각을 하고 있다는 사실에 자괴감이 들었지만 그럼에도 그 생각을 떨칠 수 없는 스스로가 견딜 수 없이 한심하게 여겨졌다.

"……아쉽지만 이제 나가 봐야겠군요. 그래도 저녁 식사 전까지는 돌아오도록 하겠습니다."

문득, 단단한 목소리가 끝도 없이 나아가던 생각을 적절히 끊어 냈다. 자리에서 일어나 그녀를 제가 앉아 있던 의자에 앉혀 준 바이마르가, 벗어 두었던 장갑을 끼고 촘촘한 사슬이 달린 망토를 둘렀다. 그러곤 그녀에게 가벼운 입맞춤을 한 뒤 방을 떠났다. 와중에도 아쉬운 듯 연신 뒤를 돌아보는 눈길이 너무나 다정해 심장이 조여들었다.

"마마, 들어도 되겠습니까?"

바이마르의 발걸음 소리가 멀어지기 무섭게 또 다른 발걸음 소리가 들려왔다. 무스타리가 기다렸다는 듯 바삐 방문을 두들겼다.

곤두섰던 신경이 쉴 틈도 없이 몰아치는 일거리에 파묻혀 금세 사방으로 부스스 흩어졌다. 가슴 밑바닥에 단단히 똬리를 틀고 있던 불안감도 어느새 그에 떠밀려 저만치로 밀려났다. 릴리스는 마치 처음부터 그런 감정 따위는 몰랐던 사람처럼, 기꺼이 분주한 일상에 몸을 맡겼다.

시간은 금세 흘러 어느덧 이른 오후가 되었다. 릴리스는 뻐근한 몸을 이리저리 돌려 가며 천천히 계단을 밟아 내려갔다. 시찰에 나설 시간이었다.

"그럼 출발하겠습니다, 마마."

대기하고 있던 마차에 오르자 마부가 공손한 목소리로 출발을 알렸다. 릴리스는 커튼을 살짝 걷고 따뜻해진 바람을 온 얼굴로 맞았다.

언덕을 얼마나 달려 내려갔을까. 들판이 사라지며 돌담을 두른 소박한 집들이 띄엄띄엄 모습을 드러내기 시작했다. 담과 담 사이의 간격이 차츰 좁아지고, 시끌시끌한 소리가 커져 갈 무렵 마차가 마침내 시내 복판으로 들어섰다.

대로 양옆으로 줄지어 늘어서 있는 좌판들이 가장 먼저 눈에 띄었다. 릴리스는 걷어 두었던 커튼을 다시 꼼꼼히 당겨 닫고는, 맞닿은 천 사이로 살짝 난 틈을 통해 활기차게 거리를 오가는 사람들을 살폈다.

얼마나 그렇게 시간을 죽였을까. 시내를 완전히 통과한 마차가 이윽고 방향을 꺾어 마을 외곽의 어둑한 골목으로 들어섰다. 돌바닥 위를 힘차게 구르던 바퀴가 천천히 멎으며 불유쾌한 마찰음을 냈다. 릴리스는 와트만의 부축을 받아 마차에서 천천히 내려섰다.

도착한 곳은 다소 을씨년스러운 분위기의 널찍한 공터였다. 울퉁불퉁한 돌을 쌓아 만든 문 없는 집들이 커다란 원을 그리듯 둥글게 서로를 마주 보며 서 있었다. 철이 철을 때리는 경쾌한 소리가 사방에서 요란하게 울려 퍼졌다.

"오셨습니까, 마마."

헐레벌떡 달려 나온 구릿빛 피부의 중년 사내가 머리에 두르고 있던 수건을 벗어 든 채 허리를 깊이 숙였다. 늠름한 풍채를 지닌 그는 카리알의 기술 조합장인 셀번이었다. 릴리스는 지팡이를 바로 쥐며 반갑게 그의 인사를 받았다.

"오랜만이야, 셀번. 오늘도 여간 바쁜 게 아닌 모양인데…… 부족한 것은 없나?"

"그러믄요. 부족하기는커녕 철이 넘쳐 나 문젭니다요. 일손이야 늘 모자란 것이니 차치한다 하더라도 이렇게까지 바쁜 건 제 평생 처음이라고 단언하지요."

그들은 곧 커다란 건물 안으로 들어섰다. 열기와 소란이 곳곳에 버글거렸다. 달구어진 쇠 냄새가 사방에 진동했다.

릴리스는 훅 불어오는 뜨거운 바람에 두 눈을 질끈 감았다 떴다. 벽을 세우지 않아 공동 시설처럼 보이는 실내 바닥 곳곳에 벌겋게 달아오른 쇠들이 일렬로 눕혀져 있는 것이 보였다. 촘촘하게 나 있는 창문들 아래마다 커다란 아궁이가 혹처럼 볼록 솟아 있었고, 어둑한 건물 안쪽에는 장작더미가 한가득 쌓여 쓰일 차례를 기다리고 있었다.

탕, 탕. 셀번이 커다란 솥을 지나며 굵은 막대로 가장자리를 시험하듯 두들겼다. 한계치를 넘어 부글부글 끓고 있는 쇳물은 마치 용암 같은 붉은 색이었다. 마침 방패를 만들려는지, 장정 몇이 납작한 거푸집을 들고 와 솥을 아래로 조심스레 기울이기 시작했다. 핏줄이 불거진 관자놀이 위에 둥근 땀방울이 송골송골 맺혔다 아래로 떨어졌다.

"어이, 조심하라고!"

"오른쪽, 오른쪽!"

우람한 체구의 장정들이 들고 있는 솥이 위태롭게 흔들리며 목소리에 맞추어 방향을 틀었다. 한 걸음 한 걸음을 뗄 때마다 쇳물이 입구 근처에서 넘칠 듯 출렁거렸다.

"어째 영 위험해 보이는뎁쇼."

와트만이 걱정스러운 얼굴로 목을 쭉 빼어 앞을 살폈다. 덩달아 긴장한 릴리스도 까치발을 든 채 그들을 응원했다. 오른쪽, 왼쪽, 다시 오른쪽이었다가, 기어코 기우뚱한 솥이 정처 없이 흔들리다 옆으로 쓱— 기울어졌다.

"어어어! 손, 놔! 손!"

쿵! 바닥이 진동하며 다급한 외침이 이어졌다. 반쯤 박살 난 채 바닥에 박혀 있는 무쇠솥 옆구리로 시뻘건 쇳물이 피처럼 줄줄 샜다. 김도 없이 부글거리는 걸쭉한 액체가 흙바닥 위에 뭉글대며 엉겨 붙었다. 순식간에 싸움판이 벌어졌다.

"이 자식이, 좀 제대로 잡으라니까! 이게 다 며칠짜린데!"

"웃기고 있네. 그게 왜 내 탓이냐? 비실비실한 네놈 탓이지!"

"어허, 좀 진정하게, 진정!"

근처에 서 있던 깡마른 사내 하나가 잽싸게 끼어들어 뒤엉켜 뒹구는 덩치들을 말렸다. '네 탓이네, 내 탓이네' 하는 목소리들이 이어 대장간을 왕왕 울려 대기 시작했다. 누군가는 멱살을, 누군가는 팔뚝을 잡아끌며 대거리가 시작되었다.

"어허, 마마 앞에서 이게 대체 무슨 짓들인가?"

기어이 주먹이 날아가기 직전이었다. 참다못한 셀번의 고함에 약속이나 한 듯 동작이 딱 멎었다. 그제야 릴리스를 발견한 사내들이 머쓱한 얼굴로 손아귀의 힘을 풀었다. 적대감이 가득하던 처음과 달리 퍽 누그러진 시선들이었다.

"험한 꼴을 보였습니다요."

그사이 성큼 나서 구경꾼들을 쫓아내고 돌아온 셀번이 머리를 벅벅 긁으며 한숨을 내쉬었다. 릴리스는 바닥을 정리하기 시작한 사내들에게서 시선을 떼어 내며 어깨를 들썩였다.

"괜찮네. 다친 사람이 없어 다행이지."

"그거야 당연한 일입죠. 그나저나…… 저래서야 물량을 맞추기가 쉽지 않겠는뎁쇼. 그렇잖아도 매일 밤을 새고 있는데, 이거야 원 참……."

난감한 얼굴로 주변을 둘러보던 그가 문득 고개를 획 들어 올렸다.

"아, 그보다 마마! 드릴 게 있었는뎁쇼."

커다란 덩치가 호들갑을 떨며 넓은 대장간을 쿵쿵 가로질렀다. 이윽고 괴상하게 생긴 것을 품에 한 아름 안고 돌아온 셀번이 자랑스런 표정으로 어깨를 한껏 폈다.

"이것 좀 드셔 보시겠습니까? 아내가 오늘 아침 챙겨 준 것인데, 부단이라고 이 지역 특산품 중 하나이지요. 아직 성에 들여놓기 전이라…… 아마 고국에서도 지금껏 이런 과일은 못 보셨을 것이라 장담합니다."

"부단?"

색은 온통 녹빛에, 비늘 같은 무늬가 표면에 그득했다. 애초에 먹을 만한 과일로 보이지도 않았을뿐더러, 설사 정말 먹을 수 있다 한들 독에 절인 것이 아닐까 하는 의심이 절로 일 정도로 흉한 생김새였다.

두 아테라인이 떨떠름하게 그것을 바라보는 가운데, 셀번이 두 손으로 과일을 와득 쪼개며 신난 듯 말을 이었다.

"예, 껍질이 딱딱해서 본래 수확한 뒤에도 사흘은 더 익혀 먹어야 하는 것인데…… 보시다시피 이곳이 워낙 더워서인지 하루만 두어도 충분합지요."

쩍. 듣기 좋은 소리와 함께 껍질이 갈라졌다. 풀풀 풍기는 단내에 절로 코가 씰룩였다. 내키지 않는 표정으로 바라만 보고 있자 셀번이 재촉하듯 양손을 앞으로 내밀었다. 와트만이 히죽 웃으며 너스레를 떨었다.

"먼저 드셔 보십쇼, 마마."

"내가?"

"찬물도 위아래가 있는 법이지 않습니까. 감히 제가 마마를 제칠 수 있을 리가요."

……하여간 입은 살아 가지고선. 릴리스는 투덜거리면서도 궁금증을 이기지 못해 결국 셀번이 내미는 숟가락을 받아 들었다. 껍질 안쪽으로 숟가락을 가져다 대니 말캉한 과육이 희끄무레한 즙을 내며 푹 패었다.

"맛은 좋은데 공급이 적어 여기서는 꽤 귀한 과일입지요."

릴리스는 눈을 꾹 감고 숟가락으로 뜬 것을 한입에 전부 털어 넣었다. 몇 번 입을 우물거리던 그녀의 두 눈이 번쩍 뜨이며 휘둥그레졌다. 설명대로 과하지 않은 단맛이 제법이었다.

그녀의 표정을 본 셀번이 자신만만한 표정으로 새 부단을 권했다. 릴리스는 예의상의 거절도 없이 그것을 자연스레 받아먹었다. 평민이 귀족, 그것도 황족에게 직접 손을 뻗다니. 아테라에서라면 상상조차 할 수 없는 일이었으나 이곳은 스파티움이었다.

'아이고, 이런. 바이마르 왕자님 아니십니까!'

'오랜만이군, 비툰.'

'그럼요. 그나저나 그간 정말 몰라보게 자라셨습니다. 그러게 제가 누누이 말씀드리지 않았습니까, 분명 훌쩍 크실 테니 걱정일랑 마시라고

말입니다요!'

릴리스는 입을 우물거리며 언젠가 엿들었던 바이마르와 늙은 대장장이의 대화를 떠올렸다. 격의 없는 대화를 나누는 것으로도 모자라, 노인은 철판처럼 두꺼운 손을 들어 바이마르의 등을 퍽, 퍽, 두드리기까지 했다.

'그런데 말입니다, 왕자님. 듣자 하니 이 근처 대장장이들을 죄다 불러 모으고 계신다고…… 화산 지대에 광맥이 많이 묻혀 있다는 소문이 사실입니까?'

'장담할 수야 없는 일이지. 실은 그 때문에 그대에게 부탁할 것이 있네.'

'조합원들 문제입니까? 이것 참…… 저는 이미 은퇴했다는 걸 아시지 않습니까요.'

'그렇다 해도 아직은 그대가 가장 영향력 있는 장인 아닌가. 새 조합장에게는 내가 말을 전해 둘 테니 그대는 나머지를 설득해. 지휘는 내가 아닌 마마께서 하실 것이다.'

'……아테라의 황녀 마마 말씀이십니까? 황제의 손아귀에서 벗어난 지가 얼마 되지도 않았는뎁쇼. 분명 다들 길길이 날뛸 겁니다.'

'비툰.'

'저 역시 그놈들 못지않게 아테라에 대한 원한이 깊습니다. 그런 제가 그 청을 기꺼워하리라 생각하셨던 건 아니시겠지요, 저하.'

'…….'

'차라리 명령을 내리십시오. 볼품없이 늙었으나 저 역시 기사입니다.'

'……명이라면 듣겠나?'

'이미 답을 아시지 않습니까.'

불쾌감을 감추지 않으면서도 비툰은 결국 뱉은 말 그대로를 지켰다. 릴리스는 아직도 그 맹목적인 충성심을 온전히 이해하지 못했으나, 한편으로는 그것이야말로 스파티움인다운 태도임을 어렴풋이 납득했다.

"참, 마마. 듣자 하니 북부에서 병력이 더 내려올 예정이라고 하더군요. 아까 성에서 나온 이가 병장기를 추가로 주문하고 갔습니다요. 헌데 보시다시피 지금은 이곳에 있는 모루가 전부 사용 중이라……. 혹, 괜찮으시다면 성내의 공터를 좀 사용하고 싶은데, 그래도 되겠습니까?"

빈 껍질을 버리고 돌아온 셀번이 손을 탈탈 털며 물었다. 릴리스는 그 소리를 따라 생각을 털어 냈다.

"상관은 없지만 불을 쓸 곳이 없을 터인데."

"괜찮습니다. 제련이야 놀릴 만한 손만 있다면야 얼마든지 가능한 일이니까요."

"그렇다면야 원하는 대로 하게."

허락이 떨어지자 셀번이 신난 듯 고개를 주억였다. 몸을 움직일 때마다 훅훅 풍겨 오는 땀내도 이제는 제법 익숙해졌다. 불 앞에서 종일 일했으니 어쩔 수 없었으리라. 릴리스는 인상 한 번 찌푸리지 않은 스스로를 내심 뿌듯하게 여기며 대장간을 나섰다.

"마마."

공터를 순찰 중이던 기사들이 그녀를 발견하곤 일제히 마차 앞으로 모여들었다. 바이마르가 고르고 골라 붙여 준 다섯의 호위들이다. 대부분이 행군 내내 보았던 얼굴인 데다, 와트만과도 잘 지내는 듯해 릴리스는 내심 그들을 퍽 의지하는 편이었다.

릴리스는 한 손으로 마차 문손잡이를 힘주어 잡고는 왼발에 힘을 주어 계단을 올랐다. 지팡이를 건네받은 와트만이 걱정스런 얼굴로 그녀를 지켜보았다. 부들거리며 몸의 무게를 지탱하던 다리가 한순간 휘청이며 아래로 푹 꺾였다. 반쯤 열려 있던 문이 완전히 젖혀져 마차가 흔들렸다.

그 순간이었다.

"마님! 아니, 마마!"

쨍한 목소리와 함께 누군가가 힘차게 달려와 일행의 앞을 당당히 막아섰다. 릴리스는 단 위로 올렸던 발을 내려 기사들의 어깨 너머로 시선을 주었다. 가끔 마주치던 성문 앞 무두장이의 나이 어린 도제가 눈을 크게 뜨고 발돋움을 하여 안쪽을 살피고 있는 것이 보였다.

"꼬마야, 좋은 말로 할 때 뒤로 가라. 응?"

기사들이 위협하듯 방패를 들이밀었다. 그러나 아이는 전혀 기죽지 않은 얼굴로 도리어 숨을 씩씩 몰아쉬며 그들을 밀쳐 낼 듯 바둥거렸다. 릴리스는 난데없는 소란을 관망하다 땅 위에 완전히 바로 선 뒤 그들을 향해 돌아섰다.

"무슨 일이더냐?"

차분한 목소리에 일순간 소란이 잦아들었다. 이때다 싶었는지, 방패에 가로막혀 저만치 밀려나 있던 아이가 품속을 뒤적여 무언가를 불쑥 꺼내 들었다. 받아 주는 이 없는 허공에 노란 별이 떠 있었다.

"여기 이것⋯⋯."

성큼 나서서 대신 그것을 챙겨 든 와트만이 의아한 얼굴로 릴리스를 바라보았다.

"그냥 꽃인뎁쇼."

"그냥 꽃이 아니에요!"

심드렁한 반응에 발끈하는 목소리가 돌아왔다. 씩씩거리며 와트만을 노려보던 아이가 다시 덥석 꽃을 뺏어 제 가슴에 품었다. 때가 덕지덕지 묻은 작은 손이 샛노란 꽃다발을 소중히 보듬었다.

"이 시기에만 잠시 피는 지빠귀풀꽃이에요. 언덕에 지빠귀풀 군락이 이따─만큼 몰려 있어도 꽃 한 송이 못 찾는 일이 허다하다구요. 찾으면 복이 온다고 해서 다들 눈에 보이기만 하면 꺾으려고 안달을 한다니까요! 새벽부터 밤을 뒤져서 겨우겨우 이만큼 구해 온 것인데⋯⋯."

"지빠귀풀?"

릴리스는 저도 모르게 되묻고 말았다. '이따─만큼'을 표현하기 위해 두 팔을 쫙 펼치고 있던 아이가 얼굴을 확 붉히며 말을 더듬었다.

"이, 이름은 조금 이상하지만 그래도 정말 귀한 꽃이 맞아요!"

뭐, 그렇다면야. 릴리스는 와트만에게 손짓해 그를 제 뒤로 물리고는 몇 걸음 더 앞으로 걸어 나갔다.

"⋯⋯이 귀한 걸 정말 내게 주는 거니?"

끄덕끄덕. 검댕 묻은 작은 얼굴이 아래위로 흔들렸다. 서로를 바라보며 눈짓하던 기사들이 몸을 물려 길을 터 주자 눈치를 보듯 주춤대던 아이가 이윽고 조심조심 거리를 좁혀 왔다.

릴리스는 쭉 뻗은 팔 끝에서 대롱거리는 풀꽃 다발을 상냥하게 받아 들었다. 쑥스러운 얼굴로 잽싸게 손을 빼낸 아이가 흘긋 옆을 돌아보며 입을 비죽였다.

"제가 드리는 건 절대 아니에요! 그냥, 제 동생이 꼭 마님…… 아니 마마께 드리자고 우겨 대는 바람에 그만……."

과연, 공터 옆의 커다란 나무 벤치 위에 여덟 살쯤 되어 보이는 꼬마가 홀로 앉아 흥얼흥얼 콧노래를 부르고 있었다. 키가 작아 허공에 뜬 다리가 박자를 맞추듯 앞뒤로 달랑거렸다. 빤히 그 광경을 보고 있던 릴리스는 턱 밑에서 들려오는 목소리에 다시 시선을 아래로 두었다.

"무, 물론 그렇다고 아테라가 좋단 뜻은 아니지만……! 동생은 착한 아이거든요. 그리고 저도…… 동생을 구해 주신 것에 대해서는 정말 감사하게 생각하고 있고…… 그리고……."

일순 말끝이 흐려졌다. 릴리스는 풀 내음 나는 꽃대를 만지작대며 자그마한 머리통을 내려다보았다.

먼지와 기름으로 범벅이 된 머리카락이 제멋대로 뭉쳐 덩어리져 있었다. 허름한 바지 아래로 보이는 신발 앞코는 넝마처럼 너덜거렸고, 구멍 뚫린 천 바깥으로 훤히 드러난 발가락은 때에 절어 거무튀튀했다. 돌봐 줄이가 없음이 선명히 드러나는 몰골이었다.

사냥꾼이던 아비는 아테라와의 전투에서 목숨을 잃었고, 어미는 가난에 지쳐 작년 겨울 도망을 갔다. 그나마 남아 있는 가족인 눈먼 동생마저 마차에 치여 죽을 뻔한 것을 와트만이 구해 준 게 고작 몇 주 전의 일이었다.

"굳이 이러지 않아도 되는데."

이런 식의 보답에는 익숙하지 않다. 투박하지만 때 묻지 않은 타인의 감정은 언제나 다루기 어려운 분야였다. 하지만 걱정스럽게 자신의 눈치를 살피는 소년을 보고 있자니 그런 건 아무래도 상관없을 것만 같은 기분이 들었다.

"······고맙구나."

서툴게 감사 인사를 건네자 아이가 꾸벅, 고개를 숙이고는 몸을 돌려 다다다 앞으로 뛰어나갔다. 어린 동생의 손을 꼭 쥔 아이가 두르고 있던 망토를 벗어 저보다 작은 어깨에 꼼꼼하게 둘러 주었다. 볕이 좋은 날이라 춥지 않을 텐데도, 매듭을 꼭꼭 여미는 손길이 나이답지 않게 제법 세심해 자꾸만 눈길이 갔다.

이윽고 손을 꼭 마주 잡은 두 형제가 좁은 길을 되짚어 골목을 빠져나갔다. 아담한 그림자가 꺾어지는 골목 앞에서 잠시 겹쳐졌다가 끝내 시야에서 아스라이 사라졌다.

릴리스는 한참 그 모습을 곱씹다 풀꽃을 소중히 품에 안고 성으로 귀환했다. 식당으로 들어서는 그녀를 반가이 맞이하던 바이마르가 꽃다발을 보곤 묘한 표정이 되어 물었다.

"웬 꽃입니까? 대장간에 다녀오셨다고 들었는데요."

"지빠귀풀꽃이래요. 행운을 가져다준다고 하더군요."

노끈으로 묶인 매듭을 풀어내자 반쯤 시든 꽃들이 부스스 흩어졌다. 릴리스는 개중 싱싱한 것을 몇 개 골라 식탁 위에 놓여 있는 길쭉한 물잔 안에 꽂아 넣었다.

한참 그 모습을 바라보고 있으려니 바이마르가 마침 나온 샐러드를 접시에 덜어 주며 다시 넌지시 목소리를 냈다.

"맞습니다. 그런 속설이 있기는 하지요. 오는 길에 꺾으셨습니까?"

"아뇨. 누가 줬어요."

저무는 햇살을 담뿍 받은 노란 꽃이 마치 손톱만 한 낮달 같았다. 흐뭇하게 보며 고개를 흔들자 유순하던 눈꼬리가 대번에 한껏 위로 치켜 올라갔다. 릴리스는 생각지도 못한 반응에 흠칫 놀라 바쁘게 변명을 덧붙였다.

"아이가 주더군요. 전에 말했던 어린 도제 말이에요."

"······무두장이의? 그렇군요."

미심쩍어하는 기색은 여전한 듯했으나, 목소리는 다행스럽게도 퍽 누그러져 있었다. 별말 없이 고개를 주억인 바이마르가 이내 걸쭉한 스튜를 한 그릇 덜어 그녀의 앞에 놓아 주었다. 토마토소스를 베이스로 한 양고기스튜는 스파티움의 가장 보편적인 가정식으로, 바삭한 비스킷이나 퍼석한 빵을 찍어 먹는 게 전통이었다.

릴리스는 비스킷 다섯 개와 스튜 두 그릇을 몽땅 비운 뒤에야 식기를 내려놓았다. 정착한 뒤 마음이 편해진 덕일까. 요사이 이상하게 식욕이 돋아 자꾸만 입 안에 침이 고였다. 바이마르가 아직도 수북한 접시를 가까이 밀어 주며 흐뭇한 눈길로 그녀를 응시했다.

"스파티움 음식이 입에 맞으시는 모양이지요. 정말 다행입니다."

길쭉한 눈매가 가느스름해지며 반달 모양으로 부드럽게 접혔다. 릴리스는 따라 움찔거리는 입매를 어렵사리 끌어 내린 뒤 식기를 내려놓고 천천히 일어섰다.

지팡이 역할을 자처한 바이마르가 한 팔로 릴리스의 무게를 지탱하며 걷는 것을 도왔다. 릴리스는 다른 한 손에 꽃병 대신 물잔을 쥔 채, 긴 복도를 지나 그보단 조금 짧은 길이의 계단을 오른 뒤 어둑한 방 안으로 들어섰다.

불을 켜지 않은 방 안에 조금씩 저녁이 내리고 있었다. 창틀 위에 꽃이 담긴 물잔을 놓고 돌아서던 릴리스는 부스럭대는 소리에 흠칫 놀라 고개를 갸웃했다. 그 순간 거짓말처럼 소리가 뚝 멎는가 싶더니, 바이마르가 주저하듯 그녀를 불러 왔다.

"저, 마마."

그는 뒷짐을 진 채 멋쩍은 표정으로 탁자 근처를 서성이고 있었다. 고민하듯 한참 제자리를 맴도는 모습이 어쩐지 평소의 바이마르답지 않아 보여 걱정스러운 마음이 일었다. 무슨 일이라도 있는 걸까. 릴리스는 기다리다 못해 슬쩍 한 발을 앞으로 내디뎠다.

그리고, 눈앞이 흐드러졌다.

"……야래향입니다. 좀 이른 듯하지만 성 아래쪽 들판에 제법 많이 피어 있기에……."

짙은 향내가 목소리보다 먼저 닿아 얼굴을 덮었다. 기다랗고 튼튼해 보이는 줄기 양옆으로 작은 꽃들이 성기게 뭉쳐 피어 있었다. 릴리스는 조심스레 꽃다발을 받아 그 안에 얼굴을 폭 묻었다. 옅은 풀 내음이 섞인 달고 따뜻한 향에 가슴이 두근거렸다.

"이럴 줄 알았으면 내일쯤 꺾어 올 것을 그랬습니다. 하필이면 그놈이 먼저 꽃 선물을 할 줄이야."

어느새 성큼 다가선 바이마르가 불만 서린 눈빛으로 노란 꽃을 노려보며 투덜거렸다. 쌍꺼풀 없이 길쭉한 눈이 한껏 가늘어지며 꼬리를 늘어뜨렸다. 처음을 빼앗긴 것이 퍽 서운했던 모양이다.

"처음 만들어 본 꽃다발이라 조금 엉성합니다."

꽃 더미 사이에 섞인 손톱만 한 노란 봉우리들이 숨을 뱉을 때마다 등불처럼 가볍게 한들거렸다. 검은 머리칼 사이로 비죽 튀어나온 귀가 저녁놀만큼이나 불그스레했다. 그가 제자리에 선 채 큼, 목을 가다듬으며 슬쩍 그녀를 곁눈질했다. 릴리스는 고개를 가로저었다.

"그런 말 말아요. 지금껏 받아 본 꽃다발 중에 이게 제일 으뜸인걸요."

소박한 칭찬에 꽃 같은 얼굴이 활짝 피었다. 노란 꽃이 담긴 투명한 유리잔에 기다란 대를 함께 꽂아 넣자 방 안이 한층 화사해졌다. 열린 창문 틈으로 산들산들 불어 들어온 바람이 방 구석구석 향기를 불어 넣어 정신을 산란하게 만들었다.

릴리스는 한참 동안 손끝으로 물잔을 어루만지다 아쉬운 기분으로 자리에서 일어섰다.

그녀는 침대 휘장 너머로 들어가 종일 입고 있던 두꺼운 드레스를 벗어 내렸다. 슬립 위에 가벼운 가운을 걸치고 나니 큰 짐을 던 듯 어깨가 한층 가벼워졌다.

"야래향은 보통 밤에 꽃을 피우곤 하지요. 그래서 스파티움에서는 이 야래향을 연인들의 꽃이라고 부르기도 합니다."

옷감이 스치는 소리를 묵묵히 듣고 있던 바이마르가 문득 입을 열었다. 릴리스는 허리끈을 단단히 조여 묶으며 흘금 뒤를 돌아보았다. 불투명한 장막 너머로 바이마르의 윤곽이 흐릿하게 일렁였다.

"무슨 특별한 의미라도 있나요?"

"……스파티움에서 연인에게 야래향을 선물하는 것은…… 그날 밤을 청한다는 의미와도 같지요."

불시에 들어온 말에 얼굴이 훅 달아올랐다. 천 한 겹을 사이에 두었다는 것이 믿기지 않을 만큼 선명한 목소리였다. 릴리스는 아무렇지 않은 척 떨리는 손으로 가운의 매듭을 마저 묶고는 휘장을 걷어 올리며 황급히 화제를 돌렸다.

"그…… 참, 그러고 보니 이번에는 동생도 함께 데려왔더군요. 도제 아이 말이에요."

휘장을 걷고 나올 때부터 물끄러미 그녀를 보고 있던 바이마르가 이내 작게 웃으며 고개를 주억였다. 그 반응을 보자 마치 속내를 전부 들킨 듯해 부끄러움이 배가되었다. 릴리스는 침착을 가장하기 위해 애썼다. 한두 번 살을 맞댄 것도 아닌데, 어째서인지 이럴 때면 여전히 심장이 튀어 나갈 것처럼 뛰어 곤혹스러웠다. 그녀는 손끝으로 이슬 맺힌 잔 주변을 둥글게 문지르며 목소리를 가다듬었다.

"다시 보니 전보다도 훨씬 어려 보이던걸요. 제 나이를 이른대도 믿기 힘들 거예요."

"못 먹고 자랐으니 그리 보일 법도 하지요. 분명 마마께서도……."

"네?"

뚝 말이 멎었다. 작아지는 목소리를 따라 귀를 쫑긋 세우던 릴리스는 조심스럽게 바이마르의 낯을 살폈다. 우뚝 선 바이마르는 마치, 물을 잘못 삼킨 사람처럼 난감한 표정이었다.

"아닙니다. 말이 헛나왔어요."

그러나 그도 잠시, 그는 자연스럽게 끊겼던 말을 맺었다. 여느 때와 같은 상냥한 목소리였다. 잘못 들었던가. 릴리스는 대수롭지 않게 그 반응을 넘기며 다시금 낮의 광경을 떠올렸다.

"동생을 챙기는 마음이 무척 애틋하더군요. 저는 동기가 없어 한 번도 그래 본 일이 없었다지만…… 반은 어땠었나요? 듣기로는 매일 형님 옷자락을 꼭 붙들고 다녔다던데."

"아니, 대체 누가 자꾸 그런 소릴 마마께 하는 겁니까?"

바이마르가 억울한 듯 미간을 한껏 모았다. 릴리스는 괜히 찔려 양어깨를 추어올렸다.

"고발자는 비밀이에요."

"괜찮습니다. 보나마나 시렌의 짓일 테지요. 어쨌든 생각하시는 그 정도까진 아니었을 겁니다. 뭐, 조금…… 귀찮게 굴던 기억은 있지만요."

혀를 차던 바이마르가 이내 피식 웃으며 콧잔등을 찡그렸다. 릴리스는 잠시 그대로 앉아 더 어렸을 체자레와 바이마르의 모습을 상상해 보았다. 골목을 돌아 나가던 낮의 두 소년처럼, 손을 꼭 붙잡고 서 있는 검은 머리의 우애 좋은 형제들.

요컨대 그것은 조금 낯선 풍경이었다.

정이란 것은 마치 바싹 마른 모래 같아서, 잡을라치면 언제나 요령 좋게 손아귀를 빠져나갔다. 예거라트는 상냥한 오라비였으나 늘 높은 벽 너머에 있는 듯했고, 선황제의 건조한 총애는 그의 죽음으로 인해 채 몇 년 가지도 못하고 아쉽게 끝이 났다.

그러니 가족의 정이란 기실 릴리스에게 있어 하늘과 땅의 거리만큼이나 멀게 느껴지는 이야기였다.

"역시 아이는 둘 이상이 좋겠네요. 서로 의지하며 살아갈 수 있을 테니까요."

그녀는 울적한 기분을 떨치려 부러 밝은 목소리를 냈다. 그러나 한참을 기다려도 바이마르에게서는 아무런 말이 없었다. 어째서인지 볼까지 발갛게 붉힌 채다. 그답지 않게 오래가는 침묵에 릴리스는 문득 불안해졌다. 방금까진 설렘으로 쿵쿵 뛰던 심장이 한순간 긴장으로 딱딱하게 굳어졌다.

무언가 잘못된 걸까. 그녀는 걱정스러운 마음으로 제 말을 곱씹다 그만 깜짝 놀라고 말았다. 이내 습관처럼 허겁지겁 변명이 따라붙었다.

"오, 오해하진 말아요. 절대 그런 걸 바란다는 뜻이 아니라."

순간 푸른 눈이 크게 뜨였다. 고개를 번쩍 쳐든 바이마르가 좀 전의 침묵을 모르는 사람처럼 빠르게 되물었다.

"그게 무슨…… 말씀이십니까?"

머릿속이 백지처럼 새하얘졌다. 그럴 리가 없음을 뻔히 알고 있으면서도, 예거라트의 시선이 밧줄처럼 목을 조여 오는 듯해 그녀는 저도 모르게 숨을 할딱거렸다. 목소리가 바들바들 떨려 나왔다.

"반, 반에게 부담을 주고 싶지는 않다는 뜻이에요. 아이라거나 그런…… 그런 건 걱정 말아요, 내가……."

"잠시, 잠시만 기다려 주십시오…… 마마."

바이마르는 드물게도 그녀의 말을 끊으며 한 손으로 평평한 탁자를 짚었다. 갑작스레 무게가 실리자 상판이 흔들리며 찻잔 받침이 달그락거리는 소리를 냈다.

릴리스는 고개를 아래로 바짝 수그렸다. 반쯤 남은 찻물이 찰랑이며 수면 위에 비친 푸른 눈이 조금씩 일그러지는 게 보였다.

이윽고, 바이마르가 마치 목이 졸린 사람처럼 중얼거렸다.

"그 말씀은 그러니까…… 혹 그동안 내내……."

그것은 단언컨대 처음 보는 표정이었다. 자괴감과 불신과 두려움과 그리고 이름 모를 다른 어떤 감정들.

그러나 그 반응은 예상치도, 심지어는 기대하지도 않았던 종류의 것이었다. 마치 무언가에 크게 실망한 사람처럼—

"반……?"

실망. 그 단어가 커다란 망치로 변해 뒤통수를 후려치는 듯했다. 그제야 그런 생각이 들었다.

어쩌면, 어쩌면 그는 아이를 원했을지도 몰라. 어쩌면 그랬을지도 몰라.

묵직한 돌덩이가 마음속으로 쿵 떨어져 내렸다. 릴리스는 차마 그를 마주 보지 못한 채로 그저 멍하니 입을 달싹거렸다. 그것만으로도 충분한 답이 되었는지 짧은 숨을 몇 번 내쉬던 바이마르가 자리에서 일어나 이내 한 손으로 얼굴을 가리며 그녀를 등졌다.

"잠시만 시간을 주십시오, 마마. 저는……."

떨리는 목소리가 귓전에 얹혔다. 릴리스는 한층 더 불안해져 손가락 끝을 손톱으로 꾹꾹 짓이겼다.

투둑투둑, 어느새 다시 쏟아지기 시작한 우박 소리가 혼란한 마음을 더욱 어지럽게 만들었다. 치솟는 불안감에 불쑥 토기가 느껴졌다. 그녀는 자괴감에 떠밀려 두 눈을 꾹 감았다.

아이를 생각하면 어쩔 수 없이 거북함이 먼저 일었다.

마치, 절대 넘어가서는 안 된다며 수백 번 못질해 막아 놓은 울타리 너머를 엿보고 있는 듯 불편한 기분이었다.

간신히 그 울타리를 넘어왔지만, 땅속 깊숙이 박혀 있는 선명한 흔적을 모른 체하기에는 학습된 세월이 너무나도 길어 쉽지 않았다.

습관적으로 차를 들이라 이르면서도 릴리스는 여러 가지 이유를 대며 스스로를 합리화했다. 전쟁 중이라, 혹은 처지가 떳떳하지 못하여. 틀린 말은 아니었으나 한편으론 구차한 변명일 뿐이었다. 바이마르에게는 단 한 번도 말해 본 적 없었던.

끔찍한 침묵이 이어졌다. 쇳물 끓듯 격렬하게 일렁거리던 새파란 눈동자는 이제 빗속의 갑옷처럼 차게 식어 있었다.

"저는 단 한 번도……."

바이마르가 말을 잇다 말고 숨을 훅 들이쉬었다. 그는 고통스러워 보이는 한편 무척 슬퍼 보이기도 했다. 릴리스는 자신이 그를 그렇게 만들었다는 사실에 무척 놀랐다. 그리고 그를 달래 줄 말을 찾지 못해 더 의기소침해졌다.

그는 정말 아이를 원하는 걸까? 내 아이를?

그렇다면 그녀가 한 짓은 도무지 용서받지 못할 일임에 틀림없었다. 릴리스는 거기까지 생각하다 입술을 깨물었다. 새하얘졌던 머릿속은 이제 빈 단지처럼 공허해져 아무것도 떠올릴 수가 없었다. 바이마르 역시 이번에야말로 분명 그녀에게 실망했을 것이다.

"왜…… 왜, 제게는 한 번도 말씀해 주시지 않았습니까?"

그리고 그는 정말 그런 듯 보였다. 릴리스는 다급히 일어섰다.

"말하려 했어요. 단지 지금은⋯⋯."

"아뇨, 이뿐만이 아닙니다!"

언성이 높아졌다. 이 역시 흔치 않은 일이다. 바이마르는 마치, 팔려 왔다는 생각에 사로잡혀 사방으로 날을 세우던 처음처럼 불안하고 혼란스러워 보였다.

"아이도, 어떤 것도, 마마께서는 먼저 말해 주는 법이 없으시지요. 물어 알게 되기 전까지는 저조차도 저 성 밖의 이들과 다르지 않아요. 저는 그 이유를 이해하지만, 그리고 그 모습조차 사랑스럽다고 생각하지만, 그럼에도 가끔은 혼란스럽습니다. 제가 정말 마마께 의미 있는 사람인지."

좁쌀만 한 우박이 후두두둑 창문을 때려 대었다. 갈라진 목소리가 그 사이에 섞여 들어 그녀의 마음 위로 와르르 쏟아졌다.

"아니면, 그저 떨쳐 내지 못해 곁에 두는 이일 뿐인지."

릴리스는 그 말의 무게에 짓눌렸다. 바이마르가 커다란 손으로 제 얼굴을 연거푸 쓸어내리다 기어코 눈가를 전부 가렸다.

투둑, 투둑. 떨어지는 우박 소리가 고요 위로 켜켜이 쌓여 불편한 긴장감을 자아냈다.

"저하, 안에 계십니까? 저하!"

시간이 얼마나 흘렀을까. 방 안을 메우던 규칙적인 소음을 다급한 발자국 소리가 흐트러뜨렸다. 잔뜩 경직되어 있던 분위기에 선명한 금이 두어 줄 그어졌다.

"급한 사안입니다. 길리안 영지에서 지원 요청이 들어왔어요!"

탕, 탕. 방문을 두들기는 소리가 차츰 커졌다. 석상처럼 꼿꼿하게 서 있던 바이마르가 피곤한 듯 얼굴을 문지르며 성큼성큼 방을 가로질렀다. 문고리가 요란한 소리를 내며 돌아갔다. 막 다시 문을 두들기려 했었던 듯, 한 손을 높이 쳐든 채 서 있던 루카스가 이윽고 오른손에 쥐고 있던 하얀 깃발을 허공에 대고 펄럭펄럭 흔들며 소리쳤다.

"보십시오, 저하! 서신과 함께 백기가 도착했습니다. 전령의 말을 듣자 하니 테바이 놈들이 이미 멋대로 안을 휘젓고 있는 모양이더군요."

"……테바이? 용병들인가?"

난데없는 항복 소식이 탐탁지 않았는지, 잠시 뒤 바이마르에게서 짧은 한숨이 흘러나왔다. 루카스가 고개를 끄덕였다.

"예, 그렇습니다. 혼란한 틈을 타 한몫들 챙기려는 모양입지요. 어쨌거나 되도록 빨리 가 보셔야…… 헌데 저하, 혹 싸우시기라도 하셨습니까? 어째 분위기가 영……."

문득, 신나게 말을 이어 가던 그가 수상한 낌새라도 눈치챈 사람처럼 조용한 방 안을 흘금거렸다. 슬금슬금 팔이 떨어지며 축 늘어진 백기가 바닥을 향했다.

바이마르는 곧장 루카스를 밀어 내곤 뒤돌아섰다. 달칵. 등 뒤에서 문이 닫히며 바깥의 소리가 둔탁하게 멀어졌다. 예기치 못했던 출정 소식이 가라앉은 분위기를 어색하게 환기했다.

"잠시…… 카리알을 떠나 있어야 할 듯합니다. 쉬고 계세요. 곧 돌아오겠습니다."

바이마르는 여전히 문간에 서 있었다. 릴리스는 가까스로 고개를 들어 올려 그를 바라보았다. '돌아오겠다'는 말에 유독 힘이 실린 것처럼 느껴지는 건 단지 그녀의 바람이 빚어낸 착각이었을까. 그러나 마주 본 바이마르는 무섭도록 굳은 낯으로 서 있을 뿐이었다.

"……잘 다녀와요."

그리고 빨리 와요. 릴리스는 차마 꺼내지 못한 인사를 목구멍 너머로 꿀꺽 삼켜 버렸다. 해 주고 싶은 말이 분명 아주아주 많았는데, 상처 입은 듯 침잠한 푸른 눈을 마주하자 거짓말처럼 모든 것이 휘발되었다. 알 수 없는 눈으로 그녀를 보던 바이마르는 한참 만에야 느릿한 걸음으로 방을 떠났다.

탁. 문 닫히는 소리가 유리창을 때리는 우박 소리에 묻혀 곧 사라졌다. 여전히 날이 궂었다.

＋✤＋

그날 자정, 백인대 두 부대가 새 점령지로 향하기 위해 바삐 카리알성을 떠났다. 충분히 기뻐할 법한 출정이었음에도, 바이마르는 시종일관 어두운 표정을 숨기지 못해 따르는 모두를 의아하게 만들었다.

그러나 예상치 못한 반응에 슬슬 눈치를 살피던 것도 잠시. 시렌은 병사들 사이에서 귀염둥이 막내 왕자가 부부 싸움을 했네, 안 했네를 두고 은화 한 닢짜리 내기가 성행하기 시작했다는 이야기에 그만 뒷목 대신 배를 감싸 쥔 채 뒤로 벌렁 넘어가고 말았다. 그간 잠잠했던 신경성 배탈이 도지고 만 것이다.

하도 화장실을 들락거려 주변에서 불만이 폭주했던 탓에 의무병은 결국 그에게 금식령을 내려야 했다. 공복 행군이라니. 최악 중의 최악이었다.

그리고 4일째 되던 날 아침. 기진맥진해 침낭 속에 얼굴을 파묻은 채 누워 있던 시렌의 머리 위로 기다란 그림자가 졌다.

"루카스 경, 여기가 천국입니까?"

길쭉한 막대기를 들고 비스듬히 서 있던 루카스가 서글서글하게 웃으며 그 물음에 답했다.

"아직은 아닙니다만, 이대로 계속 주무신다면 머잖아 그곳에 가실 것도 같습니다."

"거참 농담도."

픽. 김빠지는 웃음소리가 새어 나왔다. 루카스가 어깨를 으쓱하며 앞을 향해 턱짓했다.

"농담 아닙니다. 지금 경 머리 위에 뱀이 한 마리 떡하니 버티고 있거든요."

"무, 뭐요?"

"아, 움직이지 마십쇼. 공격당합니다. 천천히 일어나세요, 천천히."

시렌은 시키는 대로 느릿하게 몸을 일으키며 주변을 둘러보았다. 끝이 양쪽으로 갈라진 나무 막대로 뱀 대가리를 힘주어 누르고 있던 루카스가 그를 보며 개구지게 씩 웃었다. 알고 보니 그저 막대기를 들고 있었던 것이 아니라, 뱀을 잡고 있기 위한 일종의 방편이었던 모양이었다.

"히익!"

기겁한 시렌은 하얗게 질린 얼굴로 성급히 몸을 일으켰다. 방금 전의 충고는 홀랑 씹어 삼켜 버린 뒤다. 먹잇감이 움직이자 뒤따라 머리를 바짝 쳐든 뱀이 쉭쉭대며 혀를 날름거렸다. 때맞춰 막대를 거둬 낸 루카스가 솜씨 좋게 뱀 머리를 잡아채 인적 드문 숲속으로 던져 버리며 낄낄거렸다.

"출발해야 하니 얼른 일어나십쇼. 해가 중천입니다."

"무슨 말 같지도 않은……."

중천은커녕 이제 겨우 여명이 밝았다. 툴툴대며 그 점을 지적하자 루카스가 말없이 주변을 가리켰다. 시렌은 분주히 움직이는 기사들 틈에서 오직 그만이 팔자 좋게 바닥에 늘어져 있었다는 것을 뒤늦게 깨닫고 입을 닫쳤다.

무리는 완전히 동이 트기 전 다시 서둘러 출발했다. 시렌은 선두에 선 바이마르의 곁에서 속도를 맞추어 말을 몰았다. 어제도 잠을 설친 모양이다. 말 등 위에 곧게 앉은 조각 같은 얼굴이 어슴푸레한 빛 아래 유난히도 까칠해 보였다.

"좀 달래 보십쇼."

루카스가 물통을 건네는 척 다가와 속살거렸다. 짧은 순간 둘 사이에 공모의 시선이 오갔다. 그리고 잠시 뒤, 바로 뒷줄에 위치한 자신의 자리로 돌아간 루카스가 아무렇지도 않은 얼굴로 속도를 조금 늦추어 선두와 틈을 벌렸다.

"큼, 저하."

시렌은 그 틈을 놓치지 않고 제 말의 고삐를 당기며 흠흠 목을 가다듬었다. 그 바람에 두 마리 말의 주둥이가 거의 붙을 듯 가까워지자 바이마르의 말이 성가시다는 듯 푸르르 갈기를 털었다. 주인의 심사에 감응이라도 한 것인지, 평소보다 배는 격렬한 투레질이었다.

"크흠, 그러니까 그…… 저하."

투정을 끝내고 다시 얌전해진 말이 타각타각 규칙적인 소리를 내며 땅을 밟았다. 바이마르는 여전히 말이 없었고, 사위는 적당히 소란스러웠다.

시렌은 조심스레 말을 골랐다.

"그, 너무 그렇게 신경 쓰지 마십쇼. 평생 눈치만 보며 살아오신 분 아니십니까. 갑자기 아이라니 생경하실 만도 하지요. 저하를 꺼리셔서 그러신 것은 절대 아니라고 제가 감히 장담합니다."

암, 그렇고말고. 시렌은 말하면서도 스스로 확신에 차 고개를 주억였다. 심지어 이쪽은 내기 판을 벌일 필요조차 없을 만큼 승패가 확실하지 않은가. 꺼리다니. 둘 사이에 그처럼 어울리지 않는 말도 없을 것이다. 구태여 이유가 필요하다면야 차라리—

"……혹은 내가 아직 못 미더우신 걸지도."

문득 바이마르가 음울하게 뇌까렸다. 마침 비슷한 생각을 하고 있던 시렌은 찔끔한 표정으로 시선을 비꼈다.

"하, 하. 설마 그러시려고요."

다섯 살배기조차 거짓말이란 걸 알아차릴 듯한 목소리였다. 어색한 기류를 눈치챘는지, 등 뒤에서 루카스가 크흠! 소리를 내며 커다랗게 목을 가다듬었다. 다행히 바이마르는 다른 상념에 빠진 듯 골똘한 얼굴이었다.

"……아홉 살 때였던가. 형님과 몰래 궁을 빠져나간 적이 있었지. 다음 날 마몬에게 들켜 호되게 혼이 났지만."

"아, 그건 저도 들어 알고 있습죠."

실수가 묻혔음에 남몰래 안도한 시렌이 과장되게 맞장구치며 목소리를 높였다. 어느새 거리를 좁혀 온 루카스가 한심한 눈초리로 그를 쏘아보았다. 시렌은 그 기색을 모른 척하며, 느릿한 목소리를 따라 옛일을 되짚었다. 묵묵히 앞을 주시하던 수려한 얼굴 위로 희미한 그리움이 한 자락 드리워졌다.

"실은 좀 더 일찍 귀궁할 수도 있었어. 헌데 오는 길에 보니 광장에서 결혼식이 열리고 있지 않겠나. 그 광경이 어찌나 정다워 보이던지…… 나도 형님도 도무지 발길이 떨어지지를 않더란 말이야……."

바이마르는 분명 왕의 서자였으나, 기실 스파티움에서 그것은 크리 큰 문제가 아니었다. 아직 어렸던 막내 왕자를 정말로 고립시켰던 건 아비의 무관심과 어미의 부재였다.

비록 천출일지라도 살아 있었다면 그나마 나았으련만. 홀로 끙끙 앓다 죽어 간 여인의 무덤에 간혹이나마 꽃을 바치는 이는 그 손길을 기억하는 체자레가 유일했다.

"……."

시렌은 처음 바이마르와 마주했던 순간을 아직도 어제 일처럼 생생히 기억했다.

체자레에게 이끌려 억지로 궁 뒤편의 묘지를 찾았던 날, 꽃 한 송이 놓여 있지 않은 묘비 앞에 쪼그려 앉아 있던 자그마한 소년. 학습된 불신과 본능적인 갈구를 그대로 드러내던 사나운 눈빛이 장성한 사내의 얼굴 위로 천천히 겹쳐졌다.

"그 모습을 보며 다짐했었지. 언젠가 부인을 맞이해 내 가족을 꾸리게 된다면."

바이마르의 입가에 쓸쓸한 미소가 스몄다.

"……."

"그럴 기회가 온다면 결코 아버지처럼은 굴지 않을 것이라고 말이야."

"저하께서는 그러지 않으실 겁니다."

시렌은 주저 없이 단언했다.

"암요, 그러실 리 없습니다."

루카스가 덩달아 시렌을 거들었다. 그는 마치, 그 말에 제 목을 걸기라도 할 것처럼 결연한 얼굴을 하고 있었다.

두 사람을 빤히 보던 바이마르가 이윽고 긴 한숨을 토해 내며 다시 앞으로 시선을 돌렸다.

"그래, 난 그러지 않을 테지. 하지만 마마께선 그것만으로는 불충분하셨는지도 모르겠군."

바이마르는 이 말을 끝으로 입을 다물었다. 시렌도, 루카스도 이후로는 눈치 있게 말을 삼갔다. 그들은 침묵 속에서 말을 달렸다.

길리안은 카리알성에서 사나흘 정도 걸리는 위치에 떨어져 있는 퍽 자그마한 영지였다. 스파티움 전역으로 따진다면 최남단이라 보아야 할 위치다. 성 앞의 넓은 땅은 영지의 이름을 따 길리안 평원이라 불렸으나, 실제로는 풀보다 모래가 많아 언뜻 보면 다소 헐벗은 듯 황량한 느낌을 풍겼다.

일행은 바로 그 평원을 가로질러, 출병한 지 정확히 5일째가 되는 정오무렵 목적했던 성문 앞에 도착했다.

"어서 오십시오, 바이마르 저하."

문 앞에서 그들을 기다리고 있던 영주는 나이에 걸맞지 않게 백발이 성성한 중년이었다. 선두에 선 바이마르를 발견한 그가 공손히 허리를 굽히며 인사를 올렸다. 성벽 위에는 보란 듯이 커다란 백기가 휘날리고 있었다.

"들어가시지요."

영주의 손짓 한 번에 낡은 성문이 스르륵 입을 벌렸다. 무혈입성에 흥분할 법도 했으나 병사들은 절도 있게 열을 맞추어 열린 문을 통과했다.

호기심 어린 시선들이 부서진 집기들로 가득한 마을을 한차례 훑었다. 남루한 행색으로 길을 거닐던 사람들이 번쩍이는 갑옷을 보곤 소스라치게 놀라며 집 안으로 다급히 뛰어 들어갔다.

영주가 멋쩍게 웃으며 그 광경을 변명했다.

"최근 징병이 있어 대부분의 기사들이 수도로 차출되었습니다. 가뜩이나 수가 적어 걱정인 마당에, 그마저도 떠나보내고 나니 일손이 턱없이 부족하더군요. 습격을 당해도, 집이 부서져도 보수가 어려운 상황이라 분위기가 썩 좋지만은 않습니다."

바이마르는 고개를 기울였다.

"습격이라면 테바이 용병들을 이르는 것인가?"

"예, 게다가 아시다시피 이곳은 메트로에서도 한참 멀리 떨어진 곳이라…… 지원 요청을 해 보았자 답이 잘 돌아오지 않습니다. 인구수도 적으니 어쩔 수 없는 일이겠지요. 일단은 남은 인원들로 순찰을 돌리고 있습니다만……."

영주가 말끝을 흐리며 고개를 떨구었다. 바이마르는 곳곳에 배치된 병사들이 눈을 부라리며 주변을 경계하는 모습을 주의 깊게 살폈다. 그를 따라 사방을 둘러보던 루카스가 눈썹을 추켜세우며 보일 듯 말 듯 고개를 끄덕였다.

잠시 시선을 교환하던 두 사람은 이내 덤덤한 표정으로 돌아가 일행의 속도에 보조를 맞추었다. 바이마르보다 반걸음쯤 뒤처져 가던 시렌은 훅 풍기는 악취에 눈살을 찌푸리며 코를 막았다. 바닥에 쓰러져 있는 노인에게서 쿰쿰한 냄새가 새어 나오고 있었던 탓이다. 호위를 시켜 그를 가까운 집 안으로 들이게 한 영주가 몇 번 헛기침을 하더니 말을 이었다.

"크흠…… 부끄럽습니다만, 상황이 이렇다 보니 당장 도움을 주실 수 있는 저하께 몸을 의탁하게 되었습니다. 어쨌든 남은 목숨들을 잘 유지하는 게 가장 중한 일이 아니겠습니까."

바이마르는 아무 말도 하지 않았다. 딱히 답을 기대한 것이 아니었던지, 영주도 이후로는 별말 없이 걸음을 재촉하여 일행을 안내했다.

중간에서 말을 갈아타며 얼마간 더 나아가자 이윽고 눈앞에 돌로 쌓은 높다란 담벼락이 나타났다. 느긋하게 성을 순찰하던 위병들이 난데없는 부대의 등장에 티 나게 흘금대며 그들을 살폈다. 어떻게 보아도 호의적인 분위기는 아니었으나, 스파티움 기사 중 누구도 그 눈길에 답을 주지 않자 기세는 곧 수그러들었다.

"우선은 이리로 드시지요. 변변찮게나마 식사를 준비해 두었습니다. 밖에 있는 이들을 위해서는 따로 지시를 내려 두도록 하지요."

그들은 곧 커다란 식당으로 안내되었다. 전부 안으로 들어갈 수는 없어 바이마르를 위시한 기사들과 50명의 보병만이 영주를 뒤따랐다.

변방이라지만 한때는 부유했던 것을 증명이라도 하듯, 홀만큼이나 널찍한 공간 안에 서른 명이 앉아도 충분할 듯해 보이는 커다란 식탁이 놓여 있었다. 식기가 담긴 쟁반을 바삐 나르던 사용인들이 그들을 발견하곤 화들짝 놀라며 고개를 떨구었다.

바이마르는 어색한 분위기를 무시하며 뚜벅뚜벅 걸어가 식당의 한복판에 섰다.

식탁 위에 놓인 커다란 바구니 안에는 딱딱해 보이는 검은 빵이 가득 담겨 있었다. 장식 없는 미색의 커다란 접시에는 말라 빠진 새 요리가 제법 수북이 쌓여 있었고, 묽은 포도주가 중간중간 보이는 길쭉한 유리병에 한가득 채워진 채 사람의 손길을 기다렸다.

제법 구색을 갖춘 모양새이기는 했으나, 영주의 말대로 대접이라기에는 변변찮은 음식들인 것도 맞았다.

마음껏 드시라는 영주의 권유가 떨어지기 무섭게 굶주린 병사들이 개떼처럼 음식 앞으로 달려들었다. 바이마르는 삽시간에 소란해진 식탁에서 두어 발짝 물러났다.

"이쪽으로 가시지요. 따로 상을 봐 두었습니다."

바이마르의 반보쯤 앞에 서 있던 영주가 시선 끝에 닿는 문을 가리키며 말했다. 기세 좋게 타오르는 횃불 몇 개가 반쯤 열려 있는 문 너머의 복도를 희미하게 비추고 있었다. 어두컴컴해 확인이 쉽지는 않았으나, 곳곳이 낡아 있는 것을 보니 손보지 못한 지 꽤 오래된 모양이었다.

영주를 따라 식당을 가로지르던 바이마르는 문 앞까지 대략 다섯 걸음쯤을 남겨 놓았을 즈음, 제자리에 우뚝 멈춰 선 채로 검집 위에 손을 올렸다.

"테바이의 귀족인가?"

그는 다소 무심하게 물었다. 영주가 당황한 듯 말을 더듬으며 바이마르를 돌아보았다.

"무, 무슨 말씀이신지……."

"어허, 변명은 그쯤에서 그만두시고."

지척에 서 있던 루카스가 빈정대며 검을 뽑았다. 스르릉! 섬뜩한 소리가 울림과 동시에 다소 느슨했던 분위기가 처음처럼 팽팽해졌다. 바이마르가 한 걸음 물러서며 남자와의 거리를 벌리자 기다렸다는 듯 뒤편에서 왁자한 소리가 터져 나왔다.

"거참, 며칠 만에 목 좀 제대로 축이려나 싶었는데…… 꼬라지가 하나같이 의심스러우니 마음 놓고 뭘 먹을 수가 있겠습니까? 거 손님 대접 좀 제대로 합시다, 예?"

식탁 가장자리에 서 있던 스쿼드가 투덜거리며 망토를 벗어 던졌다. 퉤! 하며 씹던 것을 뱉어 버린 그를 따라, 기사들이 저마다 요란하게 입 속을 비우며 허리춤에 매달아 두었던 물통 뚜껑을 땄다.

더럽기 짝이 없는 광경에 루카스가 눈살을 찌푸리며 그들을 나무랐다.

"멍청한 놈들. 어차피 뱉을 거 참 많이도 먹었다."

"아니, 눈이 절로 돌아가는 걸 어쩝니까…… 그러니까 저하, 빨리 처리하고 점심 먹으면 안 됩니까? 종일 걸었더니 뱃가죽이 등에 들러붙을 지경이란 말입니다요."

기사들이 징징거리며 저마다 한마디씩 보태기 시작하자 사위가 삽시간에 소란해졌다. 루카스가 질린다는 듯 두 손으로 귀를 막고 있는 사이, 영주로 가장하고 있던 남자가 썩은 벌레 씹은 표정으로 몇 걸음 물러서며 뒤를 향해 눈짓했다.

챙, 쨍그랑! 곧이어 요란한 소리가 귀를 쟁쟁 울렸다. 사용인 복장을 벗어 던진 용병들이 무기를 꼬나 쥔 채 둥근 원을 만들어 남자를 호위하듯 둘러쌌다.

스파티움 기사들도 그에 응수하듯 일제히 경계 태세를 취했다. 누구도 먼저 입을 열지 않는 가운데, 기름 먹인 천이 타들어 가는 소리만이 식당 안을 음산하게 떠돌았다.

"거참. 설마하니 이렇게 빨리 들킬 줄은 몰랐는데 말이오. 대체 어떻게 아셨소이까?"

결국 먼저 운을 뗀 것은 백발의 가짜 영주였다. 더 이상의 가장이 의미 없으리라는 것을 깨달은 것인지, 남자가 구부정하게 굽히고 있던 몸을 곧게 펴며 주먹으로 허리를 퉁퉁 두들겼다.

"……기사들 갑옷이 죄다 새것이더군."

"아하."

"테바이 왕이 약탈에 대한 대가로 무기를 하사하지는 않았을 테고."

'안쪽에 서른, 바깥에 열다섯입니다, 저하.' 루카스가 속삭였다. 바이마르는 그 목소리를 무심히 흘려듣는 척하며 말을 이었다.

"게다가 하필 사용인이랍시고 들인 이들이 죄다 피 내음 나는 것들이니, 이래서야 도리어 의심해 달라고 부탁하는 모양새가 아닌가."

'역시 그렇습니까.' 남자가 홀로 중얼대며 고개를 주억였다. 그러나 언뜻 평온해 보이는 이 순간에도 용병들의 수는 속속 불어나는 중이었다. 서른은커녕 족히 오십은 넘을 듯한 수에 스쿼드가 힐난하듯 루카스를 쏘아보았다. 큼, 흠. 루카스가 머쓱한 표정으로 왼쪽 볼을 긁적이며 어깨를 늘어뜨렸다.

"이거야 원. 그래도 한두 달간은 재미깨나 보았는데 말입죠. 너무 욕심을 부렸나……."

그 모습을 보고 있던 남자가 킬킬 웃으며 양 손바닥을 거칠게 비볐다. 그사이 새로 투입된 용병들이 식탁을 둥글게 둘러싸며 포위망을 좁혀 왔다.

바이마르는 눈을 가늘게 뜬 채 남자가 뽑아 든 생경한 모양의 무기를 살폈다. 둥글게 휘어진 뭉툭한 검날 위에 곡선 무늬가 흐릿하게 새겨져 있는 것이 보였다.

'누군가의 사주인가? 아니면 정말로 도적질인가.'

후자라면 차라리 다행일 것이나 전자의 경우라면 일이 다소 복잡해진다. 필시 내부의 적과 연이 닿아 있으리라. 용병들은 정해진 주인이 없으니, 아테라의 간섭도 배제할 수 없는 경우의 수였다.

"……."

아테라. 그 이름을 떠올리자 자연스레 생각의 흐름이 한곳으로 흘렀다. 낙심한 듯 처지던 어깨. 그를 배웅하던 힘없는 목소리가 불쑥 떠올라 자꾸만 환청처럼 귓가를 어지럽혔다.

속이 많이 상했을 텐데. 그렇게 화를 내는 것이 아니었는데.

생각할수록 스스로가 치졸한 사람처럼 느껴져 짜증이 났다. 바이마르는 뽑아낸 검을 아래로 내려 뾰족한 끝으로 바닥을 짚었다.

"서신대로 항복한다면 더 이상의 죄는 묻지 않겠다."

던지듯 내뱉은 말에 커다란 웃음소리가 그를 비웃듯이 터져 나왔다.

"하하하! 헛소리도 참 대단히 풍년이시군. 스파티움의 새로운 왕께서 친히 우리를 족치겠다고 선포하신 것을 모르는 이가 없는데 말이오. 헌데 이제 와 그 왕의 핏줄께서 이런 관대함을 보여 주시니 참 몸 둘 바를 모르겠소이다."

묵묵히 그 말을 인내하던 바이마르는 잠시 뒤 선선히 고개를 끄덕였다.

"그럼 끝이군."

짧은 답에 남자가 두 눈을 치켜떴다. 제가 거절해 놓고도 퍽 당황스러워하는 낯이었다. 기사들마저 얼떨떨한 얼굴로 서로를 마주 보는 가운데 여태껏 쥐 죽은 듯 있던 시렌이 볼을 긁적이며 바이마르에게 물었다.

"저기 저하, 진짜 끝입니까? 이대로 쳐요?"

"그래."

바이마르가 입술을 실룩이며 답했다. 허. 그와 동시에 루카스의 입에서 헛웃음이 새어 나왔다.

그도 그럴 것이, 그는 저 표정을 이미 본 적이 있었다. 어릴 적 듣기 싫은 수업을 억지로 들어야 했을 때, 먹기 싫어 몰래 골라낸 콩을 체자레가 보는 앞에서 죄다 먹어 치워야 했을 때 등등.

한마디로, 지금 바이마르의 심기가 매우 불편하다는 뜻이었다.

어련하실까. 속으로 뇌까린 루카스가 바싹 긴장한 용병들 사이를 뚫어 내며 먼저 검을 내질렀다. 그것을 시작으로 기사들과 용병들이 사방을 구르며 한데 엉겨 붙어 싸워 대기 시작했다. 식탁이 엎어지고 깨진 그릇들이 바닥을 나뒹굴었다. 쏟아진 포도주가 옷과 바닥을 피처럼 붉게 적셨다.

한편, 혼란을 틈타 식당 밖으로 빠져나가려던 시렌은 그를 지나쳐 뛰어가는 커다란 덩치에 깜짝 놀라 엉덩방아를 찧고 말았다. 덥수룩하게 수염을 기른 용병 하나가 반쯤 열려 있던 복도로 통하는 문을 잽싸게 닫아걸고는 그 앞에 서서 방망이를 붕붕 휘둘렀다. 제 몸으로 퇴로를 차단한 모양새를 보아하니 아예 도망갈 생각조차 없는 듯했다.

"젠장! 저건 또 뭐랍니까."

시렌이 투덜거리며 일어나 내키지 않는 얼굴로 허리춤의 검을 빼어 들었다. 평생을 문관으로 살아왔지만, 그 역시 서임받은 기사이기는 했던 것이다.

그렇게 싸우길 한참. 수적으로 열세에 몰린 스파티움 기사들의 얼굴에 슬슬 지친 기색이 나타나기 시작했다. 기술이라면 또 모를까, 도적질로 생계를 꾸려 가는 용병들의 체력 또한 결코 만만한 수준은 아니었으니 이대로라면 승리는 분명 테바이의 몫이 될 것이 분명해 보였다.

'이상한데……'

그러나 오랜 기간 갈고닦아 온 감이란 것도 절대 무시할 만한 게 못 되었다.

용병들의 보호를 받고 있던 남자는 한 걸음 물러서며 주변을 둘러보았다. 어쩐지 스산한 기분이 든다. 걱정할 것이라곤 조금도 없어 보였음에도, 이상한 위화감에 자꾸만 가슴이 쿵쿵 뛰었다.

그때 지척에서 둔탁한 소리가 들려왔다. 아까부터 미묘하게 기분이 나빠 보이던 스파티움 왕자가 자신에게 덤벼드는 용병의 머리통을 자비 없이 박살 내고는 그를 똑바로 마주 보았다. 그리고 잠시 그 새파란 눈에 시선을 빼앗겼던 남자의 시야에 곧바로 아주 미심쩍은 광경이 들어찼다.

눈에 익은 갈색 머리 사내가 품속을 뒤져 뿔 모양의 피리를 꺼내 들었다. 손바닥만 한 뿔피리를 입에 문 그가 뾰족한 입구 안으로 다급히 숨을 불어 넣었다. 뿌우우, 뿌우우우— 요란한 소리와 함께 날붙이가 부딪치던 소리가 뚝 멎었다.

'아뿔싸.'

불쑥 의심이 솟구침과 거의 동시에, 머릿속이 횃불을 켠 듯 환하게 밝아졌다.

"젠장! 다들 밖으로 나가라! 협공이다!"

현명한 판단이었으나 이미 한참 늦은 깨달음이기도 했다.

쾅. 남자의 외침을 비웃듯 육중한 소리를 내며 식당 문이 떨어져 나갔다. 더 있을 리 없을 것이라 생각했던 스파티움 병사들이 밀물처럼 밀려들며 식당 안을 가득 메웠다. 기병대가 둘, 보병은 그보다도 훨씬 많은 숫자였다. 항복 서신을 액면 그대로 믿을 거라 생각한 것이 패착이었다.

쾌득. 잠시 정신을 팔고 있는 사이 무언가가 그의 팔을 거세게 내리쳤다. 반사적으로 몸을 빼내어 그것을 쳐 내는 동안 다시 반대쪽에서 엇비슷한 공격이 들어왔다. 낭패감에 입술을 꽉 깨문 순간 목덜미에 차가운 철의 감촉이 느껴졌다. 어느 틈에 다가온 왕자가 서늘한 얼굴로 그를 내려다보고 있었다.

"저하! 방금 받은 서신입니다. 체자레 전하께서……."

전령이 도착한 것은 바로 그 순간이었다.

누군가 그의 뒷무릎을 가차 없이 걷어찼다. 바닥으로 훅 떨어진 시야에 바쁘게 뛰어오는 한 쌍의 발이 잡혔다. 철갑옷이 흔들리며 요란한 소리를 사방에 흩뿌렸다. 길을 비켜 주는 이들 사이를 지나 숨을 몰아쉬며 달려온 기사가 바이마르의 앞에 한쪽 무릎을 꿇고 앉은 뒤 품속을 뒤적였다.

"이게……."

인장을 뜯어내고 서신을 펼쳐 든 바이마르의 낯빛이 눈에 띄게 굳어졌다. 급격히 어두워진 지휘관의 표정에 병사들이 웅성대며 눈치를 살폈다. 조심스럽게 자리를 옮긴 루카스가 바이마르를 그들의 시야에서 가렸다.

"저하? 왜 그러십니까?"

파사삭. 대답 없이 뒤돌아선 바이마르의 손안에서 얇은 종이가 형편없이 구겨졌다. 그리고 그보다 더 일그러진 얼굴을 한 바이마르가 서신을 던지듯 시렌에게 넘기며 다시 남자를 내려다보았다.

"위로."

남자는 바이마르의 턱짓 한 번에 짐짝처럼 위층으로 끌려 올라갔다. 시렌은 병사들을 나눠 단단히 보초를 세워 놓은 뒤, 루카스와 함께 계단을 올라 한적한 복도로 들어섰다.

"용병들 사이에서 떠도는 이야기가 있나?"

바이마르는 남자와 한 뼘 간격을 둔 채로 서 있었다. 오랜만에 보는 무시무시한 기세였다.

대답이 늦어지자 곁에 서 있던 기사가 거침없이 검집으로 남자의 어깨를 내리쳤다. 어찌나 힘이 센지 멀쩡하던 어깨가 그대로 탈구된 듯 오른팔이 아래로 축 늘어졌다. 시렌은 저도 모르게 눈살을 찌푸리며 한 걸음 물러섰다.

그리고 다시 검집이 날아들기 직전, 비굴한 표정으로 몸을 들썩이던 남자가 천천히 고개를 쳐들며 바싹 마른 입술을 뗐다.

"극…… 글쎄, 무슨 소린지 도통 모르겠소만."

"내…… 아내에 관한 것 말이다."

'아내'를 언급하는 바이마르의 얼굴이 처참히 일그러졌다.

"아하."

끙끙 앓는 소리를 내며 몸을 뒤틀던 남자가 퉤, 피 묻은 침을 바닥에 뱉어 내곤 이를 드러내며 히죽 웃었다.

"그 가짜 이야기 말이오?"

"이봐, 언행을 조심해."

칼끝이 목울대를 쿡 찌르고 들어갔다. 손속에 자비가 없어 피가 주르륵 흘러내렸음에도 남자는 별다른 감흥이 없는 얼굴이었다. 도리어 다시 침을 퉤 뱉는 태연한 태도에 욱한 루카스가 솔러렛으로 남자의 옆구리를 걷어찼다.

망가진 어깨 때문에 일어나지 못하고 바르작거리던 남자가 쓰러진 채 킬킬대며 눈을 한껏 치켜떴다.

"어차피 다 들킨 마당에 무얼 그러십니까. 왕자 둘이서 나라를 팔아먹게 생겼다는 소문이 이미 테바이까지 파다한뎁쇼. 거참 그 황녀님도 대단하시지. 두 나라를 양손에 쥐고 흔들어 대는 꼴이 아닙니까. 대체 어떻게 생겨 먹었길래 이런…… 큭!"

가슴팍을 향해 날아든 발길질에 남자의 말이 끊겼다. 시렌은 싸늘한 표정으로 기다란 옷자락을 탈탈 털었다. 몸 쓰는 일이라면 질색하는 샌님의 돌발 행동이 만족스러웠는지 루카스가 휘익, 작게 휘파람을 불었다.

"저 밖의 기사들은 이 사실을 알고나 있는지…… 하하…… 큭, 커헉!"

그러나 남자는 여전히 입을 다물 생각이 없는 모양이었다.

그때였다. 한 발 앞으로 나선 바이마르가 제멋대로 지껄이던 남자의 입 주위를 한 손으로 꽉 움켜쥐었다. 난데없이 숨통이 막힌 남자가 크, 컥, 헐떡이는 소리를 내며 다리를 바르작댔다.

'싫다.'

바이마르는 무심한 눈으로 그 모습을 내려다보며 손아귀에 한껏 힘을 주었다. 이자의 입에 그녀가 오르는 것이 싫다. 타인의 모욕에 다시 짓눌리게 두는 것이 싫다.

그러나 그를 더욱 참을 수 없게 만드는 것은, 남자가 나열하는 저열한 소문들이 단지 의미 없는 허풍만은 아니라는 사실이었다.

"루카스."

"예, 예."

바이마르는 남자를 등지며 거칠게 팔을 털었다. 콜록, 콜록! 남자가 벌게진 얼굴로 목을 부여잡고 바닥을 뒹굴었다.

잽싸게 남자의 목덜미를 잡아챈 루카스가 그를 반대 방향으로 질질 끌고 가기 시작했다. 축 늘어진 다리가 돌바닥에 득득 긁히며 자잘한 생채기를 냈다.

통증에 몸부림치던 남자가 문득 피 묻은 이를 드러내며 히죽 웃었다.

"아, 등 뒤를 조심하는 게 좋을 거외다. 왕자 저하!"

선심 쓴다는 듯, 짐짓 쾌활함을 꾸며 낸 목소리가 어두컴컴한 복도에 메아리쳤다. 바이마르는 잠시 멈칫했으나, 결코 걸음을 멈추지 않았다.

❖ ❀ ❖

볕 좋은 날이었다.

황량했던 정원은 그간의 노력으로 제법 꽃밭다운 구색을 갖추었고, 시원한 바람에 나뭇가지가 사방으로 흔들리며 곳곳에 명랑하게 활기를 불어넣었다. 보고 있노라면 가슴까지 뻥 뚫리는 광경이라 릴리스는 요사이 자주 침실에 난 커다란 창 근처에 앉아 정오의 볕을 즐기곤 했다.

그러나 오늘만큼은 아름다운 풍경조차 심란한 마음을 달래 주지 못했다. 울적한 기색을 눈치챘는지 아침 시중을 들던 노라가 쟁반을 챙겨 들며 조심히 물음을 던졌다.

"마마, 혹 무슨 걱정거리라도 있으신지요?"

노라는 릴리스가 카리알에 와 제 손으로 처음 뽑은 성의 사용인이었다. 릴리스는 창 너머에 시선을 고정한 채 물음을 되돌렸다.

"노라, 노라는 아이가 있지?"

예상치 못했던 화제에 당황한 노라가 어설프게 고개를 끄덕였다.

"예? 예, 그렇지요. 아직 어린 아들이 하나 있답니다."

통통한 볼과 화사한 금발을 가진 그녀의 아들 이름은 조셉이었다.

조합장인 셀번의 먼 친척이기도 한 노라의 남편은 귀화한 아테라인으로, 먹고살 길을 찾아 상단 행렬을 따라왔다가 노라를 만나 가정을 꾸린 정착민이었다. 작은 항구도시에서 태어나 평생 고기잡이배를 탔지만, 풍랑에 휩쓸려 아비가 죽고 난 뒤에는 이렇다 할 직업 없이 사방을 떠돌며 살았다고 했다.

릴리스는 얼핏 스치듯 보았던 그의 얼굴을 떠올리며 아이의 모습을 상상해 보려 애썼다.

"있지, 노라. 아이가 있다는 건…… 어떤 느낌이야?"

노라는 이번에야말로 눈에 띄게 놀란 얼굴이었다. 빈 접시들을 포개어 정리하던 그녀가 일손을 멈추고는 잠시 생각하다 답했다.

"글쎄요. 제게는 선물 같은 존재지요. 남편과의 사이를 이어 주는 끈 같기도 하고, 또 가끔은 무척 신기하기도 하구요."

"신기하다고?"

"그럼요. 이 작은 배 속에서 사람 하나를 키워 냈으니…… 실은 아직도 가끔은 믿기지 않는답니다."

"그래……."

릴리스는 자신의 납작한 배를 한 손으로 꾹 눌러 보았다.

"그럼, 노라."

그러곤 막 다시 입을 열었을 때였다.

"릴리스? 들어가도 될까요?"

똑똑. 경쾌한 노크 소리가 말소리 사이로 끼어들었다. 괜찮다 전하기 무섭게 벌컥 문이 열렸다. 살로메였다.

"저는 이만 나가 보겠습니다."

노라가 눈치 빠르게 자리를 피하자 방 안에는 두 사람만이 남게 되었다. 어색하지 않은 침묵이 흐르는 가운데, 살로메가 찻주전자 안에 찻잎을 능숙하게 털어 넣으며 마들렌을 조각냈다.

물어도 될까.

향긋한 차향에 마음이 풀려서일까. 불쑥 그런 충동이 일었다. 릴리스는 배 위에 어설프게 얹은 손을 떼어 내었다가, 주먹을 꼭 쥐었다가, 그 손으로 다시 곁에 앉은 살로메의 팔뚝을 슬쩍 건드려 보았다.

정말 괜찮으려나. 찰나 망설임이 스쳐 지나갔으나 결국 승리한 것은 이성이 아닌 감성이었다.

"저. 살로메."

"응? 왜 그래요?"

살로메가 찻주전자를 들어 올리며 대답했다. 잘 우러난 찻물에서는 조금 달콤하고 쌉싸래한 향이 났다.

"그…… 살로메는……."

릴리스는 검지로 코끝을 긁적였다. 이런 이야기를 나눈다는 것 자체가 몹시도 부끄러운 일처럼 여겨졌던 탓이다. 친하게 지내는 또래 영애들이라도 있었다면 모를까. 흔한 연애 상담조차 해 본 적 없던 그녀에겐 모든 것이 새롭고 또 그만큼 어려웠다.

"저, 그러니까…… 아이 말인데요……."

그러나 어찌 되었건 이미 엎질러진 물이었다. 눈을 감고 단번에 남은 말을 끄집어내자, 아니나 다를까 살로메가 놀란 목소리로 되물었다.

"아이요?"

"네, 아이. 아, 그러니까……."

"세상에, 바이마르가 아이를 원한다던가요? 그 어린애가?"

차를 따르던 살로메의 손이 일순 눈에 띄게 흔들렸다. 말이 채 끝나기도 전에 벌떡 일어선 그녀가 눈살을 찌푸리며 팔짱을 꼈다.

역시 곤란한 질문이었을까. 그 격한 반응을 보며 릴리스는 불과 몇 초 전의 행동을 후회했다. 사람과의 관계가 서투른 자신이다. 이런 것을 묻기에는 조금 어색한 사이였을지도 모르겠다는 걱정이 뒤늦게야 들었다.

미안하다고 말해야 할까? 아니면 그냥 모른 척을 해야 하나. 갈피를 잡지 못하고 허둥대는 동안 다시 차분한 태도로 돌아온 살로메가 도로 자리를 찾아 앉으며 투덜거렸다.

"이런. 미안해요, 릴리스. 너무 놀라는 바람에 그만. 하지만 그 어린애가 부모가 된다니 너무 이상하잖아요? 세상에나 맙소사! 그 애는 이제 고작 성년을 넘겼다구요!"

다행스럽게도, 살로메의 반응은 릴리스의 예상과는 궤를 조금 달리하는 모양새였다. 릴리스는 이어진 말에 걱정도 잊은 채 퍼뜩 놀라 그녀의 말을 부인했다.

"부모라뇨! 그런 게 아니니 오해 말아요."

"네? 그럼요?"

티끌 없는 고동색 눈동자가 집요하리만치 그녀를 빤히 응시해 왔다. 릴리스는 답을 재촉하는 시선을 피해 고개를 조금 숙였다.

그리고 이내, 두서없는 이야기가 어물어물 이어졌다.

아테라에서부터 시작된 여정은 스파티움과 카리알을 거쳐 메트로의 황녀궁에서 끝을 맺었다. 분명 수치스러울 것이라 생각했지만 어째서인지 전부 털어놓고 나니 묵은 때를 벗긴 듯 마음이 가벼워졌다. 릴리스는 어색한 기분으로 코끝을 긁적였다.

"그간 마음고생이 많았겠어요."

한동안 말이 없던 살로메가 조심히 운을 떼며 릴리스를 바라보았다. 비슷한 크기의, 그렇지만 조금 거친 손바닥이 위로하듯 손등을 푹 덮어 왔다.

릴리스는 흠칫 놀라 손을 빼려다, 그 행동이 대단한 무례임을 뒤늦게 깨닫고 천천히 몸의 긴장을 풀어냈다.

그것은 바이마르나, 와트만에게서 받던 위로와는 자못 다른 느낌이었다. 닿아 있는 살갗 너머에서부터 따뜻한 온기가 전해져 왔다. 동경하던 여자. 또래의 친구와 처음 나누어 보는 감정의 교류였다.

그러니까 이를 테면, 그것은 설탕을 크게 부풀린 달콤한 솜사탕 같은 느낌이었다. 든든한 품이나 나지막한 목소리보다 훨씬 부드럽고 몽글몽글한. 털어놓는 것만으로도 모든 게 잘될 것만 같은 대책 없는 낙관이 마음속을 휩쓸었다. 그리고 순간, 무언가 뜨거운 것이 울컥 가슴을 치받아 눈시울이 뜨끈해졌다.

"괜찮아요, 이제는 반도 있고, 그리고 살로메도……."

이렇게 말하는 것이 맞겠지. 불쑥 머리를 들이미는 걱정에 목소리가 조금 떨렸다. 괜찮다는 듯 손등을 토닥이던 살로메가 다음 순간 문득 생각난 듯 그녀를 물끄러미 응시해 왔다.

"그……런데 릴리스, 혹시나 말이에요. 바이마르가 혼자 나서서 아이를 갖자고 한 건 아니겠지요? 릴리스가 원하지 않았는데도?"

아까와 달리 자못 험악한 기세였다. 그렇다는 대답이 나온다면 당장에라도 바이마르를 쥐어 팰 생각인 듯싶었다. 릴리스는 서둘러 고개를 내저었다. 푹, 안도의 한숨이 샜다.

"다행이네요. 후사는 중요한 문제잖아요? 두 사람이 합심해 의견을 나누어야 할 일이니…… 혹 그랬다면 당장에 체자레에게 일러 버리려 했지요."

같은 말로, 이는 분명 그녀 홀로 결정할 만한 문제 역시 아니라는 뜻이었다. 릴리스는 새삼 자신이 저지른 일에 바이마르가 얼마나 상처 입었을지를 떠올리곤 한층 더 침울해졌다.

타인을 믿지 못하는 것과 바이마르를 신뢰하는 것.

전자는 쉽지만 후자는 어렵다. 평생 홀로 삼켜 오던 것들을 갑자기 뱉으려니 말 못 하는 이처럼 목구멍이 꽉 막혔다.

릴리스는 다시 납작한 제 배를 쓸어 보았다. 예거라트의 귀애를 의심하지 않았던 그 시절조차 의식적으로 삶에서 아이를 배제하지 않았던가. 은연중 길들여진 그 세월이 궁을 떠난 지금에 와서까지 그녀의 발목을 사슬처럼 죄고 있었다.

그러나 릴리스는 이제 그에 대한 부끄러움이나 억울함 따위에는 아무런 관심도 흥미도 없었다. 오로지 방을 나서던 바이마르의 침잠한 표정만이 자꾸만 마음에 걸려 속이 상했다. 간신히 돌아왔던 입맛마저 그 탓에 뚝 떨어져 최근에는 끼니를 거르는 일도 잦았다.

"뭐, 그렇지만 실은 체자레도 썩 다르지 않아요. 안정된 상태를 추구하다 보니 늘 나를 눈 안에 두지 못해 안달이고…… 우스운 일이죠. 어쩜 형제 둘이 이런 것까지 꼭 닮아서는……."

살로메가 그녀의 눈치를 보듯 말끝을 흐렸다. 릴리스는 그녀의 마음을 이해했다. 화목하지 못한 스파티움 왕가에 대한 이야기는 이미 열 살 난 아이조차 다 알 만큼 소문이 파다했으니, 체자레 역시 분명 그것에서 자유로울 수는 없었을 것이다.

두 사람은 한동안 아무 말도 하지 않았다.

잠시 후, 헛기침으로 목을 가다듬은 살로메가 비로소 진지한 눈빛이 되어 방문 목적을 꺼내 놓았다.

"그보다 릴리스, 아침에 들어온 새 전언이 있어요."

"전언이요?"

혹 기다리던 소식일까 싶어 만면에 절로 화색이 돌았다. 그 기색을 눈치챘는지, 살로메가 다소 미안한 표정으로 어설프게 고개를 끄덕였다.

"네, 전언이요. 아쉽게도 바이마르가 보내온 것은 아니지만…… 실은 그 무엇보다 우선되어야 할 일이지요."

삽시간에 분위기가 심각해졌다. 살로메가 말을 이었다.

"국경 쪽으로 아테라군이 몰려오고 있다고 하더군요. 생각보다 진군 속도가 빠르니 이쪽도 되도록 서둘러 출병해 진지를 구축할 생각이에요."

"하지만 아직 반이 돌아오지 않았는걸요."

경험이 적은 릴리스로서도 지금은 살로메의 말이 옳음을 이해할 수 있었다.

그러나 아직 바이마르가 돌아오지 않았다. 그렇잖아도 예상보다 귀환이 늦어져 불안감이 들끓던 차였는데. 이런 상황에 지휘관도 없이 출병이라니?

"그건 걱정 말아요."

걱정을 눈치챈 듯, 살로메는 단호하게 고개를 가로저었다.

"바이마르는 현재 길리안성을 완전히 장악한 상태예요. 질 나쁜 장난질에 걸려들어 조금 곤란을 겪긴 했지만, 결론적으로 보면 우리에겐 퍽 잘된 일이지요. 덕분에 국경의 최남단에서 아테라군을 맞이할 수 있게 되었으니까요."

그렇게 말하는 살로메는 진심으로 기쁜 듯한 표정을 짓고 있었다. 희고 긴 손가락이 탁자 위에 늘 펼쳐 두는 지도 위의 한 지점을 꾹 눌러 짚었다. 릴리스는 입 속으로 손끝에 닿은 글자를 두어 번 되뇌었다.

"……제가 뭘 하면 되나요?"

이전 생의 자신은 그저 방관자에 불과했던 전투였다. 감회가 새로워 절로 긴장이 차올랐다. 맞잡은 손에 힘을 주어 그녀를 일으킨 살로메가 방 바깥을 가리키며 대답했다.

"바이마르가 성에 없는 지금, 출병하려면 그대의 선언이 필요해요. 해줄 수 있겠어요?"

"이쪽이에요."

릴리스는 곧장 2층의 커다란 회의실로 안내되었다. 갑작스러운 소집에 모여 있던 기사들이 문소리에 일제히 두 사람을 향해 시선을 던졌다.

릴리스는 등을 최대한 곧게 세워 주눅 든 티를 내지 않으려 애썼다. 또각거리는 구두 굽 소리가 요란하게 울려 퍼졌다.

"시작하지."

릴리스와 함께 상석에 자리 잡은 살로메가 의자에 엉덩이를 붙이기 무섭게 한 손을 들어 올렸다. 회의의 시작을 알리는 신호였다. 이내 부산한 소리가 들리는가 싶더니 여기저기서 발언이 쏟아져 나오기 시작했다.

기실, 북쪽의 초원이 전투지가 되면서 가장 곤란해진 것은 스파티움이 아닌 아테라의 북부 귀족들이었다. 사병들을 숨기다 실패해 강제로 차출령을 받은 이들이 부지기수였던 데다가, 이로 인하여 황제에게 반감을 품은 영주들도 적지 않았다. 불안과 더불어, 불만과 적의가 아테라 전역에 팽배했다.

그리고 와트만은 이런 아테라의 사정을 누구보다 잘 아는 이들 중 하나였다.

"차출된 기사들의 절반은 귀족 가문 사병들이오. 공을 세워 황제에게 눈도장을 찍고 싶은 이들도 있겠지만, 대부분은 무사 귀환을 바라며 몸을 사리겠지. 가주들의 입장도 마찬가집니다. 괜히 누구 하나라도 죽어 나자빠지면 인력을 새로 키워 내야 할 테니, 이래저래 손해가 막심할 것이 분명하거든."

"듣자 하니 아테라의 병력이 삼만이 넘는다고 하던뎁쇼."

말이 끝나기 무섭게 누군가 찜찜한 표정으로 투덜거렸다. 커다란 탁자에 둘러앉아 있던 기사들이 그의 말에 일제히 눈살을 찌푸렸다.

"뭐, 상관없겠지. 이럴 때를 대비해 성곽을 쌓아 둔 게 아닌가."

그러나 마몬은 심드렁한 반응이었다.

"맞습니다. 평원만 온전히 차지해도 충분한 압박이 될 테니…… 섣부른 걱정에 겁먹어 벌벌 떠는 것만큼 명청한 짓이 없지요."

머리가 희끗한 노기사 하나가 기다렸다는 듯 재빨리 나서서 마몬의 말을 거들었다. 어수선하게 가라앉아 있던 분위기가 그제야 조금 부드러워 졌다. 그 틈을 타 탁자를 가볍게 내리친 살로메가 또렷한 목소리로 기사들 을 추궁했다.

"병력이라면 우리도 일만이 훌쩍 넘는다. 나태해진 삼만보다야 내내 칼 을 갈아 온 이쪽이 훨씬 유리하겠지. 목숨을 내건 병사들의 의지를 이런 식으로 꺾어 버릴 셈인가?"

스파티움은 오랜 역사를 자랑하는 군사 강국이다. 혹자들은 선왕이 먼 저 평화 협정을 제안하지 않았다면 스파티움이 아테라의 속국이 되는 일 은 결코 없었을 것이라고들 말하기도 했으나 공식적으로 이러한 사실을 입 밖에 내는 것은 일종의 금기에 속했다.

"나는 로타이의 핏줄이지만, 동시에 스파티움의 충실한 백성이며, 긍지 높은 기사이며, 왕의 정혼자이며, 늑대의 후손이다. 그대들 역시 같지 않 은가."

살로메는 퍽 매섭게 기사들을 질책했다. 형형한 눈빛들이 대답을 갈음 하며 일제히 침묵했다.

"그러니 마마, 이만 정리를 해 주시지요."

낭랑한 목소리에 기사들의 시선이 한곳으로 모여들었다. 삶을 쟁취하는 이들의 치열함이 고요한 적막이 되어 순간에 스며들었다.

릴리스는 눈을 내리깔며 옥새처럼 생긴 납작한 망치를 쥐었다. 긴장한 탓에 자꾸만 땀이 배어나 손바닥이 온통 미끌미끌했다. 그녀는 망치를 꽉 쥐곤 납작한 흑단목을 가볍게 한 번 내리쳤다.

"……무기는 충분하고 갑옷 역시 그러하다. 부족한 철은 카리알에서 책 임질 것이며 이는 나, 릴리스 반 모라 아테라의 이름으로 맹세할 것임을 엄중히 선언한다."

탕. 그녀는 다시 한번 망치를 내리쳤다. 손이 떨렸다.

"최종 결전 장소는 길리안 평원이 될 것이며 스파티움의 국경은 더 이 상 북으로 밀려나지 않을 것이다. 곧 출병 지시가 있을 것이니 긴장을 늦 추지 말라. 더불어, 출병은 바이마르 저하를 대신하여 역시 나, 릴리스 반 모라 아테라의 이름으로 이루어질 것이다."

탕. 릴리스는 마지막으로 한 번 더 땀에 젖은 손을 움직였다. 긴장한 나머지 손이 미끄러지며 다소 둔탁한 소리가 났다. 찰나 얼굴이 붉어졌지만 그녀는 모른 척하며 꼿꼿하게 자리를 지켰다.

그러곤 마른침을 다섯 번쯤 삼켰을 무렵, 그녀를 빤히 보던 마몬이 천천히 일어나 주먹 쥔 손을 이마에 대었다.

"명을 받듭니다. 폴리스에 영광을."

누군가 뒤를 이어 운을 떼었다. 그리고 아주 천천히, 수십 쌍의 눈이 그녀를 응시하며 목소리를 모았다. 릴리스는 쥐고 있던 나무망치를 조심히 내려놓았다. 나무망치의 넓적한 아랫부분이 움푹 팬 받침대에 빨려 들어가듯 딱 맞아 들어갔다.

릴리스는 그 모습을 가만히 바라보다 고개를 들어 올렸다. 올곧은 시선들 속에 알알이 박혀 있는 신뢰와 열기가 받침대 위의 망치처럼 그녀에게 단단히 맞물리는 것만 같았다.

"폴리스에 영광을."

릴리스는 홀린 듯 그 문장을 따라 읊었다.

바야흐로 다시 출병이었다.

3장

이른 10월. 길리안 초원에 아테라의 대군이 도열했다. 드넓은 평지의 반 이상이 온통 아테라의 붉은 막사로 가득 차 마치 붉은 가시가 다닥다닥 솟아 있는 듯했다.

바이마르는 초원의 끝, 조금 솟은 능선 위의 성벽에 선 채 아래를 내려다보고 있었다. 저만치서 헉헉대며 달려온 스쿼드가 그의 앞에 멈춰 선 채 가쁜 숨을 몰아쉬었다.

"저하, 후발 부대가 도착했다고 합니다."

"마몬 경은? 아래에 있나?"

"예, 그리고……."

스쿼드는 우물쭈물 눈치를 보다 말을 이었다.

"살로메 경께서도 진영 막사에 계시다고 합니다."

"뭐라고?"

바이마르가 목소리를 높이며 무시무시한 눈빛으로 스쿼드를 노려보았다. 스쿼드는 꿀꺽 침을 삼켰다. 내 이럴 줄 알았지. 이래서 다른 사람을 대신 보내라고 그렇게 졸랐었는데…….

"시렌은 어디에 있지?"

"아, 아마도 아직 2층에 계실……."

바이마르는 스쿼드의 말이 끝나기도 전에 성큼성큼 걸어 그를 지나쳤다. 입고 있는 홑겹의 셔츠 아래로 탄탄하게 붉거진 근육이 바람결에 언뜻언뜻 제 모습을 드러냈다.

스쿼드는 헤벌레한 얼굴로 그 모양새를 관찰하며 설렁설렁 바이마르의 뒤를 따랐다. 마냥 조그맣기만 할 것 같았던 막내 왕자님이 대체 어느 세월에 저렇게 자라셨는지 아무리 곱씹어도 도통 모를 일이었다. 아테라 음식이 영양가가 많은가? 그도 아니면 황녀 마마께서 잘 먹여 키우셔서…….

"안 오나?"

냉랭한 다그침이 상념을 방해했다. 스쿼드는 생각을 멈추고 걸음을 재게 놀렸다.

"시렌! 누님이 아래에 내려가셨다고 들었다."

쾅. 2층 회의실 문이 거칠게 열리며 안으로 거센 바람이 들이쳤다. 바이마르의 갑작스러운 등장에 병력을 점검 중이던 루카스가 헛기침을 거듭하며 주군의 눈치를 살폈다. 눈짓으로 스쿼드를 내보낸 시렌이 보고 있던 지도를 반으로 접어 품속에 쑤셔 넣으며 고개를 주억였다.

"아, 예. 저도 지금에야 들었습니다. 짐을 챙겨 홀로 내려가셨다고 병사들이 입을 모아 떠들어 대……. 아니, 그러니까 그렇게 노려보지만 마시구요……. 일단 전하께 서신은 보냈습니다."

"서신이 아니라 사신이겠지. 형님께서 뒷목을 잡으시겠군. 그렇게 최전선에는 세우지 말아 달라고 부탁을 하셨는데."

창가로 다가선 바이마르가 횃불이 오른 진영을 물끄러미 내려다보며 긴 한숨을 뿜었다. 생각이 역으로 흘러 끔찍했던 장면을 몇 번이고 되풀이했다.

화살. 쓰러지던 릴리스. 다리를 타고 흐르던 진득한 피와, 코를 찌르던 비릿한 내음까지.

기억만으로도 숨이 턱턱 막혀 오는 듯하다. 체자레라고 하여 다를 리 없었다. 하물며 살로메는 곧 왕비가 될 이가 아닌가.

그러나 살로메는 한편으론 피의 맹세를 나눈 어엿한 기사였다. 단순히 왕의 정혼자라는 이유로 그녀를 막아선다면 그 또한 살로에 본인과 스파티움의 기사도에 대한 씻을 수 없는 모욕이 될 것이다. 이래저래 곤란한 문제였다.

"뭐 어찌 본다면 차라리 잘된 일이 아닙니까. 적어도 괜한 헛뜯음에 또 속앓이를 하실 필요는 없을 테니까요."

지도를 갈무리한 시렌이 덧붙였다. 바이마르는 그의 말뜻을 단번에 이해했다.

한때, 살로메가 왕의 여자라 몸을 사린다는 치욕적인 소문이 스파티움에 파다했던 적이 있었다. 주동자는 살로메의 공훈을 질시하던 치졸한 병사 서넛으로, 분노한 체자레가 그놈들을 직접 찢어 죽이겠다며 날뛰는 바람에 한동안 폴리스의 궁이 발칵 뒤집어졌던 것은 이미 숨길 만한 비사조차 아니었다.

"헌데 황녀 마마께선……."

정작 걱정해야 할 것은 다른 쪽이다. 시렌이 조심스레 먼저 운을 뗐다. 눈살을 찌푸리며 뒤돌아섰다.

"……마마께는 입도 벙긋하지 마라."

"아, 제가 그럴 리 있겠습니까. 다행히 카리알에는 용병들이 거의 없으니…… 아마 큰 걱정은 하지 않으셔도 될 겁니다. 소문 옮기는 데는 테바이 놈들이 세상 제일 아닙니까. 덩칫값도 못 하는 것들 같으니."

"그렇다면야 다행이지만……."

바이마르는 고개를 가로저었다. 가짜 황녀라니. 참으로 어처구니없는 험담이 아닌가. 선황제가 제 손으로 직접 내린 칭호를 감히 무슨 의도로 거두어 가겠다는 것인지. 예거라트가 직접 나선 것도 아니거늘, 벌써 소문이 진실인 듯 입방아를 찧어 대는 놈들의 패기도 이해되지 않는 것은 마찬가지였다.

　그러나 황당한 감상과는 별개로, 소문이 불러올 여파가 생각보다 막대한 것 또한 분명한 사실이었다. 성과 없는 입씨름이 과열될수록 기사들을 이끄는 왕과 왕자의 권위는 싸잡혀 바닥으로 곤두박질칠 것이며, 이는 곧 군의 사기를 저하시킬 것이 빤했으므로. 자부심과 명예를 긍지로 삼는 스파티움의 기사들이 그에 흔들리지 않으리란 보장이 없었으니, 실은 체자레가 그 말을 곧이곧대로 듣지 않았다는 것만으로도 감사할 일이었다.

　시렌이 입을 비죽거렸다.

　"로지아 후작이라니…… 하여간 저는 그놈이 처음부터 싫었다니까요. 반반한 낯짝에, 매양 웃고 다니는 꼴이 어찌나 마음에 안 들던지. 그런 주제에 머리는 또 잘 돌아가서는…… 결국 왕자님을 카리알에 보냈던 것도 다 그놈의 수작 아니었습니까."

　"후작의 입장에서야 잃을 것이 없겠지. 이겨도 그만, 설사 진다고 해도 큰형님이 아직 남아 계시니."

　"나라 팔아먹는 일을 어찌 그리 당당하게 한답니까?"

　"그걸 왜 내게 묻나."

　"예에…… 그러게나 말입니다……."

　시렌이 울적한 얼굴로 동조했다. 바이마르는 한숨을 삼키며 다시 창밖을 내다보았다. 저녁노을이 붉은빛을 흩뿌리며 서편으로 잠겨 들고 있었다. 온 사방에 핏물이 고인 듯해 눈이 아렸다.

　한편, 살로메는 푸른 깃발이 꽂힌 커다란 막사 안에 앉아 있었다.

　"누님."

　입구를 막고 있던 천이 걷히며 찬 바람이 안으로 거세게 밀어닥쳤다. 건조한 목소리가 그녀를 호명하며 차츰 가까워졌다. 단번에 정황을 눈치챈 기사들이 슬금슬금 몸을 뒤로 내빼는 가운데, 막사 한가운데 덩그러니 남겨진 살로메가 투항하듯 두 손을 번쩍 들어 올렸다.

"알겠어, 알겠어. 다 내 잘못입니다."

바이마르는 눈살을 찌푸렸다.

"그런 뜻이 아닙니다."

"알아. 그렇지만 반쯤은 진심인걸. 이번엔 정말 조심할 테니까 그렇게 무섭게 쳐다보지 말고…… 일단은 곧 있을 첫 전투에 집중하자고. 신봉은 누구지? 마몬? 루카스? 솔리안 경?"

이어질 잔소리를 막으려는 듯, 살로메는 능숙하게 화제를 전환했다. 딱딱했던 분위기가 활기찬 목소리에 매듭 없는 밧줄처럼 느슨하게 풀어졌다.

바이마르는 고개를 한 번 내젓는 것으로 그간 쌓아 두었던 타박을 대신했다. 어차피 이제는 돌이킬 수 없는 일이다. 헛된 입씨름을 하느라 낭비할 시간이 없었다.

"어쨌건 누님은 아닙니다."

자리에 앉으며 꺼낸 말에 살로메가 상체를 불쑥 앞으로 기울였다.

"아, 왜……!"

"대신 오른 날개를 맡아 주세요. 성벽 가까이 다가오지는 못하겠지만 혹시 모를 일이니 경계가 필요합니다. 그리고 루카스, 네가 서쪽 방어를 맡아라. 진영을 최대한 넓히며 적들을 유인해 줘. 방패 부대가 파고들 만한 틈을 만들어 주어야 한다."

"예."

투구를 챙겨 일어난 루카스가 왼쪽 가슴 위에 주먹을 한 번 붙였다 떼어 냈다. 불만스러운 듯 입을 비죽 내밀고 앉아 있던 살로메도 이내 표정을 추스르곤 루카스와 함께 터덜터덜 막사를 나섰다.

"그리고 마몬 경, 그대는……."

"저하, 식사를 들여도 되겠습니까?"

때마침 막사 밖에서 들려온 배식병의 목소리가 바이마르의 말을 끊었다. 벌떡 일어선 스쿼드가 배식병에게서 커다란 쟁반을 받아 들고 자리로 돌아왔다.

구수한 음식 냄새에 지쳐 있던 기사들의 얼굴 위로 마치 짜기라도 한 것처럼 생기가 돋아나기 시작했다.

저녁 식사와 함께 시작된 작전 회의는 열띤 분위기 속에서 한참 동안 이어졌다. 심지까지 다 타 버린 초를 몇 번이나 갈아 끼웠을까. 어느덧 동편에서 해가 빼꼼 얼굴을 내밀며 새 아침의 시작을 알렸다.

갑옷을 단단히 동여맨 기사들이 평원 한복판에 반듯하게 열을 맞추어 늘어섰다. 서걱거리는 모래바람이 평원에 휘몰아치며 눈을 시리게 만들었다. 스파티움의 푸른 깃발과 아테라의 붉은 깃발이 무형의 물결을 타고 펄럭이며 서로를 마주 보고 있었다.

스파티움인들은 대개 길리안 평원을 모래사막이라 칭하곤 했다. 풀이 적고 대부분 흙바닥으로 이루어져 있어 붙여진 별칭이었다. 이름에 걸맞게 뿌옇게 피어난 먼지들이 시야를 가려 사위를 분간하기 어렵게 만들었으나, 누구 하나 그에 대한 불만을 토로하지 않았다.

바이마르는 눈을 가늘게 떠 맞은편 진영을 살폈다. 녹색 깃털이 달린 화려한 투구를 쓴 나이 불명의 사내가 무리의 맨 앞에 자리하고 있었다. 아마도 그가 오늘 아테라군의 선봉장일 것이리라. 성미가 급한 편인지 남들보다 한참 앞서서 달려 나오는 모양새가 유독 눈에 띄었다.

"그대들의 선왕이 협정에 동의하여 스스로 고개 숙였던 과거를 벌써 잊은 것인가! 스파티움의 병사들은 이제 와 역사를 부정치 말고 물러서도록 하라!"

아테라의 승리를 확신하는 듯, 자신감이 가득 찬 오만한 목소리가 침묵을 깨고 전쟁의 서막을 활짝 열었다. 같잖은 조롱에 스쿼드가 입을 앙다물곤 쾅쾅 거세게 발을 굴렀다.

"아니, 저 미친놈이 지금 대체 뭐라는 겁니까? 예? 뭐? 역사? 부정?"

"진정해라, 스쿼드."

마몬이 엄중하게 스쿼드를 타일렀다. 그러는 본인의 표정부터가 사람 두엇은 족히 죽일 듯이 살벌하다는 것은 까맣게 모르는 모양새였다. 스쿼드가 불만스레 앞을 가리키며 항변했다.

"아니, 지금 진정하게 생겼냐구요! 게다가 보십쇼! 딱히 저만 그런 것도 아니란 말입니다."

과연 그의 말대로였다. 진지에 남아 있던 병사들이 양팔을 휘두르며 질러 대는 괴성이 둥둥 울리는 북소리보다 더 크게 귓전을 때려 대고 있다.

그리고 이내, 그 소란한 집념 위로 커다란 뿔피리 소리가 길게 얹혔다.

도발에는 무력으로. 조롱에는 응징으로.

"무기를 들어라!"

마몬은 옛 성현의 가르침을 충실히 이행했다. 걸걸한 목소리를 신호 삼은 말들이 발굽으로 땅을 박차며 앞으로 달려 나갔다. 방패로 몸을 가리고 서 있던 보병들이 그 뒤를 따라 거침없이 전진했다. 희뿌연 먼지가 크게 일며 온 사방을 덮었다.

첫 번째 접전이었다.

⚜ ⚜ ⚜

평원의 사정이 다급한 만큼 카리알의 사정도 급박하게 돌아갔다. 식량과 무기 관리뿐만 아니라 겨울나기까지 준비하느라 눈코 뜰 새 없이 분주한 날들이 이어졌다.

"마마, 명하신 대로 사탈 광산의 인부들을 전부 놀란으로 이동시켰습니다. 식량 상태도 아직까진 별문제 없사옵고…… 헌데, 오늘은 이만 쉬셔야 하지 않겠습니까?"

보고를 마친 무스타리가 근심 어린 목소리로 휴식을 종용했다. 릴리스는 지끈거리는 머리를 짚으며 고개를 한껏 뒤로 젖혔다.

오늘만 해도 벌써 다섯 번째 반복되는 청이었다. 아니, 여섯 번…… 혹시 일곱 번인가?

'모르겠어.'

그녀는 수 세는 것을 포기하고 깃펜을 책상 위에 던지듯 내려놓았다.

어느덧 창밖으로 선명하게 내리깔린 어둠이 하루의 종막을 고하고 있었다. 그녀는 고개를 끄덕여 무스타리를 내보낸 뒤, 마지막으로 남은 서류들을 점검하고는 절룩이며 침실을 향해 걸었다.

"정말이지 마마, 최근 너무 무리하시는 것 아닙니까?"

함께 들어와 창문을 단단히 걸어 잠근 와트만이 램프에 불을 당기며 투덜거렸다. 릴리스는 뻐근한 어깨를 한 손으로 주무르며 비식 웃었다.

"그렇지만 하다 보면 도저히 중간에 놓을 수가 없는걸. 일이란 게 이렇게 재미있는 건지 몰랐어. 좀 더 빨리 알았더라면 좋았을 텐데."

"장담컨대 아셨더라도 그것 나름대로 문제였을 겁니다. 생각해 보십쇼. 애초에 폐하께서 윤허해 주시기나 하셨겠습니까? 됐으니 푹 쉬라며 등이나 떠미셨겠지요."

구구절절 옳은 소리라 도무지 반박할 구석이 없었다. 릴리스는 탁자 앞의 빈 의자에 앉아 울적한 기분으로 손등에 턱을 괴었다.

"크흠, 그보다 오늘도 서신이 왔는뎁쇼."

풀 죽어 있는 모습을 유심히 살피던 와트만이 헛기침을 연발하며 제 품속을 뒤적였다.

그러고 보니 오늘 전령이 도착했었지. 귀를 번쩍 뜨이게 하는 소식에 수그렸던 고개가 무섭도록 빠르게 본래의 각도를 되찾았다. 릴리스는 한 발로 폴짝 뛰어올라 덫을 놓은 사냥꾼처럼 잽싸게 서신을 채어 제 품속에 집어넣었다. 그녀는 손끝으로 조심조심 봉인을 뜯어내며 뒤를 향해 단단히 으름장을 놓았다.

"보면 안 돼."

"돈 주셔도 안 봅니다요."

쾌활한 목소리가 어설픈 으름장을 능숙하게 받아쳤다. 그럼에도 안심하지 못한 릴리스는 몸을 한껏 수그려 서신을 완전히 가린 뒤에야 반듯하게 접혀 있던 종이를 천천히 들추었다.

세모꼴 모서리 두 쪽을 완전히 펼치고 나자 눈에 익은 필체가 한눈에 들어왔다.

릴리스에게.

서신은 그런 문장으로 시작되었다.

두 번째 전투가 오늘 낮에 막 끝났습니다. 부상자가 몇 나오긴 했지만 운이 좋게도 스파티움이 또다시 승리를 거머쥐었지요. 기온이 들쑥날쑥해 병사들도 고생이 많았을 텐데, 이렇게 기쁜 소식을 전해 드릴 수 있어 무척 다행입니다. 카리알의 날씨는 부디 이곳보다 온화했으면 좋겠군요. 다른 무엇보다 마마의 건강이 염려됩니다.

바이마르 갈바르.

비명이 난무하는 전쟁터에서 온 것이라곤 생각하기 어려울 만큼 부드러운 말씨였다. 곁에서 직접 말을 걸어오듯 생생한 문장에 꾹꾹 눌러놓았던 그리움이 한층 커졌다.

릴리스는 몇 줄 되지 않는 짧은 서신을 두어 번 더 읽어 내린 뒤에야 아쉬운 마음으로 자세를 바로 했다.

"그래서, 무어라 하십니까?"

와트만이 기다렸다는 듯 목을 쭉 뺀 채 물어 왔다. 릴리스는 탁자 위에 엎드린 채 어깨를 들썩였다.

"항상 비슷한 내용이지. 일단은 다들 잘 지내고 있는 모양이야."

"뭐…… 다행히 아직은 승승장구하는 모양입죠. 아테라가 엄청난 대군을 보냈다기에 걱정이 많았는뎁쇼."

와트만이 볼을 긁적이며 두 눈을 깜빡였다.

그때였다. 똑똑. 정중한 노크에 이어 노라의 차분한 목소리가 들려왔다.

"마마, 식사를 들여도 되겠습니까?"

마침 늦은 저녁 식사 시간이었다. 커다란 접시를 받쳐 든 하녀들이 노라

246

의 뒤를 따라 줄줄이 방 안으로 걸어 들어왔다.

릴리스는 서신을 품속에 조심히 갈무리하곤 눈앞에 놓인 자그마한 디쉬돔 뚜껑을 열었다. 코코넛밀크에 졸인 흰살생선과, 버터를 넣고 바글바글 끓여 낸 당근 요리가 오늘의 메인이었다.

그러나 눈앞에 먹음직스러운 요리들을 잔뜩 두고 있음에도, 머릿속에 떠오르는 것은 오로지 방금 펼쳐 보았던 짤막한 서신뿐이었다.

승패에 대한 보고와 그녀의 안부를 묻는 간단한 인사가 내용의 전부였으나 릴리스는 잠이 오지 않는 밤이면 몇 번이고 그것들을 다시 꺼내어 읽곤 했다. 소소한 이야기라도 더 적어 보내 주지 않을까 내심 기대했던 것이 벌써 몇 번째인지. 실망감이 가슴 한구석에 더께처럼 켜켜이 쌓여 자꾸만 기분이 울적해졌다.

정말 화가 난 걸까. 아니면 실망한 걸까. 혹 그것도 아니라면—

그녀는 멍하니 앉아 부드러운 빵을 한 줌 뜯어 입 안에 밀어 넣었다. 포실한 빵 결이 혀끝을 건드렸지만 아주 약간의 단맛 외에는 어떤 맛도 느낄 수가 없었다. 까끌까끌한 입으로 겨우 수프 한 접시를 비우고 나자 급기야는 입맛이 뚝 떨어지고 말았다.

손도 안 댄 음식들을 그대로 내가는 노라의 표정이 눈에 띄게 어두웠다. 릴리스는 그 얼굴을 못 본 체하며 침대 위로 자리를 옮겨 푹신한 매트리스 위에 풀썩 드러누웠다. 이불을 목 끝까지 꼼꼼히 덮자 피로감이 급격히 몰려와 자꾸만 눈꺼풀이 아래로 떨어졌다.

자정이 다 되어 가는 시각. 모두가 잠든 성은 고요하고 아늑했다. 복잡한 심사만 제한다면 더할 나위 없이 평온한 밤이었다.

릴리스는 누운 채로 고개를 조금 틀어 남은 잠을 몰아냈다. 침대 옆 협탁에 놓인 램프 속에서 반쯤 녹아내린 양초가 심지까지 완전히 태워 버릴 기세로 맹렬하게 제 몸을 불사르고 있는 것이 보였다. 휘장에 어슴푸레하게 비친 불그림자가 앞뒤로, 좌우로 흔들거리며 기괴한 모양을 자아냈다.

한동안 손끝으로 일렁이는 그림자를 천천히 덧그리던 릴리스는 자세를 바꿔 엎드린 채 품속을 뒤적여 다시 편지를 꺼내 들었다.

절제된 표현과 정제된 문장으로 가득 찬 서신은 반가운 한편, 퍽 서운하게 느껴졌다. 조건 없이 퍼붓는 애정에 어느덧 익숙해졌기 때문일 것이리라.

"마마, 약차입니다."

생각에 잠긴 사이, 빼꼼 열린 문틈으로 무스타리가 고개를 들이밀었다. 모락모락 김이 나는 찻잔과 함께 짧은 밤 인사를 남긴 그가 이내 방 밖으로 물러났다.

둔탁한 소리와 함께 문이 닫히고, 릴리스는 다시 방금 전처럼 덩그러니 혼자 남겨졌다. 그것은 조금 쓸쓸한 감각이었으며, 그리하여 다음 순간, 그녀는 스스로가 몹시도 낯설어졌다.

고독과 인내는 그녀의 오래된 덕목이었다. 예거라트는 결코 관대한 왕이 아니었으므로 릴리스는 갈망하고 애원하며 쟁취하는 삶 대신, 그를 통해 포기하고 순종하는 삶을 익혔다.

그러나 삶이란 본래 그보다 다채로운 색채를 지녀, 질투와 원망과 시샘 같은 서투른 감정들조차 거름이 되어 풍요를 촉진하는 법이었다. 릴리스는 그것을 위해 이제 기꺼이 어설픈 감정들을 받아들일 준비가 되어 있었다. 아주 먼 길을 돌아왔지만 그럼에도 괜찮다고 말해 주는 이가 있었으므로.

그러나 아이는.

릴리스는 의식적으로 묻어 두었던 생각을 어렵게 수면 위로 다시 끌어올렸다. 분내가 날 것 같은 그 단어는 여전히 조금 어렵게 느껴졌지만, 그럼에도 처음처럼 거북하지 않아 조금 기뻤다.

그리고 아이는.

그녀는 다시 생각을 이어 가려 애썼다. 일전 보았던 노라의 은은한 미소와, 동생을 챙기던 도제 아이의 상처투성이 손을 떠올리자 가라앉았던 기분이 아주 조금 나아졌다.

그러나 실은 아직도 자신이 없었다. 그녀는 여전히 타인을 완전하게 품는 법을 알지 못했고, 바로 그런 이유로 아이를 보는 일이 두려웠으므로.

내가 낳은 아이가, 나처럼 아프게 자라면 어떻게 하지. 정말 그렇게 된다면 필시 자신을 용서할 수 없을 것이다. 게다가 온전히 자신 혼자만의 아이인 것 또한 아니지 않은가.

바이마르의 핏줄을 이은 아이를 그렇게 대하고 싶지는 않았다. 그는 자신의 세계를 구원했다. 두 발로 서서 세상을 볼 수 있도록 도와주었다.

그러므로 릴리스 역시 그에게는 좋은 것만 주고 싶었다. 실망시키고 싶지 않았다.

그를 떠올리면 무엇이건 할 수 있을 것만 같은 이상한 용기가 솟아났다. 그 과정에 비록 어떤 역경이 있다 해도. 아무리 힘들고 어려운 길일지라도. 결국은 바이마르가 모든 걸 품어 줄 것을 알기 때문이었다. 어떠한 것이든. 마주할 모든 것을…….

아.

그리고 다음 순간. 릴리스는 떨리는 손으로 제 배를 덮었다. 누군가에게 머리를 한 대 얻어맞기라도 한 듯 정신이 어찔했다.

고독한 자는 사랑을 나눌 수 없을 것이나, 이제 그녀의 곁에는 바이마르가 함께 있었다. 그리고 바이마르는 그녀에게 그러했듯, 분명 아이에게도 끝없는 신뢰와 애정을 줄 것이다. 그 아이는 더 이상 어느 누구의 후계도 위협할 수 없을 것이며, 누구에게도 위협받지 않으며 자라날 것이리라.

그러므로 그녀 역시 더 이상은 버려지는 것을 겁낼 필요가 없었다.

릴리스는 한참 동안 그대로 누워 방금 전의 결론을 곱씹다가, 주섬주섬 이불을 덮어쓴 채 책상 앞으로 자리를 옮겼다. 빈 종이를 꺼내 들고, 천천히 글자를 써 내려가는 동안 초의 심지는 이내 완전히 타 까만 재로 변했다. 생각지도 못하게 온밤을 꼴딱 새워 버린 것이다.

몸은 여전히 피로했지만, 이상하게도 정신만은 더할 나위 없이 말똥했다. 왠지 뿌듯하기까지 했다. 바이마르 역시 이 소식에 분명 기뻐하리라.

그녀는 다 쓴 편지를 몇 번이고 다시 확인한 뒤 창가로 가 물잔 속의 꽃들 중 한 송이를 신중히 골라냈다.

창 너머로 눈부신 여명이 밝아 오고 있었다.

✤ ✤ ✤

"아니, 마마! 대체 이게 무슨 꼴이십니까? 제발, 밤새 깨어 계셨던 건 아니라고 말씀해 주십쇼……."

한편, 아침나절 방으로 들이닥친 와트만은 하룻밤 새 시체처럼 피골이 상접해진 주군의 모습에 기함했다.

'늦게 배운 도둑질에 날 새는 줄 모른다더니.'

고작 연애편지 하나 쓰는 게 잠까지 설칠 일인가. 와트만은 그런 생각에 뻣뻣해진 뒷목을 부여잡으면서도 익숙한 동작으로 커튼을 걷고 창문을 활짝 열었다. 1년 새 체화된 보모다운 일과였다.

"마마, 혹 이곳에 계십니까?"

막 다시 잔소리가 쏟아지려던 참이었다. 반쯤 열린 문틈 사이로 안을 기웃거리던 무스타리가 고개를 갸웃거리며 목소리를 키웠다. 평소와 달리 일찍부터 깨어 있는 게 이상했던지, 눈빛에 미심쩍은 기색이 가득했다.

릴리스는 와트만이 미주알고주알 사건의 전말을 털어놓기 전, 재빨리 나서서 화제를 돌렸다.

"응, 오늘은 눈이 조금 일찍 떠져서…… 출발 준비는 거의 끝난 모양이지?"

"예, 지금 내려가시겠습니까?"

"가 보아야지. 식량은? 모자라지 않던가?"

"마마께서 친히 배분해 주셨는데 그럴 리가 있겠습니까."

카리알을 오가는 전령은 서신뿐 아니라 식량과 갑옷, 무기까지 실어 나르는 중요한 역할을 수행했다. 제때에 물자를 공급해 주지 못하면 자연히 방어선 구축이 어려워진다. 그 점을 알아서인지 와트만은 불만스런 얼굴을 할 뿐 더 이상 토를 달지 않고 두 사람을 뒤따랐다.

"헌데 마마, 어디서 자꾸만 꽃향기가 풍기는뎁쇼. 그렇지 않은가, 무스타리?"

계단을 반쯤 내려섰을 무렵이었다. 방을 나설 때부터 연신 코를 킁킁거리던 와트만이 고개를 갸웃하며 무스타리에게 말을 걸었다.

"듣고 보니 그런 것도 같습니다만…… 정원에서 불어온 바람 때문이 아니겠습니까?"

덩달아 냄새 맡기에 열중하던 무스타리가 이내 다시 걸음을 재촉하며 제 의견을 피력했다. 와트만이 마뜩잖은 표정으로 주변을 둘러보는 가운데, 릴리스는 두 사람의 대화를 못 들은 체하며 한 발로 계단을 콩콩 뛰듯 내려갔다.

정원으로 나서자 짐을 부리고 있던 하인들이 일제히 고개를 수그리며 수레 뒤로 몸을 물렸다.

"마마."

"경이 고생이 많군. 오늘도 잘 부탁하네."

채비를 마친 전령이 공손히 허리를 굽히며 편지를 받아 들었다. 마부들이 고함 소리를 내지르며 채찍을 휘두르자 수레들이 천천히 움직이기 시작했다. 릴리스는 동트기 전의 희미한 빛무리 사이로 일행의 꽁무니가 완전히 사라질 때까지 그 광경을 지켜보다 돌아섰다.

"헌데 마마, 올해 파종제는 어찌할까요? 아무래도 전란 중이라……."

무스타리가 걸치고 있던 로브를 한껏 여민 그녀의 뒤꽁무니에 바싹 따라붙어 깃펜을 매만졌다. 릴리스는 당황을 감추기 위해 태연한 척 목소리를 깔았다.

"……매년 해 왔던 일이라면 도리어 건너뛰는 것이 불안을 가중시킬 수도 있어. 그대는 어떻게 생각하는가?"

"마마의 말씀이 옳은 듯합니다. 그대로 진행하지요. 참, 고트 영지와 새 활로가 뚫리면서 소금이 쏟아져 들어오고 있습니다. 세금이 다소 문제이

251

온데, 허면 이는 어찌할까요?"

"……소금?"

사각사각. 펜촉이 종이를 긁어내리는 소리가 들려왔다. 소금. 소금. 릴리스는 그 단어를 몇 번 반복하다 제자리에 멈춰 섰다.

그러나 오랜 침묵에도 불구하고, 기다림이 무지를 대변하는 기적 같은 일은 당연하게도 일어나지 않았다. 그녀는 최대한 덤덤하게 명령했다.

"……세금은 가볍게 결정할 사안이 아니니 그 문제에 대해서는 며칠 뒤에 다시 논의하는 것이 좋겠어. 일단은 현 상태를 유지하도록 하게."

"예, 그리하겠습니다."

무스타리가 납득한 얼굴로 고개를 주억였다. 바삐 걸어가는 그의 뒷모습을 보며 와트만이 들으란 듯 커다랗게 중얼거렸다.

"이번 건은 틀림없이 자작의 몫이겠군요. 그런데 어쩝니까. 전령은 방금 떠났는뎁쇼."

어조에 채 숨기지 못한 놀림기가 다분했다. 릴리스는 천천히 계단을 오르며 양어깨를 들썩였다.

"어쩔 수 없지. 세금은 내겐 생소한 분야인걸."

"발 빠른 놈을 하나 더 구해야겠습니다."

와트만이 웃으며 집무실 문을 닫아걸었다.

릴리스는 힘겹게 새 서신을 써 내려가며 지끈거리는 머리를 감싸 쥐었다. 혹 바쁠까 싶어 묻지 못했던 일들까지 이때다 싶어 죄다 적어 넣고 나니 생각보다 두께가 두꺼워졌다. 바이마르에게 보내는 것보다 배는 길고 묵직한 서신이었다.

릴리스는 발 빠른 이를 골라 전달을 부탁하는 한편, 채 다 보내지 못한 남은 식량들을 수레에 실어 그의 뒤에 딸려 보냈다. 해가 뜬 지 그리 오래 지나지 않았으니 서두른다면 앞서간 이를 만날 수도 있을 것이다.

한시름을 놓고 창문을 활짝 열어젖히자 상쾌한 바람이 짓쳐들어와 방 안을 부산하게 휘젓고 지나갔다. 다시 자리에 앉아 남은 서신들을 확인하던 릴리스는 낯익은 편지지를 발견하곤 문득 눈살을 찌푸렸다.

"경, 이 서신을 누가 가져왔다고 했지?"

창가에 기대어 반쯤 졸고 있던 와트만은 릴리스의 부름에 퍼뜩 놀라 제정신을 차렸다. 그가 눈을 비비며 커다랗게 하품했다.

"글쎄요. 항상 오던 전령이 아니겠습니까."

"……그는 이미 떠났나?"

와트만은 그녀의 심상치 않은 표정에서 사태의 심각성을 읽어 낸 듯, 한 손으로 잠기운이 남아 있는 눈두덩이를 문지르며 목소리를 낮추었다.

"그렇겠지요. 헌데 무슨 일이십니까?"

덜 묶은 머리가 창을 통해 불어오는 바람에 제멋대로 흩날렸다. 릴리스는 서신을 감싸고 있는 겉봉을 떨리는 손으로 조심히 쓸어 보았다. 매끈한 종이의 감촉이 놀랍도록 익숙했다. 결코 그래서는 안 될 것임에도 불구하고.

"이 서신, 폴리스에서 온 것이 아니야."

릴리스는 내키지 않는 기분으로 서신을 묶은 매듭 끝을 죽 당겼다. 말려 있던 종이가 툭 펼쳐지며 빳빳한 종이 한 장이 책상 위로 굴러떨어졌다. 아이를 밴 듯한 낯선 여자의 초상화였다. 목탄으로 그린 듯 서툴기 짝이 없는 그림 아래쪽에 번져서 알아볼 수 없는 날짜가 두서없이 적혀 있었다.

"어디서 온 겁니까?"

"아테라."

"진심이십니까?"

짧은 대답에 와트만이 와그작 얼굴을 우그러뜨렸다. 커튼을 단단히 치고 돌아선 그가 책상으로 다가와 초상화를 면밀히 살펴보며 다시 물었다.

"그다지 특별한 점은 없어 보이는뎁쇼. 발신자가 누굽니까?"

걸걸한 목소리는 한껏 가라앉아 이제 거의 들리지도 않을 지경이었다. 릴리스는 덩달아 소곤소곤 대답했다.

"아직 알 수 없지. 하지만 궁에서 주로 쓰는 종이인 것만은 확실해……."

그녀는 누군가의 얼굴을 떠올리며 말끝을 흐렸다. 와트만이 생각에 잠긴 얼굴로 눈을 내리깔았다. 릴리스는 그도 필시 같은 이를 떠올리고 있을 것이라 미루어 짐작했다.

그때였다.

"마마, 릴리스 마마! 안에 계십니까?"

무스타리의 다급한 목소리가 방 안의 무거워진 분위기를 한 꺼풀 걷어냈다. 들라는 허락이 떨어지기 무섭게 안으로 뛰어든 그가 숨을 몰아쉬며 커튼으로 가려진 창밖을 가리켰다.

"폴리스에서 병력이 추가로 내려왔다고 합니다. 지금 성 밖에 대기 중입니다만, 들이기 전에 먼저 여쭈어보아야 할 듯하여……."

"뭐?"

두 쌍의 눈이 허공에서 잠시 얽혔다. 뜻 모를 불길함에 가슴이 조여들었다. 릴리스는 화급히 편지를 숨기곤 몸을 똑바로 일으켜 세웠다. 와트만이 제 귀를 의심하는 얼굴로 무스타리를 채근했다.

"병력? 폴리스에서?"

"예에, 체자레 전하의 명이라고 하더군요. 그렇잖아도 아침에 전령이 떠났다고 들었는데…… 혹 그에 관한 것이 아닐는지요. 헌데, 마마. 아침부터 커튼은 왜……."

무스타리가 커튼을 걷으며 고개를 갸웃했다. 릴리스는 뜨끔한 속내를 숨기곤 재차 물었다.

"일단은 가 보도록 하지. 병력은 어느 정도라던가?"

"1개 대대에, 3소대는 족히 되는 듯합니다."

도합 300이 훌쩍 넘는 머릿수였다. 밖으로 나온 릴리스는 무스타리를 따라 서둘러 대기 중이던 마차에 올랐다. 초조함이 전염되었는지, 무스타리 역시 이제는 그녀 못지않게 딱딱한 얼굴이었다.

바퀴가 흙길을 달리는 동안 마차 안에는 무거운 침묵이 흘렀다. 마부마저 덩달아 긴장된 얼굴로 급하게 채찍을 휘둘러 그들은 평소보다 빠르게 성벽 아래에 이르렀다.

그러나 아직, 난관이 하나 남아 있었다.

"마마, 제가……."

"됐어, 와트만."

릴리스는 무스타리를 따라 울퉁불퉁한 돌계단을 힘겹게 올랐다. 난간이 없어 벽을 잡고 몸을 지탱해야 했기에 평소보다 시간이 배로 걸렸다. 누군가에게 의지하지 않고 혼자 걸으려니 땀이 비 오듯 쏟아졌지만, 와트만은 못마땅한 표정을 지을 뿐 더 이상 도움을 권하지 않았다.

세 시간 같은 30분이 훌쩍 흐른 뒤, 릴리스는 마침내 마지막 계단 앞에 다다라 숨을 몰아쉬었다. 입구 근처를 서성이며 그들을 기다리고 있던 경비 대장 사르트르가 그녀를 발견하곤 잔뜩 상기된 얼굴로 다가와 허리를 꾸벅 숙였다.

"오랜만에 뵙습니다, 마마."

"항상 성 방비에 힘써 주어 고맙게 생각하네. 헌데……."

릴리스는 마지막 계단을 오르며 흘긋 아래를 내려다보았다. 요 근래 수도 없이 보아 온 익숙한 갑옷들이 수풀처럼 빽빽이 성 앞 공터를 메우고 있었다.

그녀는 목소리에 힘을 주며 말을 이었다.

"듣자 하니 전하께서 군사를 보내셨다던데."

"예, 저 역시 사전에 전달받은 바는 없으나, 일단 착용하고 있는 장비들은 전부 궁에서 나온 것들이 맞습니다."

"지휘관이 누구라던가?"

"울란이라고 들었습니다."

후들거리는 다리를 억지로 움직여 성가퀴 근처에 서자 저 멀리 펼쳐진 광활한 숲머리가 가장 먼저 눈에 들어왔다. 구름 한 점 없는 청명한 하늘 아래 녹빛이 어른거리는 풍경이 몹시도 싱그러웠다. 릴리스는 그 광경을 물끄러미 응시하다 이윽고 낯선 이와 눈을 마주쳤다.

성벽 아래 서 있던 사내가 쓰고 있던 투구를 벗어 던지며 말에서 훌쩍 뛰어내렸다.

"마마를 뵙습니다! 올란이라고 합니다. 체자레 전하의 명을 받아 폴리스에서부터 급히 말을 달려왔으니 부디 받아 주시기를 청합니다."

힘껏 내지른 고함이 메아리가 되어 웅웅거리며 넝쿨처럼 위로 기어올라 왔다.

릴리스는 드러난 얼굴을 확인한 뒤 반사적으로 와트만을 돌아보았다. 비슷한 생각을 한 것인지 눈썹을 꿈틀거리던 그가 몸을 굽혀 나직하게 속삭였다.

"가물가물한 기억이긴 합니다만, 궁 안에서 비슷한 얼굴을 보았던 것도 같습니다. 헌데…… 지금 당장 들일 생각이십니까?"

그녀는 곧장 답하지 못했다. 전시에는 어떤 것도 함부로 믿어서는 안 된다던 시렌의 말이 불쑥 떠올라 머릿속을 어지럽혔다. 하필 폴리스에서 내려온 병력들은 대부분이 길리안 평원으로 옮겨 간 상태라 소속 확인이 쉽지 않았다. 카리알의 기사들은 대개가 토박이라 올란의 얼굴을 알지 못했고, 혹 아니라 한들 그 몇이 모든 기사의 얼굴을 다 알 것이라 확신할 수도 없는 노릇이었다.

'어떻게 하면 좋지.'

꼭 쥔 주먹 사이로 어느덧 땀이 차올라 손바닥이 미끈거렸다. 릴리스는 자세를 흐트러트리지 않은 채 사르트르 경을 등 뒤로 불러 세웠다.

"……경, 지금 이곳의 병력으로 저들을 막을 수 있나?"

"무리입니다. 게다가 이미 지원군이 왔다는 소문이 파다하게 퍼진 터라…… 병사들과 주민들의 동요가 심상치 않습니다."

병력의 대다수가 길리안 평원으로 결집해 있는 지금, 빈집털이에 재미를 붙인 테바이 용병들이 온갖 곳에서 기승을 부리고 있다는 소문이 최근 들어 북부의 전 지역에 파다했다. 살로메의 부재로 정점을 찍었던 불안감이 딱 좋은 때에 먹잇감을 만난 셈이었다. 미룬다 한들 며칠의 유예가 전부일 것이다. 릴리스는 불안한 확신에 저도 모르게 입술을 깨물었다.

그때였다. 멀리서도 마땅찮아하는 기색을 눈치챈 것인지, 벌떡 일어선 울란이 고개를 바짝 쳐들고는 다시 한번 목소리를 높였다.

"송구하오나 마마, 이곳은 스파티움의 땅이거늘 어찌 왕명을 거부하려 하십니까? 이는 곧 항명입니다!"

"저 무엄한 놈이 감히!"

얼핏 감정에 호소하는 듯했으나 본질은 단순한 비꼬기에 불과했다. 가뜩이나 위계질서에 엄격한 스파티움인들이다. 구태여 항명이란 단어를 고른 것이 결코 우연일 리 없었다.

"입을 조심하라! 지금 네놈이 어느 안전이라고 언성을 높이는 것인지 알고는 있는가?"

와트만은 시뻘게진 얼굴로 발을 굴렀다. 울란이 그를 비웃으며 허리춤에 양팔을 걸쳤다.

"나는 마마께 말씀을 올리는 것이니 그대야말로 대화를 방해치 말라! 어찌 타국인이 스파티움의 일에 끼어드는가?"

"뭐라?"

급기야 눈을 치뜬 와트만이 콧김을 뿜으며 성벽 위에 한 발을 걸쳐 올렸다. 당장이라도 밑으로 뛰어내릴 기세에 사르트르 경이 기겁한 얼굴로 그를 말렸다.

"진정하십시오, 와트만 경!"

"진정? 지금 내게 진정이라고 했나? 감히 마마 앞에서 아테라를 운운하는 저런 무도한 놈을 눈앞에 두고서?"

"무도라? 하! 누가 할 소리!"

두 사람은 누가 먼저라 할 것 없이 동시에 발검했다. 한낮의 태양빛이 뾰족한 검 끝에 걸려 조각조각 찢어졌다. 서느런 침묵이 삽시간에 사방을 에워싼 가운데, 차분한 목소리가 팽팽한 긴장감을 부드럽게 끊어 냈다.

"두 사람 모두 진정하라."

릴리스는 반듯이 선 채 아래를 굽어보았다. 울란이 검을 단단히 틀어쥔 채로, 눈을 가늘게 떠 성벽 위를 살피고 있는 것이 보였다. 릴리스는 그가 햇빛 때문에 그녀의 표정을 알아보는 게 쉽지 않을 것임을 확인하고 나서야 뒤늦게나마 조금 마음을 놓았다.

릴리스는 그가 진정하길 조금 더 기다렸다 다시 입을 열었다.

"울란 경, 그대의 마음을 이해하지 못하는 바는 아니나, 나는 아직 폴리스에서 어떠한 언질도 받은 일이 없음을 다시 언급하는 바이다."

마침 흐릿한 구름이 잠시 해를 가려 성벽 아래위를 덮었다.

울란이 항변하고 싶다는 듯 입술을 달싹였으나, 릴리스는 틈을 주지 않고 먼저 나서 그의 행동을 저지했다.

"아직 말이 끝나지 않았으니 경은 진정하라."

분함을 감추지 못한 울란의 얼굴이 보란 듯 일그러졌다. 릴리스는 말없이 그 모습을 뜯어보다 한 손을 천천히 아래로 늘어뜨렸다. 긴장감에 모래를 머금은 듯 입 안이 버석했다.

푸드덕. 때마침 나무 꼭대기에 앉아 있던 새 너덧 마리가 요란하게 날갯짓하며 새파란 하늘을 향해 날아올랐다. 날개가 공기를 가르는 소리가 침묵 사이에 다시 찰나의 공백을 만들었다. 릴리스는 숨을 한껏 들이켜 다시 목소리를 키웠다.

"……폴리스에서 전령이 도착할 때까지 성벽 앞에 그대와 그대의 병사들이 머무는 것을 허한다. 식량과 물품은 이쪽에서 제공할 것이니 경은 항명이라 여기지 말고 지시를 따르도록 하라."

삽시간에 소란이 일었다. 가장 먼저 불만을 표한 것은 당연히도 울란이었다. 뽑아낸 검을 아직 갈무리하지 못한 탓에, 그가 성을 낼 때마다 검날이 햇빛에 번쩍이며 위협적인 기세를 뿜었다.

"지금 저희를 믿지 못하겠다는 말씀이십니까? 저는 체자레 전하의 기사입니다!"

"알고 있다."

"그런데 어째서 저희를 이리 박대하시는 것입니까? 아테라의 황족에게 이런 대접을 받으려고 그 먼 길을 달려온 것이 아닙니다!"

"저 빌어 처먹을 놈이 또!"

와트만이 벌컥 성을 내며 아래를 향해 삿대질했다. 직접 내려가 그를 흠 씬 두들겨 패 주지 못하는 것이 못내 아쉽다는 표정이었다.

릴리스는 다급히 그를 붙들었다.

"와트만!"

"하지만, 마마! 정말 저런 놈을 그냥 두고 볼 생각이십니까?"

"네놈이야말로 그 말을 돌려받아야겠구나. 먼 길 달려온 동족을 이리 대접하는 것이 아테라식 예의인가? 검 한 자루라도 합쳐 힘을 모아야 할 이 판국에 성문조차 열어 주지 않다니 이런 홀대가 어디 있는가!"

주어를 특정하지 않은 비난은 그녀를 향한 것인지, 와트만을 향한 것인 지 그 향방이 다소 모호한 감이 있었다. 교묘한 화법에 절로 눈살이 찌푸 려졌다.

그러나 이미 판도는 울란을 향해 기운 뒤였다. 거침없는 발언 뒤로 격렬 한 함성이 꼬리처럼 이어졌다. 벽을 타고 오르는 환호성에 기사들이 눈에 띄게 동요하고 있었다. 사르트르 경마저 굳어진 표정으로 고개를 떨군 채 다. 마른 들판에 불길이 번지듯 불신과 염려, 혼란이 순식간에 성벽 위를 휩쓸고 지나갔다.

꽉 쥔 두 주먹이 잘게 떨렸다. 그러나 릴리스는 아무렇지 않은 척 고개 를 빳빳이 세운 채 주변을 둘러보았다. 한순간의 감정에 휩쓸려 내키지 않 는 선택지를 고를 수는 없다. 분명 이 중 누군가는 그녀의 의중을 이해할 것이다.

"⋯⋯사흘의 유예를 두겠네. 사르트르 경이 식량을 내보낼 터이니 그대 는 이만 막사를 치는 것이 좋겠군."

"마마!"

원하는 바를 얻어 내지 못한 울란은 여전히 야수처럼 일그러진 얼굴이 었다. 릴리스는 그를 일별하던 시선을 서둘러 떼어 내곤 사르트르 경을 불 렀다.

"사르트르 경."

"예? 아, 예! 말씀대로 하겠습니다."

사르트르 경이 퍼뜩 놀라며 부관들을 재촉했다. 릴리스는 부산하게 움직이는 병사들 틈을 부러 태연한 얼굴로 가로질렀다. 당장이라도 쓰러질 듯 다리가 후들거렸지만 최대한 노력해 발끝까지 힘을 주었다.

성벽을 내려오자 와트만이 뒤를 흘긋대며 목소리를 낮추었다.

"……마마, 이대로 괜찮으시겠습니까?"

답하기 힘든 물음이었다.

그녀는 겨우 마차에 앉아 지팡이에 묻은 흙을 천천히 털어 내었다. 누군가에게 두들겨 맞기라도 한 듯 온몸이 욱신거렸다.

"별수 없잖아. 내쫓지 않는 것만 해도 다행이라고 생각해야지."

"뭐 그렇긴 합니다만…… 하여간……."

"됐다. 고트성이라면 며칠 내로 연락이 닿겠지."

"둘베트 경이 이렇게 그리워질 줄은 미처 몰랐는데 말입죠. 사흘 안에 답신을 받으려면 시간이 다소 빠듯하겠습니다."

그러나 결론적으로, 두 사람의 생각은 완전한 오판이었다.

사흘 뒤.

귀를 찢는 듯한 뿔피리 소리가 어슴푸레한 새벽부터 카리알을 온통 뒤흔들었다. 밤새 잠들지 못하고 뒤척이던 릴리스는 첫 번째 뿔피리 소리가 미처 멎기도 전에 침대에서 나와 와트만의 등에 업혔다.

뿌우우우―

자정을 알리는 종소리가 울린 뒤 고작 세 시간이 지났을 뿐이다. 잠옷 차림에 괴상한 뾰족 모자를 쓰고 달려 나온 무스타리가 우왕좌왕하며 정원을 뛰어다니는 하인들을 다급히 진정시켰다.

순식간에 대열을 갖춘 병사들이 지휘에 맞추어 성벽을 향해 달리기 시작했다.

혼비백산한 얼굴로 집에서 뛰쳐나온 사람들이 미친 듯이 달려 내려오는 말 떼를 피해 길 옆으로 몸을 비켰다. 뿌우우― 뿌우― 연속해서 이어지는 다급한 뿔피리 소리에 덩달아 마음이 급해졌다.

성벽에 도착한 릴리스는 와트만에게 안겨 계단을 올랐다. 새카만 연기가 뭉게뭉게 피어오르며 하늘을 뒤덮었다. 망루 위로 빠르게 올라선 그녀는 성가퀴에 기대어 지팡이를 짚고 선 채 아래를 내려다보았다.

울창한 수풀 너머에서 흙먼지가 무성히 피어오르고 있었다. 때맞추어 능선 아래 다다른 적의 선발대가 검은 깃발을 바람에 나부끼며 성 쪽을 향해 위압적으로 창을 들이대었다. 계단 아래 서 있던 사르트르가 그녀를 발견하곤 멀찍이서 외쳤다.

"마마! 테바이 놈들입니다!"

"빌어먹을! 왜 하필 지금……!"

와트만이 코를 씰룩이며 발을 굴렀다.

"얼추 잡아도 이백은 훌쩍 넘겠습니다. 젠장…… 궁수들은 어디 있나!"

사르트르가 흙빛이 된 얼굴로 궁수 부대를 지휘했다. 성벽 위에 화살대를 걸치고 시위를 겨누는 사이 평지에 머무르던 울란의 병사들이 먼저 뛰어든 적과 맞붙었다. 난데없이 벌어진 전투에 모두의 신경이 한껏 날카롭게 곤두섰다.

"이상합니다."

서쪽 지평선을 노려보던 와트만이 문득 눈살을 찌푸리며 중얼거렸다. 릴리스는 기민하게 그 목소리를 잡아채 되물었다.

"뭐가?"

"용병들은 이런 식으로 떼를 지어 이동하는 족속들이 아닙니다. 헌데 대체 갑자기 왜…… 젠장."

그때였다. 난데없는 탄식에 이어 '쿵, 쿵, 쿵!' 틈 없이 이어지는 땅울림 소리가 들려오기 시작했다. 병사들의 고개가 일제히 한곳을 향해 돌아갔다.

콰앙—!

무어라 감상을 표할 사이조차 없었다. 투석기에 장전되어 있던 커다란 바윗덩이가 허공에 포물선을 그리며 날아와 성벽을 두들겼다. 한여름의 우박처럼 사정없이 내리꽂히는 바위 폭격에 바깥의 병사들이 손쓸 틈도 없이 나동그라지며 괴악한 비명을 질렀다.

"아니, 저게, 대체, 어디서……."

"괜찮습니다! 성벽은 아직 무사합니다!"

누군가 침음을 흘리며 입술을 깨물었다. 목을 죽 빼어 밖을 살피던 병사 하나가 양손을 흔들며 낭보를 전했다. 다급히 성벽 위로 뛰어 올라온 사르 트르가 그를 밀치며 아래를 향해 커다랗게 고함쳤다.

"사정거리에 들어가면 궁수들이 위험합니다! 최대한 간격을 벌려 주시 오!"

"그게 말처럼 쉬운 일이 아니지 않은가! 젠장, 그러니 일찌감치 입성했 더라면……!"

성문 가까이서 분대를 지휘하던 울란이 얼굴을 일그러뜨리며 목에 시뻘 건 핏대를 세웠다. 릴리스는 대답 대신 눈을 부릅뜨고 찬찬히 아래의 전황 을 살폈다.

밀고 밀리는 접전이 계속되는 사이 어느덧 완연한 아침이 밝아 왔다. 릴 리스는 미동도 없이 자리를 지키고 있는 적군 병사들을 바라보며 생각을 거듭했다.

보통 공성전이 이런 식이었던가? 내가 경험이 적어 모르는 걸까? 기세 좋게 쳐들어온 것에 비해 공세가 지나치게 소극적이지 않은가. 그녀는 불 안한 표정으로 손끝을 꾹꾹 마주 눌렀다. 한번 의심하기 시작하니 어쩐지 모든 게 미심쩍게만 느껴졌다.

"젠장! 이러다간 다 죽겠습니다! 들여보내 주십시오!"

다음 순간이었다.

"보병이 밀립니다! 성문을 열어 주십시오!"

"투석기를 부수겠습니다! 성안에 들어가 보지도 못한 채 여기서 죽을 수는 없어요!"

"들여보내 주십시오!"

어디선가 시작된 외침이 거센 물살처럼 넘실거리며 성벽을 마구잡이로 휩쓸었다. 릴리스는 황급히 생각을 접고 아래를 내려다보았다. 흙투성이가 된 병사들이 성문 앞에 옹기종기 모여 고함을 질러 대고 있었다.

"마마, 저들은 어찌……."

"어차피 지금 당장 성문을 열 수는 없어. 사르트르 경…… 궁수 부대에게 명해 불화살을 준비하도록 하라."

시렌이 가르쳐 주었던 온갖 전술들이 머릿속에서 뒤엉키며 제멋대로 뛰놀았다. 릴리스는 간신히 개중 가장 그럴싸해 보일 만한 것을 뽑아내어 첫 공격 명령을 내렸다.

사르트르가 난색을 표하며 한 걸음 물러섰다.

"하지만 마마, 사정거리가 부족합니다!"

그가 말하며 아래를 흘긋거렸다. 울란을 신경 쓰고 있는 듯했다.

릴리스는 사르트르가 물러난 만큼 앞으로 나서며 감각 없는 왼쪽 다리를 억지로 구부렸다. 차가운 돌바닥 위에 엉거주춤 꿇어앉은 황녀의 돌발 행동에 병사들이 우왕좌왕하며 서로의 눈치를 살폈다.

"저, 마마?"

"나도 하나 주게."

"하, 하지만……."

"괜찮으니 줘."

재촉하듯 연신 손을 흔들자 아직 앳돼 보이는 병사 하나가 우물쭈물 망설이며 제가 쓰고 있던 것을 앞으로 내밀었다. 릴리스는 그것을 빼앗듯 잡아챈 뒤 성가퀴에 난 길쭉한 틈 사이에 활대를 걸쳐 중심을 잡았다.

궁수 부대의 활은 평소 그녀가 쓰던 것보다 훨씬 커다랬고, 또 그만큼 무거워 조준이 쉽지 않았다. 그러나 이제 와 주저할 수는 없었다. 있는 힘껏 팽팽한 줄을 잡아당기자 한계치를 넘은 팔이 부들부들 떨려 왔다.

"마마, 여기 있습니다."

와트만이 잽싸게 기름 먹인 천을 화살촉에 둘둘 감았다. 횃불을 가까이 가져다 대자 순식간에 불길이 옮겨붙으며 얼굴 위로 훅, 더운 바람이 끼쳤다.

"궁수 부대는 불화살을 준비하라! 시위를 당겨 목표물을 겨냥해!"

그 모습을 보고 있던 기사 하나가 사르트르 경을 대신해 모두에게 들리도록 커다랗게 고함쳤다. 릴리스는 그 목소리를 따라 다시금 이를 악물며 어깨의 힘을 뺐다.

"일제 장전—"

"일제 장전—"

성벽에서 한참 떨어져 있던 울란이 병사들을 뒤로 물리며 사정거리를 확보했다. 그리고 줄을 당기고 있는 손가락이 끊어질 듯 죄여 온다고 느낄 즈음 마침내 기다리던 명령이 떨어졌다.

"사격하라!"

핑핑 쏘아져 나간 주먹만 한 불덩이들이 순식간에 새파란 하늘을 화려하게 수놓았다. 비명이 난무하는 가운데 화살 몇 대가 정확히 투석기에 꽂히며 커다란 불길을 일으켰다.

"다시, 일제 장전하라!"

명령에 따라 불덩이들이 다시 하늘을 화려하게 수놓았다. 바싹 마른 나무토막들이 거침없이 타오르며, 타 버린 투석기의 잔해가 투둑투둑 바닥으로 떨어져 내렸다. 병사들이 방패를 마구 두들기며 환호성을 내질렀다.

"명중이다! 명중이야!"

"투석기가 무너진다! 적들이 도망간다! 기병대는 앞으로 나가 적들의 퇴로를 차단하라!"

믿어 마지않았던 병기가 사라진 탓인지, 적들은 갑자기 몰려왔던 만큼이나 쏜살같이 물러났다. 릴리스는 두어 번 더 시위를 당기고 나서야 후들거리는 팔을 아래로 늘어뜨렸다. 다행히 모두 명중이었다.

그녀는 저린 손을 주무르며 능선 너머로 사라지는 적들의 뒤꽁무니에서 시선을 떼어 냈다. 그제야 성벽 위의 병사들이 새삼스러운 눈길로 그녀를 보고 있는 것이 느껴졌다.

"마마!"

그러나 첫 승리의 기쁨을 누릴 새도 없이, 릴리스는 다시 현실로 내동댕이쳐졌다.

"성문을 열어 주십시오, 마마! 부상자들이 있습니다!"

"적들이 물러갑니다! 저희가 카리알을 지켰으니 이제 그만 성문을 열어 주십시오. 이만하면 충분히 증명이 되지 않았습니까!"

목소리가 들쑥날쑥 사방을 뛰놀았다. 릴리스는 엉망으로 파헤쳐진 공터를 내려다보며 입술을 깨물었다. 성벽 위의 병사들이 그녀의 눈치를 보며 머뭇대고 있었다. 호전적인 기사들은 당장이라도 문을 열고 싶어 손이 근질거리는 모양새였고, 사르트르마저 애매한 태도로 침묵을 지킴으로써 그들을 옹호했다.

릴리스는 저린 손을 몇 번 쥐었다 펴 보았다. 실은 처음부터 정해진 수순이었다. 아무리 망명자라 한들, 적국의 핏줄이 피 흘리는 동족을 몰아세우는 광경이 카리알의 병사들에게 결코 보기 편한 장면일 리 없었으므로.

사흘을 논하면 며칠 전의 자신이 몹시도 멍청하게 느껴져 릴리스는 한 손으로 천천히 흘러내린 머리칼을 쓸어 넘겼다.

"마마, 울란 경의 말이 맞는 듯합니다. 성문을 열어 주시지요."

마침내, 가까이 다가선 사르트르가 조심스러운 목소리로 말을 꺼냈다. 몹시 공손한 태도였으나 단호한 표정 탓에 그것은 마치 강권처럼 느껴졌다.

릴리스는 염려와 혼란이 불신과 의심으로 바뀌기 전, 어쩔 수 없이 내키지 않는 명을 내렸다.

"성문을 열어라."

비로소 등 뒤에서 환호가 터져 나왔다. 릴리스는 그들을 돌아보지 않았다.

키이이익. 무쇠 경첩이 삐걱거리며 내는 소리가 유난히도 신경에 거슬렸다. 불길한 소리였다.

울란은 기세 좋게 안으로 들이닥쳤다. 얼굴 생김새가 제대로 보일 정도로 가까워지자 굵직한 팔뚝과 우락부락한 체구가 눈에 가장 먼저 들어왔다. 릴리스는 위축되지 않으려 애쓰며 풀풀 풍기는 땀내를 모른 척했다. 분주히 움직이던 병사들이 그가 탄 말을 피해 주춤주춤 길을 비켜 주었다.

"다시 인사 올리겠습니다, 마마. 신 울란이라 합니다."

홀쩍 바닥으로 뛰어내린 울란이 몸을 굽혀 정중히 예를 표했다. 곁에 선 와트만은 마치 없는 사람인 듯 시선조차 주지 않는 거만한 태도가 그의 의도를 노골적으로 드러냈다.

"……알고 있으니 일어나게. 그간 경이 노고가 많았어."

릴리스는 그의 공로를 치하하는 한편, 배척을 사과하지 않는 것으로 사흘 동안의 일을 은연중 정당화했다. 평생 궁에 살며 체득한 귀족들 특유의 애매한 비꼼이었다. 아직 정치에는 눈이 어두웠으나, 이런 곳에서 뜻밖의 배움이 득이 될 줄은 미처 몰랐다. 그녀는 말고삐를 당겨 먼저 방향을 틀며 씁쓸한 기분으로 입맛을 다셨다.

"병사들의 절반은 바깥을 지키도록 남겨 두었습니다. 저희가 만든 흔적이니 스스로 처리해야지요. 늦게나마 성문을 열어 주시어 감사드립니다."

울란이 다시 말에 올라 그녀를 따르며 쾌활한 목소리로 얘기했다. 릴리스는 어깨를 으쓱하는 것으로 불편한 심기를 드러냈다.

"……나야말로. 누차 말하네만 결코 그대를 배척하여 그런 것이 아닐세."

울란이 하하하 웃음을 터뜨렸다.

"물론 알고 있습니다. 혈기를 못 이겨 무례한 언사를 뱉었으니 저야말로 사죄를 드려야지요. 헌데……."

그가 말끝을 흐리며 흘금 뒤를 돌아보았다. 시종일관 딱딱한 얼굴로 릴리스의 등 뒤를 지키던 와트만이 부리부리한 눈으로 울란을 마주 쏘아보았다. 상황이 상황인 만큼 서로 성질을 죽이고 있는 것인지, 이까지 득득 가는 모습이 흡사 철천지원수라도 만난 듯했다.

릴리스는 와트만의 어깨 너머로 시선을 옮겼다. 지친 기색이 역력한 병사들이 넓지 않은 길을 꽉 메우며 그들을 따르고 있었다. 불안에 떨며 집

안에 몸을 숨기고 있던 사람들이 문을 열고 나와 반갑게 지원군을 맞이했다.

울란은 그 후로도 한동안 풍경을 감상하듯 주위를 두리번거리다가 일행이 성으로 향하는 오르막길에 접어들고 나서야 다시 말을 이었다.

"생각보단 한적해 보이는군요. 현재 남은 병력은 어느 정도입니까?"

"그대들과 비슷해. 보병의 수가 다소 적다는 점을 염두에 두어야겠지만, 대신 기사들의 수가 상대적으로 많으니 어느 정도는 상쇄가 될 테지."

그렇군요. 울란이 대꾸하며 한 손으로 턱 끝을 문질렀다.

릴리스는 길 끝에 보이는 본성 문을 향해 더욱 속도를 올렸다. 보초를 서던 병사가 그녀의 뒤로 보이는 긴 행렬에 놀란 얼굴로 헐레벌떡 철문을 열어 주었다.

보조를 맞추어 그녀를 뒤따르던 울란이 순찰 중인 기사들을 유심히 살피며 짤막한 감상을 뱉었다.

"경비가 제법 삼엄합니다."

말에서 내려선 릴리스는 지끈거리는 관자놀이를 매만지며 두 눈을 깜빡였다. 아까부터 눈꺼풀이 뻑뻑한 것이, 영 상태가 좋지 못해 두통이 일었다.

"……글쎄. 그것은 나보다 그대가 더 잘 알 일이지. 카리알은 예전부터 최전방 역할을 톡톡히 해 온 곳이 아니었던가."

"하하, 참 그랬었지요……. 그보다 제가 묵을 방은 어느 쪽입니까?"

그들은 좀 더 걸어 정원 한가운데에 섰다. 말끝을 얼버무린 울란이 두 손을 비비며 커다랗게 미소했다. 다소 경박해 보이기까지 하는 그의 태도에 뒤늦게 달려 나온 무스타리가 눈살을 찌푸리며 가볍게 혀를 찼다.

"경은 별채에 묵게 될 거야. 방을 전부 내줄 테니 부관과 함께 쓰도록 하게. 이쪽은 집사장인 무스타리이니 필요한 것이 있다면 주저 말고 이르도록."

담화는 그것으로 끝이었다.

돌아선 채 잠시 기다리던 릴리스는 그가 별채 쪽으로 완전히 사라진 뒤에야 피로한 몸을 이끌고 집무실과 연결된 계단을 천천히 올랐다. 새로 들인 병사들 탓일까. 오늘따라 사방이 유난히도 시끄러웠다.

"헌데 마마, 성벽까지 오르셨다고 들었는데 그것이 참말입니까? 구태여 그렇게까지 하지 않으셔도 될 터인데……. 혹 몸이 상하실까 염려됩니다."

급히 그녀의 뒤를 좇아온 무스타리가 걱정스런 얼굴로 발을 동동 굴렀다.

"무슨 소리. 그것이야말로 내가 정말 해야 할 일이지. 그보다…… 폴리스에서는 여전히 연락이 없는 것인가?"

"예, 그러합니다. 고트성에 보낸 전령은 아마 지금쯤이면 당도했을 것이니 늦어도 모레쯤에는 답신이 돌아오겠지요."

잠시 심각한 표정이 되었던 무스타리가 이내 단정하듯 말하며 어깨를 들썩였다.

그때였다. 말없이 두 사람을 뒤따르던 와트만이 불쑥 나서 짝짝 박수를 치며 분위기를 환기했다.

"자, 자. 그건 내일 걱정할 일이고……. 마마, 일단 지금은 취침부터 하셔야겠습니다요. 눈이 벌써 반쯤 감기셨는뎁쇼. 무스타리, 먼저 가서 잠자리를 좀 봐 두게나."

"아, 예. 그리하겠습니다."

고개를 크게 주억인 무스타리가 잽싸게 발을 놀려 저 앞으로 튀어 나갔다. 와트만이 비틀거리는 릴리스를 부축하며 투덜거렸다.

"일단은 아무 걱정 마시고 푸욱 쉬십쇼. 나머지 병사들은 제가 알아서 어디든 배치해 두겠습니다. 하여간 울란인지 불란인지 그 새…… 놈은 눈치도 없이 하필 오늘 밀고 들어와서는……."

말 중간중간에 험악한 욕설이 끼어들었다. 릴리스는 호위 기사의 예의 없는 언사를 지적하는 대신, 그의 박한 평가에 동조하며 살짝 웃었다.

"……마! 준비가…… 런……."

"……금 바로…… 방……제 가……."

그러나 그도 잠시뿐이었다. 힘이 빠져 푸딩처럼 흐물거리는 팔다리가 어색해 그녀는 자신도 모르게 조금 휘청거렸다. 낯익은 목소리들이 멀어졌다 가까워지길 반복했다. 이틀 밤을 꼬박 새고, 심지어 그 상태로 난생처음 겪어 보는 공성전을 지휘했으니 제정신을 유지하는 것이 오히려 이상하다 해야 할 것이다.

릴리스는 숨을 크게 들이쉬었다. 꿈속에 갇힌 듯 가물거리는 시야가 공간 감각을 혼란케 했다. 잠시 멈춰 섰을 뿐인데 어느덧 성안에 들어와 있었고, 눈을 감았다 떴을 뿐인데 이미 계단을 오르는 중이었다.

푹 쉬라는 말이 주문처럼 머릿속을 뱅뱅 돌았다. 걸음을 내디딜 때마다 복도 바닥이 가까워졌다가 다시 이상하게 멀어졌다. 하루 사이에 10년은 늙어 버린 사람처럼 정신이 고단했다. 정말이지, 더 이상은 안 될 것만 같았다.

그녀는 언제인지도 모르게 곯아떨어졌다.

☙ ❦ ❧

벌써 보름째. 누구도 성문을 두들기지 않는다.

당초 예상했던 날이 한참 지났음에도 고트성에서는 여전히 아무런 연락이 없었다. 폴리스야 다소 멀어 그럴 수 있다손 치더라도, 이맘때까지 누구 하나 카리알에 답신을 주지 않는다는 것은 결코 긍정적인 징조라 보기 어려웠다.

"다행히 식량 사정은 넉넉한 모양입니다. 이제 곧 수확 철이니 더더욱 걱정이 없겠군요. 바이마르 저하께서도 연일 승전보를 보내오신다고 들었습니다."

울란이 성에 입성한 지도 오늘로써 12일째. 식기를 내려놓은 울란이 물잔을 흔들며 눈을 가늘게 떴다. 그와 의례적인 오찬을 함께하던 릴리스는 피곤한 기분으로 눈두덩을 문지르며 가벼운 동조를 표했다.

"아직까지는 그렇네만⋯⋯. 앞으로의 일은 알 수 없는 법이지. 그보다 경의 부대는 이제 그만 안으로 들어와도 되지 않겠는가? 성내의 기사를 교대로 내보낼 수도 있네."

"괜찮습니다. 어차피 정리도 거의 끝났을 테니 우선은 그대로 두도록 하지요. 성 밖을 정찰할 인원도 필요할 것이고⋯⋯. 참, 그보다는 대장간 말입니다만⋯⋯."

그때였다. 말을 잇던 울란이 마치 무슨 소리라도 들은 것처럼 갑자기 입을 다물고는 몸을 틀어 뒤돌아보았다. 눈을 부릅뜬 채 그를 빤히 감시하던 와트만이 영 내키지 않는 표정으로 성큼성큼 식당을 가로질러 가 거대한 문을 열어젖혔다.

"⋯⋯마! 마마!"

"무스타리?"

반쯤 열린 문 너머에서 이제는 익숙한 목소리가 들려왔다. 알아듣기 힘든 고성과 함께 소란한 발자국 소리가 차츰 가까워졌다. 릴리스는 엉거주춤 일어서며 의자 팔걸이에 기대어 놓았던 지팡이를 찾아 쥐었다. 와트만이 딱딱하게 굳은 얼굴로 식당 문을 완전히 열어젖혔다.

"마마!"

그와 동시에 무스타리가 구르듯 안으로 뛰쳐 들어왔다. 숨을 몰아쉬며 거리를 좁혀 온 그가 울란을 발견하곤 얼굴을 확 일그러뜨렸다. 느긋한 성정의 무스타리가 이렇듯 눈에 띄게 감정을 드러내는 것은 매우 드문 일이다. 어쩐지 좋지 않은 예감이 들어 릴리스는 공연히 두 손을 꼭 맞잡았다.

"마마! 울란 경의 병사들이 대장간 주위를 에워싸 사람이 드나들질 못한다고 합니다. 게다가 창고까지 들쑤시고 다니는 통에 관리하는 이들의 불만이 이만저만이 아니라고 하더군요."

불길한 예감은 언제나 그렇듯 정확히 들어맞았다. 릴리스는 확신을 얻기 위해 무스타리의 말을 되풀이했다.

"창고? 대장간이라고?"

"그렇습니다, 마마. 그러니 울란 경, 그대가 직접 말해 보시지요. 경의 병사들이 대체 무슨 권리로 카리알에 소속된 기사들을 제치고 이곳저곳을 건드리고 다니는 것입니까?"

무스타리가 울란에게 손가락질하며 언성을 높였다. 그러나 정작 울란은 개의치 않는다는 듯 태연한 얼굴로 어깨를 으쓱할 뿐이었다.

"뭐어, 별것 아닙니다. 명을 받고 내려왔으니 그만큼의 몫을 다해야 한다고 생각했을 뿐이지요. 게다가 아실는지 모르겠습니다만, 마마……."

솜씨 좋게 뒷말을 잘라 낸 그가 예의 경박한 미소를 내보이며 의자 등받이에 몸을 기댔다. 모두가 일어서 있는 와중 그만이 자리에 앉아 있었던 탓에, 마치 그가 지휘관인 양 기묘한 구도가 연출되었다.

"폴리스의 모든 귀족들이 이 사태를 환영하는 것은 아닙니다. 개중 몇몇은 아직도 마마의 의중을 의심하고 있지요. 그러니 제가 이 정도 관여하는 것쯤이야 어쩔 수 없는 일 아니겠습니까. 무엇보다 상호 간의 신뢰를 위해서는 말이지요—"

그리고 울란은 마치 그것을 의도한 사람처럼 뻔뻔하기 짝이 없는 말을 하고 있었나. 무스타리가 입을 떼 번렸다.

"경, 지금 스스로가 무슨 말을 하는지 알고는 있는 겁니까?"

"물론 알고 있소이다. 그러니 부디 그 손가락은 좀 치워 주시길."

울란의 얼굴에서 삽시간에 미소가 사라졌다. 와트만이 형형한 눈빛으로 사방을 주시하며 검을 반쯤 뽑아내었다.

두 사람의 기세에 겁에 질린 표정으로 서 있던 무스타리가 부들부들 떨면서도 지지 않고 언성을 높였다.

"설사 그렇다 한들 경의 행동은 명백한 월권입니다! 이 카리알은 마마의 소관이지 그대의 소관이 아니오!"

울란이 그 말에 턱을 긁적이며 미간을 좁혔다.

"물론 잘 알고 있지요. 헌데, 우리 병사들이 대체 무슨 짓을 하더이까?"

"말해 무엇 합니까! 대장장이들을 죄다 안으로 몰아넣은 뒤 밖을 지키고 있지를 않나, 창고란 창고는 죄다 뒤진 것으로도 모자라 멋대로 경비까지 세워 두었지요! 바이마르 저하께 보낼 식량조차 마음대로 꺼낼 수가 없으니 이 무슨 무도한 행위란 말입니까!"

"흠, 무도라니 너무하는군그래."

"그럼 대체 뭐란 말이오! 게다가 그 태도는 대체……."

무스타리가 분개하며 다시 삿대질을 하려던 순간이었다.

벌떡 일어선 울란이 먼저 팔을 뻗어 무스타리를 식탁 위에 쓰러뜨렸다. 요란한 소리를 신호라고 여겼는지, 난데없이 뛰어 들어온 울란의 병사들이 문을 잠그고 커튼을 내려 식당을 봉쇄했다. 눈 깜짝할 사이 벌어진 일이었다.

릴리스는 망연히 서 있다 와트만에게 이끌려 그의 등 뒤로 급하게 떠밀렸다. 무스타리가 벌게진 얼굴로 팔을 허우적대며 고함쳤다.

"컥, 이게 대체…… 큭! 무슨 짓입니까!"

"무슨 짓은 무슨 짓. 척 보면 모르겠나, 집사 나으리?"

울란이 킬킬 웃으며 무스타리의 목을 누르고 있던 손을 천천히 떼어 냈다. 풀 죽은 야채처럼 늘어져 있던 무스타리가 막혔던 숨을 거칠게 몰아쉬며 바닥으로 미끄러졌다.

"뭐어…… 이런 식으로 무례하게 굴 예정은 아니었습니다만, 생각보다 이치가 좀 많이 부지런해서 말입니다요."

생각보다 한계가 빨리 왔군요. 울란이 덧붙이며 릴리스가 서 있는 방향을 향해 시선을 던졌다. 그는 이 상황이 몹시 즐겁다는 듯 매우 유쾌한 표정이었다.

"이런 개자식……! 내 네놈이 제대로 된 기사가 아닐 줄 이미 알고 있었지!"

여유작작한 울란의 얼굴을 보며 와트만이 이를 득득 갈아붙였다. 울란이 어깨를 으쓱했다.

"하하. 뭐, 아주 틀린 말은 아니로군. 종일 가장하느라 곤욕을 겪었다며 다들 알게 모르게 불만들이 많았거든. 확실히 '척' 같은 걸 하는 건 영 몸에 안 맞는단 말이야……."

"가장이라고……?"

릴리스는 천천히 울란의 말을 되풀이했다. 잠에서 깨어나 미처 정신을 차리기도 전에 폭포 속으로 머리부터 메다꽂힌 기분이었다. 손발에 한순간 핏기가 싹 가셨다. 재미있다는 듯 그 모습을 지켜보던 울란이 이내 과장되게 허리를 굽히며 그녀에게 답했다.

"그러합니다, 마마. 과분하게도 용병 나부랭이들을 이렇게 성에 초대해 주셨으니…… 이제 제가 그 보답을 해 드려야겠군요. 모쪼록 편히 모시겠습니다."

✤ ❀ ✤

한편 같은 시각, 시렌은 카리알의 사정은 까마득히 모른 채 막사 안에서 뜬금없는 고초를 겪고 있는 중이었다.

"네 편지가 훨씬 더 길군."

바이마르가 글씨로 빼곡한 종이를 눈으로 뚫어 버릴 듯 쏘아보며 이를 갈았다.

"아니, 저하. 그러니까 제 편지는 내용이 없어요. 이미 여러 번 말씀드렸잖습니까. 맹세컨대 죄다 질문뿐이라니까요. 자, 드릴 테니 읽어 보십쇼."

시렌은 솟구치는 흥분을 억누르며 한 손으로 제 가슴을 탕탕 쳤다. 천금 같은 전장에서의 휴식 시간을 쓸데없는 입씨름으로 허비해야 하다니. 상대가 바이마르만 아니었다면 진작에 때려치우고도 남았을 무용한 짓거리였다.

"필요 없어. 옐친 경은 아직인가? 어떻게 카리알의 전령이 먼저 도착할 수 있지?"

"……."

시렌은 편지를 불태워 버리고 싶은 충동을 애써 눌러 참으며 마음속에 천 번째 인내를 새겨 넣었다.

"……뭐, 길이 엇갈린 모양이지요. 그러니 심통 부리지 마시고 좀 직접! 읽어 보십쇼. 정말 별것 없다니까요?"

"마마가 그리워. 얼굴을 뵙고 싶다. 승전의 기쁨을 함께 나누고 싶어."

벽에 대고 말한대도 이보다는 즐거울 것이다. 시렌은 폴리스로 돌아가기만 하면 체자레의 발밑을 기어서라도 면책권을 하나 따내리라 결심했다. 왕족 폭행죄는 심할 경우 참형이지만, 살아생전 바이마르의 명치 한 대조차 쳐 보지 못한다면 죽어서도 홀가분하게 눈을 감을 수 없을 것이다. 맹세컨대 스물일곱 해 만에 처음 가져 보는 불경한 소원이었다.

"아니, 그러니까 그냥 전처럼 하시라니까요……."

이미 200번쯤 반복한 것 같은 권유를 다시 들이밀자,

"누군들 그렇게 하고 싶지 않은 줄 알아?"

이미 300번쯤 들은 듯한 뾰족한 대꾸가 돌아왔다. 바이마르가 서늘해진 얼굴로 서신이 수북한 서랍을 천천히 밀어 닫았다. 피 냄새를 털어 내며 하루가 멀다 하고 써 모아 둔 것들이었다.

그러나 그리움을 꾹꾹 눌러 담아 놓은 절절한 서신들은 번번이, 세상의 빛조차 보지 못한 채 그대로 책상 속에 처박히곤 했다. 그리고 바이마르가 그것들을 대신해 보내는 것들은 간추리고 또 간추려 한껏 짧아진 편지들로, 시렌은 그 모순된 행동의 기저에 도사리고 있는 것이 오랜 세월 묵혀 온 희미한 두려움임을 알았다.

'하여간.'

와트만 경의 말이 옳았다. 거침없어 보이던 바이마르도, 세상사에 무심한 듯 보이던 황녀조차도 결국은 버려지는 것을 겁내 하는 애새끼에 불과할 뿐이었던 것이다. 시렌은 그렇게 불경의 세계에 한 걸음 더 다가섰다.

"후……."

달칵. 자물쇠 잠기는 소리에 얹혀 긴 한숨이 흘렀다. 참다못한 시렌이 기어이 혀를 끌끌 차며 입바른 말을 뱉었다.

"아니, 그렇게 모아 두면 마마께서 마음을 알아주신답니까? 주인도 모

른 채 썩어 가는 종이들만 불쌍하지요. 그깟 편지! 보냈다가 돌아오면 또 어떻답니까. 아테라에서는 주인 찾는 개처럼 발발거리며 뒤를 잘도 쫓으시더니만……."

"뭐?"

책상을 정리하던 동작이 뚝 멎었다.

"큼, 아니, 아닙니다."

"너 방금……."

"저하! 저녁 드십쇼. 아니면 안으로 들이도록 할까요?"

때마침 스쿼드가 천막 밖에서 커다랗게 목청을 돋웠다. 한참 동안 미심쩍은 눈으로 시렌을 응시하던 바이마르가 이윽고 손을 털며 커다란 몸을 일으켰다.

남자 새끼 목소리가 이렇게 감미롭게 들릴 수 있다니. 시렌은 새로운 깨달음에 탄복하며 밖에서 대기 중이던 스쿼드의 어깨를 격려하듯 두어 번 두들겨 주었다.

"고생하셨습니다, 누님."

드넓은 진영 곳곳에서 밥 짓는 연기가 피어오르고 있었다. 바이마르는 살로메의 곁에 앉으며 그녀를 한껏 추켜세웠다. 칼릴이 직접 이끌고 나왔던 중앙 부대를 사상자 하나 없이 격파해 냈으니 실로 대단한 공적이었다. 살로메가 멋쩍은 듯 웃으며 자리를 털고 일어섰다.

"공치사는 됐어. 난 다 먹었으니 그대들은 편히 들도록."

장본인이 겸손하게 만류를 했음에도, 기사들은 한동안 주거니 받거니 하며 살로메의 칭찬을 이어 갔다. 그리고 한창 승전의 기쁨이 무르익었을 즈음, 누군가 벌떡 일어서 어둑한 성벽 쪽을 가리켰다.

"저기, 뭐가 오고 있는 것 같은뎁쇼."

과연, 커다란 그림자가 불길 너머에 일렁이며 막사를 향해 다가오고 있었다. 등불에 비쳐 흔들거리던 그림자는 곧 일렬로 늘어선 커다란 수레 다섯 대로 변모했다. 모두가 목을 빼고 그쪽을 응시하는 가운데 확인을 마치고 돌아온 시렌이 좌중을 정돈시켰다.

"마마께서 보내 주신 여분의 식량입니다. 대부분 무르기 쉬운 채소들이니 적당히 나눠 놓아야 해요. 솔리안 경, 부탁드리겠습니다."

"말리지 않은 식량은 보관이 힘든 법인데. 제법 고생이 많으시겠어."

명을 받아 자리를 뜨는 솔리안 경의 뒷모습을 바라보며 누군가 솔직한 감탄을 뱉었다.

"큼……."

그 말에 바이마르가 제 칭찬을 들은 것처럼 뿌듯한 기색으로 고개를 주억였다. 그의 곁에 붙어 연신 눈치를 보던 스쿼드가 옆에 자리한 기사와 시선을 교환하곤 잽싸게 끼어들어 큼, 큼 목을 가다듬었다.

"저, 저하."

"음."

때를 잘 맞춘 탓일까. 퍽 선선한 대꾸가 흘러나왔다. 슬금슬금 시선이 모여드는 가운데, 힘을 얻은 스쿼드는 지체하지 않고 다음 말을 뱉었다.

"그…… 전부터 궁금했는데 말입니다……. 아테라에서는 정말 아무렇지 않게 막 밖에서도 입 맞추고 배도 맞추고 그럽니까?"

달그락거리던 식기 소리가 일거에 멎었다. 여기저기서 숨넘어가는 소리가 산발적으로 들려왔다. 딱딱하게 굳어 있던 바이마르가 입 속에 있는 것들을 단번에 꿀꺽 삼켜 버리고는 그릇을 바닥에 던지듯 내려놓았다. 하하하하— 그의 눈치를 보던 기사들 몇이 어색한 웃음소리로 적막을 깨뜨리며 스쿼드의 뒤통수를 퍽, 퍽 후려쳤다.

"야! 이……! 저하, 하하, 죄송합니다! 아오, 이 새끼, 하여간 말본새하곤……."

"아, 왜! 니들이 여쭤보라고 했잖나!"

스쿼드는 세상에서 가장 억울한 사람이 된 듯한 표정이었다. 다른 기사들이 입은 웃되 눈은 웃지 않는 괴상한 표정으로 그를 노려보며 목소리를 낮췄다.

"누가 언제 그런 걸 여쭤보라고 했냐! 우린 그냥 그……."

"그?"

"커흠, 큼!"

말 대신 요란한 헛기침이 이어졌다. 타박하던 기사가 무슨 생각을 했는지 얼굴을 붉히며 딴청을 피워 대기 시작했던 것이다.

"내 그럴 줄 알았지."

스퀘드가 뇌까리며 모닥불 주변을 쓱 훑었다. 이윽고 바이마르의 곁에 바싹 다가앉은 그가 의기양양한 표정으로 재차 말문을 텄다.

"저, 그래서 저하, 아테라 말인뎁쇼."

심히 능청스러웠으나 모여든 이들에게는 그다지 색다른 일도 아니었다. 바이마르는 찬물로 입가심하던 것을 그만두고 스퀘드를 노려보았다.

"……그런 건 왜 묻나."

"아, 궁금해서 그렇습죠! 도망길에서도 그렇고, 폴리스에서도 그렇고…… 내내 황녀 마마를 물고 빨지 않으셨습니까. 아니, 그, 물론 마마께서도 싫지 않으시니 전부 받아 주신 것이겠지만요. 아암, 그렇고말구요!"

'물고 빤다'는 표현에 수려한 얼굴이 와락 일그러졌다. 스퀘드는 뒤늦게 식은땀을 뻘뻘 흘리며 급히 벨리스를 말끝에 끼워 넣었다. 어설프기 짝이 없는 궁여지책이었으나 바이마르는 사랑에 푹 빠진 청년답게 한 치의 의심도 없이 그 술수에 걸려들었다.

"싫어하실 리가. 부끄러움이 많으신 것뿐이다."

심지어 바이마르는 퍽 의기양양한 얼굴이었다. 어처구니없는 얼굴로 서로를 마주 보던 기사들이 이내 그런 기색을 숨기고는 하하 웃으며 맞장구를 쳤다.

그때 누군가 말했다.

"아니, 아테라분이신데도 그렇습니까? 듣기로는 그, 따로 약혼자도 있었다고 하시……"

"그놈과는 아무 일도 없었다고 하셨어."

더할 나위 없이 단호한 부정이 마치 바늘 한 땀 안 들어갈 석상 같았다. 단정하던 미간이 순식간에 우그러지자 모두 약속이라도 한 듯 웃는 것을 멈추었다. 가히 스파티움 여름 날씨만큼의 변덕스러움이었다.

"예에, 그렇군요. 헌데 그, 듣기로는 말입니다. 아테라는 연회 날이면 야외 정원에서도 신음 소리가 들린다던데……."

눈치를 살피던 스퀴드는 무언의 압박에 못 이겨 다시 말을 붙였다. 곧 미적지근한 수긍이 돌아왔다.

"……뭐, 그렇긴 하더군."

"세상에, 정말입니까? 그럼 혹시 저하께서도……."

"무슨 말이냐! 그런 건 생각해 본 적도 없어!"

바이마르가 마치 신방에서 갓 쫓겨난 신랑처럼 펄쩍 뛰며 고함쳤다.

"아니 왜요? 나쁘지 않을 것 같은뎁쇼. 특히 봄이나 초여름은 바깥이어도 바람이 제법 따뜻하지 않습니까. 게다가 아테라는 남부이니 분명히 이곳보단……."

"상상도 하지 마라, 그냥 다물어."

다물지 않으면 그대로 목을 졸라 버리기라도 할 것 같은 목소리였다. 스퀴드가 어깨를 늘어뜨리며 입을 비죽였다.

"알겠습니다, 알겠다구요. 그럼, 그것 말고…… 아이고, 참. 그냥 가지 마시구요, 저하."

바이마르가 무심코 엉덩이를 살짝 들썩이자, 사방에서 뻗어 나온 손들이 다급하게 그 행동을 제지했다. 감히 왕자 몸에 손을 대니 어쩌니 하던 말뿐인 예의조차 해가 지며 서쪽에 처박아 버린 모양새였다.

누가 요의를 오래 참느냐 하는 시답잖은 것으로도 내기 판을 벌이는 게 전쟁터의 기사들이다. 하물며 세간을 뒤흔든 왕자의 연애담이니 이만한 호사거리를 말 많은 기사들이 놓칠 리 없었다.

바이마르는 거기까지 생각하다 반쯤 체념한 기분으로 얼굴을 쓸어내렸다.

"넌 뭐 그리 궁금한 게 많나."

"이 정도 가지고 무슨요. 마마의 나라이니 당연한 것 아닙니까! 아 헌데……."

퉁명스레 묻자 스쿼드가 실실 웃으며 양손을 내젓고는, 큰 비밀이라도 털어놓듯 목소리를 한껏 낮추며 뒷말을 이었다.

"그, 듣자 하니 말입니다요…… 아테라는 성년식 전이라도 합의하에 관계가 가능하다고……."

"뭐, 정말로?"

"그렇다던뎁쇼. 와트만 경은 뭐라더라. 열네 살에 집 근처 개울가에서 동정을 떼였다고 했단 말입니다. 상대가 두 살 많은 누님이었다던데."

불길이 훅 일어나듯 모닥불 주변이 소란해졌다. 난데없이 소환당한 아테라 기사의 방종한 과거사에 충격받은 이들이 눈을 동그렇게 뜨며 서로를 마주 보았다.

그리고 잠시의 침묵 뒤, 다시 떠들썩한 수다가 이어졌다.

"열넷, 열넷이라니…… 저하, 저하께서도 알고 계셨습니까?"

"부럽다. 나는 그 나이 때 이불에 지도 그렸다고 문밖으로 쫓겨나는 게 일상이었는데."

"아니, 뭐 부럽긴 한데…… 그보다 이 덜떨어진 놈아, 넌 어떻게 그때까지 오줌을 지렸냐. 수치라는 걸 좀 알아라."

"왜, 그럴 수도 있지."

"그래, 그럴 수도 있지……. 근데 너희 이놈이 아직 동정이라는 건 알고 있냐? 소문만 무성했지 정작 아직도 마음에 둔 여자가 없으시답니다. 여기 계신 저하께선 성년도 되기 전에 식을 올리셨는데!"

"……."

모두의 고개가 일제히 한 방향을 향해 돌아갔다. 다른 생각에 빠져 있던 바이마르는 뒤늦게야 시선의 의미를 알아차리고 양 볼을 시뻘겋게 붉혔다. 어둠 속에서도 확연히 보일 정도로 급격한 변화였다. 불그스레해진 얼굴 위로 탁, 탁, 노란 불꽃이 튀어 올랐다.

"하긴 저하께서도 올해 성년이 되셨지요……."

입가에 음흉한 미소를 띤 기사들이 아닌 척 몸을 수그리며 모닥불가로 모여들었다. 누군가 은근한 목소리로 먼저 운을 뗐다.

"큼, 그래서 저하, 성년식은 잘 치르셨습니까? 그, 아시지요? 스파티움에선 정인이 있을 경우 마지막 날 밤에 따로 방을 마련해 준단 말입지요."

"멍청한 놈! 아테라인들이 그런 걸 알 리가 있냐!"

옆자리 기사의 호통에 말을 끼냈던 이가 머쓱한 표정으로 머리를 긁적였다.

"하긴 그렇기는 합니다. 거기 전통은 또 다를 테니 마마께서도 어쩔 수 없으셨겠……."

"전부 해 주셨다."

타닥타닥. 무 자르듯 시원하게 나온 말 이후로 장작이 타오르는 소리만이 한참 공중을 떠돌았다. 기사들은 침묵했다가, 맞은편 이와 한동안 서로 얼굴을 마주 보았다가, 종국에는 다시 바이마르에게로 의아한 시선을 던졌다.

그러나 잘못 들은 것이 아닐까 의심하는 이들에게 확인시켜 주기라도 하듯, 왕자는 몹시 결연한 얼굴이었다.

"토속 음식을 먹고, 새 검을 선물로 준비해 주셨지. 함께 사냥도 나갔으니 이만하면 전부 이루어 주신 것이 아닌가."

스파티움의 성년식은 대개 3일 동안 치러졌다.

전통 복식을 차려입고 전통 음식을 먹으며 몸과 마음을 정갈히 하는 첫 번째 날. 사냥 대회를 열어 타고난 용맹함을 증명하는 두 번째 날. 그리고 마지막으로, 다 함께 먹고 마시며 온전한 성년이 되었음을 축하하는 세 번째 날.

정인이 있다면 이날 비로소 합방이 가능해지고, 그렇지 않은 이들에게도 본격적으로 배우자를 고를 수 있는 기회가 주어졌으므로 기실 성년을 맞는 대부분의 이들은 대개 손을 꼽아 가며 세 번째 밤만을 기다리곤 했다.

"정, 정말이십니까?"

"그래. 약식이지만."

비록 검은 성년의 날 선물이 아닌 생일 선물이었고, 사냥을 나갔던 날에는 낙마하여 한 달 넘게 침대 신세를 졌으며, 첫날밤은 생일날 자정이 지나기도 전부터 시작해 홀랑 날을 새 버렸으나 바이마르는 과감하게 소소한 사정들을 생략했다.

"아하, 그럼 이게 바로 그 검이겠군요. 어째 좋아 보인다 했습니다."

"그래, 마마께서 주신 것이다."

오해의 늪에 빠진 기사들이 당장 군침이라도 흘릴 것 같은 표정으로 바이마르의 허리춤에 매달린 검을 뚫어져라 응시했다. 그렇잖아도 병장기라면 사족을 못 쓰는 스파티움인들이다. '뭐 좀 아는 황녀'에 대한 은근한 재평가가 이루어지는 가운데, 시렌은 훈훈한 분위기를 만끽하며 흐뭇한 미소를 입가에 매달았다.

그때였다.

"그러면 저하, 혹시 합방도 그날…… 뭐야!"

음흉하게 웃으며 입을 열던 스쿼드가 문득 벌떡 일어서며 뒤를 돌아보았다. 막사 끝에서부터 다급한 북소리가 울려 퍼지고 있었다. 둥, 둥, 둥, 둥. 규칙적으로 들려오던 북소리가 차츰 빨라지며 이곳저곳에서 커다랗게 횃불이 올랐다.

"젠장, 막 좋은 얘길 하려던 참이었는데!"

한창 들떠 있던 분위기가 순식간에 얼어붙으며 긴장감이 감돌았다. 기사들이 짜증스러운 얼굴로 투덜거리며 다급히 불가를 떠났다. 마지막 전투가 끝난 지 채 반나절도 지나지 않아서인지 모두의 얼굴에 지친 기색이 역력했다.

"습격이다! 습격이야!"

병사들이 달려들어 모닥불 위에 양동이째 흙을 들이부었다. 흰 연기가 모락모락 피어오르며 사위를 뿌옇게 덮었다. 화급히 막사 안에서 달려 나온 살로메가 기사들을 이끌고 바삐 진영을 가로질렀다.

"제3부대가 정면을 맡겠다! 나머지는 방어 막을 쳐!"

소리치며 뛰어가는 그녀의 뒤를 3부대 병사들이 줄줄이 따랐다. 둥둥둥둥— 때맞추어 아테라 진영에서 들려오는 북소리가 아군의 소리와 뒤섞여 음산하게 평원을 떠돌았다.

"비겁한 놈들! 야밤을 틈타 습격을 해?"

루카스는 양쪽에서 덤벼드는 아테라 기사들을 차례차례 베어 내며 이를 갈았다. 낮에 보았던 칼릴 대신 다른 이가 선두에서 아테라군을 지휘하고 있었다. 다행히 대응이 빨라 진영이 많이 밀리지 않았다는 것이 한 줌의 위안이었다.

"방패 부대! 밀어 내라!"

바이마르는 투구조차 제대로 챙겨 쓰지 못한 채 전선 근처로 뛰어들었다. 그의 명을 따라 방패를 가슴 높이까지 치켜든 병사들이 구령에 맞추어 두 줄로 늘어서며 저지선을 만들었다. 휙휙 밀어 내는 힘에 아테라 기사들이 우수수 나가떨어지며 거친 욕설을 뱉었다.

"막아라, 하나!"

"밀어!"

"둘!"

그러나 아테라도 속수무책으로 지고만 있는 것은 아니었다. 무엇보다 병력의 수가 우세했으므로, 장기전으로 이어질 경우 불리한 쪽은 결국 스파티움이 될 가능성도 적지 않았다. 반나절씩 쉬어 가며 기력을 충전하니 종일 뛰어야 하는 스파티움의 기사들보다 아테라군의 체력적 부담이 현저히 덜 것이 당연했다.

바이마르는 모래투성이인 바닥을 내려다보다 목청을 높여 마몬을 불렀다.

"마몬! 화공법을 써야겠다. 밧줄을 준비시켜. 기름을 먹이고, 불을 붙여서 방어벽을 구축해라! 처음부터 우세를 빼앗길 수는 없어."

"하지만 괜찮겠습니까, 저하? 지금 바람의 방향이……."

뒤늦게 그를 따라온 시렌이 눈을 가늘게 뜨며 한 손으로 깃발을 가리켰다. 바이마르는 동요하지 않고 답했다.

"이제 겨우 평원의 절반을 차지했다. 벌써 사기를 끌어내릴 수는 없는 일이야. 아니라면 네게 보다 좋은 생각이 있나?"

옳은 말이었다. 시렌은 더 이상의 반론 대신 침착하게 물러나는 편을 택했다.

곧 기사들이 기름 든 통을 힘겹게 굴리며 돌아왔다. 명을 받고 우르르 모여든 병사들이 두툼한 밧줄 꾸러미를 통 안에 넣었다 빼기를 반복하며 노끈 사이사이에 꼼꼼히 기름을 먹였다.

이윽고, 루카스와 마몬의 지휘 아래 기사들이 기름에 흠뻑 젖은 밧줄을 수레에 싣고 평원 한복판으로 천천히 나아가기 시작했다. 사방이 엎치락 뒤치락하는 난장판이었기에 한 걸음을 떼는 것조차 난항이었다.

눈치 빠른 아테라군의 훼방도 만만찮았다. 두 손으로 밧줄을 쥐고 있어 몸이 자유롭지 못한 루카스는 당연하게도 집중 공격 대상이 되어 여러 번 위험한 고비를 넘겨야 했다.

그들은 몇 번이고 멈춰 서기를 반복한 뒤에야 겨우겨우 살로메가 막고 있는 최전선에 다다랐다.

"루카스 경!"

막 밧줄을 내려놓던 참이었다. 어둠 속에서 번득이며 날아온 검날이 섬뜩한 소리와 함께 공기를 갈랐다. 순식간에 베인 귓불 아래로 피가 주르륵 흘러내렸다.

기겁한 스쿼드가 곧장 덤벼들어 다음 공격을 시도하려던 아테라 병사를 베어 넘겼다. 루카스는 흐르는 피를 한 손으로 훔치며 밧줄을 가볍게 지르밟고 섰다. 급히 달려온 병사 하나가 그에게 활활 타오르는 횃불을 건네주었다.

곧이어 살로메가 연신 달려드는 적들을 떨쳐 내며 커다랗게 고함쳤다.

"방패병들은 밧줄을 밟지 말고 세 걸음 떨어져라! 3부대는 전부 방패 뒤로 물러서! 화공이다!"

화르륵— 그녀의 말이 끝남과 동시에 거센 불길이 일어나며 기름 먹인 밧줄 위를 쏜살같이 내달렸다. 순식간에 생긴 커다란 불 벽 앞에서 아테라 기사들이 주춤거리며 팔을 들어 드러난 얼굴을 가렸다. 일순간 정적이 흐르며 양군 간의 거리가 훌쩍 벌어졌다.

그러나 방심은 찰나였다.

쾅! 쾅! 갑작스레 불길을 뚫고 들어온 거대한 도끼가 두터운 방패를 거칠게 내리찍었다. 이어, 무소처럼 뿔이 달린 투구를 쓴 아테라 기사 하나가 저지선 한복판으로 돌진해 사방에 도끼를 휘둘러 대기 시작했다.

"멍청하게 뭣들 하는 짓이야! 이대로 손 놓고 죽고 싶나?"

걸걸한 목소리가 불 벽과 방패 사이에 갇혀 있는 아테라 병사들을 독려했다. 커다란 덩치만큼이나 힘도 좋은지 팔을 한 번 휘두를 때마다 두꺼운 철판이 움푹 패었다.

연달아 이어지는 공격을 버티지 못한 방패병들이 우수수 바닥에 넘어지며 서로를 깔아뭉갰다. 더 이상 달아날 곳이 없다는 절박함 때문인지 아테라 병사들도 한껏 기세를 올리며 반격을 시도했다.

살로메는 난감한 기분으로 흘금 뒤를 살폈다. 불 벽을 세우며 반 이상이 퇴각한 탓에 남아 있는 기사의 수가 많지 않았다.

"이런, 너무 몰렸어."

한참 맞붙어 싸우다 보니 어느새 평원의 서쪽 근방이었다. 뒤는 산이요, 앞은 아테라군이다. 대체 어느 사이에 여기까지 밀렸는지 도무지 모를 일이라 살로메는 쏟아지는 공격을 능숙하게 막으면서도 눈으로는 바삐 주변을 훑었다.

'방패병이 없어?'

그녀는 문득 눈살을 찌푸렸다. 시선을 조금 올리자 저만치 바닥을 나뒹굴고 있는 시체 두 구가 보였다. 방금 전까지 앞을 가로막고 서 있던 병사들이다. 아무리 수가 밀린다 한들, 이 정도로 쉽게 당할 솜씨들이 아닐 텐데. 불쑥 의문이 차올랐다.

그때였다.

사각지대에서 달려든 스파티움 병사 하나가 살로메의 어깨를 노리며 횡으로 길게 검을 휘둘렀다. 그리고 그와 거의 동시에, 누군가 거칠게 그녀의 몸을 밀치고는 달려든 이를 발로 걸어찬 뒤 바닥을 나뒹굴었다. 아군끼리 물고 뜯는 의외의 상황에 성난 황소 같던 아테라 기사마저 놀란 얼굴로 잠시 공격을 멈추었다.

"큭……!"

때마침 휘청이던 병사가 다시금 팔을 추켜올리며 쥐고 있던 검으로 살로메의 무릎 근처를 깊숙이 찍어 냈다. 때를 잘 맞추었을 뿐, 이상하게도 검을 휘두르는 동작이 어설펐다.

살로메는 웅크린 채 몸을 굴리며 살러릿의 앞코로 그의 발목을 걸었다. 제법 날래었던 방금 전의 동작과는 다르게, 금세 중심이 무너지며 몸이 앞으로 고꾸라졌다.

그러나 한쪽에만 정신을 팔고 있을 틈이 없었다. 아테라 기사의 철퇴가 위협적인 소리를 내며 다시 허공을 휘젓기 시작했던 것이다.

"살로메 경! 루카스 경!"

쇠공 끝에 붙어 있는 뾰족한 가시들이 막 정수리를 내려찍기 직전이었다. 다급한 목소리와 함께 횃불 몇 개가 허공에 둥둥 뜬 채 가까워졌다. 선두에 선 이의 얼굴을 확인한 루카스가 흙바닥에 팔꿈치를 세우며 상체를 겨우 일으켰다. 스파티움군이었다.

"빌어먹을……!"

지원군의 등장에 주춤하던 황소 기사가 낭패한 기색으로 기병의 말을 탈취해 도주로를 뚫었다. 도끼질 한 번에 나가떨어진 기병이 억울한 얼굴로 고함쳤다.

"경! 저, 놈! 저놈이 도망갑니다! 살로메 경!"

"됐다! 그보다 이쪽이나 신경 써. 아군을 공격한 자다."

퉤, 루카스가 피 섞인 침을 뱉으며 말했다. 화급히 달려온 스쿼드가 고꾸라져 있는 병사의 상체를 포박하며 눈살을 찌푸렸다.

"이게 대체 무슨 상황입니까? 경은 좀 괜찮으시구요?"

"별것 아니다. 그냥 몸이 좀 쑤실 뿐이야."

스쿼드가 혀를 차며 횃불을 휘둘렀다. 어른거리는 불빛이 사위를 비춘 뒤에야, 살로메는 그들이 생각보다 진영과 가까운 곳에 있었음을 깨달았다. 들키지 않았더라면 이대로 모른 척 병사들 틈에 스며들 생각이었으리라. 도주로 확보라니, 단순한 병사라 보기에는 지나치게 능란한 전술이었다.

"테바이인이로군."

투구를 벗기자 의심은 곧 확신이 되었다.

잔뜩 긴장한 채 순서를 기다리던 보초병들이 사로잡힌 들짐승처럼 마구 몸부림치는 앳된 얼굴의 청년을 중앙 막사로 끌고 가 굵은 밧줄로 단단히 결박했다. 소식을 듣고 곧장 달려온 마몬이 천막의 입구를 막고 선 채 표정을 험상궂게 일그러뜨렸다.

"용병 출신이 예까지는 어쩐 일이지? 단지 돈 때문이라면 구태여 최전방까지 따라올 필요는 없었을 텐데."

"히끅!"

잔뜩 겁먹은 얼굴의 청년이 주위를 두리번거리며 딸꾹질을 토해 냈다. 쪼그려 앉아 청년을 빤히 살피던 루카스가 혀를 차곤 검집으로 그를 툭 건드렸다.

"어쩐지 몸놀림이 남다르다 싶더라니. 설마하니 테바이 놈일 줄은 몰랐지. 그래서 살로메 경을 노려 공격한 이유가 뭐지? 죽일 생각이었나?"

"아니, 히끅! 절대…… 히끅!"

병사가 도리질 쳤다.

"그, 그게…… 끕, 죽일, 끕, 죽일 생각은 아니었…… 히끅!"

허. 스쿼드가 혀를 차며 루카스의 곁에 덩달아 쪼그려 앉았다.

"그럴 생각이 아니면?"

"히끅!"

"싹 다 묶어 아테라에 던져 주기라도 할 생각이셨나?"

"히끅!"

"아, 그러니까 누가 사주했냐고 묻잖아! 그만 질질 짜고 대답 안 해!"

쾅! 듣다 못한 루카스가 바닥에 나뒹굴던 방패를 주먹으로 두들겼다. 요란한 소리에 흠칫 놀란 청년이 곧 콧물까지 쏟아 내며 주절주절 변명을 늘어놓기 시작했다.

"죽일 생각은…… 끅, 그냥 누구든 부상만 입히면 된…… 히끅! 된다고, 그럼, 히끅! 보수를 주겠다고……."

이어, 모두가 익히 아는 이름들이 더듬더듬 거론되었다. 묵묵히 심문 과정을 지켜보던 마몬이 입매를 딱딱하게 굳혔다.

"빌어먹을 원로들."

살로메가 혀를 차며 머리를 짚었다.

그러나 루카스는 여전히 의아한 얼굴이었다. 잠시 고민하던 그가 미간을 찌푸리며 살로메를 불렀다.

"하지만 살로메 경."

"말해."

"로지아 후작은 이미 즉위식에 참가하는 것으로 제 뜻을 내보이지 않았습니까? 아무리 선왕 전하를 따랐다 한들 이제 와 진심으로 왕위가 전복되기를 바라지는 않을 텐데요."

"……후작은 허울 좋은 호객꾼일 뿐이야. 손님을 초대해 판을 뒤흔들 수는 있겠지만 정작 승패 여부는 그와 큰 관련이 없지. 아테라가 승기를 쥔다면 1왕자를 복권시켜 지금보다 더한 이득을 취할 수 있을 테지만—"

살로메가 피로한 얼굴로 말을 끊었다. 이어서 걸걸한 목소리가 이야기를 매듭지었다.

"—실상 그렇지 않다 해도 그는 손해 볼 것이 없어. 어찌 되었건 후작 역시 스파티움의 명예 귀족이 아닌가."

"마몬 경의 말이 옳다. 아무리 전하라 해도 그를 아펠라에서 완전히 배제할 수는 없는 일이니……. 방계라 한들 그는 여전히 아나토리아의 왕족이야. 원로들이 눈에 불을 켜고 있는 이상 우리도 어쩔 수 없이 그를 품어야겠지."

품는다는 말과 달리, 살로메는 당장이라도 그들을 벼랑에서 밀어 버릴 것처럼 살벌한 표정이었다.

"아니, 그래도 그렇지요. 이게 무슨 도박도 아니고. 양쪽에 판돈을 걸었다 이 말씀이십니까?"

스쿼드가 살로메를 바라보며 누구도 답하지 않을 푸념을 늘어놓았다. 마침 들어온 병사들이 꿇어앉아 있던 청년을 거칠게 일으켜 세웠다. 바둥대던 그가 간신히 억센 손아귀에서 벗어나 루카스의 발치로 엉금엉금 기어갔다.

"히끅! 살려, 살려 주십시오, 다시는 그러지 않겠습니다. 더 알고 있는 것도 많아요. 전부 다 알려 드리겠습니다. 죽이지…… 히끅! 죽이지, 말아 주세요!"

눈물 콧물로 젖어 드는 바짓가랑이를 보며 루카스가 픽 실소를 흘렸다.

"허, 참. 그래서 뭘 아는데? 너와 함께 숨어든 다른 테바이 놈들?"

"예! 예! 그럼…… 히끅! 그럼요!"

흠. 루카스가 짐짓 곤란한 듯 턱을 가볍게 문질렀다. 다리를 탈탈 털며 눈살을 찌푸리자 딸꾹질 소리가 한층 커졌다.

"글쎄, 그걸로는 좀 부족한데……. 침입자 색출이야 우리 쪽에서 알아서 하면 될 일이고……. 어쨌거나 지휘관을 공격했으니 그대로 참수……."

"아니, 아닙니다! 히끅! 더 있어요! 더, 히끅! 더 있습니다! 카리알, 카리알의 황녀에 대한 것도……."

"뭐?"

일순 막사 안이 쥐 죽은 듯 고요해졌다.

가장 먼저 움직인 것은 마몬이었다. 성큼성큼 걸어가 청년의 목덜미를 잡아챈 그가 훈제된 고깃덩이 걸듯 길쭉한 몸을 나무 기둥으로 밀어붙였다. 기도가 막혀 컥컥대는 소리가 새어 나왔으나 그 누구도 섣불리 움직이지 않았다.

"무어라 했나?"

그가 물었다.

"카리알…… 커흑! 카리알에 보낼 거라 했, 끅! 했습니다! 아테라의 황제가 선물을 좋아할, 컥! 좋아할 거라고……."

중간중간 숨넘어가는 소리가 섞여 들었다. 숨을 쉬지 못하자 핏기가 가셔 창백했던 얼굴이 차츰 시뻘겋게 달아올랐다. 허공에서 바르작대던 양 다리가 바닥으로 툭 떨어지며 둔탁한 소음을 냈다.

"누가 그런 말을 했지?"

"모릅……."

쾅! 바윗덩이 같은 팔이 묵직하게 허공을 갈랐다. 일격만으로도 얼굴 바로 옆에 자리한 기둥에 선명한 금이 생겼다.

마몬이 혀를 차며 손아귀의 힘을 풀었다. 기둥을 타고 주룩 떨어져 빨래처럼 바닥에 널브러진 청년이 연신 기침을 거듭하며 호흡을 가다듬었다.

마몬은 굳어 있는 병사들을 지나쳐 바삐 막사를 나섰다. 루카스와 스쿼드가 꼬리처럼 줄줄이 그의 뒤를 따랐다. 바이마르를 찾아야 했다. 지금 당장.

✤ ✿ ✤

"저하께서 평원을 거의 수복하셨다고 하더군요. 아침부터 좋은 소식이 들어왔으니 마마께서도 마음이 참으로 흡족하시겠습니다."

집무실 창가에 기대어 서 있던 울란이 마침 생각났다는 듯 과장되게 두 손을 맞부딪쳤다. 방 안의 누구도 그의 말에 답하지 않는 가운데, 무스타리가 불편한 심기를 드러내듯 펜촉으로 종이를 벅벅 긁어 대었다.

"참, 그리고 보니, 마마. 전령에 관해 드릴 말씀이 있습니다만……."

그러나, 애석하게도 울란의 용건은 아직 끝난 것이 아닌 듯했다. 한층 가까이 다가선 그가 말끝을 흐리며 눈을 가늘게 떴다. 손톱으로 쇠를 긁듯 꺼림칙한 목소리였다. 들을 때마다 온몸에 소름이 끼쳤지만 지금은 다른 이유로 등골이 서늘했다. 릴리스는 평온을 가장한 채 되물었다.

"……전령이라 했나?"

"그렇습니다, 마마. 혹 어디 짐작 가는 곳이라도 있으신지요? 아니면 따로 기다리시는 연락이 있다거나 말입니다."

"이제 와 그런 걸 왜 묻는지 모르겠군."

그러나 여유는 짧았으며 인내는 그보다 더욱 짧았다.

"카리알의 병사들은 죄다 밖으로 내보내 순찰을 돌리고, 성안에 있는 자들이라곤 온통 그대의 사람뿐인데 내가 대체 무엇을 기대할 수 있단 말인가?"

절로 신경질적인 목소리가 튀어 나갔다. 울란이 흥미로운 표정을 지으며 그녀를 물끄러미 내려다보았다. 어린아이 재롱을 지켜보듯 태도에 여유가 넘쳐흘렀다.

릴리스는 입술을 지그시 깨물었다. 새삼 스스로의 무력함에 치가 떨렸다.

성 내부는 이미 반 이상 울란의 손아귀에 떨어졌다. 일견 의심을 품는 자들도 있었으나, 평범한 주민들이 내부 사정을 속속들이 이해하기란 쉽지 않은 일이었으므로 그 과정은 물 흐르듯 자연스럽게 이루어졌다.

그나마 충성스러웠던 카리알의 기사들은 죄다 말린 생선처럼 한데 엮여 옥으로 끌려갔으며, 저항하던 병사들은 항명이라는 죄목 아래 무기와 갑옷을 깡그리 빼앗겼다. 세간의 시선을 의식해서인지 와트만의 처벌은 침실 구금에 그쳤으나 그 또한 결국은 옥살이와 다를 것이 없었다.

그러나 대외적으로 울란은 여전히 충성스러운 스파티움의 기사였다. 그가 내린 처분들은 카리알을 '염려'하는 체자레의 뜻으로 곱게 포장되었고, 릴리스는 삽시간에 그의 온순한 협력자가 되었다. 자국인을 배척하는 타국인의 텃세쯤으로 사흘의 대치를 미화시킨 결과였다.

이런 와중에도 고트성과 폴리스에서는 여전히 아무런 연락이 없었다. 전령이 도착하긴 한 것인지, 왔다면 답신은 가지고 온 것인지 아닌 것인지, 아니라면 그들을 보지는 못했는지. 온갖 물음이 목 끝까지 차올랐지만 한마디도 먼저 나서서 물을 수가 없어 속이 끓었다.

그녀의 표정을 살피던 울란이 이윽고, 능청을 떨며 한 걸음 물러섰다.

"하하, 이것 참. 그렇게 생각하고 계셨다니 유감입니다. 오해를 풀어 드리기 위해서라도 오늘은 반드시 그놈 얼굴을 보여 드려야겠군요. 고국에서 온 자이니 분명 반가워하실 겁니다."

"뭐……?"

그리고 다음 순간, 릴리스는 자신의 귀를 의심했다. 무스타리 역시 비슷한 표정이었다. 깃펜마저 떨어뜨린 채 입을 쩍 벌리고 있던 무스타리가 떨리는 목소리로 울란에게 물었다.

"고국……이라면 혹 아테라를 말하는 거요?"

"뭐 그렇소이다. 그러니 마마, 어서 가 보시지요. 오랜만의 손님이 아닙니까."

의자 뒤로 돌아간 울란이 그녀를 거칠게 붙들며 일으켜 세웠다. 릴리스는 급하게 지팡이를 잡아채곤 비틀거리며 방을 가로질렀다.

"황녀 마마를 뵙습니다."

울란의 '손님'은 피투성이가 된 채 1층 회랑에 꿇어앉아 있었다. 그 곁을 감시하듯 둘러싼 울란의 부하들이 수군대며 남자의 출신을 들먹였다.

분주하게 성을 오가던 사용인들이 난데없는 소란에 하던 일을 멈추고 슬금슬금 다가왔다. 평소라면 가차 없이 그들을 쫓아냈을 울란이 아무런 조치도 취하지 않자, 구경꾼은 계속 늘어나 어느새 처음의 배가되었다.

릴리스는 긴장한 채로 꼿꼿하게 허리를 바로 세웠다. 가뜩이나 모래성처럼 위태롭기 그지없는 평판이다. 타고난 출신이야 어쩔 수 없다지만 괜한 의심을 자초할 필요는 없었다. 혹여 공분이라도 사게 된다면 분명 앞일이 복잡해질 것이리라.

그녀는 떨지 않으려 같은 문장을 몇 번 입 속으로 되뇌어 본 뒤에야 '전령'의 얼굴을 제대로 확인했다. 다행히도 낯선 이였다.

"아테라의 전령이라고 들었다. 누가 그대를 보냈지?"

"폐하께서 황녀 마마께 전하라고 명하신 서신입니다."

부어터진 입에서 갈라진 목소리가 흘러나왔다. 황제라는 말에 술잔 속 거품처럼 바글대던 수군거림이 일거에 허공으로 흩어졌다. 삭막해진 분위기에 입이 말랐다. 릴리스는 떨리는 마음을 감추며 다시 물었다.

"서신은 어디 있나?"

"품 안에 있습니다. 줄을 풀어 주신다면……."

"헛소리."

릴리스는 사내의 청을 일축했다. 근처에 있던 병사를 시켜 품속을 뒤지게 하자 옷 안에서 구겨진 종이 뭉치 하나가 튀어나왔다. 돌돌 말린 흰 종이에 찍힌 붉은색 봉인, 그리고 그 아래 묶여 있는 금색 매듭까지. 모든 것이 지나치게 익숙해 도리어 현실감이 없었다.

한동안 멍하니 서 있던 릴리스는 정신을 차리고 서신을 그대로 무스타리의 손에 넘겼다. 결탁했다거나 첩자일지도 모른다는 쓸데없는 의심을 불식시키기 위해서라도, 지금은 그의 역할이 무엇보다 중요함을 부디 이해해 주길 바라며.

"그대가 읽게."

"예? 아, 예! 크흠…… 그러니까……."

눈치 빠른 무스타리는 다행스럽게도 금세 명령의 진의를 파악했다. 그가 아테라어를 할 줄 알아 천만다행이었다. 릴리스는 초조함을 숨기기 위해 지팡이를 쥔 손에 힘을 주었다.

"그럼, 읽겠습니다."

헛기침을 하며 목을 가다듬던 무스타리가 이윽고, 종이를 꽉 쥐었다. 릴리스의 긴장에 전염되기라도 한 것인지, 그는 마치 혀를 깨물고 싶어 하는 사람처럼 불안해 보였다.

"'릴리스. 북부의 찬 바람에 몸은 성한지 모르겠구나. 외유……는 충분히 즐긴 듯하니 이제 그만 돌아오는 게 어떻겠느냐? 아마도 그리울 듯하여 내 친히 네 어미의 초상화를 하나 동봉하는 바이다……. 언제고 연락을 기다리고 있으마.' 그리고 마마……. 여기 초상화가 한 장 더 들어 있사옵니다."

무스타리가 허리를 깊게 숙이며 또 다른 종이를 내밀었다. 릴리스는 서신의 내용을 곱씹다 천천히 손을 뻗어 그것을 받아 들었다. 어미의 초상화라니, 갑자기 무슨 연유로?

이해할 수 없는 이야기였으나, 예거라트는 의미 없는 일에 시간을 허비하는 이가 아니었다. 릴리스는 그 명백한 사실을 곱씹으며 떨리는 손으로 종이를 뒤집었다.

"마마……?"

그리고 여자의 얼굴이 그곳에 있었다.

햇빛을 받아 붉게 빛나는 주홍색 머리칼이 한눈에 들어왔다. 오밀조밀한 이목구비를 가진, 퍽 자그마한 체구의 여자가 등받이 없는 의자에 앉아 무표정한 얼굴로 앞을 보고 있었다. 순간을 포착한 듯 자연스러운 그림이었다.

"어머니라, 그러고 보니 얼굴이 제법 닮으셨습니다. 헌데…… 마마, 왜 그리 놀란 표정이십니까? 혹 무슨 문제라도 있으신지요."

그때였다.

불쑥 끼어든 울란이 그녀와 초상화를 번갈아 보며 고개를 기울였다. 미심쩍은 듯 가늘어진 눈과 말 사이에 낀 짧은 침묵이 떠들썩하던 분위기를 싸하게 가라앉혔다.

릴리스는 불에 덴 사람처럼 화급히 종이를 집어 던졌다. 발끝으로 피가 죄다 빠져나간 듯 머리가 어질거렸다.

"왜 그러십니까, 마마?"

무스타리가 황급히 팔꿈치를 받쳐 주었다. 불신, 호기심, 혐오와 분노. 그의 몸이 움직이며 가려져 있던 시선들이 한꺼번에 그녀에게로 쏟아져 내렸다. 릴리스는 복잡한 속내를 꾹꾹 내리누르며 감흥 없는 사람처럼 턱을 추켜올렸다.

"아니, 아닐세. 오랜만에 고국을 떠올려 감정이 복받쳤던 듯해."

"……그렇습니까."

울란이 전혀 수긍하지 못하겠다는 얼굴로 대꾸했다.

"더불어 나는 이제 아테라의 우군이라고 할 수 없으니, 줄 수 있는 말이 따로 있을 리도 없겠지. 전령은 울란 그대가 알아서 돌려보내도록 하게."

그러나 이 이상 쓸데없는 빌미를 줄 수는 없었다. 이대로 어영부영 휩쓸리는 것이 바로 예거라트의 의도임을 아는 지금이라면 더더욱.

어떤 면에서 보았을 때는, 이것이야말로 정말 예거라트다운 방식이 맞았다. 분란을 일으켜 아테라 황녀의 입지를 약화시킨 뒤, 바이마르를 끌어내려 손쉽게 승리를 거두려 함이겠지. 어쩌면 그녀의 귀환을 조건으로 전쟁을 끝맺으려 하는지도 모른다. 정보를 숨기고, 교란하는 것은 그의 특기였으니.

그런 생각의 끝에서, 릴리스는 뒤도 돌아보지 않고 왔던 길을 되짚었다. 딸깍이는 지팡이 소리를 따라 모여 섰던 이들이 길을 비켜 주었다.

"쉬십시오, 마마."

심상치 않은 표정을 어찌 생각했는지, 무스타리는 아무것도 묻지 않은 채 그녀를 방 앞까지 배웅했다. 내심 그에게 고마워하며 방으로 들어선 릴리스는 침대에 걸터앉아 협탁 맨 아래쪽 서랍을 뒤적였다.

얼마 전 받았던 영문 모를 초상화가 곧 그녀의 손을 타고 딸려 나왔다. 커다란 눈이 인상적인 자그마한 얼굴. 그 얼굴 위에 방금 전 보았던 그림 속의 여인이 짜 맞춘 듯 겹쳐졌다.

릴리스는 초상화를 협탁 위에 내려놓으며 한 손으로 제 얼굴을 더듬어 보았다. 그럴 리 없다 내내 부정하고 있었지만, 그림 속의 얼굴은 거울 속에서 매일 보던 낯익은 모습과 놀랍도록 꼭 닮아 있었다. 왜일까. 불길한 예감에 가슴이 쿵쿵 뛰었다.

황족들의 초상화는 언제나 지정된 궁정 화가에 의해 성년이 지난 이후의 모습으로 박제된다. 그 덕분에 릴리스는 궁에 든 지 얼마 지나지 않아 부모의 얼굴을 볼 수 있었다. 선황제는 어째서인지 그녀에게 초상화를 보여 주는 것을 꺼려 했지만, 예거라트는 이 부분에 있어서는 늘 아비보단 좀 더 관대한 태도를 취하곤 했다.

'네가 보기엔 어디가 닮은 것 같으냐?'

그리고 그때마다 예거라트는 늘 형용하기 어려운 표정을 짓곤 했었다.

아니, 아니다. 그것은 체념 같기도 했고, 질투심 같기도 했으며, 때로는 증오와 회한 같기도 했다. 이전 생에서는 알아채지 못했던 감정의 편린들이었다.

하지만 어째서?

"마마, 식사 시간입니다. 들어도 되겠습니까?"

때마침 문밖에서 들려오는 목소리에 릴리스는 느릿하게 고개를 들어 올렸다. 생각에 잠긴 새 시간이 꽤 많이 흘렀는지, 어느덧 해거름이었다.

양손에 커다란 쟁반을 받쳐 들고 서 있던 노라가 가볍게 고개를 숙여 보이며 방으로 들어섰다.

"알음알음 소문이 돌고 있다 합니다."

문은 반쯤 열린 채였고, 방 밖에서는 테바이 병사가 눈을 빛내며 두 사람을 감시하고 있었다. 탁자 위에 저녁을 차리던 노라가 스튜 그릇을 내려놓으며 소곤거렸다. 병사가 눈치챌세라 급하게 몸을 바로 세운 그녀가 샐러드를 더는 척 허리를 굽히며 다시 속삭였다.

"폴리스에서 왔다는 이들이 왜 이렇게 강압적이냐, 마마는 어디 계시냐 말들이 많다고 하더군요."

릴리스는 아무 말도 듣지 못한 척하며 식기를 세게 쥐었다. 울란이야 몇 년 동안 기사 노릇을 하며 몸가짐을 배웠다지만, 그녀가 보기에도 용병들의 행동거지는 뭐라 콕 집어 설명하기 힘든 거친 면이 있었다. 눈썰미 좋은 스파티움 사내들을 내내 속일 수는 없을 것이다. 그 틈을 놓치지 말아야 했다.

조용한 식사가 끝난 뒤, 릴리스는 적막한 방 안에 다시 홀로 남겨졌다.

고개를 조금 돌리자 창틀 위에 올려 둔 조그만 물잔이 눈에 들어왔다. 아직 쌩쌩해 보이는 샛노란 지빠귀풀꽃의 조금 위쪽에, 반쯤 남아 시들해진 야래향이 달빛을 받아 새하얀 빛을 흩뿌리고 있었다. 흐릿한 향기가 코끝을 맴돌아 그리운 얼굴이 떠올랐다.

※

다시 지루한 며칠이 흘렀다.

"폴리스로 전서를 보내려고 하셨던 모양이지요."

채 동이 트기도 전, 흉흉한 기세를 뿜으며 침실로 들이닥친 울란이 한 손에 쥐고 있던 구겨진 서신을 보란 듯이 바닥에 거칠게 내던졌다. 커다란 손이 어깨를 거칠게 틀어쥐는 감각에 잇새로 신음 소리가 흘렀다. 릴리스는 강제로 일으켜 세워진 채 방 한가운데로 무력한 짐승처럼 끌려갔다.

"이 무슨 무례한……! 마마께 무슨 짓이오!"

난데없는 소란에 다급히 방 안으로 뛰어 들어온 무스타리가 밀랍처럼 희게 질린 낯으로 자리에 멈춰 섰다. 그리고 그와 거의 동시에, 울란이 팔을 거칠게 위에서 아래로 휘둘러 릴리스를 짐짝처럼 탁자 위에 내동댕이쳤다. 그 바람에 상판이 기울어져 바닥으로 떨어진 꽃병이 새파란 파편을 흩뿌리며 산산이 조각났다.

울란이 신고 있던 커다란 부츠로 유리 조각들을 밟으며 뒤돌아서서 이죽거렸다.

"남작 차례는 잠시 뒤이니 그만 보채고 좀 진정하게나. 거참, 카리알 놈들은 어찌나 하나같이 이리 성질들이 급한지 원."

"대체 무슨 소릴 하는 거요! 당장 손 떼라 하지 않았습니까! 마마! 맙소사……."

무스타리는 마치 당장이라도 기절할 것 같은 얼굴을 하고 있었다. 릴리스는 이를 악물고 상체를 바로 세우려 애썼다. 뻣뻣한 다리가 탁자 모서리에 부딪쳐 절로 비명 소리가 나올 정도로 고통스러웠지만, 이 작자에게 그런 모습을 들키는 것만큼은 절대 사양이었다.

"거듭 말하고 있지만 말이야…… 그렇게 시치미를 떼면 정말 곤란하다고. 작업 속도는 말할 것도 없고, 조합장 놈도 낌새가 영 수상하단 말이지. 방심하고 있던 새 다들 아테라 병이 들었나, 아주 충심들이 지극해 눈물이 날 지경이야. 그렇지 않습니까, 마마?"

"……내게 무슨 말을 듣고 싶은 건지 모르겠군."

릴리스는 후들거리는 두 팔로 간신히 탁자를 짚었다. 짐승의 것처럼 번

들거리는 눈이 그녀를 빤히 내려다보고 있었다.

얼마나 그렇게 시선을 마주하고 있었을까. 울란이 히죽 웃으며 눈을 가늘게 떴다.

"이것 참, 그리 말씀하시면 서운하지요, 마마. 질 좋은 식사에, 푹신한 잠자리까지. 포로에게 이런 예우를 해 주는 곳이 세상에 어디 있겠습니까."

"테바이에서는 이따위 대접을 예우라 칭하나 봅니다."

무스타리가 씹어뱉듯 대꾸했다. 멍 자국이 완전히 사라진 지 채 며칠이 지나지 않았음에도 그는 마치 목이 졸렸던 그날의 일을 완전히 잊은 사람처럼 굴고 있었다. 울란이 귓불을 의미 없이 긁적이며 그를 돌아보았다.

"하하, 카리알의 충신께서 화가 단단히 나신 듯하군그래. 허나 마마⋯⋯."

말꼬리가 늘어졌다. 릴리스는 그가 이어서 하려던 말이 무엇인지 예감하곤 의연하게 사나운 시선을 맞받아쳤다. 비난쯤이야 얼마든지 감내하겠다고 다짐했으나, 이런 자에게서까지 조롱받을 만큼 저급한 선택을 했던 기억은 없었다. 맹세컨대 절대로.

"이미 말씀드렸듯 저는 그저 원로분들의 바람에 따라 세간의 불신을 다독이고자 입성한 것뿐입니다. 뭐, 실은 아펠라보단 아나토리아의 바람이라고 해야겠지만⋯⋯."

하하, 울란이 말끝을 흐리며 성마르게 웃었다.

"어쨌거나 저희 테바이 입장에서야 돈만 제대로 준다면 그게 누구건 상관없는 일이란 말입지요. 헌데."

커다란 손이 갑작스레 턱을 아프게 그러쥐었다. 그 바람에 몸이 반쯤 위로 들리며 무게가 한꺼번에 아래로 쏠렸다. 버둥거리는 발끝에 바닥이 겨우 스쳤다.

"윽⋯⋯."

악력에 볼이 눌리며 턱에서부터 찌르르한 통증이 느껴졌다. 릴리스는 비명을 참으려 입 안쪽 살을 세게 깨물었다. 기겁하며 덤벼드는 무스타리를 발길질로 가볍게 쳐 낸 울란이 문 너머를 향해 손짓했다. 병장기 소리가 요란하게 들리며 한 무리의 기사들이 방 안으로 들어섰다.

"그사이를 참지 못하고 몰래 전령을 보내셨을 줄이야. 게다가 하나도 아니고, 무려 둘이란 말이지요."

턱뼈를 강하게 누르는 힘에 생리적인 눈물이 투두둑 흘러내렸다. 릴리스는 두 손으로 그의 팔을 붙들었지만, 힘의 차이가 극명한 탓에 그것은 애처로운 바동거림 그 이상은 되지 못했다.

"하마터면 그냥 놓쳐 버릴 뻔했지 뭡니까. 설마하니 기사 나으리께서 천것처럼 거름지게를 지고 나가실 줄 누가 알았겠습니까?"

흐릿해진 시야로 희열에 찬 듯 웃고 있는 시커먼 낯짝이 보였다. 릴리스는 눈 한 번 깜빡이지 않은 채 울란을 마주 쏘아보았다. 분하고 수치스러워 눈물이 뚝뚝 흘렀다. 저 얼굴에 침이라도 실컷 뱉어 줄 수 있다면 뭐든 할 수 있을 것만 같은 기분이었다.

그 속내를 눈치채기라도 한 것처럼 일순 울란의 눈이 한층 가늘어졌다.

"……이럴 줄 알았으면 호위랍시고 버티던 그놈들부터 일찌감치 떼어 놓을 것을 그랬습니다. 설마하니 그럴 줄은 몰랐지요. 명색이 스파티움 기사라는 놈들이, 뭘 어떻게 주워 처먹었기에 적국 황녀의 말을 고분고분 따른단 말입니까? 죄다 눈 없는 개새끼도 아니고."

신경질적으로 욕설을 뱉어 낸 그가 마치 더러운 것을 만진 사람처럼 거세게 팔을 털었다. 동시에, 얼굴을 쥐고 있던 손이 떨어져 나가며 릴리스는 그대로 바닥에 떨어졌다. 반항하는 무스타리를 끌어내던 병사들이 호기심과 경멸이 뒤섞인 눈빛으로 바닥에 나뒹구는 그녀의 모습을 구경했다.

"뭐, 아무래도 좋습니다. 신사적인 대우가 마음에 안 드셨다면야 제 식대로 하는 수밖에요."

"……."

"보는 눈이 있으니 거처를 옮기지는 않을 생각입니다만, 앞으로는 이

방에서 한 발짝도 나오시지 않는 게 좋겠습니다."

울란은 그 말만을 남긴 채 방을 나섰다. 쾅. 문이 닫히며 거센 바람이 일었다.

릴리스는 바닥에 웅크려 죽은 사람처럼 숨을 죽였다. 두런거리는 소리, 바깥에서 문고리를 거는 소리가 연이어 들려오다 마침내 사위가 적막해졌다.

그녀는 둔통이 이는 몸을 억지로 움직여 거울 앞으로 엉금엉금 기어갔다. 어쩐지 우릿한 통증이 느껴진다 싶더니만, 방금 울란에게 잡혔던 턱에 그새 붉은 손자국이 뚜렷하게 나 있었다.

서신 하나에 멍 자국 하나. 릴리스는 볼을 가만히 쓸어내리며 얼얼한 살갗을 당겨 조금 웃었다. 울란이 잡아낸 것은 내보냈던 셋 중 둘에 불과했으니, 적어도 하나는 지금쯤 무사히 성을 빠져나갔으리라는 짐작이 섰다.

잠시 뒤, 그녀는 무릎과 팔꿈치로 몸을 지탱하며 간신히 침대 위에 한쪽 발을 걸쳤다. 필시 볼썽사나운 꼴이겠으나, 지팡이가 손에 닿지 않는 곳에 있어 어쩔 수가 없었다. 끙끙거리며 몸을 끌어 올려 간신히 베개에 머리를 대고 눕자 경직되었던 근육이 풀리며 온몸이 뻐근해져 왔다.

밤사이 활짝 피었던 야래향이 어느새 시들해진 채 고개를 푹 숙이고 있었다. 그녀는 마치 그 꽃처럼 고개를 수그리며 몸을 말았다. 몹시도 피로했다.

하루가 채 지나기도 전. 예상대로 볼 아래에 시퍼런 물이 잔뜩 들었다. 식사를 가져온 용병단의 꼬마가 휘둥그레진 눈으로 연신 그녀의 얼굴을 흘금거리며 방을 빠져나갔다.

버석한 빵을 수프에 찍어 입 안에 조심스레 밀어 넣자 부어 있는 살갗에서 뜨끔한 통증이 피어올랐다. 눈물이 찔끔 솟는 것을 눌러 참으며 천천히 혀를 굴리다 보니 그래도 얼추 한 접시가 비워졌다. 와트만이 보았다면 분명 퉁명스런 칭찬이 들려왔을 것이다.

그를 생각하자 절로 가슴이 쿵쿵 뛰었다. 잘 지내고 있는 걸까. 설마 고문 같은 걸 당하지는 않았겠지. 시시각각 이어지는 걱정으로 심장이 오그라들 지경이었다. 말을 전해 줄 이라도 있으면 좋으련만. 그나마 근처에 두었던 기사들마저 죄다 전령으로 떠나보내고 나니 더 이상은 써먹을 접점이 없어 아쉽기 짝이 없었다.

'분명 저번 주까지는 괜찮다 들었는데.'

릴리스는 한숨을 삼키며 마지막으로 차가운 물을 들이켰다.

"빌어먹을 조합원들!"

문득 창밖에서 거친 목소리가 들려왔다. 울란이 무언가에 화를 내며 신경질적으로 고함을 질러 대고 있었다. 릴리스는 반사적으로 어깨를 움츠리며 열려 있던 창문을 닫았다. 소리가 멀어짐에 따라 차츰 긴장이 풀어졌다.

손수건에 찬물을 적셔 따끔거리는 볼 위에 가져다 대자 시원한 천이 열기를 머금으며 고통을 덜어 갔다. 부어오른 볼이 마치 불에 덴 듯 뜨끔한 통증을 유발했다.

몇 번이나 물을 갈았을까. 어느덧 하늘에 새빨갛게 노을이 졌다. 점심때와 마찬가지로, 낯선 얼굴의 꼬마가 쟁반을 받쳐 든 채 식사를 날랐다. 오늘의 저녁 메뉴는 데운 야채 모둠이었다. 멀건 스튜가 따라 나온 것으로 보건대 아마도 병사들의 식사를 조금 떼어 준 듯했다.

종일 갇혀 있어 입맛이 없었지만 릴리스는 사양하는 대신 음식들을 꾸역꾸역 입 안으로 밀어 넣었다. 분명 어떻게든 달아날 틈이 있을 것이다. 의미 없는 믿음이라고 해도 좋았다. 준비도 없이 안일하게 상대에게 목을 내어 주는 일 따위, 다시는 하고 싶지 않은 경험이었으므로.

그리고 다시 밤.

홀로 남은 릴리스는 지팡이를 열어 세검을 점검했다. 살로메에게 배운 대로 마른 천에 향유를 묻혀 매끈한 검날을 닦고, 배낭 안에 어설프게 싸 놓은 짐을 몇 번이고 거듭 확인하고 있으려니 마침내 하늘에 커다란 달이 둥실 떠올랐다.

그녀는 지팡이를 꼭 끌어안고 침대 속으로 기어들어 갔다. 커튼을 치지 않은 창 너머로 흐릿한 달빛이 새어 들어오고 있었다.

"……마. 마마."

깜빡 잠든 모양이었다.

릴리스는 어깨를 뒤흔드는 손길에 설핏 잠에서 깨어났다. 울란인가 싶어 가차 없이 그 손을 쳐 냈으나 손길의 주인은 굴하지 않고 끈질기게 그녀를 건드렸다. 정중한 듯하면서도 단호한 동작이 마치 이미 알고 있는 누군가를 연상시켰다.

"마마."

그리고 또다시 그녀를 부르는 목소리를 들었을 때. 릴리스는 퍼뜩 놀라 누워 있던 몸을 튕기듯 일으켜 세웠다.

"둘베트?"

"쉿, 마마. 목소리를 낮추십시오."

희미한 달빛 아래 익숙한 남자의 얼굴이 보였다. 침대 머리맡에 꿇어앉아 그녀를 바라보고 있던 이가 검지를 제 입술 위에 대며 주변을 살폈다.

고트성에 있을 거라 생각했던 둘베트였다.

"경, 이게 무슨…… 연락도 없었는데……."

반가움과 놀라움에 눈이 크게 뜨였다. 높아진 목소리가 어둑한 적막을 깨뜨렸다. 릴리스는 두근두근 뛰는 가슴에 손을 얹고 침대 휘장을 급히 내렸다.

"본래는 몰래 와 놀라게 해 드릴 생각이었습니다만…… 어쩐지 보초병들 낌새가 수상쩍더군요. 혹시 몰라 주변을 살피느라 조금 늦었습니다. 마마께서는 괜찮으십니까? 와트만 경은?"

시선이 높아질 것을 염려하는 듯 둘베트는 정체를 밝혔음에도 꿇어앉은 채로 대화를 이어 갔다. 과연 노련한 기사답게, 그는 이미 며칠 사이 대강의 정황을 파악한 눈치였다.

릴리스는 침대 헤드에 기대어 두 다리를 모아 앉았다.

"와트만은 꼭대기 층 방에 갇혔고…… 며칠 전부터는 나도 엇비슷한 신세가 되었지. 보다시피 사지는 모두 멀쩡해. 아, 경. 혹시 울란이란 이름을 아나?"

"들어 본 바 없습니다. 그가 이 용병단의 대장입니까?"

릴리스는 고개를 끄덕였다. 까드득. 어둠 속에서 이 악무는 소리가 들려왔다.

"근본도 없는 용병 놈이 감히 기사를 사칭하는군요. 꼴에 제법 흉내를 잘 내는 모양입니다만…… 이 정도의 일을 벌이려면 필시 혼자의 힘으로는 불가했을 겁니다."

옳은 말이었다. 릴리스는 눈꺼풀 위를 손가락으로 꾹꾹 누르며 아직 남아 있는 잠기운을 쫓아냈다. 울란 역시 아펠라를 언급했으니, 아마도 이것은 일종의 내분일 것이리라.

"경의 말에 동의하네. 아, 그건 그렇고, 혹시 이곳에서 보낸 전령은 만나 보았는가? 고트성으로 두 번이나 서신을 보냈는데."

둘베트가 눈살을 찌푸렸다.

"아마 제가 그 전에 출발한 듯합니다만…… 체자레 전하께서 보내신 이가 대신 성을 지키고 있으니, 서신이 도착했다면 알아서 잘 처리했을 겁니다. 성의 상황을 적어 보내셨습니까? 경비가 삼엄한데 용케도 성공하셨군요."

"시렌이 이런저런 계책을 일러 주었던 게 기억나서…… 다행히 하나는 성공한 듯싶더군. 그보다……."

철커덕. 소곤소곤 대화를 나누는 사이 밖에서 갑옷 부딪치는 소리가 들려왔다. 복도를 지키던 기사들이 교대를 하는 듯했다. 릴리스는 서둘러 둘베트를 침대 위로 끌어 올려 두툼한 이불 속에 숨겼다.

철컹거리는 병장기 소리, 두런거리는 대화 소리, 저벅저벅 멀어지는 발소리가 차례로 이어지다 다시 밤의 고요가 찾아들었다.

"됐어, 경. 이제 나와도…… 경?"

이불을 들추기가 무섭게, 커다란 그림자가 후다닥 밖으로 튀어 나갔다.

침대 옆에 뻣뻣하게 선 채로 '그', '저'를 연발하던 둘베트가 마른세수를 거듭하며 두어 걸음 물러섰다. 어둠 속에서도 희미하게 보일 만큼 새빨갛게 달아오른 귓불이 생경했다.

릴리스는 뒤늦게 스스로의 실수를 깨닫고 조금 멋쩍은 기분이 되었다.

"저하께서 아신다면 제 목을 조르려 드실 겁니다."

농담의 기미라고는 조금도 없는 진지한 목소리였다. 오히려, 정말 그렇게 될까 봐 걱정된다는 듯 두어 번 더 제 목덜미를 쓸어내리던 그가 이윽고 다시 침대 밑에 무릎을 꿇고 앉아 그녀를 올려다보았다.

"일단은 저와 함께 고트성으로 가시지요. 폴리스에서 추가 병력이 내려올 테니 그때 다시 입성하는 편이 옳습니다."

릴리스는 주저했다.

내내 기다려 왔던 기회였음에도 선뜻 답이 나오지 않는 이유는 난생처음 가져 본 의무와 책임감 때문일 것이다. 모든 것을 버리고 도망칠 수 있었던 아테라에서와 달리, 지금의 그녀는 영주이자 지휘관이었으므로.

무사히 탈출해 다시 입성한다고 한들 과연 누가 도망자를 기껍게 받아 줄는지 걱정이 앞서 얼굴이 어두워졌다.

"마마께서 그간 얼마나 열심히 이곳을 돌보아 오셨는지 모두가 알고 있지 않습니까. 스파티움인들은 은원을 쉽게 잊지 않으니 그리 염려하지 않으셔도 괜찮습니다."

침묵의 의미를 알아차린 것인지 둘베트가 고개를 가로저으며 이불 위에 한 손을 올려놓았다.

"게다가 마마께선 이미 망명 절차를 마치지 않으셨습니까. 혼인하셨으니 법적으로도 반쯤은 스파티움인이신 셈이지요. 그러니 괜한 걱정은 마십시오. 그보다 마마, 이 성안에 믿을 만한 이가 있으십니까?"

누차 그녀를 달래면서도, 그는 이제 사뭇 엄한 목소리를 내고 있었다. 릴리스는 천천히 고개를 끄덕이며 무릎 위에 올린 손을 어설프게 그러쥐었다.

"……무스타리. 그리고 하녀장인 노라도 있어."

"위치를 알려 주시면 제가 말을 전해 보겠습니다. 시간이 촉박하니 우선은 사흘 후에 다시 뵙지요. 빠져나가는 길이 조금 고생스러울지도 모릅니다. 미리 마음의 준비를 해 두십시오."

말을 마친 둘베트가 몸을 휙 돌려 삼면에 드리워진 휘장을 걷고 나섰다. 릴리스는 황급히 실내화를 찾아 신고 조심조심 그의 뒤를 따랐다. 창문을 열고 밖을 살펴보던 둘베트가 품속에서 밧줄을 꺼내어 벽에 걸고는 능숙하게 창문을 타고 넘었다.

벽을 타는 모양새가 꼭 날랜 다람쥐 같았다. 순식간에 땅에 발을 딛고 선 그가 밧줄을 거둬들이곤 어둠 속으로 몸을 숨겼다. 홀로 도망치려 하지 않은 것이 천만다행이라 생각하는 와중, 순찰하던 경비병이 고개를 갸웃하며 그녀를 올려다보았다. 릴리스는 아무 일도 없었던 척 시선을 멀리 두었다.

기다림의 시간은 다소 느리게 흘러갔다.

그리고 마침내 사흘 뒤의 밤. 릴리스는 커다란 거울 앞에 비스듬히 선 채 정면을 응시했다. 불안한 눈빛을 한 하얀 얼굴의 여자가 매끄러운 판 안에서 물끄러미 자신을 마주 보고 있었다.

얼굴의 절반을 덮고 있는 푸르스름한 멍 자국이 부연 달빛 아래 유난히도 도드라졌다. 릴리스는 잠시 그것을 손끝으로 쓸어 보다 구불거리는 머리카락을 한 손 가득 움켜쥐었다.

아테라에서 여자의 짧은 머리는 통념상 낮은 신분을 뜻했으므로, 그녀는 황족으로서 언제나 품위를 지켜야 할 나름의 의무가 있었다. 그러나 이제는 모두 지난 일일 따름이다.

생각과 동시에, 지팡이 속 세검이 어둠 속에서 파르라니 빛을 뿜었다. 릴리스는 눈을 질끈 감은 채 한데 모인 머리칼을 단번에 끊어 냈다. 순식간에 목 뒤가 휑하게 드러나며 시원한 바람이 밀려들었다.

바닥에 흐트러진 주홍색 머리칼을 보니 어쩐지 망연해졌다.

한참 그것을 내려다보던 릴리스는 조금 긴장한 채 다시 천천히 고개를 들어 올렸다. 이제, 거울 속에는 긴 머리 여인 대신 어설픈 더벅머리를 한 예쁘장한 소년이 한 명 서 있을 뿐이었다. 눈에 익은 그 얼굴은 더 이상 아테라의 황녀 릴리스 반 모라 아테라가 아니었다. 그저 평범한 사람. 제 손으로 무엇이든 할 수 있는 온전한 자신이 그곳에 있었다.

그 사실을 깨닫는 순간, 두르고 있던 껍질 하나가 깨어져 나가듯 묘한 감각이 휘몰아쳤다. 후련하면서도 아쉽고, 기쁘면서도 서글픈. 둥지를 떠나는 새라도 된 듯 불안했지만, 그럼에도 기꺼이 그 고통을 감내하고 싶은 본능적인 충동이 일었다.

릴리스는 코를 조금 훌쩍이는 것으로 왈칵 솟아오르려는 이름 모를 감정을 억눌렀다.

바닥에 흩어진 머리칼을 잘 모아 배낭 속에 욱여넣고 나자 마침내 모든 준비가 끝났다.

그러나 한 시간, 두 시간이 지나도록 바깥에서는 아무런 낌새가 없었다. 그날 밤의 일이 꿈인가 싶을 정도로 유난스레 고요했다.

"불이다! 불! 창고에 불이 났다!"

"동쪽 창고다! 전부 타기 전에 식량을 꺼내야 해!"

몇 시쯤 되었을까. 무릎에 이마를 얹은 채 졸고 있던 릴리스는 창밖에서 들려오는 왁자한 고함 소리에 퍼뜩 잠에서 깨어났다. 긴장한 채 숨을 죽이기 무섭게 철컥이는 소리를 내며 방문이 단단히 잠겼다. 혼란을 틈타 도망갈까 봐 염려한 듯했으나 아쉽게도 방향이 잘못되었다.

릴리스는 눈을 부릅뜨고 창문으로 넘어올 이를 기다렸다.

"마마!"

둘베트는 그리 늦지 않게 나타났다. 창문턱에 매달려 방 안을 들여다보고 있던 그가 그녀의 짧아진 머리카락에 한 번 시선을 주더니, 시퍼렇게 멍이 든 얼굴을 보고는 말을 잃은 표정으로 입을 떡 벌렸다.

그러고 보니 첫날은 사위가 어두워 얼굴을 제대로 볼 수가 없었지. 릴리스는 태평하게 그런 생각을 하며 침대에서 내려섰다. 흡사 불이라도 뿜어

낼 듯 맹렬한 시선이 녹아내린 아교처럼 얼굴에 끈적하게 들러붙었다.

"마마, 이게 대체……!"

"설명은 나중에. 그보다 와트만은?"

"……좀 더 늦게 합류할 예정입니다, 일단은 서두르시지요."

그러나 한시도 지체할 시간이 없었다. 밧줄 고리를 비죽 튀어나온 창틀에 단단히 걸어 맨 둘베트가 배낭을 멘 그녀를 끌어안곤 능숙하게 벽을 타 내려가기 시작했다.

순식간에 바닥에 착지한 두 사람이 수풀 속으로 급히 몸을 숨겼을 때였다. 어디선가 달려 나온 병사 하나가 미심쩍은 눈으로 주변을 둘러보며 그들 앞을 스쳐 지나갔다.

릴리스는 바싹 마른 입술에 침을 축이며 바닥의 진흙을 퍼 정신없이 얼굴에 퍼 발랐다. 구정물로 머리를 적시는 것도 마다하지 않았다. 마구간지기 소년이 이런 꼴로 성내를 돌아다니는 것을 여러 번 본 적이 있어서인지 그녀는 의외로 몇 번의 손질만으로 제법 그럴싸한 거지꼴이 되었다.

할 말 많은 얼굴로 그 모습을 지켜보던 둘베트가 이내 차분해진 눈빛으로 반대편을 가리켰다.

"……우리는 달구지를 타고 나갈 겁니다. 무스타리가 하인을 몇 명 붙여 준다고 했으니, 지금 그대로…… 몸을 숨겨 주시면 될 것 같습니다. 본래 이렇게까지 부담을 드릴 생각은 아니었습니다만……."

후, 둘베트가 착잡한 얼굴로 말을 이었다.

"사실 이 편이 더 안전하긴 하겠습니다. 할 수 있으시겠습니까?"

릴리스는 어깨를 움츠리며 고개를 끄덕였다.

"헌데 마마, 그 멍 자국은 대체 어찌 된 일입니까? 분명 사흘 전까지만 해도 없었던 듯한데……."

드디어 기회를 잡았다는 듯, 그가 날 선 눈빛으로 시퍼런 멍 자국을 노려보며 물었다. 마침 한 무리의 병사들이 풀숲 앞을 지나치며 무어라 욕을 퍼부어 댔다. 온몸이 검댕투성이인 것을 보아하니 아마도 창고에서 오는 길인 듯했다.

릴리스는 그들이 멀어지길 기다렸다 조심스레 입을 떼었다.

"어두워서 못 봤겠지. 며칠만 지나면 곧 사라질 거야."

"누가 한 짓입니까? 역시 울란 그 개자식이⋯⋯."

둘베트가 이를 득득 갈아붙이며 생경한 어조로 욕설을 몇 마디 더 지껄였다. 살로메가 주로 쓰던 로타이 부족의 언어인 듯싶었다. 기실 릴리스는 이제 그보다 더한 욕도 구사할 수 있었으나, 수하의 자존심을 위해 못 알아들은 척 조용히 침묵을 지켰다.

얼마나 그렇게 기다렸을까. 두런거리는 소리가 들려오는가 싶더니, 하인 몇이 방치되어 있던 달구지를 끌고 와 수풀 앞에 멈춰 섰다. 익히 아는 얼굴들이었다.

릴리스는 서둘러 짐칸 뒤에 올라타 미리 준비해 두었던 커다란 상자 안으로 몸을 욱여넣었다. 더러운 모포를 머리부터 덮어쓰고 나자 하인이 그 위로 건초 더미를 가득 얹어 주었다. 꿉꿉한 냄새에 인상이 절로 찌푸려졌지만, 그녀는 입술을 말아 물곤 그저 몸을 웅크리는 데에 집중했다.

그리 두텁지 않은 나무 상자 이곳저곳에 벌레가 먹어 생겨난 자그마한 구멍들이 있었다. 릴리스는 몸을 한껏 웅크린 채 그 틈을 통해 조심스레 밖을 살폈다.

그리고 잠시 뒤. 마침내 바퀴가 덜컹이며 달구지가 천천히 움직이기 시작했다.

"어이, 거기! 잠깐 좀 멈춰 봐!"

정원 한복판에서 방향을 꺾자 소란한 풍경이 정면으로 보였다. 제법 멀리 있음에도 후끈거리는 열기가 느껴질 정도로 불길이 거세었다. 저대로라면 식량 창고 하나가 송두리째 날아가는 건 시간문제였다. 릴리스는 풀풀 솟아오르는 검은 연기를 아연하게 쳐다보다 문득 들려오는 신경질적인 목소리에 얼른 고개를 무릎 사이에 처박았다.

"아이고, 힘들다. 거기 너, 남는 물 좀 있나?"

"예? 아, 예. 여기 있습니다요, 여기⋯⋯."

껄렁대며 다가온 더벅머리 기사가 앞쪽에 앉은 하인의 어깨를 툭툭 건드렸다. 훅 끼쳐 오는 땀 냄새에 가슴이 쿵쾅거렸다. 곧 그의 뒤로 커다란 그림자 몇 개가 겹쳐지며 주변이 소란해졌다.

"정말이지 어떤 미친놈이 불을 질러 가지고는……."

"아, 요 며칠 정신 빠진 놈들이 창고 근처에서 계속 연기를 피워 내너라고. 내 이럴 줄 알았지."

"알았으면 좀 미리 막지 왜 그냥 두셨어요, 외눈박이 새끼야. 너 때문이 내가 이 개고생을 하는 거 아니냐고."

맨 처음 불만을 터뜨렸던 더벅머리가 빈 물통을 바닥에 내던지며 신경질을 부렸다. 안대로 한쪽 눈을 가리고 있던 키 작은 사내가 그 말에 거칠게 숨을 몰아쉬며 다짜고짜 상대에게 주먹을 날렸다. 외마디 비명과 함께 욕설이 튀어나왔다.

"억! 이 병신 새끼가!"

"오냐, 그래. 이 병신 맛 좀 오늘 한번 단단히 봐라!"

두 사람은 순식간에 뒤엉켜 싸우기 시작했다. 난데없는 난투극이었다. 기웃대던 이들까지 분위기에 휩쓸려 달구지는 순식간에 사람들에게 둘러싸였다.

어느새 내기 돈을 걸기 시작한 병사들이 제자리에서 펄쩍거리며 누군가를 응원했다. 등 뒤의 소란에는 별반 관심도 없는 모양이었다.

릴리스는 송두리째 타 버릴 창고가 걱정되는 한편 누군가 그녀를 알아볼까 두려워 최대한 몸을 작게 웅크렸다. 등줄기로 땀이 줄줄 흘러내려 입고 있는 옷이 축축해졌다.

지금 들킨다면 누구도 무사하지 못할 것이다. 도와준 하인들은 물론이요, 둘베트 역시 참수당해 성문 밖에 목이 내걸릴 것이리라. 끔찍하기 짝이 없는 결말이었다.

"아, 잘 좀 해 봐라! 오늘 치 술값을 네놈에게 죄다 걸었단 말이다, 외눈박이야!"

"그러게 양쪽이 제대로 달린 놈을 골랐어야지!"

"안 달린 게 눈이지 어디 아래쪽인가? 네놈쯤이야 제발 살려 달라고 복 창하게 만들어 줄 수도 있어!"

그사이, 외눈박이가 바닥을 구르며 고함을 쳤다. 그에 응수하듯 여기저 기서 킬킬대는 웃음소리가 흘러나왔다. 저놈 여자깨나 후리겠다느니, 밤 새 죽여주겠다는 말에 소름이 돋는다느니 하는 음담패설이 줄줄 새어 나 오다 이내 우렁찬 환호성에 밀려 사라졌다.

"어휴, 질긴 놈. 내가 졌다, 졌어!"

"이겼다! 외눈박이가 이겼어!"

"돈 내놔! 내 돈!"

승자는 외눈박이였다. 곧 병사들이 서로 엎치락뒤치락하며 내기 돈을 받아 가기 시작했다. 이제 다 끝난 걸까. 릴리스는 두 손을 꼭 마주 잡고 숨을 깊게 들이마셨다.

"어이, 그런데 다들 어디 아픈가? 낯빛들이 왜 이래?"

그러나 다음 순간이었다. 외눈박이가 불쑥 짐 더미 위로 얼굴을 들이밀 며 누구에게라고 할 것 없이 말을 걸었다. 고작 그것만으로 눈치챘을 리 없음에도 나무토막처럼 온몸이 뻣뻣해졌다.

"미친놈들아! 불이 났는데 뭐 하는 짓거리야! 얼른 물통 들고 안 뛰어오 냐! 늑장 피우는 놈들은 오늘 밤 당장 광산에 던져 버릴 테다!"

때마침 멀찍이서 성난 고함 소리가 들려왔다. 모여들었던 시선이 단번 에 사방으로 흩어지며 병사들이 후다닥 달구지를 떠나갔다. 끝까지 주변 을 맴돌던 외눈박이도 결국은 그들을 따라 휘적대며 길을 떠났다.

그러나 너무 긴장했던 탓일까. 이번에는 난데없이 딸꾹질이 튀어나오기 시작했다. 릴리스는 한층 당황해 좁은 상자 안에서 사지를 허우적댔다. 이 놈의 딸꾹질은 하필 왜 지금 난리인지. 오늘따라 숨을 참아 보아도, 입을 틀어막아도 아무런 소용이 없어 눈물이 다 날 지경이었다.

덜컹. 때마침 달구지가 웅덩이를 지나며 상자가 흔들렸다. 히끅! 몸이 위로 붕 떠오르며 좀 전보다 커다란 소리가 흘렀다.

그녀는 마치 석조상처럼 딱딱하게 굳어졌다. 어쩌지. 어떻게 해. 긴장으로 머릿속이 하얗게 물들었다. 발끝으로 온몸의 피가 죄다 빠지기라도 한 듯 일순간 사지가 뻣뻣해졌다.

"그러게 왜 빨리 오지 않고는……. 더 혼나기 전에 빨리 나가쇼."

그러나 경비병은 미처 그 소리를 듣지 못한 듯, 도리어 타박까지 덧붙이며 선선히 그들을 통과시켜 주었다. 탁, 탁, 돌 튀기는 소리와 함께 숨이 다시 돌아왔다. 바퀴가 경사면을 달려 내려가기 시작했다. 땀에 젖은 온몸이 여전히 축축했다.

달구지는 느리지만 착실하게 시내를 통과했다. 길거리를 어슬렁거리던 병사 두엇이 좌판 앞에 선 채 잡담을 나누며 낄낄거렸다. 그 곁으로 몸을 한껏 움츠린 사람들이 걸음을 바삐 옮기며 제각기 다른 방향으로 흩어졌다. 앙상해진 나무들만큼이나 메마른 분위기였다.

일행은 성 밖으로 나가는 수레의 행렬에 자연스레 끼어들었다. 얼마 전의 일 탓에 검문이 제법 길어져, 그들은 한참을 기다린 뒤에야 마침내 성문 앞에 다다를 수 있었다.

지루한 듯 하품을 해 대던 병사 몇이 손을 들어 달구지를 멈춰 세웠다. 다행히 딸꾹질은 바로 직전 멈추었다.

"성에서 나온 놈들인가?"

상자의 틈새로 길쭉한 창대 끝이 보였다. 다리가 둘, 넷, 여섯. 릴리스는 병사의 수를 확인하곤 두 눈을 꾹 감았다. 겹겹이 쌓인 물체들 탓에 하인의 목소리가 멀게 들렸다.

"예, 그렇습니다. 성 밖에 계신 분들께 여물을 가져다드리려고……."

"어라, 저치는 제법 몸이 좋은데."

지척까지 다가온 세 사람이 주거니 받거니 하며 대화를 이어 갔다. 바쁘게 뛰는 심장 소리가 밖으로 울려 나갈 것만 같아 릴리스는 두 손으로 가슴을 힘껏 눌렀다. 혹시나 다시 호흡이 엉킬까 싶어 최대한 숨을 참는 것도 잊지 않았다. 어찌나 긴장했는지 이대로 기절한대도 이상하지 않을 것만 같은 기분이었다.

그때였다.

"어이, 거기 대체 뭐 하고 있는 거야? 눈깔 안 달렸어? 뒤에 줄 늘어선 거 너희들 눈엔 안 보여?"

걸걸한 목소리가 차츰 가까워지며 갑옷이 요란하게 덜걱거렸다. 세 쌍의 다리가 주춤거리며 뒤로 물러서더니, 이어 변명하듯 주눅 든 목소리가 흘렀다.

"아 단장님, 성에서 나온 놈들이란 말입니다. 여물을 옮기는 중이라는데……."

"그런데 어쩐지 기미가 좀 수상하단 말이죠."

병사 하나가 검집으로 건초 더미를 휘저으며 동료의 말에 설명을 덧붙였다. 마른풀들이 휙휙 위로 들릴 때마다 기묘한 냄새가 콧속으로 밀려들었다.

턱. 검집이 상자 옆면에 부딪히며 병사의 말이 끊겼다. 의기양양한 목소리가 이어졌다.

"어라? 보십쇼, 여기 안에……."

우악스러운 손길이 쌓인 짐들을 헤집으며 상자 뚜껑을 활짝 열어젖혔다. 머리 위에 얹어 놓은 모포 끝자락이 슬쩍 들리며 찬 바람이 안쪽으로 날카롭게 파고들었다.

"뭐야? 죄다 똑같은 것들이잖나. 됐으니 그만 보내."

그러나 행운은 아직 그들의 편이었다. 슬쩍 들렸던 모포 끝자락이 다시 풀썩 떨어지며 먼지를 흩뿌렸다. 단장이 신경질적인 목소리로 병사들을 향해 으름장을 놓았다.

"가뜩이나 바빠 죽겠는데 대체 뭘 자꾸 뻗대는 거야?"

"하지만……."

누군가 항변했다.

"하지만은 무슨 하지만! 밖에 있는 말들 다 굶어 죽으면 너희가 책임질 거야? 엉?"

발까지 구르며 성을 내는 모습에 일순 불편한 침묵이 흘렀다. 그사이,

눈치 빠른 하인이 급히 달구지를 다시 출발시켰다. 겹겹이 닫혀 있던 성문이 차례로 열리며 길이 뚫렸다. 세 쌍의 다리가 뒤로 물러나며 바닥이 서서히 움직이기 시작했다.

그들은 성벽 근처의 덤불 너머에서 어색한 작별을 고했다. 하인들이 고개를 조아리며 두 사람의 무사 귀환을 빌어 주었다. 릴리스는 주름진 손들을 하나하나 쓸며 고마운 마음을 되돌렸다. 어쩐지 쑥스럽고 마음이 벅차 가슴이 뭉클했다.

"경, 와트만은? 와트만은 아직 성에서 나오질 못한 게 아닌가?"

달구지가 시야에서 멀어진 뒤, 릴리스는 초조한 심정으로 뒤를 살피며 둘베트를 닦달했다. 이쯤이면 벌써 만났어야 하지 않을까. 방금 전까지만 해도 들떴던 기분이 눈 녹듯 사라지며 불안감이 그 자리를 대신했다.

"와트만 경은 성에…… 잠시, 마마."

다음 순간이었다. 무어라 답을 하려던 둘베트가 눈살을 찌푸린 채 검지를 제 입술 위에 가져다 대었다.

"……가, 황녀를 찾아!"

"왼쪽으론 이미 몇 놈들이 갔어! 너희는 반대 방향을 뒤져라!"

성벽 위가 때아닌 고함 소리들로 소란했다. 등골부터 시작해 정수리까지 오스스 소름이 돋아나며 다리가 마구 후들거렸다.

잠시 뒤, 자세를 낮추어 그늘 아래 몸을 숨긴 둘베트가 소란이 잦아든 틈을 타 릴리스의 양어깨 위에 손을 얹곤 엄숙하게 선언했다.

"잘 들으십시오, 마마. 와트만 경은 우리와 함께 가지 않습니다."

"뭐……?"

릴리스는 낭패한 얼굴이 되어 두 눈을 깜빡였다. 맹세컨대 이리될 줄은 전혀 예상치 못했다. 미리 알았다면 결코 혼자 도망하진 않았으리라.

그런 낌새를 눈치챘는지, 둘베트가 진지한 눈빛으로 그녀를 마주 보며 고개를 가로저었다.

"와트만 경까지 동시에 탈출을 감행한다면 발각 시기가 보다 빨라질 위험이 있습니다. 경의 생각이었고 저 역시 그에 동의해 마마께는 어쩔 수 없이 사실을 숨겼습니다. 죄송합니다."

"그럴 수는 없어! 나더러 혼자 도망치라고?"

격앙된 어조에 씨근대는 숨소리가 섞였다. 이래서는 안 된다는 것을 알고 있으면서도, 어쩔 수 없이 목소리가 한껏 커다래졌다. 전조도 없이 치밀어 오르던 불안감의 원인이 설마 이런 것이리라고. 감정이 왈칵 북받쳐 올라 손발이 벌벌 떨렸다. 릴리스는 눈을 깜빡이며 흐릿한 시야를 밀어 냈다. 얄밉게도 차분한 목소리가 귓전에 얹혔다.

"너무 걱정은 마십시오. 그 작자가 경을 직접 건드리긴 어려울 테니까요. 무스타리에게 듣자 하니, 와트만 경이 기사들에게 제법 신망을 얻었다고 하더군요. 지금이야 울란이 가짜 명령을 들먹이며 그를 구금하고 있습니다만, 이 상황이 무턱대고 계속된다면 결국 역반발을 불러올 확률이 높습니다."

"확실한 건 아니지 않나. 게다가 와트만은 이미 나 때문에 부상을 입었어. 예전만큼 팔이 성치 않다는 것도 알아. 그런데도."

"그럼에도 마마께서 다시 변을 당하신다면, 와트만 경은 분명 자신을 책하겠지요. 주군의 상처는 기사의 수치입니다. 혹 그것을 바라십니까?"

그렇게 말하는 둘베트 역시, 흡사 열흘 밤을 꼬박 샌 듯 지쳐 보이는 얼굴이었다. 죄책감과 분노가 한데 엉켜, 검은 눈동자 깊은 곳을 희미하게 스쳤다. 릴리스는 흐릿한 시야 너머로 그를 마주 보다 시선을 가만히 아래로 떨구었다. 삶을 살아가기 위해 누군가를 등져야 한다는 것이, 이토록 슬프고 비참한 기분일 줄은 몰랐다.

"'무사히 계시면 그걸로 족하다'고, 경이 전하라더군요."

이번에야말로 말문이 막혔다. 물끄러미 릴리스를 응시하던 둘베트가 양팔에 힘을 주어 그녀를 일으켜 세웠다. 릴리스는 뿌리째 뽑힌 식물처럼 그에게 이끌려 비틀비틀 걸음을 뗐다.

방향을 가늠하던 둘베트가 어둑하게 그림자 진 망루 아래쪽을 향해 한발 내디뎠다. 그녀를 찾는 병사들의 소란한 발소리가 적막한 밤공기를 흐트러뜨렸다. 릴리스는 비틀대며 그를 따라 양손으로 돌벽을 짚었다. 와트만이 마음에 걸려 연신 뒤돌아보면서도 발은 착실히 앞을 향해 나아가고 있었다. 모순이었다.

"맹세컨대 와트만 경은 괜찮을 겁니다. 마마께서도 조금만 참으십시오. 추격대를 떨어뜨리면 곧 쉴 곳을 찾고, 약도 구해 드리겠습니다!"

숨 들이켜는 소리를 들었는지, 앞서가던 둘베트가 조용히 그녀를 격려했다. 릴리스는 약 이야기를 듣고서야 새삼 제 상태를 자각했다. 얼마나 긴장했는지 통증조차 깡그리 잊고 있었음이 우스웠다.

"윽……."

잔잔한 호수에 파문이 일듯, 감각이 돌아오며 천천히 욱신거리는 고통이 느껴졌다. 우릿한 볼의 통증은 차후의 문제다. 과하게 움직인 탓인지 다시 저려 오기 시작한 왼쪽 무릎 아래가 마치 불붙은 장작처럼 뜨겁고 뻣뻣했다. 기울어지려는 몸을 간신히 지탱하고 서 있는 와중, 머리 위로 돌가루가 후드득 떨어지며 커다란 목소리가 울려 퍼졌다.

"어이, 거기 누구냐!"

심장이 쿵 떨어졌다.

╬ ✢ ╬

핏물이 검날을 타고 뚝뚝 떨어져 내렸다. 비명을 내지르던 기사의 머리통이 그대로 날아가며 비명 소리가 잦아들었다. 자비 없는 손속에 사방에 얕은 침묵이 깔렸다. 무표정한 얼굴로 사위를 둘러보던 바이마르의 등 뒤로 커다란 그림자가 가까워졌다.

"저하, 뒤는 제가 맡겠습니다. 이만 돌아가시지요."

"예, 저희가 맡겠습니다, 저하."

마몬과 루카스가 번갈아 가며 귀환을 청했다. 바이마르는 칼을 한 번 크게 휘둘러 핏물을 털어 내며 사위를 둘러보았다.

그가 서 있는 곳은 흙먼지 이는 평원 한복판이었다. 위험을 자처하는 지휘관의 용맹함에 병사들은 감복했고 적들은 탄식했다. 초반, 단물 빠진 사탕수수처럼 미적지근한 감이 있던 신뢰와 믿음은 이제 땡볕에도 굴하지 않는 우람한 나무처럼 자라나 병사들의 가슴속에 튼튼한 뿌리를 내렸다.

"먼저 돌아간다."

"좀 이따 뵙겠습니다."

낮이 짧아지며 전투는 차츰 늘어지는 추세였다. 바이마르는 치고받는 이들을 지나쳐 능숙하게 말 머리를 옆으로 돌렸다. 요 며칠 유난히 날이 서 있는 그의 분위기에 겁먹은 병사들이 후다닥 저만치로 물러섰다.

바이마르는 막사로 들어서자마자 더러워진 갑옷을 벗어 던졌다. 서둘러 따라 들어온 종자 아이가 찬물이 담긴 대야를 탁자 위에 올려놓고는, 갑옷을 한가득 품에 안고 철그렁철그렁 소리를 내며 사라졌다.

홀로 남은 바이마르는 물에 적신 수건으로 이마와 목덜미를 대충 문질러 닦아 내었다. 까끌까끌한 천이 쓸고 지나간 살갗이 차갑게 식었다가 다시 미지근하게 달아올랐다.

두어 번 그 행동을 반복한 뒤, 그는 잠시 의자에 앉아 생각을 가다듬었다. 날씨, 전술, 스파티움, 아테라, 예거라트, 릴리스. 수많은 단어들이 머릿속을 휘젓다 일순간 모조리 휘발되었다.

릴리스.

바이마르는 그 이름을 다시 떠올리며 무심코 손을 들어 귓불을 문질렀다. 대롱거리는 귀걸이가 목덜미를 간질이는 감각도 이제는 완전히 익숙해졌다. 어디 그뿐인가. 어느덧 길어져 견갑골까지 오는 검은 머리카락을 매일 아침 손질하는 것 역시 스스로의 몫이었다.

처음에는 기겁하던 병사들마저 이제는 아무렇지 않은 기색으로 그를 대했다. 변죽 좋은 이들은 때로 머릿결의 비법을 묻기도 했으며, 흥미가 동했는지 그를 따라 머리카락을 기르겠다고 하는 병사도 제법 되었다. 개중 8할이 농담에 불과하겠으나 어쨌건 병사들의 유한 반응은 바이마르로서도 환영할 만한 일이었다.

릴리스.

벌써 그녀의 얼굴을 제대로 보지 못한 지도 두 달이 훌쩍 넘어가고 있었다. 매일 밤 지쳐 잠드는 통에 마음 편히 그리워할 시간조차 없음이 못내 아쉬웠지만, 그럼에도 이 전투를 포기할 수 없는 이유 또한 그녀라는 점에서 바이마르는 조금의 뿌듯함을 느꼈다. 체자레가 이런 내심을 안다면 분명 기가 막힌 표정으로 가슴을 두드릴 것이나, 어쨌거나 그와는 하등 상관없는 일이었다.

"저하, 모두 막사로 복귀했습니다."

그사이 밖이 소란해졌다. 말 우는 소리가 귀를 어지럽히는가 싶더니 루카스가 천막을 걷고 불쑥 고개를 들이밀었다. 때마침 잽싸게 뛰어 들어온 종자 아이가 탁자 위에 도로 말끔해진 갑옷을 올려놓았다.

"제가 돕겠습니다."

아이를 내보낸 루카스가 시중을 자처했다. 그가 어깨를 가리는 폴드런을 사슬로 고정하는 동안, 바이마르는 능숙하게 손목 근처에 가죽끈을 동여매고 건틀릿을 끼워 넣었다.

쓸려 올라간 옷자락을 정리하고, 살러릿을 신고 나니 무장이 모두 끝났다. 두 사람은 곧장 중앙 막사로 향했다.

두런거리며 탁자에 둘러앉아 있던 기사들이 바이마르를 발견하곤 일제히 벌떡 일어서 예를 갖추었다.

"어떻게 되었나?"

"일단 공격은 저지했습니다만…… 아직 결착을 짓지는 못했습니다."

바이마르는 상석에 앉아 이어지는 보고를 들었다. 피와 먼지투성이인 갑옷을 그대로 걸친 기사들이 탁자에 둘러앉아 투구를 벗으며 앓는 소리를 냈다.

"종일 갑옷을 입고 있으려니 어지간히 덥군요. 남쪽으로 조금 내려왔을 뿐인데 폴리스와는 천지 차이입니다."

"그래도 이만하길 다행이지요. 여름이었으면 아마 죄다 죽어났을 겁니다. 뭐, 겨울이 이 정도로 살 만한 건 좀 부럽습니다만. 아테라 놈들도 좋은 것 하나 정도는 가지고 있어야 수지가 맞겠지요, 하하."

"그따위 나라, 줘도 안 가질 테니 이만 좀 꺼져 줬으면 좋겠군. 안 그렇습니까, 저하?"

바이마르는 무언으로 긍정했다. 루카스가 말을 꺼냈던 기사를 보며 물었다.

"그래서, 그 줘도 안 가질 아테라군의 상태는 어떻지? 메트로에서 지원군이 또 올 거란 소식이 있던데."

"불확실한 뜬소문에 불과합니다. 게다가 듣자 하니 병사들끼리 지역으로 파가 갈려 기 싸움이 제법이라더군요. 서로 선봉에 나서지 않으려 애를 쓴답니다."

답은 스쿼드에게서 나왔다. 마몬이 눈살을 찌푸리며 찬물을 들이켰다.

"그 작자의 말이 옳았군. 허나 이해할 수 없는 일이야. 나설 이가 적다면 더더욱 서로 공을 세우려 안달을 내야 하는 것이 아닌가?"

반문이 이어졌다. 그것까지는 답할 수 없었던 스쿼드가 입을 다물고 어깨를 으쓱하자 기다렸다는 듯 루카스가 나서서 설명을 이어 갔다.

"꼭 그렇지만도 않습니다. 황제가 가문당 거느릴 수 있는 기사의 수를 제한했다고 하더군요. 덕분에 자신들이 내보낸 기사가 죽기라도 할까 싶어 영주들의 걱정이 크다 합니다."

"공을 세우기보다는 세력 유지를 바라는 쪽이겠군. 어쨌거나 우리에게는 잘된 일이야. 그보다 솔리안 경, 전령은 아직도인가?"

"예에, 그것이……."

솔리안 경이 난처한 표정으로 바이마르를 마주 보며 고개를 수그렸다. 요 며칠 변함없이 반복된 문답이었다. 여기저기서 침음이 흘러나오며 막사 안의 분위기가 한껏 가라앉았다.

바이마르는 벌떡 일어서서 초조하게 탁자 주변을 거닐었다. 아무리 느려도 열흘을 넘기기 어려운 거리다. 같은 날 출발했다던 카리알의 전령은 벌써 도착해 답신을 받아 돌아갔는데, 정작 진영에서 보낸 이는 보름이 넘어가도록 감감무소식이었다.

역시 무언가 문제가 생긴 것이다.

얼마 전 잡아들인 용병의 진술 또한 불안감을 가중시켰다. 당장이라도 카리알로 돌아가고 싶은 마음을 눌러 참느라 바이마르는 뜬눈으로 사흘 밤을 꼬박 새워야 했다. 벌게진 눈으로 평원을 누비는 그의 모습에 한동안 아테라군의 공격이 뜸했다는 것은 여담이었다.

즉시 기사 몇을 다시 파견하긴 했으나, 돌아오려면 역시 며칠의 시간이 더 걸릴 것이 분명했다. 혹, 그사이 무슨 일이라도 벌어졌다면? 어디 한 군데 상하기라도 했다면? 만약, 이 일에 정말 황제가 개입되어 있는 거라면?

'등 뒤를 조심하는 게 좋을 거외다.'

문득 걸걸한 목소리가 머릿속을 스쳤다. 바이마르는 마른 입술을 혀로 축이며 스스로를 다독였다. 하루만, 하루만 더 유예를 둘 것이다. 그 이후에도 돌아오지 않는다면 필히 직접 달려가 그 얼굴을 마주하리라.

"저하! 수색조가 귀환했습니다!"

그리고 자정 무렵, 병사의 절반이 곤한 잠에 빠졌을 즈음이었다. 헐레벌떡 달려온 보초병의 보고에 횃불 열댓 개가 다시 불을 밝혔다. 습격인가 싶어 한껏 긴장했던 병사들이 기세를 늦추지 않은 채로 어둑한 숲 너머를 응시했다.

"저하."

바이마르의 등장에 병사들이 일제히 몸을 물리며 길을 내어 주었다. 내내 깨어 있었던 것인지, 그는 조금도 잠에 취한 기색이 없었다.

루카스는 자신을 향해 걸어오는 바이마르의 수척해진 얼굴에서 어렵사리 시선을 떼어 내며 앞을 보았다. 먼지투성이가 되어 돌아온 수색조의 뒤편으로 다 부서진 수레와 지친 몰골의 사내들이 천천히 숲을 빠져나오고 있었다.

"늦어서 죄송합니다, 저하. 낌새가 수상해 잠시 살피고 온다는 것이 그만……."

일행의 선두에 서 있던 전령이 바이마르의 앞에 무릎을 꿇으며 분한 듯 중얼거렸다. 불길한 소리에 병사들이 눈치껏 시선을 교환했다.

마몬이 눈썹을 한껏 꺾어 올리며 되물었다.

"낌새?"

고개를 두어 번 주억거린 전령이 이어 더듬더듬 사정을 털어놓기 시작했다. 잊은 게 있어 다시 말 머리를 돌렸다는 것에서부터, 울란의 등장과 카리알의 고립까지.

"이런 미친……!"

가장 먼저 반응한 것은 루카스였다. 시렌은 급하게 전령의 어깨를 붙들었다.

"마마께선 무사하신가?"

"제가 떠나오기 전까지는 그러하시다고 들었습니다만, 정찰 중에 그만 들켜서 도망치는 바람에……."

끔찍하리만큼 적막한 침묵이었다. 바이마르조차 어떤 말도 꺼내지 않은 채, 그저 물끄러미 전령을 응시할 뿐이었다.

"저하……."

시렌은 바이마르에게 말을 붙이려다 이내 포기하곤 입술을 깨물었다. 무뚝뚝하기로 정평이 난 마몬조차 안타까운 표정을 숨기지 않았다.

얼마나 그렇게 서 있었을까. 문득 바이마르가 휙 몸을 돌려 진영으로 걸어 들어가기 시작했다. 루카스는 아연히 그 뒷모습을 바라보다 고개를 떨구었다. 대체 얼마나 참담할 것인지. 그로서는 바이마르의 심정을 감히 짐작조차 할 수 없었다.

"아니, 저하, 저하!"

그때였다. 스쿼드가 눈을 휘둥그렇게 뜨며 다급히 일행의 등 뒤를 가리켰다. 동시에 익숙한 소음과 함께 무언가가 휙 그들을 지나쳐 앞으로 튀어 나갔다. 루카스는 생각할 겨를도 없이 주변에 있던 말을 잡아타고 그것을 뒤쫓았다. 바이마르였다.

뒤늦게 정신을 차린 마몬과 스쿼드도 바이마르를 따라 서둘러 말을 몰았다. 때아닌 추격전으로 숲속에 바람이 일자, 어둠에 잠긴 숲이 불안한 듯 스산한 울음소리를 냈다.

제기랄. 루카스는 욕설을 삼키며 목청껏 고함을 내질렀다.

"저하! 진정하셔야 합니다! 혼자 가져 봤자 지금은 방법이 없어요!"

"비켜라, 루카스!"

"저하!"

이대로는 안 된다. 그런 생각에 자꾸만 마음이 급해졌다. 때마침 속도를 높여 달려온 마몬이 냉큼 좁은 길 앞을 가로막았다. 바이마르의 말이 놀란 듯 앞발을 쳐들며 커다랗게 울부짖었다.

"마마께서 어찌 되셨을지 모른다, 비켜!"

바이마르가 일그러진 얼굴로 다시 외쳤다. 루카스도 지지 않고 제 목에 핏대를 세웠다.

"비키면요! 돌아가셔서 사이좋게 인질 놀이라도 하실 생각이십니까? 뭐가 되었건 이곳에서 방법을 강구하셔야지요! 그게 올바른 대처란 걸 이미 알고 계시지 않습니까!"

두 사람의 대화를 듣고 있던 스쿼드는 참담한 기분으로 얼굴을 일그러뜨렸다. 바이마르만큼은 아닐 것이나, 그 역시 황녀가 걱정스럽기는 매한가지였던 탓이다. 그러나 동정과 신념 중 하나를 택하라면 답은 정해져 있었다. 그는 스파티움의 기사였으며, 그의 주군은 이 나라의 왕자였으니.

팽팽한 대치가 이어졌다. 누군가 당장 검을 뽑아 든대도 이상하지 않을 분위기였다. 고삐를 틀어쥔 바이마르의 손등 위로 푸릇한 핏줄이 불거졌다.

선선한 바람이 불며 달무리가 두어 번 제 모습을 바꾸는 동안 그들은 한 치의 양보도 없이 제자리를 지켰다.

문득, 등 뒤에서 한 무리의 말발굽 소리가 들려왔다. 급하게 달려온 일단의 기사들이 네 사람을 둥그렇게 에워싸며 거리를 좁혀 왔다.

창백해진 얼굴로 숨을 몰아쉬던 바이마르의 손에서 천천히 힘이 빠져나갔다. 스산한 바람 소리가 길 위를 스치고 지나갔다. 긴장된 분위기를 읽었는지 그 누구도 먼저 나서서 입을 열지 않았다.

"저하! 서신, 서신이 있습니다! 마마께서 보내신 것이라 합니다."

한발 늦게 그들을 뒤쫓아 온 시렌이 병사들 틈을 뚫고 들어와 헐떡이며 품속을 뒤졌다. 멍하니 그 모습을 내려다보던 바이마르가 느릿하게 말 등에서 내려와 땅을 밟았다. 잔떨림이 이는 손이 헛손질을 거듭하며 서툴게 봉인을 뜯어냈다. 그는 마치, 몸 쓰는 법을 잠시 잊어버린 사람처럼 보였다.

그리고 이내 반쯤 풀린 매듭 사이로 무언가 툭 떨어져 내렸다. 면밀히 물건의 정체를 살피던 루카스의 눈이 한껏 가늘어졌다가 다시 제 크기로 돌아왔다.

실처럼 가늘고 연약한 그것은 바싹 마른 꽃줄기였다. 손톱만 한 꽃이 흙바닥 위에서 희끄무레한 빛을 냈다.

다음 순간, 선 채로 물끄러미 그것을 응시하던 바이마르의 몸이 고꾸라지듯 풀썩 앞으로 꺾였다. 그는 아주 조심스럽게 두 손 위에 꽃줄기를 올려놓은 뒤, 그것을 한참 동안 응시하다 상체를 수그려 손안에 얼굴을 묻었다.

"……야래향이야."

어깨가 들썩이며 뭉개진 목소리가 새어 나왔다. 누구에게랄 것도 없는 웅얼거림이었다. 루카스는 먹먹한 기분으로 고개를 떨구었다.

"이곳에 오기 전 마마께 드린 것이다. 이르게 핀 모습이 예뻐 꺾어다 드렸는데…… 다투어 분명 마음이 상하셨을 텐데……."

서신에서는 덜 마른 잉크 냄새와 꽃 내음이 뒤섞인 기묘한 향기가 났다. 모두가 맡을 수 있을 만큼 강렬한 향이었다.

달콤하면서도 쌉싸래한 그 향은, 한동안 바람에 실려 숲속을 떠돌다 차츰 어둠 속으로 스며들었다. 누구도 감히 입을 열지 못하는 가운데, 흙바닥 위에 흐릿하게 늘어진 바이마르의 커다란 그림자가 발치에서 연신 흔들거렸다. 그것이 불의 일렁임 때문인지, 다른 이유 때문인지는 알 수 없었다.

릴리스는 정신없이 수풀을 헤쳤다. 불편한 왼 다리가 땅에 질질 끌리며 허벅지가 끊어질 듯 아파 왔다. 신음을 억누르려 볼 안쪽 살을 연신 씹어 대어서인지, 숨 쉴 때마다 입 안에서 비릿한 피 맛이 느껴졌다.

성벽에서 처음 그들을 발견했던 병사는 둘베트의 공격에 금세 명을 달리했다. 공터를 지나며 마주친 두엇의 보초병은 아직 연락을 받지 못한 듯, 그저 심드렁한 얼굴로 두 사람의 몰골을 훑었을 뿐이었다. 변장이라도 해 두지 않았다면 꼼짝없이 덜미가 잡혔으리라.

다시 고함 소리가 들려온 것은 겨우 문을 통과해 숲으로 방향을 틀었을 무렵이었다. 병사들이 우왕좌왕하는 소리가 목덜미를 거칠게 잡아채었다. 지나치게 긴장한 탓일까. 등허리에서 식은땀이 비처럼 주르륵 흘러내렸다.

"숲 안쪽을 뒤져라! 어떻게든 오늘 밤 안에 흔적을 찾아내!"

숲길로 들어선 지 얼마 되지 않아, 저벅이는 발자국 소리가 등 뒤를 바짝 쫓기 시작했다. 릴리스는 로브 속에 숨겨 두었던 배낭을 가슴 앞으로 단단히 돌려 멘 뒤, 절룩이며 어두운 밤을 헤쳤다.

"이쯤에서 조금 쉬어 가시지요. 많이 지쳐 보이십니다."

얼마나 걸었을까. 저만치 멀어진 용병들의 목소리가 희미하게 들려왔다. 야트막한 언덕 위에 올라선 둘베트가 주변을 살피며 휴식을 권했다. 체면을 차릴 겨를조차 없었다. 릴리스는 그대로 바닥에 털썩 주저앉아 이제는 감각조차 없는 종아리를 주물렀다.

"먹을 것을 조금 구해 오겠습니다. 금방 돌아올 테니 혹 무슨 소리라도 난다면 이 수풀 속에 숨어 계십시오."

잠시 숨을 고르던 둘베트는 말릴 새도 없이 서둘러 그녀를 등졌다. 홀로 남은 공터가 무섭도록 적막했다. 릴리스는 텅 빈 물통을 기울여 몇 방울의 액체로 마른 입술을 축였다. 지친 몸을 바닥에 천천히 뉘이자 긴장으로 굳어졌던 근육이 조금 풀렸다. 마음이 놓여서일까. 그간 미뤄 두었던 걱정이 비로소 무럭무럭 자라났다.

와트만은 무사한 걸까? 내가 도망쳤다는 것을 알고는 있겠지. 울란이 과연 그를 어떻게 대할까? 혹시 내게 실망한 것은 아닐까? 온갖 물음이 꼬리에 꼬리를 물며 자꾸만 덩치를 키워 나갔다. 그녀는 차가운 흙바닥에 달아오른 볼을 대고 있다 그만 눈을 감아 버렸다.

시야가 차단되자 갖가지 소리들이 한층 더 선명하게 들려왔다. 끊어질 듯 가늘게 이어지는 벌레 우는 소리, 이따금 불어오는 바람에 맞부딪치는 나뭇잎 소리가 마치 음률처럼 귓가를 맴돌았다.

그리고 건조한 흙냄새, 코끝을 간질이는 옅은 꽃향기와 자박이며 풀을 밟는 발소리…….

풀 밟는 소리?

릴리스는 두 눈을 번쩍 떴다. 발끝에서부터 오싹 소름이 끼쳤다. 지금껏 시원하다고 느꼈던 흙바닥이 갑자기 얼음장처럼 시리게 느껴졌다. 그녀는 상체를 조심히 일으킨 뒤 포복하듯 바닥 위에 천천히 엎드렸다.

하나라 생각했던 소리는 어느덧 배로 늘어나 사방에서 그물처럼 그녀를 조여 오고 있었다. 그대로 바닥을 기어 수풀 속에 몸을 숨기자 기다렸다는 듯 누군가가 불쑥 공터 안으로 발을 들이밀었다. 긴장으로 손끝이 차가워졌다.

"이상한데…….”

저벅. 눈에 익은 솔러렛이 아직 푸릇한 잔디를 밟았다. 훤칠한 용모와, 북방인에게는 드문 금발 머리가 무척이나 인상적인 사내였다.

벗어난 게 아니었던가. 릴리스는 절망적인 기분으로 최대한 몸을 옹송그렸다. 매서운 눈길이 그녀가 숨어 있는 수풀 주변을 천천히 맴돌다 떨어져 나갔다. 그녀는 숨바꼭질을 하는 것처럼 한참 동안 숨을 죽이며 마음속으로 숫자를 세었다.

셈이 999까지 이르렀을 무렵, 릴리스는 잎새 사이에 난 틈으로 슬쩍 앞쪽을 살폈다. 둥그렇게 자라난 나무들과 삐죽 솟은 바위들 외에는 다행히 아무것도 보이지 않는다. 기사는 어느새 떠난 모양이었다. 그녀는 조금 안심한 채 수풀을 헤치고 일어섰다.

그때였다.

"이런, 쥐새끼인 줄 알았더니만 그냥 토끼였잖아."

힉. 절로 숨넘어가는 소리가 새어 나왔다.

커다란 손이 어깨 위를 넉넉히 짚어 왔다. 떠났다고 생각했던 사내가 뒤에 서서 검집 끝으로 그녀의 등을 쿡쿡 찌르고 있었다. 릴리스는 그 힘에 떠밀려 비틀비틀 앞으로 걸어 나갔다. 어디 숨어 있었는지 스무 명은 족히 넘을 것 같은 건장한 기사들이 공터를 꽉 메우고 선 채로 그녀를 물끄러미 응시하고 있었다.

"몸이 영 성치 않은 모양인뎁쇼. 얼굴도 퉁퉁 부어 가지고선……. 저래서야 첩자질은커녕 길바닥에서 굶어 죽기 딱 좋겠습니다."

세모꼴 대형의 가장 끝에 서 있던 키 작은 사내 하나가 비틀거리는 그녀를 보며 코끝을 찡긋거렸다. 걱정인지 조롱인지 분간하기 힘든 모호한 어조였다.

릴리스는 지팡이를 쥔 손에 힘을 주며 다시 앞으로 한 걸음을 내디뎠다.

"그것, 어디서 얻었나?"

문득 머리 위에서 묵직한 목소리가 떨어졌다. 미심쩍은 눈길로 그녀를 내려다보고 있던 금발의 사내가 불쑥 비어 있던 손을 뻗었다. 반사적으로 지팡이를 뒤로 숨기자 의심의 눈초리가 한층 짙어졌다.

"다시 묻겠다. 그것, 어디서 얻었나?"

사내가 눈을 가늘게 뜨고 그녀를 추궁했다. 릴리스는 순간 완전히 당황하고 말았다. 용병들이 이런 것을 궁금해할 리가 없지 않은가. 그렇다면 이들은 혹시 울란의 병사들이 아닌 걸까? 불쑥 그런 의심이 차올랐으나 무엇도 확신할 수는 없었다.

"뭐, 일단 여기엔 별것 없습니다요. 여벌 옷에, 활과 화살 몇 대, 빈 물통이랑…… 응? 이건…… 머리칼 아닙니까?"

그사이 널브러진 배낭을 주워 든 기사 하나가 깊숙이 넣어 두었던 머리카락 뭉텅이를 주섬주섬 꺼내 들었다. 어스름 속에서도 선명하게 본래의 색을 드러내고 있는 그것을 본 금발 사내가 문득 아연한 표정으로 말을 더듬었다.

"주홍 머리……? 너, 아니…… 그대는……."

그러나 말이 채 끝나기도 전, 뒤편에서 와자한 소란이 일었다. 이내 무리가 양옆으로 갈라지며 그 사이로 낯익은 얼굴이 성큼성큼 걸어 들어왔다.

"테오니스 경을 만나셨군요, 마마. 다행입니다. 얼마나 걱정했는지……."

한 아름 따 온 열매들을 내팽개친 둘베트가 급하게 달려와 그녀를 부축했다. 금발 사내, 그러니까 테오니스는 이제, 마치 말하는 늑대를 처음 본 사람처럼 어처구니없는 표정을 짓고 있었다.

"마마? 정말로?"

"테오니스 경이라고?"

높낮이가 다른 두 목소리가 한데 섞여 공터를 왕왕 울렸다. 둘베트가 영문을 모르겠다는 듯 그들을 번갈아 보며 고개를 끄덕였다.

"그렇습니다, 마마. 테오니스 경은 체자레 전하의 최측근이지요……. 아마 서신을 받고 오신 모양입니다. 적당한 때에 도착하셨군요."

"음? 음, 뭐 그렇네만……."

다소 어색한 수긍이 이어졌다. 다행인지 불행인지, 둘베트는 그 기색을 눈치채지 못한 듯 계속해서 말을 이어 갈 뿐이었다.

"고트성까지 돌아가야 하는 건가 걱정이 많았는데 말이지요. 여기서 조우하리라곤 미처 생각지 못했습니다. 헌데 통성명은 아직이셨나 봅니다?"

테오니스는 이제, 마치 벌에 입을 쏘인 사람처럼 뜨악한 얼굴이었다. 뻣뻣한 동작으로 두 사람을 번갈아 보던 그가 황급히 커다란 몸을 숙이며 릴리스의 앞에 부복했다.

"죄송합니다, 마마. 제가 미처 알아보지 못하여 무례를 범했습니다."

"……되었네. 그럴 만도 하지. 말마따나 길바닥에서 굶어 죽기 딱 좋은 몰골이 아닌가."

릴리스는 두 손을 휘휘 내저었다. 그때였다. 긴장을 풀고자 던진 농담에 어디선가 힉 숨넘어가는 소리가 새어 나왔다. 장난삼아 던진 돌에 개구리가 맞아 죽는다더니. 아까 배낭을 뒤졌던 키 작은 사내가 그녀의 말에 허연 낯빛으로 세 입을 막고 서 있는 것이 보였다.

책하려는 것은 아니었는데. 그러나 사실을 말한다 한들 순순히 믿어 줄 분위기가 아니었다. 그제야 묘한 기류를 눈치챘는지, 둘베트가 미심쩍은 눈초리로 공터를 훑으며 목소리를 낮추었다.

"조금 많이 늦은 질문입니다만 마마, 혹 제가 없는 새 무슨 일이라도 있으셨습니까?"

릴리스는 흘금 시선을 위로 올렸다. 테오니스의 목울대가 꿀렁이며 한바탕 요란을 떨었다. 꿀꺽. 침 넘어가는 소리가 마치 곁에 있는 듯 선명하게 들려왔다.

그녀는 대답 대신 능숙하게 화제를 돌렸다.

"아니, 아무것도. 그보다 경, 어디 제대로 쉴 만한 곳이 좀 없을까? 다리가 아파 죽을 것 같아."

"그럼요, 우선은 이쪽으로 오십쇼."

말이 끝나기 무섭게 성큼 나선 테오니스가 바삐 기사들을 지휘하기 시작했다. 그리 많은 수는 아니었지만, 후발 주자로 따라오던 기사들까지 합류하고 나자 어림잡아 이백은 족히 될 것 같은 인원이 모였다.

쉼터는 순식간에 완성되었다. 릴리스는 테오니스의 안내를 받아 공터한가운데 위치한 자그마한 막사 안으로 들어섰다. 탁자 위에 깨끗한 물이담긴 대야와 간편해 보이는 무복 몇 벌이 놓여 있는 것이 보였다.

그녀는 수건에 물을 적셔 머리와 얼굴, 더러워진 팔다리를 열심히 씻어냈다. 얼마나 지저분했는지 대야의 물을 세 번이나 갈았음에도 계속해서어디선가 마른 진흙이 떨어졌다. 결국 그녀는 옷을 입기도 전에 몹시 지쳐늘어지고 말았다.

반들거리는 황동 세숫대야의 둥그런 아랫면이 마치 거울처럼 평평했다.

릴리스는 그 안에 자신의 모습을 가만히 비춰 보았다. 삐죽한 짧은 머리와, 양 볼 중앙에서부터 시작해 턱 부근까지 이어지는 푸르뎅뎅한 멍 자국이 유난히도 눈에 띄어 눈살이 찌푸려졌다.

그리고 아마, 사람의 감상이란 대개 비슷한 모양이었다.

"어떤 개새…… 아니, 개자…… 아니, 놈입니까?"

발자국 소리에 벌떡 일어선 테오니스가 막사로 들어서는 그녀를 보며 시뻘게진 얼굴로 언성을 높였다.

분명 아까 얼굴을 보았을 텐데. 그런 의문에 고개를 갸웃하던 릴리스는 이내 몇 시간 전 자신의 몰골을 떠올리곤 그의 당황을 납득했다. 깜깜한 밤중, 게다가 온 얼굴이 진흙투성이였으니 눈치채지 못하는 것도 무리는 아니었다.

릴리스는 빈자리를 찾아 앉으며 서툴게 그를 달랬다.

"일단은 진정하는 게 좋겠어, 경. 말은 편하게 해도 좋고."

"감사합니다. 헌데 정말 어떤 개자식입니까? 올란이라는 그 작자가 한 짓이 맞습니까?"

고개를 꾸벅 숙여 보인 테오니스가 이어 날것 그대로의 욕설을 뱉었다. 거친 언사가 거슬렸는지, 둘베트가 못마땅한 티를 내며 입을 달싹였다. 릴리스는 눈짓으로 그를 말리며 눈 하나 깜짝하지 않고 테오니스의 말을 받았다.

"……그래. 하지만 정말 괜찮다. 멍이 많이 빠졌으니 며칠 지나면 좀 더 나아지겠지."

둥그런 탁자가에 둘러앉아 있던 낯선 얼굴의 기사들이 그 말에 울분을 참지 못하겠다는 듯 사나운 기세를 뿜어냈다.

릴리스는 잠시 제 처지도 잊은 채 그 광경을 다소 흥미로운 기분으로 지켜보았다. 기사도라곤 활자로만 남아 있는 아테라와 달리, 약자를 대하는 스파티움 기사들의 방식에는 이렇듯 모든 경계를 초월할 정도의 관대함이 스며 있어 때로는 지금처럼 예기치 못한 순간에 그 본질을 드러내곤 했던 것이다.

"저하께는 연락하지 않으셨습니까?"

테오니스가 여전히 흉흉한 기세를 뿜어내며 물어 왔다. 움직일 때마다 턱이 아려 눈물이 찔끔 새어 나왔던 탓에, 릴리스는 최대한 조심스럽게 고개를 가로저어 의사를 표현했다. 무어라 알아듣지 못할 말을 중얼거리던 테오니스가 불만스런 표정으로 다시 입을 열었다.

"어째서입니까? 서신이라도 보내셨다면 당장 구하러 오셨을 텐데요."

"최전방이 아닌가. 중요한 곳이니 괜히 마음 쓰이게 하고 싶지 않았어. 다행히 둘베트가 늦지 않게 와 주었으니……."

허.

짧은 정적. 그리고 어디선가 탄식이 흘러나왔다. 릴리스는 당황해 주변을 둘러보았다. 어쩐지 급격히 피로한 낯이 된 테오니스가 마른세수를 거듭하다 이내 그녀에게 시선을 고정했다.

"외람된 말씀입니다만, 그 편이 오히려 더 마음 쓰일 것이라는 생각은 들지 않으셨나 봅니다."

정중한 말투와 달리 속뜻은 의심할 여지 없는 비난이었다. 불쑥 억울함이 차올랐다. 릴리스는 눈살을 찌푸린 채 항변하듯 웅얼거렸다.

"어쩔 수 없지 않은가. 반…… 저하께선 최전방의 지휘관이야. 나 때문에 자리를 비운다면 분명 좋지 않은 소문이 돌겠지."

"테바이 놈들은 무도한 작자들입니다. 그나마 그 개새…… 놈이 궁에 머물며 제법 술수를 익혔다곤 하지만, 그들을 일반 기사와 같게 생각하셔서는 안 됩니다. 혹 마마께서 그 작자에게 더한 변이라도 당하셨다면 바이마르 저하께선 필시 본인을 책하셨을 테지요."

틀린 말은 아니었다.

"게다가 마마, 대단히 무례한 말씀입니다만, 지금 마마께선 전혀 괜찮지 않아 보이십니다. 제 아내가, 물론 저는 결혼을 하지 않았습니다만, 어쨌거나 만일 제 아내가 이런 모습으로 나타난다면 분명 무척 비참한 기분이 들 테지요."

끄덕끄덕. 기사 몇이 그의 말에 동조하듯 고개를 주억였다.

"……하지만 난 이미 충분히 폐를 끼치고 있지 않은가. 혼자 할 수 있는 일이라면 어떻게든 스스로 해내는 편이 낫다고……."

아. 릴리스는 잠시 말을 끊어 내고 첨언했다.

"혹, 내가 저하를 배제하려 했다고 생각하는 것이라면 전적으로 경의 오해라 맹세할 수도 있네."

"아니, 그게 아닙니다, 마마."

허어. 다시 탄식이 흘러나왔다. 릴리스는 이번에야말로 몹시 당황해 두 손을 꼼지락거렸다. 묘한 표정으로 그녀를 빤히 바라보던 테오니스가 이윽고 긴 숨을 뿜으며 푸념했다.

"……이것 참. 소문으로만 들었을 땐 솔직히 유난이라고 생각했었습니다만, 이렇게 직접 뵈니 저하의 기분을 알 것도 같습니다."

릴리스는 그게 대체 무슨 기분인지 물어보고 싶었지만, 슬슬 마무리되는 분위기에 어쩔 수 없이 의문을 속으로 삼키고 말았다.

테오니스가 말을 이었다.

"어쨌든 밤이 제법 깊었으니…… 일단 오늘은 좀 더 쉬시는 게 어떻겠습니까? 장담컨대 제가 마마를 곧 다시 안전히 성으로 모시겠습니다."

성으로. 릴리스는 그 말을 곱씹으며 배정된 막사로 돌아갔다. 쉬라는 말을 듣기는 했지만, 머리가 복잡해 쉽사리 잠이 올 것 같지가 않았다. 그녀는 상자를 짜 맞추어 만든 딱딱한 침대 위에 천천히 드러누웠다.

바닥에 깔린 짙은 남색 천에서는 갓 구운 빵에서 흘러나오는 것 같은 고소한 냄새가 났다. 푹신하기는커녕 굳은 근육을 더 긴장하게 만들 정도로 딱딱한 잠자리였지만 그럼에도 금방 눈꺼풀이 노곤해졌다.

고작 아군 몇을 만났을 뿐인데도 마치 벌써 집으로 돌아간 듯 아늑한 기분이었다. 조금은 투박하고 거친 면이 있기는 했지만, 릴리스는 이 새로운 집이 더할 나위 없이 마음에 들었다. 노라도, 무스타리도, 살로메도, 둘베트도, 그리고 루카스, 시렌과, 어쩌면 체자레도…….

가물가물한 의식 너머로 시끄러운 소리들이 잡혔다. 누군가 방문을 청해 온 듯, 용무를 묻는 어느 기사의 목소리가 아주 크게 들려왔다. 혹시 울란의 병사들이 아닐까. 릴리스는 흐릿한 정신으로 거기까지 생각하다 눈을 감았다.

결코 잠들 수 없으리라 생각했던 것이 무색하게도, 그녀는 몇 분 뒤 그대로 곯아떨어지고 말았다. 하루 반 만에 맞는 첫 잠이었다.

깨어났을 즈음에는 이미 출발 직전이었다. 릴리스는 아침 식사로 따끈한 수프를 한 그릇 들이켠 뒤 둘베트에게 의지해 커다란 말에 올랐다. 특수 제작 한 안장이 아니면 말을 탈 수 없다는 이야기에 테오니스가 안쓰러운 표정으로 끌끌 혀를 찼다.

그들은 곧 성을 향해 움직이기 시작했다. 안전을 위해 무리의 중간으로 밀려난 릴리스는 낯선 병사들 틈에 섞여 지난밤과 달리 평온한 숲을 두리번거렸다.

"그러고 보니 오는 길에도 테바이 놈들을 한 무리 만났었는데 말입죠."

출발한 지 얼마나 되었을까. 앳된 얼굴의 기사 한 명이 친근하게 굴며 그녀에게 먼저 말을 붙여 왔다. 어쩐지 어젯밤 이후로 다들 묘하게 그녀를 대하는 데 스스럼이 없어진 듯했다. 조금은 어색했으나 기분이 나쁘진 않았다.

어떻게 대답할까 고민하던 와중, 뒤편에서 누군가 불쑥 튀어나와 순서를 가로챘다.

"아, 그놈들! 투석기까지 갖고 있었지, 아마?"

"그렇다니까. 뭐…… 그래도 생각보단 수가 적어 다행이었어. 아니었더라면 꼬박 반나절 이상을 허비했을걸."

먼저 말을 걸어왔던 기사가 혀를 내두르며 고개를 흔들었다. 조용히 대화를 귀담아듣고 있던 릴리스는 문득 귀에 꽂히는 한 단어에 멈칫했다.

"잠깐, 혹시 방금 투석기라 했나?"

의구심이 피어올랐다. 서로 마주 보던 두 기사가 이윽고 고개를 끄덕이며 답했다.

"예? 예! 맞습니다, 마마. 투석기요. 아니, 앞뒤 꽉 막힌 산속에서 투석기가 웬 말이랍니까? 공성전 벌일 것도 아니고."

"갑옷도 거무튀튀해 가지고선. 낮에 만나 망정이지 밤에 맞닥뜨렸더라면 알아보지도 못할 뻔했습니다요. 헌데…… 그런 것은 어찌 물으십니까, 마마?"

갑옷과 투석기. 릴리스는 울란의 병사들을 몰아붙이던 테바이 용병들의 모습을 떠올리며 짧게 숨을 모아 뱉었다. 역시 같은 무리였던 걸까. 가슴속에 미약하게 남아 있던 의구심이 확신으로 돌변하며 흐릿한 아쉬움을 남겼다.

좀 더 빨리 알아챘더라면, 좀 더 오래 병사들을 설득할 수 있었더라면. 그런 생각으로 자신을 책하던 릴리스는, 곧 고개를 흔들며 허튼 생각들을 털어 냈다.

그녀는 스스로가 최선을 다했다고 자신했다. 한편으론 사르트르 경의 마음 또한 이해가 갔으므로, 릴리스는 이제 누구도 원망하지 않았다. 이것은 단지 신념의 문제일 뿐, 결국은 누구의 탓도 아니었던 것이다.

결론을 내고 나자 뿌듯함이 차올랐다. 비록 이렇게 초라한 모습으로 말 위에 앉아 있지만, 그녀는 여전히 릴리스 반 모라 아테라였다. 황녀가 아닌 카리알의 영주. 바이마르 갈바르의 부인이자 스파티움의 우군이었다.

돌아가는 길이 조금 멀고 험할 뿐, 이 길 끝에 그녀의 집이 있었다.

"어제 그렇게 간을 보는 것 같더니만, 결국은 죄다 성안으로 불러들인 모양입니다. 젠장, 공성전은 질색인데 말입죠."

일행은 얼마간을 더 달려 마침내 숲의 끝에 다다랐다. 선두에 서 있던 테오니스가 황량한 평원을 쏘아보며 숱 많은 눈썹을 긁적였다.

말을 몰아 테오니스의 곁으로 다가선 둘베트 덕에, 릴리스는 두 사람이 바라보는 풍경을 고스란히 눈에 담을 수 있었다.

추측대로, 달갑지 않았던 어제의 방문객은 울란의 수하들이었다. 정예군이 왔다는 것을 알았으니만큼 전면전을 피하고자 병사들을 물렸음이 분명했다. 그들을 적으로 몰기 위해서라도 가급적 마주치는 빈도수를 줄이는 편이 유리할 터다.

일행은 조심스럽게 평원으로 진입했다. 야영의 흔적이 선명한 흙바닥 위에 잿가루며 쓰레기가 군데군데 산더미처럼 쌓여 있었다. 그 어수선한 풍경에 비로소 천천히 현실감이 돌아왔다.

릴리스는 높이 솟아 있는 성벽을 조금 허탈한 마음으로 올려다보았다. 그렇게도 가슴을 졸이며 도망쳤던 한나절이다. 테오니스를 만난 것은 더할 나위 없는 행운이 맞았으나, 막상 하룻밤 만에 모든 게 정리되었다고 생각하니 어쩐지 그간의 일이 그저 한밤의 꿈이었던 것처럼 느껴졌다.

그때였다. 픽, 픽. 성벽에서부터 연달아 날아든 화살이 경고하듯 저 앞에 처박히며 진군을 저지했다. 모두가 멈칫하며 걸음을 멈춘 가운데 이번에는 수 개의 횃불이 한꺼번에 오르며 밤을 낮처럼 환히 밝혔다.

성벽에서부터 성난 고함이 울려 퍼졌다.

"네놈들은 대체 누구냐! 감히 여기가 어디인 줄 알고 건방을 떨어! 아직도 카리알에 아테라의 황녀 마마께서 머물고 계시다는 것을 모르는 멍청이들이 남아 있었나?"

릴리스는 눈을 가늘게 뜬 채 성벽 위의 인영을 살폈다. 거리가 멀어 얼굴을 제대로 파악할 수는 없었지만 사르트르의 목소리가 이처럼 얇고 높지 않았다는 것만은 틀림없었다.

그녀는 손짓으로 테오니스를 불러 추측을 전했다.

"경, 저자는 내가 알고 있는 카리알의 경비 대장이 아니야."

"마마의 말씀이 옳다면 저자는 울란의 수하일 확률이 높겠군요."

마마의 말씀이 옳다면, 그런 전제를 내세우기는 했지만, 테오니스는 적어도 절반 정도는 그녀의 말을 믿는 듯했다. 본받아야 마땅할 신중함이었다. 릴리스는 눈꺼풀에 잔뜩 주고 있던 힘을 천천히 풀어냈다.

"그렇다면 성벽 위의 병사들은? 저이들도 전부 용병들일까?"

"그거야 알 수 없는 일입니다만…… 이거야 원, 고작 용병 나부랭이가

감히 기사 행세를 하고 있으니 괘씸하다 해야 할지 좋게 봐 주어 고맙다고
해야 할지 모르겠습니다."

썹어뱉듯 투덜거린 테오니스가 다시 선두의 자리로 돌아가 제 말에서
뛰어내렸다. 용맹하게 성큼성큼 앞으로 몇 걸음 나아간 그가, 땅에 박힌
화살을 뽑아낸 뒤 그대로 꺾어 바닥에 내동댕이치며 소리쳤다.

"농담도 참 재미있게 하는군그래. 아테라의 황녀 마마께선 바로 여기,
우리와 함께 계신다! 테바이의 무뢰배들이 성을 습격한 뒤 마마를 핍박하
고 있다는 소문에 새로운 왕께서 근심이 깊으신데, 아직도 그것을 모르는
멍청이들이 남아 있었나?"

픽, 픽. 대답 대신 다시 몇 대의 화살이 날아왔다. 신호를 보내자 잽싸게
뛰어나온 방패병들이 꼿꼿이 서 있는 테오니스의 앞에 든든한 철벽을 만
들었다. 경쾌한 소리를 내며 튕겨져 나간 화살이 쓰레기와 뒤섞여 바닥을
나뒹굴었다.

키릭.

그리고 다음 순간이었다. 마치 그것이 신호였다는 듯, 성문이 빼꼼 열리
며 일단의 기사들 무리가 말을 타고 두두두두 달려 나왔다. 화살 비에 정
신을 팔고 있던 선두의 병사 몇이 급하게 각자의 무기를 꺼내 들었다.

예고 없는 난전이었다.

"마마, 뒤쪽으로! 이리로 오십시오!"

캉! 캉! 날붙이끼리 부딪치며 내는 선득한 소리가 등골을 서늘하게 만들
었다. 서둘러 말에서 뛰어내린 둘베트가 옆의 기사에게 고삐를 넘기며 큰
소리로 출격 명령을 내렸다.

"2부대! 앞으로!"

사방에서 요란한 기합 소리가 울려 퍼졌다. 우르르 양옆으로 밀려 나온
병사들이 앞으로 달려 나가며 일사불란하게 대열을 맞추었다.

릴리스는 자연스럽게 무리의 후미로 밀려났다. 혼자서는 안장 위에서
중심을 잡기가 어려웠으므로, 그녀는 엎드리다시피 몸을 수그려 두 손으
로 말의 목을 단단히 휘감아야 했다. 고삐를 쥐고 있던 기사가 아슬아슬하

게 매달려 있는 그녀의 모습에 깜짝 놀라며 서둘러 중심을 잃어버린 몸을 받쳤다.

"방패! 올려라!"

둘베트가 외치며 몸을 아래로 깊이 수그렸다. 주먹만 한 불덩어리들이 언뜻언뜻 하늘을 가르며 후두둑 그들을 향해 쏟아져 내렸다.

불화살이었다.

"경! 오른편의 망루 쪽으로 방향을 틀어라! 그곳엔 궁수 부대가 자리할 공간이 없어!"

안전하게 땅 위에 내려선 릴리스는 몸을 뒤로 물리며 다급하게 전황을 살폈다. 병사들 중 하나가 전령을 자처하며 앞으로 달려 나갔다.

마침 선두의 기사를 꺾고 후미로 돌아오던 테오니스가 그에게 제 말을 넘기고는 고개를 꺾어 하늘을 올려다보았다. 뾰족한 창끝에서 피가 뚝뚝 떨어지고 있었다.

"이야, 장관이군요."

테오니스가 다시 쏟아지기 시작하는 불화살을 보며 덤덤하게 감탄했다. 흡사 별똥별을 구경하는 사람처럼 느긋하기 짝이 없는 얼굴이었다.

"백작의 결벽은 대단히 유명하지요. 자신의 기록에 패배를 용납할 작자가 아니니 걱정 마십쇼."

우습게도, 릴리스는 그 말에 도리어 조금 불안해졌다.

"듣기로는 반에게 졌다고 하던데. 대련에서 말이야."

"아하하, 그야 뭐…… 운명이라 해 두지요."

테오니스가 가볍게 웃으며 대답을 얼버무렸다. 그는 그런 뒤 잠시 말을 멈추었다가, 앞쪽의 소란이 조금 잦아들었을 즈음이 되어서야 다시 입을 열었다.

"어쨌건 그때를 제외하고는 단 한 번도 둘베트 경이 패했다는 이야기를 들어 본 적이 없습니다. 더군다나 지금은 지켜야 할 이가 있으니 더더욱 쉬이 물러날 리가 없지요. 마마께서는 그를 믿지 못하십니까?"

"……믿고 믿지 않고의 문제가 아닌 듯한데."

"외람된 말씀입니다만 마마, 실은 정확히 그게 문제입니다."

웃음기를 싹 지운 얼굴이 어둠 속에 반쯤 묻혀 있었다. 이윽고, 테오니스가 에스코트하듯 그녀에게 한쪽 팔을 내밀었다. 릴리스는 잠시 고민하다 굵직한 팔뚝 위에 가볍게 손을 얹었다.

"저는 마마를 잘 모릅니다만, 적어도 마마께서 주변의 이들에게 좀 더 의지하셔야 한다는 것 하나만은 확실히 알겠습니다."

숲과 평원의 경계를 나누듯, 커다란 나무 몇 그루가 땅 위에 듬성듬성 박혀 있었다. 두 사람은 고목 아래 서서 성벽 쪽을 향해 나란히 시선을 두었다.

"아마 저하께서도 분명 그리 생각하고 계실 테지요."

걸걸한 목소리 위로 익숙한 음성이 환청처럼 덮였다.

'제가 정말 마마께 의미가 있는 사람인지.'

당연한 말을,

'아니면, 그저 떨쳐 내지 못해 곁에 두는 이일 뿐인지.'

당연하지 않도록 여기게 만든 것은 역시 그녀의 탓이었을까. 릴리스는 씁쓸한 기분으로 무심코 품속의 서신을 더듬어 쥐었다.

답장을 써 주어야겠다. 문득 그런 생각이 떠오른 것은 자정이 훌쩍 지난 무렵이었다. 짧지만 격렬했던 전투가 끝나고 모두가 곤한 잠에 빠진 시각. 릴리스는 막사의 제 침대에 엎드린 채 빈 종이를 뚫어져라 쳐다보았다.

그녀는 그 자세로 바이마르의 이름을 맨 윗줄에 적어 넣고는, 볼이 눌리지 않도록 조심하며 베개 위에 천천히 얼굴을 얹었다. 고심하다 한 줄 덧붙이고, 또 한참 지나 두어 줄 잇다 보니 어느덧 새벽이었다.

당신을 기다리는 릴리스로부터.

마지막으로 그런 문장을 적어 넣고 나자 어쩐지 쑥스러워 귀 끝이 발갛게 달아올랐다. 그녀는 서둘러 서신을 갈무리한 뒤 충혈된 눈으로 막사를 나섰다.

"아니, 마마. 설마하니 한숨도 못 주무셨습니까? 램프 끄는 것을 잊으셨으려니 생각했는데……."

밤 보초를 서고 있던 둘베트가 놀란 얼굴로 그녀를 보며 물었다. 릴리스는 코끝을 긁적이며 긍정했다.

"뭐…… 어쩌다 보니 그렇게 됐어. 그보단 전령이 좀 필요할 듯한데."

"저하께 보내시는 것입니까? 이리 주시지요. 테오니스 경에게 부탁해 보겠습니다."

"내게 무얼 부탁한다고?"

때마침 불쑥 나타난 테오니스가 두 사람 사이로 얼굴을 들이밀었다. 둘베트가 무어라 입을 열려던 순간, 그것을 방해하듯 뿔피리 소리가 길게 울려 퍼졌다.

일사불란하게 막사에서 뛰어나온 병사들이 대열을 갖추어 앞으로 척척 걸어 나갔다. 릴리스는 서둘러 로브를 찾아 쓴 후 그들을 뒤따랐다. 화살이 닿지 않을 곳까지 나선 뒤, 눈에 힘을 주며 정면을 살피고 있으려니 저 멀리 성벽 위에 익숙한 인영이 서 있는 것이 보였다. 같은 곳을 향해 시선을 주던 테오니스가 순식간에 악귀처럼 미간을 일그러뜨렸다.

"아니, 이게 누구신가…… 우리엘 경 아니신가. 내 울란이란 버러지가 어떤 놈인가 몹시 궁금했는데, 더러운 변절자가 여기 있었군! 그 저열한 이름은 테바이식 부름인가?"

테오니스가 성난 황소처럼 발을 굴렀다. 정말 화가 났는지 그가 내뿜는 기세만으로도 병사 두엇은 능히 날려 버릴 수 있을 것만 같았다. 울란도 성벽 위에서 그들을 내려다보며 지지 않고 커다랗게 목청을 돋우었다.

"변절자라는 말은 어불성설이지요. 도리어 함께 계신 황녀 마마께 그 말을 돌려드려야 할 듯싶습니다만……. 어찌 생각하십니까, 마마?"

"네놈이 아주 미친 게로구나. 감히 내 앞에서 마마를 우롱해?"

테오니스의 얼굴은 이제 거의 폭발하기 직전의 화산 같았다. 그러나 듣는 것만으로도 기세가 꺾일 듯한 호령에도 불구하고 울란은 전혀 주눅 든 기색이 아니었다. 어딘가 믿는 구석이 있는 것처럼 여유로워 보이기까지 했다.

"경, 성안에 아직 와트만 경이 있다."

릴리스는 테오니스의 팔에 가볍게 손을 얹었다 떼어 냈다. 둘베트가 딱딱하게 굳은 얼굴로 정렬한 병사들의 선두에 자리를 잡았다.

"그러고 보니 마마, 듣자 하니 한 달 전에 아테라 전령 한 명이 성에 들었다고 하더군요. 마마께 서신 한 통을 전해 드렸다고 하던데…… 이상하게도 누구 하나 그에 대해 아는 이가 없더군요."

그러나 울란은 누구도 생각지 못했던 방법으로 기습을 시도했다. 아테라. 그 세 음절을 듣는 순간 손끝이 차게 식었다. 릴리스는 저도 모르게 뒷걸음질 쳤다.

한 달 전이라면 분명, 발신 불명의 그 서신을 의미하는 것일 터였다. 배부른 여자의 모습을 담고 있던 자그마한 목탄 초상화. 그런데 이자가 대체 그 사실을 어떻게 알고 있는 거지?

의아해하는 동안에도 울란은 말을 멈추지 않았다.

"뭐, 마마의 마음도 이해하지 못하는 바는 아닙니다. 간만에 고국에서 온 연락을 받으셨으니 필시 감회가 남다르셨겠지요. 허나, 그렇다면 일전 있었던 아테라 전령의 방문이 처음이 아니라는 뜻이온데……."

말과 말 사이에 의도된 침묵이 끼었다. 울란이 연극배우처럼 과장된 몸짓으로 두 팔을 크게 벌리며 어깨를 들썩였다.

"이것 참 곤란하기 짝이 없는 일입니다. 비록 테바이인이라곤 하나 저 또한 어엿한 스파티움의 기사. 한때나마 몸 담았던 곳이 타국인의 손에 휘둘리려 하는 모습을 어찌 가만히 두고만 볼 수 있었겠습니까."

바람에 흔들리는 풀잎들이 사각이며 출렁이듯, 병사들의 술렁임이 울란의 발언에 뒤이어 평원을 한차례 휩쓸고 지나갔다. 릴리스는 한 박자 늦게 앞서의 발언을 부정하려 했으나 그 전에, 먼저 그녀를 가로막은 이가 있었다.

"근본 없는 이야기로 본질을 흐리지 말라! 네놈들이 거짓으로 입성하여 카리알을 점령한 게 명백하거늘 어찌 마마를 모함하는 것으로 죄를 숨기려 드는가!"

테오니스가 커다란 몸으로 그녀의 시야를 가렸다. 릴리스는 갑옷으로 둘러싸인 커다란 등을 차마 바라볼 수가 없어 눈을 질끈 감아 버렸다.

등 뒤로, 머리 위로, 수많은 시선들이 따갑게 내리꽂혔다. 눈 없는 봉사라도 느낄 만한 소란이다. 마치 아주 어릴 적, 선황제의 손에 이끌려 처음 궁에 들어서던 그날로 돌아간 듯도 했다. 친근한 척 다가와 그녀의 손을 잡던 예거라트와, 불신과 의문과 경계와 혼란으로 가득하던 세찬 바람이 자각하지 못하는 새 훅 밀려와 그녀를 흔들고 지나갔다.

"……마! 마마! 괜찮으십니까?"

그러나 지금은 모든 것이 그때와 전혀 달랐다. 어느새 달려온 둘베트가 곁에 서서 그녀를 부르고 있었다. 릴리스는 물끄러미 그를 올려다보다, 쓰고 있던 로브 후드를 내려 자신의 얼굴을 드러냈다. 그녀는 그대로 천천히 성벽 아래를 향해 걸었다.

릴리스는 스스로의 차림을 잘 알았다. 분명 비루먹은 망아지 꼴이겠지. 종자들이나 입을 법한 평복을 걸치고, 어설픈 더벅머리에 멍으로 얼룩진 얼굴을 하고 있을 것이다. 그러나 그럼에도 릴리스는 그런 자신이 부끄럽지 않았다. 그럴 리가 없었다.

난데없는 진풍경에 당황이라도 한 것일까. 동요하던 병사들이 일제히 입을 닫았다. 걷고 또 걸어 성벽 아래 멈춰 선 릴리스는 언젠가 울란이 서 있던 바로 그 자리에 발을 디딘 채 물끄러미 위를 올려다보았다. 이제 그녀가 있던 자리를 차지한 것은 울란이었다. 아니, 혹은 예거라트일지도.

아무리 아펠라가 그녀를 싫어한다 한들 옥좌에 앉은 이는 결국 체자레였다. 왕의 비호를 받는 이를 그리 함부로 대할 수 있을 리 없다. 정말로 권력의 이양을 바랐던 것이라면, 차라리 그녀를 구슬려 설득하는 편이 훨씬 나았으리라.

하물며 하필 이런 시기에 보내온 편지라니. 아무리 정치에 무지한 이라 한들, 이쯤 되면 의심의 날을 세우는 것이 당연한 수순이 맞을 터다. 명예보단 돈을 좇는 것이 용병들의 습성이라 했던가. 안타깝게도 그녀의 적은 충분하고도 남을 만큼의 보화를 지닌 이였으니, 모종의 결탁을 의심하는 것 또한 아주 그릇된 억측은 아니었다.

그러나, 그래서 무엇이 어떻단 말인가.

"내 뿌리가 아테라임을 부정(否定)할 생각은 없으나, 부정(不正)한 행동으로 스파티움을 욕보인 적 또한 없음을 이 자리에서 맹세하는 바이다. 허니 그대는 괜한 말로 병사들의 마음을 흔들지 말라!"

그녀는 더는 버려지는 것을 겁낼 필요가 없었으므로, 그리하여 아무것도 두렵지 않았다. 힘이 실린 날카로운 목소리가 평원에 칼날처럼 메아리쳤다. 울란마저 말문이 막힌 듯 침묵하는 가운데, 들뛰는 바람이 성벽 아래를 한차례 휩쓸고 지나갔다.

그리고 다음 순간, 돌연 튕기듯 뛰쳐나간 테오니스가 머리 위로 대검을 높이 쳐들며 커다란 목소리로 공격을 명했다.

등 뒤에서 해가 떠오르고 있었다. 릴리스는 제자리에 꼿꼿이 선 채로 그리운 집을 바라보았다. 제멋대로 뻗친 주홍색 머리칼 사이로 빛이 선명히 휘감겨 들었다. 릴리스는 그 빛에 온전히 몸을 맡겼다. 마치 온몸을 불사르는 횃불처럼.

✤ ✤ ✤

며칠간 비슷한 접전이 반복되었다. 사르트르 경을 위시한 카리알의 병사들은 죄다 성 안쪽으로 배치된 듯 그림자조차 찾아볼 수가 없었고, 한층 추워진 날씨는 몸을 둔하게 만들어 들끓는 기세를 눌렀다.

성내의 아군은 달고도 쓴 약이었다. 함부로 공격하자니 그들의 안위가 걱정이었고, 얼굴을 맞대고 설득해 보려 해도 도무지 기회가 닿지 않아 곤란했다.

그러나 그럼에도 희망은 있었다. 추수의 계절은 이미 지났고, 가장 큰 창고는 전부 불타 잿더미가 되었으니 거친 용병들을 거둬 먹일 식량이 넉넉할 리가 없었던 것이다. 건물 전체를 살라먹는 불길에 안타까워했던 것이 도리어 행운이 되어 돌아온 셈이었다.

"이제 슬슬 급할 때가 되었겠군요."

테오니스의 말대로였다. 3일, 7일, 15일. 날이 지날수록 용병들의 공세가 차츰 거칠어졌다. 방어전에만 주력하던 처음과는 확연히 달라진 분위기였다. 일단 문만 열 수 있다면, 이쪽에도 아직 승산이 있다.

"마마! 마마! 헉…… 전령…… 헉, 길리안 평원에서 전령이 도착했습니다!"

반가운 소식은 계속해서 이어졌다.

막사에 틀어박혀 있던 릴리스는 병사의 외침에 밖으로 나가 급히 공터를 가로질렀다. 성벽 앞에 머물며 맞은 스무 번째 아침이었다. 낯익은 얼굴의 전령이 테오니스와 이야기를 나누고 있다 그녀를 보곤 꾸벅 묵례해 왔다.

서둘러 다가서자 시선이 자연스레 한곳으로 모여들었다. 집중되는 관심에도 아랑곳없이 몸을 낮추어 정중히 부복한 전령이 이윽고 품속을 뒤적여 곱게 접힌 서신을 꺼내 들었다. 릴리스는 떨리는 손으로 그것을 받아 들었다.

"잠시만 기다려 주십시오, 마마."

그러나 그것만이 용건의 전부는 아닌 모양이었다.

황급히 돌아서려던 릴리스는 그녀 못지않게 다급하게 느껴지는 부름에 서두르던 걸음을 멈추었다.

"무슨……."

미처 말을 맺기도 전이었다. 멋쩍은 듯 슬쩍 웃어 보인 전령이 메고 있던 배낭을 바닥에 내려놓고 입구를 크게 벌렸다. 내용물이 어찌나 꽉꽉 들어차 있던지, 꽉 매어 놓은 매듭이 풀리기 무섭게 안에 들어 있던 것들이 바닥으로 와르르 쏟아져 내렸다.

정갈하게 엮인 색색깔의 서신들이 마치 흐드러진 꽃잎 같았다. 릴리스는 곧 그것의 정체를 직감했다. 기대와 설렘이 턱 끝까지 차올라 숨이 막혔다.

"이게…… 이게 다 무엇이지?"

그녀는 답을 알면서도 굳이 물었다. 짐작만으로는 부족하다. 완전한 답을 들어야만 안심이 될 듯했다.

"저하의 서신입니다. 그간 쓰고도 보내지 못한 것들이니 꼭 받아 주셨으면 한다고, 그리 전하라 이르셨습니다."

휘유. 테오니스가 작게 휘파람을 불었다. 릴리스는 부끄러워하는 것도 잊은 채 절룩이며 자신의 막사로 돌아갔다. 발 빠른 병사들이 미리 옮겨다 놓은 커다란 배낭이 침대 아래 덩그러니 놓여 있었다.

쪼그려 앉아 배낭 안을 한참 동안 들여다보던 그녀는 이내 품에 서신을 한가득 안고 끙끙대며 일어섰다. 들고 있던 것들을 침대 위에 죄다 내려놓고 같은 행동을 세 번쯤 반복하자 금세 담요 위에 종이들이 수북하게 쌓였다.

바스락거리는 서신들을 조심히 헤치고 나니 간신히 앉을 만한 자리가 생겨났다. 달랑이는 매듭을 풀기 무섭게, 빼곡한 글자로 채워진 종이 네댓 장이 한꺼번에 손바닥 위로 우수수 쏟아져 나왔다.

무사하다는 것을 알고 얼마나 안심했는지, 속상한 채로 남겨 놓고 가게 되어 얼마나 울적했는지, 행여 아직 화가 났을까 저어되는 마음에 매일 밤 부치지도 못할 편지를 얼마나 많이 끄적였는지…….

다음, 다음, 다음. 풀어낸 매듭의 개수가 늘어날수록 종이를 넘기는 속도도 빨라졌다. 그녀는 끼니도 거른 채 글자를 읽는 데 몰두했다. 정신을 차린 것은 취침을 권하는 둘베트의 목소리를 듣고 난 다음이었다. 이미 밤이 한참 깊었다는 사실이 믿기지 않아 잇새로 푸스스 웃음이 흘렀다.

몸을 뒤치자 수북이 쌓인 서신들이 흩날리며 담요 위로 드문드문 내려앉았다. 얇은 종이가 결코 따뜻할 리 없음에도, 그것들을 이불처럼 덮고 있으려니 화롯불을 양껏 끌어안고 있는 듯 온몸에 훈훈한 온기가 감돌았다.

깔고 누운 편지에서는 옅은 꽃향기가 났다. 다디단 향기 속에 숨어 있는 수줍은 청이 바람결에 실려 온몸에 스몄다.

릴리스는 그 바람에 떠밀려 마음껏 밤하늘을 달리고 또 달렸다. 당장이라도 그의 곁으로 가고 싶었지만 그녀에게는 아직 할 일이 남아 있었다. 그를 온전히 마주하기 위해 해야 할 일이. 릴리스 반 모라 아테라가 아닌, 그저 릴리스로 남기 위해 이루어야 할 어떤 것이.

✢ ✣ ✢

"울란 경이 본성을 주거지로 삼고 있다 하더군요. 쥐새끼들이 곳간을 차지한 격입니다."

"경은 무슨! 그딴 작자에게 무엇 하러 경칭을 붙이는 게야? 됐으니 계획대로 성벽이나 뚫읍시다. 간만에 얻은 좋은 정보를 그냥 버릴 수는 없는 것 아닙니까."

"투항한다고 한들 진위조차 판별할 수 없는 마당입니다. 이제 와 그 말을 어찌 덥석 믿는단 말입니까? 함부로 공격을 시도하는 것은 위험한 일이에요."

"그럼 한 달이 꽉 차도록 이 상태로 계속 머물자는 뜻인가? 게다가 믿지 않는다면 뭐, 다른 수라도 있단 말이야? 항복하겠다고 마음먹은 이들이 절반이라지 않아!"

막사 안은 마치 파장 직전의 시장 바닥 같았다. 험악해진 분위기에 테오니스가 양손을 번쩍 들어 올리며 기사들을 중재했다.

"자, 자. 양쪽 다 일리 있는 말이니 입들 좀 다물게나. 마마께서 보고 계시다는 것을 그새 잊었는가?"

매우 흥미진진하게 둘의 입씨름을 구경하고 있던 릴리스는 그 말에 다소 불만스러운 기분이 되었다. 착각일지 모르나, 최근 들어 테오니스는 말끝에 은근히 그녀를 들먹이는 데 재미를 붙인 듯했다. 황녀 마마라는 말에 다루기 힘든 혈기 넘치는 사내들이 금방 꿀 먹은 벙어리가 되는 모습이 썩 마음에 든 모양이었다.

"그래서, 계획은?"

릴리스는 그것을 지적하는 대신 당장 눈앞에 닥친 문제로 화제를 돌렸다.

"마마께서도 아시다시피, 요 며칠 탈주병들이 제법 늘어난 상태입니다. 이왕 이렇게 된 것, 시트란 경의 말처럼 그들을 최대한 이용해야겠지요."

테오니스가 손가락으로 그림 지도 속 성벽 이곳저곳을 짚어 보였다. 순찰조가 교대하는 찰나의 틈을 이용하고자 함이었다.

식량 부족에 더해 차츰 분열되기 시작한 병사들 간의 다툼으로 용병들의 기세는 최근 뚜렷한 하향세를 보이는 중이었다. 아직도 울란의 말을 믿는 이들이 대다수를 차지했지만, 슬슬 그의 행동에 의문을 품기 시작한 이들이 생겨나면서부터는 투항하며 성벽을 넘는 이들도 적지만은 않아 전력에 큰 도움이 되고 있다.

"이게 다 마마께서 나서 주신 덕입니다."

당연하게도, 병사들의 의심에 불을 지핀 것은 첫날 보였던 릴리스의 당당한 태도였다. 고국을 등진 황녀가 같은 짓을 두 번 못 할 리 없을 것이란 울란의 주장과, 그럼에도 그녀를 옹호하는 소수의 항거가 첨예하게 대립하기 시작했던 것이다.

"어쨌거나 이틀 뒤입니다, 마마. 약속드렸던 대로 반드시 마마를 성으로 뫼시지요."

테오니스가 장담하듯 말했다.

새벽 나절. 약속대로 망루 위에 하얀 깃발이 올랐다. 발 빠른 병사들이 내처 달려 성벽 아래의 그림자 속에 몸을 숨겼다.

교대를 알리는 종소리가 두 번 울리며 마침내 침투가 시작되었다. 줄에 매달린 채 어둠 속에 묻혀 있던 스파티움 병사들이 때를 맞추어 일제히 안으로 뛰어들었다. 교대를 마치고 올라오던 용병들이 난데없는 습격에 황망한 얼굴로 검을 뽑아 들었다. 다급한 북소리가 둥둥둥둥 바쁘게 잠든 숲을 깨웠다.

치열한 접전이 이어지는 가운데 비명 소리가 도처에 울려 퍼지며 피비린내를 흩뿌렸다. 길어야 반나절의 대치를 예상했으나, 실제 전투는 그보다 조금 길어져 벌써 만 하루를 꼬박 채워 가는 중이었다.

릴리스는 개미 떼처럼 성벽에 달라붙은 기사들에게서 시선을 돌려 탁 트인 성벽 위와 망루를 훑었다.

"내게 궁금한 게 있나, 경?"

대놓고 그녀를 살피던 테오니스가 머쓱한 듯 웃으며 머리를 긁적였다.

"귀하게 자라신 황녀 마마께서 이런 광경을 자주 보셨을 리가 없지 않겠습니까. 헌데 생각보다 너무 태연해 보이시니…… 그 의중이 궁금하다 생각 중이었습죠."

"……그리 살아오긴 했지."

그리고 평생을 그리 살 것이라 생각했었다. 릴리스는 고개를 흔들어 씁쓸한 기억을 털어 냈다.

"테오니스 경! 성문이 열립니다!"

때마침 어디선가 우렁찬 고함 소리가 들려왔다. 저만치서 계속 엎치락뒤치락하던 병사들이 밀물처럼 성벽 안으로 우르르 몰려갔다. 서둘러 새 말을 찾아온 테오니스가 릴리스를 제 앞에 앉혀 거세게 말채찍을 휘둘렀다. 그들은 빠르게 성문을 통과했다.

시내에는 이미 벽을 타고 넘어온 아군이 한가득이었다. 테오니스를 발견한 병사들이 피리 소리를 따르는 쥐 떼처럼 우르르 몰려들며 꼬리를 물었다. 사방이 비릿한 철 냄새로 그득하다. 이쪽의 피해도 적지는 않은 듯 보였다. 그러나 다행스럽게도 사정을 몰랐던 본래의 카리알군이 정예군의 설득에 무기를 버리고 투항해 온 덕에 사태는 한결 빠르게 마무리되었다.

"마마! 무사하셨군요. 정말 다행입니다……. 도망치셨다는 이야기를 듣고 얼마나 걱정했던지. 그놈들이 썩어 빠진 용병들이었다는 걸 저희는 전혀 눈치조차 못 채고 있었지 뭡니까."

오르막길을 오르는 도중 그들은 무장한 한 무리의 사내들과 마주쳤다.

셀번이 이끄는 대장장이 군단이었다. 그가 눈에 띄게 안도한 얼굴로 쇠사슬이 치렁거리는 팔목을 여보란 듯 흔들었다. 릴리스는 그에게 병사 몇을 딸려 보낸 뒤 고요한 성안으로 발을 들여 놓았다.

다 뜯어진 커튼과 엉망이 된 양탄자. 무슨 일이 있었는지 잔뜩 그슬린 정원이며 창문이 을씨년스럽기 짝이 없었다. 정찰을 위해 잠시 자리를 비웠던 테오니스가 곧 돌아와 상황을 보고했다. 릴리스는 더러워진 카펫을 발끝으로 두들기며 그의 말을 들었다.

"성안에는 남은 이들이 없는 듯합니다. 하인들은 한데 묶여 방에 갇혀 있다고 하더군요. 일단은 포박을 풀고 감시를 계속하라 명을 내렸습니다만…… 와트만 경은 보이지 않습니다. 역시 우리엘 그 개자…… 큼, 놈이 데리고 간 것이 아니겠습니까."

"하지만 성 주변은 우리 병사들이 전부 포위해 달아날 구멍이 없을 텐데……."

말끝을 흐리던 기사 하나가 주변을 둘러보다 문득 한 손으로 어딘가를 가리켰다.

"아니면 저곳은 어떻습니까."

릴리스는 그의 손끝을 따라 시선을 올렸다. 새파란 하늘 한가운데에 그리 높지 않은 탑이 우뚝 솟아 있었다. 말이 끝나기도 전에 이미 달리기 시작한 둘베트를 따라 릴리스를 들쳐 업은 테오니스가 급히 땅을 박찼다.

본성 서편 끝의 뾰족탑은 망루를 대신하는 병사들의 은밀한 정찰 구역이었다. 밖에서 보면 그저 평범한 공간처럼 보이지만, 실제 안쪽에서는 제법 멀리까지 성 밖을 내다볼 수 있어 은신이 용이했다.

"저리로 도망칩니다! 이쪽! 여기 통로를 이용한 듯합니다!"

"와트만, 와트만 경은? 울란이 무어라 말하지는 않던가?"

서둘러 도착한 그들을 둘러싼 병사들이 탑 아래, 성 뒤편의 검은 숲을 가리켰다.

릴리스는 테오니스의 등에서 내려와 급히 탑 바깥의 경계를 향해 걸었다. 병사 하나가 난감한 듯 고개를 가로저었다.

"그게…… 맞닥뜨리자마자 내빼는 통에 미처 묻질 못했습니다, 같이 있지 않은 것으로 보아 아마도 다른 곳에—"

"그곳이 대체 어디란 말이야!"

둘베트가 분을 삭이지 못한 얼굴로 고함쳤다. 릴리스는 그 목소리를 흘려들으며 멍하니 앞으로 한 걸음을 더 디뎠다. 도망치는 울란과 그를 쫓는 병사들의 모습이 마치 시간을 길게 늘려 박제해 둔 것처럼 아주 느릿하게 눈 안에 박혀 들었다.

"마마, 조심……!"

문득 기울어지려는 몸을 테오니스가 재빠르게 부축했다. 반사적으로 앞을 향해 내디딘 발끝에 길쭉한 무언가가 차였다. 발치에 널브러진 그것은 대가 반쯤 부러져 있는 망가진 활이었다.

릴리스는 물끄러미 그것을 내려다보다, 옆에 나뒹굴던 멀쩡한 활 하나를 주워 품에 안고 힘겹게 일어섰다.

그녀는 촉이 뾰족한 화살을 몇 개 더 골라내어 아직 팽팽한 활줄에 능숙하게 걸어 보았다. 팔에 천천히 힘을 주어 시위를 당기자 촉 끝에 도망치고 있는 울란의 등이 어설프게 걸렸다. 분명 위를 흘금대고 있으면서도, 탑의 효과 덕에 그들을 눈치채지 못하는 듯싶었다.

"마마!"

누군가 다급하게 그녀를 불러왔다. 릴리스는 그 목소리를 흘려버리며 오로지 두 눈으로 움직이는 과녁을 쫓는 것에 열중했다. 지난날. 주저함의 대가로 왼 다리를 잃지 않았나. 더는 그런 후회를 반복하지 않으리라 다짐했다.

기억을 되감는 것과 동시에 부들부들 떨리던 손목의 힘이 풀렸다. 핑—! 바람을 가르고 쏘아져 나간 화살이 바닥에 꽂히며 부르르 대를 떨었다.

"마마!"

어렴풋이 들리던 목소리가 어느덧 한층 가까워졌다. 그녀는 그 소리를 듣지 못한 양, 무의식적으로 한 번 더 아래를 겨누었다. 몇 개월 전까지만 해도 그렇게나 두렵고 꺼려졌던 일이, 이제는 그렇지 않음에 어쩐지 묘한 고양감이 들었다.

"마마! 와트만 경을 찾았습니다!"

목소리가 선명해지며 팽팽하던 시위가 아주 조금 느슨해졌다.

투웅—

묵직한 소리를 남기며 화살이 앞으로 쏘아져 나갔다.

그리고 다음 순간, 달려가던 울란이 무언가에 떠밀린 듯 바닥을 형편없이 뒹굴었다. 병사들이 달려가 그를 아래로 찍어 누르며 팔뚝에 꽂힌 화살대를 부러뜨렸다. 울분 섞인 고함 소리가 희미하게 귓속을 파고들어 입을 바싹 마르게 만들었다.

릴리스는 새빨개진 손바닥을 몇 번 꽉 쥐어 보다 천천히 탑 벽을 등졌다. 손바닥이 땀으로 온통 축축했다. 처음이었다. 짐승이 아닌 사람. 그것은 생각만큼 끔찍한 기분은 아니었지만, 한편으론 생각보다 끔찍하고 지저분한 기분이었다.

결심했던 대로 얼굴에 침을 뱉어 주진 못했지만, 이만하면 그의 '대접'에 대한 충분한 보답이 되지 않았겠는가.

그리고, 소임을 다한 활이 툭 바닥으로 떨어졌다.

4장

엉망이 된 성을 정돈하는 데에는 정확히 일주일의 시간이 걸렸다. 병사들은 무너진 성벽 보수에 힘을 쏟았고, 하인들 또한 엉망이 된 성 내부를 정리하는 일로 각기 분주한 나날을 보냈다.

창틀에 걸터앉은 릴리스는 바삐 움직이는 이들을 내려다보며 손바닥 위에 턱을 괴었다. 목덜미 바로 옆에서 달랑이는 짧은 머리칼이 불어 드는 바람에 한두 가닥씩 사뿐사뿐 흩날리며 볼을 간지럽혔다.

"마마."

때마침 문이 열리며 반가운 방문객이 한 발을 내디뎠다. 릴리스는 한 손으로 머리를 정돈한 뒤 능숙하게 창틀에서 경중 뛰어내렸다. 와트만이 막 들어선 무스타리에게 눈인사를 건네며 반투명한 커튼을 바깥으로 죽 당겼다.

"전령이 왔더군. 알고 있나, 무스타리?"

태연하게 말을 건네자 통통한 얼굴이 희게 질렸다가 원래의 혈색을 되찾았다. 무스타리가 꿀꺽 침을 삼키고는 소매로 이마의 식은땀을 훔쳐 냈다.

"외람되오나 소신 아직 소식을 듣지 못했습니다. 혹…… 어디서 온 이인지 여쭈어도 되겠습니까?"

'제발, 더 이상 아테라는 아니라고 말해 주십쇼.' 그는 흡사 그렇게 말하고 싶은 듯 창백해진 낯이었다. 조금 더 놀려 줄까. 문득 그런 생각이 머리를 스쳤으나, 심약해진 수하의 심신을 이 이상 괴롭히는 것도 영 내키는 바는 아니었다.

"길리안."

"다행입…… 크흠, 그렇군요."

가벼운 대꾸에 무스타리가 눈에 띄게 안심한 얼굴로 가슴을 쓸어내리며 흘금 그녀의 눈치를 살폈다. 릴리스는 주먹으로 허벅지를 두어 번 두들긴 뒤 그를 향해 미소를 되돌렸다. 최근 무리하게 움직인 탓일까. 요 며칠 조금만 걸어도 다리 전체가 욱신욱신 저려 와 거동이 쉽지 않았다.

"충분히 이해하니 숨길 필요 없어. 가끔은 그리운 것도 사실이지만……."

릴리스는 천천히 일어나 절룩이며 탁자 앞으로 다가섰다. 빈 의자에 엉거주춤 걸터앉고 나니 마치 달리기를 마친 듯 숨이 턱 끝까지 차올랐다. 그녀는 옷차림을 정돈하며 끊겼던 말을 이었다.

"이상한 일이지. 썩 좋은 일만 있었던 것도 아닌데 말이야."

"크, 흠. 그래도 평생을 살아오신 곳 아닙니까. 그나저나…… 아테라도 지금은 겨울이 한창이겠습니다. 그, 마마께서도 처음 궁에 드셨을 때의 계절이 겨울이었다고 말씀하지 않으셨습니까?"

무스타리가 어색한 얼굴로 대꾸했다. 갑자기 꺼낸 아테라 이야기에 어쩔 줄 몰라 하는 기색이 역력했다. 릴리스는 어깨를 으쓱이며 탁자 아래 해그림자를 괜스레 발끝으로 툭툭 건드렸다.

"볕 좋은 날이었지. 바람이 제법 차긴 했지만…… 처음 궁에 든다는 생각에 잔뜩 긴장해 추위를 느낄 새도 없었어. 그저 가만히 서서 눈치만 살피고 있는데 선황 폐하께서 두르고 계시던 망토를 내게 둘러 주시더구나."

"저도 기억납니다. 황제 폐하께서 이번에는 또 무슨 변덕이신지 모르겠다며 기사들 사이에서도 말이 많았었습죠."

묵묵히 서 있던 와트만이 불쑥 나서며 맞장구를 쳤다. 그런 이야기가 돌았던가. 소문에 무지해 미처 알지 못했던 사실이었다. 문득, 창밖에서 불어 들어온 찬 바람이 화한 향기를 실어 나르며 그녀의 정신을 저 멀리로 끌고 들어갔다.

'아버지께서 한탄하시길, 폐하께서 또 무슨 꿍꿍이를 품고 계시는지 도통 모르겠다 하시더군요.'

언제인가. 발칸 소공이 노백작에게 그런 말을 건넸던 적이 있었다. 반쯤 열린 문 앞에 쪼그려 앉은 채, 릴리스는 개비가 올 때까지 조용히 두 사람의 이야기를 엿들었다. 갓 구워 낸 따끈한 과자가 가득 담긴 커다란 바구니를 힘껏 끌어안고서.

"……헌데 그 폐하께선 내게 황녀궁을 하사해 주셨지."

돌이켜 보자면 그날은 퍽 침울해했던 것도 같았다. 어렴풋이 자신의 처지를 깨닫게 된 것 또한 아마도 그때부터였으리라. 다행인지 불행인지 아이답게 곧 잊어버리고 말았지만, 곱씹어 보아도 제법 씁쓸한 기억인 것만은 분명했다.

"걸음도 제법 잦으셨었지요. 오죽하면 조카를 자식보다 더 아낀다는 소문이 돌았겠습니까."

침울한 기색을 눈치채기라도 한 듯 와트만이 능청을 떨며 첨언했다. 릴리스는 소심하게 반박했다.

"그 정도는 아니었어."

"소문은 그 정도였습니다. 게다가 마마, 탈출하던 날 밤의 일을 벌써 잊으셨습니까? 궁의 비밀 통로는 직계가 아니라면 존재조차 알지 못하는 것이 정석입니다. 아마 마마 외에 그 통로에 대해 아는 이는 황제 폐하가 유일하시겠지요."

"……이젠 드와이트 영애도 후보에 넣어야지. 얼마 전 황후가 되었잖아?"

예거라트는 몇 달 전, 세간의 이목이 한창 전쟁에 쏠려 있는 틈을 타 메리엔 드와이트에게 정식으로 황후의 관을 내렸다. '부재중인 황녀'를 의식하여 부러 조촐한 식을 올렸다는 소문이 스파티움까지 파다할 정도였으니, 실로 이전 생과 다를 바 없는 능란한 수완임은 분명했다.

"그 작자가 어디 그럴 사람입니까? 제 씨 뿌려 낳은 자식한테도 그럴 일 없을 가능성이 농후한뎁쇼."

와트만이 벌레 씹은 사람처럼 께름칙한 얼굴로 고개를 내저었다. 릴리스는 잠시간 그를 물끄러미 응시하다, 적나라한 발언에 낯을 붉히고 있는 무스타리에게로 시선을 옮겼다.

"그…… 저로서는 다소 낯선 이야기들입니다만, 아마도 선황 폐……하께서 마마를 친딸처럼 여기셨던 모양이지요."

듬성듬성 난 머리를 긁적이던 무스타리가 두 아테라인의 눈치를 살피며 조심스레 입을 떼었다. 평생 써 본 적 없던 호칭이 퍽 낯설어서일까. 평소와 다르게 말과 말 사이에 제법 긴 침묵이 섞였다.

"마마? 괜찮으십니까? 혹 제가 무슨 실수라도……."

그러나 잠시 뒤, 무스타리는 그보다도 더 어색하고 불편한 표정으로 이쪽을 응시하고 있는 두 사람을 발견하곤 다시 어쩔 줄 몰라 하는 얼굴이 되어 몸을 사렸다.

릴리스는 시선을 거두며 가만히 고개를 내저었다. 이제는 빛바랜 흐릿한 기억이 불쑥 떠올라 어쩐지 입맛이 썼다.

'너는 나를 제법 많이 닮았지.'

마른풀이 타며 피어오른 매캐한 연기와, 침상에 누워 있던 선황제의 해쓱한 얼굴, 볼을 쓸던 주름진 손의 거친 감촉이 마치 어제 일처럼 생생했다. 당시에는 그저 의미 없는 말들이라 치부했던 이야기가, 어째서 지금에 와서야 이토록 마음을 무겁게 하는 것인지. 그녀는 찐득해진 마들렌을 한입 베어 물며 고개를 흔들어 상념을 떨쳐 냈다.

그새 표정을 갈무리한 와트만이 흐뭇한 기색으로 접시 위에 빵 한 주먹을 산처럼 더 얹어 주었다.

"우리 마마님께서 이제야 식욕이 좀 살아나신 모양입지요. 자, 자. 이왕 집으신 것 조금만 더 드십쇼."

부산한 채근이 이어졌다. 릴리스는 먹던 것을 열심히 씹어 삼키곤 찬물로 두어 번 입을 행군 뒤 자리에서 일어섰다. 그간 입이 짧았던 것은 스스로도 인정하는 바였으나, 정말 걱정되는 건 그녀 자신의 몸 상태가 아니었던 탓이다.

"나한테 이것저것 먹으라고 보채기 전에 경부터 좀 더 쉬다 오는 게 나을 듯한데."

기사들이 와트만을 발견한 곳은 벌써 몇 년째 방치된 채 쓰이지 않는 정원 뒤편의 커다란 우물 바닥이었다. 눈에 띄게 핼쑥해진 몰골에 무스타리마저 기함하며 발을 동동 굴렀던 것이 고작 며칠 전의 일이건만, 정작 구금되었던 이는 본인의 건강에 대해 몹시도 심드렁한 태도를 취해 릴리스의 속을 까맣게 태우고 있었다.

"아 글쎄, 저는 멀쩡하다니까요. 다들 왜 그렇게 사람을 병자 취급 못해 안달인지 모르겠습니다."

"열흘이나 굶었다면서. 테오니스 경도 걱정하던걸."

"그 정도야 뭐, 임무다 뭐다 쏘다니다 보면 끼니 굶는 것쯤이야 별일도 아닙지요. 하여간 괜찮대도 다들 호들갑을 떨어서 문제란 말입니다. 그렇지 않습니까, 테오니스 경?"

와트만이 말을 맺으며 고함치듯 목소리를 키웠다. 활짝 열린 문 너머에서 엉거주춤 안을 기웃대던 테오니스가 머쓱한 얼굴로 뒤통수를 긁적이며 방으로 들어섰다.

"그렇긴 하지요. 마마께서 바라시는 답과는 다소 거리가 멀겠습니다만."

"거보십쇼."

와트만이 씩 웃으며 보란 듯이 가슴 앞으로 팔짱을 턱 끼었다.

"헌데 마마, 대체 무슨 일이기에 요 며칠 내내 표정이 그리도 어두우십니까? 혹 아테라에서 왔다는 그 서신이 아직도 마음에 걸리시는 것입니까?"

그러나 훈훈하던 분위기도 잠시, 언제 그랬냐는 듯 능글맞은 미소를 싹 지워 낸 와트만이 드물게도 진지한 표정이 되어 그녀를 추궁했다.

순식간에 찾아든 적막에 방 안은 동트기 전의 새벽처럼 고요해졌다. 무스타리가 눈치 빠르게 덧창을 닫아걸며 부산을 떠는 동안, 릴리스는 난감한 기분으로 두 남자의 집요한 시선을 피했다.

빤한 눈길이 이제는 다 사라져 흔적만 남아 있는 턱 아래의 희미한 멍 자국을 훑었다. 긴 한숨 소리가 이어지다 뚝 끊기며 다시 어색한 정적을 자아냈다.

"……혹시나 해서 드리는 말씀입니다만, 이제 와 제게 어설프게 둘러댈 생각일랑 저만치 밀어 두시는 것이 좋겠습니다, 마마."

"……."

"그런 눈으로 보셔도 안 된다니까요. 아니, 가슴에 손을 얹고 생각해 보십쇼. 잠시 곁을 비웠다고 이렇게 잔뜩 다쳐서 오시는 분을 제가 어떻게 순순히 믿겠습니까?"

고동색 눈동자가 사뭇 엄한 기세로 사방을 압박했다. 침묵을 고수하던 테오니스마저 슬그머니 나서서 와트만을 거들기 시작하자 릴리스는 금세 수세에 몰리고 말았다.

"와트만 경의 말이 백 번 천 번 옳습니다, 마마. 저희가 알아서 마땅히 처리할 테니 고민만 하지 마시고 어서 털어놓으시지요."

오늘만 해도 벌써 다섯 번째 반복되는 실랑이였다. 어째서인지 만나자마자 의기투합한 두 사람은 이제 보니 집요한 구석마저 닮은 감이 있었다. 릴리스는 손끝으로 팔걸이를 툭툭 두들기며 불평했다.

"다친 건 내 탓이 아니야."

"그 볼썽사나운 머리도 그렇겠지요."

와트만이 불퉁한 표정으로 투덜거렸다. 그러고는 곧장 후회하는 얼굴이 되어 변명을 덧붙였다.

"실언입니다. 그런 식으로 말을 하려던 것은 아니었는데."

릴리스는 어깨를 으쓱하는 것으로 그 사과를 받아넘겼다. 오히려 이런 타박이 그리웠다고 말한다면 분명 의기양양해져 콧대를 높이 세울 것이 빤했으므로, 그녀는 내심을 숨기며 아닌 척 급하게 말을 돌렸다.

"그보다 초상화 말인데."

"예, 마마의 어머님을 그린 것이라 들었습니다."

와트만이 냉큼 대꾸하며 탁자 앞으로 한 걸음 다가섰다. 무스타리가 눈치 빠르게 협탁 아래의 서랍을 뒤져 빳빳한 종이 두 장을 꺼내 건넸다. 이어 건장한 사내 둘이 눈에 힘을 주고 그것을 뚫어져라 관찰하기 시작했다.

"흠…… 머리색이 똑같군요."

잠시 뒤, 긴장된 침묵을 뚫고 다소 심심한 반응이 돌아왔다. 테오니스였다. 머쓱하다는 듯이 그녀를 보고 있는 까만 눈동자에 의아한 기색이 가득했다. 릴리스는 입을 달싹이다 간신히 목구멍 사이로 소리를 밀어 내었다.

"……그렇지만 내가 알던 얼굴이 아닌걸."

"예?"

붙박이 가구처럼 고요히 서 있던 무스타리가 그 말에 반사적으로 목소리를 높였다. 와트만이 눈살을 찌푸리며 다시 초상화를 들여다보는 사이, 두 사람의 눈치를 살피던 테오니스가 굵직한 손가락으로 턱을 긁적이며 입을 떼었다.

"하지만 마마, 황제…… 그러니까 그 작자가 이런 것을 착각했을 리 없잖습니까."

답할 수 없는 물음이었다. 아니, 기실 그것은 물음도 아니었으나, 마치 잘 벼려진 창끝처럼 가차 없이 마음을 헤집고 들어와 해묵은 의심을 파헤쳤다.

"글쎄……."

무릎 위에 뾰족한 해그림자가 드리워졌다. 깨끗이 씻어 창틀 위에서 말리고 있는 펜촉 주둥이가 뱀처럼 혀를 날름대며 허벅지 위를 쿡쿡 찌르고 있었다. 릴리스는 그것을 손가락으로 조심조심 덧그리며 시선을 돌렸다.

속도 모르고 화창하기만 한 날씨가 조금은 얄미운 오후였다.

그로부터 한 시간 뒤. 네 사람, 아니 세 명의 기사와 한 명의 집사는 카리알성의 동쪽, 기사단 숙소에 모여 서로의 얼굴을 마주했다.

"와트만 경, 마마께서 정말 황실의 핏줄이 맞나?"

테오니스는 말을 맺기 무섭게 그대로 바닥에 메다꽂혔다. 순식간이었다. 무스타리는 그 움직임을 따라가지 못해 멍청히 눈을 껌뻑이다가, 뒤늦게야 상황을 파악하곤 잔뜩 질린 얼굴이 되어 한 걸음 물러섰다.

"오해하지 말게나, 나도…… 쿨럭! 다 이유가 있어서 한 말이야!"

머리를 문지르며 일어난 테오니스가 쿨럭쿨럭 기침하며 주먹으로 거칠게 제 입가를 훔쳤다.

"이유?"

손을 탈탈 털며 성큼 거리를 좁혀 온 와트만이 테오니스의 멱살을 잡아채 사정없이 왼쪽으로 비틀었다. 근육이 불뚝거리는 굵은 팔뚝이 바윗덩어리만 한 거구를 아기 다루듯 가볍게 들어 올렸다. 숨이 막힌 테오니스가 양팔을 휘저으며 변명했다.

"아, 그렇, 쿨럭, 다니까! 원로 놈들 짓이야. 그놈들이 저하께 흠집을 내기 위해 황녀 마마의 뒷소문을 퍼뜨리고, 쿨럭, 있단 말일세."

원로. 그 말에 배고픈 뱀처럼 꿈틀거리던 굵직한 팔 근육에서 천천히 힘이 빠져나갔다. 요란한 소리와 함께 바닥에 엉덩방아를 찧은 테오니스가 인상을 찌푸리며 붉은 자국이 선명한 목덜미를 쓸어내렸다. 그는 무스타리가 눈치 빠르게 가져온 의자에 앉아 미지근한 물을 두어 잔 벌컥벌컥 들이켠 뒤에야 캑캑거리며 제대로 된 기침을 뱉을 수 있게 되었다.

"설명해."

와트만은 그 잠시의 틈도 기다리지 못하겠다는 듯 흥분한 얼굴이었다. 테오니스가 대꾸했다.

"말 그대로의 의미일세. 가뜩이나 아테라 출신이라는 것 때문에 반감이 이는 판인데, 황제에게 농락당했다 여기게 된다면 바이마르 저하께도 분명 그 여파가 미칠 테지."

"……선황 폐하께서 확언하신 일이다. 이제 와 뒷말이 나올 리 없어."

테오니스는 한숨을 뱉었다.

"저하만 신경 써서 하는 말이 아니야. 나 역시 마마를 걱정하고 있네."

"……."

"이번 일만 해도 그렇지. 울란 그 개자식이 때려죽여도 시원치 않을 죄인인 건 맞지만, 어쨌든 병사들이 한때나마 그를 신뢰했던 것 또한 부인할 수만은 없는 사실 아닌가. 나라고 좋아서 이런 이야기를 꺼내는 게 아니란 말일세."

다행히도 더 이상의 반박은 없었다. 테오니스는 여전히 쓰라린 목을 두어 번 문지르며 뜻밖의 완력에 내심 혀를 내둘렀다. 이거야 원, 두 번 덤볐다간 뼈도 못 추리고 나가떨어지게 생겼다.

'분명 몸도 성치 않을 텐데.'

보름 넘게 혹사당한 신체가 고작 며칠의 휴식에 완전히 회복되었을 리만무하다. 황녀 앞에서야 같은 기사로서의 동질감으로 편을 들어 주었다지만, 기실 열흘은 푹 쉬어야 하지 않을까 싶어 내심으론 걱정이 되던 참이다.

'나 참.'

그저 속내나 좀 떠보려 했을 뿐인데. 상태를 보아하니 그 또한 아직 정확한 전모를 모르는 듯싶어 마음이 언짢았다. 테오니스는 그가 지닌 애틋한 충심의 기저에 자신과 썩 다르지 않은 기개가 깔려 있음을 인정했다. 이럴 줄 알았으면 그리 경솔한 언행을 보이지도 않았을 터인데. 그는 생각하며 멋쩍은 표정으로 남은 이들의 시선을 피했다. 여러모로 심사 복잡한 저녁이었다.

✛ ✾ ✛

스쿼드는 소박하게 꾸며진 정원을 활기차게 가로질렀다. 몇 달 만에 다시 밟는 카리알 땅이었다. 지긋지긋하다 생각했던 이 자그마한 영지가 이처럼 그립게 느껴질 줄이야.

"마마, 이게 대체 무슨……!"

그러나 무엇보다도 그를 놀랍게 만든 것은 꿈에서도 상상해 본 적 없던 낯선 광경이었다. 정원에 선 채로 그를 맞이하던 릴리스가 머쓱한 표정으로 말했다.

"오늘은 경이 왔군. 건강해 보여 다행이야."

길 가다 강도를 맞닥뜨린 어린애라도 이처럼 멍청하게 굴지는 않을 것이다. 정신없이 릴리스를 손가락질하던 스쿼드는 뒤늦게야 제 실책을 깨닫곤 황급히 손가락을 안으로 접어 넣었다. 물론 곱게 들어간 것은 오로지 몸뿐이었으므로, 입은 여전히 시끄럽게 소리를 뱉어 내며 사방을 소란하게 만드는 중이었다.

"마마, 이게 대체 어떻게 된 일이십니까? 예? 아니, 저하께서 아시면 금방 큰일이…… 아니, 그보다 정말 별일 없으신 게 맞지요? 세상에 그 풍성하던 머리가 왜……."

"지금은 괜찮아. 걱정해 주어 고맙네."

해쓱한 얼굴 위로 희미한 미소가 스쳤다. 바싹 마른 꽃가지처럼 버석한 목소리가 잠시 귓전에 머무르다 바람결에 흩어졌다.

'그간 고초가 퍽 심하셨던 모양이지.'

짧아진 머리 때문에 훤히 드러난 가느다란 목선이 그렇잖아도 작은 황녀의 체구를 한층 더 말라 보이게 만들었다. 떨떠름한 얼굴로 혀를 차던 스쿼드는 그녀의 어깨 너머로 보이는 낯익은 얼굴에 반사적으로 양손을 번쩍 쳐들었다.

"앗! 테오니스 경!"

"이거, 새파랗게 어리기만 하던 놈이 제법 기사 태가 나는군그래."

"경도 참. 종자 노릇 끝난 지가 언젠데 그런 말씀을 하십니까."

스쿼드가 투덜거렸다. 그러거나 말거나, 성큼성큼 가까워진 테오니스는 껄껄 웃으며 오랜만에 보는 후배의 등을 퍽퍽 두들겼다. 쇠 주걱 같은 손바닥이 사정없이 등짝을 후려치는 고통에 몸이 절로 비비 꼬였다.

"아, 아! 아픕니다, 경! 아프다구요!"

"다 큰 놈이 뭐 이런 것 가지고 엄살이야? 자, 자. 마마께서는 내일도 틀림없이 이곳에 계실 테니, 오늘은 먼저 내게 시간을 좀 내어 달라고. 괜찮으시겠지요, 마마?"

팔짝팔짝 뛰며 테오니스의 손을 피하던 스쿼드는 결국 정원의 흙바닥에 볼썽사납게 널브러져 얼얼한 엉덩이를 문질렀다. 간만에 뵙는 마마 앞에서 대체 이게 무슨 망신인지 원. 어쩐지 쑥스러운 기분이 들어 괜히 볼을 긁적이고 있으려니, 테오니스가 때를 놓치지 않고 득달같이 달려들며 능란하게 그를 구석으로 몰아넣었다.

"아니, 안 됩니다! 잠시만요, 와트만 경!"

뒤늦게 사정을 눈치챈 스쿼드의 처절한 고함 소리가 정원을 왕왕 울리며 지나는 이들의 시선을 끌어모았다. 그러나 이미 한참은 늦은 발버둥이었다. 작지 않은 덩치를 휙 들어 올려 어깨에 걸쳐 맨 테오니스가 긴 다리를 성큼성큼 움직이며 순식간에 자리를 떴다. 짧지만 강렬한 상봉이었다.

"하여간 눈치 하나는 제법 빠르단 말입죠."

와트만이 천천히 계단을 오르며 중얼거렸다. 릴리스는 걸음걸음에 힘을 주며 가볍게 고개를 주억였다. 끌려간 스쿼드에게는 다소 미안한 말이겠으나, 아직은 태연하게 그를 마주할 만큼 마음이 평온하지 못했다. 테오니스 역시 아마도 그것을 알아 선수를 쳐 준 것이리라.

그녀는 방으로 돌아가 창가에 놓여 있는 커다란 의자에 몸을 말고 앉았다. 무릎을 올려 그 위에 턱을 걸친 뒤, 팔로 다리를 완전히 감싸고 나자 공벌레처럼 둥그런 자세가 되었다. 그녀는 번데기의 고치처럼 미동 없이 앉아 한동안 해가 뜨고, 지고, 날이 저물었다 밝는 모습을 가만히 두 눈에 담았다.

그것은 무척 평온한 광경이었다. 노란 햇살이 지붕 위로 켜켜이 내려

앉고, 장미색 석양이 구름 위에 옅게 깔리며 밤을 재촉하는 장엄한 풍경.

릴리스는 황금으로 빚어낸 조형처럼 아름다운 그녀의 도시를 굽어보며 생각했다. 앞으로도 이 광경을 계속 보고 싶다고. 가능하면 평생. 시간이 허락하는 만큼, 누구의 방해도, 압박도, 노림도 없이. 그렇게 함께, 아주 오랫동안.

바람을 자각하는 과정은 그녀의 마음속에서 아주 느리지만 착실히 이루어졌다. 평생 가져 본 적 없던 열망 같은 것이 가슴속에서 부글부글 끓어올랐다가, 달아오른 쇠처럼 아주 천천히 식었다가, 다시 화르륵 불길을 내뿜기를 반복했다.

릴리스는 그것에 떠밀리듯 책상 앞에 앉아 깃펜을 꽉 쥐었다. 성급히 잉크병을 끌어당기자 병 속의 검은 액체가 넘실거리며 두어 방울 튀어 올라 종이 위로 거뭇한 자국을 남겼다.

"아테라로 서신을 보낼 생각이야."

난데없는 소식에 가장 당황한 것은 역시 와트만이었다. 망연한 표정으로 그녀를 마주 보던 그가 마른세수를 거듭하며 굳어진 얼굴로 되물었다.

"마마, 무슨 생각이신지 모르겠습니다만…… 까딱 잘못했다간 첩자로 몰리기 십상입니다. 정말 신중하게 생각하신 것이 맞습니까?"

"이미 병사들 절반이 그런 의심을 품고 있지 않니."

릴리스는 태연하게 대꾸하며 서신을 둘둘 말았다. 습관처럼 인장을 집어 건네던 와트만이 다음 순간 아차 하는 얼굴로 손을 거둬들였다.

"허면 황제는요. 예거라트 그 작자가 이런 사태를 예상하지 못했으리라 생각하십니까?"

"와트만. 나는 내가 누구인지 알아야겠어."

바라는 것은 단지 그뿐. 릴리스는 그의 손을 끌어다 말랑한 밀랍 위에 인장을 힘껏 찍어 눌렀다. 이제는 그녀가 버리고 온, 아테라 황녀의 문장이었다.

아닐 것이다. 그럴 리가 없다. 연신 그렇게 스스로를 다독였음에도 한번 피어난 의심은 마치 손톱 틈새에 돋아난 거스러미처럼 지치지도 않고 신경 줄을 건드렸다. 뽑아내건 잘라 내건, 뒷일을 위해서는 늘 답이 필요한 법이었다.

릴리스는 이 선택을 결코 후회하지 않으리라 확신했다.

⚜

땀이 녹물처럼 이마를 타고 뚝뚝 흘렀다. 바이마르는 눈앞에 보이는 갑옷의 틈새에 직선으로 검을 찔러 넣은 뒤 힘껏 손목을 비틀었다. 피가 분수처럼 뿜어져 나오며 얼굴을 적셨으나 그는 아랑곳하지 않고 검을 사선으로 내리그어 마지막 일격을 가했다.

"저지선을 밀어라! 물러서지 마! 이대로 제국의 역사에 패배의 기록을 남길 참인가!"

누군가 고함치며 병사들을 독려했다. 시끄럽군. 바이마르는 무의식적으로 팔을 휘두르며 생각했다. 뜨끈한 피가 살갗에 튀어 불쾌한 감촉을 남겼으나 그는 개의치 않고 몇 걸음 물러서서 땀에 젖은 투구를 벗었다.

"저하, 괜찮으십니까?"

"나는 괜찮다. 그대는? 살로메 경은?"

"저도 그렇습니다. 살로메 경이라면 경계선 뒤편 왼 날개에 마몬 경과 함께 계실 테구요. 뭐 어찌 되었건 이쪽은 거의…… 정리된 것 같군요."

지근에 머무르며 공격을 돕고 있던 루카스가 재빨리 다가와 그의 안위를 살폈다. 바이마르는 검을 흔들어 날에 묻은 피를 털어 내며 주변을 둘러보았다. 사위가 어두워 중간중간 올라 있는 횃불만으론 정황을 파악하기가 쉽지 않았다. 그는 눈을 찌푸린 채 누군가 가져온 말 위에 올라타 뻐근한 어깨를 가볍게 주물렀다.

낮부터 시작된 전투는 밤을 지나 새벽이 다 되어 감에도 아직 풀릴 기미가 보이지 않았다. 평원의 소유권을 결정하는 전투다. 양쪽 다 밀릴 수 없다는 신념 하나만으로 버티다 보니 어느새 사흘 밤을 꼬박 새게 되어 버린 것이다. 체력 하나만큼은 자신 있던 스파티움 기사들이 하나둘 나가떨어지는 것도 무리는 아니었다.

"젠장, 기사들 수만 좀 더 많았더라면······."

"예상했던 일 아닌가. 그보다 왼 날개 쪽이 영 불안한데······."

루카스가 분한 듯 입술을 짓씹었다. 바이마르는 말을 몰던 것을 멈추고 방향을 틀어 그를 내려다보았다.

"경은 진영으로 돌아가 시렌에게 진지를 다시 구축하라고 알려라. 나는 잠시······."

"살로메 경!"

귀를 찢는 비명 소리가 들려온 것은 명령을 채 끝맺기도 전이었다. 뒤이어 터져 나온 마몬의 노성이 어둑한 평원을 파도처럼 휩쓸었다. 찰나 굳어 있던 바이마르는 먼저 말을 몰아 소리가 들려온 쪽으로 향했다. 루카스가 다급히 그를 쫓으며 달려드는 병사들을 상대했다.

"누님!"

바이마르는 얼마 지나지 않아 목적했던 장소에 도착했다.

"바······이마르, 하하."

부상자는 역시나 살로메였다. 오른손으로 피투성이가 된 왼팔을 붙든 채, 식은땀이 홍건한 얼굴로 바닥에 누워 있던 살로메가 그를 발견하곤 일그러진 표정으로 애써 웃음을 흘렸다. 바이마르는 아연한 기분을 추스르려 애쓰며 고삐를 쥔 손에 힘을 주었다.

"미안, 거의 끝났는데······."

"지금 그런 말이 나오십니까?"

"저하! 일단 여기서 빠져나가셔야 합니다! 포위망이 좁혀지고 있어요!"

마몬이 단번에 살로메를 일으켜 세웠다. 어느새 합류한 루카스가 앞장서서 길을 뚫었다. 바이마르는 말 등에 그녀를 밀어 올리고는 뒤를 볼 틈도 없이 박차를 가했다. 어디선가 날아온 검격에 옷이 길게 찢겼으나 지금은 그를 상대하고 있을 틈이 없었다.

정신없이 달려 들어온 왕자와, 뭍에 나온 해초처럼 축 늘어진 살로메의 모습에 온 진영이 순식간에 분주해졌다. 서둘러 달려온 의무병이 찢어진 상처를 살피는 동안 바위처럼 무거운 침묵이 막사 안을 무겁게 짓눌렀다.

"큰 상처는 아니오나 흉 지는 걸 막기 위해서는 당분간 몸 쓰는 일을 자제하셔야 합니다. 연고를 처방해 드릴 테니 아침저녁으로 꼭 발라 주시고, 붕대는 가능하면 매일 두 번씩 갈아 주시는 것이 감염 예방에 좋을 듯합니다."

간신히 봉합을 마친 의무병이 땀을 뻘뻘 흘리며 사후 처치 방법을 읊었다. 그리고, 약에 취해 잠들어 있던 살로메가 깨어난 것은 그로부터 약 두 시간 뒤의 일이었다.

"하하…… 놀랐지, 바이마르? 나도 이렇게 다친 건 오랜만이라 기분이 좀……."

"제가 아무리 놀라 봤자 형님만 하겠습니까."

싸늘한 대꾸에 살로메가 부리 잘린 병아리처럼 끙끙거리며 그의 눈치를 살폈다. 바이마르는 한숨을 내쉬곤 지끈거리는 관자놀이를 문질렀다. 어쩐지 스스로가 퍽 한심하게 느껴졌던 탓이다.

기사로서 부상을 두려워하지 않는 것은 칭송받아 온당한 자질이었으므로, 기실 바이마르는 지금 그녀의 용맹을 치하함이 마땅했다. 그러나, 알면서도 입이 떨어지지 않는 건 남겨진 이가 겪을 상실감의 깊이를 그가 너무나 잘 알고 있기 때문이었다.

절룩이며 그에게 걸어오는 릴리스를 보고 있노라면 바이마르는 가끔 멀쩡한 팔다리가 산 채로 떨어져 나가 버린 듯 절망적인 기분에 휩싸이곤 했다. 아마 그 감각은 평생이 가도 익숙해질 수 없을 것이다.

"……장담컨대 형님께서 이 소식을 들으시면 당장이라도 이곳으로 달려오려고 하실 겁니다."

바이마르는 울적한 생각을 떨치려 고개를 가로저었다. 습관처럼 어깨를 들썩이려던 살로메가 고통에 미간을 찌푸리며 신음 소리를 뱉었다.

"끙…… 뭐, 체자레라면 그럴 것 같기는 해. 아, 왼 날개는 어떻게 됐어? 역시 돌파는 실패인가?"

핏기가 없어 새하얀 얼굴 위로 그리운 이의 모습이 겹쳤다. 바이마르는 들뛰려는 감정을 서둘러 갈무리하곤 부러 퉁명스러운 목소리를 냈다.

"지금 그런 게 중요합니까?"

"다쳤다고 해서 내가 기사가 아닌 건 아니야, 바이마르."

살로메가 그를 향해 눈을 흘겼다. 바이마르는 그녀에게 사과하는 대신 알고 있는 전황을 읊었다.

"……아테라의 기사들이 깃발을 꽂았습니다. 그들로서는 그곳이 마지막 보루인 셈이겠죠."

"나머지는 다 먹었다는 거지? 그래도 한숨 돌렸다……. 미안해, 완전히 장악했어야 했는데. 내가 잠깐 판단 실수를 했다. 함정에 빠졌어."

살로메가 붕대 감긴 손을 가볍게 쥐었다 펴며 말했다. 움직임이 여의치 않은 모양인지 미간에 다시 열은 주름이 졌다.

바이마르는 그 모습을 가만히 내려다보다 내내 고심했던 말을 뱉었다.

"누님은 카리알로 돌아가셔야겠습니다."

당연하게도 살로메는 그 명에 반발했다.

"뭐? 왜! 이 정도야 조금만 쉬면 아물 텐데. 일주일이면 충분해. 알고 있잖아."

"예, 하지만 알고 있는 것은 그뿐만이 아닙니다. 누님께선 곧 스파티움 왕비가 되실 테고, 형님께서는 그에 조금의 잡음도 없기를 바라신다는 것. 더 설명해 드려야 합니까?"

갈색 눈동자가 바르르 떨리다 이내 아래로 굴러떨어졌다. 침대보를 꽉 쥔 살로메가 주저하듯 천천히 말을 골랐다.

"하지만 나는 로타이의 핏줄이야. 이제 와 할 말은 아니지만, 내 출신으로 인해 체자레의 발목을 잡게 된다면 분명……."

바이마르는 다소 개운한 기분으로 그녀의 말을 잘랐다.

"그럴 일은 없을 겁니다. 이젠 제가 있으니까요."

살로메는 망연한 표정이었다. 그의 말이 옳음을 깨달았기 때문이리라. 로타이의 핏줄. 그러나 이제는 그녀 이전에 릴리스의 존재가 있었다. 바이마르는 깨끗한 종이로 곱게 말아 품속에 넣어 둔 야래향을 생각하며 살풋 웃었다.

"여기서 공을 세우시건 그렇지 않건 형님께서는 누님을 비로 책봉하실 겁니다. 제가 카리알을 마마께 바칠 생각이듯이."

슬슬 약기운이 도는 모양이었다. 졸음이 가득한 눈을 느릿하게 껌뻑이던 살로메가 마치 환청을 들은 것처럼 멀쩡한 손으로 한쪽 귀를 후볐다. 그러나 되물을 새도 없이, 그녀는 스르륵 잠에 빠져들었다. 바이마르는 숨소리가 완전히 안정된 것을 확인한 뒤에야 발소리를 죽인 채 막사를 나섰다.

"살로메 경…… 이런, 잠드셨습니까? 한발 늦었군요."

핏자국을 씻어 내고 돌아온 루카스가 안으로 들였던 발을 급히 물리며 목소리를 낮추었다. 보초병들이 고개를 꾸벅 숙이며 멀어지는 그들을 배웅했다.

"마마께 누님을 부탁할 생각이다."

바이마르는 중앙 막사에 들어서자마자 지체하지 않고 용건을 꺼내 들었다. 마침 돌아와 있던 마몬이 두툼한 손가락으로 제 턱을 문지르며 되물었다.

"살로메 경께서도 동의하신 일입니까?"

"아니, 하지만 상관없다. 필요하다면 명령이라도 내릴 생각이야. 그대들도 형님께 괜한 추궁을 듣고 싶지는 않을 테지."

"그야 물론이지요. 헌데 지금 카리알도 썩 좋은 상태가 아닐 듯한데…… 괜찮으시겠습니까?"

누군가의 물음에 분위기가 쑥 가라앉았다. 눈치 없는 이를 향해 막사 안의 모두가 질타의 시선을 쏘아 보냈다. 뒤늦게 사태를 알아챈 그가 찔끔한 얼굴로 고개를 수그렸다.

"그러니 오히려 더 보내 드려야지요. 테오니스 경까지 합세했으니, 지금 이 근처에서 그곳만큼 안전한 장소가 어디 있겠습니까."

"카리알성은 현재 우리의 거점과도 같은 곳이다. 예가 어디라고 함부로 입을 놀리나."

루카스와 마몬이 번갈아 가며 엄중하게 그를 질타했다. 겉보기엔 눈치 없는 기사를 탓하는 듯했으나, 실상은 모두를 겨냥해 꺼낸 말이라는 쪽이 더 옳았다. 기사 몇이 찔리는 듯 머쓱한 얼굴로 눈을 내리깔았다.

살로메는 그로부터 이틀 뒤 카리알로 이송되었다. 마차가 없어 모포를 여러 겹 깔아 만든 환자용 수레는 푹신했지만 다소 퀴퀴한 냄새를 풍겼다.

비어 있는 짐칸에 비스듬히 드러누운 살로메가 속 좁은 소리로 인사를 갈음했다.

"가서 네 대신 릴리스 얼굴이나 실컷 보고 올 테다."

아쉬움을 감추지 못하던 병사들 사이에서 픽, 픽 웃음소리가 흘러나왔다.

덜컹이는 소리를 내며 천천히 바퀴가 숲을 향해 굴러갔다. 바이마르는 그 모습을 끝까지 보지 않고 다시 평원으로 복귀했다. 지루한 겨울이 계속되고 있었다.

⚜ ⚜ ⚜

평원 전투의 결과는 각 나라의 수도에 발 빠르게 전해졌다. 폴리스의 사람들이 종이꽃을 뿌려 대며 승전을 축하한 반면, 메트로의 거리에는 채 가리지 못한 우울과 불안이 넘실거렸다.

발칸 후작은 초상이라도 치른 듯 어둑한 분위기의 대로를 지나 황궁으로 향했다. 마치 기다리고 있었다는 듯, 본궁 앞을 서성이던 낯익은 시종장이 그를 발견하곤 성큼 다가와 정중하게 안내를 자청했다.

그러나 알현실로 향할 것이란 예상과 달리 시종장은 그를 곧장 황제의 집무실로 인도했다. 문을 열고 안으로 들어서기 무섭게, 향긋한 차향이 콧속으로 훅 밀려들어 발칸 후작은 잠시 걸음을 멈추었다.

"그간 잘 지냈는가?"

아니, 실은 그것만이 이유의 전부는 아니었다. 발칸 후작은 인자하게 웃으며 선뜻 인사를 건네 오는 선객을 묵묵히 지나쳐 그의 맞은편에 자리를 잡고 앉았다.

"언제나와 비슷합니다. 공작께서도 그러하시겠지요."

능숙하게 차를 우려내던 스타렉 공작이 그를 보며 가볍게 고개를 주억였다. 발칸 후작은 스타렉 공작을 따라 제 몫의 잔을 채운 뒤 조용히 앉아 주인이 돌아오길 기다렸다.

"모두 와 있었군그래."

예거라트는 먼저 만남을 청한 사람답지 않게 한참 뒤에야 느긋하게 얼굴을 비쳤다. 황제가 이런 식의 분위기를 조성하는 것이 어디 한두 번 있는 일이던가. 발칸 후작은 느긋한 마음으로 스푼을 들고 설탕을 듬뿍 넣은 맑은 찻물을 휘저었다.

"릴리스에게서 영 답신이 오질 않는군."

예거라트는 모래시계가 한 번은 족히 돌았을 시간이 지나가고서야 불쑥 말을 꺼냈다.

"컥, 컥……!"

알맞게 식은 차를 머금고 있던 발칸 후작의 입에서 체통도 없이 쿨럭대는 기침 소리가 튀어나왔다. 그는 급히 한 손으로 입을 틀어막고 예거라트의 발언을 곱씹었다.

혹 방금 황녀에게 서신을 보냈다고 한 것인가? 최근 반년간 그녀를 빌미로 누구보다 앞장서서 전쟁을 부추겨 왔던 저 작자가?

어이가 없어 다시 쿨럭쿨럭 기침이 터져 나왔다. 작금 그의 태도만 보아도 차마 그런 짓은 할 수 없을 터인데. 발칸 후작은 최근 수도를 떠도는 흉흉한 소문들을 떠올리며 헛기침으로 칼칼한 목을 가다듬었다.

'아무리 패가 탐난다 한들.'

역대 황제 중 그 누구보다도 여론의 향방에 예민한 예거라트다. 릴리스의 출신을 의심하는 호사가들의 무엄한 떠벌림을 모를 리 없었음에도, 그는 이렇다 할 반응 없이 그저 침묵으로 소문을 묵과할 뿐이었다. 덕분에 아테라군의 사기가 한층 올라가긴 했다지만, 어찌 되었건 하나뿐인 황녀에 대한 취급이 다소 험하게 여겨지는 것만은 사실이었다.

'쯧.'

안쓰러운 마음에 자신도 모르게 눈살을 찌푸렸던 발칸 후작은 그를 꾸짖듯 말을 이어 가는 예거라트를 보며 재빨리 표정을 가다듬었다. 워낙 당황했던 탓일까. 그답지 않은 실책을 저질렀다는 걱정에 마음 한구석이 불편했다.

"내 그 아이에게 이만하면 충분히 기회를 준 듯한데 말이야……. 공작의 생각은 어떠한지 듣고 싶군."

찻잔을 내려놓은 발칸 후작이 차분히 대꾸했다.

"……폐하께서 그렇게 말씀하신다면야 그 말이 옳겠지요."

다소 불편한 침묵이 이어지는 가운데, 홀로 느긋하게 차향을 즐기던 예거라트가 문득 피식 웃으며 커다란 몸을 뒤로 한껏 젖혀 소파에 눕듯 기대어 앉았다.

"내 그 말을 들으니 참으로 마음이 놓이는군. 마침 황후도 아이를 가졌으니…… 반가운 소식을 전하기에는 이만한 적기도 없겠지."

쿨럭, 쿨럭—!

그리고 이어진 말에 발칸 후작은 이번에야말로 기어이 찻물을 뿜고 말았다.

그러나 난데없는 무례에도 예거라트는 여전히 즐거운 낯빛이었다. 발칸 후작은 더러워진 옷소매를 접어 감추며 나오려는 한숨을 삼켰다. 열 살 아이나 할 법한 실수를 연발하고 있으려니 나잇값도 못 하는 얼간이가 되어 버린 듯해 이제는 조금 수치스럽기까지 했다.

그는 생각을 정리하며 조심스레 입을 뗐다.

"……하지만 폐하, 구태여 지금……."

"지금 내 판단이 틀렸다고 말하는 것인가, 후작?"

서슬 퍼런 목소리가 머리 위로 떨어졌다. 방금 전의 온후하던 기색은 어디로 간 것인지, 다시 냉엄한 황제로 돌아온 예거라트가 날카로운 시선으로 그를 마주 보고 있었다.

"폐하의 혜안 덕에 제국이 평안할 수 있다는 것을 저희가 어찌 모르겠습니까. 그저 충심에서 비롯된 말일 터이니 이만 노여움을 거두시지요."

그러나 뜻밖에도 이번의 구원자는 스타렉 공작이었다. 우아한 동작으로 빈 잔을 내려놓은 그가 예거라트의 말을 매끄럽게 받아치며 엷게 웃었다. 손주를 타이르듯 인자한 어투에 예거라트의 표정이 설핏 굳어졌다.

'늙은 너구리 같으니라고.'

발칸 후작은 속으로 가볍게 혀를 찼다. 그에 대한 개인적인 기호와는 별개로, 발칸 후작은 스타렉 공작이 결코 알려진 것만큼의 충신이 아님을 누구보다 잘 아는 이들 중 하나였던 것이다.

비록 두 가문이 대외적으로 천적처럼 으르렁거리고 있다고는 하나 공작의 행보가 늘 그들을 가로막는 것만은 아니었다. 겉으로는 교묘히 예거라트의 편을 들지만, 까고 보면 도리어 그들에게 이익이 되는 경우도 제법 잦았기에 일각에서는 그를 숨겨진 귀족파의 첩자쯤으로 여기는 시선도 적지 않았다. 뭐, 그리 본다면 언젠가는 결국 뜻을 같이하게 될지도 모를 일이기는 했으나…….

어쨌거나 발칸 자신으로 말할 것 같으면, 기실 그는 공작이 가지고 있을 황제에 대한 오래 된 반감을 퍽 깊이 이해하는 편이었다. 애초 제 딸을 죽인 게 선황제이니, 그의 아들인 예거라트가 곱게 보일 리 없는 것이 당연하지 않은가.

그러나 정치란 본래 시궁창보다도 더럽고 끔찍한 것이라 때로는 이처럼 자신을 온전히 죽여야 할 때도 있는 법이었다. 그리 생각하니 지금껏 괜찮던 차 맛이 무척 떫게 느껴져 발칸 후작은 조용히 잔을 먼 곳으로 물렸다.

"공작의 마음이 그러하다니 내 한 가지 묻겠네."

그사이 예거라트는 마음을 정리한 듯 다시 평소의 차분한 모습으로 돌아와 있었다. 스타렉 공작이 그린 듯이 웃으며 고개를 끄덕였다.

"무엇이든 하문하십시오."

"허면 답하게. 공작은 황실이 계속해서 반쪽짜리 핏줄을 끌어안고 있을 필요가 있다고 생각하는가?"

일순, 단단하던 입매가 마치 모래성처럼 급격히 허물어졌다. 발칸 후작은 실로 몇 년 만에 보는 노공작의 놀란 모습에 무례라는 것도 잊은 채 그의 얼굴을 물끄러미 살폈다.

예거라트가 커다랗게 웃음을 터뜨리며 한 손으로 팔걸이를 두들겼다.

"하하하하! 공작의 그런 표정을 볼 수 있을 거라곤 내 평생 생각지도 못했다네. 그러나 걱정 말게. 약속대로 공작가에 누가 될 일은 없을 것이야."

스타렉 공작은 한참 동안 말이 없었다. 발칸 후작은 상반된 표정의 두 사람을 번갈아 보며 혼란한 머리를 굴렸다. 대화의 흐름으로 미루어 보건대, 언뜻 짐작 가는 바가 아주 없는 것은 아니었으나…….

'설마.'

그는 고개를 가로저었다. 있어서는 안 되는, 그래서는 안 되는 결말이었다. 차라리 세간의 소문이 진실이라 믿는 편이 백배는 더 나은 선택일 것이리라.

황녀가 황실의 핏줄이 아니라는, 천한 평민의 딸로 태어나 제국을 능멸하고 스파티움을 농락했다는, 스파티움의 멍청한 반쪽짜리 왕자가 보기 좋게 속아 넘어갔으니 그야말로 우습기 짝이 없는 촌극이 아니냐는.

그러나 정치란 본래 시궁창보다도 더럽고 끔찍한 것이라, 아무리 피하려 노력한들 나와 있는 답은 결국 하나뿐이었다.

"……황녀 마마께서 선황 폐하의 사생아라는 것을 공표하시겠다는 말씀이십니까?"

뭐, 뭐, 뭐, 뭐······.

"그러하다네. 귀족들이 어떤 표정을 할지 참 궁금하지 않은가. 존칭을 붙여 가며 허리를 굽혔던 상대가 고작 사생아 따위였다니 말이야."

뭐라고.

"······폐하의 의중이 이미 그러하시다면야. 제 의견이 무슨 소용이 있겠습니까."

스타렉 공작은 담담한 목소리로 대답을 회피했다. 굳은 얼굴로 두 사람을 번갈아 보던 발칸 후작은 돌아가지 않는 머리를 애써 굴려 상황을 정리하려 애썼다.

"저, 폐하, 그렇다면 그, 황녀 마마께서 폐, 폐하의 이복동생이시라는······."

체통도 없이 목소리가 사정없이 떨렸다. 어찌나 당황했는지 그는 자신이 말을 더듬고 있다는 것조차 알아채지 못한 채였다.

"뭐 그렇다고 할 수 있겠지. 잘 보면 제법 닮은 점도 있다네."

그러나 예거라트는 시종일관 태연한 얼굴이었다. 아니, 그런 말로는 부족했다. 그는 마치 내내 이 순간을 기다려 왔던 사람처럼 홀가분해 보이기까지 했다.

발칸 후작은 아연한 기분으로 말을 이었다.

"하지만 폐하! 아테라에서 사생아에 대한 처우가 좋지 못하다는 사실은 이미 잘 알고 계시지 않습니까. 헌데 어찌······."

아테라에서 사생아란 태어나지 말았어야 할 것이다. 깔끔하게 갈라서고 새로 식을 올린다면 모를까, 외도로 태어난 아이는 이름조차 제대로 받지 못한 채 길가에 버려지거나 평생을 조롱받으며 가문의 천덕꾸러기가 되는 것이 대부분이었다.

하물며 평민들조차 그럴진대 황족의 피를 이은 사생아라니. 이 일이 알려질 경우 황녀의 평판과 입지는 아테라 내에서 완전히 바닥으로 떨어지고 말 것이다. 황가의 일원이었기에 붙었던 최소한의 존칭조차 사라진 채, 시정잡배들마저 '그 사생아 년'이라는 험한 말을 입에 올리게 될 것이다.

"황녀가 걱정되는 모양이로군. 허나 어쩔 수 없지 않은가. 승승장구를 거듭하는 스파티움의 기세를 꺾기 위해서는 말이야…… . 바이마르 왕자의 우선순위가 무엇인지를 모르는 이가 없다고 하니, 그 소중한 것이 얼마나 가치 없는 것인지를 안다면야…… ."

"……"

"아테라 기사들이 한결 기세등등해지겠군. 기대되는 일이야."

예거라트는 발칸 후작이 이미 여러 번 마시려 했으나 번번이 실패했던 그 차를 우아하게 찻잔에 따라 보였다. 한 치의 오차도 없는 정갈한 예법이었다. 적색 홍차에 꿀을 한 스푼 떠 넣은 그가 소리도 없이 티스푼을 휘저으며 말했다.

"나는 노력했다네. 그 애를 안전하게 돌보았고, 사생아임을 알면서도 내치지 않았지. 그 선명한 주홍 머리가 때론 몹시 거슬리기도 했지만…… 뭐, 그건 그 애의 탓이 아니잖은가. 굳이 따지자면 그 머리색을 물려준 어미의 탓이 크다고 보아야겠지."

빙글빙글. 찻잔 속으로 어지러운 물결이 일었다. 발칸 후작은 구역질이 날 것 같아 한 손으로 입을 막았다. '그렇지 아니한가?' 예거라트의 물음이 다시 들려왔으나 그는 차마 수긍하지 못했다.

정말 답해야 할 이는 이곳에 없었으므로.

✢ ✤ ✢

모군은 마수 앞의 토끼처럼 몸을 벌벌 떨고 있었다. 누가 강철 아니랄까봐. 체자레의 사나운 기세가 뭉툭한 쇠방망이처럼 온 방 안을 꽉 메우고 있어 숨쉬기가 벅찼다.

"팔을 못 쓴다, 이거지."

아니 그러니까 당분간만…….

"내리 잠만 잔다고?"

그건 그냥 진통제와 수면 향 때문에…….

모군은 차마 입 밖으로 꺼내 놓지 못한 합리적인 이유들을 마음속으로 줄줄 읊었다. 아니, 영영 팔을 못 쓴다는 것도 아닌데 저리 심각하게 굴 일인가.

그러나 한편으로 생각해 보자면 그녀는 곧 스파티움의 왕비가 될 사람이었다. 전쟁터에 있다는 사실만으로도 속이 바싹 타들어 갈 일인데, 게다가 사경을 헤매……는 것까지는 아니더라도 어쨌거나 다쳤다고 하니 신경이 안 쓰일 수 없겠지.

"내가 직접 가 보아야겠다."

하지만 맹세컨대 이런 전개를 바란 것은 아니었다. 기겁한 모군이 재빨리 체자레의 바짓가랑이를 잡고 늘어졌다.

"예? 아니 전하, 지금 말씀이십니까? 이 시기에 폴리스를 비우시면……."

"정복 전쟁을 치르기 위해 몇 년씩 자리를 비우는 이들도 있는 마당에 고작 몇 달을 못 참겠다는 게냐?"

"아뇨, 물론 그건 아닙니다만."

"가는 김에 수복지도 직접 내 눈으로 확인해 보아야지. 황녀에게만 일을 맡겨 둘 수는 없지 않으냐. 테오니스도 게 있는 데다, 카리알의 광산도 한 번쯤은 돌아보아야겠고……."

그럴싸한 이유는 끝도 없이 나왔다. 모군은 주절거리는 체자레의 말을 한 귀로 흘리며 주먹으로 제 가슴을 퍽퍽 두들겼다. 체자레가 떠나면 결국 대부분의 일처리는 그와 휘하의 관료들 몫이 될 것이다. 깜깜한 앞날을 상상하니 불경한 마음이 불길처럼 타올랐다. 아니, 가뜩이나 바쁜 이 시기에 저따위 시찰이라니?

그러나 다행스럽게도 체자레는 공언했던 것처럼 빨리 폴리스를 떠나지는 못했다. 숨죽이고 있던 1왕자의 세력이 다시 슬슬 반기를 들 조짐을 보여, 이들을 축출하느라 며칠을 써 버린 탓이었다.

폭발하기 직전의 그를 알기라도 하듯 살로메는 퍽 꾸준히 서신을 보내

왔다. 모군은 혹시 안도한 체자레가 계획을 바꾸지 않을까 하는 기대에 부풀었으나 그는 당장의 바쁜 일이 마무리되자마자 보란 듯 짐을 꾸리는 것으로 수하의 기대를 무참히 배반했다.

며칠 뒤 새벽녘이었다. 체자레는 동도 트기 전 채비를 마치고는 출발 준비에 박차를 가했다. 잠이 덜 깬 얼굴로 따라 나온 모군이 눈을 비비며 마구간 벽에 기대어 섰다. 명을 받고 차출된 기사들이 하나둘 모여들며 두 사람에게 인사를 건넸다. 머릿수는 총 열다섯. 매우 단출한 인원이었다.

"전하! 전하!"

말 등에 짐을 올려놓고 있는 와중 기사 하나가 달려 나와 다급히 그를 찾았다. 한참 앳되어 보이는 얼굴인 것을 보건대, 아마도 올해 들어온 신입인 모양이었다. 그러나 그러거나 말거나. 체자레는 치미는 짜증을 참지 못해 험상궂은 얼굴로 고함을 내질렀다.

"또 뭐야? 롤렌타가 섬에서 탈출했다는 소리가 아니라면 붙잡지 마라! 아주 지긋지긋해!"

"그게, 그게……."

"괜찮으니 진정해라."

모군이 벌벌 떠는 기사를 다독이며 눈짓으로 손에 들린 서신을 가리켰다. 그래. 저놈이 무슨 죄가 있겠나.

체자레는 울컥 솟는 짜증을 억누르려 애쓰며 둘둘 말린 종이 뭉치를 기사의 손에서 낚아채었다.

"아, 아테라에서 온 급보입니다!"

기사가 당황한 얼굴로 한 박자 늦게 외쳤다. 과연, 급보임을 알리는 붉은색 인장이 오른쪽 모서리에 선명했다. 체자레는 거칠게 밀랍을 뜯어내고 안의 내용을 읽어 내려가기 시작했다. 그리고 이내, 들떴던 기색이 씻은 듯 사라지며 그의 얼굴에서 차츰 표정이 사라졌다.

"무슨 일이길래 그러십니까, 전하?"

차례를 기다리고 있던 모군이 불안한 듯 그를 보며 발을 동동 굴렀다. 체자레는 대답 대신 들고 있던 서신을 충직한 보좌에게 떠안겼다.

바삐 내용을 훑어 내리던 모군의 입에서 이윽고 나직한 탄식이 흘러나왔다.

"이게 대체……."

"출발을 미룬다. 경들은 대기하도록."

체자레는 바람처럼 정원을 가로질렀다. 무시무시한 기세로 계단을 오르는 그의 모습에 지나가던 시종들이 기겁한 표정으로 허겁지겁 길을 비켰다.

집무실 문을 던지듯 밀어 닫은 체자레는 복도에 울리는 요란한 소음을 무시하며 책상 뒤로 돌아갔다.

아테라의 황제 예거라트 필리포스 아테라가 스파티움의 왕 체자레 수르디 갈바르에게 묻는다.

황녀 릴리스 반 모라 아테라는 기실 황가의 반쪽짜리 핏줄이니 아테라로 돌려보내 직접 흠을 처리하게 하는 것이 어떻겠는가? 승계권을 바라는 게 아니라면 부디 사사로운 정은 유념치 말라.

서신을 다시 읽어 내려가던 체자레는 한 손으로 매끈한 이마를 감싸 쥐었다. 탕, 탕, 탕! 씩씩거리던 그가 분을 참지 못하고 책상을 거칠게 내리쳤다. 그렇게 얼마나 앉아 있었을까. 한발 늦게 그를 뒤쫓아 온 모군이 난감한 표정으로 남은 보고를 마저 올렸다.

"전령으로 온 이는 아테라 황제의 친위대 기사가 맞습니다. 자부심이 하늘을 찌르더군요. 감히 이곳에서…… 오만하기 짝이 없는 놈입니다."

체자레는 코웃음 쳤다.

"오만한 것은 황제도 마찬가지야. 승계권이라니. 이치는 내가 고작 그런 걸 바라 황녀를 용인했다 생각하는 것인가? 애초 나는 황녀가 선황제의 친딸이라는 것조차 알지 못했어!"

"아테라에서 혈통은 대단히 중요한 문제이지요. 건국 후 지금껏 단 한 번도 그 대가 끊어지지 않았다 알고 있습니다. 허나 문제는……."

체자레는 마른세수를 거듭하다 말을 이었다.

"사생아란 것이지."

"……그렇습니다. 게다가 아테라는 사생아에 대한 대우가 각박한 곳이니…… 황녀 마마의 평판은 이로써 완전히 추락했군요. 명분을 중시하는 아테라 정서상 돌아가신다고 해도 전과 같은 대접을 기대하기란 무리일 겁니다."

"이해할 수가 없군."

"……."

"제 몸의 반밖에 되지 않는 여자를 이리 대하는 이유가 대체 무엇이란 말이지? 게다 이복 오라비라고 하지 않았나?"

죽이라 권할 때가 차라리 이성적이었다. 연을 끊겠다는 의사를 이런 식으로 표명할 필요가 대체 어디 있단 말인가. 정말이지 속을 모를 황제였다.

"……어쨌든 밖에는 알리지 말라."

허나 이해하려고 노력해 봐야 속만 시끄러울 뿐이다. 그는 혀를 찬 뒤 서신을 서랍 속에 쑤셔 박았다.

"이미 늦었습니다."

그러나 모군의 답은 그의 예상을 한참 벗어난 것이었다.

"뭐?"

"그것이…… 폴리스와 전선의 양 진영에 동시다발적으로 서신을 보냈다 합니다."

체자레는 정말이지 몇 년 만에, 검으로 사지 어딘가를 베인 듯 뜨끔한 감각을 느꼈다.

"……바이마르가 이 사실을 알고 있다고?"

"지금쯤이라면 그러하시겠지요."

그는 대답을 끝까지 듣지도 않은 채 그대로 마구간을 향해 내처 달렸다. 한시바삐 내려가야 할 이유가 하나 더 붙은 셈이었다. 모군도 이번에는 그를 막지 않았다.

나서던 그가 문득 뒤돌아 덧붙였다.

"길리안에 속히 전하라. 스파티움이 바라는 것은 오로지 독립뿐이니 황녀의 거취와 이 전쟁은 무관하다고."

✤ ✤ ✤

"마마, 들어도 되겠습니까?"

문밖에서 무스타리의 목소리가 들렸다. 살로메는 마침 곤히 잠든 참이었다. 릴리스는 잠이 든 그녀의 몸 위로 이불을 꼼꼼히 당겨 덮어 준 뒤, 발소리를 죽여 조용히 손님방을 나섰다.

한창 활동이 많아지는 한낮임에도 복도는 환자를 배려한 듯 밤처럼 적막했다. 쾌활하던 평소의 모습과 달리 어딘가 불안해 보이는 기색의 무스타리가 그림자처럼 묵묵히 그녀의 뒤를 따랐다.

"아테라에서 온…… 답신입니다."

집무실로 들어서기 무섭게, 무스타리가 품속을 뒤적이며 바닥에 한쪽 무릎을 꿇고 앉았다. 언제나 단정하던 목소리가 바들바들 떨렸다. 오늘로써 벌써 한 달. 그토록 기다렸던 답신이 왔음에도 릴리스는 선뜻 그것에 손을 뻗지 못했다. 조용히 문을 닫고 들어온 와트만이 문을 등지고 선 채 방 안을 바라보았다.

누구도 재촉하지 않는 가운데, 그녀는 아주 천천히 딱딱한 밀랍 봉인을 뜯어냈다. 단단히 묶인 매듭을 풀자마자 빳빳한 종이 한 장이 팔랑이며 책상 위로 떨어져 내렸다.

여자는 일전 보았던 두 장의 초상화와는 사뭇 다른 모습이었다. 붉은색 드레스를 입고 창가에 서 있는 그녀의 입가에는 전과 달리 해사한 웃음기가 만연했다. 눈에 익었다고 생각했던 얼굴이, 다시 조금 낯설어지는 순간이었다.

릴리스는 떨리는 손으로 뒷장의 편지를 꺼내 들었다. 바스락거리는 소리만이 방 안에 가득한 가운데 그녀는 한참 뜸을 들이다 마침내 그것을 눈 가까이 들어 올렸다.

편지는 아래와 같은 문장으로 시작되었다.

마마의 출생에 대해 이제야 제대로 된 설명을 드리게 되어 그저 송구할 따름입니다.

정갈한 필체였다. 철자의 끝을 맺을 때마다 손가락에 힘을 주는 버릇이 있는 모양인지 꺾여 있는 글자 꼬리가 하나같이 뭉툭한 여우 꼬리 같았다. 줄 사이 간격조차 흠잡을 곳이 없다. 게다가 띄어쓰기는······.

릴리스는 거기까지 생각하다 말고 잡념을 털어 냈다. 처음부터 의미 없는 관찰이었다. 단지 찰나의 유예 기간을 벌었을 뿐, 마음이 가라앉기는커녕 더욱더 초조해져 자꾸만 주저하는 등을 떠밀었다.

시선이 조금 더 아래로 내려갔다.

궁금한 것이 많으실 듯하나, 우선 말씀드리자면 마마의 어미는 동봉하신 초상화 속 여인이 맞습니다. 황가의 혈족이 아닌, 저의 조카이자 공작가의 몇 안 되는 방계들 중 하나였지요.

단 두 문장이었다.

릴리스는 지난 세월이 이처럼 간단한 단어의 나열로 축약될 수 있다는 사실에 커다란 충격을 받았다. 마치 누군가가 배를 세게 걷어차 버린 듯 숨이 턱 막혀 왔다.

땀에 젖은 손에 힘이 들어가자 종이 양옆으로 구깃구깃한 주름이 졌다. 관자놀이 안쪽 깊은 곳에서 무언가 울컥 솟아오르려는 듯해 릴리스는 이를 악물고 두 눈을 깜빡였다. 아직은, 아직은 그럴 때가 아니었다.

아테라에서 나누었던 대화를 기억하십니까? 마마의 머리색을 보고 입궁을 납득했다 말씀드렸지요. 사찰을 나가셨던 선황 폐하께서도 아마 그것에 잠시 마음을 주셨던 듯합니다. 이미 명을 달리한 보르엔 후작 영애 역시 비슷한 외양을 지니고 있었으니…… 실은 아주 이해하지 못할 바도 아니었지요.

릴리스는 잠시 편지를 읽는 것을 멈추고 가슴을 커다랗게 들썩였다. 자신도 모르는 새 호흡을 멈추고 있었던지 오그라들었던 폐가 크게 부풀며 게걸스레 들숨을 빨아들였다.

조카아이는 반년간 산고 후유증을 겪다 명을 달리했습니다. 선황 폐하께서는 홀로 남은 마마의 신분을 방계 황족으로 탈바꿈시키셨고, 제게도 입단속을 명하셨지요.

공식적으로 이 일에 대해 아는 사람은 그녀의 먼 숙부뻘인 저뿐이었습니다만, 추측컨대 예거라트 폐하 역시 내막을 전부 알고 계셨을 것이라 생각됩니다. 선황 폐하께서도 아마 이를 짐작하고 계셨겠지요.

사생아를 배척하는 풍토를 모르는 바 아니니, 저 역시 이 비밀을 무덤까지 지고 갈 생각이었습니다. 허나 이제는 그마저도 소용없게 되었군요. 보내 주신 그림의 사본과 함께 어렵게 구한 초상화를 한 장 더 동봉해 드립니다. 부디 제 답이 마마를 흡족케 해 드렸으면 하는군요.

이만 물러가겠습니다.

문장은 그것으로 끝이었다.

릴리스는 종이를 뒤집어 보았다. 앞면의 글씨가 흐릿하게 비쳐 보였을 뿐 간략한 메모조차 남아 있는 것이 없었다. 그녀는 서신을 다시 읽고, 또 읽은 뒤 마지막으로 한 번을 더 읽은 뒤에야 비로소 떨리는 손을 거두어들였다.

흡족케 한다고?

그녀는 한동안 조각상처럼 고요히 앉아 마지막 문장을 곱씹었다. 장마철 비 맞은 꽃잎처럼 온몸이 축 처져 손끝 하나 까딱하고 싶지 않은 기분이었다.

분절된 글자들이 눈송이처럼 의미 없이 눈앞을 둥둥 떠돌았다. 힘 빠진 손가락 틈새에서 빠져나온 흰 종이가 팔락이며 바닥으로 하늘하늘 떨어져 내렸다. 릴리스는 가만히 그 모습을 내려다보다 아주 천천히 자리에서 일어섰다. 내내 침묵을 지키던 두 남자의 시선이 쏜살같이 옆얼굴로 따라붙었다.

그러나 정말이지 이상한 일이었다. 마침내 뿌리를 찾았으나 기쁘지 않았고, 사생아임을 알았으나 슬프지 않았다. 분명 무척 괴로울 것이라 생각했으나, 그 정도로 괴롭지 않은 것 또한 그저 이상하게만 느껴졌다.

무엇이 잘못된 걸까. 릴리스는 생각하다 손 닿는 곳에 놓인 작은 거울을 들어 올렸다. 매끈한 판 위로 창백한 여자의 얼굴이 비쳤다. 짧은 머리칼 위로 희끄무레한 햇살이 베일처럼 드리워져 시야를 혼란하게 만들었다.

그녀는 가만히 그 모습을 뜯어보다 초상화 아래 적혀 있던 짧은 이름을 입 속으로 굴려 보았다.

모라. 모라 에반테스라 했다.

☩ ❀ ☩

"마마, 오늘은 이만 들어가 쉬시지요. 벌써 이틀째 성 밖에 나와 계시지 않습니까."

"걱정 말렴. 예까지 행군도 했는데 이까짓 게 뭐 그리 대수라고."

"하지만 마마."

"됐어. 그보다 예스티 광산 말인데…… 어제 본 사파이어가 그곳에서 가져온 것이라지?"

"하아…… 예, 게다가 질도 제법 좋아 잘만 세공하면 큰돈을 벌어들일

수 있을 듯합니다요. 헌데 정말 가지 않으시렵니까? 자리를 이리 오래 비
우시면……."

"알겠어, 알겠어. 그보다 사파이어 이야기나 더 해 보게. 직접 세공을
한단 말인가? 원석을 파는 것이 아니라?"

"……노동력을 조금만 들이면 원석의 몇 배나 되는 값을 받을 수 있으
니까요. 게다가 아실는지 모르겠습니다만 본래 카리알은 장인들의 도시였
습니다. 곳곳에 대장간이 많은 것도 그 때문이지요. 그러니 이만 돌아가시
어 진척 상황을 확인해 보시는 게 어떻겠습니까? 내내 밖에 계셔서인지 안
색이 좋지 않으십니다."

"그러니까 난 괜찮……."

"으신 것은 알지만 이 이상 살로메 경에게만 성을 맡겨 둘 수도 없는 노
릇 아니겠습니까. 외람된 말씀이오나 카리알의 주인은 어디까지나 바이마
르 저하와 황녀 마마이십니다."

잽싸게 틈을 파고든 무스타리가 결연한 어투로 말을 가로채었다. 무례
임을 뻔히 알고 있으면서도 그는 퍽 당당한 표정이었다.

릴리스는 조금 난감한 기분으로 그의 고집 어린 얼굴을 마주 보았다. 울
란의 일 이후 어딘가 모르게 무모해진 구석이 있는 이 중년의 집사는 알고
보니 와트만만큼이나 잔걱정이 많은 성미인 듯싶었다. 그런 이가 이틀씩
이나 입을 다물었으니 이쯤 되면 칭찬이라도 해 주어야 하는 게 아닐까 싶
을 정도다.

'꽤 길었지.'

그러나 무스타리의 우려에도 일리는 있었다. 마음이 복잡해 나선 외유
가 예정보다 벌써 며칠이나 길어진 것이다. 성을 더 이상 비워 놓는 일도
내키지 않는다. 릴리스는 돌아서며 턱짓으로 마차를 가리켰다.

"그대가 이겼어. 그만 돌아가도록 하지."

"정말이십니까? 와트만 경! 마마께서 돌아가신답니다!"

무스타리가 뛸 듯이 기뻐하며 일행에게 철수를 명했다. 시종들이 바삐
움직이며 부려 놓았던 짐들을 챙기는 동안, 릴리스는 분주한 주변을 무심

하게 돌아보다 마차에 올라 두 눈을 감았다. 내내 곧게 세우고 있던 등에 푹신한 쿠션이 닿자 기다렸다는 듯 잠기운이 몰려들었다.

"이런, 잠드셨습니까? 하긴 거의 매일 밤을 새고 계시니……."

고개가 스르륵 옆으로 떨어졌다. 모포를 들고 온 무스타리가 조심스레 그것을 펼쳐 릴리스의 무릎 위에 올려놓았다. 와트만은 햇빛이 들지 않도록 꼼꼼히 커튼을 내려 묶은 뒤 조심스레 마차 문을 밀어 닫았다.

무스타리가 마부석에 앉은 그를 향해 물었다.

"직접 몰고 가실 생각이십니까?"

"이쪽이 마음 편해. 옆에 탈 텐가?"

"그러지요."

냉큼 한 자리 차지하고 앉은 무스타리가 커다랗게 하품하며 기지개를 켰다. 둥그런 바퀴가 흙길 위를 구르자 작은 마차의 각진 몸체가 이리저리 흔들렸다. 와트만은 속도를 조금 줄이며 흙급 벽으로 막혀 있는 등 뒤를 살폈다. 그새 깊이 잠든 모양인지, 다행히도 안쪽에서는 아무런 기척이 없었다.

"마마께서 많이…… 하암…… 곤하신 모양입니다."

무스타리가 꾸벅꾸벅 졸며 그를 따라 마차 벽에 귀를 대었다. 와중에도 하품을 거듭하는 모양새를 보아하니 남의 곤함을 따지기 이전에 본인이 곧 곯아떨어질 기세였다.

그리고 얼마 뒤, 무스타리는 정말로 코까지 골며 거하게 잠들어 버렸다. 와트만은 한 손으로 고삐를 쥔 채 얇은 모포를 찾아 그의 얼굴 위로 던져 올렸다. 웅얼대는 잠꼬대 소리가 천 아래에서 드문드문 흘러나왔다.

하긴, 피곤하지 않을 리가. 그는 한숨을 뱉으며 조금 속도를 높였다. 요며칠 사이 눈에 띄게 일에 매달리기 시작한 릴리스를 보좌하느라 무스타리 역시 부쩍 해쓱해진 몰골이었다. 턱선이 살아나니 인물이 훤칠해 보인다며 하녀들은 제법 좋아하는 듯했지만…….

'예거라트 그 개새끼가.'

와트만은 욕을 짓씹었다. 눈만 뜨면 할 일을 찾아 대는 릴리스를 말릴 수도, 거들 수도 없어 그 또한 신경 줄이 닳아 없어지기 직전이었다. 언제까지고 이런 식으로 피하고만 있을 수는 없는 노릇일 것이나…….

'……하.'

그러나 전혀 괜찮지 않은 얼굴로 괜찮다 말하는 꼴을 보고 있노라면 차마 먼저 나서서 말을 꺼낼 생각이 들지 않는다는 것이 가장 큰 문제였다.

그는 다시 한숨을 뱉다 옆에서 들려오는 신음 소리에 흠칫 놀라 혀를 깨물고 말았다. 끙끙대는 소리를 듣자 하니, 영 좋지 않는 꿈을 꾸는 듯도 했다. 와트만은 잠꼬대 사이사이 등장하는 '마마'와 '와트만 경'이란 소리를 부러 무시하며 묵묵히 마차를 모는 일에 집중했다. 해가 떨어지고 있었다.

"릴리스! 대체 왜 이렇게 오래 있다 온 거예요? 얼마나 걱정했다구요."

그들은 밤이 완전히 내리기 직전이 되어서야 간신히 성문을 통과했다. 소식을 듣고 달려 나온 살로메가 붕대 감은 왼팔을 붕붕 휘두르며 짐짓 무서운 표정을 지어 보였다.

"하루면 된다더니, 이렇게 늦는 게 어디 있어요? 오늘까지도 안 왔더라면 내가 직접 나가 릴리스를 찾아다녔을 거예요."

과연 전쟁터를 누비는 기사답게, 한번 화를 내기 시작하자 부드럽던 평소의 모습은 온데간데없이 엄한 기세만이 남았다. 릴리스는 걱정 많은 유모처럼 그녀를 다그치기 시작하는 살로메의 앞에 얌전히 앉아 두 손을 꼬물거렸다.

"듣고 있는 거 맞아요, 릴리스?"

멍하니 앉아 있으려니 따뜻한 손이 천천히 무릎 위에 얹혔다. 매서운 말투와는 다르게 홧홧한 체온이 심란하던 마음을 뭉근히 녹여냈다. 간만에 만끽하는 근심 없는 밤이었다.

그러나 본디 불행은 평안을 시기하는 법이라, 나쁜 소식은 지체도 없이 새벽과 함께 날아들었다.

"마마! 마마!"

평소라면 고요할 복도가 쿵쾅대는 발소리로 소란스러웠다. 릴리스는 반쯤 멍한 상태로 깨어나 서랍 근처에 기대 두었던 지팡이를 더듬더듬 찾아 쥐었다.

쾅, 쾅, 쾅!

막 침대 밖으로 한 발을 내디뎠을 무렵이었다. 귓전을 미친 듯이 때려 대던 무례한 노크 소리가 갑작스레 뚝 멎으며 문이 벌컥 열렸다.

"오랜만…… 쯧, 듣던 대로 꼴이 말이 아니군그래."

채 들라는 허락을 내리기도 전이었다. 열린 문틈 사이로 찬 바람이 매섭게 불어닥쳤다. 퀴퀴한 말기름 냄새와 비에 젖은 풀 냄새가 뒤섞여 코끝을 간지럽히는 가운데, 릴리스는 뻣뻣하게 굳은 채루 오랜만에 보는 낯익은 객을 맞이했다.

"허참……. 바이마르가 이 꼴을 보면 아주 나를 잡아먹으려 들겠군."

체자레가 혀를 차며 성큼 안으로 걸어 들어왔다. 릴리스는 휘둥그레진 눈으로 그녀를 손가락질하는 체자레에게서 조금 비껴 선 채 조심스레 머리를 매만졌다.

긴 머리를 선호하는 아테라와 달리 스파티움에서는 여성의 짧은 머리를 흠이라 생각지 않았다. 그러나 남 앞에 이런 모습을 내보이는 것은 아직도 옷을 벗고 선 듯 어색한 기분이 들었다.

"손목이라도 잘라다 주면 기분이 좀 나아지려나?"

그것을 어떻게 생각했는지, 돌연 심각한 표정이 된 체자레가 팔짱을 낀 채로 나직하게 중얼거렸다. 릴리스는 얼떨떨한 기분으로 되물었다.

"예?"

"혹시 부족한가? 흠…… 그래도 어쩔 수 없다네. 목은 곱게 포장해 테바이 왕성에 넘겨줄 생각이거든. 아니지, 국경 지대에 전시해 두는 것도 괜찮겠어. 감히 분수도 모르고 왕자비 몸에 손을 댔으니……."

체자레는 그 어느 때보다도 진지한 표정이었다. 릴리스는 이곳이 스파티움이란 사실을 새삼 상기하며 다급히 고개를 내저었다.

"……목도 손목도 필요 없으니 보내 주지 않으셔도 괜찮습니다."

"뭐? 어째서지? 아, 혹시 아테라인들은 다른 방식으로 원수를 갚나? 그렇다면 불만이어도 좀 참아 보도록 해. 사지를 찢는 것으로도 부족하다면 얼마든지……."

뭘 찢어? 방금의 발언을 곱씹던 릴리스는 저도 모르게 흠칫 놀라 반걸음 물러섰다. 그야 울란을 칼릴만큼이나 싫어했던 것은 사실이지만, 릴리스는 25년 평생에 걸쳐 누군가의 몸을 '찢는다'는 상상은 꿈에서조차도 해 본 적 없는 평범한 남부인이었다. 기껏해야 처형 정도의 단어만 두루뭉술하게 떠올렸을 뿐, 손목을 준다느니 머리를 보낸다느니 하는 말을 들으니 도리어 현실감이 떨어졌다.

"왜 그러지?"

그러나 체자레가 이런 내심을 이해할 수 있을 리 없다. 하물며 대신 응징해 주겠다니 실은 감사를 표하기에도 손발이 모자랄 지경이었다. 릴리스는 그쯤에서 상상을 멈추고 말을 돌렸다.

"아닙니다. 바라시는 대로 하세요. 헌데…… 전하께서 기별도 없이 이곳까지 어인 일이십니까?"

체자레는 찌푸린 미간을 풀 생각도 않고 대꾸했다.

"내가 못 올 곳에 온 것은 아니지 않나. 살로메는?"

그럼 그렇지. 그녀는 어깨를 으쓱하며 열린 창 너머로 보이는 연무장을 가리켰다. 변명을 덧붙이는 것도 잊지 않았다.

"저는 분명 말렸답니다."

"……그래. 알겠다. 그런데 황녀, 혹시…… 소식은 들었나?"

"무슨 소식을 이르십니까?"

"아니, 그 전에 듣는 귀들부터 좀 물리도록 하지."

그러나 바로 살로메를 찾아갈 것이란 예상과는 다르게, 체자레는 다소 머뭇거리며 자리를 지킬 뿐이었다. 그러고 보니 아직 문이 열려 있었지. 릴리스는 복도에 서 있던 와트만을 향해 가볍게 턱짓하며 뒤돌아섰다.

그나저나 소식이라니? 무슨 일이라도 있는 걸까? 테오니스가 벌써 도착해 이야기를 전했나? 하지만 떠난 지 고작해야 며칠이 지났을 뿐인데.

그녀는 초조한 기분으로 방 안을 서성이며 체자레의 눈치를 살폈다. 방금 전까지 평범한 대화를 나누고 있었음이 믿기지 않을 만큼 불안했다. 어쩌면 오는 길에 이미 전령 일행과 마주쳤는지도 모른다. 테오니스의 말을 듣고 화가 나 이곳까지 쫓아왔을지도. 사생아 주제에 뻔뻔하게 바이마르를 독차지한 그녀를 파렴치하다 생각하고 있을지도 몰랐다.

거기까지 생각하자 이제는 겁이 나 머리가 핑글거렸다. 끝까지 숨길 생각은 결단코 아니었다. 애초 가능할 리도 없었다. 와트만과 무스타리, 심지어 둘베트까지 모든 사실을 알고 있는 지금, 체자레가 끝까지 그 사실을 모르길 바라는 것부터가 무리한 기대였으니까.

그저 가능하다면 조금만 더. 며칠이 안 된다면 단 하루만이라도—

"아테라의 황제가…… 새 서신을 폴리스와 전선에 배포했네. 게다가—"

지금을 붙들어 놓고 싶었을 뿐인데.

"……예?"

그러나 체자레는 이름처럼 강경하게 그 모든 망설임을 깨부수었다. 릴리스는 지팡이를 짚은 채 엉거주춤 책상 옆에 기대어 섰다. 머리가 어질거린다. 먹먹한 귓속으로 날카로운 이명이 송곳처럼 파고들었다. 괜찮아. 그녀는 바닥에 어른거리는 그림자를 내려다보며 애써 스스로를 다독였다.

괜찮다니까, 아무 일 아닐 거야.

그사이 잠시 의자에 앉아 있던 체자레는 벌떡 일어서 다시 방 안을 서성이는 중이었다. 그답지 않게, 여전히 무언가를 주저하는 기색으로.

불안감에 배 속이 미칠 듯 조여들었다. 괜찮아. 릴리스는 손으로 더듬더듬 주변의 의자를 찾아 앉으며 다시금 생각했다.

"황제가 이르길."

그럼, 괜찮고말고.

"그대가 선황제의 사생아라 하더군. 오늘을 기해 그 소식이 사방에 퍼져 나갔을 것이니, 바이마르 또한 예외는 아니겠지."

아무 일도—

"혹 그대는 이미 알고 있었나?"

그러나 아무 일도 아닐 리가 없었다.

이성이 고꾸라지는 것은 순간이었다. 분명 의자에 앉아 있었음에도 다리에 힘이 풀려 몸이 바닥으로 풀썩 내려앉았다. 뻐끔대며 벌렸다 다물어지는 입술 사이로 채 말이 되지 못한 소리들이 새었다. 누군가 덜미를 낚아채 얼굴부터 얼음물에 메다꽂은 듯, 안면 근육이 죄다 뻣뻣하게 굳어졌다. 릴리스는 상체를 지팡이에 기댄 채 멍하니 앉아 체자레의 말을 곱씹었다. 예거라트가. 그녀의 이야기를—

다소 정도의 차이는 있겠으나, 난감한 것으로 따지자면 체자레 또한 이 사태의 경미한 피해자였다.

"몰랐나 보군. 놀라게 했다면 미안하네. 허나 맹세컨대 나는 그대의 혈통에 아무런 유감이 없어. 바이마르 역시 그럴 거라 생각하니 너무 걱정은 말고……."

체자레는 두통이 이는 관자놀이를 한 손으로 꾹꾹 누르며 입을 다물었다. 핏기 가신 얼굴을 보고 있으려니 차마 더 말이 나가지를 않았다. 빌어먹을. 그는 욕을 뇌까리다 성큼 걸어가 두 손을 릴리스의 양 겨드랑이 아래에 끼워 넣고 힘을 주었다.

그러나 몸이 위로 훌쩍 들리는 순간, 체자레는 조금 놀라 자신도 모르게 눈썹을 모로 꺾었다. 딸려 온 몸은 지나치게 가벼웠고, 놀랄 만큼 체온이 낮아 흡사 빚어낸 인형을 들고 있는 듯했다. 그는 일단 들어 올린—그저 부축하려던 것뿐이었지만 어쩌다 보니 그렇게 되었다— 몸을 푹신한 소파에 반쯤 눕듯 앉혀 놓고는 그 맞은편에 엉거주춤 엉덩이를 대고 앉아 긴 한숨을 흘렸다.

살로메 외의 여자 앞에서 이렇듯 멍청한 꼴을 또 보이게 될 거라곤 미처 생각조차 해 본 일이 없건만. 그는 닫힌 문 너머에서 전전긍긍하고 있을 아테라의 기사를 떠올리며 헝클어진 머리칼을 거칠게 헤집었다. 장담컨대, 체자레는 만일 그자가 이 꼴을 본다면 분명 몹시도 무례하게 자신을 노려보리라는 데에 폴리스의 궁에 있는 그의 옥좌도 선뜻 내걸 자신이 있었다.

"……황제는 이 일을 발판 삼아 아테라의 사기를 끌어올리고 싶었던 모양이네만."

그러나 솔직한 말로, 지금으로서는 체자레 자신조차 미약한 죄책감을 금하기 어려운 것이 본심이었다. 후. 그는 숨을 한껏 들이켜곤 최대한 서둘러 말을 이었다.

"솔직히 말해 그 전략은 제법 효과가 있었어. 거의 다 먹었다 생각했던 평원 끝에서 접전이 계속되고 있으니……."

그러나 반쯤 넋을 놓은 듯한 얼굴을 보고 있자니 그조차 생각만큼 쉽지는 않았다. 후. 그는 맞은편을 보지 않으려 애쓰며 목소리에 한껏 힘을 주었다.

"하지만 내가 원하는 것은 고작 평원 따위가 아니지."

"……."

"무슨 말인지 알겠나? 황제가 독립을 인정하기만 한다면 난 지금 당장 병사들을 거둘 수도 있다는 뜻이야. 그대의 광산 덕에 지금까지 별 어려움 없이 아테라에 응수해 왔지만……. 언제까지고 무용한 전투를 이어 갈 수는 없지 않겠나."

체자레는 인내심 있게 돌아올 답을 기다렸다.

그러나 그는 한참이 지난 뒤에야, 창백한 얼굴로 인형처럼 앉아 있는 말라빠진 여자에게 당장 그런 것을 바란다는 게 다소 우격다짐임을 깨달았다. 멍청한 놈. 체자레는 스스로를 책하다 잠시의 후퇴를 결정했다.

"……그러니 이것만 잊지 않는다면, 나는 그대가 원하는 어떤 것이든 용인할 생각이 있네."

"……."

"……이만 쉬게나."

여전히 나오는 답은 없었다. 체자레는 한숨을 내쉬며 닫혀 있던 문을 열었다. 배고픈 들쥐처럼 복도를 어슬렁거리던 와트만이 그를 지나쳐 방 안으로 황급히 달려들어 갔다.

"의사를 불러와."

걱정스런 표정으로 발을 구르던 무스타리가 그의 말에 고개를 끄덕이곤 곧장 몸을 틀어 복도를 내달렸다. 발자국 소리가 차츰차츰 멀어지며 그림자가 짧아졌다.

✛ ❉ ✛

평원에 서신이 도착한 지도 어느덧 열흘이 훌쩍 지났다. 시렌과 마몬을 비롯한 스파티움 기사들은 바이마르가 서신을 받자마자 미친 듯이 날뛰며 카리알로 달려가려는 것을 다시 한번 겨우겨우 막아 낸 참이었다.

그렇잖아도 곳곳이 소란한 지금, 그리된다면 모든 비난을 뒤집어쓰는 것은 결국 황녀가 될 것이다. 누구의 말도 듣지 않던 바이마르가 고집을 꺾고 어쩔 수 없이 평원에 눌러앉게 된 것 또한 오로지 그 한 가지 이유 때문이었다.

그러나 더 큰 문제는 따로 있었다.

"그대들의 왕자님은 어디 계신가? 사생아 계집을 부인으로 들이셨으니 내 친히 위로라도 해 드리고 싶은데 말일세!"

크하하하! 걸걸한 웃음소리에 이어 둥둥거리는 북소리가 요란하게 울려 퍼졌다. 평소처럼 묵직하고 커다란 소리가 아닌, 무언가를 조롱하듯 가볍고 연속적인 두드림이었다.

"아, 생각해 보니 그 왕자 역시 서자가 아니던가? 이거야 원, 독립보다 족보 정리가 우선이겠군그래. 하하핫!"

악의 섞인 조롱이 고요해진 모래 평원을 돌개바람처럼 휩쓸고 지나갔다. 거친 비아냥에 동조하는 아테라 기사들의 환호성이 들불처럼 일어나며 달갑지 않은 방법으로 새벽을 깨웠다.

바이마르는 막사 안에 앉아 그 모든 소란을 빠짐없이 듣고 있었다. 감히 지휘관을 모욕했단 사실에 콧김을 뿜어내며 흥분하는 기사들 사이에서 오직 그만이 홀로 침착함을 유지했다.

"저하. 제가 나가겠습니다."

"저를 보내 주십쇼. 아주 박살을 내고 오겠습니다요."

들소처럼 발을 구르는 기사들을 제치고 먼저 나선 루카스와 스쿼드가 앞다투어 부복하며 선봉을 청했다.

"애송이들은 물려 두시지요. 간만에 몸도 풀 겸 제가 다녀오겠습니다."

여간해선 나서는 일 없던 마몬조차 드물게도 분기탱천한 모습이었다. 모두의 눈이 휘둥그레진 가운데, 다시 아웅다웅 다툼이 벌어졌다.

내가 나가겠다며 서로 밀쳐 대는 소란한 꼬락서니에 시렌은 남몰래 지끈거리는 이마를 짚었다. 투철한 충성심. 그야 참 올바른 마음가짐일 것이나, 커다란 덩치들이 이렇게 덜 자란 애새끼들처럼 치고받는 모습을 볼 때면 무의 길을 걷지 않은 것이 새삼 뿌듯해질 때가 있었다.

나는 평생 우아한 문관으로 살리라.

시렌은 홀로 그런 생각을 하다 불쑥 자라난 눈앞의 그림자에 그만 화들짝 놀라고 말았다. 다행스럽게도 당황한 것은 그뿐만이 아니었던지, 떠들썩하던 막사 안이 순식간에 고요해지며 수 쌍의 시선이 한데 모였다.

바이마르는 간략히 명했다.

"시렌, 내 말을 가져와라. 마몬, 그대는 1부대의 진군을 맡아. 후방은 루카스와 솔리안 경에게 맡긴다."

"……직접 선봉에 서시렵니까?"

"그래."

바이마르는 마몬의 물음에 답하며 탁자 위에 올려 두었던 투구를 머리에 덮어썼다. 뒤편 구석에 그림자처럼 서 있던 종자 아이가 급히 다가와 헐거운 고리들을 하나하나 단단히 엮어 매었다. 풀어 두었던 검대까지 허리춤에 달고 나자 금세 모든 준비가 끝났다.

검 손잡이에 알알이 박혀 있는 자그마한 루비가 흡사 맺혀 있는 핏방울 같았다. 바이마르는 손끝으로 그 차고 둥그런 표면을 어루만지며 아테라에서의 어느 밤을 떠올렸다.

'루비는 생명의 영원성을 담보한다 하더군요. 이 검이 언젠가 반을 위험에서 지켜 주었으면 해요.'

그때 그녀의 옷차림, 목소리, 홍조 띤 얼굴과 공기 중에 떠돌던 향기가 지금도 마치 어제 일처럼 생생했다. 어린애처럼 철없는 심술을 잔뜩 부렸음에도, 그를 위해 아주 오래전부터 준비해 왔음이 분명한 선물이었다. 그런 것을 받고도 마음을 주지 않는 게 정말 가능키나 한 일이란 말인가.

"하지만 저하, 지금 아테라군의 사기가 지나치게 등등합니다. 살로메경도 안 계신데 혹 저하마저 부상이라도 당하신다면……."

시렌의 목소리가 현실을 일깨웠다. 바이마르는 연신 이어지는 그의 걱정을 한 귀로 흘리며 건틀릿을 왼 팔뚝에 다시 반듯이 끼워 맞추었다.

"기사들이 동요하고 있다. 내가 저 말에 물러나는 모습을 보인다면 황제의 말이 옳다 증명하는 꼴밖에 되지 않아."

시렌은 암담한 표정이었으나 더 이상 그를 말리며 나서지는 않았다. 입술 안쪽을 꽉 물고 선 그가 어쩔 수 없다는 듯 침통한 낯으로 막사를 나섰다.

바이마르는 자신을 따라 일어서는 기사들을 지나쳐 바깥에 도열한 기사들의 무리를 가로질렀다.

며칠 전의 공표 이후, 아테라군의 사기는 하늘을 찌를 듯 치솟았다. 적군 수장이 그들의 수치를 가졌음이 퍽 기꺼웠던 모양이다. 신이 나 공격을 퍼부어 대니 전선이 밀리는 것은 필연이었다. 요 며칠, 스파티움군이 소소하게나마 내리 패전을 거듭하는 것도 이와 결코 무관하지 않았다.

그리고 당연하게도, 계속되는 비난에 진영의 분위기는 다소 침울하게 가라앉은 상태였다. 기실 바이마르가 선왕의 서자인 것은 이제 와 특기할 만한 화젯거리조차 아니었으나, 끊임없이 들려오는 황녀의 이야기는 자꾸만 전쟁의 명분을 흐려지게 만들어 병사들의 의욕을 꺾었다. 스파티움으로서는 결코 달갑지 않은 상황이었다.

잡놈만도 못한 새끼. 시렌은 목구멍 안쪽으로 험한 말을 꾹꾹 씹어 삼키며 눈살을 찌푸렸다. 필시 이 또한 예거라트 그 뱀 같은 황제의 수작질일 것이다. 집에서 새는 대야 숲에서도 샌다더니, 대가리 굴리는 버릇은 해가 지난 지금도 여전한 모양이었다.

"오, 왕자 저하께서 마침내 나오셨군! 처음 뵙겠습니다, 저하. 에우리오스라 합니다."

그러나 어쨌거나 이곳은 전쟁터였다. 바이마르는 이를 갈고 있는 시렌과, 긴장된 표정의 기사들과, 동요하는 병사들을 지나쳐 조용히 말을 몰았다. 그는 마치 물살을 가르는 배처럼 유유히 나아가 마침내 아군의 머리에 섰다.

"안녕하십니까, 저하."

아침 내내 목청 높여 그를 조롱하던 아테라의 기사가 과장되게 허리를 굽히며 인사를 건넸다. 바이마르는 그 도발을 무시하곤 저지선에서 대기 중이던 기사단을 다섯 걸음 뒤로 물렸다. 비어 있는 자리를 대신 채운 것은 마몬과 그가 이끄는 1부대의 병사들이었다. 잔뜩 달궈진 적대감이 창끝처럼 뾰족하게 날을 세운 가운데, 바이마르는 쓰고 있던 투구의 바이저를 올려 얼굴을 드러냈다.

"스파티움 기사들은 들으라!"

이윽고 청량한 목소리가 평원을 가로질렀다. 바이마르는 눈이 내리기 시작하는 하늘을 올려다보며 등 뒤를 향해 외쳤다.

"나는 바이마르 갈바르이며 스파티움의 세 번째 왕자이자 선왕의 서자이다. 이런 내가 스파티움의 독립을 쟁취하는 것이 불가한 일인가?"

우, 우우! 때를 맞추어 아테라의 기사들이 손을 흔들며 야유를 보냈으나 바이마르는 개의치 않고 제 할 말만을 이어 갔다. 그 소리는 그리 크지 않앉음에도 그 어느 것보다 또렷하게 울리며 혼탁한 소음을 삽시간에 잠재 웠다.

"허면 다시 묻겠다. 아테라의 황녀가 선황세의 사생아인 것이 내 명예와 스파티움의 독립에 누가 되는가?"

전선이 일제히 수런거렸다. 의미를 알 수 없는 소리들이 너울대며 너른 평원을 두어 바퀴 천천히 휘돌았다. 바이마르의 말 머리는 여전히 아테라 군을 향해 있었고, 때문에 스파티움 병사들은 그들의 지휘관이 이 순간 어떤 표정을 하고 있는지 볼 수 없었다.

답은 서둘러 나오지 않았다. 서느런 기세에 눌린 것인지, 그 시끄럽던 에우리오스조차 할 말을 잊은 얼굴이었다. 바이마르는 홀로 아군을 등진 채 다시 그들을 채근했다.

"대답하라, 그러한가?"

둥둥둥둥— 짧게 끊어지는 북소리가 희미하게 고막을 할퀴고 지나갔다.

그에 정신을 차린 에우리오스가 이를 갈며 서둘러 검을 뽑아 들었다. 마몬이 이끌고 온 전방의 궁수들이 좌르륵 도열하며 활시위를 당긴 것은 그와 거의 동시에 벌어진 일이었다. 막 튀어 나가려던 에우리오스가 당황한 얼굴로 말고삐를 잡아채었다. 히히힝—! 졸지에 목이 졸린 커다란 군마가 두 앞발을 치켜들며 투레질했다.

바로 그때였다.

쿵.

강철 방패가 모래 바닥을 파헤치며 평원을 뒤흔들었다.

쿵. 쿵.

하나로 시작했던 소리는 둘, 셋, 다섯, 열이 되어 가며 차츰 더 거대해져 해일처럼 그들을 덮쳐눌렀다. 바이마르는 바이저를 다시 내리며 얼굴을 가렸다.

쿵, 쿵, 쿵, 쿵.

수백 개의 방패가 두드리는 힘에 버티지 못한 땅이 웅웅 울었다. 말들이 불안한 듯 앞발을 들어 올리며 몸을 털었다. 바이마르는 그 진동에 몸을 맡기곤 다시 말 머리를 반대로 틀었다. 박자에 맞추어 병장기를 두들기던 스파티움 병사들이 일제히 무릎을 구부리며 자세를 낮추었다. 시선은 전방에, 몸은 한껏 웅크린 자세로 언제든 튀어 나갈 듯 긴장한 채다.

쿵, 쿵, 쿵, 쿵. 울림에 맞추듯 맥박이 두근거렸다. 소리도 없이 검이 뽑혔다.

조롱 같던 북소리도 어느샌가 멈춘 뒤다. 바이마르는 왼손으로 고삐를 죄며 뽑아 든 검을 앞으로 휘둘렀다. 승리할 것이다. 반드시 그리하여 온전한 영토를 바치리라.

"그대들 손으로 역사를 쓰라! 1부대 앞으로!"

"앞으로!"

스쿼드가 복창하며 땅을 박찼다. 일사불란하게 움직이는 기사들의 발밑에서 부옇게 피어오른 모래바람이 일순간 안개처럼 흐릿하게 시야를 가렸다.

바이마르는 그대로 말을 달려 에우리오스와 맞붙었다. 텅—! 검으로 강하게 갑옷을 내리치자 빈 깡통 같은 소리가 났다. 곧 공격이 따라붙었다. 팔에서 잠시 힘을 뺐던 바이마르가 반동을 이용해 횡으로 들어오는 날을 강하게 튕겨 냈다. 그러자 에우리오스의 몸과 갑옷 사이 들떠 있는 부분이 한눈에 들어왔다. 바이마르는 덜걱이는 틈을 노려 다시 한번 공격을 시도했다.

"그대, 갑옷이 다소 맞지 않는 듯하군."

이죽임이 흘러나왔다.

"닥쳐라! 반쪽짜리 왕자 주제에!"

에우리오스는 커다란 검을 다소 힘겨운 듯 휘둘렀다. 바이마르는 위에서 내리긋듯 내려오는 검격을 피해 몸을 아래로 숙였다. 옆구리의 빈틈. 그는 그대로 말에서 뛰어내려 두 손으로 검을 바투 쥐었다.

"나를 비웃는 것은 상관없지만……."

"컥……!"

"마마를 그리 부르는 것만은 용납할 수가 없어."

울고 있진 않을까. 와중에도 그런 생각이 들었다. 서느런 칼날이 말의 목을 베어 내자 분수처럼 뜨거운 피가 솟았다. 에우리오스가 욕설을 짓씹으며 말 등에서 굴러떨어지듯 내려섰다. 바이마르는 검을 휘둘러 손잡이로 그의 머리통을 후려친 뒤, 곧바로 휘청이는 커다란 몸을 향해 돌진했다.

어깨를 가리고 있는 폴드런 아래쪽으로 시꺼먼 날이 자비 없이 쑤셔 박혔다. 커다란 덩치가 몸을 비틀며 꽉 문 잇새로 비명을 내질렀다. 바이마르는 에우리오스를 몇 발짝 뒤로 밀어붙이며 손목을 기묘한 각도로 비틀었다. 불과 몇 개월 사이에, 그는 상대에게 고통을 주는 법을 수십 가지 이상 새로 체득하게 되었던 것이다.

"끄아아아악!"

비명 소리가 터졌다. 날 끝에 뼈가 닿는 감촉이 선명했다. 불쾌하군. 문득 그런 감상이 스쳤다.

걷고 말하기 시작할 때부터 검을 쥐는 스파티움인들에게 피와 상처란 매일 청하는 잠만큼이나 친숙한 존재였다. 바이마르 역시 그러했으나, 놀랍게도 그는 단 한 번도 직접 누군가의 목숨을 거두어 본 일이 없었다. 적어도 릴리스를 만나기 전까지는.

아마 그 또한 체자레의 안배였을 것이리라. 그리 생각하자 문득 입가에 웃음이 스몄다. 그것을 일종의 비웃음이라 여긴 것인지, 에우리오스가 핏발 선 눈을 번득이며 핏기 없는 입술을 달싹였다.

"너…… 이 은혜도 모르는 스파티움의 개……! 황녀라니 우스운…… 컥……!"

"아직도 지껄일 힘이 있나?"

밭은 숨을 몰아쉬는 사이로 드문드문 말소리가 흘러나왔다. 바이마르는 짧았던 상념을 떨쳐 내곤 그대로 검을 뽑아 다시 팔을 위로 한껏 치켜들었다. 바닥에 쓰러진 에우리오스가 반사적으로 고개를 틀며 두 눈을 꾹 감았다.

"……전사로서는 실격이군."

풀썩 피어오른 흙먼지에 기침이 일었다. 바이마르는 목덜미 바로 옆을 내리긋고 있던 검을 가볍게 뽑아내 아래로 늘어뜨렸다. 피 칠갑이 된 갑옷이 마음에 들지 않아 그는 신경질적으로 바이저를 젖히며 눈살을 찌푸렸다.

"저하! 괜찮…… 어휴, 일단은 그 피부터 좀 닦아 내셔야겠는뎁쇼. 아, 혹시 이 작자가 아까 그놈입니까?"

무리 사이를 가르고 들어온 스쿼드가 부산하게 사방의 병사들을 쳐 내며 물었다. 바이마르는 대답 대신 묵묵히 검을 거두었다. 한발 늦게 도착한 루카스가 가까이 다가와 쓰러져 있는 에우리오스의 쇄골 위에 살러릿을 신고 있는 발을 올렸다. 지긋이 무게를 싣자 꺽꺽대는 신음 소리가 간헐적으로 흘러나왔다.

"이자에게 왕족을 모욕한 죄를 물어라. 말 등에 묶어 아테라 진영으로 돌려보내."

바이마르는 돌아서며 짧게 명했다. 스쿼드가 의아하다는 듯 반문했다.

"황녀 마마를 욕되게 한 자입니다. 어찌 죽이지 않으시고요?"

"……본보기가 필요하지 않겠나. 황녀를 모욕하는 것은 곧 나를 욕보이는 것이니 혀와 팔을 자르되 살려 보내어 경고가 될 수 있도록 하라."

그는 다시 걷기 시작했다. 지금껏 잘도 구경하고 있었던 주제에. 슬금슬금 물러나는 병사들을 보고 있자니 전염병 환자라도 된 듯 다시 불쾌감이 일었다.

불쾌감. 그는 그 감상을 곱씹으며 무표정하게 옆에 있던 말에 올랐다. 시야가 높아지자 더 많은 것들이 한눈에 들어왔다. 피로 얼룩진 흙바닥과 곳곳에 나뒹구는 주인 잃은 병장기들. 그 어수선한 광경을 보고 있으려니 미뤄 두었던 걱정이 다시 불쑥 튀어 올랐다.

혹 싫어하시지는 않을까.

아테라는 미와 예술을 찬양하는 오래된 문화 강국이었다. 그런 곳에서 20년을 넘게 살아온 릴리스가 스파티움의 거친 풍습에 쉬이 적응할 수 있을 리 없다. 그에게 아테라의 궁이 그러했듯이 릴리스 역시 매일이 처음처럼 낯설었으리라.

어쩌면 표현하지 않았을 뿐, 지금도 이곳을 꺼려 하고 있을지 모른다는 데에까지 생각이 미치자 어쩐지 기분이 언짢아졌다.

"……"

바이마르는 방금 전의 승리도 잊은 채 금세 조금 더 침울해졌다. 그는 울적해진 눈빛으로 피투성이가 된 갑옷을 물끄러미 내려다보았다.

전쟁터에서 남의 목숨을 애도할 여유 따위는 없다. 그러나 살육에 무감각해지는 것과 그 사실을 인지하는 건 명백히 별개의 범주였다. 그가 지금까지의 제 손으로 휘두른 칼날을 전혀 후회하지 않으면서도, 아테라를 떠나오기 전과 판이하게 달라진 스스로의 모습에 간혹 당황을 숨기지 못하는 것처럼.

스파티움의 세 번째 왕자이자 군의 지휘관인 바이마르 갈바르는 아테라에서의 얼굴만 잘났던 미성숙한 소년과 같으면서도 결코 같지 않았다. 바라는 것은 크지 않다. 바이마르는 그저, 제게 스며든 피 냄새가 그녀의 심기를 거스르지 않았으면 했다. 아테라에서 그러했듯 그를 영원히 예쁘게 보아 주었으면 좋겠다. 그가 그녀의 어떤 모습이건 받아들일 준비가 되어 있는 것처럼.

"저하."

"저녁 시간까진 찾지 말도록."

생각에 잠긴 사이 어느덧 막사 근처였다. 바이마르는 말을 챙기러 다가오는 병사에게 고삐를 맡겨 두고는 서둘러 안으로 들어가 얌전하게 책상 앞에 자리를 잡고 앉았다.

당신이 보고 싶습니다.

그는 한참을 고민한 뒤 길지 않은 한 문장을 오랜 시간에 걸쳐 써 내렸다.

……보고 싶어.

그리고 잠시 뒤, 바이마르는 두 손으로 얼굴을 가린 채 아주 조금 코를 훌쩍였다. 막사 밖의 기사들이 보았다면 자신들도 모르는 새 죽어 헛것을 보고 있기라도 한 것은 아닌지 의심부터 했을 희귀한 광경이었다.

그러나 그녀만 생각하면 그는 때로 이렇게 울 것 같은 기분이 되고는 했다. 절룩이며 걷는 뒷모습을 볼 때도. 아프지 않은 척 어색하게 미소하는 얼굴을 마주할 때도. 좋으면서 아닌 척 볼을 발그레하게 물들이거나, 부끄러워 괜히 코끝을 긁적이는 모습들이 스치듯 두 눈에 담길 때조차.

"……쿵."

그는 한참 뒤에야 빨개진 눈을 비비며 일어섰다. 다시, 지휘관으로 돌아갈 시간이었다.

✢ ✤ ✢

아테라의 동쪽. 크라노스라는 아름다운 휴양지에는 유명한 소원 분수가 있다.

퐁퐁 물이 솟아오르는 반석 한가운데의 커다란 여인 동상은 요절했다는 어느 유명한 조각가의 흔치 않은 유작이었나. 내끄럽게 표현된 품만한 곡선과 섬세한 옷 주름만으로도 볼거리는 충분했지만, 기실 정말로 그 분수를 이름나게 만든 것은 분홍빛을 띠는 아름다운 물색이었다.

바닥재에 섞인 로즈스톤이 물에 녹아나며 생겨난 지극히 논리적인 현상이었으나, 크라노스의 사람들은 그런 재미없는 이론보단 낭만적인 구전들을 입에 올리는 것을 보다 즐겼다.

이를테면, 정략결혼이라는 이유로 냉담하기 짝이 없던 영주의 부인이 분수의 아름다움에 감탄하여 남편을 받아 주었다는 동화 같은 이야기라든가. 멀쩡한 물색이 탁한 분홍빛을 띠는 것 또한 전부 백작의 변치 않는 사랑 덕이라는 농담 섞인 우스갯소리들.

휴양지의 달콤함에 심취한 사람들은 '분수에 동전을 던지면 소원이 이루어진다' 는 다소 허무맹랑한 꾐에 쉽게도 사로잡혔다. 그러니 중앙 광장이 소원을 빌고자 하는 사람들로 언제나 붐비는 것은 실로 당연한 일이었다.

릴리스는 아홉 살 무렵 이 크라노스에 처음 발을 들였다.

강렬하게 내리쬐는 머리 위의 태양과 은은하게 코끝을 싸고도는 달콤한 향유 냄새. 쌀쌀맞은 어른들 사이를 전전하며 한껏 움츠러들어 있던 어린아이에게 남부의 휴양 도시는 처음부터 퍽 강렬한 인상을 남겼다.

이번의 보호자는 가늘게 손질한 콧수염이 인상적인 홀쭉한 몸집의 중년 사내였다. 얼굴도 모르는 어미의 먼 친척이라 했던가. 꺼리는 기색이 역력한 고동색 눈동자가 유심히 얼굴을 뜯어보는 동안, 릴리스는 얌전히 눈을 내리깐 채 자신에게 내려질 처분을 기다렸다.

'곧 좋은 소식이 있을 거요.'

그녀를 데리고 왔던 퉁퉁한 몸집의 남자가 모자를 벗으며 소매로 콧잔등의 땀을 훔쳤다. 이윽고 홀쭉하니 키가 큰 사내가 고개를 끄덕이곤 손을 흔들어 멀찍이 서 있던 하녀를 불렀다.

우울한 낯을 하고, 꾀죄죄한 앞치마를 두르고 있는 어린 하녀의 무심한 시선이 흘금 얼굴에 와 닿았다 떨어졌다. 갑자기 든 객이 마음에 차지 않는다는 양 불손하기 짝이 없는 태도였다.

릴리스는 머무는 이들의 첫인상만큼이나 삭막하고 어두운 저택에서 짧은 겨울과 그보다 조금 더 긴 봄을 보냈다. 말동무라고는 성의 없이 철자법을 가르치는 나이 든 가정교사 하나뿐인 적적한 나날이었다.

그리고 유난히도 더웠던 어느 여름날, 릴리스는 마침내 허락받은 첫 외출에 들뜬 기분으로 헐레벌떡 저택을 나섰다. 낮은 집들 위로 주홍빛 노을이 지고, 분홍색 물이 마치 꿈결처럼 찰랑이던 이른 저녁이었다.

분수대에 기대앉은 연인들이 다정하게 사랑을 속삭이는 동안 그녀는 주머니에 꼭꼭 숨겨 두었던 동전을 함께 온 하녀 몰래 조심조심 꺼내 들었다. 땀이 차 축축해진 손가락에 동전 겉면이 찐득하게 달라붙었다.

동전 하나에 소원 하나. 릴리스는 팻말 위에 예쁜 글씨로 적혀 있는 규칙을 읽다 그만 시무룩해지고 말았다. 가져온 동전은 고작 하나뿐인데, 빌고 싶은 소원은 그보다 많았던 탓이었다.

그러다 릴리스는 지금껏 단 한 번도. 그 어느 누구도 그녀의 소원을 들어준 적이 없음을 새삼스레 깨달았다.

그러자 이상하게도 조금 기운이 났다. 어차피 이루어지지 않을 소원이라면 횟수를 따지는 것조차 의미가 없는 것이 아닐까?

하여 그녀는 동전 하나에 두 가지 소원을 빌기로 했다.

동전을 던지기 전에는 부모님의 얼굴을 알고 싶다 빌었고, 힘껏 팔을 휘둘러 그것을 던지고 난 뒤엔 그저 행복하게 살고 싶다 빌었다.

그리고 지금, 첫 번째 소원이 이루어졌으나 조금도 기쁘지 않았다.

⚜

당신이 보고 싶습니다.

릴리스는 손끝으로 가만히 철자 위를 덧그렸다. 매번 보아 왔던 필체가 마치 낯선 사람의 것인 양 어색하게 느껴졌다.

그녀는 잠시 그렇게 앉아 있다 창밖을 내려다보았다. 어느덧 말끔해진 정원이 한눈에 들어왔다. 한결 밝아진 표정의 사용인들과, 순찰을 돌고 있는 병사들의 모습이 섬세한 그림처럼 풍경 안에 스몄다. 평화로운 광경이었다.

그러나 어째서일까.

릴리스는 습관처럼 한 손을 가슴 위에 올렸다. 손끝에서 약한 박동이 느껴졌다. 두근두근. 심장의 맥동은 여전한데도, 어째서인지 가슴 한구석이 뻥 뚫린 듯 자꾸만 시렸다.

무엇을 보아도 즐겁지 않고, 무엇을 들어도 동하지 않는다. 모든 것이 차질 없이 복구되었다는 무스타리의 보고조차 듣는 둥 마는 둥 귀를 스쳐 지나갔다.

대답은 했었던가. 하지 않았던가. 릴리스는 답을 알 수 없는 질문들 사이에서 헤매다 의미 없이 두 눈을 깜빡였다. 생각들이 순식간에 휘발되어 그녀는 다시 텅 빈 그릇처럼 공허해졌다.

당신이 보고 싶습니다.

자연스레 흐른 시선이 펼쳐 놓은 서신 위에 살풋 얹혔다. 아직 떨어지지 않은 손끝이 활자 위를 더듬었다. 어찌나 꾹꾹 눌러썼는지, 종이 뒷면에 움푹 패어 있는 자국이 문신처럼 선명했다. 마치 결코 지워지게 두지 않겠다는 것처럼.

그것을 깨닫는 순간 기묘한 온기가 살갗을 타고 올랐다. 무뎌졌던 감각이 물속에서 퍼지는 잉크처럼 온몸에 미적지근한 생기를 불어넣었다.

"나도 반이 보고 싶어요."

릴리스는 입 속으로 나지막이 읊조렸다. 자신도 모르게 터져 나온 그것은 꼬깃꼬깃 접어 마음 한구석에 꼭꼭 숨겨 두었던 오래된 바람이었다. 어째서인지, 한번 목소리를 뱉고 나자 억눌러 두었던 그리움이 봇물처럼 터져 나와 눈가에 그렁그렁 고였다.

"아주 많이 보고 싶어요."

그녀는 다시, 누구에게랄 것 없이 조용히 속삭여 보았다. 텅 비었던 가슴속 밑바닥에 그것만으로도 아주 조금 무언가가 차올라 메말랐던 발등을 간질였다. 홀린 것처럼 거듭 그 말을 반복하자 이제는 숨이 막힐 정도로 가슴이 욱신거려 왔다. 발등을 넘어, 무릎을 넘어, 열렬한 소망이 온 마음을 잠식했다. 모든 감각이 힘을 다해 단 한 가지만을 열망하고 있었다.

한참을 그렇게 앉아 있던 릴리스는 이윽고 천천히 일어서 절뚝이며 고요한 집무실을 나섰다. 문 열리는 소리가 나기 무섭게, 복도를 서성이던 무스타리가 그녀를 발견하곤 마치 구르듯 잽싸게 달려와 고개를 조아렸다.

"오랜만에 뵙습니다, 마마."

뼈가 있는 인사였다. 릴리스는 잠시 멈춰 선 채로 날짜를 가늠했다. 닷새였던가? 일주일이었던가? 틀어박혀 있던 날수를 속으로 셈해 보던 그녀는 이내 의미 없는 작업을 포기하곤 내내 마음에 담아 두었던 말을 대신 꺼냈다.

"길리안 평원으로 갈 거야."

무스타리가 황망한 표정으로 고개를 쳐들었다. 릴리스는 그를 지나쳐 길게 이어진 계단 위에 조심스레 발을 디뎠다.

슬그머니 등 뒤로 따라붙은 와트만이 끼어들 틈을 찾듯 헛기침을 연발하며 존재감을 과시했다. 한 번쯤은 돌아봐 줄 법도 했으나, 릴리스는 그 기척을 못 들은 체하며 현관 앞의 응접실을 바삐 가로질렀다. 커튼을 갈고 있던 하녀 두엇이 일행을 발견하곤 얼른 자세를 바로 하며 인사를 올렸다.

이윽고 복도의 끝에 도달한 릴리스는 잠시 고민하다 왼쪽으로 방향을 틀었다. 조금 더 걸어 아치형의 커다란 문을 지나자 마침내 목적했던 길이 눈앞에 보였다.

아무나 드나들 수 없는 쭉 뻗은 회랑은 늘 그렇듯 그림자 하나 없이 한적했다.

서편 망루로 향하는 벽이 없는 긴 회랑의 바닥 가장자리에 바싹 마른 풀들이 머리를 대고 촘촘히 누워 잠을 청하고 있었다. 겨울이 되어 먹을 것이 부족했던지, 몸통이 흰 자그마한 새 몇 마리가 신경질을 부리듯 그것들을 두어 번 콕콕 찍어 보다 이내 포르르 날갯짓해 하늘 위로 날아올랐다.

긴 회랑을 반쯤 지났을까. 난간 너머로 보이는 정원 끝에서 문득 고함 소리가 희미하게 들려왔다. 왁자지껄한 웃음이 훅 피어오르는가 싶더니, 이내 그보다 조금 더 큰 함성이 파도처럼 일어 사방을 왁자하게 뒤덮었다. 어디선가 대련이라도 한바탕 벌어지는 모양이다.

잠시 멈춰 선 채로 그 소리에 귀를 기울이던 릴리스는 다시 걸음을 놀려 망루로 통하는 자그마한 문 앞에 이르렀다. 좁고 긴 계단은 보는 것만으로도 한숨이 나올 정도로 가팔랐지만, 그녀는 누구의 도움도 받지 않고 힘겹게 모든 단을 밟아 올랐다.

탑처럼 길쭉하게 솟은 망루는 도시의 모든 전경을 조망할 수 있을 만큼 높았다. 릴리스는 가슴 높이까지 오는 돌벽에 몸을 기댄 채 가만히 눈 아래의 경치를 감상했다. 다닥다닥 붙은 집들과 그 사이사이에서 나부끼는 푸른 깃발들. 번화한 시장과 활기찬 사람들이 한데 엉킨 장면들이 마치 그림처럼 고즈넉했다.

그녀의 곁을 지키던 와트만이 이윽고 팔짱을 끼며 못마땅한 어조로 투덜거렸다.

"마음 정리가 끝나셨으면 무어라 한마디라도 좀 던져 주십쇼. 전투가 한창인 곳에 왜 굳이 발을 들이시겠다는 겁니까? 지금쯤 분명 그곳에도 소문이……."

"내가 전하께 빚을 졌어."

릴리스는 가볍게 그의 말을 끊었다.

"있을 자리를 받았으니 값을 치러 주어야지."

와트만이 얼굴을 와락 일그러뜨렸다. 릴리스는 그가 무어라 더 말을 뱉기 전, 잽싸게 몸을 틀어 등 뒤의 무스타리에게로 시선을 넘겼다. 계단을 오르는 일이 그녀 못지않게 힘들었던지 시뻘겋게 달아오른 온 얼굴이 땀으로 범벅이었다.

"그대는 반대하지 않나?"

무스타리가 오른손으로 턱 밑의 땀을 훔치며 그녀를 마주 보았다.

"……아니라 말한다면 실망하시겠습니까?"

긴장했던 것에 비한다면 다소 심심한 대답이었다. 릴리스는 양어깨를 들썩이곤 다시 처음처럼 발아래로 시선을 던졌다.

"그럴 리가. 그대가 전하께 바치는 충성을 내 익히 보아 알고 있는데."

무스타리의 아비는 본래, 스파티움의 점령을 받아들였던 몇 안 되는 로타이 급진파의 일원이었다. 반란 분자로 낙인찍혀 일족이 몰살당하기 직전이었던 것을 체자레가 직접 나서 살려 낸 게 인연의 시작이다. 어차피 죽었을 목숨. 살려 준 이에게 바치겠다 다짐한 것이 벌써 10여 년도 더 전의 일이라 했었던가.

"마마께서 카리알을 지키시는 한 저는 언제나 마마의 충복일 것입니다."

"……허면 말을 조금 바꿀 필요가 있겠어. 그대는 내 평생, 언제나 나의 충복일 테니 말일세."

그러니 지금은 이 답만으로도 충분히 족했다. 릴리스는 저물어 가는 도시 풍경을 눈 안에 양껏 담으며 천천히 뒤돌아섰다. 서늘한 칼바람에 그새 곱아든 발이 시렸다.

"전령들을 불러들여야겠어."

"…….."

"아테라에도 전할 말이 따로 있거든."

"아테라 말씀이시지요."

시위하듯 침묵을 지키던 와트만이 냉큼 말꼬리를 잡아채며 끼어들었다. 그러나 이유를 캐물을 거란 예상과 달리, 그는 썩은 물 한 컵을 눈앞에 둔 사람처럼 얼굴을 설풋 찌푸렸을 뿐이었다.

"메트로에 방이 붙을 거야. 승계권은…… 의미조차 없겠지만 어쨌건 포기할 생각인 데다……."

차라리 평소처럼 통박이라도 놓았다면 마음이 편했으련만. 어째서인지 그 담담한 모습이 한층 신경 쓰여 릴리스는 어물어물 변명을 덧붙였다.

"알겠으니 일단은 저녁이나 드십쇼."

돌아가는 길 내내 아무런 말이 없던 와트만은 노라가 커다란 쟁반을 받쳐 들고 저녁 식사를 날라 올 때쯤이 되어서야 여상한 표정으로 툭, 한마디를 던졌다. 반사적으로 부정의 답이 튀어 나갔다.

"……글쎄, 하지만 영 입맛이 없는걸."

와트만은 이번에야말로 그 썩은 물을 한 컵 가득 들이켠 사람처럼 무시무시한 얼굴이 되어 가슴 앞으로 팔짱을 꼈다. 이래서야 어느 쪽이 주군인지 도통 모를 구도였다.

어쨌거나, 그런 얼굴을 앞에 두고도 아무렇지 않게 끼니를 거를 수는 없었다. 릴리스는 과일 몇 조각으로 빈 배를 채우곤 창가에 놓인 커다란 안락의자에 자그마한 몸을 비스듬히 뉘여 앉았다.

단출한 메뉴였지만 그것도 식사라고 배가 제법 불렀다. 해가 저물며 뿜어낸 황금색 빛무리가 방 안을 대낮처럼 환히 밝혔다. 허공을 떠다니는 희뿌연 먼지처럼 의식이 의미 없이 머릿속을 부유했다. 아직 밤이 되려면 한참이 남았음에도, 무기력해진 정신은 속절없이 고요에 굴복해 예정에도 없던 수마를 불러왔다.

"마마께선?"

흡사 물에 잠긴 듯, 둘베트의 목소리가 먹먹하게 들려왔다. 와트만이 무어라 짧게 웅얼거리며 그녀를 턱짓하는 것이 보였다. 어찌나 자연스러운지 순간 그녀마저 당연한 듯 그 태도를 납득했을 정도였다.

저 무엄한……. 릴리스는 뒤늦게 흐릿한 정신을 끌어모아 투덜거렸다. 그리고, 그것이 기억의 끝이었다.

"주무시는 건가?"

"아마도."

두 기사는 대화를 멈추었다. 연달아 들려오는 고른 숨소리에 그렇잖아도 딱딱하던 표정들이 약속이나 한 듯 한층 더 어두워졌다. 숙면을 취하는 것은 물론 환영할 만한 일이겠으나, 낮밤을 가리지 않고 잠에 빠져드는 것은 누가 보아도 긍정적인 징조라 감싸기 어려웠다. 정말 피곤해 취하는 휴식이라면 또 모를까. 체자레의 방문 이후론 괜스레 일에 몰두하던 어색한 의욕조차 완전히 상실된 모습이었다. 하물며 깨어 있는 시간보다 누워 있는 시간이 더 많으니 걱정스런 마음이 들밖에.

"곧 평원으로 출발할 예정이다. 며칠 안 남았으니 마음의 준비나 해둬."

아직 환한 밖을 내다보는 와중, 바닥에 주저앉아 있던 와트만이 불쑥 말을 꺼냈다.

"뭐?"

당연한 수순으로 제 귀를 의심했던 둘베트는 합리적인 이성으로 현실을 부정했다. 에이, 설마. 잘못 들었겠지.

"혹시나 해서 말해 두겠는데, 제대로 들은 게 맞으니 그런 멍청한 표정은 네놈 주머니 속에나 곱게 넣어 두는 게 좋겠어."

그럴 줄 알았다는 듯, 와트만이 이죽거리며 얄밉게 콧잔등을 씰룩였다. 이런 젠장. 둘베트는 욕설을 뇌까리며 서둘러 표정을 수습했다. 평소 같았다면 한마디 반격이라도 날렸으련만, 애석하게도 지금은 한가하게 입씨름이나 벌이고 있을 때가 아니었다.

"하지만 길리안에도 분명 전령이 갔다고 하지 않았나. 그곳에 있는 놈들도 전부 황녀 마마의 소식을 알고 있을 텐데. 하필 지금 같은 시기에 아테라군을 마주해 좋을 게 뭐가 있다고?"

절제 없이 줄줄 생각을 잇다 보니 예상보다 말이 제법 길어졌다. 그것을 일종의 잔소리라 여겼는지, 와트만이 신경질적인 표정으로 바닥을 탁탁 차며 자리에서 일어섰다.

"난들 어찌 알겠나."

"그게 무슨……."

한숨이 절로 흘렀다. 대책 없는 소리에 양미간에 한껏 진 주름은 덤이었다.

"그래도 저리 계시는 것보다야 저하 얼굴이라도 뵙는 편이 낫겠지."

그러나 이번만큼은 그조차도 달리 반박할 말이 없었다. 둘베트는 말을 아낀 채 흘금 뒤를 돌아보았다. 굳게 닫힌 문이 영 눈에 밟혀 다시 또 한숨이 새었다. 남도 아닌 주군의 일이다. 무디기 짝이 없는 제 감상으로도 이만큼 마음이 답답할진대, 저 아테라 놈의 마음은 도대체 얼마큼 썩어 문드러질 것인지. 둘베트는 습관처럼 오른팔을 주무르는 와트만을 일별하며 검 손잡이를 힘껏 쥐었다.

그로부터 사흘 뒤. 릴리스는 지체 없이 일행을 꾸려 평원으로 출발했다. 와트만과 둘베트, 열댓 명의 기사들로 이루어진 단출한 호위단을 꼬리처럼 등에 붙인 채였다.

"누구냐."

나흘쯤 지났을까. 쉴 새 없이 말을 달려 모두가 한껏 지쳤을 무렵이었다. 지근에서 느껴지는 낯선 기척에 기사들이 벌떡 일어서 딱딱한 표정으로 전투태세를 갖추었다.

"경계하지 마십시오. 아군입니다."

흙먼지 때문에 분명하지 않던 인영은 거리가 제법 좁혀지고 나서야 선명해졌다. 와트만은 가장 앞쪽에 서 있는 낯익은 얼굴을 발견하고서야 눈에 한껏 주고 있던 힘을 풀어내곤 새 객들을 모닥불 곁으로 안내했다.

"체자레 전하께서 길리안까지 황녀 마마를 호위하라 하셨습니다."

말에서 뛰어내린 기사가 공손히 부복한 채 그녀에게 무언가를 내밀었다. 릴리스는 쓰레기처럼 너덜거리는 그것을 집어 조심스레 펼쳐 들었다. 아무 종이나 찢어 접은 듯한 작은 쪽지 위에 간결한 문장이 지저분한 얼룩처럼 번져 있었다.

허락한다.

"뭘 허락한다는 말씀이십니까?"

목을 빼고 쪽지 안을 곁눈질하던 와트만이 바싹 마른 장작을 불 속에 던져 넣으며 무심한 어조로 물었다. 훔쳐보았다는 사실은 이미 숨길 생각조차 없는 듯했다.

릴리스는 대답 대신 바닥에 수북한 재를 길쭉한 나뭇가지로 훑어 이리저리 흐트러뜨렸다. 잿빛 먼지가 날리며 기사 몇이 쿨럭쿨럭 기침을 뱉었다. 답을 듣지 못하리라는 것을 예감했는지, 와트만이 이내 체념한 표정으로 어깨를 들썩이며 투덜거렸다.

"말 아끼시는 것이야 하루 이틀 일도 아니니 그러려니 합니다만, 부디 너무 놀라게 하지만 말아 주십쇼."

릴리스는 차마 아니라 타이르지 못해 그저 말을 아꼈다. 오늘따라 하늘의 별이 무척 밝았다.

성문을 나선 지 정확히 9일째 되던 날. 그들은 아침나절 마침내 목적지에 이르렀다. 예상치 못했던 방문객에 온 막사가 술렁였다. 엉거주춤 말에서 내려선 릴리스는 혼란스러운 듯 그녀를 응시하는 병사들을 무감한 눈길로 응시했다.

"마마!"

이내 커다란 목소리가 쩌렁하게 울리며 웅성이던 무리들을 순식간에 흩어 놓았다. 쥐고 있던 고삐를 놓아 버린 릴리스는 본능이 이끄는 방향을 향해 천천히 몸을 틀었다. 구름처럼 모여 있는 희뿌연 얼굴들 너머 마침내 그토록 그리던 이가 보였다.

막 전투를 마치고 돌아온 듯, 바이마르는 갑옷으로 온몸을 단단히 두른 채였다. 투구를 쓰고 있어 다행히 얼굴은 멀쩡했지만 피와 먼지로 얼룩진 매끈한 쇠의 겉면은 치열했던 순간들을 증명하듯 온 곳이 엉망이었다.

무언가 말하려는 듯 입을 벙긋거리던 그가 이윽고 입을 다물곤 성큼성큼 그녀를 향해 다가오기 시작했다. 규칙적이던 걸음은 차츰 빨라져 흡사 뛰는 것과 다름없을 만큼 급해졌고, 그저 황망한 듯 보이던 표정은 점점 밝아져 홀로 봄을 맞이한 듯 화사한 미소를 사방에 흩뿌렸다.

"마마, 머리가 정말로, 아니, 그보다 지금 제가……."

그러나 당장이라도 뛰어들어 그녀를 안아 올릴 듯하던 바이마르는 두 걸음쯤을 남겨 놓고 엉거주춤 멈춰 선 채 난감한 듯 발을 동동 구를 뿐이었다. 두 팔을 앞으로 쭉 뻗었다가, 다시 그것을 거둬들이기를 반복하는 사이 눈부시던 미소가 차츰 빛을 잃고 사그라들었다.

길쭉한 눈매가 아래로 처지며 눈에 띄게 시무룩한 표정을 자아냈다. 더러워진 갑옷을 의식하는 모양인지, 어쩔 줄 몰라 하며 제 손을 내려다보는 모양새가 예전과 전혀 다를 것이 없어 웃음이 났다. 모르는 새 매듭처럼 꽁꽁 묶여 있던 긴장이 스르륵 풀려 나가며 잔잔한 숨을 흘렸다.

"반."

릴리스는 입술을 가볍게 모아 힘을 주었다. 혀끝에서 말이 도르륵 굴렀다. 구슬처럼 매끈한 그 음절 하나가 어찌나 애틋하던지, 단지 부르는 것만으로도 입 안이 온통 달아 혀 아래 침이 고였다.

이름을 불릴 것이라 생각지 못했던 듯, 바이마르는 이제 다소 감격한 표정으로 그녀를 마주 보고 있었다. 새파란 눈동자가 파르르 떨리다 이내 눈꺼풀 아래로 사라졌다. 흡사 처분을 기다리는 포로처럼 얌전한 모습이었다.

릴리스는 그 시선을 피하지 않으며 아주 조심스럽게 앞으로 한 걸음을 내디뎠다. 언제나 그에게서 나곤 하던 청량한 향 대신, 비릿한 쇠 냄새가 콧속을 파고들어 현실감을 일깨웠다.

몇 달 만에 다시 마주한 사내는 실은 조금 생경한 모습이었다. 못 본 새 조금 더 길어진 머리칼과 살이 빠져 도드라진 얼굴의 윤곽도 그러했지만, 정말로 그를 낯설다고 느끼게 만든 것은 날카롭게 벼려진 검 같은 서늘한 분위기였다.

병사들 너머에 우뚝 서 있는 그를 마주했을 때, 릴리스는 일순간 그가 자신을 모른 체할 수도 있으리라 생각했다. 말도 안 되는 상상임을 알면서도 그런 걱정을 품었던 것은 지금껏 홀로 감내해 온 삶의 고단함 때문일 것이다. 아테라인으로 나고 자라 뼛속 깊이 박혀 있는 사생아에 대한 편견 또한 그에 한몫 거들었다.

혹 그가 자신을 달가워하지 않는다면.

이제 와 그럴 리가 없을 테지만, 릴리스는 아주 작은 의심이나 불안조차 제 마음에 머물지 않길 바랐다. 믿기 어렵다 단언한 주제에 이런 마음을 품는 것이 오만임을 알면서도. 그를 상처 입혀 떠나게 만든 것이 자신임을 다 알고 있으면서도.

"마마, 저……."

좁혀진 거리만큼 바이마르가 다시 주춤주춤 둘 사이의 틈을 벌렸다. 딱 두 걸음. 그 너머에 자리한 새파란 눈동자가 열망을 담아, 그러나 경계하듯 조심스레 그녀를 살폈다. 당장이라도 그녀를 안고 싶다는 듯. 하지만 그 역시 조금쯤은 두렵다는 듯.

깨닫는 순간 갑작스레 목이 탔다. 그것은 지나치게 놀란 것도 같고 또 지나치게 기쁜 것도 같은 이상한 감각이었다. 릴리스는 그 둘 사이의 무게를 재어 보다 다시 앞으로 한 걸음을 내디뎠다.

"마마?"

그리고 또 한 걸음. 이번에야말로 바이마르는 도망갈 길 없이 그녀에게 붙들렸다. 뿌리치려면 얼마든지 그럴 수 있을 텐데도 그는 쩔쩔매는 기색으로 잡힌 팔을 내려다보고 있을 뿐이었다. 마치, 내내 이러길 바라 왔던 사람처럼.

릴리스는 그것을 깨닫는 순간 더 이상 주저하지 않았다.

"보고 싶었어요, 반."

자신이 바이마르를 상처 입혔다. 릴리스는 그 생각만 하면 견딜 수 없이 스스로가 미워졌다. 단순히 속상해서라 여겼던 건 지나치게 얕은 이해에 불과했던 것이다. 정말은 그런 게 아니었는데.

"정말로 아주 많이…… 보고 싶었어요."

그를 상처 입히고 싶지 않았다. 상처 입게 두고 싶지도 않았다. 미안함과 자책을 넘어, 그만큼도 품어 주지 못할 만큼 못난 자신이 한심해 그토록 화가 났던 것이다.

그만큼이나 그를 사랑하기 때문에.

"……마마?"

서신으로 다 전할 수 없는 마음이 있다. 말로 표현하지 않으면 안 되는 마음이 있었다. 릴리스는 붙잡은 팔을 조금 더 안으로 당겨 그것을 제 품에 안았다. 떨리는 목소리가 나풀나풀 내려와 귓전에 얹혔다. 그는 이제, 그녀의 옷이 더럽혀지면 안 된다는 당초의 걱정조차 깡그리 잊은 듯 멍한 표정을 짓고 있었다.

릴리스는 발끝을 힘겹게 들어 올려 그 아름답고 황홀한 얼굴에 가볍게 입을 맞추었다. 키가 모자라 고작 턱 끝에 닿는 것에 불과했지만, 바이마르는 마치 뾰족한 바늘에 찔리기라도 한 사람처럼 소스라치게 놀라며 이를 한껏 악물었다.

어쩌면 그녀는 아주 오래전부터 그를 사랑해 왔을지도 모른다. 시작점을 찾는 것은 의미 없는 일이었으나, 문득 그런 생각이 들었다.

"흠, 흠. 상봉은 그쯤 하시고 이만 들어가시는 게 어떻겠습니까, 마마?"

훈훈하던 분위기를 깨뜨린 것은 와트만의 나직한 충언이었다. 그제야 퍼뜩 정신을 차린 바이마르가 그새 핏물이 묻은 릴리스의 옷을 보곤 기겁하며 부드럽게 그녀를 뒤로 밀었다.

"잠시만, 잠시만 실례하겠습니다."

그러나 막사로 돌아갈 것이라는 예상과 달리, 바이마르는 그대로 들고 있던 투구를 등 뒤로 던져 버리곤 두어 걸음을 더 뒤로 물렸을 뿐이었다.

퉁. 퉁. 이어, 두툼한 철판이 흙바닥 위를 볼품없이 나뒹굴기 시작했다. 종자까지 불러 가며 야외에서 난데없는 기행을 벌이는 왕자의 행태에 기사들이 입을 쩍 벌리며 서로의 옆구리를 쿡쿡 찔렀다.

"이야, 아니. 갑옷을 저렇게 빨리 벗을 수 있나? 아니, 그보다 표정 뭐냐고……."

"참사랑이네 우리 왕자님……."

시렌은 상기된 표정으로 훌렁훌렁 갑옷을 벗어 던지는 바이마르를 다소 아연한 기분으로 지켜보았다. 이제는 더 이상 느낄 수치심조차 남아 있지 않음이 몹시도 다행스럽게 여겨지는 광경이었다.

"이야, 역시."

그때였다. 그의 오른편에 바짝 붙어 서 있던 스쿼드가 감탄한 얼굴로 손뼉을 짝짝 쳐 대기 시작했다. 그에 감화라도 된 것인지, 이내 여기저기서 그를 따라 드문드문 손뼉 부딪치는 소리가 들려오기 시작했다. 영문을 모르는 병사들까지 합세해 덩달아 박수 세례에 동참하기 시작하자 진지는 순식간에 축제의 장처럼 변모했다.

"정말 보고 싶었습니다, 마마! 정말이에요."

그러거나 말거나, 순식간에 홑겹 무복 차림이 된 바이마르는 릴리스를 번쩍 안아 들곤 뒤도 돌아보지 않고 구경꾼 무리를 가로질렀다. 폭풍이 휩쓸고 간 듯 사방이 고요해진 가운데 바닥에 수북이 쌓여 있는 철컹이는 갑옷만이 아침 햇살을 받아 번쩍번쩍 빛을 냈다.

퍽 요란한 신고식이었다.

그로부터 반나절 뒤, 릴리스는 중앙 막사에 앉아 반가운 얼굴들과 인사를 나누었다. 새벽녘에 기습을 받은 탓에 다들 뿔뿔이 흩어져 있어 소식을 전하는 것이 다소 늦었다.

"마마, 여기는 어쩐 일이십니까?"

"다리는 괜찮으십니까?"

"또 달리 아프신 곳은 없구요? 아니 그런데 이 전쟁터에는 대체 갑자기 무슨 일로……."

루카스와 스쿼드가 번갈아 가며 말문을 트기 시작하자 순식간에 막사가 시끌해졌다. 바이마르가 그녀를 내려 줄 기색이 전혀 없었으므로, 릴리스의 자리는 당연하게도 그의 탄탄한 두 무릎 위가 되었다. 별 새삼스럽지도 않아서인지 누구 하나 그 부분에 대해서는 관심을 기울이지 않았다.

릴리스는 소란이 조금 잦아든 뒤에야 품속의 쪽지를 꺼내 들었다. 단번에 필체를 알아본 듯한 시렌이 눈살을 찌푸리며 그것을 받아 들었다.

"전하께서 무엇을 허하신다는 말씀이십니까?"

습한 숨결이 훤히 드러난 목덜미를 간지럽혔다. 반사적으로 몸을 조금 뒤채었지만, 허리를 감싸 안고 있던 단단한 팔은 잠시의 틈도 용납하지 못하겠다는 듯 간단히 그 동작을 제지했다. 정수리며 양 뺨에 쏟아지는 시선이 강렬하다 못해 뜨겁게 느껴졌다. 릴리스는 반쯤 포기한 채 대꾸했다.

"내가 이 전쟁을 매듭짓겠다 말씀드렸지. 그에 대한 답이네."

"예? 하지만 어떻게……."

스쿼드가 어안이 벙벙한 얼굴로 반문했다.

"승계권을 포기할 생각이야."

"아테라의 것을 말씀하십니까? 하지만 마마, 제가 알기로 사생아
는……."

아차차. 루카스는 절제 없는 주둥이를 뒤늦게 닫쳤다.

그러나 이미 한참 늦은 일이었다. 막사 안에 솟아난 바늘 같은 침묵이
따끔하게 목덜미를 찔러 왔다. 바이마르는 당장이라도 그의 사지육신을
잘라 버릴 것 같은 무시무시한 얼굴로 자그마한 몸을 보호하듯 끌어안은
채였다. 등줄기로 주르륵 식은땀이 흘렀다.

그를 구원한 것은 오히려 릴리스였다.

"……경의 말이 옳아. 본래 아테라에선 사생아에게는 승계권을 주지 않
거든. 물론, 대상이 황족일 경우를 제외한다면 말이야."

"허면……."

"직계가 있다면 고려할 필요조차 없는 대안이 맞겠지만, 원칙적으로는
사생아의 승계 순위가 방계의 혈족보다 앞서게 되어 있어. 게다가 알다시
피 현재 아테라에 남은 선황의 핏줄이라곤 고작해야 단둘뿐이니…… 황제
외에 가장 옥좌에 근접한 자가 있다면 그건 바로 나를 이름일 테지. 이만
하면 만족할 만한 설명이 되었을까, 루카스 경?"

"제가 주제넘었습니다! 마음에 담아 두지 마십시오."

"……괜찮다. 이미 모두 알고 있다 들었어."

빌어먹을. 허겁지겁 부복한 루카스가 고개를 조아리며 제 말실수를 자
책했다.

"아니, 아닙니다요, 마마! 루카스 경 말이 맞습죠. 저잣거리에서나 떠들
법한 그런 농짓거리에 하등 신경 쓰실 것 없으십니다. 아니 핏줄 그게 뭐
그리 문제가 된다는 말씀이십니까? 안 그렇습니까, 둘베트 단장?"

발 빠른 다람쥐처럼 잽싸게 튀어나온 스쿼드가 주절주절 말을 늘어놓으
며 루카스를 거들었다. 바이마르는 이 와중에도 그저 침묵으로 사태를 방
관할 뿐, 릴리스를 안고 있는 일 외에는 아무것도 관심이 없는 사람처럼

굴어 도리어 남은 이들의 간을 바짝 졸아들게 만들었다.

"이번만큼은 스쿼드의 말이 옳은 듯합니다. 그러니 마마, 부디 쓸데없는 말은 괘념치 마시지요."

"아니, 단장님. 거기서 '이번만큼은' 같은 말은 왜 붙이시는 겁니까? 하여간에 좋은 말이라고는 도통 할 줄을 모르시니……."

말끝이 흐려졌다. 스쿼드는 슬쩍 눈을 굴려 단단히 안겨 있는 황녀를 주시했다. 무표정한 얼굴 위로 형용하기 어려운 감정들이 스쳤다. 반쯤은 무감하고, 반쯤은 다소 필사적인 듯한.

"그래…… 고맙구나."

그녀는 미소 짓고 싶어 하는 듯했다. 실제로, 본인은 웃었다 생각했을 것이다. 스쿼드는 그런 판단하에 마주 헤벌쭉한 얼굴을 돌려주며 홀로 생각했다. 사람을 이런 식으로 비겁하게 골로 가게 만들어? 개같은 아테라 새끼들. 다 처죽여 버릴 테다.

"개같은 아테라 새끼들."

뭐? 스쿼드는 화들짝 놀라 주먹 쥔 손으로 서둘러 제 입을 가렸다. 잠깐. 내가 설마 밖으로 말을 꺼냈나? 그런 적 없는데. 노망이라도 들었나?

"다 처죽여 버리면 되는 것 아닌가."

……다행히도 그런 것은 아닌 모양이었다. 그러나 다음 순간, 스쿼드는 다른 의미로 놀라 장작처럼 뻣뻣하게 굳고 말았다. 그도 그럴 것이, 뒷말을 이은 이는 둘베트도 루카스도 아닌 무려 마몬이었던 것이다. 노장의 기세가 어찌나 흉흉하던지 시렌마저 한순간 입을 다물었을 정도였다.

어쨌거나, 짧았던 대화의 장은 그것으로 자연스럽게 마무리되었다. 릴리스는 바이마르의 품에 안긴 채, 눈에 익은 커다란 막사로 돌아가 며칠간의 이동으로 지친 몸을 딱딱한 매트 위에 뉘였다.

두 사람분의 식사를 준비하고, 모포를 챙겨 와 푹신한 잠자리를 만드는 동안 바이마르는 허리에 감은 팔을 떼어 내지도, 괜한 말로 그녀의 귀를 어지럽게 하지도 않았다.

그가 무엇도 묻지 않았으므로 릴리스 역시 아무것도 설명할 필요가 없었다.

따끈한 체온에 덥혀진 몸이 가냘픈 짐승처럼 노곤하게 늘어졌다. 등을 가로지른 탄탄한 두 팔에 힘이 들어가자 얇은 옷감 너머로 탄탄한 가슴이 닿아 왔다.

"릴리스……."

나지막한 목소리가 가물거리는 정신을 파고들었다. 오늘만 해도 벌써 백 번은 넘게 듣는 부름이었다. 두근대는 심장 소리가 오랜만에 듣는 자장가처럼 느껴져 릴리스는 가물거리는 눈을 감았다. 부드러운 숨이 어깨 언저리에 닿았다. 간만에 맛보는 단잠이었다.

✤ ✤ ✤

이틀 뒤. 길리안 평원 한복판에 커다란 원형 막사가 세워졌다. 양 진영의 기사들이 첫날처럼 열을 맞추어 정갈하게 늘어선 가운데, 릴리스는 도열한 이들의 선두에 서서 그녀가 나설 차례를 기다렸다.

"마마, 역시 제가 안고 가는 편이……."

그러나, 지팡이를 짚고 선 황녀보다 주변의 눈길을 끄는 것은 그림자처럼 그녀의 곁을 맴도는 긴 머리 청년이었다.

"괜찮아요, 반."

정답게 오가는 대화를 듣고 있던 기사들의 표정이 차츰 미묘해졌다. 싸늘하기로는 둘째가라면 서러울 왕자가 꼬리 내린 개처럼 절절매는 모습이 몹시도 의외롭게 느껴졌던 탓이다.

"하지만……."

그러나 정작 본인은 그에 대해선 한 톨의 신경조차 쓰지 않는 기색이었다. 아니지. 신경이 다 무언가. 나머지는 죄다 꿔다 놓은 빗자루 취급이라요 며칠 시렌과 마몬을 제외하고서는 그의 얼굴을 제대로 마주 본 이들조차 없었다.

'하여간.'

시렌은 안절부절못하며 릴리스의 곁을 맴도는 바이마르를 다소 짠한 눈으로 흘겨보았다. 그래도 주군이라고 마음이 쓰이는 한편, 어쩐지 낯이 부끄러워 고개를 바짝 들기가 민망했다.

"가시지요, 마마."

그사이 준비를 마친 것인지, 저벅저벅 걸어온 둘베트가 정중히 허리를 굽히며 출발을 고했다. 흡사 에스코트라도 하듯 정중한 태도가 우스울 법도 했으나 서 있는 누구도 그 모습을 비웃지 않았다.

릴리스는 곧장 걸음을 옮기는 대신 숨을 한 번 크게 들이쉬었다. 몸을 틀어 앞을 보고 서기 무섭게, 서로 마주 보고 선 창기병들이 약속이나 한 듯 일제히 손을 뻗어 머리 위로 날을 교차시켰다. 뾰족한 끝이 엇갈려 하늘을 찌를 듯 솟구치며 만들어진 삼각뿔 모양의 아치 아래에 곧게 뻗은 널찍한 길이 생겼다.

광활한 평원에 펼쳐진 뜻밖의 장관에 왜인지 가슴이 뭉클해졌다. 릴리스는 오른발을 앞으로 내디딘 뒤 지팡이로 땅을 짚고 다소 힘겹게 뻣뻣한 왼 다리를 움직였다.

지지직— 가죽으로 된 신발 앞코가 흙바닥에 끌리며 얕은 자국을 남겼다. 수백의 시선이 그 흔적을 보고 있다 생각하니 북적이는 시가지를 알몸으로 걷고 있기라도 하듯 갑작스레 강렬한 수치심이 일었다.

그러나 아직은 무너질 때가 아니었다. 릴리스는 의연함을 잃지 않으려 부러 한껏 허리를 펴고 턱을 당겼다. 그녀는 오로지 앞만을 응시한 채로 다시 걷기 시작했다.

지지직— 지팡이가 천천히 움직였다. 왼발이 땅에 끌리며 한 걸음쯤의 간격을 둔 곳에 눈에 띄게 팬 자국이 다시 생겼다. 누구도 입을 열지 않는 가운데 그녀를 따르던 바이마르만이 멈춰 선 채 무섭도록 굳은 얼굴로 그 흔적을 노려보았다.

그리고 이내 성큼 발을 디딘 그가 제 발로 가볍게 그 위를 덮었다.

걷고, 따르고, 걷고 따르는 동작이 연이어 반복되었다. 등 뒤로 길게 늘어진 흐릿한 그림자가 바닥을 쓸며 지나가고 나면 수치의 흔적은 온데간데없이 사라졌다. 이제 황녀가 절룩이며 지나간 자리에 남은 것이라곤 커다랗고 선명한 발자국들뿐이었다. 그 누구도 감히 트집 잡을 수 없도록 하겠다는 듯, 바이마르는 신중하게 발 디딜 자리를 골랐다.

그것은 지나치게 경건해 자못 엄숙하게까지 느껴지는 광경이었다. 창끝에 걸린 햇살이 수십 가닥으로 부서지며 두 사람의 머리 위로 떨어졌다. 침묵을 두터운 망토처럼 휘감은 채, 그들은 아주 천천히, 오래도록 길을 따라 걷는 황녀와 그 뒤를 따르는 왕자를 눈길로 배웅했다.

시간이 대체 얼마나 지났을까. 릴리스는 그렇게 한참을 더 걸어 마침내 목적했던 평원 한중간의 막사 앞에 다다랐다. 해가 쨍쨍한 여름날도 아니건만, 그새 흐른 땀으로 등허리가 불쾌하게 축축했다. 그녀는 숨을 몇 번 몰아쉰 뒤 꼿꼿하게 걸어 뻥 뚫려 있는 커다란 입구 안으로 발을 디뎠다.

"오랜만에 뵙습니다, 황녀 마마."

안에는 이미 선객이 들어 있었다. 여전히 사나운 낯의 칼릴이 그녀를 발견하곤 이를 드러내며 히죽 웃었다. 릴리스는 시선을 조금 비껴 그의 뒤에 서 있던 낯익은 두 명의 기사들을 일별했다. 예거라트의 친위대였다.

"그리고 보니 오늘은 와트만 경이 보이지 않는군요. 아쉬운 일입니다."

집요한 시선이 오갔다. 짚고 있는 지팡이, 땀에 젖은 이마와 짧게 잘린 머리칼을 훑던 세 쌍의 눈동자 위로 선명한 비아냥이 스쳤다. 릴리스는 덤덤하게 대꾸하며 자리를 찾아 앉았다.

"와트만을 데려오면 경이 무사하지 못할 것 같아 그랬네."

"하긴 그리 생각하실 수도 있겠군요. 헌데…… 그것은 대체 어디에 쓰는 물건입니까? 어디 몸이라도 불편하신지요."

칼릴은 능청스러운 얼굴로 화제를 돌렸다. 빠드득. 어디선가 이 가는 소리가 들렸다. 방향으로 짐작컨대 필시 둘베트의 짓일 터다. 그녀는 지팡이를 뒤로 숨겨 칼릴의 관심을 환기했다.

"경이 내게 준 선물이라고 해야겠군. 썩 유쾌한 과거는 아니니 다른 이야기를 나누는 게 어떻겠는가?"

"원하신다면 그리하지요. 그래, 저를 부르신 연유가 무엇입니까, 지고하신 황녀 마마?"

칼릴과 함께 있던 두 기사가 실룩실룩 입을 비죽이며 눈살을 찌푸렸다. 릴리스는 평정을 가장하며 팔걸이를 꾹 쥐었다.

"승계권을 포기하고자 한다."

"뭐……라고 하셨습니까? 승계권? 승계…… 하하하! 하하하하하!"

다음 순간, 마주 앉아 있던 세 남자의 입에서 커다란 웃음소리가 터져 나왔다. 앞서는 다소 자제하는 듯싶던 두 기사마저도 이번에는 비아냥거림을 감출 생각이 전혀 없어 보였다. 입을 커다랗게 벌린 칼릴에게서 웃음소리가 터져 나올 때마다 두툼한 목울대가 볼썽사납게 흔들리며 시야를 어지럽혔다.

어깨에 얹혀 있던 바이마르의 손에 한껏 힘이 들어갔다. 끼어들지 않겠다고 단단히 맹세한 뒤였으니만큼, 그것 외에는 할 수 있는 일이 없었다. 릴리스는 당장이라도 그를 달래 주고 싶은 마음을 억누르며 이어질 응수를 차분히 기다렸다.

"일전 드렸던 충고를 벌써 잊으셨나 봅니다, 마마? 아니면 설마 아직도 상황 파악이 어려우시다거나……."

칼릴은 이제 그나마 남아 있던 형식적인 우대마저 집어치울 작정인 듯했다. 아랫사람 대하듯 건방진 어투에 적대감이 깃들어 불편한 긴장감을 자아냈다. 릴리스는 무릎 위에 얹힌 손으로 주먹을 꽉 쥐었다.

"……그대야말로 상황 파악이 먼저인 듯싶군, 칼릴 경. 아테라 황족의 승계권은 당자자의 의사와는 관계없이 전승되는 것임을 알았어야 해. 하물며 내가……."

릴리스는 잠시 말을 멈추고 숨을 가다듬었다.

"……하물며 내 태생이 그리 정당하지 않다고 해도 말일세. 그러니 추측건대, 폐하께서 바라시는 것 역시 나와 같지 아니하겠는가."

칼릴의 눈동자가 번들거렸다.

"……무슨 권리로 그리 장담하십니까?"

"글쎄, 아마도 내가 그대보다 조금 더 아는 게 많기 때문이겠지."

10여 년 전 아테라가 손쉽게 스파티움을 굴복시킬 수 있었던 것은 내분에 지친 스파티움의 선왕이 먼저 나서 협정을 청했기 때문이다. 그러나 7년이라는 세월이 걸렸음에도 수도 폴리스를 온전히 함락시키지 못했다는 것은 아테라 전쟁 역사에 여전한 오점으로 남아 그들의 자존심을 건드렸다.

"나를 믿게. 장담컨대 메트로의 백성들은 이 소식에 동요할 거야."

릴리스는 앉은 채 잠시간 지난했던 이전 생을 떠올렸다. 스파티움의 젊은 왕이 펼치던 거친 공세와, 불안에 떠밀려 종전을 부르짖던 사람들.

하나뿐인 황녀가 적국 왕자를 따라 고국을 등졌다는 소문이 돌기 시작한 것은 그러한 민심이 한층 고조되어 하늘을 찌르던 시점이었다. 자상한 오라버니의 탈을 쓴 예거라트는 그에 몹시도 슬퍼하는 한편, 국법에 따라 그녀를 참수할 것을 스파티움에 요청했다. 체자레가 그 대가로 무엇을 받았는지는 구태여 설명할 필요도 없으리라.

"받으렴."

릴리스는 내내 품속에 넣어 두었던 것을 꺼내 탁자 위에 올렸다. 칼릴은 더 이상 웃고 있지 않았다. 제 앞에 놓인 새하얀 종이를 뚫어져라 응시하고 있던 그가, 이윽고 입술을 달싹이며 미간을 우그러뜨렸다.

"폐하께서는……."

그러나 망설임은 찰나에 불과했다. 돌연 벌떡 일어선 칼릴이 종이를 거칠게 잡아채 갈기갈기 찢어 버리며 숨을 몰아쉬었다. 조각난 흰 종이가 재가루처럼 펄럭펄럭 바닥으로 떨어졌다.

모욕적인 언행에 흥분한 둘베트가 기어코 제 검을 빼어 들었다. 마치 기다렸다는 듯, 아테라의 두 기사도 뒤따라 발검하며 한껏 자세를 낮추었다. 당장 칼부림이 벌어져도 이상하지 않을 만큼 분위기가 써늘했다.

"그냥 두어라, 둘베트 경. 트집 잡힐 거리를 만들지 마."

릴리스는 몸을 일으켜 세워 짚고 있는 지팡이 끝으로 바닥에 흩어진 종잇조각 두어 개를 꾹 눌러 비볐다. 보란 듯 과장된 동작에 칼릴의 눈썹이 분함을 숨기지 못하고 휙 꺾였다.

"지금쯤이면 온 메트로에 승계권 포기 각서가 내걸렸을 거야. 훗날 폐하께서 중요한 문서 하나가 경의 손에서 사라졌다는 것을 알게 되셨을 때 어떤 반응을 보이실는지…… 그건, 나보다는 경이 더 잘 알 테니 구태여 설명하지 않겠네."

"……."

"게다가 더불어."

바이마르가 탁자 위에 새로운 서신을 올렸다. 릴리스는 한 손으로 의자 등받이를 짚은 채, 지팡이를 들어 올려 그것을 맞은편으로 한껏 멀리 밀어냈다.

"체자레 전하의 친서이지. 이 역시 이미 모두가 내용을 알고 있으리라 생각하네만."

칼릴의 얼굴이 일그러졌다.

"그러나 설마 이것에까지 손을 댈 만큼 충심이 부족하지는 않으리라 믿네."

릴리스는 그대로 지체 없이 돌아섰다. 그림자처럼 꼼짝 않고 서 있던 바이마르가 앞서 나가 입구를 막고 있던 두꺼운 천을 머리 위로 올려 주었다. 먼지 냄새가 나는 찬 바람이 훅 끼쳐 들어오며 짧아진 머리칼을 거칠게 흐트러뜨렸다.

그녀는 광활한 평야에 시선을 고정시킨 채로 아주 천천히 한 발을 내디뎠다. 허공에 물결처럼 피어오른 아지랑이 너머, 여전히 꼿꼿이 서 있는 병사들이 보였다. 미동도 없이 선 모양새가 꼭 잘 깎아 놓은 목각 인형처럼 정갈했다.

'릴리스.'

그 순간, 불쑥 예거라트가 떠오른 것은 결단코 의도한 일이 아니었다. 오라비라 부르라던 유려한 낯 위로 개비의 목소리가 눈앞의 먼지구름처럼 커다랗게 부풀어 얹혔다. 릴리스는 자신도 모르게 비틀거렸다가, 허리를 받치는 단단한 손에 의지해 다시 몸을 바로 세웠다.

바이마르가 여전히 그녀의 뒤에 있었다.

이윽고, 그녀는 아주 천천히 다시 걷기 시작했다. 생각을 지우려 한껏 애써 보았으나, 한번 시작된 잡념은 끝도 없이 달려 나가 이미 그녀를 추월한 지 한참이었다. 두 다리 멀쩡한 그것을 애초 절름발이가 이길 수 있을 리 없다. 릴리스는 떠밀리듯 지나간 얼굴들을 차례차례 떠올리다 기어이 바닥으로 고꾸라졌다.

땀으로 축축해진 손바닥에 모래 알갱이들이 다닥다닥 들러붙었다. 돌에 쓸린 살갗에 이슬처럼 송골송골 피가 맺혔다. 릴리스는 멍하니 그 모습을 내려다보다 멀쩡한 손가락으로 상처를 힘주어 눌러 보았다.

"마마."

문득 어깨에 커다란 손이 얹혔다. 릴리스는 반사적으로 그 손을 거세게 뿌리쳤으나, 그것은 떨어져 나가는 듯 굴다가도 언제 그랬냐는 듯 다시 가까워져 부드럽게 손목을 그러쥐었다.

뜨거운 사슬에 팔이 묶인 듯했다. 쿵, 쿵. 닿은 곳에서부터 피어난 열기가 동상 걸린 살갗을 녹이듯 죽었던 감각을 천천히 일깨웠다. 팔딱거리는 손목의 맥박, 스스로가 내뿜고 있는 더운 숨, 정수리로 쏟아지는 한낮의 태양 볕.

"아."

거세게 불어닥치는 모래바람에 비릿한 쇠 내음이 실렸다. 피와 조롱의 냄새를 맡자 자연스레 구역질이 올라왔다. 시큰거리던 눈가에서 기어코 물이 뚝, 뚝 떨어져 내렸다. 흙바닥에 얼룩진 눈물 자국이 마치 제 꼴을 비추듯 너저분했다.

그래서 비참했다.

비참하고 수치스러웠다.

스스로 고국을 등졌다고 한들, 스무 해가 넘도록 발붙이고 살았던 곳에 아무런 감회도 갖지 않기란 생각만큼 그리 간단한 일이 못 되었다. 진흙

속에서도 꽃이 피어나듯 어떤 어두운 순간이라도 행복했던 기억 두엇쯤은
남아 그리움의 싹을 틔울 수 있는 법이었으므로.

봄비가 내려 축축이 젖은 정원과, 오솔길을 지날 때면 물씬 풍기던 아카
시아꽃 향기. 해 질 녘 정원에 앉아 만끽하던 혼자만의 짧은 자유와, 새벽
녘 홀로 숨어든 서재에서 느껴지던 아늑한 기운.

헌데 그러한 추억조차 즐거이 남은 것이 없다면, 그렇다면 지금껏 살아
온 제 삶은 대체 어떤 의미였단 말인가.

평생 얼굴을 맞대 온 황녀궁의 시녀들도, 술집을 전전하는 떠돌이 용병
들도 이제는 그녀의 이름을 아무렇지 않게 입에 올리며 그에 욕설과 비아
냥을 섞을 것이다. 귀족들은 물론이요, 길바닥의 거지들까지 흡족하게 모
여 그녀의 지난 삶을 부정할 것이리라.

망가진 왼 다리가 다시는 전처럼 멀쩡하게 기능할 수 없는 것처럼. 모든
기억과 모든 추억이 부서지고 휘어져 질름발이처럼 세월 속을 뛰놀 것이
다.

릴리스는 그대로 몸을 옹송그렸다. 등을 말고 손으로 두 다리를 감싸 무
릎 사이에 얼굴을 묻어 가쁘게 터지려는 숨을 막았다. 그러나 눈물은 고집
센 아이처럼 거침이 없었다. 뜨겁고 시꺼먼 덩어리들이 목구멍을 타고 꾸
역꾸역 밀려 나왔다. 훌쩍임이 울음이 되는 것은 순식간이었다.

생의 궤적에 빛이 없음이 슬펐다. 홀로 버티며 지난하게 살아온 생이 슬
펐고, 그래도 수고했다 스스로를 도닥여 줄 기억이 없어 더욱 슬펐다.

"마마."

끊어질 듯 이어지는 울음소리 사이로 문득 규칙적인 말발굽 소리가 섞
여 들었다.

릴리스는 고개를 조금 들어 머리 위로 드리워진 거대한 그림자를 보았
다. 조용히 말을 몰아 다가온 마몬이 그녀와 바이마르의 등 뒤를 방패처럼
굳건히 가린 채 서 있었다. 이끌고 온 기병들이 처음처럼 주르륵 열을 맞
추어 늘어섬에 따라, 평원 한복판에 낮은 장벽이 우뚝 솟았다. 수천의 시
선에서 그녀를 가려 주듯, 그 벽은 아주 두텁고 강인해 마치 영원히 부서

지지 않을 것만 같았다.

한동안 그림자 속에 머물러 있던 릴리스는 멀쩡한 두 팔로 힘주어 땅을 짚었다. 오른 다리에 힘을 주어 웅크렸던 몸을 천천히 일으키자 눌려 있던 근육에 경련이 일어나며 다시 왼 무릎이 풀썩 꺾였다.

그럼에도 걸을 수 있어 다행이란 생각이 문득 머릿속을 스쳤다. 망가진 다리를 억지로 이어 붙여 쓰고 있듯이, 또 삶은 어떻게든 이어지는 것이 옳았으므로.

그리하여, 마침내 집으로 돌아갈 시간이었다.

⚜

"길거리 벽보라니 방법부터 어찌나 그리 저열한지 모르겠군."

"그 출신이 어디 가겠습니까? 하기야, 혼자만 떡하니 살아 들어왔을 때부터 의심을 해 봤어야 했는데, 크흠."

"아, 솔직히 나는 조금 이상하다 생각은 했다오. 헌데 선황제 폐하께서 어찌나 서슬 퍼렇게 말을 막으시던지요. 그저 명을 따라 침묵했던 것이지, 하나하나 따져보자면 확실히 의심을 살 법한 일이었지요. 이목구비야 조금 다르다 쳐도 그 눈빛하며, 게다가 그 머리색이야 더 말할 것도 없지 않겠습니까."

"허— 백작이 수도에는 오랜만에 방문해 아직 감이 없는 모양인데, 혹 후작가, 아니 이젠 남작가라지? 아무튼 그 집을 언급할 요량이라면 조용히 입 다무는 게 좋을 거요. 얼마 전에도 누군가 그런 소리를 떠벌리다 큰 벌을 받았다 하지 않소."

"아니, 그럼 그 사생아의 어미가 보르엔 영애가 아니란 거요?"

"당연히 아니지! 생각해 보시구려. 선황 폐하께서 즉위하실 때 예거라트 폐하께서 이미 나이가 열두 살이셨으니 황녀는 당시 고작 두 살이었다 이 말이오. 보르엔 영애는 황녀가 태어나기도 전에 죽었으니 시기상 딸이 될 수가 없지요."

"허면 혹, 숨만 붙어 있는 영애를 따로 빼돌렸다거나……."

"어허! 입조심하시오! 당시 시신을 확인하고 분개하던 보르엔 후작의 모습을 그대가 직접 보지 못해서 그런 소리를 할 수 있는 게요."

"하긴 그건 그렇지요……. 허면 황녀의 어미는 대체 누구란 말이오? 폐하께서 이것만은 속 시원히 밝혀 주시지를 않으시니……."

"밝히지 않으시는 것을 보면 분명 귀족 영애겠지요. 천것이라면 이렇게 된 마당에 구태여 더 숨길 이유도 없는 것 아니겠소? 알려지면 괜스레 멀쩡한 가문에도 추문이 따라붙으니 말을 아끼는 것이지."

"뭐 어쨌든 우리야 치부를 떠넘겼으니 이제는 더 이상 꺼림칙해할 필요가 없지요. 이제부터는 죽이든 살리든 스파티움이 알아서 처리할 것 아니오."

"맞는 말입니다. 알아서 승계권까지 포기하겠다 공표했으니 이제 정말로 우리 손을 떠난 게지요."

가히 시장 바닥을 방불케 할 만큼의 소란이었다. 스타렉 공작은 쏟아지는 말들을 한 귀로 흘려버리며 텅 빈 상석을 곁눈질했다.

끼기긱. 매시간마다 돌아가는 모래시계가 때마침 세 번째로 제 몸을 뒤집었다.

셋. 회의를 주관해야 할 황제가 제 의무를 방기한 시간이다. 스타렉 공작은 딱딱한 의자 위에서 혹사당한 엉덩이를 조금 움직여 뻐근한 엉덩이를 주물렀다.

문득 시선이 느껴져 그는 고개를 들어 올렸다. 주름진 얼굴이 눈앞에 있었다. 실제 나이는 그보다 10년은 더 젊을 것이 분명하건만, 황녀의 '출신'을 운운했던 그날 이후 발칸 후작은 부쩍 나이를 먹은 듯 피로한 낯이었다.

짐짓 온화한 미소를 되돌려 주자 상종도 하기 싫다는 듯 맞은편의 얼굴이 와그작 일그러졌다. 스타렉 공작은 쓴웃음을 삼키며 마침 회의장 안으로 들어서는 예거라트에게로 가라앉은 시선을 던졌다.

"늦어서 미안하네. 칼릴 경의 이야기를 듣느라."

오래된 협력자의 얼굴이 지척에 떠 있었다. 언제고 그를 치려 호시탐탐 기회만을 노리는 젊은 범의 낯이다. 스타렉 공작은 생각을 숨긴 채 능란하게 그를 맞아들였다.

"……아닙니다, 폐하. 그사이 예서 많은 의견이 오고 갔지요. 분명 회의를 진척시키는 데 도움을 줄 것이라 확신합니다."

그리고 실은 그것이야말로, 회의장 안의 이들이 내내 목에 핏대를 세우게 만들었던 주된 화제이기도 했다. 예거라트는 흡족한 표정으로 그의 말을 받았다.

"그렇다면 지체할 필요 없겠지. 요 근래 길거리에 나붙은 황녀의 벽보가 메르토를 뒤흔들고 있다네. 내 그에 관한 그대들의 의견을 기탄없이 듣고 싶군."

종소리에 맞추어 문이 벌컥 열렸다. 줄지어 들어온 열맷 명의 시종들이 테이블 위의 빈 잔들을 차례로 채우고는 다시 처음처럼 정중히 물러났다. 향긋한 차향에 긴장이 다소 누그러지며 온후한 분위기가 감돌았다.

스타렉 공작은 문이 다시 완전히 닫히고 난 뒤에야 느릿하게 운을 떼었다.

"민심은 실로 전쟁을 두려워하고 있습니다. 반쪽짜리 핏줄이 승계권을 포기한 데다, 이미 궁에 안주인이 있으니 더 이상의 희생은 무의미하다는 의견이 줄을 잇고 있지요."

노련한 시선이 사방을 훑었다. 눈치를 살피던 귀족들이 큼, 흠, 헛기침을 연발하며 입들을 달싹였다.

물자와 인력을 빼앗긴 귀족들의 대다수는 속히 전투에 온건한 마침표를 찍어 제 몫을 지킬 수 있길 바랐다. 어디 그뿐이던가. 국경 가까운 곳에 영지를 가지고 있는 이들 또한 일주일 중 사흘을 뜬눈으로 지새우며 겁에 떨었다.

내뱉는 소리는 죄 달라도 바라는 것은 결국 하나라.

종전.

이대로 물러설 수 없다는 급진파의 주장은 협상을 바라는 다수의 목소리에 힘을 잃고 죽은 듯 수그러들었다.

"그 말들이 실로 옳다. 나라 전체가 평안을 잃고 동요하고 있으니 어찌 걱정이 되지 않겠나. 내 그대들의 의견은 충분히 귀담아듣도록 하지. 더 할 말은 없나?"

초반 다소 온건하던 발언들은 황제의 침묵에 힘을 얻어 점차로 과격해 졌다. 예거라트는 흥분된 분위기가 다소 잦아들었을 무렵이 되어서야 미 진한 태도로 귀족들의 논의에 끼어들었다. 드물게도 온후해 보이는 낯빛 에 누군가 용기를 끌어모았다.

"저, 폐하. 황녀…… 마마의 일 말입니다만, 차후의 처분은 어찌하실 요 량이십니까?"

사위가 고요해졌다. 선명한 녹안이 빛을 받아 번득였다. 창밖의 새들마 저 숨을 죽인 가운데 시선을 거두어 낸 예거라트가 미지근한 찻물을 한 모 금 삼켜 내곤 차분하게 응수했나.

"곧 황손이 태어날 것이니 승계는 걱정하지 말라."

사방에서 헛숨이 터져 나왔다. 놀라움과 안도와 걱정과 비난이 뒤섞여 공기를 혼탁하게 물들였다. 예거라트는 즐거이 그 광경을 감상하며 손바 닥에 턱을 괴었다.

기실, 여름 내내 내려 준 비 덕에 올해는 그 어느 때보다도 수확량이 좋 았다. 그러나 추수로 거둬들인 곡식들은 족족 병사들의 식량으로 차출되 었고, 귀족들은 나날이 줄어드는 사병들의 수에 촉각을 온통 곤두세워 누 구도 그 풍족함을 마음 놓고 즐기지 못했다.

위기 앞에서 드러나는 민낯이란 딱 알고 있던 것만큼 보기 추해 조금은 우습기까지 했다. 나라의 명예보다 가문의 영달을 앞세우는 이들이 도처 에 넘쳐 나고 있었다. 실로 민심을 건드릴 적기라 할 만한 광경이었다.

그러나 예거라트는 그 혼란에 충분히 만족했다. 영토를 빼앗기고, 종전 을 선언한 것은 이제 온전히 그의 탓만은 아니었으므로.

대륙을 호령하던 제국의 기세도 이제는 저물어 새로운 시대의 거름이 되었다. 그러나 아무리 썩어 빠진 고목 뿌리라도 10년은 거뜬히 살아남는 법. 그리고 확신컨대, 예거라트는 썩어 가는 그 세월 동안 온전히 이 자리를 지킬 자신이 있었다.

'이토록 쉬운 것을.'

기묘한 우월감이 목젖까지 차올랐다. 부황이 그토록 바랐던 제위였다. 제 것도 아니었던 인연에 목매달며 평생 과거에 갇혀 살았던 이가 평생에 걸쳐 갈구했던 단 한 가지. 의무에 의해 얻은 아내와 필요에 의해 얻은 아들을 제물 삼아 그가 이루어 낸 숙원이다.

"외교부에서는 협정을 맺으러 갈 사절단을 추리도록 해. 수일 내로 명단을 올리라, 데메릭 공작."

마침내 얻은 옥좌에 대한 집착과 미련이 핏줄에 대한 정마저 넘어섰던 것일까. 그럼에도 부황은 늘 경계하며 그의 동태에 촉각을 곤두세웠다. 친아들에 대한 관심이라기엔 지나치게 과민한 반응이었다. 마치, 그가 언젠가는 자신의 숨통을 끊으리라는 것을 미리 알고 있었던 사람처럼.

그리하여, 예거라트는 채 한 톨도 남지 않은 효심을 끌어모아 그 짐작을 현실로 만들어 주었다. 그토록 바라던 옥좌에서 마지막 숨을 거두었으니 어떤 면에서는 더할 나위 없이 완벽한 마무리였을 것이다.

그러나 그런 부친이라고 하여 배울 점이 아주 없었던 것은 아니었다.

예거라트는 비명으로 얼룩진 유년기를 보내며 자연스레 핏줄에 대한 결벽을 깨우쳤다. 부황이 그를 적으로 여겨 배척했듯이, 예거라트는 그의 제위를 위협하는 그 어떤 작고 힘없는 것이라도 베어 버릴 만반의 준비가 되어 있었다.

"……부디 옳은 결정이시길 빕니다, 폐하."

태어날 황태자가 비명에 가지 않는 한 황후가 아이를 가지는 일은 더 이상 없을 것이니, 그 또한 부황이 하나뿐인 아들에게 몸소 보인 단 하나의 모범이었다.

벌떡 일어선 데메릭 공작이 고개를 깊이 숙여 제 표정을 감추었다. 이 결정이 마음에 차지 않는 것이다. 절대다수가 종전을 지지하고 있으니 대놓고 거부권을 행사할 순 없겠지만, 이 정도의 심술도 부리지 못해서야 공작가란 이름이 우스울 터다.

그러나 공작에게는 다행스럽게도 오늘의 예거라트는 요 근래 들어 가장 기분이 좋았다.

"더 할 말이 없다면 회의는 이만 파하도록 하지. 발칸 후작은 속히 수도에 이 사실을 알리도록 하라."

붉은 망토가 문간 너머로 펄럭이며 사라졌다. 빠르게 등 뒤로 따라붙은 시종장이 능숙하게 황제와 보폭을 맞추었다.

"황후는?"

묵묵히 걷던 예거라트가 불쑥 물었다.

"온실에 계신다고 합니다."

"그래."

궁의 동쪽에 위치한 커다란 유리 온실은 최근 새로 맞은 안주인의 손길에 전례 없던 호황기를 누리는 중이었다. 거처의 정반대 쪽에 위치해 다니기가 퍽 번거로울 것임에도, 황후는 매일같이 정원사를 대동하여 온실을 가꾸는 일에 전념했다.

예거라트는 익숙한 복도를 통과해 길쭉한 회랑을 가로질렀다. 건물 밖으로 나와 작은 연못을 지나자 마침내 커다란 온실의 뾰족 지붕이 눈에 들어왔다. 유리로 된 투명한 벽 전체가 푸르른 넝쿨들로 온통 뒤덮여 있어 마치 밀실을 연상케 하는 곳이었다.

커다란 손이 거침없이 작은 문을 밀었다. 삽을 챙겨 들고 돌아서던 정원사가 난데없는 방문객을 발견하곤 사색이 된 얼굴로 온몸을 벌벌 떨었다. 어찌할까요. 시종장이 그리 묻는 듯한 표정으로 자리에 멈추어 섰다.

"폐하."

때마침 나타난 황후 덕에 정원사는 곤란한 순간을 모면했다. 예거라트는 시종장이 잽싸게 그를 쫓아 보내는 것을 모른 체하며 앞서 걷기 시작한 황후를 뒤따랐다.

나무며 풀들이 한껏 자라난 온실은 마치 깊은 숲속에 들어와 있는 것처럼 어둑했다. 이래서야 누군가 목을 노리고 달려든대도 막기가 여의치 않을 판이다. 모략이 판치는 궁 안에 이렇듯 은밀한 장소를 두는 것은 그리 현명한 경우가 아니었다.

예거라트는 마침내 나타난 둥그런 공터 안으로 한 발을 들이며 아무렇지 않은 듯 말을 흘렸다.

"이렇게 컴컴해서야 밤낮조차 구분이 안 가겠군. 정원사에게 가지를 좀 치라 일러야겠어."

"……그리하겠습니다."

탁자로 다가가던 황후의 걸음이 멈칫했다. 돌려 말했다 하나 이 정도 함의마저 알아듣지 못할 만큼 멍청한 인사는 아니었다.

예거라트는 제 손으로 의자를 꺼내 앉으며 형식적인 안부를 물었다.

"식사는?"

"했습니다."

"태아의 상태는 어떠한가?"

"건강히 잘 자라고 있다 들었습니다."

"다행이로군. 하나뿐인 후계자가 태어나기도 전부터 목숨이 위태로우면 안 될 일이지."

건조한 대화가 짧게 오갔다. 온실 전체를 떠돌고 있는 짙은 꽃향기와는 어울리지 않는 삭막함이었다. 다각다각. 굵직한 손가락이 평평한 나무판을 두들기며 내는 불규칙적인 소음만이 두 사람 근처를 흐릿하게 떠돌았다.

"황녀 마마에 대한 이야기를 들었습니다."

황후는 그 소리가 멎고 난 뒤에도 한참을 더 침묵하다 입을 떼었다.

"그런 칭호도 이제는 과분한 것 아닌가."

예거라트는 아직 평평한 배 위에 얹혀 있는 손을 보며 가볍게 눈살을 찌푸렸다.

"하지만…… 어찌 되었건 황궁에 적을 두셨던 분이 아니십니까. 그러니……."

"고작 사생아에 관한 일까지 그대가 신경 쓸 필요는 없을 터인데."

칼 같은 목소리가 말을 잘랐다. 쯧. 혀 차는 소리가 뒤를 이었다.

"……듣자 하니 몸이 성치 않으시다고 하더군요."

그러나 황후 역시 오늘만큼은 쉬이 물러날 생각이 없는 듯했다.

"아. 그래. 칼릴 경이 쏜 화살을 맞았다더군."

예거라트는 심드렁한 얼굴로 다리를 꼬았다. 지팡이를 짚고 다닌다 했던가. 한 번 그리 큰 부상을 당했으니 두 다리를 멀쩡히 쓰게 될 일은 앞으로도 요원할 것이 빤했다. 제 어미처럼 단명하지 않은 것을 도리어 다행으로 여겨야 하리라.

"헌데…… 이제 보니 그대, 궁금한 것이 참으로 많아."

모라 에반테스는 사생아를 낳고도 1년여를 더 살았다. 시름시름 앓기만한 것도 '살았다'고 할 수 있다면 말이겠지만. 하물며 그조차 의사의 노력에 힘입어 간신히 붙잡아 둔 목숨이었다.

제 어미에게는 약초 한 다발조차 하사하지 않던 부황이 그 먼 곳으로 사람을 보냈다 들었을 때, 예거라트는 진심을 다해 그의 아비를 조롱했다.

그깟 추억이 무엇이라고.

그러나 우습게도 그런 생각은 막상 릴리스를 처음 본 순간 까맣게 잊혔다. 초상화로나마 겨우 접했던 보르엔 영애의 화려한 주홍 머리가, 마치 본인을 눈앞에 두고 있는 듯 유독 눈에 선명히 들어왔던 탓이었다. 단한 번도 드러내 놓고 말해 본 적은 없었으나 그 순간, 예거라트는 부황이 릴리스를 보며 느꼈을 향수를 아주 조금은 이해할 수 있을 것 같다고 생각했다.

그 아이가 싫었던 것은 그때부터였다.

"이제는 폐하의 하나뿐인 비가 아닙니까."

주저하듯 나온 말이 상념 사이에 생긴 틈을 파고들었다. 그는 비뚤게 미소했다.

"그러고 보니 릴리스도 그대처럼 남부 태생이었지. 에반테스란 성을 아나?"

빤한 시선이 맞은편의 얼굴을 훑었다. 애정도 증오도 담기지 않은 그저 무감각한 눈이었다. 이제는 황후가 된 드와이트가 반사적으로 어깨를 움츠리며 답했다.

"……모릅니다."

"잘되었군. 만약 알았더라도 곧 잊어야 할 이름이었을 테니."

예거라트는 배부른 짐승처럼 아주 느릿하게 일어섰다. 드와이트는 그가 돌아서 한 발짝 앞으로 내딛는 것을, 허리를 굽혀 자그마한 화단에 오른손을 뻗는 것을, 그리고 가는 꽃줄기가 억센 손힘에 속절없이 꺾이는 것을 말없이 지켜보았다.

예거라트는 아마릴리스 꽃줄기를 손안에서 장난치듯 빙글빙글 돌리며 탁자 앞으로 다가섰다.

"그러니 그대도 이만 궁금증은 거두는 편이 좋아. 어차피 없었던 이라 생각하면 그리 어려울 것도 없을 테지."

릴리스의 탓이 아니다. 모라 에반테스의 탓 또한 아니었다. 그러나 금발이 섞인 그 주홍색 머리칼과, 그와 아비를 닮은 기다란 속눈썹, 턱 근처에 팬 작고 옅은 보조개는 때로 예상치 못한 순간 그의 시선을 낚아채어 생각이 머물도록 만들었다.

그는 그럴수록 릴리스가 한층 싫어졌다.

"태어날 아이에게도 그리 말씀하실 생각이십니까?"

드와이트의 목소리가 살짝 떨렸다. 익숙한 어조에 기시감이 일었다. 이 목소리를 어디서 들었던가.

'어찌 그리 무정하십니까? 이 아이야말로 폐하의 하나뿐인 자식입니다!'

아, 그렇군.

그는 곧 깨달았다. 인내의 화신 같던 그의 어미도 더러 이런 목소리를 내곤 했던 것이다.

그토록 무심한 듯 굴던 부황이 철모르는 계집애에게 쏟는 어설픈 관심을 지켜보고 있노라면, 이따금 막을 새도 없이 실소가 흘러 혀끝에 쓰게 고였다. 가족이 그리 중한가? 핏줄이 그리 중한가. 그렇다면 우리에겐 어

430

찌하여……

　몇 번을 생각해 보아도 도무지 이해할 수 없는 일이었다. 이해하고자 하는 시도조차 이미 접은 지 오래되었다.

　"그대가 신경 쓸 일이 아니다."

　예거라트는 무심히 응수하며 돌아섰다. 유리 천장을 뒤덮고 있는 구불구불한 넝쿨 사이로 마침 희미한 빛이 쏟아져 들어와 그의 얼굴을 비추었다.

　입 안이 까끌거렸다. 필요에 의해 살려 두어야겠다 결정 내렸고, 지금껏 그만한 대가를 받아 왔다. 그러나 평생 쥐고 있으리라 생각했던 것을 놓치고 나니 어쩔 수 없이 불쾌한 상실감이 엄습했다. 이럴 줄 알았다면 진즉에 죽여 없앴을 것이리라. 선뜻 실행에 옮기지 못했던 것은 단지, 나날이 그를 닮아 가는 흰 얼굴 때문이었다.

　웃을 때마다 생기는 콧등의 주름, 조금 접힌 귓바퀴와 길쭉한 손가락, 그리고 때때로 드러나는 맞춘 듯 비슷한 식성—

　한 치의 의심도 없는 목소리로 오라버니라고 불릴 때마다 기묘한 감정이 샘솟아 해묵은 증오를 다독였다. 그렇게 보낸 세월이 벌써 15년이라.

　"……핏줄은 못 속인다더니."

　예거라트는 축 늘어진 꽃대를 탁자 위에 던지듯 내려놓았다. 끊어진 줄기 속에서 불그스름한 진물이 흘러나와 마치 피처럼 손을 흠뻑 적셨다. 형체 없는 사랑이 대체 무슨 의미인지 그는 아직도 알지 못했다. 아니, 알고 싶지 않다는 말이 보다 정확할 것이리라. 증명할 수 없는 감정에 매달려 평생을 바치는 것이 대체 무슨 의미가 있단 말인가.

　"그 애도 결국 아비와 같은 길을 가는군."

　그러니 결국, 이것이 그의 감상이었다.

✤ ✖ ✤

　바이마르는 말 위에 앉아 있었다.

찬 바람이 빠르게 실어다 날라 준 메트로의 소식은 스파티움군을 일거에 들뜨게 만들었다. 종전과 독립. 제 몫을 지키려는 아테라 귀족들의 이기심과, 전쟁을 두려워하는 백성들의 민심이 만들어 낸 합작품이었다.

단지 의아한 것은 예거라트의 반응이다. 백성들의 호감을 권력의 근원으로 삼는 자이니 수도의 소란을 무시할 수 없었겠지만, 그 부분을 감안하더라도 순순히 협정을 받아들였다는 사실이 아직도 썩 믿기지 않아 얼떨떨했다.

"저하."

그러나 깊게 생각할 필요는 없을 것이다. 애초 그에 대해 생각하는 시간조차 아까웠다. 바이마르는 상념을 떨치고 둘베트가 건넨 투구를 받아 썼다. 바이저까지 단단히 착용하고 나니 이제 드러난 곳은 눈뿐이었다. 그는 그 푸른 눈으로 고요한 평원을 한 번 훑었다.

"진격!"

뿔피리 소리가 다시 울렸다. 아마도 이것이 전령이 당도하기 전의 마지막 전투가 될 터였다. 바이마르는 두두두두 소리를 내며 출병하는 기사들 틈에 끼어 말에 힘껏 박차를 가했다.

요 몇 달간 눈에 띄게 향상된 검 실력은 감히 어정쩡한 기사들과 비교할 만한 수준이 아니었다. 매번 걱정을 입에 달고 살던 시렌조차 이제는 그의 출전에 별다른 반응을 보이지 않을 정도다.

바이마르는 그대로 말을 몰아 오른쪽 대방진을 박살 내었다. 머리 위로 치켜든 팔을 그대로 회전시켜 오른편 기병의 어깨를 베기 무섭게, 이번에는 창끝이 아래에서부터 힘껏 찔러 들어오며 그의 목덜미를 노렸다.

바이마르는 몸을 비틀어 그 공격을 피해 내곤 말에서 뛰어내려 면밀히 사방을 훑었다. 급히 뒤따라온 둘베트가 겁도 없이 덤벼드는 병사들을 떨쳐 내며 물었다.

"저하, 누굴 찾으십니까?"

"칼릴."

"죽이려 하십니까?"

바이마르는 답하지 않았다. 둘베트도 더는 묻지 않고 지근에서 그를 호위하는 일에 전념하기 시작했다. 전장 한복판에서 이렇다 할 방어도 하지 않고 있으려니 자연스레 두 사람에게 공격이 집중되었다. 그러나 바이마르는 그때마다 조금의 멈칫거림도 없이 상대를 베고, 찌르며 원하는 방향으로 길을 텄다.

피 칠갑이 된 갑옷을 입고 전장을 활보하니 더 이상 먼저 나서서 검 맞대기를 청하는 자가 없었다. 애당초 몸 성히 돌아가는 것이 목적이었던 이들이 대부분이었으니만큼, 아테라의 기개란 어차피 그 정도에 불과했던 것이다.

어쨌든, 얼마간 같은 행동을 반복한 끝에 바이마르는 기어코 원하던 이를 찾았다. 맹렬한 시선에 빨간 깃발이 달린 투구의 주인이 그를 돌아보았다.

"루카스! 둘베트!"

바이마르는 뒤따를 기사들을 소리쳐 부르며 그대로 왼쪽 싸움터의 중앙으로 뛰어들었다. 놀란 아테라군이 혼비백산하며 뒤로 물러서는 사이 새까만 검날이 곧장 칼릴의 몸통을 가격했다.

깡―! 철과 철이 부딪치며 둔탁한 소리를 냈다. 칼릴이 황급히 공격을 막아 내며 한 걸음 물러섰다. 바이마르는 그대로 짓쳐 들어 다시 그의 머리통을 향해 검을 내리꽂았다.

카앙, 캉! 날 부딪치는 소리가 선득하게 울려 퍼졌다. 칼릴이 이를 득득 갈며 내뱉었다.

"스파티움의 늑대 새끼가……!"

짐승의 이름을 받는 것은 스파티움인들에게 퍽 명예로운 칭찬이었으므로, 바이마르는 흡족한 표정으로 고개를 까딱였다. 뒤늦게 그것을 알아챈 칼릴이 두 눈을 부릅뜨며 양팔에 힘을 주어 바이마르의 몸을 있는 힘껏 밀어 냈다.

뿌우우우― 뿌우― 뿌우―

캉!

막 다시 날이 맞붙은 순간, 우렁찬 뿔피리 소리가 산발적으로 울려 퍼지며 소란한 평원 위를 덮었다. 길게 한 번, 짧게 두 번. 전령이 당도한 모양이었다.

모두가 동작을 멈추고 무기를 내렸으나 바이마르는 공격을 멈추지 않았다. 그가 멈추지 않으니 칼릴 역시 멈추지 않았다.

바이마르가 내지르는 검을 아슬아슬하게 피한 칼릴이 옆구리로 파고드는 다음 검격을 능숙하게 쳐 내며 날을 횡으로 휘둘렀다. 어마어마한 완력이었다.

"컥⋯⋯!"

바이마르는 그대로 튕겨져 나가 바닥을 나뒹굴었다. 강철로 된 솔러렛이 틈을 놓치지 않고 다가와 그의 등을 거세게 걷어찼다. 갑옷이 아니었다면 척추가 박살이 났을 것이다.

그러나 맞부딪친 칼릴 역시 멀쩡하지만은 않았다. 바이마르는 그가 휘청이는 사이 몸을 한 바퀴 더 굴리며 공격의 사정거리에서 벗어났다.

쿵— 몸을 반쯤 뒤집기 무섭게 두터운 칼날이 그의 시야를 가로질러 얼굴 바로 옆에 박혔다. 바이마르는 이를 악문 채 방향을 틀어 눈앞의 다리를 있는 힘껏 걷어찼다. 무릎이 꺾이며 균형이 기울어진 틈을 타 새까만 검이 살을 가르고 뼈를 뚫었다. 오르지 한 곳만을 노린 공격이었다.

"큭⋯⋯!"

칼릴이 신음을 토해 내며 비척비척 일어섰다. 오른쪽 허벅지에 길쭉한 검이 깊숙이 박혀 있었다. 균형을 잡지 못한 커다란 덩치가 비스듬히 기울었다. 바닥에 굴러다니던 기다란 창을 주워 든 바이마르가 지체 없이 앞을 향해 창끝을 내질렀다.

"커헉!"

가슴팍을 노리고 들어온 공격을 용케 막아 낸 칼릴이 통증에 신음하며 바닥으로 고꾸라졌다. 뾰족한 날 끝이 거침없이 방향을 꺾어 아래로 내리꽂혔다.

그 순간이었다.

"휴전! 휴전을 요청하오! 아테라에서 협정을 받아들이고자 하니 당장 전투를 멈추시오!"

흰 깃발을 나부끼며 달려온 기수의 목소리가 얼음장 같던 분위기를 깨뜨렸다. 바이마르는 거친 숨을 몰아쉬면서도 팔을 물리지 않은 채로 그 자세를 유지했다.

"쳇."

루카스가 아쉬운 기색이 역력한 얼굴로 커다랗게 혀를 찼다.

뾰족한 날 끝이 투구 사이로 드러난 칼릴의 미간 바로 앞에 멈춰 있었다. 새파래진 얼굴로 허겁지겁 말에서 뛰어내린 기수가 서신을 펼쳐 안의 내용을 줄줄 읊었다. 숨을 쉬고는 있는 건지 의심될 만큼 재빠른 속도였다.

"크헉, 억……."

떨리는 목소리 사이로 신음성이 섞여 들었다. 허벅지를 완전히 관통해 버린 흑검을 타고 검붉은 피가 뚝뚝 떨어져 내리고 있었다. 바이마르는 들고 있던 창을 내던져 버리고는 몸을 바로 세우며 칼릴의 허벅지에 박혀 있던 검을 힘껏 비틀어 뽑아냈다. 고통을 참는 소리가 길게 이어지며 사방으로 퍼져 나갔다.

커다란 검을 지지대 삼아 일어서려 하던 칼릴이 다리를 제대로 세우지 못하고 바닥에 나동그라졌다.

둘베트는 바이마르의 찌그러진 갑옷 등판을 보며 미간을 좁혔다. 저 정도면 제법 아팠을 법도 하건만 푸른 눈은 그저 고요하기만 했다.

"그만두십시오! 협정을 요청했으니, 이후로도 공격이 계속된다면 받아들일 의사가 없는 것으로 간주될 수 있습니다!"

그사이 서신을 전부 읽어 내린 기수가 벌벌 떨며 목청을 높였다. 눈치를 보며 다가온 아테라의 기사 몇이 신음하는 칼릴을 부축해 일으켰다.

"이 정도로는 수지가 맞지 않지만, 원한다면 경에게도 지팡이 하나쯤은 보내 주도록 하지."

바이마르가 한껏 낮아진 목소리로 음산하게 경고했다.

"건방진……!"

"협정이 체결되면 스파티움은 더 이상 속국이 아니게 된다. 그대도 혀를 잘리고 싶다면 계속 그렇게 입을 놀리지 그래."

바이마르는 입 안에 고여 있던 핏덩이를 뱉어 내곤 누군가 내어 준 말 등 위에 올랐다. 피범벅이 된 손을 짜증스럽게 노려보던 둘베트가 느긋하게 쫓아와 고삐를 쥐며 감회에 젖은 얼굴로 중얼거렸다.

"종자 노릇도 제법 오랜만이군요."

"……."

"헌데 저하, 아까부터 말씀드리고 싶었는데 말입니다. 진심으로 다리 힘줄을 끊어 놓고 싶으셨던 게 맞다면 좀 더 아래쪽을 노리셔야 했습니다. 저러다 어중간하게 회복이라도 되면 이쪽에도 퍽 아쉬운 일이 아닙니까. 기왕 이렇게 된 것, 목숨 줄을 끊었다면 한결 좋았겠지만……."

"……참고하겠다."

바이마르가 대답하며 다시 퉤! 핏물을 뱉어 냈다. 뿌우우우— 뿌우— 뿌우— 뿔피리 소리가 핏물로 얼룩진 평원에 우렁차게 여러 번 울려 퍼졌다.

"어쨌거나 종전이라니…… 마마께서 정말 좋아하시겠습니다. 혹 바로 뵈러 가실 참이라면 갑옷은 제가."

"참, 그렇군."

"예?"

"잠시 기다려라."

바이마르는 갑작스레 말을 멈춰 세웠다. 뒤따르던 이들이 의아한 눈빛으로 둘을 번갈아 보는 가운데, 바닥으로 훌쩍 뛰어내린 그가 부산하게 주변을 살피기 시작했다.

"왜 그러십니까?"

둘베트가 물었다.

"이대로 마마를 뵈러 갈 순 없지 않겠나. 가장 가까운 막사가 어디지? 그리로 물을 가져오라 일러. 단장을 해야겠다."

"……아니, 저하. 꼭 그렇게까진 하지 않으셔도……."

"먼저 가지."

"……될 것 같은데요."

목소리가 갈 곳을 잃고 허공으로 흩어졌다. 둘베트는 새어 나오는 한숨을 굳이 막지 않은 채 그를 따랐다. 애새끼 운운하던 와트만의 불충이 백 번 이해되는 순간이었다.

"가지."

과정이야 어찌 되었든, 잠시 뒤 말끔해진 얼굴로 돌아온 바이마르는 마치 막사촌 안에 피어난 한 떨기의 수선화처럼 청초한 모습이었다.

막사 앞을 서성이며 시간을 죽이던 병사들이 그를 보며 질린 표정으로 시선을 먼 곳에 두었다. 바이마르는 그 기색을 모른 척하며 서둘러 말을 재촉했다.

비로소 종전이었다.

5장

길리안은 전통적으로 세공업이 대단히 발달한 곳이었다.

단순히 보석에만 국한된 이야기가 아니었다. 광석이며 금속, 석재와 목재에 이르기까지 수많은 자재들을 자유자재로 다룰 수 있었으므로, 길리안 장인들의 공방은 언제나 밀린 주문으로 꽉 차 있기 마련이었다.

그런 도시의 영주 성답게, 길리안성은 스파티움의 다른 영지들과 다르게 제법 화려한 장식들이 곳곳에 포진해 있어 다소 이국적인 분위기를 풍겼다. 아테라만큼 섬세하고 화려하진 못하더라도 웅장하고 고풍스러운 스파티움 특유의 장식들 또한 그 나름대로의 멋이 있었기에 릴리스는 기사들이 철수하며 평원을 정리하는 근 보름간 성 곳곳을 둘러보며 홀로 한가로이 시간을 죽였다.

실로 간만에 맞는 안온한 휴식이었다.

그리고 그 보름간의 기간 동안 릴리스가 단연 푹 빠져 매달린 걸 꼽자면 바로 난생처음 접하는 스파티움식 카드놀이라 해야 할 것이다.

최초 전파자는 의외로 유흥이라곤 조금도 모를 듯해 보이던 마몬이었다. 노장답지 않은 유연한 손놀림으로 밑장 빼기를 시도하던 그의 모습이 당일,

함께 있던 기사들에게 의외의 호승심을 불러일으킨 것은 물론이었다.

"내가 먼저 뽑겠네."

그리고 하필 그들 중에 황녀가 끼어 있었음은 정말이지 누구도 예기치 못했던 일종의 사고였다.

널찍한 응접실에서는 벌써 며칠째 때아닌 도박판이 벌어지는 중이었다. 파도마저 얼려 버릴 것만 같은 매서운 바람이 김 서린 창문을 세차게 뒤흔들며 소란을 피우는 동안, 릴리스는 능숙한 손놀림으로 카드를 섞어 물 흐르듯 패를 돌렸다.

"누가 보면 최소 3년은 도박장에서 썩은 줄 알······ 아니, 잠깐만요! 암만 마마라도 연속 선공은 안 됩니다."

스쿼드가 의자에서 펄쩍 뛰어오르며 그녀를 만류했다. 릴리스는 카드 뭉치 위에 얹어 두었던 손을 얌전히 거두어들이며 소심하게 입을 비죽 내밀었다.

"쪼잔하긴. 질 것 같아서 그러는 거 내가 모를 줄 아니?"

"질 것 같다니 그건 대체 어느 나라 언업니까? 제가 그런 경험이 없는 탓인지······ 도통 마마의 말씀을 알아듣질 못하겠는뎁쇼."

세 판째 내리 지고 있는 사람치곤 기세가 다소 과하게 등등했다. 릴리스는 제 몫의 카드 세 장을 손안에 갈무리한 후, 상체를 조금 뒤로 빼곤 옆으로 슬쩍 눈을 굴렸다.

"아, 마마. 반칙! 반칙입니다!"

"칫."

오른편에 앉아 있던 솔리안 경이 얼굴을 붉히며 보고 있던 카드를 잽싸게 제 품속으로 숨겼다. 반년이 넘도록 얼굴을 마주하다 보니 어느덧 루카스 일행만큼이나 친근해진 솔리안 경은 커다란 덩치에 어울리지 않게 제법 놀려 먹는 재미가 있는 상대였다.

"아, 얼굴은 왜 또 붉히고 그러십니까? 예?"

스쿼드가 킬킬 웃으며 카드 한 장을 뒤집었다. 스페이드 A.

"무, 무슨 소릴 하는 겐가? 누가 부, 부끄러움을 탄다고!"

솔리안 경이 뒤따라 카드 한 장을 뒤집어 까며 목청을 높였다. 스페이드 9.

"솔리안 경, 미안하지만 아무도 그런 소리는 안 했단다."

릴리스는 카드 뭉치로 손을 뻗어 뒤집혀 있는 카드 한 장을 부드럽게 손가락 사이에 끼워 넣었다. 스쿼드가 카드 한 장을 다시 내놓으며 손뼉을 짝짝 쳤다. 클로버 9.

"이야, 마마. 이제 제법 동작이 손에 익으셨는뎁쇼."

"루카스 경이 그간 고생이 제법 많았지."

솔리안 경이 두 사람의 대화를 들으며 다시 카드 한 장을 뽑아 갔다. 릴리스는 갖고 있던 카드 한 장을 내놓으며 앉은 채로 몸을 틀어 소란해진 문간을 돌아보았다. 클로버 A.

"아 이러시기 있습니까?"

스쿼드가 허탈한 얼굴로 제 머리를 쥐어뜯으며 가짜 눈물을 훔쳤다. 막 응접실로 들어서던 루카스와 시렌이 두 사람을 번갈아 보며 의아한 듯 눈을 굴렸다. 릴리스는 카드 한 장을 잽싸게 손바닥 아래에 숨기며 고개를 한껏 뒤로 젖혔다.

"제가 뭘 말입니까, 마마?"

어느덧 테이블 근처로 다가온 루카스가 허벅지 옆으로 슬쩍 엄지를 세워 보였다. 릴리스는 텅 비어 있는 시렌의 등 뒤를 곁눈으로 훑으며 어깨를 들썩였다.

"요 며칠 경이 내게 가르친 것이 좀 많았어야지. 그보다 훈련은 끝났나? 반은……."

"아마도 씻고 오시겠지요. 흐트러진 모습은 보이기 싫어하는 분 아니십니까."

길고 혹독한 겨울을 보내야 하는 북부의 영지에서는 성의 지하에 널찍한 연무장을 만들어 추위에 웅크린 병사들의 훈련을 장려하는 것을 오래된 전통으로 삼아 왔다. 쾌적한 공간 활용을 위해 몇 개의 분대가 시간을 정해 교대로 연무장을 사용했지만, 그마저도 모자라다며 아우성을 쳐 대는 병사들 때문에 최근 바이마르는 매일같이 눈보라를 뚫고 나가 계획에도 없던 혹한기 훈련에 시달리는 중이었다.

"그럼 이 판은 경이 좀 대신해 주련? 나는 올라가 보아야겠어."

"아무렴요."

릴리스는 벌떡 일어서 제 자리를 양보했다. 거절도 없이 냉큼 의자에 엉덩이를 대고 앉은 루카스가 씩 웃으며 둘러앉은 희생양들의 면면을 확인했다. 다급해진 스쿼드가 패를 확인 중인 루카스의 손을 제 팔로 성급하게 덮쳐눌렀다.

"잠깐만요! 아니, 이런 게 어디 있습니까, 마마! 루카스 경은 그 자체로 반칙이죠!"

"그보단 내가 갖고 있는 이 패부터가 반칙 수준인 것 같은데. 마마, 대체 그사이 실력이 얼마나 느신 겁니까? 이거야 원, 두 바퀴도 돌기 전에 죄다 끝장내게 생겼습니다."

단번에 스쿼드를 떨쳐 낸 루카스가 허탈한 듯 웃으며 카드 쥔 손을 허공에 살랑살랑 흔들었다.

"뭐라구요? 아니 그게 말이 됩니까? 그럴 리가 없는데……!"

스쿼드가 허탈한 표정으로 울부짖었다.

"아 글쎄, 그럴 리가 있다니까. 좀 이따 놀라지나 마라, 멍청한 놈."

등받이에 비스듬히 기대어 앉은 루카스가 킬킬거리며 스쿼드를 비웃었다.

"아니라니까요! 그럴 리가 없어요! 벌써 세 판이나 내리 이기시고선, 이번 판까지 독식하겠다 이 말씀이십니까? 아니, 잠깐만요. 마마!"

"시렌, 나는 이만 올라가 보마."

릴리스는 대꾸 대신 미련 없이 시끌벅적한 테이블을 등졌다. 두어 걸음쯤 간격을 둔 채로 서 있던 시렌이 잽싸게 바닥에 떨어져 있던 지팡이를 주워 빈손으로 길쭉한 몸체를 탁탁 털어 건넸다.

"같이 가시지요. 저도 어차피 방에 들르려던 참이었습니다."

"시끄러워서 도망가려는 게 아니라?"

릴리스는 그가 내미는 지팡이 손잡이를 힘주어 그러쥐었다. 아가리를 벌린 늑대의 형상이 손아귀에 틈도 없이 딱 맞아 들어갔다. 시렌이 의뭉스럽게 웃으며 그녀를 부축했다. 두 사람은 천천히 응접실을 가로질렀다.

"아, 안 돼!"

반쯤 열려 있던 문 앞에 막 다다랐을 무렵이었다. 갑작스레 터져 나온 짧은 탄식에 두 쌍의 눈이 일제히 등 뒤를 향했다.

"와씨, 마몬 경께서 우리 모르는 새 마마께 특훈이라도 시켜 드린 것 아닙니까? 그게 아니고서야 이럴 수는 없어요……."

흐물흐물 테이블 위로 늘어진 스쿼드가 장난을 섞어 가며 작게 훌쩍거렸다. 솔리안 경이 절망적인 표정으로 손을 들어 거칠게 머리칼을 헤집었다. 단정하던 머리가 죄다 쥐어뜯겨 그는 흡사 반쯤 부서진 새둥지를 머리에 이고 있는 듯한 몰골이었다.

"마마. 혹시 저 말이 진짭니까? 아니 글쎄, 로이드 경도 사흘 전에 꼭 똑같은 걸 묻더라니까요."

시렌이 목소리를 낮추어 예의 바르게 그녀를 추궁해 왔다. 릴리스는 재바르게 걸음을 놀려 시끌벅적한 응접실을 벗어났다.

"설마 그럴 리가 있겠니."

2층으로 이어지는 원형 계단은 단이 낮아 오르는 데에 별다른 힘이 들지 않았다. 또각또각. 지팡이 끝에 달린 손톱만 한 금덩이가 대리석 바닥을 찍으며 둔탁한 소리를 냈다.

"역시……."

"맹세컨대 속임수는 배운 적이 없단다. 약간의 편법 정도라면 모를까."

열심히 고개를 주억이던 시렌이 몇 단 아래 서서 멍하니 그녀를 올려다보았다. 뭐랄까. 그는 흡사 힘들게 잡아먹으려던 연어를 대장에게 빼앗긴 불곰 같은 표정이었다. 릴리스의 입에서 절로 경쾌한 웃음이 터져 나왔다.

"먼저 가마."

그녀는 멍청하게 서 있는 시렌를 등진 채 성실하게 마지막 계단을 밟았다. 넓고 곧게 뻗은 복도가 한눈에 들어오며 시야가 확 트였다. 보통 3층 이상으로 지어진 여타의 성들과 달리, 망루를 제외한 모든 건물들이 2층으로 이루어져 있는 길리안성은 복도를 기준 삼아 마주 보는 방들을 여럿 배치하는 방식으로 공간의 협소함을 극복했다.

그래서일까. 릴리스의 눈에는 카리알성의 두 배는 될 만큼 널찍한 통로가 아직도 조금은 어색하게 느껴졌다. 이마저도 좁았다면 확실히 다니기가 제법 불편했을 테지만…….

……그런데 침실이 어디였더라?

릴리스는 난감한 기분으로 자리에 멈춰 섰다. 한발 늦게 등 뒤에 따라붙은 시렌이 두리번거리고 있는 그녀를 보곤 웃음을 참는 얼굴로 말을 붙였다.

"도와드릴까요, 마마?"

"……."

"이것 참. 와트만 경의 부재가 이런 곳에서 티가 날 줄이야…… 설마하니 마마께서 이렇게나 길눈이 어두우실 거라곤 전혀 예상치도 못했지 뭡니까."

릴리스는 가볍게 한숨을 내쉬었다.

막 폭설이 쏟아지기 시작했을 무렵, 와트만은 재활을 돕겠다는 둘베트의 제안에 냉큼 낚여 밤낮도 모르는 사람처럼 지하의 연무장에 틀어박혔다. 어차피 나다닐 곳도 없다 여기고 흔쾌히 허락했던 것인데……. 이제와 생각해 보니 대단히 경솔한 결정이었던 듯싶었다. 릴리스는 멋쩍은 기분으로 허공에 시선을 두었다.

"자자, 이쪽입니다요."

이 방이 저 방 같고 저 방이 이 방 같건만 시렌은 헷갈리는 기색조차 없이 잘도 걸어가 커다란 문 앞에 반듯이 섰다. 릴리스는 그를 따르며 계단에서부터 시작해 하나하나 문의 개수를 세었다. 하나, 둘, 셋, 넷, 다섯.

"저하, 계십니까?"

오른편 다섯 번째 문. 머릿속에 단단히 정보를 욱여넣는 사이 뾰족한 손마디가 방문을 가볍게 두들겼다. 응답은 없었다.

"비어 있는 듯합니다만…… 일단은 안으로 드시겠습니까?"

가볍게 고개를 주억이자 이내 문이 활짝 열렸다. 가장 먼저 눈에 들어온 것은 두 방을 잇는 아늑한 응접실이다. 부부라도 침실을 따로 두는 것이 일반적인 스파티움의 문화였으나, 바이마르가 한사코 한 침대에서 함께 지낼 것을 주장해 두 사람은 며칠의 간격을 두고 번갈아 가며 두 개의 방을 오가곤 했다.

"아무래도 아직 씻고 계신 모양인데."

요사이 주로 머무는 곳은 좀 더 널찍한 바이마르의 침실이다. 릴리스는 걸치고 있던 로브를 소파 등받이 위에 대강 놓아두고는 왼편의 문 앞으로 바짝 다가서 매끄러운 나무판 위에 귀를 대었다. 안쪽에서 희미하게 물소리가 들려왔다.

"그럼, 저녁 시간에 뵙겠습니다."

시렌은 눈치 빠르게 먼저 물러날 것을 청했다. 릴리스는 그의 발소리가 완전히 복도 저편으로 사라진 뒤에야 침실 문을 열고 안으로 한 발짝 들어섰다. 하늘에 잔뜩 낀 먹구름과 어설프게 쳐 둔 커튼 탓에 빛이 들지 않는 방 안은 마치 새벽처럼 어두웠다.

"반?"

반쯤 열려 있는 욕실 문 안쪽에서 연신 찰박이는 소리가 들려왔다. 희뿌연 김이 문틈 새로 연기처럼 뭉게뭉게 뿜어져 나오는 것이 보였다.

"……."

어쩐지 불쑥 장난기가 일었다. 릴리스는 발소리가 나지 않도록 살금살금 걸어가 허리를 살짝 굽혔다. 고개를 조금 기울이자 수증기로 가득한 욕실의 반대쪽 모서리가 한눈에 들어왔다. 물기가 맺혀 있는 흰색 벽면과, 역시 물기로 그득한 타일 바닥. 나무로 된 욕조의 둥그런 바닥이 감칠나게 보여 절로 침이 꿀꺽 넘어갔다.

조금만 더.

지팡이로 균형을 잡고, 문고리를 붙든 채 조심스레 몸을 밀자 소리도 없이 문이 빼꼼 열렸다. 반이나 겨우 보일까 싶던 욕조 아랫부분이 점차로 넓어지며 마침내 둥그런 욕조 입구가 시선 끝에 잡혔다. 꿀꺽. 바짝 마른 목구멍 안쪽으로 또 한 번 마른침이 넘어갔다.

찰박.

때마침 다시 물소리가 들려왔다. 욕조의 물이 넘실대며 뭉게뭉게 뿌연 김을 뿜었다. 릴리스는 구불구불 피어오르는 하얀 실 한 가닥을 시선으로 좇으며 자신도 모르게 문에 매달리듯 붙어 섰다.

구부러져 있는 팔꿈치 아래로 핏줄이 돋아 있는 커다란 손이 보였다. 언제나 예쁘다고 생각했던 길쭉한 손가락들이 철 지나 시들어 버린 넝쿨처럼 욕조 벽을 타고 아래로 힘없이 늘어졌다.

뚝. 뚝. 손끝에 맺혀 있던 물방울들이 낙하하며 물웅덩이에 작은 파문을 일으켰다.

얼굴을 보고 싶은데. 그렇게 생각하던 와중이었다.

"시중은 필요 없으니 나가라."

무감정한 목소리가 축객령을 내렸다. 릴리스는 깜짝 놀라 돌아서려다, 자신이 그럴 필요가 없음을 깨닫고서야 간신히 진정했다. 서릿발처럼 매서운 기세가 몹시도 낯설었다. 직접 듣지 않았다면 바이마르의 목소리라곤 도무지 믿지 못했을 것이다.

"나가라고 했……!"

"정말 필요 없어요?"

기왕 이렇게 된 것. 릴리스는 문을 활짝 열어젖히며 욕실 안으로 들어섰다. 눈을 감고 욕조에 기대어 있던 바이마르가 그 목소리에 화들짝 놀란 얼굴로 허둥지둥 몸을 일으켰다.

"마마? 언제 올라오셨…… 아니, 그보다 지금…….."

"됐으니까 앉아요! 반! 앉으라니까!"

전라의 몸이 적나라하게 공기 중에 노출되었다. 탄탄한 가슴팍과 알알이 들어찬 온몸의 근육들. 그와 더불어 물에 젖어 있는 그…….

"예에……."

바이마르가 시무룩한 표정으로 꾸물꾸물 주저앉았다. 아래로 축 처진 선명한 눈썹이 날카로운 콧대와 맞물려 묘한 이질감을 자아냈다.

욕조 안으로 몸이 잠기며 물이 조금 넘쳐흘렀다. 릴리스는 열려 있던 문을 닫으며 오른손으로 새빨개진 얼굴을 문질렀다. 상황 탓일까. 매일 밤 보고 만지며 잠드는 몸인데도 유난히 쑥스러워 자꾸만 시선을 피하게 되었다.

"이제는 익숙해질 때도 되신 듯한데……."

물끄러미 그녀를 보고 있던 바이마르가 투정처럼 나직하게 웅얼거렸다. 정작 그리 말하는 본인마저 상대 못지않게 얼굴을 붉힌 채다.

"입에 침이나 바르고 그런 소릴 해요."

찰박. 다시 물소리가 났다. 새하얀 도화지에 잉크라도 엎지른 듯, 쇄골이며 목덜미에 온통 불그스름한 물이 들어 있는 것이 보였다. 릴리스는 미끄러지지 않도록 조심조심 걸어가 매끈한 욕조 턱에 엉덩이를 대고 앉았다. 얌전히 그녀를 올려다보던 바이마르가 제게 뻗어 오는 손을 보곤 기대에 찬 얼굴로 마른 입술을 핥았다.

날카롭지 않은 손끝이 붉게 물든 피부 위를 가만가만 덧그렸다. 은근한 열기로 달떠 있는 눈동자가 기대를 품고 촉감이 남긴 자취를 좇았다. 수면 위로 드러난 가슴 근육을 더듬던 손가락이 천천히 목을 타고 올라 턱과 입술, 콧날과 열이 오른 광대를 차례로 쓸었다. 숨 들이켜는 소리가 유독 선명하게 들려왔다.

부끄러운 것은 매한가지였지만, 어쨌거나 먼저 말을 꺼낸 것은 이쪽이었다. 릴리스는 두근거리는 마음을 애써 진정시키곤 재차 뒤로 밀렸던 물음에 대한 답을 재촉했다.

"그래서, 정말 시중이 필요 없어요? 아직도?"

"……."

그는 다소 난감한 표정이었다. 왜인지 그런 기색을 읽고 나니 한층 더 흥이 났다. 맹세컨대 릴리스는 자신이 이렇게 남을 골리는 걸 즐기는 성격인지 몰랐다. 적어도 아테라에 있을 적에는 분명 그러했던 것이다. 딱히 농을 걸 사람이 없어서이기도 했고, 그럴 만한 분위기가 아니어서 이기도 했지만 어쨌거나 그녀는 지금의 제 모습이 그리 싫지 않았다.

"반?"

"필……."

"안 들려요."

"필, 필요……."

"뭐…… 아니라면 나갈게요. 방해해서 미안해요."

"아니에요! 아닙니다! 필요, 필요……."

당황한 얼굴로 양팔을 휘적대던 바이마르가 이윽고 손으로 제 얼굴을 완전히 덮었다. 새파란 눈이 원망스럽다는 듯 그녀를 빤히 보다 아래로 내리깔렸다. 목울대가 꿀렁이며 숨과 함께 말이 흘렀다.

'필요합니다…….' 기어들어 가는 목소리가 깃털처럼 심장을 간지럽게 만들었다. 릴리스는 빈손으로 무심코 자신의 심장 위를 문질렀다. 그냥 살짝 장난이나 쳐 보려던 것뿐인데. 어째 시작한 사람이 더 말리는 것만 같아 조금 얼떨떨한 기분이었다.

"……일단 돌아 앉아 봐요."

어딜 보아도 그녀보다 한참 커다란 몸이었다. 떡 벌어진 어깨만 해도 한 뼘은 더 넓었고, 팔만 따진대도 굵기에서부터 현격한 차이를 보였다.

머리만이라도 감겨 줘 볼까. 릴리스는 생각을 정리하곤 앉은 채로 손을 뻗어 간이 탁자에 놓여 있던 자그마한 대야를 집어 들었다. 습기에 축 늘어진 머리칼을 한 손에 모아 쥐자 가려져 있던 뽀얀 목덜미가 드러났다.

"……."

문득 머리를 기르게 내버려 두길 잘했다는 생각이 스쳤다. 이렇게 하얗고 길쭉한 목을 있는 그대로 드러내 놓고 다니게 둘 수는 없지 않은가. 도망길에 마주쳤던 소녀들만 해도 그랬다. 주인이 뻔히 있는 것을 알면서. 그저 얼굴에 혹해서는 염치도 없이—

"마마? 혹 불편하신 거라면 역시 제가 하겠습니다, 이쪽으로……."

"흠, 흠. 아니, 됐어요."

……생각이 이상한 곳으로 흘렀다.

잠시 손이 멈춘 것을 어떻게 알았는지, 바이마르가 마치 기다렸다는 듯 상체를 들썩였다. 릴리스는 잽싸게 그를 말리곤 탁자 위로 손을 뻗어 거품이 나는 허브 잎을 물에 헹궜다. 보글보글 부풀어 오른 걸쭉한 물로 머리칼을 닦아 내고, 양손으로 다시 그것을 듬뿍 떠내어 두피를 조물거리고 있으려니 정말 하녀라도 된 듯 묘한 감상이 일었다.

"하……."

……만족스러운 듯 흘러나오는 신음 소리를 듣고 있으려니 더욱 그랬다. 릴리스는 허튼 생각을 하지 않으려 애쓰며 최대한 눈앞의 일에 정신을 집중했다. 손을 깊이 넣어 뿌리 안쪽을 긁어내리고, 엄지로 정수리를 꾹꾹 문질러 비벼 주자 바이마르가 기분 좋은 듯 고개를 한껏 뒤로 젖혔다.

축 늘어진 검은 머리를 바짝 쓸어 넘기자 반듯한 이마가 훤히 드러났다. 특별한 일이 없는 한 보통은 늘어뜨리고 다니는 것이 일상이었으므로, 이런 모습을 보는 건 기실 퍽 오랜만의 일이었다. 더군다나 이렇게 가까이서는.

"……."

모양 좋은 입술이 바싹 말라 군데군데 갈라져 있는 것이 보였다. 기분 탓일까. 매끄럽던 피부도 어째 많이 거칠어진 듯해 마음이 아팠다. 그녀가 카리알에서 썩 평탄하지만은 않은 시간을 보내 왔듯이, 바이마르 역시 그러했을 것이라는 데에 뒤늦게야 생각이 미쳤다.

릴리스는 손끝으로 윤곽이 뚜렷한 이목구비를 차근차근 더듬었다. 우묵한 눈두덩이를 지나 젖어 있는 반듯한 콧날로, 콧대 중앙의 두드러진 뼈를 지나 살이 빠져 날렵해진 뾰족한 턱 끝으로, 촉촉이 젖어 든 기다란 속눈썹이 빛을 받아 잘 세공된 보석처럼 반짝거렸다.

"이제 제 차례이지요?"

충동적이었던 시중들기는 생각보다 제법 힘들고 재미있어 시간 가는 줄을 몰랐다. 정성 들여 마사지를 마무리한 뒤, 깨끗한 새 물을 받아 머리를 꼼꼼히 헹구고 나니 바이마르가 기다렸다는 듯 벌떡 일어서 그녀를 번쩍 안아 들었다. 지금껏 순순히 굴었던 것은 전부 가장이었다는 양 좀 전과는 영 딴판인 기세였다.

다행히 시선이 높아져 밑을 볼 필요는 없었지만, 아래에 닿아 오는 선명한 질량감이란 결코 무시해도 좋을 만한 수준이 아니었다. 그녀는 안긴 채 약하게 발버둥 쳤다.

"왜, 왜 이래요? 옷이 다 젖는다구요!"

"옷이야 벗어 버리면 되는 것 아닙니까. 걱정 마세요. 마마께서도 씻으셔야 할 테니 이제부턴 제가 시중을 들겠습니다."

그러나 이럴 때의 바이마르는 막무가내라 도무지 말릴 도리가 없었다. 항변할 새도 없이 몸이 미지근한 물에 잠겼다. 커다란 욕조는 탕이라 부르는 것이 더 적합할 정도로 거대한 크기였으므로, 성인 두 명이 들어 있음에도 생각만큼 비좁거나 답답하지 않았다.

문제는 앞서 말했듯 그런 것이 아니었다. 릴리스는 공기를 머금어 커다랗게 부풀어 오른 드레스 자락을 한 손으로 끌어당기며 몸을 뒤챘다. 그녀를 무릎에 앉힌 채 어깨의 튜닉 매듭을 풀고 있던 바이마르가 한 팔로 허리를 와락 휘감아 왔다. 포기하지 않고 도망을 시도하던 릴리스는 그럴수록 엉덩이로 깔고 앉은 두둑한 것이 부피를 더해 간다는 것을 깨닫고서야 완전히 반항을 멈추었다.

철벅. 물에 젖은 옷가지가 다소 외설적인 소리를 내며 욕실 바닥을 나뒹굴었다.

알몸에 미지근한 물이 닿자 반사적으로 부르르 어깨가 떨렸다. 그것을 느꼈는지, 잠시 그녀를 떼어 놓은 바이마르가 벌떡 일어서 욕실 한구석에 놓아두었던 커다란 새 욕조 앞으로 다가섰다. 덮어 두었던 뚜껑을 열자 채 식지 않은 물에서 모락모락 김이 솟았다.

릴리스는 욕조 턱에 얼굴을 댄 채 흥미롭게 그 모습을 관찰했다. 바이마르가 몸을 움직일 때마다 꽉 짜인 근육들이 보기 좋게 꿈틀거렸다. 널찍한 어깨와 판판한 등, 얇지만은 않은 허리와 갈라진 모양이 선명한 허벅지가 오늘따라 유난히도 시선을 잡아끌어 입 안이 말랐다.

"물 온도가 적당하니 자리를 옮기는 게 좋겠습니다."

"아, 안 봐요!"

그 순간 바이마르가 휙 뒤를 돌았다. 릴리스는 방금 전까지 제가 하고 있던 행동조차 잊은 채 두 손으로 급히 제 두 눈을 가렸다. 동시에 단단한 팔이 그녀의 등을 감싸고, 다른 쪽 팔이 허벅지 아래를 단단히 받쳐 들어 위로 훅 끌어 올렸다.

에취! 허공에 동동 뜬 맨몸에 찬 기운이 닿아 절로 재채기가 튀어나왔다.

다행히도 새 물은 딱 적당할 만큼 따끈해 금방 한기를 녹여 주었다. 물 안에 거품 약초를 짓이겨 휘휘 풀어 낸 바이마르가 그녀를 다시 제 무릎 위에 앉히며 부드러운 천으로 살갗을 문질렀다.

"여기. 아직도 자국이 남았습니다."

맨 등에 딱딱해진 몸이 닿았다. 축축해진 천이 한바탕 몸을 훑고 지나간 뒤, 습기에 부풀어 그만큼 부드러워진 도톰한 입술이 어깨 위의 붉은 자국을 가볍게 빨아들였다. 의도가 명백한 접촉에 흥분이 솟구치는 것은 금방이었다.

그러고 보니 꽃을 받은 뒤 한 번도 제대로 된 합방을 하지 못했다. 심지어는 협정을 맺고 난 지금까지도.

양군의 철수 뒤 급하게 이루어진 정리 작업 때문에 폭설이 오기 전 며칠 간은 아예 얼굴조차 제대로 마주하기가 힘들었다. 땅이 얼면 처리가 곤란해진다며 모두가 눈에 불을 켜고 달려드는 통에 시렌까지 동원되어 삽질을 거듭했던 나날이었다. 그나마 간간이 남기는 흔적으로 부족함을 달래기는 했다지만…….

역시 아쉬운 것은 혼자뿐이 아니었던 것이다.

"여기도."

말캉한 입술이 붉거진 날개뼈 아래를 지분거렸다.

"여기도."

촉. 촉. 촉. 젖은 피부에 입맞춤이 내려앉는 소리가 적나라했다. 욕실이라 한껏 울리는 소리가 두서없이 귀를 어지럽혔다. 마디 굵은 손가락이 조심스럽게 그녀의 턱을 쥐는 것이 느껴졌다. 부드럽게 이끄는 대로 고개를 틀자 어김없이 입술이 맞부딪쳤다.

탐색하듯 부드러웠던 입맞춤은 점차 깊어져 차근히 숨을 빼앗아 갔다. 커다란 손이 다가와 뒷목을 그러쥐듯 고정시켰다. 강압적이지는 않았으되 흥분감이 여실히 드러나는 손길이었다.

"응……."

목구멍에서 절로 앓는 신음이 끓었다. 수온 탓인지 다른 이유 때문인지. 열이 올라 시야가 온통 부옇게 흐려졌다. 혀뿌리를 옭아매고, 치아 구석구석을 쑤시듯 훑아 오는 감각에 몸이 노곤하게 녹아내렸다.

굳은살이 박인 단단한 손가락이 허리를 지분대며 조금씩 아래로 내려갔다. 거칠고 정제되지 않았던 몸짓은 그간의 경험으로 이제 제법 능숙하게 성감을 끌어올릴 줄 알게 되었다. 릴리스는 허벅지를 아프지 않게 그러쥐는 악력에 조금 더 흥분해 몸을 뒤챘다. 아슬아슬하게 차 있던 물이 그 바람에 욕조 턱으로 넘쳐흐르며 찰박찰박 연달아 간지러운 소리를 냈다.

뭉툭한 손끝이 습관처럼 다리의 흉을 쓸었다. 뒤틀린 몸이 불편해 주먹으로 어깨를 통통 치자 금세 몸이 훅 들려 자세가 바뀌었다. 열기로 혼탁해진 새파란 눈동자가 드러난 몸 위를 핥듯이 배회했다. 노골적인 시선에 살갗 위로 오스스 소름이 돋아났다.

가지런한 치아가 훤히 드러난 목덜미 위를 아프지 않게 잘근거렸다. 전 같았다면 커다란 손에 넝쿨처럼 휘감겼을 머리칼이, 이제는 없어져 그런 과정조차 자연히 생략되었다.

그 사실을 깨닫고 나자 꼭 해 주어야 할 이야기가 생각났다. 릴리스는 한 손으로 그녀와는 달리 길고 결 좋은 머리칼을 쓸어내리며 고개를 뒤로 젖혔다. 턱 바로 아래를 핥는 오돌토돌한 감촉에 발가락이 절로 곱아들었다.

그러나.

"왜…… 아무것도 묻지 않아요?"

릴리스는 숨을 몰아쉬며 상체를 조금 뒤로 물렸다. 허리를 휘감은 팔을 툭툭 건드리자 마법처럼 스르륵 힘이 빠졌다. 해가 저물며 어둑해진 욕실 안에 옅은 회색빛 그림자가 깔렸다. 달뜬 숨소리가 욕실을 떠돌다 차츰 그

빛을 따라 사그라들었다.

"봐서 알잖아요. 이 머리."

릴리스는 한 손으로 짧아진 머리끝을 어색하게 매만졌다. 제법 길어져 이제 귀 밑까지 내려오는 단발머리는 솔직히 말해 그녀에게 썩 어울리는 모양은 아니었다. 스스로도 알고 있어 더 멋쩍은 사실이었으나 바이마르의 생각은 조금 다른 모양이었다.

"알아요. 예쁩니다. 무척 잘 어울리신다고 생각했지요."

"……거짓말 말아요."

픽. 힘 빠진 웃음이 흘렀다. 불신한다 여겼는지 바이마르가 당혹한 표정으로 도리질 쳤다.

"정말입니다. 제가……."

"울란이 그랬어요."

릴리스는 아랑곳하지 않고 그의 말을 끊었다. '예?' 바이마르가 반사적으로 물음을 되돌렸다. 릴리스는 천천히, 또박또박 다시 똑같은 이야기를 거듭했다.

"울란이 그랬어요. 얼굴에 손도 댔는데."

순간, 허리를 잡고 있던 손에 왈칵 힘이 들어갔다. 반듯하던 미간이 우그러들며 날렵해진 턱선이 눈에 띄게 두드러졌다. 그야, 화를 내어 주니 기쁜 일이기는 했지만—

"아!"

하지만 맹세컨대 이건 정말 아팠다. 무심코 터져 나온 신음 소리에 험악하던 기세가 조금 누그러들었다. 화를 참듯 제 입술을 꽉 깨문 바이마르가 이내 침통한 표정으로 고개를 아래로 떨구었다.

기실 울란이 직접 나서서 머리칼을 자른 것은 아니었으므로, 굳이 사실 관계를 따져 보자면 이 발언은 명백한 모함이었다. 그러나 이미 죽은 자가, 혹은 죽을 자가 그런 것에 연연할 리 없지 않은가.

그리하여 릴리스는 개의치 않고 고자질을 계속했다.

"얼굴에 멍이 이만큼 들었거든요. 한 달이 넘도록 빠지지를 않아서 실은 걱정을 제법 했었답니다. 혹시나 이대로 흥이 지면 어쩌나. 그럼 반이 싫어할 텐데."

"그런…… 어째서 그런 말씀을 하십니까? 제가 그 정도로 믿음을 드리지 못했습니까? 고작 그따위 이유로 마마를 등질 거라고?"

떨리는 목소리가 잔잔한 수면 위로 흩어졌다. 울적한 낯이 투명한 물 위에 어렴풋 떠올랐다. 릴리스는 손을 내밀어 그의 붉어진 눈가를 엄지로 매만지며 말을 이었다.

"같지만 조금은 다른 이유지요. 나는 카리알을 온전히 지키지 못했어요. 어쨌거나 그를 성안으로 들인 것은 내 결정이 맞는걸요."

"그렇지 않습니다!"

바이마르가 고개를 쳐들었다. 화가 난 듯 한껏 추켜 올라간 아미와는 다르게, 그는 사뭇 고통스러운 눈빛을 하고 있었다.

"잘못된 것은 울…… 그 새…… 작자이지요. 사흘의 유예를 두지 않으셨습니까? 병사들을 설득하지 않으셨습니까? 진정 경솔함의 대가를 치러야 할 대상은 카리알의 군사들이지요. 단언컨대 그것은 결단코 마마의 잘못이 아닙니다. 게다가 울란 그 작자는, 다행히 형님께서 손목을 잘라 보내 주신다고—"

거봐.

릴리스는 눈가를 어루만지던 엄지로 주름진 미간을 살살 문지르며, 다른 한 손으론 그의 젖은 머리칼을 한데 그러모았다.

"그렇게 전부 다 알고 있었으면서."

"……"

"왜 내게는 아무것도 물어보지 않았어요?"

"……"

"말해 주지 않는다고 그렇게 화를 냈으면서."

"……"

"기다렸는데."

많이 아팠는데. 나직하게 덧붙이자 붉어진 눈가가 파르르 경련했다. 수

분과 마찰로 붉게 부푼 입술이 뻐끔거리며 의미 없는 소리를 뱉어 냈다.

릴리스는 엄지에 힘을 주어 다시 닿아 있던 눈두덩이를 매만졌다. 이윽고, 가로로 길쭉한 눈매에 투명한 액체가 차오르며 툭툭 수면 위로 미지근한 방울이 떨어졌다.

"저는…… 제가."

그가 말했다.

"그러니까 제가, 그런 것을 물어도 될지. 아니, 실은 묻고 싶었는데 차마 입이 떨어지지 않아서……."

"하지만 사흘의 유예 같은 건 서신에 써 보낸 기억이 없는걸요."

적어 보낸 것은 습격과 도망 같은 단편적인 사실의 나열뿐이다. 머리를 짧게 잘랐다는 이야기도, 얼굴에 멍이 들었다는 이야기도 차마 필담으론 할 수 없어 말을 아꼈다.

릴리스는 당혹한 표정으로 그녀를 마주 보는 바이마르의 코끝에 살짝 입을 맞추었다.

"미안해요."

사과가 너무 늦었다는 자각은 있었다. 실은 만나자마자 가장 먼저 해 주었어야 할 말이었는데.

하지만 무엇이든 하지 않는 것보다는 백번 나은 행동이었으므로. 릴리스는 내심 스스로를 칭찬하며 거듭 용기를 냈다.

"솔직히 조금은 자신이 없었어요. 나는…… 반은 괜찮다고 말해 줬지만, 그래도 무섭고 꺼려지는 것은 여전히 그대로라서."

"……."

"그래도 그런 말이라도 해 줬어야 했는데. 누가 곁에 있어 준 적이 별로 없어서, 익숙하지 않아서 습관처럼 모른 체했던 거예요. 이젠 그러지 말아야겠다고 여러 번 생각했는데. 그래도 한 번에 잘 고쳐지질 않아서……."

제대로 말을 하고 있는 건지 모르겠다. 릴리스는 어색한 기분으로 숨을 한껏 모아 뱉었다. 힘이 빠지며 스르륵 팔이 아래로 내려갔다.

"이젠 안 그래요. 안 그럴 거야. 그러니까 물어봐 줘요. 뭐든지 좋으니까 알려 달라고 마구 보채도 괜찮아요. 서운하게 만들고 싶지 않은데, 그래도 분명 부족한 부분이 있을 테니까……."

손끝이 막 물에 잠기려던 참이었다. 제 손으로 그녀의 손등을 받쳐 든 바이마르가 젖어 있는 볼을 그 위에 마주 대며 천천히 두 눈을 깜빡였다.

"많이 아프셨지요."

그가 말했다.

"제가 함께 있었어야 했는데."

뚝. 눈물이 떨어져 수면 위에 잔잔한 파동을 그려 냈다.

"그렇게 화를 내는 게 아니었는데."

뚝. 다시 떨어진 눈물이 손가락 틈새로 흘러 미적지근한 온기를 남겼다.

"내내 후회했습니다. 그러지 말걸, 조금만 참을걸. 마마께서도 많이 불안하셨을 텐데."

서신으로 다 전할 수 없는 마음이 있다. 말로 표현하지 않으면 안 되는 마음이 있었다. 그러나 이번만큼은 넘치는 마음을 대신할 다른 방법이 있었다.

릴리스는 고개를 숙여 처연한 궤적을 그리는 길쭉한 눈매 끝에 가볍게 입술을 가져다 대었다.

촉. 다시 코끝에.

촉. 이번에는 입술 위에.

촉. 그다음으론 도드라진 쇄골 위에.

"웃……."

가볍게 혀를 빼내어 우묵한 부분을 문지르자 목울대가 바르르 떨리며 짧은 소리가 흘렀다. 한껏 음울해졌던 분위기가 언제 그랬냐는 듯 다시 뭉근하게 달아오르기 시작했다.

깜빡깜빡. 바이마르가 눈꺼풀을 움직여 여태 고여 있던 것들을 밖으로 밀어 냈다. 릴리스는 양손으로 그의 볼을 훔쳐 준 뒤, 허리를 감고 있던 팔을 풀어내곤 욕조의 반대편에 비스듬히 기대어 앉았다. 빛을 보지 못해 새하얀 나신이 가릴 것 없이 훤히 드러났다.

그녀는 그대로 다리를 죽 뻗어 발끝으로 툭 불거진 무릎을 간질였다.

"이거 줄 테니까……."

꿀꺽. 침 넘어가는 소리가 적나라하게 울려 퍼졌다. 방금 전까지 울고 있었음을 알려 주듯 군데군데 붉게 물든 얼굴에 서서히 기대감이 차오르는 것이 보였다.

뭉툭한 발끝이 안쪽으로 옮겨 가 단단한 허벅지를 찌르듯 쓸어 올렸다. 단단한 근육이 경직된 피부 위로 선명한 선을 그리며 툭 불거졌다.

"전처럼 갖고 놀아도 좋아요."

구태여 부연할 필요는 없었다.

큼지막한 손이 곧장 발을 그러쥐었다. 굳은살이 박인 피부가 부드러운 살갗을 스치자 아랫배가 뻐근하게 조여들었다. 맥박 치는 살덩이가 부드러운 발바닥 안쪽, 오목한 부분을 가볍게 문지르며 왕복하기 시작했다.

들숨과 날숨이 실처럼 어지럽게 엉켜 촘촘한 그물처럼 두 사람을 옭아매었다. 화마에 휩싸인 듯 열기가 치밀어 가쁜 숨이 새었다.

물살을 헤치고 다가온 거대한 그림자가 작은 몸을 자비 없이 덮쳐눌렀다. 릴리스는 두 팔을 벌려 그것을 있는 힘껏 그러안았다. 욕조의 물이 흘러넘쳐 바닥에 때아닌 파도가 일었다. 헐떡이는 숨소리와 함께 부드러운 몸이 유연하게 비틀렸다.

맞부딪친 입술이 숨을 온통 앗아 가 머리가 몽롱했다. 힘 빠진 몸이 물에 잠긴 나룻배처럼 정처 없이 흔들렸다. 릴리스는 흐릿한 시야 너머로 어둑해진 밤을 보았다. 어디선가 꽃향기가 나는 듯했다.

조금 많이 늦었으나 그럼에도, 마침내 야래(夜来)였다.

＋❋＋

협정 장소는 당연하게도 길리안성이었다.

"길리안에 오신 것을 환영합니다. 안으로 드시지요."

하얀 깃발이 오른 뒤로 정확히 한 달 하고도 열흘이 더 지났다. 메트로를 떠난 아테라의 사절단이 긴 여정을 거쳐 마침내 길리안에 발을 들인 것은 눈이 완전히 멎은 지 채 며칠이 지나지 않았을 무렵이었다.

사절단의 대표는 외교부의 에반테 후작이었다. 그는 **빳빳하게** 몸을 굳힌 채 다소 삭막한 분위기를 풍기는 길리안성 내부를 유심히 살폈다. 갓눈을 치웠는지 곳곳에 반구형의 하얀 더미가 쌓여 있는 것이 보였다.

"모쪼록 푹 쉬시며 여독을 푸시길 바랍니다."

성문 앞에서 사절단을 맞이한 것은 루카스라 불리는 녹색 머리의 덩치 큰 기사였다. 내심 황녀가 나와 있을 것이라 생각했으므로 에반테 후작은 실망한 내색을 숨기지 않았지만, 마중 나온 기사는 끝까지 정중하지만 냉정한 태도로 그들을 안내하며 제 소임을 끝마쳤다. 딱히 꼬집을 무례는 없으나 분명 어딘가 마음이 불편한, 그런 종류의 거북함이 물안개처럼 일행 사이를 떠돌았다.

그들은 시끌벅적한 성내를 묵묵히 가로질렀다. 깔끔한 차림의 사용인들과 험상궂은 인상의 기사들이 그들을 **빤히** 응시해 왔다. 시선에 채 여물지 못한 적의가 선명했으나 그것만큼은 이쪽 또한 그리 다르지 않아 조금 안심이 되었다.

"설마 이것도 일종의 수작인가?"

짐을 풀고 난 뒤, 일행은 곧장 같은 층에 위치한 어둑한 식당으로 안내되었다. 여전히 머리털조차 내보이지 않는 황녀에게 내심 괘씸한 마음을 품고 있던 에반테 후작은 눈앞에 놓인 거무튀튀한 음식을 분풀이하듯 혼을 담아 끈질기게 노려보았다. 투박한 접시 위에 덩그러니 올라와 있는 질척한 덩어리를 보자 그나마도 없던 식욕이 뚝 떨어지는 기분이었다.

이곳이 아테라였다면 당장 주방장을 내쳤을 것이다. 장식이 없다면 하다못해 길가의 풀꽃이라도 꺾어다 놓았어야지. 지극히 섬세하고 예민한 성정을 가진 에반테 후작은 투덜대며 포크로 접시를 탁탁 두들겼다.

"맛은 그리 나쁘지 않습니다. 장식에 신경을 안 써서 그렇지."

발칸은 후작이 길리안 평원을 지나는 내내 구토를 거듭했다는 사실을 새삼 상기하며 입을 떼었다. 자리 앞으로 조용히 수프 그릇을 밀어 주자 에반테 후작이 눈살을 한껏 찌푸리며 투덜거렸다.

"정말이더냐? 보기에는 영 아닌 것 같은데."

"아테라의 것과 그리 다르지 않으니 우선은 한 입이라도 들어 보시지요. 오는 길 내내 몸이 많이 축나지 않으셨습니까."

……실은 조금 매운 듯도 했지만, 발칸은 현명하게 아닌 척 시침을 떼었다. 굶주린 배를 움켜쥐고 오만 가지 이유로 성을 내는 꼴을 하루만 더 보았다간 협정서에 찍힌 도장이 채 마르기도 전에 혈압이 올라 쓰러지고 말 것이 분명했던 탓이다.

"어디 보자…… 흠……."

달그락. 마침내 식기가 조심스레 움직였다. 반듯하던 미간에 살짝 주름이 지고, 얄팍한 눈꺼풀이 반쯤 내리 감겼다. 발칸 소공은 긴장한 채 후작을 따라 목울대를 움직였다.

"……자네 말이 옳군. 생각만큼 나쁘진 않아."

이윽고, 에반테 후작이 왼쪽 눈썹을 슬몃 추켜올리며 근엄하게 수프에 대한 평가를 내렸다. 휴우. 식탁에 둘러앉아 있던 사절단 일행들이 그제야 안도의 숨을 흘리며 제 몫의 수저를 찾아 쥐기 시작했다.

그리고 그날 밤.

"아니, 대체 여기서 어떻게 편히 잠을 잔답니까."

"맞습니다요. 아니, 아까 스파티움 기사들 표정 보셨습니까? 누구 하나 죽어 나가도 개의치 않을 얼굴이던데."

한방에 모인 아테라 사절단들이 주거니 받거니 하며 푸념의 장을 열었다. 표현은 제각각이었으나 결국은 대개가 '무섭다'는 낯 뜨거운 투정에 불과했다.

'밀죽 한 그릇도 제 손으로 못 쑤어 먹게 생겼구만.'

램프 심지를 갈던 하녀는 코웃음을 참으려 부단히 애쓰며 잽싸게 빈 바구니를 챙겨 들었다. 평생 골방에 갇혀 산 것마냥 창백한 몰골들을 보고 있자니 어쩐지 무덤가를 떠도는 듯 꺼림칙한 기분이 들었다.

그녀는 검댕 묻은 손수건을 앞주머니에 쑤셔 넣고 서둘러 문간으로 발을 디뎠다.

그때였다. 달칵하는 경쾌한 소리에 뒤이어, 눈앞에서 마법처럼 문이 벌컥 열렸다. 피할 틈도 없이 마주한 이의 얼굴에 하녀의 얼굴 위로 옅은 당황이 어렸다.

"먼저 가시지요."

'와.'

은은한 향수 냄새와 부드러운 말씨가 뒤섞여 정수리 위에서 주르륵 흘러내렸다. 자각할 새도 없이 눈이 절로 움직이며 상대를 훑었다.

제법 커다란 키와 건장해 보이는 몸. 스파티움 사내들과 비교한대도 그리 꿀리지 않을 듯한 덩치가 의외로웠다.

"잊으신 물건이라도 있으십니까?"

'와.'

못 들었으리라 짐작한 모양인지, 남자가 허리를 조금 굽히며 시선을 맞춰 왔다. 귀밑까지 내려오는 단정한 단발머리 아래로 흑요석 귀걸이가 달랑이며 시선을 강탈했다.

그러한 데다가 심지어.

"레이디?"

……목소리까지 좋은 건 좀 너무 간 것 아닌가. 게다가 레이디라니? 평생 야, 너, 못난아 따위의 부정확한 단어들로 지칭당한 하녀의 심장이 지랄맞은 만드라고라처럼 발광하기 시작했다. 야, 좀 진정해라.

"레이디?"

"아니, 아니에요! 그럼."

퍼억—

궂은일로 단련된 힘 센 팔뚝이 그의 가슴팍을 거세게 후려쳤다. 썰물처럼 문간 사이로 밀려 나간 흰 치맛자락이 금세 복도 저편으로 사라졌다. 어찌나 빠른지 불러 세울 틈도 없었다.

"쿨—럭! 대체 뭐야. 쿨럭."

기습에 놀라 기침을 거듭하던 기사가 짜증스러운 얼굴로 머리카락을 쓸어 넘기며 투덜거렸다. 그래 보아야 사용인이다. 평소 하던 대로 반말을 찍찍 갈길 수도 있겠으나 어쨌든 타국이라 제법 예를 차린 것도 사실이었다. 붉어진 얼굴로 추측컨대 분명 꺼려 하는 기색은 아니었는데.

"아니 그렇다고 사람을 치고 갈 건 또 뭐냐고."

부끄러워 달음박질 중인 하녀가 듣는다면 길길이 뛰다 못해 졸도할 오해였다. 쿨럭. 다시 기침이 새어 나왔다. 스파티움은 여자들도 죄다 힘이 센 건가. 기사는 그리 생각하며 멍이 들 것 같은 가슴을 어루만졌다.

한편, 하녀 레나의 가슴도 다른 의미로 멍이 들기 직전이었다. 물리적인 의미는 당연히도 아니었고.

"레나? 너 얼굴이 왜 그래?"

"아니, 그게……."

그저 이루지 못할 첫사랑의 흔적이랄까.

"뭐야, 왜 그러는데? 방 안에서 무슨 일이라도 있었어? 응?"

발개진 얼굴로 헐레벌떡 빨래터에 뛰어든 그녀의 주변으로 동료 하녀들이 우르르 모여들었다. 그렇잖아도 멀끔한 아테라 기사들의 모습에 다소 관심이 가던 참이다. 적국인이라지만 어쨌든 떼어 놓고 보자면 남자와 여자라, 산적 같기만 한 스파티움 사내들은 감히 가져다 붙이기도 미안할 정도의 번듯한 외양만큼은 어찌한들 부정할 방법이 없는 것이 현실이었다.

"어어이, 거기 모여 뭣들 하는데?"

마침 빨래터를 지나던 낯익은 병사 두엇이 의아한 목소리로 그들을 불렀다. 형형한 시선이 기다렸다는 듯 일제히 한곳으로 몰렸다. 먼지와 땀이 더께처럼 얹힌 훈련복 소매와, 박박 깎아 미형이라곤 없어 보이는 빡빡머리. 무릎 나온 바지와 며칠째 신고 있는 것인지 모를 냄새나는 신발까지.

"아냐, 아무것도……."

단번에 침울해진 분위기가 어색했는지, 병사들이 당황한 얼굴로 뒷머리를 벅벅 긁었다. 휴우. 그 모습에 약속이나 한 듯 긴 한숨이 줄줄이 새어 나왔다. 보기 좋은 고기가 먹기도 좋다고, 기왕이면 좀 씻기도 자주 씻고,

머리도 기르는 것까진 아니어도 좀 잘 다듬어 주고, 햇빛 아래 뒹군다고 방치하지 말고 시키는 대로 오이라도 잘라 붙이면 얼마나 좋겠느냔 말이다만.

"……됐다, 이만 가자."

"그래."

말 못 할 소망을 몰래 숨긴 하녀들이 말없이 빨랫감을 챙겨 들며 뒤돌았다. 훗날 각종 미용 산업으로 이름을 날릴 카리알 대영지의 첫 태동이었다.

✤ ✤ ✤

걱정했던 것과 달리 사절단 모두는 매우 단잠을 잤다. 음식도 별로, 장식도 별로라며 전날 잔뜩 불만을 토로했지만, 다른 건 몰라도 침구만큼은 아테라의 그 어느 것보다 푹신하고 따뜻해 절로 눈꺼풀이 아래로 떨어졌다.

'혹독한 겨울 탓인가.'

발칸 소공은 그런 생각을 하며 기계적으로 옷차림을 정돈했다. 일행 중 몇은 스파티움인 하녀들의 도움을 받아 평소처럼 단장에 힘을 주었다. 그러나 옷 입는 법이 달라 제법 곤란을 겪었는지 결국은 홀로 준비한 사람들보다도 시간이 지체되어 모두의 눈총을 샀다.

"듣자 하니 반대편에 식당이 하나 더 있다더군."

가장 늦게 준비를 마친 것은 역시나 에반테 후작이었다. 못마땅한 표정으로 커다란 식탁의 상석을 차지하고 앉은 그가 비밀 이야기라도 하듯 한껏 목소리를 낮추어 속삭였다.

"어쩐지…… 스파티움인들 코빼기도 안 보인다 했습니다."

일행 중 하나가 후작의 말에 고개를 주억이며 사과를 베어 물었다. 발칸 소공은 내심으로 그의 말을 수긍하며 찬물로 바싹 탄 목구멍을 축였다.

하루가 다 가도록 이렇다 할 방문이 없어 그렇잖아도 제법 긴장이 되던 참이다. 황녀의 판단인지, 다른 누군가의 결정인지 알 길은 없었으나 결과적으론 이쪽이 먼저 한 수를 접고 들어가는 꼴이 되었다. 생각지도 못했던 굴욕적인 전개에 에반테 후작의 심기가 한층 불편해졌음은 당연한 수순이었다.

빵과 과일로 간단히 아침 식사를 해결한 일행은 하인의 안내에 따라 곧장 2층의 커다란 회의실로 자리를 옮겼다. 삭막한 동굴 같은 외형과 달리, 하루 동안 뜯어본 길리안성은 나름의 고즈넉한 매력이 남아 있는 곳이었다.

부드러운 곡선 형태의 몰딩, 자작나무 껍질을 불려 꼼꼼히 붙여 놓은 화사한 나무 벽. 특히나 그중 유독 눈에 띄는 것은 성 곳곳에 음각되어 있는 자그마한 월계수 이파리 문양이었다.

그러고 보니 건물 안에 비슷한 형태의 장식이 많았다. 배치가 섬세하지 못해 화려한 맛은 덜했지만, 하나하나 자세히 뜯어보면 제법 손재주가 있는 장인의 작품임을 어렵지 않게 알아볼 수 있을 정도쯤은 되었다.

"드시지요."

이런저런 생각에 잠긴 사이, 정중히 허리를 굽힌 하인이 문을 열어 둔채 복도 쪽으로 빠르게 사라졌다. 발칸은 주저 없이 앞장서서 회의실 안으로 들어섰다. 묵직해 보이는 커다란 석조 탁자 위에 가지런히 놓여 있는 이름표가 보였다.

타원형으로 생긴 상판 한편에 주르륵 자리를 잡고 앉으니 긴장이 되어 몸에 한껏 힘이 들어갔다. 거만한 에반테 후작마저 다소 굳어진 표정으로 사방을 둘러보는 가운데, 이내 문 너머에서 시끌시끌한 소리들이 들려오기 시작했다.

"—아니 그러니까 제가 말씀드렸지 않습니까. 그렇게 손을 자주 씻으시면 도리어 역효과가 난다니까요. 청결은 무슨."

"믿을 만한 소릴 해라, 아로프 자작."

"나, 참. 이래 봬도 의사 면허 소지자란 말입니다. 아니, 그보다 기사가 습진이라니…… 세상에 그게 말이나 되는 소리냔 말이에요. 물일하는 하인도 아니고 남부끄러워서 원. 그렇지 않습니까, 마마?"

티격태격하는 두 사내의 짧은 대화에 이어, 차분한 목소리가 무어라 그들을 타일렀다. 워낙 소리가 작아 의미를 전부 파악할 순 없었으나 상대를 짐작하기에는 차고도 남을 만큼 충분한 특징이었다.

발칸은 꿀꺽 마른침을 삼켰다. 워낙 오랜만에 얼굴을 보는 탓일까. 손바닥에 진땀이 솟아 살갗이 미끌거렸다.

끼이익.

묵직한 나무 문이 바닥을 긁으며 귀에 거슬리는 소리를 냈다. 커다란 창을 통해 들이치던 햇빛이 기다렸다는 듯 좁은 틈을 비집고 나가려 몸부림쳤다. 문간 너머에 드리우고 있던 어둑한 그림자가 차츰 옅어지며 복도에 어렴풋하게 빛이 비쳤다.

드러난 인영은 둘. 셋, 아니 여섯이었다.

낯선 복식을 갖춘 황녀가 가장 먼저 회의실 안으로 발을 들였다. 아테라인임을 증명하듯 오목조목한 이목구비와, 발목 위로 떨어지는 길이의 한껏 주름진 진녹색 튜닉 드레스가 다소 기묘한 조화를 이루었다. 아테라인이라 하기에도, 그렇다고 스파티움인이라 부르기에도 어딘가 마땅치 않은 모습이었다. 베일로 얼굴을 가리고 있어 확신이 어려웠으나, 발칸은 그녀역시 자신을 보고 있을 것이라 어렴풋이 짐작했다.

뒤따라 들어선 바이마르에 이어, 중갑옷 차림의 기사 넷이 험악한 기세로 회의실 안을 들여다보며 눈을 부라렸다.

탁— 탁— 단단한 지팡이 끝이 바닥을 짚으며 딸각이는 소리를 냈다.

'이런.'

그리고 다음 순간, 발칸 소공은 낭패한 얼굴로 턱을 쓸었다. 일어선 것은 일행 중 오로지 그뿐이다. 반사적으로 엉덩이를 들썩였던 몇몇 치들마저 끝내는 에반테 후작을 따라 금세 거만한 태도를 고수했다. 느낌이 좋지않았다.

"이리 다시 만나 뵙게 되는군요. 에반테 후작입니다, 저하."

에반테 후작은 바이마르의 얼굴을 똑바로 마주한 뒤에야 육중한 몸을 느릿하게 자리에서 일으켰다. 고의적인 무시를 눈앞에서 목격한 기사들의 낯빛이 눈에 띄게 딱딱해지며 흉흉한 기세를 뿜어냈다.

"오랜만이군, 후작."

릴리스는 의연하게 그 인사 아닌 인사를 받아쳤다. 무심코 그녀를 바라본 에반테 후작의 얼굴이 불쾌한 듯 설풋 일그러졌다.

그러나 미처 무례를 책하기도 전, 제법 커다란 노성이 먼저 나서 공격의 포문을 열었다.

"천한 핏줄이 어디 먼저 입을—!"

"—찢어 버릴깝쇼, 마마?"

바이마르의 새파란 눈동자가 당장이라도 냉기를 뿜을 듯 싸늘하게 가라앉았다. 루카스가 툭 나서 쩌렁쩌렁 울리는 목소리를 가로챘다. 어느샌가 발검한 그를 따라 회의실 안의 기사들도 덩달아 각자의 검을 빼어 들었다. 와트만이 다 들리도록 욕설을 짓씹었다.

살얼음판 위에 선 듯 아슬아슬한 긴장이 이어졌다. 예상치 못했던 격한 반응에 에반테 후작이 움찔거리며 두 눈을 굴렸다.

"이게, 이게 무슨 짓입니까! 협정을 위해 온 사절단을 이리 대우하는 법도 있습니까?"

다음 순간, 억지로 쥐어짠 듯한 작은 목소리가 막막하던 분위기에 어설픈 숨통을 뚫었다. 갓 성년이 되었다던 롤렌도 영식이었다. 젊은 혈기라는 것인지 씩씩대는 꼴이 그나마 제법 봐 줄 만해 발칸 후작은 내심 그에게 높은 점수를 매겼다. 물론, 방향은 전혀 틀려먹었다지만.

이제 어쩐다.

발칸 소공은 다시 턱을 쓸어내렸다. 슬쩍 몸을 틀어 시선을 피하는 와중 와트만과 눈이 마주친 것은 예기치 못했던 소소한 불상사였다.

두툼한 눈썹이 인사를 건네듯 슬쩍 들렸다. 답답한 상황임에도 불쑥 반가운 마음이 솟아 입가로 흐릿한 미소가 새었다.

"법이야 만들면 생기는 법이지요."

그때였다. 불쑥 나선 갈색 머리의 키 작은 사내가 외알 안경을 만지작대며 한쪽 입꼬리를 끌어 올렸다.

"뭐요?"

롤렌도 영식이 반문했다.

"만들면 생기는 게 법이라 했습니다. 그러니 지금이라도 서둘러 사죄하시지요. 특별법이라도 제정해 재갈을 물려 버리면 무릎 정도는 꿇어 주어야 수지가 맞을 텐데. 체면도 있을 테니 역시 전자가 좀 더 낫지 않겠습니까?"

"뭐, 뭐요?"

"똑같은 말밖에 할 줄 모르는 걸 보니 말을 덜 배운 모양입니다. 대체 어디서 이런 덜떨어진 치들을 데리고 온 겁니까, 발칸 소공?"

가느스름한 눈매가 어째 조금 익숙했다. 꾸밈이 조금 달라 알아보는 것이 늦었다. 발칸의 입에서 한 박자 늦게 침음이 새어 나왔다.

"당신 혹시……."

"예, 맞습니다. 아로프 자작이지요. 이 차림으로 만나는 것은 처음이로군요."

말이 다시 가로채였다. 이제 와 정체를 밝히면 곤란합니다. 웃음기 없이 휘어지는 눈이 명백히 그런 의사를 전해 왔다. 발칸은 두 손을 그의 어깨 높이까지 어림으로 들어 올려 항복 의사를 전했다. 어쩐지 느낌이 좋지 않더라니만. 불길한 감이 참 싫게도 들어맞았다.

"황녀 마마와 왕자 저하께 깊이 사죄드립니다. 좋은 날이니 부디 노여움을 푸시지요."

"그러기엔 이미 조금 늦은 듯한데."

베일 속에서 가느다란 목소리가 흘러나왔다. 에반테 후작이 시뻘게진 얼굴로 입을 뻐끔거렸다. 삿대질을 하려는 것처럼 움찔움찔 들리던 손가락이 번쩍이는 검날을 의식한 듯 천천히 제자리로 돌아갔다.

"……이러시면 곤란합니다, 왕자 저하. 협정을 위해 모인 자리에서 이리도 험악한 언사라니요. 폐하께서 아신다면 필시 결정을 후회하시겠지요."

"혀가 잘리고 싶은 게 아니라면 멍청한 소리는 그만 집어치우는 것이 좋겠군, 후작. 나만 해도 이제 그런 협박은 하도 들어 지겹게 느껴질 정도라 말일세."

가슴을 한껏 부풀린 에반테 후작이 분노한 낯으로 눈을 가늘게 떴다. 내키지 않는다는 듯, 아주 천천히 릴리스를 비껴 시선을 흘린 그가 턱에 강하게 힘을 주며 짓씹듯 말을 뱉었다. 와중에도 끝끝내 바이마르에게 말을 거는 모양새가 참 끈질기게도 한결같았다.

"왕자 저하, 무례를…… 용서하십시오. 허나 아테라 황실에서는 사생아를 핏줄로 인정하지 않는 바, 폐하께서 자비를 베푸시어 신변을 보호해 주셨거늘 그럼에도 이렇게—"

"아로프 자작."

다시 뚝 말허리가 잘렸다. 에반테 후작이 부득부득 이를 갈며 두 주먹을 꽉 쥐었다. 천출에게 모욕당한 분을 삭이기 힘들었던 모양인지, 그의 흰자에 시뻘건 핏줄이 올록볼록 솟아나 기괴한 분위기를 연출했다.

"예, 마마."

그러거나 말거나. 사태의 원흉인 두 남녀는 정답게 대화를 주고받을 뿐이었다.

"내 아무래도 마음이 좋지 않아 오늘은 이만 몸을 쉬게 해야 할 듯한데. 그대가 대신 귀한 분들을 접대해 주어야겠어. 괜찮겠는가?"

"얼마든지 맡겨만 주시지요. 헌데…… 몸조리는 대략적으로나마 며칠이나 걸리실 요량이신지요?"

시렌이 사절단 일행을 돌아보며 씩 웃었다. 갈색 눈동자가 질 나쁜 악동처럼 반짝이며 사색이 된 얼굴들을 쓱 훑었다.

'아차.'

시선이 마주치는 순간 어쩐지 불길한 예감이 등골을 타고 올랐다. 발칸은 들고 있던 손을 내리곤 서둘러 입을 뗐다.

"글쎄."

아니, 그러려고 했다.

"아직은 잘 모르겠군."

익히 아는 목소리가 그를 가로막지만 않았다면, 분명 생각했던 대로 행동했을 것이다. 그는 난감한 기분에 휩싸여 마른 손으로 얼굴을 쓸어내렸다.

"적어도 열흘 정도는 푹 쉬어야 거동이 수월해지지 않을까 싶다네."

당혹한 기색을 눈치챘는지, 베일 너머에서 들려오는 목소리에 언뜻 장난기가 섞여 들었다. 착각인가 싶었으나 더는 말이 이어지지 않아 발칸은 그 이상 상대의 심기를 추측할 수 없었다.

"그럼 먼저 실례하지."

미련 없이 회의실을 등진 황녀가 달각거리는 소리를 내며 차츰 멀어져 갔다. 이제껏 한 마디도 꺼내지 않던 왕자가 무표정한 얼굴로 그들을 일별하곤 당연하다는 듯 그녀의 뒤를 따랐다.

발칸은 낭패한 기분으로 시선을 돌렸다. 희부연 창밖의 풍경이 문득 눈에 들어왔다. 맑았던 아침의 하늘은 거짓이었다는 듯, 큼지막한 눈발이 하나둘 흩날리고 있었다.

✦ ❀ ✦

그날 밤부터 시작된 폭설은 꼬박 닷새 동안 이어지다 잠시 소강사태를 맞았다. 그러나 '몸이 아픈' 황녀의 접견 거부로 성안에 발목이 붙들린 사절단은 겨울 산의 정취를 즐길 겨를도 없이 금세 울적한 기류에 매몰되었다.

햇빛 한 점 들지 않는 회색빛 하늘과, 밤새 창문을 뒤흔드는 거센 눈바람. 난생처음 겪어 보는 자연의 흉포함은 마치 인간의 한계를 시험하듯 끊임없이 몰아쳐 성안의 사람들을 고립시켰다.

평생 이 계절을 헤쳐 온 토박이들도 그럴진대, 남부의 온화한 기후에만 둘러싸여 살아왔던 사절단 일행이 이 난데없는 사태를 의연히 넘길 수 있을 리가 없었다. 무기력하게 앉아 흘러가는 시간을 죽이는 동안 교류는 뜸해졌고 말수 또한 줄어들어 협정이 성공적으로 이루어진다 한들, 눈이 그치고 길을 제대로 내기 전에는 떠날 채비조차 갖출 수 없음이 너무나 분명했던 탓이다.

언뜻 살풍경하다 느꼈던 성안의 풍경마저 이쯤 되니 당연한 수순이라 여겨졌다. 이해를 넘어선 절절한 공감이었다.

"휴……."

그러나 개중에서도 가장 상태가 심각한 것은 본래부터 넘쳐 나는 감수성을 자랑하던 에반테 후작이었다. 황녀를 향한 경멸과 임무에 대한 책임감 사이에서 끊임없는 내적 혼란에 시달리던 그는, 보름가량이 지났을 무렵에는 눈에 띄게 수척해져 마주치는 사람마다 건강을 염려하는 말을 먼저 인사로 건넬 만큼 걱정스러운 몰골이 되었다.

"이만 먼저 접견을 청하시지요."

발칸은 기계적으로 카드를 섞어 패를 돌렸다. 무료한 시간을 죽이기 위해 벌린 판이었지만, 참가자 모두 승패에 관심이 없어 속도가 지지부진했다.

"하지만 이대로라면 명백히 지고 들어가는 모양새가 아닌가. 폐하의 위신을 깎아 먹는 일이란 말일세."

에반테 후작은 투덜대며 제 몫의 카드를 뒤집었다. 사생아 따위가 황녀 행세를 하며 그의 머리 위에서 뛰놀고 있음이 영 마뜩잖아 혀끝이 가슬가슬했다. 날씨 탓에 별도리 없이 맞춰 주고 있는 형국이지만, 실제 눈이 그친대도 이 상태로는 귀환을 선언하기 어려웠다. 협정서에 도장조차 찍지 못했으면서 대체 무슨 낯으로 돌아가 폐하를 알현한단 말인가.

"하긴 그렇겠지요."

발칸은 카드 한 장을 품 넓은 소맷자락 안에 몰래 숨기며 선선히 고개를 주억였다. 에반테 후작은 자타가 공인하는 황제파 충신이었으니, 중립에 가까운 그보다 이 사태를 좀 더 심각하게 여길 수밖에 없는 것이 당연했다.

'충신이라…….'

발칸은 속으로 그 말을 되뇌며 새로운 카드를 꺼내기 위해 카드 뭉치를 뒤적였다. 도의적인 문제는 차치하고서라도, 예거라트의 치세하에 제국이 평안한 시절을 보내고 있는 것만은 사실이었으므로.

황녀의 존재를 숨겨 왔음이 밝혀지면서 몇몇 귀족들이 불편한 기색을 내비치기는 했지만, 평민들은 도리어 '인간적인 황제'의 모습을 기꺼워하며 지고한 지배자의 실수를 감쌌다. 좋은 인간이 좋은 황제가 될 필요가 없음을 그들이 직접 나서 증명한 셈이었다.

어쩐지 입맛이 썼다.

그때였다.

"그래서 말이네만……."

탁. 에반테 후작이 조커를 탁자 위에 내던지며 목소리를 은근하게 낮추었다. 발칸은 이어질 말을 예감하곤 의미 없이 제 패를 뒤적였다.

"자네가 한번 가 보게나. 황녀…… 그 여자와 그래도 제법 친분이 있지 않았나?"

결국은 일이 이렇게 되는군. 발칸은 그리 생각하며 짧게 한숨을 내쉬었다. 하긴, 도착했을 때부터 이미 반쯤은 각오했던 일이었다.

"접견 신청을 넣어 보지요. 하지만 녹록지 않을지도 모릅니다."

그러나 걱정이 무색하게도 접견 신청은 순식간에 받아들여졌다. 발칸은 첫날 보았던 녹색 머리 기사의 안내를 받아 좁은 계단을 오르며 흘금 아래를 내려다보았다.

1층이 온전히 사절단 일행의 공간이라면 2층은 황녀 내외만이 쓸 수 있는 일종의 독립된 거처였다. 보초병들이 항시 지키고 있는 데다가, 조금이라도 가까이 갈라치면 기사들이 눈을 부라리는 통에 그들은 첫날 외에는 한 번도 위층 복도를 밟아 본 적이 없었다.

발칸은 그 사실을 상기하며 조금 들뜬 기분으로 옷차림을 정돈했다. 그를 따라온 롤렌도 영식이 불안한 듯 딱딱하게 굳은 얼굴로 꿀꺽 침을 삼켰다.

"들어가십쇼."

문 앞을 지키고 서 있던 와트만이 가벼운 윙크를 날리며 길을 비켜 주었다. 달칵. 문고리가 돌아가는 소리에 뒤이어 다정한 목소리가 으레 그러했듯 먼저 안부를 물어 왔다.

"그간 잘 지냈는가, 소공? 이리 보는 것도 퍽 오랜만이로군."

"예, 오랜만…… 마마?"

두 남녀는 둥그런 탁자 너머에 앉아 있었다. 습관적으로 맞인사를 건네려던 발칸은 눈에 띄게 짧아진 머리카락을 보곤 저도 모르게 말을 멈췄다. 허리춤까지 닿을 정도로 길었던 머리칼이 왜…….

"그리 이상한가?"

릴리스가 설핏 웃으며 어색한 듯 목덜미를 매만졌다. 발칸은 서둘러 놀란 마음을 갈무리하곤 얼빠진 표정으로 '머리, 머리가……' 따위의 말을 반복하는 롤렌도 영식의 옆구리를 힘껏 찔렀다.

"아니요, 아닙니다. 새 머리가 무척 잘 어울리시는군요."

"머리칼이……, 머리……."

얼빠진 놈. 발칸은 내심으로 투덜거리면서도 조심스레 한 발 나서서 제 몸으로 롤렌도 영식을 가렸다. 영식을 쏘아보던 바이마르 공, 아니, 왕자의 새파란 눈동자가 목표물을 잃고 자연스레 그에게로 옮겨 왔으나, 발칸은 따끔거리는 얼굴을 모른 체하며 눈으로 가만히 황녀의 모습을 훑었다.

걸치고 있는 옷가지도, 은연중 풍기고 있는 기운도, 어느 모로 보나 예전 황녀와는 판이하게 다른 모습이었다. 이쯤 되니 첫날 베일을 쓴 이유가 어렴풋이 짐작 갔다. 가뜩이나 조롱과 원망이 들끓는 이 시기에, 아테라인이라면 결코 하지 않을 외양을 하고 있으니…….

에반테 후작이 보았다면 필시 더한 소동이 일어났을 것이라는 데에까지 생각이 미치자 자연히 등골이 서늘해졌다.

"허언은 하지 않아도 좋아. 반도 긴 머리가 더 낫다는 걸 인정했거든…… 아, 그리고 보니 두 사람, 인사는 아직인가?"

때마침 릴리스가 바이마르를 돌아보며 화제를 전환했다. 발칸은 마침내 조용해진 롤렌도 영식을 옆으로 끌어내며 먼저 꾸벅 고개를 숙였다.

"그런 듯합니다. 늦었지만 인사 올리지요. 오랜만에 뵙습니다, 바이마르 왕자 저하."

"······오랜만일세, 소공."

'나, 참.'

발칸은 혀를 차며 눈을 살짝 내리깔았다. 소공이란 호칭에 유독 힘이 들어간 건 단언컨대 그 혼자만의 착각이 아닐 것이다.

"이쪽은 롤렌도 백작가의 영식입니다. 올해 처음으로 외교부에 들어왔지요."

"만, 만나 뵙게 되어 영광······입니다, 마······마."

덥석 이끌려 앞으로 나선 롤렌도 영식이 더듬더듬 제 소개를 마쳤다. 경칭을 붙이는 데 약간의 주저가 있었지만, 릴리스는 그를 책하는 대신 자리를 권하는 것으로 어색한 분위기를 환기했다.

"시····· 아로프 자작이 장담하긴 했다만, 설마하니 정말 소공이 올 거라곤 생각지 못했어. 물론 반갑지 않다는 뜻은 아니니 오해 말게나."

"그만큼 기쁘시다는 뜻으로 이해하지요. 저 역시 마마의 소식을 전해 들어 대강은 알고 있었습니다만······ 어쨌거나 이리 건강해 보이시니 다행입니다."

"그러한가······."

릴리스는 그러곤 한참 동안 말을 아꼈다.

찰나, 발칸은 그녀가 고통스러워할 것이라 짐작했다. 그러나 릴리스는 그저 눈을 두어 번 깜빡였을 뿐, 이내 본래의 차분한 모습으로 돌아와 그를 똑바로 마주 보았다.

그것은 대단히 생소하고도 충격적인 장면이었다. 어쩌면 예상치 못해 더욱 놀라웠을 것이리라. 발칸은 비로소, 자신이 기억하던 황녀의 모습과 지금의 릴리스가 결코 같지 않음을 인정했다.

"기분이 퍽 좋아 보이는군. 종전이 된 게 그리 마음에 드는가?"

깨닫는 순간 어쩐지 홀가분한 기분이 들었다. 내심이 얼굴에 드러났는지, 릴리스가 그를 보며 두어 번 혀를 찼다.

발칸은 그녀가 내미는 협정서와 깃펜을 정중히 받아 들며 어깨를 으쓱했다.

"……아니라면 거짓이겠지요. 요 몇 달간 제가 얼마나 고생을 했는지…… 아마 마마께선 짐작도 못 하실 겁니다."

"그러는 소공이야말로 내 고생을 짐작도 못 할 걸세."

속내를 교묘히 숨긴 대화가 오갔다. 발칸은 협정서의 내용을 꼼꼼히 확인한 뒤 신중하게 제 몫의 서명을 마쳤다.

"아테라의 대리자는 저, 리안 발칸이 될 것입니다."

"스파티움의 대리자는 나, 릴리스 반 모라 아테라가 될 것이네."

두루마리를 건네받은 릴리스가 스파티움의 서명란에 제 이름을 적어 넣곤 미련 없이 자리를 털고 일어섰다. 발칸 역시 그녀를 따라 천천히 몸을 일으켰다.

얼떨결에 잉크병을 받아 들게 된 롤렌도 영식이 당혹스러운 낯으로 두 사람을 번갈아 보며 눈을 굴렸다.

"그대와 회포를 더 풀고 싶네만."

릴리스가 아쉬운 듯 미소했다.

"내 오랜 벗에게 썩 도움이 될 것 같질 않아 아쉬운 마음뿐이군. 부디 무사히 귀환하길 바라겠네."

이미 지나칠 정도로 길어진 체류였다. 제국의 사절단이 고작 국경 지대에 며칠씩이나 붙들려 있었으니, 실은 억류라는 표현이 보다 적합할 터다. 황제의 위신이 그만큼 깎여 나갈 것이라는 점 또한 이미 예정된 결과였다.

'과연 우연일지는.'

의도이건 아니건 예상치 못했던 사태임은 분명했다. 날씨 탓이라는 훌륭한 변명거리는 차치하고서라도, 일련의 과정이 물 흐르듯 자연스러웠던 것 또한 사실이다. 책략이라도 한 수를 접어주어야 할 판에, 태연자약한 릴리스의 표정 또한 생소하기는 매한가지였다.

발칸은 다시 그녀가 조금 낯설어졌다.

"공?"

"아…… 아무것도 아닙니다."

발칸은 서둘러 생각을 갈무리하며 릴리스의 담담한 얼굴을 물끄러미 마주 보았다. 침묵 사이로 시선이 교차했다. 다소 어색하면서도 딱 그만큼 풋풋한 기류가 두 사람을 푸근히 감쌌다.

"……."

찌를 듯한 시선은 원치 않은 덤이었다. 발칸은 따갑게 느껴지는 목덜미를 한 손으로 가볍게 쓸어내렸다. 바이마르는 그 언젠가, 황녀궁의 연무장에서 보았던 바로 그 눈을 하고 있었다. 다행이라 해야 할지 당연하다 해야 할지.

"마마의 무병을 빌겠습니다."

그는 어느 쪽도 고르지 못한 채 돌아섰다.

눈발이 차츰 멎고 있었다.

✤ ✤ ✤

사흘 뒤, 잠시 하늘이 갠 틈을 타 사절단 일행은 바삐 짐을 꾸려 성을 나섰다. 마침내 적지를 벗어난다는 기대 덕일까. 한동안 조용하던 무리 틈에 차츰 이전의 활기가 돌아왔다. 과장을 조금 보태어 반쪽이 되었던 에반테 후작의 얼굴도 며칠 새 원래의 모습을 되찾았다.

큼, 흠. 연장자로서의 위엄을 두어 번의 헛기침으로 다시 세운 후작이 멀어지는 성을 흘긋 돌아보며 투덜거렸다.

"하필 저따위 천것과 벗이라니. 폐하께서 자네를 뽑는 데에 고심이 많으셨겠어."

"그렇습니까."

"이를 말인가. 하여간 무식한 스파티움 놈들 같으니. 힘쓸 줄만 알았지, 도통 명예를 몰라. 사생아를 받아 대체 어디에 쓴단 말인가?"

발칸은 얼굴을 찌푸리지 않기 위해 노력했다.

얼마간의 침묵 뒤, 속삭이듯 무어라 답한 발칸이 속도를 빨리해 조금 앞서 나갔다. 에반테 후작은 급히 그를 따라잡으려다, 채 지워지지 않은 바닥의 핏자국을 발견하곤 그대로 꽉 찬 속을 게워 내고 말았다. 방금 들었던 짧은 말은 자연히 뇌리에서 까맣게 잊었다.

'글쎄요. 차라리 잘된 일이 아닙니까.'

눈발 섞인 바람이 언뜻 그 목소리를 등 뒤로 실어 날랐다. 누군가 에취! 코를 훌쩍이며 재채기를 연발했다. 발칸은 후작을 일별하곤 속도를 좀 더 올렸다. 아직 갈 길이 바빴다.

✢ ✤ ✢

3일 밤낮으로 축제가 이어졌다.

독립을 공표하던 날. 스파티움의 젊은 왕은 연회와 더불어 미뤄 왔던 혼인식을 성대히 거행했다. 모두가 소리 높여 군가를 불렀고, 왕 내외의 무탈을 기원하는 새빨간 등이 밤낮으로 폴리스 곳곳을 환히 밝혔다.

"아니, 이게 대체 말이나 되는 소리냔 말이야!"

그리고 다음날 아침. 개운하게 잠에서 깨어난 와트만은 당혹한 기색으로 제 두 눈을 마구 비볐다. 분명 밤새 먹고 마시는 걸 똑똑히 봤단 말이다!

그러나 속으로 내지른 절규는 아랑곳없다는 듯, 길거리는 이미 반나절 새에 아무 일도 없었던 것처럼 말끔해진 뒤였다.

루카스가 킬킬 웃으며 그의 어깨를 탁탁 두들겼다.

"이래서 남부인들이란…… 3일만 해도 놀기에는 충분히 긴 시간이었단 말입니다. 먹고 마시던 놈들 중 절반 정도는 아마 이튿날부터 훈련하고 싶어 몸이 근질거렸을걸요."

"도통 이해할 수가 없구만……."

고개를 내젓던 와트만은 문득 느껴지는 찬기에 머리를 한 번 쓸어내렸다. 손끝에 차갑고 흰 덩어리가 묻어났다. 싸락눈이었다.

"이런, 벌써 눈이 내릴 줄이야…… 이러다간 정말 큰일 나겠습니다. 좀 일찍 출발해야 할 듯한데, 어떻게 생각하십니까, 둘베트 경?"

루카스가 우중충한 회색빛 하늘을 올려다보며 툴툴거렸다. 덩달아 머리에 붙은 눈을 털어 내던 둘베트가 선선히 그의 말에 동의했다.

"그래야 할 것 같군. 자칫하다간 여기서 내내 발이 묶여 있겠어."

흠. 루카스가 콧잔등을 찡그리며 다시 말했다.

"바이마르 저하께서 과연 그걸 용납하실지 모르겠습니다만……. 어쨌건 우선은 마차라도 준비해 두는 게 어떻겠습니까? 어차피 내릴 눈이라면야, 더 쌓이기 전에 출발하려고 하실지도요."

결론적으로, 그 추측은 정확히 들어맞았다.

"두 달에 한 번씩은 꼭 와야 한다. 알겠느냐? 두 달에 한 번이야."

마차 앞에 버티고 선 체자레가 못내 서운한 기색으로 툴툴거리며 성질을 부려 대었다. 뾰족한 시선 끝에 이불로 둘둘 말린 커다란 솜뭉치가 걸렸다. 사정도 모른 채 곤히 잠들어 있을 황녀의 모습을 상상하니 꾹꾹 눌러두었던 서운함이 다시 왈칵 솟구쳤다.

좀 더 머물다 가려니 생각했던 것과 다르게, 바이마르는 눈발이 날리기 무섭게 길을 떠날 채비를 서둘렀다. 자칫 때를 놓쳐 쌓인 눈이 얼어 버리면 통행이 끊겨 발이 묶일 염려가 크다. 이 이상 영지를 비워 두기에도 불안한 감이 없지 않으니, 실상 바이마르의 결정은 퍽 합리적인 선택임이 분명했다.

그렇지만.

'쳇.'

형님, 형님 하며 졸졸 따라다닐 때는 언제고. 체자레는 고집스럽게 버티고 선 채로 막내의 대답을 종용했다.

그사이, 둘베트는 고치처럼 담요에 둘둘 말린 황녀가 깨지 않도록 마차 문을 조심스레 밀어 닫으며 마무리 작업에 박차를 가했다. 똑 닮은 형제끼리 벌이는 입씨름은 이제 구경거리조차 되지 못해서인지, 병사들 또한 누구 하나 그쪽으로 시선을 두지 않은 채였다.

"이만 가자."

바삐 짐을 부리던 병사들이 제 위치를 찾아 돌아갈 즈음, 입씨름을 빙자한 작별 인사를 마무리한 바이마르가 마차 앞으로 다가서며 성가신 기색으로 휘휘 손을 흔들었다.

"출발하라!"

"약속 꼭 지켜야 한다, 반!"

선두의 말 위에 올라탄 둘베트가 뒤를 향해 커다랗게 출발 명령을 내렸다. 길옆에 꿋꿋이 버티고 서 있던 체자레가 우렁찬 목소리로 기어이 약속에 못을 박았다. 바이마르는 건성으로 고개를 두어 번 끄덕이고는 잽싸게 마차 문을 열고 들어가 두터운 담요로 새어 들어오는 빛을 막았다.

이윽고 마차가 흔들흔들 움직이기 시작했다. 다행히 눈발이 굵지 않아 멀리까지 시야가 훤히 트였다. 나쁘지 않은 출발이었다.

그들은 폴리스를 떠난 지 꼭 일주일 만에 카리알에 입성했다. 출발한 지 얼마 지나지 않아 깨어난 릴리스가 몹시 당혹해했다는 것을 제한다면 몹시도 평온한 여정이었다.

먼저 도착해 있던 시렌이 한달음에 달려 나와 그들을 맞이했다. 릴리스는 떠나기 전과 달라진 것 없는 성 외관을 잠시 감상하다가, 훌쩍 그녀를 안아 드는 바이마르의 목을 익숙하게 감싸 안았다. 황녀를 안고 성을 활보하는 왕자의 모습은 이제 카리알성 내의 사람들에게는 별 특별한 광경도 아니었으므로, 릴리스 또한 더 이상은 주목을 걱정할 필요가 없었다.

그녀를 방으로 옮겨 침대 위에 앉혀 둔 바이마르는 당연한 수순처럼 뜨거운 물에 적신 수건을 챙겼다. 마디 굵은 손가락이 단단해진 종아리를 힘주어 문지르는 동안, 릴리스는 발가락을 꼼지락거리며 창 너머로 보이는 희뿌연 하늘을 감상했다.

"다시 눈이 제법 오네요."

"이르게 출발하길 잘했습니다. 형님의 말만 듣고 있었다가는 꼼짝없이 길바닥에 갇혔을 테니까요."

미지근해진 수건을 대야에 걸쳐 두고 일어선 바이마르가 따끈한 차를 잔 가득 따르고는 그 안에 꿀을 듬뿍 쏟아 넣었다. 스푼이 찻물을 부드럽게 휘저으며 찰박이는 소리를 냈다.

"하지만 임명식을 생각하면 날이 그리 넉넉한 것만도 아닙니다."

쿨럭. 내밀어진 꿀차를 홀짝이던 릴리스는 그 말에 조금 놀라 가볍게 기침했다.

"하지만 반, 다른 영주들의 의견도 들어 봐야 하잖아요. 게다가 난 정치에 대해서는 아는 게 썩 많지 않아서……."

"이제껏 충분히 잘해 주셨습니다. 게다가 이미 주변에 도와줄 이들이 넘쳐 나지 않습니까. 걱정하실 필요 없어요. 분명 괜찮을 겁니다."

한숨이 폭 터졌다.

협정 뒤 새로 얻은 영지의 관리 문제가 대두된 것은 대략 한 달 전의 일이었다. 체자레는 카리알을 위시한 고트와 달튼, 요체프와 길리안을 하나의 영토로 묶길 바랐고, 더불어 바이마르가 그 일을 맡아 제 입지를 다질 것을 명했다.

체제를 달리하던 다섯 개의 영지가 한 깃발 아래 충성을 맹세하는 것이다. 영지 다섯 곳을 합한 전체 평수만 해도 폴리스와 비견될 정도로 넓으니 번영의 정도를 제쳐 두더라도 결코 쉬운 일만은 아니었다.

"그럼 반, 역시 반이 직접 영주직을 맡는 게……."

그리고 바이마르는 그 자리에 필히 릴리스를 앉힐 생각이었다.

"싫습니다. 그건 마마의 몫이에요."

그녀의 부담은 이해하는 바이다. 그러나 바이마르는 그것이야말로 릴리스가 온당히 지녀야 할 첫 번째 권리라 확신했다.

제국의 황족은 성년이 되는 즉시 사유지를 하사받는다. 법도에 따라 릴리스 역시 제 몫의 땅이 있었다. 단 한 번도 발 들여 본 적 없는 낯선 곳이었지만.

바이마르는 그 사실이 못내 마음에 들지 않았다. 하물며 왕자의 비가 아닌가. 이보다 더한 것도 충분히 받을 자격이 된다.

"하지만 저하, 체자레 전하께는 대체 어찌……."

물론 모두가 그와 같은 생각인 것은 아니었다.

"형님께서 모든 것을 미리 아실 필요까지는 없지."

시렌은 꿀 먹은 벙어리가 되었다.

기실, 논리적으로 따져 보았을 때 바이마르의 말에는 거리낄 만한 부분이 전혀 없었다. 이미 지난 몇 달 동안 황녀의 통치 체제에 익숙해진 데다, 새로 편입된 두 영지가 아테라의 영토였으니만큼 릴리스의 존재는 어느 정도의 정당성을 담보할 수 있다는 장점까지 지니고 있어 여러모로 최선의 방책이 될 가능성이 농후했던 것이다.

걱정스러운 것은 그와는 다소 다른 결이 다른 문제였다. 그러니까 체자레라든가, 바이마르의 형님이라든가, 이 나라의 왕이라든가.

둘베트가 머리를 쥐어뜯는 시렌을 보며 입꼬리를 끌어 올렸다.

"표정이 왜 그런가, 아로프 백작? 설마 이제 와 눌러앉은 걸 후회하고 있진 않을 테고……."

"……놀리지 마십쇼. 경은 기사단장 자리라도 꿰어 찼지, 저는 이제 더 받아먹을 꿀도 없단 말입니다."

"작위 승격이면 됐지 뭘 더 바라나."

"기쁨에 취하기 전에 과로사나 하지 않으면 다행이겠죠…… 아, 그보다 저하."

금세 울적한 표정을 털어 낸 시렌이 손뼉을 짝 맞부딪치며 두 사람을 바라보았다.

"무스타리가 전하길 오늘쯤 공사가 끝날 것 같다더군요. 앞으로는 마마께서도 다니시기가 훨씬 수월하게 되었습니다."

듣던 중 반가운 소리에 둘베트의 미소가 더욱더 짙어졌다. 근래 열흘간, 성내의 문턱을 뜯어내는 대공사로 밤낮이 소란해 내내 잠을 설쳐 왔던 탓이다. 다들 잘만 자는 와중에 그만이 온갖 예민함을 뽐내는 바람에 인부들의 불평도 이만저만이 아니었다.

"잘되었군. 임명식 날 입을 옷도 이제 슬슬 맞추어야 해. 그리고 초대객 명단도……."

바이마르의 말은 끊임없이 이어졌다. 시렌은 열심히 그의 말을 받아 적으며 곧 있을 식 준비에 박차를 가했다. 앞으로 한 달 반. 그 안에 모든 것이 끝나야 했다.

모두가 제 일에 열중하는 동안, 릴리스 역시 그만큼이나 마음이 바빴다.

"셀번, 안에 있는가?"

"맙소사, 마마! 이 추운 날 예까지는 또 어찌 오셨습니까요. 필요한 것이 있으시면 저를 부르시면 될 것을."

셀번이 검댕 묻은 손으로 이마의 땀을 닦으며 그녀를 대장간 안으로 안내했다. 서리 내린 밖과 달리 안쪽은 벌써 여름이 온 듯 후덥지근했다.

릴리스는 셀번의 자그마한 개인 작업실에 앉아 몰래 품속에 숨겨 온 것들을 꺼냈다. 아테라에서부터 챙겨 온 비의 관과, 얼마 전 간신히 손에 넣은 커다란 마린석이었다.

바이마르 몰래 일을 진행시켜 온 탓에 시간이 제법 걸리기는 했지만, 무스타리가 간신히 찾아온 세 번째 보석상은 몇 주간의 사투 끝에 마침내 흡족할 정도로 질 좋은 마린석을 구해 와 그녀에게 바쳤다. 보석상과 무스타리 모두 두둑한 보상을 받았음은 물론이었다.

"듣자 하니 조합원들 중에 보석을 잘 다루는 이가 있다지. 내 이것을 좀 부탁하고 싶네만."

관을 살피던 셀번의 눈이 주먹만 한 마린석으로 천천히 옮겨 갔다. 게슴츠레하던 눈동자가 금세 휘둥그레졌다. 손톱만 한 마린석도 부르는 게 값인 판이다. 이만큼 커다란 것을 사려면 대체 건물 몇 채를 팔아야 할는지 짐작조차 가지 않아 정신이 혼미했다.

헤벌레 고인 침이 절로 꿀떡 넘어갔다.

"시간이 많지 않으니 서둘러 주길 바라네. 내 따로 사람을 보내 챙길 생각이니 완성되면 인편을 보내 주게나."

"그, 그리하겠습니다."

암, 그리하고말고. 이런 상급 보석을 다룰 기회를 얻었다는 것만으로도 평생 주어진 행운의 절반은 썼다 보아야 할 지경이다. 셸번은 머릿속으로 이름난 장인들을 고르면서도 본분을 잊지 않고 충성스럽게 약속을 거듭했다.

"그럼 가 보겠네."

릴리스는 만족스러운 기분으로 대장간을 나섰다. 해가 떨어지며 등 뒤로 새까만 밤이 내려앉았다. 사이좋게 손을 잡고 서 있던 아이들이 이내 뿔뿔이 흩어지며 빛이 새어 나오는 집을 향해 뛰어들었다. 병사들도 길 옆으로 드문드문 늘어선 램프 안에 하나하나 불을 붙이며 순찰을 돌았다.

덜컹거리는 마차가 어둠을 뚫고 언덕길을 달렸다. 문밖으로 보이는 낮은 굴뚝에선 모락모락 김이 솟고, 쌓인 눈 위로 흩어진 달빛은 은하수처럼 유유히 흘러 길을 밝혔다.

"릴리스."

바이마르는 그 찬란한 빛무리를 후광처럼 두른 채 성문 앞에 서 있었다. 릴리스는 양손을 모아 그 안에 호호 숨을 불어 넣었다. 덥혀진 손바닥으로 발갛게 얼어붙은 귓불을 매만지자 귀걸이가 차릉차릉 영롱한 소리를 냈다.

"어딜 그리 급하게 다녀오셨습니까? 제게는 말도 해 주시지 않고서."

곧장 침실로 직행한 바이마르가 침대 위에 그녀를 눕히곤 추궁하듯 목소리를 한껏 깔았다. 릴리스는 대답 대신 각진 턱 끝에 짧게 입을 맞췄다. 차게 식은 살갗에서 서늘한 눈 내음이 났다.

"또 이렇게 넘어가시려고……."

길쭉한 눈꼬리가 가느스름하게 접혔다. 짧은 한숨이 터지는가 싶더니, 이내 긴 팔이 잘록한 허리를 와락 끌어안았다. 시야가 빙글 뒤집히며 말랑한 몸이 마침 비어 있던 옆구리에 딱 맞는 퍼즐처럼 달라붙었다.

온기를 음미하듯 한동안 침묵하던 바이마르가 애틋한 목소리로 옛일을 되짚었다.

"그러고 보니 아테라에서도 이렇듯 제 옆에 누워 계셨었지요. 보고 있음에도 도저히 믿기질 않아서…… 한참 동안 그저 꿈인 줄만 알았습니다."

"아팠을 적을 말하는 것이지요? 나야말로 차라리 꿈이었으면 했는걸요. 갑자기 열이 많이 올라서…… 큰일이라도 나는 줄 알고 얼마나 걱정했는데."

"하지만 마마께서 저를 먼저 내치지 않으셨습니까."

"그건……."

릴리스는 눈을 굴렸다.

"흠, 그보다 반. 듣자 하니 옷을 새로 맞추어야 한다던데, 혹 그게 전에 말했던 스파티움식 예복인가요?"

대놓고 말을 돌리자 머리꼭지에서 픽 작은 웃음이 새었다. 맞닿은 가슴이 규칙적으로 들썩이는 것으로 추측건대, 아마도 실컷 웃고 있는 듯했다.

얼마 뒤 흔들림이 잦아들고 차분한 목소리가 침묵을 깨뜨렸다.

"크흠…… 예, 맞습니다. 혼약서에 동봉했던 초상화 속 예복과 똑같은 것으로 지을 예정이에요. 스파티움의 예복이란 본래 그리 종류가 다양하지 않지만…… 이것만큼은 꼭 새것을 입고 싶어 조금 서두르는 중입니다."

"반의 것은 푸른색이었는데."

"그것을 어찌 기억하십니까?"

어깨를 쥔 손에 언뜻 힘이 들어갔다. 바이마르가 휙 그녀의 몸을 떼어내어 얼굴을 마주했다. 호수처럼 새파란 눈 속에 은근한 기대감이 넘실거렸다.

"그야……."

베개 밑에 숨겨 두고 틈날 때마다 얼굴을 익혔으니 당연한 일이었다.

그러나 사실을 말하기에는 퍽 부끄러워 릴리스는 답을 얼버무렸다.

"무늬가 특이해서 기억에 남았지요."

"아……."

그는 몹시 실망한 기색으로 고개를 끄덕이더니 곧 그것이 드물게도 화려한 스파티움의 전통 문양이며, 북방인들의 시조라 일컬어지는 어느 부족에서부터 유래되었다는 긴 이야기를 시작했다.

릴리스는 재미없는 설명을 한 귀로 흘리며 널찍한 가슴팍 한가운데 얼굴을 딱 붙였다. 둥둥거리는 심장 소리를 듣고 있자니 눈꺼풀이 절로 솔솔 내리 감겼다.

"잠깐, 그러고 보니 반도 제 초상화를 받았잖아요? 어땠나요? 아직도 기억해요?"

막 선잠이 들기 직전이었다. 불쑥 생소한 궁금증이 일어 그녀는 고개를 쳐들었다. 순간 입을 딱 다문 바이마르가 당황이 역력한 얼굴로 말끝을 흐렸다.

"그게, 저는, 실은, 릴리스. 그 초상화란 것을 제대로 본 기억이 없습니다. 실망하진 마세요. 단지 사정이……."

지나치게 당황하는 모양새가 도리어 궁금증을 부추겼다. 릴리스는 몸을 조금 떼어 내며 무심결에 고개를 갸웃했다.

"어째서요? 분명 동봉했을 텐데."

"그……."

그 순진한 얼굴에 홀딱 넘어가 순간 사실을 털어놓을 뻔했던 바이마르는 어렵게 목소리를 눌러 참으며 마음을 가라앉혔다. 혼인 전부터 매일 초상화를 품고 다녔음을 알게 된다면 분명 몹시 놀랄 것이라는 데에 생각이 미쳤기 때문이다.

스파티움에서 그런 행동은 다소 파렴치한 일로 여겨지기 마련이었다. 좋은 모습만 보여도 모자랄 판에, 이제 와 그런 추한 꼴을 보일 수는 없다는 생각에 때아닌 식은땀이 송골송골 솟아났다.

당황한 바이마르의 입이 제멋대로 움직였다.

"실은, 그, 형님이 혼약서를 찢어 버리시는 바람에……."

"아……."

바이마르는 스스로도 놀랄 만큼 감쪽같이 체자레를 팔아넘겼다. 마주한 갈빛 눈 속에 실망감이 뚜렷했다. 달래 주어야 하는데, 어쩐지 그 모습이 못내 기꺼워 입가에 헤벌쭉한 미소가 매달렸다.

그는 목소리를 가다듬었다.

"하지만 꼭 눈으로 보는 것만이 능사는 아니지요. 마마에 대한 소문은 저도 많이 들었습니다. 아테라의 황녀가 그렇게 요염한 미인이라더라, 황제가 그 때문에 죽고 못 산다더라, 황가의 피를 물려받아 키가 무척 크다더라……. 헌데 알고 보니 죄다 거짓이더군요."

잠시 말이 끊겼다.

바이마르는 말을 고르며 설핏 눈살을 찌푸렸다. 돌이켜 생각해도 경을 칠 이야기였다. 요염은커녕 소소한 술수조차 모른 채 살아왔던 사람이 아닌가. 황제는 또 무언가. 죽고 못 사는 게 아니라 죽이지 못해 사는 것에 더 가깝다. 게다가 키로 말할 것 같으면—

그는 품속에 쏙 들어오는 작은 몸을 흐뭇한 기색으로 내려다보았다.

"아하."

이내 가라앉은 추임새가 뒤따랐다. 홀로 행복을 만끽 중이던 바이마르는 다소 늦게야 그 기색을 알아차리곤 다소 어리둥절한 표정이 되었다. 잘은 모르겠으나 어쩐지 불길한 예감이 등골을 타고 올랐다.

"마마?"

"……."

대답이 없다.

"마…… 마마, 혹 제가 무엇을 잘못했습니까?"

탁. 마침 허리를 감고 있던 팔이 풀렸다. 명백히 의도적인 몸짓이었다. 허전해진 품이 어색해 굳어 있는 와중, 반듯이 돌아누운 릴리스가 천장을 무섭게 노려보며 대답했다.

"아뇨. 다 맞는 말이니 신경 쓰지 말아요."

싸늘한 목소리에 정신이 번쩍 들었다. 신경 쓰지 말라니. 말대로 그리했다간 큰 사달이 날 듯한 기세였다. 바이마르는 점점 더 조급해졌다.

"잘못이 없는데 왜 저를 봐 주지 않으십니까?"

"아니에요. 그만 자요."

냉랭한 목소리가 대화를 매듭지었다. 순식간에 손을 뻗어 협탁 위의 램프 뚜껑을 열어젖힌 릴리스가 초를 훅 불어 꺼 버리곤 보란 듯 이불을 머리끝까지 당겨 올렸다. 명백한 거부에 심장이 쿵 떨어졌다.

"마마……."

"……."

여전히 답이 없다. 바이마르는 다시 손을 뻗으려다 어색하게 그것을 거두어들였다. 아무리 눈치 없는 그라도, 이 이상 치댔다간 더한 꼴이 날 수 있음을 직감했던 것이다.

실로 현명한 선택이었다.

✤ ✿ ✤

"묻고 싶은 게 있어, 시렌."

사뭇 진지한 목소리가 목덜미를 잡아챘다. 시렌은 어지럽게 널브러져 있는 책상 위를 곁눈질하며 몸을 돌려 릴리스를 마주 보았다.

그는 막 달튼 영지에 대한 보고를 마무리한 참이었다. 혹 조사 내용에 미진한 부분이 있었던가. 시렌은 성실하게 스스로를 반성하며 다음 말을 기다렸다.

"반의 여자 취향에 대해 아는 바가 있던가?"

"그야 물론…… 예?"

무릇 능력 있는 책사란 어떤 위기가 닥치든 능란하게 넘길 줄 알아야 하는 법.

그러나 자신만만하게 다음 말을 기다리던 시렌은 다음 순간 당혹을 채 감추지 못해 쉰 소리를 뱉고 말았다.

"마마, 지금 무어라고……."

"반의 취향에 대해 물었어."

"……."

"시렌?"

"아, 예……. 저하의……."

절로 얼떨떨한 목소리가 샜다. 시렌은 한 손을 들어 필시 벌레 씹은 표정을 하고 있을 제 얼굴을 급히 가렸다. 어쩐지 아침부터 분위기가 싸하더니만. 사랑싸움은 제발 두 분이서만 알콩달콩하게 하셨으면…….

이루어질 리 없는 소망을 열심히 빌고 있는 와중, 재차 난감한 질문이 떨어졌다.

"혹시 요염한 여자가 취향인가?"

"예?"

"그러니까 이런…… 사람들 말이야."

하얀 손이 허공에 구불구불한 선을 그렸다. 나왔다 들어갔다를 반복하는 유려한 손짓이 명백히 무언가를 연상케 했다. 당연한 수순으로 그것을 떠올린 시렌의 얼굴이 삽시간에 터질 듯 달아올랐다.

"아아아아아아니, 마마! 그 손 좀!"

"손? 왜?"

"왜라뇨, 마마! 어찌 그런 낯 뜨거운……!"

"뭘, 와트만 경이랑은 가끔 이보다 더한 말도 한단다."

"……."

"그러니까 답을 해 보래도. 반의 취향이 어떻게 되냔 말이야. 이제 와 모른단 소리는 말고."

잠시 주춤거린 틈을 타 거듭 재촉이 이어졌다. 손부채질을 반복하던 시렌은 큼, 목을 가다듬곤 고개를 설레설레 흔들었다. 여자는 무슨.

"아니, 애당초 누군가를 만나셨어야, 취향을 판단하지요. 뭐, 하시는 모양을 보면 눈이 영 낮으신 건 아닌 듯한데……."

옆얼굴에 흘긋, 시선이 닿았다 떨어졌다. 일견 무례하게 느껴질 법도 한 언사였으나, 릴리스는 도리어 그 말을 칭찬으로 여긴 듯 만족한 표정으로 고개를 주억였다.

"뭐. 그럼 어쨌든…… 구태여 그런 상대가 취향은 아니라는 뜻이겠지?"

"……."

당장 그렇다고 답하려던 시렌은 뒷덜미를 찔러 오는 절박한 시선에 급히 입을 다물었다. 벽에 붙어 서서 손짓 발짓을 거듭하던 와트만이 그를 보며 안도한 기색으로 고개를 까딱였다.

그러나 우물쭈물하는 사이, 잠시의 공백도 못 참겠다는 양 다시 재촉이 들어왔다.

"왜 대답이 없어?"

"아니, 그게……."

시렌은 황급히 고개를 모로 틀었다. 불끈 쥔 두 주먹으로 제 가슴을 퍽퍽 내리치던 와트만이 무어라 입을 뻐끔거리며 그를 향해 눈을 힘껏 부라렸다.

아, 애, 아, 해, 라. 입 모양을 따라 읽으니 영 이상한 말이 되었다. 시렌은 진땀을 흘리며 와트만을 따라 속으로 그 말을 거듭해서 되뇌었다. 아, 애, 아, 해, 라? 아애아해라? 아테라어는 아닌 듯한데. 대체 뭐라고 지껄이는…… 아!

'혹시 잘인가?'

그렇게 생각하니 언뜻 감이 잡혔다. 시렌은 희미한 확신에 힘입어 잽싸게 기억을 곱씹었다. 잘, 잘애아해라. 잘, 잘, 잘.

아하.

그러니까, 잘 생각해 보란 말이로군. ……그런데 대체 뭘?

'저 등신.'

한편, 와트만은 그쯤에서 시렌의 구제를 포기했다.

실은 어떻게 답한들 이미 양날의 검이었다. 그렇다고 답한다면 릴리스 본인을 폄하하는 것이요, 아니라고 한대도 바이마르의 입장이 난처해지니 중간에 끼어 등 터지는 건 결국 선량한 수하들뿐인 것이다.

형체도 이름도 없는 가상의 '여자' 때문에 멀쩡한 가정이 박살 나는 꼴을 지금껏 한두 번 보아 온 게 아니었다. 와트만은 혀를 내두르며 고개를 내저었다. 하긴, 그 미묘한 사정을 눈치채 주길 바란 것부터가 과분한 소망일지도.

'하여간 스파티움 것들이란.'

소도 때려잡을 것처럼 우락부락하게 생긴 녀석들조차 여자 치맛자락만 보면 바싹 굳어 삐걱대기가 일쑤인 곳이 아닌가. 입 잘 털기로 유명한 책사 놈마저 멀뚱히 서 있는 꼴을 보고 있자니 돌이라도 삼킨 듯 가슴이 답답해졌다.

요 근래 밀려드는 상담 요청에 그렇잖아도 기분이 한껏 저조해진 참이다. 대체 어디서 어떻게 소문이 퍼진 건지. 그의 이름을 듣자마자 다짜고짜 달려들어 연애사를 줄줄이 늘어놓는 기사들 탓에 최근 와트만의 행복지수는 단언컨대 역대 최저치를 찍고 있었다. 예쁘장한 아가씨, 아니 부인네들이라면 모를까. 시커먼 남정네들이 다닥다닥 붙어 얼굴을 붉히는 광경이란 가히—

'잡히기만 해 봐라.'

그렇잖아도 참다못해 소문의 출처를 파기 시작했다. 의리를 지키려는지 모르쇠로 일관하던 기사들조차 그의 조언을 몇 번 듣고서는 대번에 충성 고객으로 돌변해 소식을 물어 나르기 바빴다. 대충 범위도 좁혀졌으니 한 명 한 명 족치다 보면 누구 하나쯤은 꼬리가 잡히겠지.

"시렌."

와트만이 그렇게 희망찬 미래를 설계하는 동안, 뒤늦게야 사정을 눈치챈 시렌은 다소 난감한 기분으로 도망길을 모색하는 중이었다. 영민하지만 베갯머리송사에는 다소 늦된 스파티움 사내답게 드문드문 말이 끊기며 어색한 침묵을 자아냈다.

"아니, 그게 말입니다, 마마……."

차게 식은 살갗 위로 식은땀이 퐁퐁 솟았다. 릴리스의 표정도 가히 좋지만은 않았다. 뾰족해진 눈꼬리를 따라 두 사람분의 불안감이 가파르게 상승했다.

그때였다.

"마마, 들어도 되겠습니까?"

똑똑. 마침 들려온 정갈한 노크 소리가 마법처럼 긴장감을 푸스스 흩어냈다. 끙끙대며 진땀을 빼고 있던 시렌이 그 기척에 눈에 띄게 반색하며 발을 동동 굴렀다.

"……들라 하게."

볼일 급한 강아지 같은 애처로운 눈길에 릴리스가 마지못해 가볍게 고개를 까딱였다. 시렌은 허락의 말이 떨어지기 무섭게 날듯이 방을 가로질러 단숨에 문을 활짝 열어젖혔다.

문 너머에 서 있던 낯익은 방문객이 그를 보며 먼저 가볍게 눈인사를 건네 왔다.

"그간 강녕하셨습니까, 마마."

약 냄새가 훅 끼쳤다. 시렌은 한 걸음 물러서 묵례하곤 어정쩡하게 문을 밀어 닫았다. 방문객을 일별하며 벌떡 일어선 릴리스가 서둘러 책상을 돌아 나왔다.

그때였다. 익숙하게 커튼을 치며 뒤돌아선 와트만이 주군 몰래 어깨 너머를 향해 숱 많은 눈썹을 까딱였다.

야, 나가.

시렌은 이번만큼은 눈치 있게 그 지시를 알아먹었다.

"그럼 마마, 저는 이만 가 보겠습니다."

숨도 쉬지 않고 인사를 마무리한 시렌이 꽁지 빠진 새처럼 후다닥 방을 빠져나갔다. 어찌나 급했던지 답도 듣지 않은 채였다. 반쯤 열린 문짝이 불어 드는 바람에 앞뒤로 소리 없이 흔들거렸다.

릴리스는 텅 빈 문간을 잠시 노려보다 시선을 거두어들이곤 방 한중간의 커다란 소파에 착석했다.

"오랜만일세, 기벨. 왕진은 잘 다녀왔는가?"

커다란 가죽 가방이 발치에 곱게 놓였다. 기벨이 몸을 수그리며 고개를 조아렸다. 옷자락이 펄럭일 때마다 옅은 약초 향이 풍기며 코끝을 간질였다.

"예, 붙여 주신 호위들 덕에 다행히 무탈했지요. 그보다, 잠시 실례하겠습니다."

조심스러운 손길이 드레스 자락을 걷어 올렸다. 도망길에 신세를 졌던 늙은 의사는 이제 성의 주치의가 되어 왕자 부부의 건강을 전담했다.

릴리스는 답을 구하지 못한 아쉬움을 억누르며 익숙하게 온몸의 힘을 풀었다.

"왕자님께서 마마를 보물처럼 끌어안고 다니신다는 소문이 카리알 온 곳에 파다하더군요."

주름진 손가락이 살갗을 꾹 눌렀다. 아무런 반응도 없는 왼 다리를 잠시 간 주무르던 기벨이 발목 아래로 손을 옮겨 복사뼈 근처를 건드렸다.

"응, 그렇다 하더군."

릴리스는 흡족하게 수긍했다.

"주군 내외께서 사이가 다정하시니 카리알의 복이지요……. 자, 이렇게 움직이시면 느낌이 어떠신지요?"

뭉툭한 손가락이 종아리 바깥쪽에 도톰하게 뭉쳐 있는 살덩이를 힘주어 문질렀다. 살갗이 물살에 쓸리듯 흐릿한 감각이 스쳤다.

릴리스는 콧잔등을 살짝 찡그리며 답했다.

"아프지는 않네. 조금 불편하기는 하지만."

"그 정도는 괜찮습니다. 쓰지 않은 지 오래된 근육이라 그리 느끼시는 것이지요. 헌데…… 요사이 걷기 연습을 많이 하시는 모양입니다. 다리가 많이 단단해졌군요."

기벨이 뭉친 근육을 부드럽게 주무르며 설명했다. 언뜻 질책처럼 들리는 말에 릴리스의 얼굴이 눈에 띄게 굳어졌다.

"혹 그리하면 안 되는 것인가?"

그렇잖아도 조금은 걱정이었다. 실제로 요 며칠은 다소 무리한 감이 있기도 했다. 걱정으로 어두워진 얼굴을 보았는지, 기벨이 잔잔하게 웃으며 고개를 내저었다.

"아닙니다. 통증을 느끼지 않으셨다면야 적당한 운동은 언제나 득이지요. 앞으로도 이대로만 꾸준히 움직여 주신다면 지팡이 없이도 조금쯤은 걸으실 수 있게 되실는지도 모르겠습니다."

"정말인가?"

기쁜 소식에 절로 엉덩이가 들썩였다. 입꼬리가 실룩이며 실실 웃음이 샜다.

"물론이지요."

기벨이 고개를 끄덕이며 목소리에 힘을 주었다. 손녀 대하듯 흐뭇한 어투에 문득 정신이 번쩍 들었다. 릴리스는 체통 없이 굴었음을 자각하곤 양손을 문지르며 괜스레 시선을 허공 어딘가에 두었다.

시선이 목적 없이 방 곳곳을 방황했다. 붉고 푸른 색유리가 끼워진 커다란 창과, 그 아래 반듯하게 놓여 있는 널찍한 책상. 색색깔 털실을 엮어 짜낸 푹신한 러그와, 녹색 쿠션이 놓여 있는 자그마한 안락의자. 휑한 분위기를 풍기던 처음의 심심한 풍경과 달리 곳곳에 묻어나는 안락한 기운에 절로 마음이 흐뭇해졌다.

한쪽 벽을 꽉 채우고 있는 커다란 태피스트리는 금실로 일일이 수를 놓아 만든 것이다. 그 아래 매달린 유선형 상아 장식은 복을 불러온다는 아테라식 미신을 따른 것으로, 뜻을 알 수 없는 기묘한 문양이 겉면에 섬세하게 조각되어 있어 퍽 고풍스러운 분위기를 자아냈다.

릴리스는 그것을 물끄러미 응시하다 천천히 시선을 옮겨 와트만을 마주 보았다. 참, 그러고 보니.

"발칸 소공이 어제 전하길, 칼릴이 불구가 되었다 하던데."

"거, 잘됐군요."

두툼한 팔걸이 너머에 멀뚱히 서 있던 와트만이 왼 눈썹을 비틀어 올리곤 가슴 앞으로 팔짱을 꼈다. 굵직한 손가락이 흡족하다는 듯 까딱이며 팔뚝 위를 두들겼다.

릴리스는 그 소리를 흘려들으며 복잡한 기분으로 지팡이 손잡이를 매만졌다.

그를 원망한다. 아직도 꿈속에서 그 얼굴에 짓눌려 신음할 때가 있을 정도로. 그러나 남의 불행에 곧바로 입을 찢어 웃을 만큼의 원한 또한 아니었다. 게다가 하필이면 상처 입은 곳이 다리라.

"잠시 이대로 계시지요."

사정이 궁금할 법도 했으나, 기벨은 귀가 없는 사람처럼 묵묵히 제 일에 열중했다. 멍하니 생각에 잠겨 있던 릴리스는 피부 위에 와 닿는 물컹한 감촉에 반사적으로 확 눈살을 찌푸렸다. 약초를 빻아 만든 찐득한 연고를 살갗 위에 펴 바르자 화한 기운과 함께 붓기가 천천히 가라앉았다.

쌉싸래한 내음이 방 안 가득 퍼져 나갔다. 기벨은 두어 번 더 같은 처방을 반복하고 나서야 주섬주섬 왕진 가방을 챙겼다.

'어쩐지 아침부터 울적해 보이시더라니.'

와트만은 문밖으로 나서는 반백의 의사를 배웅하며 내심으로 두어 번 커다랗게 혀를 찼다. 발칸 소공이라니. 그새 또 전령이 왔다간 모양이었다.

유독 소공에게 날을 세우는 바이마르다. 추측건대 혼담이 오갈 뻔했다는 사실이 퍽 마음에 들지 않는 모양이었다. 서신이 오는 날이면 못마땅한 티를 있는 대로 내는 통에 사람 좋은 무스타리마저 그날은 되도록 보고를 피하는 눈치였다.

"최근 발칸 후작이 귀족파를 재정립하고 있는 모양이야."

오로지 릴리스만이 수하들의 그런 뒷사정을 몰랐다. 와트만은 눈치 없는 주군의 목소리에 생각을 접고 눈을 가늘게 떴다.

"의외로군요. 오랜 기간 중립을 유지해 온 가문이 아닙니까?"

"맞아. 나름의 계기가 있었을 거라곤 생각하지만…… 어쨌든 이로써 스타렉 공작과는 완전히 대척점에 서게 되었지."

"발칸 소공이 제법 바빠지겠군요. 황제 치세에 다소 변화가 생길지도 모르겠습니다."

"그럴 수도 있겠지만……."

릴리스는 말끝을 흐렸다. 휘둘려 온 세월이 길어서일까. 예거라트가 무언가에 실패할 수도 있는 인간이라는 것이 몹시도 어색하게 여겨졌다.

그리고 다음 순간.

"혹, 승계권을 포기하신 것을 후회하십니까?"

"뭐?"

잘못 들었나. 그녀는 순간 제 두 귀를 의심했다.

"복권을 바라시는지 여쭈었습니다."

환청인가 싶었으나 와트만은 퍽 진지한 기색이었다. 무슨 그런 소리를. 릴리스는 입술에 한껏 힘을 주어 말을 뱉었다.

"그럴 리가. 살면서 한 일 중에 가장 잘한 짓이라 생각하는데."

미심쩍은 시선이 얼굴을 빤히 훑었다. 때마침 들이친 강렬한 햇살이 시야를 부옇게 만들어 릴리스는 무심코 얼굴을 찡그렸다.

한 걸음 뒤로 물러선 와트만이 제 몸으로 빛을 가리며 입매를 휘어 올렸다.

"······다행입니다. 혹시나 바라시면 어쩌나 걱정이 많았는데."

"퍽이나."

릴리스는 코웃음으로 남은 답을 갈음했다. 마뜩잖은 반응에 두 눈을 커다랗게 치켜뜬 와트만이 거드름을 피우듯 엄지로 두툼한 턱 아래를 문질렀다.

"마마께서 아직 뭘 잘 모르시는 모양입니다만, 제가 이래 봬도 아테라 군의 숨겨진 권력잡이랍니다. 손가락 하나만 까딱하면 휘하의 병사들이 벌 떼처럼 모여든다니까요."

"아하."

"마마께서 바라신다면야 단번에 아테라로 모시고 갈 생각이었습죠. 헌데 아니시라니 뭐······ 보여 드릴 수 없음이 그저 안타까울 뿐입니다."

가벼운 농담에 진심이 섞여 들었다. 릴리스는 그을린 얼굴과 주름진 눈가를 물끄러미 바라보다 멀쩡한 오른팔을 시선으로 더듬었다. 피를 쏟으며 마차 앞을 막아서던 외팔이 기사는 과거의 유물이다. 강건한 두 어깨 위로 한겨울의 서느런 햇살이 낙엽처럼 우수수 쏟아져 내렸다. 다친 것이 그가 아니라 퍽 다행이란 생각이 문득 들었다.

⚜ ⚜ ⚜

"요체프 영지의 수로 공사는 어떻게 되었지?"

"일단 말씀하신 대로 설계는 마쳤습니다. 다만 익숙하지 않은 방식이라…… 기술자들이 골머리를 썩고 있는 것 같더군요."

북쪽 산에서부터 불어 내려온 겨울바람에서는 바싹 마른 풀 내음이 났다. 릴리스는 망토를 단단히 여미며 성벽 계단을 천천히 걸어 올랐다. 성벽 밖의 인부들이 배관을 나르며 으쌰으쌰 우렁찬 기합을 넣고 있었다.

시렌이 바람에 날아가려는 모자챙을 붙들며 무스타리의 말을 부연했다.

"고트 산맥에서 흐르는 물을 끌어다 쓰는 것은 어떻겠습니까? 자원이 풍부한 데 비해 고트 영지는 살 만한 땅이 좁으니…… 물길을 하나 더 뚫어 수관을 연결하면 한결 편하겠지요. 영지들을 잇는 길도 새로 단장하는 게 좋겠습니다."

"요체프 영지 역시 농업이 발달한 곳입니다. 토지가 비옥해 식량이 넘쳐 난다 들었으니 분명 도움이 되겠지요. 이쪽입니다, 마마."

그새 싸락눈이 흩날리고 있었다. 릴리스는 눈이 쌓이지 않은 곳을 찾아 조심히 발을 디뎠다. 얇게 쌓인 눈 위로 움푹 팬 발자국이 여럿 찍혔다. 다각이던 지팡이가 돌바닥의 홈을 타고 주르륵 미끄러졌다.

기울어지는 몸을 솜씨 좋게 한 손으로 잡아챈 와트만이 얼굴을 구기며 퍽 엄한 목소리를 냈다.

"아니, 마마. 그러니까 아까부터 업히시라고……."

"됐다니까."

불어닥치는 바람만큼이나 매몰찬 거절이었다. 릴리스는 땀에 젖은 소매를 한 단 더 걷어붙이며 힘겹게 마지막 계단을 올랐다. 다소 가라앉은 분위기를 의식한 듯, 훌쩍 뛰어 성벽에 한 발을 디딘 시렌이 그녀를 돌아보며 목소리를 높였다.

"무스타리의 말이 옳습니다. 스파티움은 상업의 발달이 너무 더뎌요. 아테라에 비해 문화 수준이 다소 뒤떨어지는 것도 결국은 이 때문이겠지요. 썩 인정하고 싶은 사실은 아닙니다만……."

큼. 그가 내키지 않는 기색으로 말 사이에 헛기침을 끼워 넣었다.

"뭐 어쨌거나 현명한 책략가라면 적의 장점도 수용할 줄 알아야겠지요. 이 기회에 카리알을 폴리스 못지않은 대도시로 발전시켜 보이겠습니다."

어쨌거나 마지막은 결연한 다짐이었다. 릴리스는 두 주먹을 불끈 쥐어 보이는 스승 겸 책사의 열의에 마음으로나마 감사와 응원을 보냈다. 딱히 의도한 무심함은 아니었다. 단지 입 밖으로 그런 것을 내어 말하기에는 다소 지쳐 있었을 뿐이다.

"마마!"

봉긋한 가슴팍이 두어 번 커다랗게 오르내렸을 즈음이었다.

우렁찬 목소리가 바람을 타고 둥실 떠올라 성벽을 뛰어 넘었다. 네 쌍의 시선이 일제히 바닥으로 내리꽂혔다. 성벽 아래 서 있던 바이마르가 반색하며 양손을 허공에 힘차게 휘젓고 있는 것이 보였다. 마침 보고를 받고 있었던 듯, 그의 곁에 바짝 붙어 서 있던 솔리안이 머리 위의 일행을 발견하곤 정중하게 묵례했다.

"지금 올라가겠습니다, 거기 계세요!"

급히 돌아선 길쭉한 그림자가 눈 깜짝할 새 성문 안으로 사라졌다. 곧장 타닥타닥 계단 밟는 소리가 이어지더니, 금세 망루 위에 도착한 바이마르가 성가신 기색으로 눈이 내려앉은 어깨를 탈탈 털었다.

"바닥이 미끄러울 텐데, 저를 미리 부르시지요."

곧이어 앞으로 불쑥 튀어나온 팔이 허리를 휘감아 릴리스를 번쩍 안아 올렸다.

혼자 가겠다며 고집을 피워 댈 땐 언제고. 거절도 없이 새침한 얼굴로 안겨 있는 모양새에 와트만의 눈썹이 기세 좋게 하늘로 쭉 뻗어 올라갔다.

눈치를 보며 한 걸음 나선 시렌이 마른 몸으로 한층 험상궂어진 그의 얼굴을 가리고 섰다. 어쨌거나 그들은 다시 걷기 시작했다.

릴리스는 허공에 둥둥 뜬 다리를 번갈아 가며 가볍게 흔들거렸다. 바이마르가 싱긋 웃으며 한 손으로 어둑한 성 밖을 가리켰다. 하얀 모자를 얹고 서 있는 듯한 울창한 숲 안쪽에서부터 일꾼들이 내지르는 우렁찬 고함소리가 흐릿하게 들려왔다. 이곳뿐 아니라 고트와 길리안 등 근처의 모든 영지에서 좁은 길을 넓혀 돌길을 깔기 위한 밑 작업이 한창이었다.

"땅 다지기는 이제 거의 마무리 단계입니다. 눈이 조금만 덜 내린다면 예정보다 빨리 작업을 끝낼 수도 있겠지요. 헌데…… 아직도 화가 다 안 풀리셨습니까?"

릴리스는 은근한 물음을 모른 척하며 흉벽 너머로 상체를 내밀었다. 갑작스러운 움직임에 바이마르가 놀란 기색으로 두 팔에 한층 더 힘을 실었다. 단단히 붙들린 두 다리가 깊게 뻗은 뿌리 같다. 화분에 심긴 식물이 된 듯 묘한 기분이었다.

그녀는 턱을 조금 당겨 시선을 좀 더 가까이로 끌어왔다. 한데 섞인 마차와 수레들이 눈 쌓인 흙길 위를 바삐 오가는 것이 보였다. 찬 바람을 뚫고 물건을 실어 나르는 사내들의 얼굴 위로 더운 땀이 기름처럼 번들거렸다. 힘들지도 않은지 하나같이 벙글벙글 웃는 낯들이 퍽 보기 좋아 절로 뿌듯한 감상이 차올랐다.

"……아마도요."

마침내 시선 끝에 새파란 호수가 담겼다. 새카만 달이 둥둥 떠 있는 깨끗한 수면 위로 뚱한 표정을 짓고 있는 단발머리 여자의 얼굴이 흐릿하게 일렁였다. 빤히 그 모습을 뜯어보고 있으려니 흰 얼굴 위로 슬몃 희미한 홍조가 떠올랐다.

복슬복슬한 털이 달린 두툼한 남청색 망토가 이상하게도 자꾸만 눈에 익었다. 릴리스는 차게 식은 볼을 손등으로 가만히 쓸어 보았다. 휘둥그레지는 푸른 눈동자를 따라 기억이 한층 선명한 색채를 덧입었다. 초조한 기색으로 탑 안을 서성이던 키가 큰 남자. 죽음 또한 그녀의 탓이라 말하던—

"마마?"

청량한 목소리가 상념을 흐트러뜨렸다. 릴리스는 두어 번 눈을 깜빡거렸다. 다소 마르고 신경질적이었던 인상은 온데간데없이 사라진 채, 잘 깎은 백돌처럼 수려한 얼굴이 바로 코앞에 놓여 있었다. 미운 구석 하나 없이 시원스레 웃는 모습에 다시 마음이 한껏 누그러졌다.

릴리스는 어깨를 살짝 들었다 놓았다.

"……됐어요. 그보다 성벽은—"

"걱정 마세요. 폴리스의 것을 보셨지 않습니까."

바이마르가 의기양양한 목소리로 확언했다. 시렌이 그를 따라 고개를 주억이며 콧대를 바짝 세웠다. 늘 정중한 무스타리의 얼굴 위로도 미미하게 뿌듯한 기운이 어른거렸다. 한결같은 반응들이 우습고도 귀여워 절로 웃음이 터져 나왔다.

"눈발이 제법 굵어졌군요. 오늘은 이만 돌아가는 게 좋겠습니다."

웃음소리가 멎기 무섭게 몸이 위아래로 가볍게 들썩였다. 릴리스는 네 남자의 신발 앞코에 동산처럼 야트막하게 쌓여 있는 눈을 보며 가볍게 그의 말에 동조했다.

애초부터 내려 줄 생각 따위는 없었던 모양인지, 마른 몸을 다시 한번 단단히 추슬러 안은 바이마르가 이내 성큼성큼 계단을 향해 걷기 시작했다.

눈 쌓인 풍경이 휙휙 빠르게 멀어져 갔다. 릴리스는 눈꼴시다는 기색이 역력한 두 쌍의 시선을 무시하려 애쓰며 보드라운 망토 위에 왼 볼을 비볐다.

"……이러다 정말 걷는 방법을 잊어버리겠어요."

투정처럼 던진 말에 뚝, 갑작스레 걸음이 멈추었다. 흩날리는 눈발 사이로, 거칠 것 없이 그녀를 한눈에 담고 있는 푸른 눈동자가 보였다.

"이리 말하면 안 되겠지만."

얼마나 그렇게 마주 보고 있었을까. 촘촘한 속눈썹이 아래로 천천히 내리 감겼다. 추운 날씨 때문인지 다른 무엇 때문인지, 발갛게 달아오른 양 볼이 유난히도 눈에 띄었다. 시끄럽게 부는 겨울바람을 뚫고 나직한 목소리가 귓가를 간지럽혔다.

"마마께서 저 없이는 아무 데도 가지 못하셨으면 좋겠습니다. 마마께서 저를 의지해 주시는 게, 부끄럽지만 정말이지 너무 기뻐서—"

소록소록 쌓이는 눈을 따라 말꼬리가 가라앉았다. 험, 흠, 큼. 뒤편에서 민망한 헛기침 소리가 연달아 들려오다 그들을 스쳐 계단 너머로 차츰차츰 멀어졌다.

릴리스는 다리를 흔들던 것을 멈추고 모른 척 얼굴을 폭신한 털 위에 묻었다.

"됐으니 어서 가요."

"……제가 어떻게 하면 화를 풀어 주시겠습니까?"

"딱히—"

화나지 않았어요. 릴리스는 그렇게 말하려다 입을 비죽 내밀었다. 덜 여문 질투심 탓이라 한들, 어쨌거나 기분이 상한 것은 매한가지였으므로.

"커흠. 저, 저하. 더 지체하시다간 마차가 달리기 어렵겠는뎁쇼."

다행인지 불행인지, 곧 난처한 목소리가 어색한 긴장을 깨뜨렸다. 멀찌감치 선 무스타리의 창백해진 얼굴이 멀리서도 선명하게 두 눈에 들어왔다.

짧은 한숨이 정수리 위로 쏟아지고, 긴 다리가 뛰듯이 빠르게 계단을 밟아 내렸다. 옹기종기 모여 눈을 치우던 병사들이 두 사람을 보며 활기차게 인사를 건네 왔다. 조금쯤은 민망해할 법한데도 바이마르는 전혀 개의치 않는 얼굴로 걸음을 재촉했다.

미리 넣어 둔 불돌 덕에 마차 안은 이미 충분히 따뜻했다. 푹신한 소파 위에 릴리스를 내려놓은 바이마르가 조심스럽게 낮은 단화를 벗겨 낸 뒤 커튼을 내려 자그마한 창을 가렸다.

따끈한 손가락이 뭉친 근육을 능숙하게 주물렀다. 당연한 듯 바닥에 자리한 커다란 몸이 마차의 흔들림을 따라 미미하게 들썩거렸다. 남의 시중을 드는 법 따위, 평생 배워 본 적 없는 사람임에도 동작에 조금의 망설임조차 없음이 새삼 놀랍게 느껴졌다.

릴리스는 조심스레 자세를 고쳐 앉았다. 드레스를 끌어당기고 다리를 한데 모으자 두 손이 자연스럽게 아래로 떨어졌다. 그것을 일종의 거부라고 여긴 것인지, 돌연 불만스런 표정이 된 바이마르가 애교 부리듯 무릎에 커다란 몸을 기대 왔다.

릴리스는 그를 내버려 둔 채 천천히 말을 골랐다.

"칼릴 경이 다쳤다고 들었어요. 다리 한쪽이 완전히 꿰뚫렸다던데⋯⋯."

닿아 있던 몸이 한순간 움찔했다.

"걷기는커녕 상처가 아물지를 않아 아직도 침대 신세라 하더군요."

사람이 사람을 어디까지 신뢰할 수 있는가. 릴리스는 다시 과거로 돌아온 이후 줄곧 그런 의심에 휘둘려 왔다. 받은 만큼을 돌려주어야 하는 것이 사랑이라면, 어쩌면 그녀는 결국 바이마르를 실망시키고 말지도 모르겠다고.

실은 조금쯤 그렇게 생각해 왔던 것도 같았다.

"반."

그리고 일정 부분 그것은 사실이었다.

릴리스는 바이마르가 그녀를 위해 짊어진 것들의 무게를 알았다. 그가 포기해야 했던 것들에 대해 배웠고, 그로 인해 파생된 결과 또한 이해했다.

그러나 영지는 그것과 조금 궤를 달리하는 문제였다. 체자레의 동생으로서 얻은 비호와 사령관으로서 쌓아 온 그의 명성. 바이마르가 왕자로 남아 있는 한 이것들은 그저 일종의 훈장에 불과하겠으나, 역설적으로 그가 릴리스를 책임지겠다 선포하면서부터 그 훈장들은 바이마르가 가진 모든 것이 되었다.

땅의 크기가 권력의 척도로 기능하는 지금, 바이마르의 선택은 어찌 보면 멍청한 희생이었다. 높지 않은 곳에서 더욱 낮은 곳으로. 든든한 형을 믿기에 내린 결정일지도 모르겠으나, 본래 가진 걸 내놓는 것은 가지지 못한 걸 열망하는 것보다 어려운 법이다.

그것만으로도 충분히 벅차 도무지 돌려줄 엄두가 나질 않는데, 하물며 이제는 영지를 바치겠다니. 실은 그것이야말로 소화 가능한 범위를 넘어선 과분함이었다.

그뿐인가. 권력 이양에 잡음이 낄 것을 염려해서인지, 최근의 바이마르는 유독 성 외부의 일에 열중하는 모습을 보였다. 기사단과 관련한 일이 아니라면 내부 살림에는 신경조차 쓰지 않는 모양새다.

어떻게 그럴 수 있는 것인지 도무지 이해가 되지 않으면서도, 한편으론 그 마음이 온전히 이해됨이 신기했다. 그렇지 않았다면 결코 홀로 아테라에 남아야겠다 생각할 수 있었을 리 없었으므로.

릴리스는 손끝으로 가지런히 빗겨져 있는 검은 머리칼을 헤집었다. 손가락 사이사이로 흘러내리는 부드러운 감촉을 타고 산만하던 생각들이 한데 엉켜 녹아내렸다.

"고마워요, 전부 다."

멱살이라도 잡아채인 듯 고개가 휙 들려 올라왔다.

휘몰아치던 눈보라가 잠시 멎었다. 마침 다리 밑으로 들어간 것인지, 창문 안으로 들이치던 희미한 빛이 순식간에 증발했다.

서로의 숨소리만 들리는 껌껌한 마차 안. 릴리스는 긴장된 기분으로 숨을 들이마셨다. 아테라 이야기를 이렇게 직접적으로 꺼내 놓는 것은 오랜만이었다. 혹여 그가 불쾌해한다 해도—

"반?"

뜨끈한 무언가가 몸을 와락 덮어 왔다. 어디 덮다 뿐인가. 숨도 못 쉴 정도로 꽉 끌어안긴 덕에 이대로 납작 오징어가 되어 버릴 판이다.

단숨이 얼굴 위로 여과 없이 쏟아졌다. 이러다 죽지 싶어 무심코 등을 두들기려던 와중 갑자기 시야가 훤히 트였다.

두툼한 커튼에 차츰 흰빛이 스몄다. 허리를 죄고 있던 손이 몸을 타고 올라와 양 볼을 감쌌다. 혀가 얽히며 물컹한 감촉이 입 안 곳곳을 우악스레 헤집었다. 가지런한 치아 위를 하나하나 쓸어 내고, 혀뿌리를 휘감아 문지르는 기세가 자못 포악하고 성급했다.

덜컹. 마차가 흔들리며 얼굴을 맞댄 각도가 비틀렸다. 그 바람에 결합이 한층 깊어져 눈가로 홧홧한 열이 몰렸다. 작은 얼굴을 다 덮고도 남을 만큼 커다란 손바닥이 머리칼을 쓸어 넘기고 뒤통수를 헤집으며 안달을 냈다. 홀로 쉬는 숨 한 톨도 용납할 수 없다는 듯 공세가 거칠었다.

"하……."

어느새 자세를 바꾸었는지, 그녀는 다시 바이마르의 무릎 위에 얹힌 채였다. 목울대가 울리며 나직한 신음이 샜다.

바이마르가 아쉬운 기색이 역력한 표정으로 얼굴을 슬쩍 떼어 내곤 은 근히 허리를 위로 치댔다. 발개진 얼굴 위로 다시 촉, 촉. 입술이 닿았다 떨어졌다. 잡아먹히는 듯했던 방금 전의 입맞춤과 달리 한껏 부드럽고 다정한 후희였다.

"빨리, 성으로, 돌아갔으면…… 좋겠습니다."

열에 들뜬 눈에서 미련이 뚝뚝 흘러넘쳤다. 그러나 다정한 어조와는 별개로, 허리 아래만은 여전히 끈기 있게 제 흉폭함을 주장하는 중이었다.

명백하게 따로 노는 말과 행동을 다소 뿌듯하게 감상하던 릴리스는 문득 머릿속을 스치는 의문에 고개를 갸웃했다.

"왜 꼭 그리로 가야 하나요?"

"예?"

"여기도 지금은 우리 둘뿐인데."

껌뻑껌뻑. 느리게 여닫던 눈꺼풀이 화들짝 놀란 양 파르르 떨리며 위로 바짝 올라붙었다.

"아, 그, 하지만, 그건…… 이곳엔 침대도 없고, 또 방이 아니라……."

방금 전까지만 해도 그런 것 따위 상관없는 사람처럼 굴었으면서. 불쑥 튀어나온 스파티움인다운 도덕성이 고삐처럼 그의 목을 죄었다. 그러나 릴리스는 그 난데없는 훼방꾼을 질책하는 대신, 양팔을 뻗어 바이마르의 얼굴을 제 품 안으로 힘껏 당겨 안았다.

반듯한 콧날이 가슴 위에서 이지러지며 피부 위를 뭉툭하게 찔러 왔다. 연약한 살갗을 뚫고 들어온 그것은 어떤 방해도 없이 마음속 가장 무르고 예민한 부분을 건드렸다.

쿵. 쿵. 맥박 치는 고동 위로 숨결이 흩어졌다. 가장 뜨거운 숨이 안으로 스며들어 심장을 녹이고 피를 덥혀 마음을 눅진하게 만들었다.

"난 괜찮은데."

그러나 이렇듯 소소한 어긋남을 마주할 때면, 릴리스는 두 사람의 다름을 새삼스레 실감하곤 했다. 서로 다른 방향을 향해 뻗어 나가는 가지들처럼, 그들이 평생 모르고 살아갈 수도 있었을 그런 사이라는 게 아프도록 실감이 나는 것이다.

그러나 다시, 그럼에도 불구하고.

또한 릴리스는 이미 자신이 바이마르가 없는 삶은 상상조차 할 수 없을 만큼 그에게 길들여졌음을 알고 있었다. 서로 다른 뿌리에서 자라 엉겨 붙은 나무들처럼. 뱀처럼 얽히고설켜 한 덩이가 되어 버린 넝쿨들처럼.

그것은 정제되지 않은 날것 그대로의 감각이었다. 이성보다도, 감정보다도, 심지어는 본능보다 앞서는 어떠한 충동.

그녀는 바이마르를 끌어안고 있던 팔에 더욱더 힘을 주어 몸을 붙였다.

그와 닿고 싶다. 체온을 느끼고, 살갗을 부비고, 연결되고 싶었다. 뱀처럼, 넝쿨처럼, 이지 없는 나무들처럼 한데 얽혀 영원히 떨어지지 않고 싶었다. 아니, 차라리 흐물흐물 녹아 숨처럼 그의 안에 스며들 수만 있다면.

그리고 지금도 그러지 말란 법은 없었다.

"반."

아, 안 되는데. 바이마르는 몽롱한 머리로 그런 생각을 거듭했다. 물론 그 순간에도 손만은 착실하게 본능의 부름을 따라 말캉한 몸을 멋대로 주무르는 중이었지만.

'엄한 데서 바지 벗으면 안 된다!'

어린 시절 귀에 못이 박히도록 들었던 체자레의 목소리가 어지러운 머릿속을 왱왱 울렸다. 엄한 곳. 바이마르는 그 단어를 곱씹으며 눈앞의 가느다란 목 위로 가볍게 이를 세웠다. 잇자국이 나지 않게 무는 법쯤이야 이제 식은 수프 먹기보다 쉽게 할 수 있는 일이었으나, 어쩐지 지금만큼은 굳이 그런 친절을 베풀고 싶지 않았다.

"아⋯⋯!"

상상인지 아닌지. 곧장 머리 위에서 외마디 신음이 터져 나왔다. 그는 달래듯 옅게 남은 자국 위로 혀를 세우며 다시 아까의 생각을 이어 갔다.

엄한 곳.

실은 더 고민해 볼 필요조차 없는 문제였다. 아무리 미성년이었다지만 기사들 틈에서 뒹굴다 보면 이런저런 지식 정도야 얻어 챙길 수 있는 법이었고, 투박한 행동거지와 달리 대개의 스파티움 사내들은 침실 이외의 다른 장소에서 사랑을 나누는……, 그러니까 몸을 섞는 것을 다소 지양하는 편이었으므로.

그러나 지금 이 순간, 스물한 살의 바이마르는 더 이상 철모르던 미성숙한 소년이 아니었다. 아테라에서의 짧은 거주에 더해, 드문드문 드러나는 릴리스의 개방적인 태도로 인해 알게 모르게 영향을 받아 온 탓이었다.

그는 이제 여관에서도, 욕실에서도, 심지어는 정원에서도 그런 행위……를 할 수 있음을 아주 잘 알고 있었고, 심지어 개중 둘은 이미 경험해 보기까지 했으므로 사실 그런 방면……에 대해 약간의 우월감을 가지고 있는 것도 사실이었다. 애석하게도 마지막은 아직 시도조차 해 보지 못했지만, 어쨌든.

그러나 마차는 그런 그에게도 아직은 범주 외의 장소였다. 미지의 공간이 배덕감을 부추겼지만, 머릿속에 굳건히 뿌리박혀 오랫동안 그의 일생 전반을 지배해 온 도덕관이 난폭하게 들뛰려는 본능을 억눌렀다.

머릿속에는 이미 살색 찬란한 풍경이 한가득이었으나 바이마르는 그것을 실현시키는 대신 다른 방식으로 욕구를 분출하는 편을 택했다. 입술을 맞대고 혀를 얽는다. 치열을 훑고 혀뿌리를 파헤치자 단 즙이 새어 나와 입가로 흘러내렸다.

그것을 다시 훑고, 물고, 잘근잘근 씹는 동안 몇 번이고 마차가 덜컹이며 흔들렸다. 가느다란, 말캉한, 좋은 향기가 나는 자그마한 몸뚱이가 세상에 그밖에 없다는 듯 양팔로 목을 힘껏 휘감아 왔다.

비벼 대는 몸짓에 드레스 자락이 엉망으로 구겨지고 망토가 멋대로 흘러내려 바닥에 나뒹굴었다. 바깥에 있는 이들이 본다면 필시 댓 번은 오해하고도 남을 장면이었다.

'그래서 뭐.'

그러나 그게 무엇이 어떻단 말인가. 바이마르는 다시금 얼굴을 비틀어 깊게 입을 맞췄다.

어쨌거나 이 장소는 그에게 아직 '엄한 곳'이었고, 그는 아직 체자레의 경고를 저버릴 생각이 없었다. 물론 두어 번 더 같은 장소에서 같은 일을 반복한다면 더는 '엄한 곳'이 아니게 될 테고. 그러니 그 이후의 일은 장담할 수 없게 될지도 모르겠지만.

바이마르는 무의식이 차곡차곡 세우는 계획을 현명하게 의식 저편으로 밀어 넣으며 하고 있던 일에 열중했다. 손이 오갈 때마다 민감하게 돌아오는 반응에 도리어 이쪽이 더 죽을 것 같은 기분이 되었다.

이대로 한 몸으로 뒤엉켜 버렸으면. 뱀처럼, 넝쿨처럼, 이지 없는 짐승처럼 한데 얽혀 영원히 떨어지지 않았으면. 아니, 차라리 흐물흐물 녹아 이 사랑스러운 사람의 몸속에 숨처럼 스며들 수만 있다면.

'아 이제 진짜.'

"저하, 마마. 도착했으니 내리시지요."

못 참겠다고 생각하는 순간, 말발굽 소리가 멎으며 문밖이 소란해졌다. 바이마르는 곧장 일어나 바닥에 나뒹굴던 망토로 릴리스의 얼굴을 가리곤 '엄한' 장소에서 벗어났다.

"먼저 들어가마."

모로 가도 폴리스만 가면 되는 법. 엄하지 않은 장소를 찾아 떠날 시간이었다.

⚜ ⚜ ⚜

이듬해 봄. 재정비를 끝낸 카리알 대영지가 마침내 봉쇄 중이던 성문을 개방했다. 새 영주를 위한 임명식 날짜가 공표되면서, 온 스파티움이 새로운 권력자의 등장에 걱정 어린 관심을 보였음은 물론이었다.

젊은 왕 체자레를 비롯한 폴리스의 주요 인사들이 초대객 명단에 주르륵 이름을 올렸다. 화려한 참석자들의 면면에 힘입어 카리알 사람들도 바쁘게 손을 모아 임명식을 준비했다.

그리고 다시 한 달쯤 뒤. 달빛마저 숨을 죽인 어느 깜깜한 밤이었다. 예고 없이 성으로 들이닥친 체자레는 수도인 폴리스만큼이나 화려하게 탈바꿈한 카리알의 대로 풍경에 깜짝 놀라 그대로 말을 멈춰 세웠다.

"모군. 지금 내가 확실히 깨어 있는 게 맞나? 며칠 사이 두 눈이 잘못된 게 아니라면 저 등불 아래 걸려 있는 건 필시 처음 보는 문양의 깃발인 듯한데……."

"……예에."

"저 지저분한 휘장들은 분명 아테라식 꾸밈일 테고."

"아무래도 그렇지 않겠습니까."

"허면 성벽에 치렁치렁하게 늘어뜨려 놓은 것도 다 이 난장판의 일환인가? 스치면서 봤을 때엔 그저 잠깐의 실수이리라 생각했다만…… 이제 보니 죄다 내 오해였던가 보아. 아니, 효율성 떨어지게 대체 왜 문밖에 장식을 걸어 두는지 모르겠군. 혹여 습격이라도 받는다면 시야가 가려지지 않겠나 이 말이야."

"……."

"게다가, 대체 왜 이 밤에 집집마다 불을 밝혀 두고 있는 거야? 거리의 램프로는 앞을 보기에 충분치 못해서인가? 아니! 심지어 저 가게들은 이미 문을 닫았잖나. 왜 쓸데없이 기름을 낭비하고 ……잠깐. 저기 달려 있는 게 월계수 가지가 맞는가? 건국 기념일에나 달 법한 물건이 이 추위에 왜 저기 나와 있는 거야? 그러고 보니 옆집…… 아니, 옆집뿐만이 아니잖나. 온 길거리가 월계수 천지로군……. 허 참, 대체 이게 무슨 일인지 모르겠어."

"……."

모군은 그보다는 체자레의 수다가 대체 무슨 일인지 모르겠다고 생각했다. 기실, 내려오는 길 내내 그를 괴롭힌 것은 추위도, 딱딱한 바닥 때문에 배기는 허리도, 부실한 식사나 어둑한 밤길, 그 어느 것도 아니었던 것이다. 대신 그를 정말로 괴롭게 만든 건 체자레의 이 끊이지 않는 불평과 불만이었으며, 심지어 그것은 매일 아침 동이 틀 때마다 마치 처음처럼 새롭게 시작되어 그를 반쯤 미치게 만들었다.

어쨌거나 두 사람은 시끌시끌한 소음을 꽁무니에 매단 채 계속해서 조용한 밤거리를 가로질렀다. 실제 떠들어 대는 것은 한 명뿐이었으나, 주변을 개의치 않는 젊은 왕의 넘치는 혈기는 장정 서넛의 목소리 정도는 너끈히 감당할 만큼 놀라운 기량을 발휘했다.

"누구…… 헉! 전하?"

"오, 오랜만이구만, 루카스! 얼굴을 봤으니 이만 문을 열어라. 젠장할, 봄은 무슨! 길바닥에서 퍼 자다간 동사할 것 같은 날씨로군."

한편 오랜만에 불침번을 맡아 순찰을 돌고 있던 루카스는 예상치 못했던 손님의 난입에 기겁해 어버버 입을 벌렸다. 아니, 폴리스에 있어야 할 체자레가 왜 이곳에…… 애당초 예고했던 날까진 아직 보름이나 남았는데?

"살로메가 내 대신 폴리스를 지킬 거야. 알아들었으면 이 문부터 좀 열어라! 얼어 죽겠다고!"

의아해하는 기색을 눈치챘는지, 체자레가 두 눈을 홉뜨며 성마르게 통과를 재촉했다. 커다란 흑마가 동조하듯 거칠게 투레질하며 발굽으로 무른 땅을 퍽퍽 파 댔다. 주인을 닮아 성질머리가 퍽 고약한 놈이었다.

하긴. 봄이라 한들 아직 제법 바람이 차다. 루카스는 서둘러 문을 열어 야밤의 불청객을 맞이했다.

"바이마르는 지금쯤 자고 있겠지?"

"예, 그렇습니다."

"그럼 나도 일단은 좀 쉬어야겠군. 방으로 안내해. 제대로 된 인사는 내일 나누도록 하마. 아, 무스타리. 자네도 그간 잘 지냈나?"

미뤄 두었던 피로가 한꺼번에 몰려와 절로 눈이 스르륵 감겼다. 체자레는 하품을 연발하며 어둠에 싸여 있는 정원 안쪽으로 시선을 두었다. 소식을 듣고 헐레벌떡 뛰어나온 무스타리가 잠이 덜 깬 얼굴로 그에게 인사를 올렸다.

소란에 덩달아 잠에서 깨어난 사용인들이 부산하게 몸을 움직이며 손님 맞을 준비를 했다. 루카스는 막 달려온 시종에게 말고삐를 넘기곤 세 사람을 앞장세워 정원을 마저 가로질렀다.

"너무 바빠 몸이 두 개라도 모자랄 지경입니다만, 그것만 제한다면 제법 괜찮습니다."

무스타리가 핏발 선 눈을 끔뻑이며 대답했다. 체자레는 푸하하, 웃음을 터뜨리곤 벽난로가 타고 있는 응접실 안으로 성큼 한 발을 내디뎠다. 내부를 꽉 채우고 있는 훈기에 얼었던 손발에 감각이 돌아와 살갗이 따끔거렸다.

"아직 농담할 기운이 남아 있는 걸 보니 확실히 그런 듯싶군. 기다리고 있을 테니 머무를 방의 준비가 끝나면 불러 주게나."

무스타리가 서둘러 물러나고 체자레는 널찍한 소파에 느긋하게 기대앉아 빈 잔에 능숙하게 제 몫의 차를 채웠다. 집주인인 양 느긋한 태도에 모군이 벙찐 얼굴로 그를 바라보았다. 친절하게 수하의 몫까지 차를 따라 낸 체자레가 잔을 밀어 주며 어깨를 으쓱했다.

"동생 집이 곧 내 집이지."

"예에, 뭐."

왕이 그렇다면 그런 거겠지. 모군이 그런 생각으로 잔을 기울이는 동안, 체자레는 어느덧 첫 잔을 단숨에 비워 버리곤 졸졸졸 새 찻물을 따르는 중이었다.

"헌데 그보다…… 이곳 분위기가 제법 바뀌었는데 말이야."

체자레는 아늑한 분위기의 응접실을 흥미롭게 관찰하며 눈을 가늘게 떴다. 색색깔 유리가 끼워진 커다란 창들. 밋밋한 벽면과 단조로운 가구들. 대개의 것들이 예전과 비슷했으나 오히려 그래서인지 더욱 눈에 띄는 것이 있었다.

'흠.'

새카만 눈동자가 태피스트리와 그보다 좀 더 얇은 베일을 겹쳐 만든 기다란 커튼을 무심한 척 훑어 내렸다. 스파티움 어느 곳에서도 저런 식으로 창을 장식하지 않으니, 의심 가는 배후라곤 기실 남은 한 군데뿐이었다.

체자레는 탐탁잖은 마음을 애써 억누르며 머릿속으로 화합의 중요성을 되뇌었다.

　다행스럽게도, 무스타리는 그의 인내심이 닳아 없어지기 직전 나타나 안내를 자청했다. 체자레는 그를 따라 복도를 거닐며 몇 달 사이 달라진 성안 풍경을 감상했다. 금실로 무늬를 짜 넣은 듯한 붉은색 덮개가 복도 양옆을 우아하게 장식한 가운데, 발을 딛고 서 있는 카펫은 그보다 조금 더 어두운 자주색이었다. 벽 중간중간 매달려 있는 램프들은 본래 있던 스파티움의 물건임이 분명했으나 의외롭게도 그 색이 벽지와 묘하게 어울려 타국의 문물을 섞었다는 위화감을 누그러뜨렸다.

　벽난로 위에 놓여 있는 아기자기한 장식들. 금술이 달려 있는 밝은 색감의 양탄자와, 밋밋하던 천장에 새로이 생겨난 불규칙한 무늬들까지. 성 자체가 풍기는 삭막한 분위기는 여전했으나 군데군데 스며든 이국의 정취가 자꾸만 묘하게 시선을 잡아끌었다.

　"헌데 무스타리."

　한동안 감상에 빠져 걷던 체자레의 두 눈에 무언가 걸린 것은 그쯤이었다. 그러고 보니…….

　"내 아까부터 생각했네만, 이곳엔 어찌 바닥에 단이 없나? 하다못해 응접실과 홀의 구분은 있어야 할 것 아닌가. 아무리 문틀이 달려 있대도 그렇지. 계속 바닥만 이어지니 영 보기가 어색하단 말이야. 분명 전엔 이런 모습이 아니었던 듯한데…….'

　"아, 그것이…… 황녀 마마께서 드나들기 힘드시다며 바이마르 저하께서 전부 없애라 지시하셔서 그렇습니다. 공사가 끝난 지 얼마 되지 않았지요."

　반보쯤 앞서 걷던 무스타리가 난감한 듯 웃으며 그를 돌아보았다. 체자레는 뜻밖의 답에 조금 놀라 제자리에 멈춰 섰다.

　"……바이마르가?"

　"예."

　"허, 참. 내 평생 부인 때문에 집까지 뜯어고치는 남편 이야기는 맹세컨대 처음 들어 보는군. 사랑하는 막내가 여러모로 스파티움의 선구자가 되겠어."

잇새로 절로 혀 차는 소리가 흘렀다. 무스타리는 불퉁한 어조를 모른 척하며 고개를 찔끔 들어 올렸다.

"······밤이 늦어 우선은 방 두 개를 나란히 비워 두었습니다. 마마와 저하께는 제가 내일 아침 방문하셨다는 것을 고하도록 할 테니 오늘은 모쪼록 편히 눈을 붙이시지요."

길지 않은 복도 끝에 문이 활짝 열려 있는 방 두 개가 보였다. 언제 투덜거렸냐는 듯, 냉큼 오른편의 문 안으로 뛰어 들어간 체자레가 침대에 벌렁 드러누운 채로 격의 없이 대꾸하며 한 손을 흔들었다.

"고맙네. 밤도 늦었는데 그만 들어가 봐."

어린 시절 내내 전쟁터를 누비고 다닌 탓일까. 젊은 왕은 그의 아비와 달리 신하들을 퍽 스스럼없이 대하는 경향이 있었다. 그러나 살가운 태도가 문제 해결에 도움이 될 리 만무했으므로, 무스타리는 내일 아침 이 일을 어떻게 고해야 할지 고민하다 가뜩이나 모자란 수면 시간을 꼴딱 날려 버리고 말았다.

✤ ✤ ✤

"무스타리, 얼굴이 왜 그런 꼴이지? 혹 어젯밤도 일이 밀려 있었나?"

그리고 몇 시간 뒤 새로 맞은 상쾌한 아침. 릴리스는 퀭한 낯의 집사에게 여상한 질문을 던졌다가 난데없는 공격을 받고 말았다.

"체자레 전하께서 오셨습니다."

"뭐?"

무슨 소리야. 그런 눈빛으로 쳐다보고 있으려니 무스타리가 친절히 아까의 답을 반복했다.

"체자레 전하께서 오셨습니다."

"······어디에? 그리고 지금? 왜 벌써?"

"2층의 손님방에서 주무시고 계십니다. 예, 지금입니다. 왜 미리 오셨는지는 저도 잘······."

"무슨 소리냐. 누가 왔다고?"

막 단장을 마치고 나오던 바이마르가 두 사람을 번갈아 보며 고개를 갸웃했다.

"전하께서······."

무스타리와 바이마르 사이에 아까와 같은 대화가 다시 오가고, 와트만과 무스타리 사이에 비슷한 대화가 한 번 더 반복되었다. 릴리스는 그사이 빠르게 몸단장을 마치고 방을 나설 채비를 갖추었다. 일찌감치 깨어나 복도를 서성이던 모군이 반가운 기색으로 잽싸게 두 사람을 뒤따랐다.

"딱 맞춰 내려왔군."

벽난로 앞 소파에 앉아 등을 보이고 있던 사내는 인기척을 듣고도 급할 것 없다는 듯 느긋하게 일어나 그들을 마주 보았다. 가볍게 무릎을 구부려 예를 올리자 그가 고개를 주억이며 곧장 바이마르에게로 시선을 넘겼다.

"얼굴이 아주 좋아 보이는구나, 반."

"마음이 평온하니 그렇지 않겠습니까. 그러는 형님께서도 퍽 좋아 보이시는데요. 헌데 살로메····· 아니, 비전하께서는 함께 오시지 않으셨습니까? 분명 참석하시겠다고······."

"늦지 않게 따라올 테니 아무 걱정 말거라. 나는 용건이 있어 좀 더 서둘렀지만."

꼴깍. 릴리스는 저도 모르게 침을 모아 삼켰다. 그의 '용건'이 의미하는 바를 모르지 않았기에 한층 더 마음이 불안해졌다.

체자레는 먹잇감의 간을 보는 포식자처럼 잔뜩 뜸을 들이다 느리게 운을 떼었다.

"내— 생각지도 못했던 이야기를 들어서 말이야."

"······."

"듣기로는, 황녀가 카리알의 성주가 될 거라던데. 맞나?"

새카만 눈이 위협적인 기세를 뿜어냈다. 바이마르는 한 손을 릴리스의 얼굴 앞에 두어 그 시선을 막아 내곤 태연한 얼굴로 체자레를 마주 보았다.

"맞습니다."

"그래, 반. 너는 듣자 하니 총단장이 될 거라고?"

"그럴 생각입니다."

체자레는 다시 자리에 앉아 혹시나 이어질 수도 있을 법한 다른 말을 기다렸다. 그러나 인내심 없는 본성이 그리 쉽게 달아날 리 없었으므로, 그는 곧 다시 성급한 재촉을 이어 갔다.

"뭐 더 할 말 없나?"

"무슨 말 말입니까?"

"이 사태에 대해."

물론 없었다.

체자레는 깊이 숨을 들이쉬었다가 내쉬는 것을 세 번쯤 반복한 뒤에야 간신히 마음을 가라앉혔다.

마침 소식을 전해 듣고 입성한 시렌이 슬금슬금 응접실로 들어와 난처한 얼굴로 문 옆에 시립했다. 차를 내오던 무스타리의 반들거리는 머리에도 식은땀이 송골송골했다.

"전하, 오셨다는 소식을 이제야 접했습니다. 오랜만에 뵙는군요."

갑갑하던 공간에 새 손님이 든 것은 그로부터 10여 분이 더 지난 뒤의 일이었다. 덜 마른 머리를 휘날리며 달려온 둘베트의 뒤편으로 루카스와 스쿼드가 줄줄이 엮인 소시지처럼 따라 들어와 분위기를 떠들썩하게 만들었다.

체자레는 순식간에 오두막처럼 좁아진 응접실을 둘러보며 그의 인사에 화답했다.

"둘베트 백작! 그대도 오랜만일세. 보아하니 잘 지내고 있는 모양이군."

"그렇지요. 헌데 잠시……."

둘베트의 시선이 슬쩍 아래로 떨어졌다. 그답지 않게 말끝을 흐리는 모양새에 일동의 시선이 죄다 한곳으로 쏠렸다. 편법이라곤 써 본 적 없는 강직한 기사의 낯이 당혹으로 불그죽죽했다.

'그러게 사람을 잘못 골랐다니까.'

루카스는 난감한 기색을 눈치채곤 혀를 차며 둘베트를 힘껏 밀어 한 걸음 뒤로 보냈다.

"그, 전하. 황녀 마마께서 꼭 보셔야 할 일이 있어 모셔 가야 할 것 같습니다만. 괜찮으시겠습니까?"

공중에 붕 떴던 뒷말을 잇고 나자 대번에 바늘 같은 시선이 온 얼굴을 찔러 왔다. 침묵하는 체자레를 따라 모두가 약속이나 한 듯 입을 꾹 다물었다.

얼마쯤 뒤, 긴 한숨과 함께 마침내 승낙이 떨어졌다.

"그래, 가 보게나."

"가시지요, 마마."

이때만을 기다리고 있었다는 듯, 불쑥 앞으로 튀어나온 스쿼드가 다소 급하게 릴리스를 밖으로 인도했다. 와트만과 둘베트, 루카스까지 그들을 따라 줄줄이 응접실을 나서자 곧 내부는 곧 처음처럼 한산해졌다.

시렌과 무스타리 역시 어느샌가 자취를 감춰 버린 뒤였다. 모군과 무언가 눈짓을 나누는 듯하더니만, 틈을 타 다들 작당 모의에 빠져 있었던 모양이다.

하여간 눈치들만 빨라 가지고.

체자레는 그리 생각하며 기세 좋게 타오르는 장작더미에 한참 동안 시선을 두었다. 분명 하고자 했던 말이 아주 많았었는데. 그럼에도 막상 상대를 마주 보고 앉으니 모든 것이 의미 없는 일처럼 느껴져 난감한 기분이 들었다.

그는 꼿꼿이 허리를 세우고 앉아 있는 어린 동생을 흘금거렸다.

생각건대 오늘의 바이마르는 다소 기묘한 차림이었다. 그새 더 길어 가슴 언저리까지 오는 검은 머리칼은 느슨하게 땋아 옆으로 곱게 넘겨 두었고, 그로 인해 훤히 드러난 오른쪽 귓불에서는 손톱만 한 귀걸이가 달랑이며 사방으로 열심히 반짝이는 빛을 흩뿌렸다.

차고 있는 검마저 평범하지 않다. 새까만 검집부터 시작해 길쭉한 손잡이에 이르기까지. 자그마한 루비가 알알이 박혀 있는 커다란 검은 전투용이라기보단 장식이나 제식용 도구에 더 어울릴 법한 모양새였다.

그러나 이렇듯 아테라인다운 치장을 하고 있으면서도, 정작 바이마르가 걸치고 있는 옷들은 하나같이 평범한 스파티움 복식일 따름이었다. 커다란 천 한 장을 재단해 만든 품 넓은 겉옷과 미색의 무늬 없는 단순한 셔츠. 그리고 발목이 좁아 드는 활동성 좋은 검은 바지.

단순성을 중시하는 무채색 옷들이 화려한 장식과 어우러지며 독특한 분위기를 자아냈다. 본래 그리 자라 왔다는 양 조금의 위화감도 보이지 않는다. 거리낄 것 하나 없다는 듯 자신만만한 눈빛이 어째서인지 조금 얄밉게 느껴졌다.

체자레는 그새 훌쩍 자란 듯 보이는 동생을 복잡한 눈으로 응시했다.

"아펠라에서 네 행보에 관심이 대단히 많더구나."

기어이 왕자를 공물 삼아 보내 버린 이들이다. 싫다는 말 한마디 없이 묵묵히 짐을 꾸리던 바이마르의 뒷모습이 어찌나 안타깝던지. 체자레는 그날 이후 늘 마음속에 뼈아픈 부채감을 품고 살았다.

그나마 황녀가 마음을 주어 다행이었다. 아테라 놈들 하는 꼴을 보니 분명 사생아란 배경에 치를 떨었을 텐데. 하나 있는 부인마저 무시로 일관했더라면 삶이 어찌나 고달팠을 것인지…….

체자레는 끔찍한 상상에 저도 모르게 몸서리치다 급히 현실로 생각을 되돌렸다.

"……황녀가 갑자기 성주가 된다 하니 몹시 당황한 얼굴들이더군. 덧붙이자면 나도 그에 관해서만큼은 별다르지 않은 심정이었다는 걸 분명히 알아 두거라."

볼모 신세가 되는 걸 막아 주지 못했으니 이제라도 남부럽지 않게 줄 수 있는 모든 것들을 쥐어 주겠다 다짐했었다. 살로메가 넌지시 말을 던졌을 때 눈치챘어야 했는데. 대영지를 그대로 먹어도 모자랄 판에 겨우 고른 것이 고작 총단장 자리라니……. 생각할수록 속상한 마음을 감출 길이 없어 자꾸만 한숨이 푹푹 흘렀다.

그런 속내를 모르는 척하려는 듯, 바이마르가 여상한 목소리로 대꾸했다.

"뭐…… 원로들이야 언제나 비슷하지 않습니까."

"그래도 어떻게 마몬 경을 잘 구워삶은 모양이야. 선대 마몬 후작이 앞장서서 너를 옹호하는 꼴을 보니 신기하기 짝이 없더군."

"그나마 국경 인근이라 그 정도로 끝난 것이 아니겠습니까. 땅덩이가 넓으니 성벽을 온전히 쌓고 나면 다른 불만들도 곧 사그라들겠지요. 다 형님 덕입니다."

아부하듯 뒤따른 말에 두 눈이 휘둥그레졌다. 체자레는 헛웃음을 흘리며 한 손으로 마른 얼굴을 거칠게 문질렀다. 아직 어리다고만 생각했는데, 못 보고 지낸 사이 정치적인 안목까지 생긴 모양이다. 대견한 한편 다시 괘씸한 마음이 불쑥 솟아 그는 짐짓 눈꼬리를 뾰족 세웠다.

"그걸 알면서 제 숟가락을 넘겨?"

탓하는 말이 아님을 알았는지 바이마르는 그저 배시시 웃을 뿐이었다. 안타깝게도 체자레는 이쯤에서 완전히 의욕을 잃고 말았다. 그래, 실은 어차피 이리될 것이라 조금은 예감했었다. 불안한 마음에 입을 놀려 모군만 귀찮게 만들었다 생각하니 어쩔 수 없이 조금은 입맛이 썼다.

"좋다, 그래. 네가 이곳을 맡아 준다면 나도 불필요하게 마음을 졸일 필요 없겠지. 성주민들의 반응은 어떻더냐?"

"마마께서 그간 저 대신 내내 영주직을 수행해 오지 않으셨습니까. 다행히도 아직까진 다들 환영하는 분위기라 안심입니다."

"뭐…… 그렇잖아도 오는 길에 봤다. 장식이 어마어마하던데."

"예, 임명식을 기념해 일주일 전부터 다들 걸어 둔 것이지요."

"월계수 잎도?"

"그건 제가 준비했습니다. 광장에 두니 알아서들 가져가더군요."

제법 좋은 생각이었다. 월계수 가지는 늑대와 더불어 스파티움을 나타내는 상징물이니 분명 초대객들 뇌리에도 깊은 인상을 남길 수 있을 것이리라.

게다가 솔직히 말해, 체자레는 황녀가 보이고 있는 의외의 통치력에 내심 감탄을 표하는 중이었다. 트집을 잡아 보라 모군을 닦달했더니 오히려 칭찬 세례가 쏟아져 당황했던 것이 고작 일주일 전의 일이다. 심지어 모군은 도리어 아테라 문물을 접목한 것을 본받아야겠다며 카리알에 머무는 일정 틈틈이 시렌과의 면담 시간을 잡아 놓기까지 했다.

물론 그런 말을 굳이 입 밖에 낼 생각은 없었으므로, 체자레는 능숙하게 화제를 돌렸다.

"그보다 보내 준 선물은 잘 챙겨 두었더냐? 부러 방부 처리까지 해 보내라 일렀는데."

"울란의 손목 말이지요. 물론입니다. 목은 테바이로 보내셨다 들었는데요."

바이마르가 눈살을 찌푸리며 대꾸했다. 아암, 그랬지. 체자레의 입가에 흐뭇한 미소가 내걸렸다.

"마몬 경이 전하길 아주 납작 엎드려 기었다더군. 아테라를 들먹이며 비아냥거리던 것이 엊그제 일 같은데. 협정서의 도장이 채 마르기도 전에 그리 낯을 싹 바꾸니 원."

칼을 들이밀기도 전에 꼬리를 잘라 내는 모양새가 흡사 눈치 빠른 도마뱀을 보는 듯했다. 로지아 후작 역시 마찬가지라, 그는 울란이 붙잡혔단 소식을 듣기 무섭게 휴직계를 내고 아나토리아로 기약 없는 요양을 떠난 지 오래였다. 미운 놈이지만 일처리는 빨랐던 탓, 체자레는 요사이 그 빈자리를 대신하느라 허리가 휘어 가는 중이었다.

'…….'

그리 생각하니 차라리 다행이란 판단이 섰다. 머리 아픈 정치 놀음 따위와는 아무 관련도 없이, 그저 마음 편히 검이나 놀리며 살 수 있다니. 그야말로 꿈 같은 삶이 아닌가. 물론 그 남은 일을 처리해야 하는 것이 황녀라는 점 또한 흡족함을 느끼는 데 마땅히 한몫 차지했다.

두 눈 뜨고 홀라당 빼앗긴 광산만 떠올릴라치면 가뜩이나 배가 살살 아파 오던 참이다. 남의 땅에서 그만한 돈줄을 빼 갔으니 이 정도는 감수해야지. 아무렴, 그렇고말고.

'똑똑한 내 동생. 기특하기도 하지.'

바이마르의 본 의도와는 전혀 관련 없는 흉악한 망상이었지만, 어쨌거나 체자레는 이로써 완전히 본래의 기운을 회복했다.

"다시 생각해 보니 황녀도 제법 염치가 있구나. 음, 마음에 들어."

"당연한 것 아닙니까."

급기야 뜬금없는 칭찬 세례가 쏟아졌다. 바이마르는 맥락 없는 칭찬을 맹목적으로 받아넘기며 웃음을 되돌렸다. 여러 가지 의미로, 참 잘 어울리는 형제가 아닐 수 없었다.

체자레가 홀로 음흉한 생각에 빠져 실실 웃음을 흘리고 있을 무렵, 릴리스는 기사들을 따라 새싹이 파릇한 정원을 천천히 거니는 중이었다. 이끄는 대로 걷다 보니 어느덧 눈앞에 커다란 연무장이 보였다.

릴리스는 꾸벅꾸벅 묵례하는 기사들에게 가볍게 손을 흔들어 주고는 눈이 쌓이지 않은 커다란 바위 위에 엉거주춤 몸을 기대어 섰다.

"그래서, 내가 봐야 할 것이 무엇인지 이제 좀 알 수 있겠니?"

찰나의 침묵 뒤, 턱을 문지르며 서 있던 스쿼드가 바닥에 쭈그려 앉아 난처한 기색으로 머리를 긁적였다.

"그게, 실은 별것 없습니다. 그저 좀 곤란하실까 싶어…… 헤헤."

"그래. 고맙구나."

곤란한 것도 고마운 것도, 모두가 뺄 것 하나 없는 진심이었다. 작은 손이 까슬한 정수리 위를 달래듯 살살 쓸었다. 멈칫 굳었던 스쿼드의 목덜미가 화상이라도 입은 듯 불그스름하게 달아올랐다.

그때였다.

"스쿼드!"

굵직한 고함 소리가 천둥처럼 갑작스레 네 남자의 귀를 때렸다. 언제 밖으로 나온 것인지, 뛰다시피 성큼성큼 거리를 좁혀 온 바이마르가 부드럽지만 단호한 손길로 릴리스의 오른손을 거둬 냈다.

"아니, 진짜 별것 없었습니다! 다 아시면서 뭘……."

기민하게 위기를 직감한 스쿼드가 한껏 억울한 목소리로 결백을 주장했다.

"네놈 시뻘게진 얼굴이나 처리해라."

물론 씨알도 먹히지 않았다.

"아, 아니, 워낙 갑작스러우니 그렇지요. 당황해서 그런 겁니다, 당황해서!"

"퍽이나."

"거참. 왕자님께선 더한 일도 막, 그냥, 거침없이 하시면서 뭐 이런 걸 가지고…… 손잡는 것쯤이야 아테라선 친밀함의 표시라 하던걸요. 그렇지 않습니까, 와트만 경?"

흥미롭게 두 사람의 대치를 구경하던 와트만은 난데없이 튄 불똥에 얼굴을 와락 일그러뜨렸다. 아니, 이놈은 왜 또 날 걸고넘어져?

"글쎄, 난 처음 듣는 이야기라."

모른 척 시침을 뚝 떼고 있으려니 스쿼드가 바짓가랑이를 붙들고 징징거리며 거짓 울음을 짜 대기 시작했다.

"아, 다 아실 만한 분이 또 왜 이러십니까요. 이미 여기 있는 놈들 전부 눈치 까고 있는걸. 덕분에 경 평판도 올라가고, 신뢰도 쌓고. 다시 말해 님도 보고 꽃도 따고…… 아무튼 뭐 다 그런 거 아니겠습니까. 따지고 보면 그게 다 제 덕인데……!"

"뭐?"

순간, 두 눈을 희번덕거리며 홱 돌아선 와트만이 다급하게 스쿼드의 멱살을 잡아채었다. 이를 악물어 툭 불거진 하관이 축적된 분노를 고스란히 드러냈다.

"그러니까…… 요사이 날 쫓아다니던 놈들이 전부…… 네 사주를 받아 그랬다는 뜻이겠다?"

한 자 한 자 씹어 뱉듯 어조가 흉흉했다. 사나운 미소에 찔끔한 스쿼드가 두 눈을 데룩데룩 굴리며 뒤를 향해 구조 요청을 보냈다.

"사주라뇨! 전 어디까지나 선량한 의도에서⋯⋯!"

"퍽이나 그렇겠군. 내가 그놈들 등쌀에 시달린 것만 생각하면 아주 그냥 네놈을 잘근잘근 밟아 주고 싶다마는⋯⋯."

후. 와트만이 싱긋 웃으며 스쿼드를 둘러메었다. 탑승자의 편안함은 조금도 배려하지 않은 포악한 운반법이었다. 허리가 접히며 뱃가죽이 눌렸는지 연방 '억!', '억!' 하는 소리가 흘렀으나 와트만은 태연하게 서서 작별 인사를 올렸다.

"그럼, 저는 잠시 실례하겠습니다, 마마."

"경들! 살려 주십쇼!"

제 발등을 찍어 버린 입담꾼이 발버둥 치며 애처롭게 자비를 구걸했다. 어이쿠. 루카스는 얼른 한 발을 뒤로 물리며 모른 척 작게 휘파람을 불었다. 어디 그뿐인가. 둘베트는 이미 둘 모두 없는 사람 취급이었다. 그래도 막내를 저리 그냥 두긴 아쉬워, 루카스는 영혼 없는 위로를 건네는 것으로 마지막 선심을 썼다.

"하하, 스쿼드. 고생해라!"

⚜ ⚜ ⚜

카리알은 완연한 축제 분위기였다. 여관이며 식당은 사람들로 가득 차 발 디딜 틈이 없었고, 넘쳐 나는 방문객들만큼이나 잦아진 사건 사고에 기사들은 푸르죽죽해진 낯으로 밤낮없이 성내 순찰을 돌았다.

편입될 네 영지의 성주민들은 물론이요, 구경 삼아 잠시 들른 이들까지 더해지면서 상점가 또한 이례적인 호황기를 맞이했다. 시렌은 북적이는 거리를 흐뭇한 눈길로 살피며 바쁘게 사람들 사이를 갈랐다.

"잠시만요, 잠시!"

앞장선 스쿼드가 땀을 뻘뻘 흘리며 힘겹게 검집을 휘둘렀다. 뭉툭한 쇳덩이가 위협적으로 허공을 찔러 대는 모양새에 사람들이 불만 서린 표정으로 화드득 몸을 물렸다. 이 경우 예상 가능한 범주의 반응이란 대개 두엇으로 좁혀지기 마련이라—

"아이 씨! 뭐야, 한번 해보자는 거야?"

이렇듯 불쾌한 감정을 표출하는 이들이 있는가 하면, 얌전히 몸을 물려 길을 터 주는 사람들 또한 생각보단 제법 되었다.

시렌은 딱 붙어 있던 어린 연인 사이로 힘겹게 다리 한 짝을 비집어 넣으며 연신 '감사합니다'와 '죄송합니다'를 되뇌었다.

두 사람은 그로부터도 한참이 지나서야 마침내 죽 뻗은 대로의 초입에 이르렀다. 본성으로 접어드는 널찍한 오르막길은 왕자 부부의 사유지로 분류되어 엄격한 통제를 받는다. 물론 두 사람에게까지 해당되는 이야기는 아니었으므로, 그들은 손쉽게 검문을 통과해 경사로에 선 채로 땀을 닦으며 간신히 가쁜 숨을 골랐다.

"어휴, 꼼짝없이 깔려 죽는 줄 알았습니다요. 뭐 볼 게 있다고 이렇게나 몰려왔는지 원."

스쿼드가 투덜거리며 검집을 도로 허리춤에 매달았다. 시렌은 후들거리는 다리를 힘겹게 움직이며 고개를 젖혀 해의 위치를 확인했다. 다행히 아직 정오 전이다.

"······불평할 힘이라도 남아 있는 게 다행이지. 그리 쌩쌩하면 나 좀 업고 가 주든가."

"에이, 그럴 힘은 없습죠."

시렌의 청을 단칼에 거절한 스쿼드가 상쾌하게 웃으며 성큼성큼 앞질러 갔다. 시렌은 한숨을 내쉬곤 스쿼드를 따라 바삐 정원으로 들어섰다.

나뭇가지 이곳저곳에 커튼처럼 걸려 있는 휘장들이 바람결에 휘날리며 사그락사그락 기분 좋은 소리를 냈다.

"아, 돌아오셨군요! 어디 잘못된 부분은 없더이까?"

문 앞을 서성이던 무스타리가 시렌을 발견하곤 잽싸게 달려와 대답을 채근했다. 시렌은 뻐근한 어깨를 풀며 마주 고개를 끄덕였다. 그만큼이나 새벽 내내 가슴을 졸였을 집사장이다. 밤새 갑자기 쏟아진 폭설 탓에 다들 어찌나 걱정이 많았던지. 다행히 일찌감치 병사들을 닦달한 덕에 이제는 모든 것이 더할 나위 없이 완벽해졌다.

"전부 확인했으니 걱정 마십쇼. 그보다 마마께선? 이제 슬슬 입장하실 시간인 듯한데."

"저하께선 전하와 함께 먼저 홀로 가셨고, 마마께선 아직 방에서 단장 중이십니다. 다들 백작님만 목 빠져라 기다리고 있었지요. 어쨌거나 다행입니다. 세상에 어젯밤엔 어찌나 가슴이 떨리던지……."

무스타리가 한 손으로 가슴을 쓸어내리며 복잡한 심경을 토로했다. 시렌은 무스타리의 한탄에 구구절절 공감하며 흐트러진 매무새를 정돈했다. 온 나라의 관심이 한껏 집중되어 있는 지금, 작은 실수가 커다란 흠이 되어 돌아올 수 있음을 알기에 그의 신경도 평소보다 더욱더 예민하게 곤두선 상태였다.

하물며 '그' 아테라 황녀의 즉위식이 아닌가. 아테라에서 나고 자라 끝내는 버림받은 황족이 스파티움의 대영주가 되는 이례적인 대사건에 온 나라가 근 며칠간 마치 폭발 전의 화산처럼 들썩였음은 물론이었다.

"결혼식을 두 번 올리는 기분이야."

한편 릴리스는 거울 앞에 서서 마지막으로 옷차림을 점검하는 중이었다. 바이마르가 수수한 푸른색 예복을 고른 것과 반대로, 오늘의 릴리스는 흰색 바탕에 황금색으로 무늬를 넣은 화려한 스파티움식 드레스를 입고 있었다. 아테라의 복식에 비한다면 단출하기 짝이 없는 차림이었으나, 흰 털이 복슬복슬한 커다란 망토로 몸 전체를 두르고 나니 성안의 그 누구보다도 화려한 차림새가 되었다.

"이런…… 저하께서 아시면 정말 큰일 나겠는걸요."

노라가 진지한 표정으로 살래살래 고개를 흔들었다. 릴리스는 매듭지어 늘어뜨린 허리끈을 조심스레 매만지며 어색하게 미소했다.

"정말이지…… 그대 하녀장의 말이 백번 옳아요, 릴리스. 괜한 소리는 말고, 너무 긴장도 하지 말구요. 알다시피 형식적인 절차일 뿐인걸요."

창틀 앞에 놓인 안락의자에 푹 파묻혀 있던 살로메가 차분한 목소리로 불안을 잠재워 주었다. 흉터 없이 깨끗하게 아문 팔이 짧은 소매 아래 드러났다.

릴리스는 대답 대신 곱게 땋아 마무리한 뒷머리를 손끝으로 더듬었다. 부름을 기다리듯 꼿꼿이 서 있던 티올라가 눈치 빠르게 작은 거울을 들어 올려 그녀를 도왔다. 릴리스는 작은 거울에 비쳐 보이는 뒷모습을 확인하곤 옆쪽을 향해 부드럽게 턱짓했다.

"이제 됐어. 고맙구나."

칭찬이 좋았던지 조막만 한 얼굴에 기쁜 기색이 가득했다. 손이 야무져 최근 노라의 사랑을 듬뿍 받고 있는 티올라는 살로메의 추천을 받아 성에 들인 나이 어린 하녀였다. 아직은 온전히 마음을 주기가 어려웠지만, 릴리스는 이제 이런 일로 스스로를 재촉하고 싶지 않았다. 아마, 시간이 지난다면 좀 더 나아지리라.

"그럼 좀 있다 봐요."

무스타리가 시렌의 귀환을 알리자, 살로메가 바쁘게 하녀들을 이끌고 방을 나섰다. 릴리스는 곧 홀로 커다란 방 안에 남겨졌다.

바이마르가 일러 준 식의 절차는 간단했다. 커다란 홀 안에 객과 주군이 모이고, 임명받을 자가 홀로 융단을 걸어가 깃발을 받고 나면 그것으로 끝이 난다.

릴리스는 마른침을 꼴깍 삼켰다. 방 건너편의 커다란 홀에는 분명 사람들이 바글거릴 것이었으나 대기실에서는 그 어떤 소리도 들을 수 없었다. 방음 시설이 되어 있는 알현실이라더니 그 말이 참이라는 걸 새삼 알게 되는 순간이었다.

보통은 왕의 친서를 가진 자가 주군의 대리자가 되지만 오늘은 체자레가 직접 나서서 깃발을 들기로 했다. 그 흔치 않은 광경을 보기 위해 기를 쓰고 찾아온 귀족들도 많다고 들었다. 넓은 정원에는 이미 마차들이 빽빽이 들어차 발 디딜 틈조차 찾기가 어려웠다.

그녀는 다시 몸을 돌려 거울 속 자신의 모습을 보았다.

이 봄. 생을 마감했던 계절에 새 출발을 준비하고 있음이 아직도 온전히 믿기지 않아 기분이 얼떨떨했다. 사나운 기세로 검을 들이밀던 체자레의 모습이 아직도 이렇게나 생생히 떠오르는데—

"……?"

다음 순간 릴리스는 다급하게 거울 앞으로 한 발짝 다가섰다. 손가락이 복슬복슬한 털로 반쯤 가려진 하얗고 긴 목 위를 꼼꼼히 더듬었다. 몇 번이나 같은 동작을 반복했을까. 이윽고 팔이 아래로 떨어지며 망연한 낯이 거울 속에 비쳤다.

없다.

분명 있어야 할 흉터의 흔적이 없었다. 그간 바쁘게 지내느라 생각조차 하지 못했던 부분이다. 워낙 흐릿한 자국이었으니 시간이 흘러 사라졌으리란 추측도 가능했으나, 이상하게도 그것을 깨닫고 나자 가슴 깊은 곳에서부터 묘한 감정이 들끓어 오르기 시작했다.

그것은 슬픔 같기도, 해방감 같기도 했으나 종국에는 거칠 것 없는 환희로 이어져 감정을 들뛰게 만들었다.

봄.

생을 끝마친 곳에서 다시 삶이 이어지고 있었다.

"마마, 곧 드셔야 합니다."

문 너머에서 와트만의 목소리가 들린 것은 시계의 모래가 반쯤 떨어졌을 무렵이었다. 릴리스는 쥐고 있던 지팡이를 의자 팔걸이에 기대 놓은 뒤, 탁자 위에 올려 두었던 자그마한 상자 뚜껑을 열어 안에 든 것을 조심히 머리에 올렸다.

그러고는 속으로 열을 헤아리기 시작했다. 하나, 둘, 셋, 넷, 다섯, 여섯, 일곱, 여덟—

아홉을 말하려던 순간 마침내 육중한 문이 열렸다.

늑대의 얼굴이 커다랗게 양각된 두툼한 문 너머에 피처럼 붉은 융단이 깔려 있었다. 양옆으로는 사람들의 얼굴이 그득했고 눈보라가 그친 하늘은 얼음 호수처럼 맑고 푸르렀다.

바이마르는 그 붉은 융단의 끝에, 언젠가 그랬듯 곧게 서 있었다. 오늘의 하늘과 꼭 같은 색의 눈이 그녀를 발견하곤 반가움에 일렁였다. 그리고 찬찬히, 한 조각 당혹이 그 안에 들어찼다.

릴리스는 그 모습을 감상하며 아주 천천히 걸어 나가기 시작했다. 당연하게도 그 속도는 매우 느렸다. 절룩이며 걷는 모양새가 썩 좋지는 않을 것이나 그녀는 옆도 뒤도 보지 않고 오로지 한곳만을 뚫어져라 응시했다.

융단의 반을 넘게 걷고, 마침내 단상까지 열 걸음가량을 남겨 두었을 무렵이었다. 무리한 다리에 힘이 빠져 왼 다리가 휘청였다. 중심을 잃은 몸이 기우뚱 옆으로 넘어갔다. 아! 동시에 웅장하고 희미한 탄성이 일었다.

그러나 릴리스는 곧바로 바로 몸을 세운 뒤 이를 악물고 다음 걸음을 떼었다. 영원히 가까워지지 않을 것 같던 단상이 아주 조금씩 선명해지는 것을 인식하면서. 계속, 계속.

그리고 마침내, 그녀는 무사히 목적했던 길 끝에 도착했다. 짧은 거리임에도 종일을 걸은 듯 숨이 가빴다. 지팡이 없이 걸어 본 지가 너무 오래되어서인지 도리어 비어 있는 손이 어색하게 느껴졌다. 칼에 베인 듯 욱신욱신 아파 오는 다리 또한 심상치 않다. 아무래도 당장 오늘 밤부터가 고비일 듯싶었다.

그러나 눈앞의 광경은 그 모든 고난을 상쇄할 만큼의 의미가 있었다.

그녀는 단 아래에서 숨을 고르며 고개만 들어 올려 위를 보았다. 널찍한 판이 계단처럼 이어지는 야트막한 단은 납작한 세모꼴이었다. 바이마르는 그 단의 세 번째 층계참 위에 있었고, 체자레와 살로메는 나란히 붙어 선 채 그보다 한 단 위에 자리했다.

릴리스는 그 낯익은 광경을 보며 잠시 과거를 회상했다.

내리쬐던 햇살, 차가웠던 바닥과 냉담하게 그녀를 응시하던 수 쌍의 눈동자. 고함과, 소란과, 번득이는 날 너머로 떨어지던 시선이 기름 먹은 헝겊에 불이 붙듯 순식간에 화르륵 타올랐다 재가 되어 사라졌다.

다시 남은 것은 현실이었다. 릴리스는 자신이 여전히 반듯하게 서 있다는 것을 깨닫고 설핏 웃다 고개를 돌렸다. 따갑고 부드러운 시선이 뺨을 간질이고 있었다.

바이마르는 마치 머리칼이 수백 마리의 뱀으로 되어 있다는 신화 속 마수를 본 사람처럼 딱딱하게 굳은 채였다. 릴리스는 그의 푸른 눈동자가 머리 위에 얹혀 있는 작은 관에 박혀 떨어지지 못하고 있다는 것을 깨닫고 조금 더 크게 웃었다.

쉴 새 없이 일렁이는 그것은 마치 가장 색이 예쁜 하늘 조각을 말려 박아 놓은 듯 아름다웠다.

"……황녀는 단을 오르라."

체자레가 말했다. 릴리스는 지체 없이 부름에 응했다. 수백 번 홀로 연습했던 순간이었다. 그녀는 비틀거리지도 주저하지도 않은 채, 마치 생에 한 번도 다리가 불편해 본 적이 없던 사람처럼 단을 올랐다.

체자레는 세 번째 단을 올라 그와 나란히 선 릴리스의 어깨 위에 커다란 깃발을 망토처럼 둘러 주곤 검집째로 검을 뽑았다.

"이로써 릴리스 반 모라 아테라가 카리알의 영주가 되었음을 선언하노라."

묵직한 쇳덩이가 오른 어깨에 닿았다 떨어졌다. 단에서 가장 가까운 바닥에 서 있던 와트만과 둘베트가 천천히 한쪽 무릎을 꿇고 고개를 수그렸다. 카리알의 기사들이 둘을 따라 몸을 내리며 주먹 쥔 손을 이마에 대었다.

"마마."

바이마르는 그 고요의 늪 위에서 양 무릎을 꿇었다.

그것은 단순한 부복이 아니었다. 두 무릎을 그대로 바닥에 댄 바이마르가 늘어진 깃발 아래 감추어져 있던 한 손을 쥐어 제 볼에 가져다 대었다. 그는 그대로 쥐고 있는 손을 얼굴에 비비다, 기어코 그 손으로 제 얼굴을 전부 가려 버리고 말았다. 순간 수런거림이 일다 썰물에 휩쓸리듯 수그러들었다.

저놈. 기함할 광경에 체자레는 한 손으로 얼굴을 쓸어내렸다. 그는 닷새가 채 다 지나기도 전에 온 나라 내에 이 이야기가 죄다 퍼질 것이라 장담할 수도 있었다.

살로메가 부드럽게 그의 팔에 손을 얹었다. 체자레는 마른세수를 하던 손을 내리고 그녀를 따라 시선을 올렸다. 천장이 뚫린 회랑 위에서 해가 모습을 드러내고 있었다.

흰 망토 위로 눈을 머금은 햇살이 부서졌다. 릴리스는 바이마르에게 잡히지 않은 빈손을 내밀어 반듯하게 가르마를 내어 놓은 정수리를 두어 번 쓸어 주었다. 곧 눈물 젖은 얼굴이 슬쩍 나왔다 도로 들어가는가 싶더니 둥글게 돌려 깎은 그녀의 손톱 위로 일어난 껍질 하나 없는 부드러운 입술이 닿았다.

누구도 입을 떼지 않았다. 아니, 못 했다는 말이 더 적절할 것이다. 와트만은 고개를 들어 정면을 보았다. 푸른 관을 머리에 쓰고, 한 손은 바이마르에게 맡긴 채, 릴리스가 다른 손으로 깃발을 움켜쥐어 가슴 쪽으로 힘차게 당겼다.

"이로써 나 릴리스 반 모라 아테라가 그대들의 주군이 되었음을 선포하노라."

붙들린 손은 여전히 눈물로 축축했다. 그 감촉이 마치 땀에 젖은 듯해 릴리스는 어느 더웠던 여름날을 상기하며 손을 조금 구부려 보았다. 둥글고 딱딱한 손마디가 마치 동전 같았다.

동전 하나에 소원 하나. 릴리스는 생각하며 마음속으로 힘껏 그것을 던졌다.

마침내, 두 번째 소원이 이루어졌다.

— fin

에필로그

검은색 사륜마차가 흙길을 달리며 바삐 숲을 통과했다. 오늘로써 수도를 떠나온 지 꼬박 10일째. 폴리스의 궁정 화가 우쳴로 댈러스는 화구가 가득 담긴 가방을 품에 꼭 끌어안은 채 멀미로 울렁이는 속을 힘겹게 다스렸다.

마차는 늦은 밤이 되어서야 간신히 목적했던 장소에 이르렀다. 우쳴로는 바퀴 소리가 멎기 무섭게 황급히 작은 문밖으로 굴러떨어지듯 뛰쳐나가 푹신한 잔디 위에 두 발을 디뎠다.

"우웨엑······!"

"오시는 길이 많이 고단하셨던 모양이지요. 만나 뵙게 되어 영광입니다. 집사장인 무스타리라고 합니다. 편하신 대로 불러 주시지요."

빈속을 시끄럽게 게워 내고 있으려니 문득 등 뒤에서 중후한 목소리가 들려왔다. 상대를 확인하기 위해 애써 몸을 일으킨 우쳴로는 반쯤 어둠에 잠긴 고즈넉한 성 풍경에 무심코 입 밖으로 감탄사를 뱉어 냈다.

"와."

그 모습을 지켜보던 무스타리가 싱긋 웃었다.

"아름답지요. 사방이 평지인 폴리스에서는 보기 힘든 풍경입니다."

"예. 정말 그래요."

울창한 숲이 투박한 모양새의 건물을 성벽처럼 겹겹이 둘러쌌다. 숲머리 위로 내려앉은 까만 밤이 물 탄 잉크처럼 차츰 연해지며 땅 위로 사뿐히 내려앉았다. 잎새 사이사이로 들이친 희미한 달빛이 굴곡진 돌벽의 윤곽을 덧그리고, 촘촘히 박힌 별들이 머리 위로 비처럼 우수수 쏟아져 내렸다.

꿈결인 듯 환상적인 풍경이었다.

우첼로는 습관적으로 허리춤을 뒤적였다. 그러나 허리띠에 달려 있는 자그마한 주머니 속에는 늘 지니고 다니던 뭉툭한 숯덩이가 아닌 조막만한 빈 병과 손때 묻은 구겨진 종이 몇 장이 들어 있을 뿐이었다. 그러고 보니 며칠 전, 여정 내내 끙끙대는 꼴을 보다 못한 마부가 정체 모를 멀미약을 하나 가져다주었던 것이 문득 떠올랐다.

"우욱⋯⋯!"

더불어 그 끔찍했던 맛도 함께.

"괜찮으십니까?"

"예에, 괜찮아요."

괜찮기는 무슨. 실은 3일 불린 오트밀처럼 끔찍한 맛이었다.

"그럼 우선은 방으로 안내해 드리도록 하겠습니다. 밤이 늦었으니 도착하셨다는 건 내일 아침 고하도록 하지요. 그리고 함께 가져오신 짐들은."

구겨진 얼굴을 어찌 해석했는지, 집사가 눈치껏 화제를 돌리며 마차 안을 눈짓했다. 우첼로는 황급히 열려 있는 문 안으로 상체를 집어넣어 화구 가방을 끌어안았다. 평생을 함께해 온 소중한 도구들을 남의 손에 맡길 수는 없는 일이라, 그녀는 피치 못할 사정이 아니라면 대개 스스로 모든 일을 해결하는 편이었다.

"아, 직접 옮길 생각이니 걱정 마세요."

목소리에 뭉툭한 날이 섰다. 어투만큼이나 뾰족해진 눈꼬리가 상대에 대한 경계를 여과없이 드러냈다. 우첼로는 무의식적으로 내보인 방어 태세에 스스로 놀라 잽싸게 상대의 눈치를 살폈다.

"바라신다면 그리하겠습니다."

혹자는 그러한 태도를 오만하다 평가했고, 또 혹자는 지나치게 까탈스럽다며 종종 그녀를 깎아내렸다. 둘 모두 익숙한 반응이라 이제는 딱히 상처받을 일조차 아니었으나, 눈앞의 집사는 어느 쪽에도 속하지 않는 얼굴로 그저 덤덤히 고개를 주억일 뿐이었다. 우첼로는 눈을 깜빡이며 머쓱한 기분으로 안고 있던 가방을 더욱 꼭 끌어안았다.

"작업하시는 동안 머무르시게 될 방입니다. 필요하신 게 있으시다면 언제든 말씀해 주십시오. 그럼."

무스타리는 끝까지 정중한 태도를 고수하며 그녀를 숙소로 안내했다. 1층 회랑 안쪽의 널찍한 손님방은 가구가 적고 창이 커 마치 수도에 있는 작업실을 연상시켰다. 우첼로는 침대에 풀썩 드러누워 창 너머로 보이는 고즈넉한 밤의 정원을 눈 안에 새기듯 꼼꼼히 담았다. 마음 같아서는 당장이라도 붓을 들어 바깥 풍경을 그려 내고 싶었으나, 열흘간 혹사당한 정신과 신체는 의지를 배반하고 계속해서 잠의 세계로 그녀를 인도했다.

'앞으로 시간은 많을 테니까.'

그녀는 침대에 누운 채 아쉬움을 다독였다. 와중에도 자꾸만 의식이 흐릿해져 생각을 이어 가기가 쉽지 않았다.

잠들기엔 아직 이르다. 옮겨야 할 짐들이 여전히 마차 안에 남아 있었고, 내내 좁은 가방 속에 갇혀 있었던 붓들도 서둘러 꺼내 바깥바람에 말려 두어야 작업이 수월할 터다.

하지만 그 모든 책임에도 불구하고, 푹신한 이불 위에 파묻힌 몸은 자꾸만 아래로 꺼져 이미 손끝 하나 까딱하기 어려울 만큼 의욕을 상실한 지 오래였다.

쉴 틈 없는 여정으로 차곡차곡 쌓인 피로가 삽시간에 몇 배로 부풀어 눈꺼풀을 짓눌렀다. 우첼로는 발끝을 까딱이며 느릿하게 두 눈을 깜빡였다. 그리고, 구름 너머로 빼꼼 드러난 달을 가까스로 눈에 담은 것이 그 밤의 마지막 기억이었다.

✢ ✤ ✢

"편히 주무셨습니까?"

"아, 예. 정말 잘 잤어요. 감사합니다."

다음 날 아침. 방으로 찾아온 무스타리가 부드러운 목소리로 안부를 물어 왔다. 우첼로는 멋쩍은 기분으로 손등을 마주 비볐다. 손가락에 늘 붓이나 숯덩이가 들려 있었던지라, 살갗에 묻은 것을 털어 내기 위해 습관처럼 체화된 동작이었다.

"다행입니다. 준비가 끝나셨다면 저를 따라오시지요. 각하 내외께서 기다리고 계십니다."

기실 어젯밤, 우첼로는 그저 잘 잤다는 표현으로는 부족할 만큼 숙면을 취했다. 어찌나 푹 잠들었는지 깨어났을 적에는 이미 해가 중천에 떠오른 지 한참이었다. 습관대로 침대 옆의 줄을 당겨 도와줄 이를 불렀으나, 정작 그녀의 시중을 도맡은 어린 하녀는 '각하께서 그냥 두라고 하셨다'는 말을 전했을 뿐 별다른 꾸중 없이 단장을 돕는 데 열중해 도리어 그녀를 어리둥절하게 만들었다.

'어떤 분들이시려나.'

곧장 응접실로 안내된 우첼로는 두근거리는 기분으로 이어질 접견을 기다렸다. 아침의 일을 책하지 않은 것으로 보건대 분명 퍽 관대한 분들이실 것이고, 들리는 소문에 의하자면 두 분 모두 미색이 빼어나시다 하니 그 또한 무척이나 기대가 되었다.

물론 둘 중 더 마음이 가는 쪽은 단언컨대 후자라 할 수 있었다. 천성적으로 예술가 기질을 타고난 탓일까. 아름다운 것을 보면 당장이라도 종이에 담고 싶어 손이 마구 근질거리는 것을 도무지 참기가 어려웠던 것이다.

"오십니다."

문간에 서 있던 무스타리가 때마침 그녀를 돌아보며 성주의 등장을 알렸다. 우첼로는 손에 배어난 땀을 닦고 소파에서 일어서 옷매무새를 단정히 가다듬었다. 그래 보아야 구겨진 소매를 당겨 펴는 정도에 불과했지만, 두어 번 손길이 닿고 나니 그래도 처음보단 조금 나은 꼴이 되었다.

"그대가 형님이 보냈다는 화가인가?"

다음 순간, 우첼로는 손을 털며 고개를 번쩍 들어 올렸다. 큰 키의 사내가 뚜벅뚜벅 응접실 안으로 걸어 들어와 그녀를 마주 보았다. 바이마르였다.

그녀에게 눈짓으로 인사를 건넨 무스타리가 책임을 다했다는 듯 조용히 걸어 열려 있는 문밖으로 사라졌다. 우첼로는 멍하니 굳어 선 채 입 속으로 탄성을 터뜨렸다.

'와.'

가장 먼저 눈에 들어온 것은 울대가 도드라지는 굵은 목이었다.

우첼로는 무례를 자각할 성신도 없이 뻔히 상대의 모습을 살폈다. 매끈해 보이는 하얀 피부는 마치 질 좋은 대리석을 공들여 다듬어 놓은 듯했고, 명암이 두드러지는 뚜렷한 이목구비는 얼굴 중심선을 기준으로 완벽한 대칭을 이루었다.

어디 그뿐인가. 숱 많은 눈썹은 한 올 한 올 공들여 심어 놓은 듯 누워 있는 방향이 가지런했고, 적당한 높이로 솟아 있는 광대뼈와 보기 좋게 뻗어 있는 콧대의 비율마저 믿을 수 없으리만치 섬세한 각도를 자랑했다. 도제 시절 지겹도록 그려 대었던 석고상이 눈앞에서 살아 움직이는 광경에 절로 심장이 쿵쾅쿵쾅 요동치기 시작했다.

장인이 빚어낸 걸작을 마주한 범인의 심정이 아마도 지금과 꼭 같을 것이리라.

"대답."

말을 잃고 서 있는 사이, 우뚝 솟은 산처럼 커다란 그림자가 답을 재촉하며 반질반질하게 닦여 있는 바닥을 비스듬히 가로질렀다. 공격적인 몸짓 하나 없이도 풍겨 내는 위압감이 대단했다. 우첼로는 근질거리는 손을 치마폭에 감싸며 두 눈을 느릿하게 깜빡였다. 당장이라도 저 얼굴을 화폭에 담아내고 싶어 좀이 쑤셨다.

"예에……, 제가, 그, 체자레 전하께서 보내신……."

방 한가운데 멈춰 선 바이마르가 비스듬히 고개를 기울이며 그녀를 빤히 응시해 왔다. 우첼로는 침을 꿀꺽 삼키곤 어깨를 움츠렸다. 그녀를 주시하는 새파란 눈동자에서 얼음처럼 싸늘한 냉기가 뚝뚝 떨어져 내렸다. 허락하지 않는다면 말 한마디조차 붙이기 어려울 만큼 차가운 태도였다.

"우, 우첼로 댈러스라 합니다. 그저 우첼로라 불러 주시면……."

됩니다. 덜덜 떨며 혀를 씹어 버린 우첼로는 좁혀진 거리에 저도 모르게 두어 발짝 뒷걸음질 쳤다. 자리에서 일어난 지 얼마 되지 않았으므로, 그녀는 곧 무릎 뒤의 쿠션에 걸려 소파 위로 내동댕이쳐졌다.

퍽 볼썽사나운 꼴이었으나 하나뿐인 관객은 다행히도 그 소동에 별반 관심이 없는 듯했다. 우첼로는 서둘러 자세를 바로 하곤 붉어진 얼굴을 아래로 수그렸다. 집요하게 카펫만 노려보고 있으려니 이내 다시 저벅이는 발걸음 소리가 들려왔다.

길이 잘 들어 반들거리는 검은 부츠가 그녀 앞을 무심하게 지나쳐 갔다. 붉은색 쿠션이 놓여 있는 상석을 비워 놓은 채, 말편자처럼 둥근 모양의 소파 끝자리 앞에서 걸음을 멈춘 바이마르가 허리를 꼿꼿이 세우고 앉아 문간을 향해 시선을 고정했다.

단정하게 빗어 내린 검은 머리칼이 널찍한 어깨 위로 자연스럽게 흐트러졌다. 팔꿈치까지 걷어 올린 홑겹 셔츠 아래로 팽팽하게 긴장된 근육들이 적나라하게 드러났다.

우첼로는 주춤주춤 눈을 굴리며 불편한 침묵을 감내했다. 얼굴만 놓고 보자면 호숫가에 피어난 한 떨기 수선화가 따로 없건만. 떡 벌어진 어깨며 큼지막한 손을 가까이 두고 있으려니 본능적인 위축감이 들어 입이 바싹 말랐다.

"……오시는군."

그 순간이었다.

굳어 있던 얼굴에서 힘이 빠지며 눈매가 한껏 부드럽게 풀어졌다. 살짝 벌어진 입술과 앞으로 한껏 기울어진 상체가 품고 있는 기대감을 여실히 드러냈다. 베일 것처럼 차갑고 날카롭던 분위기가 여름철 얼음처럼 순식간에 녹아내리며 무장을 해제했다. 보고 있으면서도 믿기 힘들 만큼의 급격한 변화였다.

"늦어서 미안하네. 아침 회의가 길어지는 바람에."

따각따각. 그 기대에 응답하듯, 금속이 돌을 두들기며 내는 경쾌한 소리가 연달아 들려왔다. 우첼로는 황급히 몸을 일으켜 막 응접실 안으로 들어서는 이를 맞았다. 샛노란 드레스를 입고 서 있는 여자는 갓 구워 낸 도자기 인형처럼 희고 자그마해 금방이라도 부서질 듯 연약해 보였다.

조막만 한 얼굴 위에 눈, 코, 입이 오밀조밀하게 박혀 있었다. 빛을 머금어 반짝이는 갈빛 눈동자가 창 너머의 푸른 하늘과 바람에 흩날리는 커튼, 벽면의 태피스트리와 바이마르를 스쳐 마침내 그녀에게 고정되었다.

"카리알에 온 것을 환영하네, 우첼로 댈러스."

이윽고 낭랑한 목소리가 환영 인사를 건네 왔다. 카리알의 대영주. 갈바르 공작이었다.

⚜ ⚜ ⚜

채도 낮은 색유리로 마감된 스테인드글라스 앞에 비스듬히 선 공작 부처가 화폭 너머를 지그시 바라보고 있었다. 점심 식사를 막 끝낸 뒤라 잠이 쏟아질 만도 했으나, 우첼로는 눈을 부릅뜬 채 그 어느 때보다 스케치에 집중했다.

작업 시간은 점심 식사 이후부터 오후 티타임 전까지의 서너 시간으로 한정된다. 다리가 불편한 공작이 오래 서 있을 수 없어 타협 끝에 어렵게 결정된 사안이었다. 시간적 여유가 부족한 만큼 짧은 순간에 최대한 많은 것들을 담아내야 했으므로 우첼로는 요 근래 늘 잔뜩 신경을 곤두세운 채 망령처럼 방과 작업실을 오가는 중이었다.

"……반. 핥지 말아요."

시간이 얼마나 흘렀을까. 옷감 주름을 구현하기 위해 한껏 작업에 열중하던 그녀는 사뭇 엄한 목소리에 무심코 고개를 쳐들었다.

이어, 시야에 잡힌 것은 퍽 간지럽고 애틋한 광경이었다. 정수리 위쪽에서 떨어진 은은한 빛이 두 사람을 환히 비추는 가운데, 가느다란 팔을 얼굴 앞으로 당겨 올린 바이마르가 천천히 고개를 숙여 맞잡은 손끝에 입을 맞추고 있었던 것이다.

긴 속눈썹이 차분히 내리깔려 사뭇 경건한 분위기를 자아냈다. 홀린 듯 멍하니 그 광경을 지켜보던 우첼로는 황급히 손을 뻗어 빵 조각으로 반쯤 완성되었던 상체 부근을 뭉그러뜨렸다.

"반, 혀."

"예에……."

……아니, 어쩌면 경건하진 않을지도.

우첼로는 어쩐지 시무룩해진 듯한 왕자의 표정을 무시하며 빠르게 손을 놀렸다. 뾰족한 목탄이 화폭 위를 능숙하게 오갔다. 물끄러미 앞을 보던 기존의 구도 대신 새로운 풍경이 차츰차츰 윤곽을 드러내며 빈자리를 메워 갔다. 모양 좋은 이마와 그 아래의 반듯한 눈썹, 매끈한 곡선을 그리는 얼굴을 묘사하는 데 집중하던 우첼로는 식사 시간을 알리기 위해 무스타리가 찾아왔을 무렵에야 자신이 텅 빈 방에 홀로 남겨져 있다는 사실을 깨달았다.

"……어떤가요?"

뒷정리를 돕던 집사의 시선이 이젤 위의 그림에 정확히 꽂혀 들었다.

얼마나 기다렸을까. 이윽고 통통한 얼굴 위로 희미한 미소가 스치듯 번져 갔다.

"충실한 종복으로서 감히 확신컨대, 두 분께서도 완성된 작품을 무척 마음에 들어 하실 겁니다."

실로, 미래에 충실한 장담이었다.

✤ ✤ ✤

우첼로는 정확히 두 달 뒤, 남은 기력을 전부 불태워 커다란 초상화 한 점을 완성했다. 어찌나 작업에 공을 들였던지 인사를 남기고 떠나는 순간 까지도 눈 밑이 거뭇거뭇해 당장이라도 쓰러질 듯 위태로워 보이기까지 했다.

다행히도 애를 쓴 보람이 있어, 젊은 화가 우첼로의 파격적인 초상화는 공개되자마자 스파티움 내의 최대 화젯거리로 떠올랐다. 뻣뻣하게 선 채 로 앞을 보는 것이 전부였던 역대 황족들의 모습과 판이하게 애틋함이 묻 어나는 두 연인의 구도에 특히나 수많은 호평이 쏟아졌음은 물론이었다.

스테인드글라스를 등지고 선 두 연인 중 앞을 보고 있는 것은 지팡이를 짚고 선 작은 체구의 갈바르 공작뿐이다. 큼지막한 사파이어가 박힌 관을 머리에 쓴 채 금빛 자수가 수놓인 하얀 튜닉 드레스를 입고 있는 그녀의 허리춤에는 닻 무늬를 새겨 넣은 황금 허리띠가 느슨하게 둘러져 있어 영 주임을 쉬이 짐작케 했다.

붉은기가 감도는 긴 금발 머리칼이 어깨 위로 구불구불하게 떨어져 내 렸다. 위로 살짝 들려 올라간 눈매가 다소 새침하게 화폭 너머의 관객들을 응시하는 한편, 지팡이를 잡지 않은 그녀의 한 손을 쥐고 있는 것은 뒤편 에 바짝 붙어 서 있는 바이마르였다.

전형적인 스파티움식 옷차림을 한 릴리스와는 정반대로, 가슴께까지 기 른 검은 머리칼을 단정히 빗어 넘긴 바이마르는 아테라식 정복을 격식 있 게 갖춰 입은 모습이었다. 그의 눈 색과 어울리는 짙은 푸른색의 프록코트 는 무릎까지 올 정도로 다소 길었고, 양어깨에 달려 있는 풍성한 수술과 옷감 끝에 수놓인 섬세한 자수들은 황금색으로 마감되어 한층 화려함을 더했다.

역광으로 내리쬐는 오후의 햇볕이 두 사람의 실루엣을 또렷하게 더듬었 다.

비스듬히 기울어진 고개. 아래로 내리깔린 풍성한 속눈썹. 애틋한 시선이 향하고 있는 곳은 다름 아닌 그가 쥐고 있는 자그마한 손이다. 당장이라도 손끝에 입 맞출 듯 아슬아슬한 분위기가 보는 이들의 낯마저 달아오르게 만들 만큼 적나라했다.

항간에는 잠시 젊은 왕 체자레가 이 초상화를 몹시도 꺼려 한다는 소문이 떠돌았지만, 대부분의 사람들은 이 이야기를 반대파의 근거 없는 음해라 몰아갔다. 황녀와 왕자의 절절한 사랑 이야기에 수도가 또 한 번 크게 들썩인 것은 물론이었다.

"각하, 이제 그만 일어나셔야지요."

한편, 스파티움 전역을 휩쓸고 있는 애절한 사연의 주인공은 잠에 취해 반쯤 사경을 헤매고 있는 중이었다.

"각하."

나 일어났으니 그만 부르렴.

릴리스는 눈을 반쯤 뜬 채 팔을 뻗어 침대가에 드리워진 휘장을 걷어 냈다. 보글보글 물 끓는 소리와 더불어, 향긋한 차향이 몽롱한 잠기운을 부드럽게 몰아냈다.

습관처럼 따끈한 차 한 잔을 비워 낸 릴리스는 빈 잔을 노라에게 건네며 천천히 침대 밑으로 발을 뻗었다. 기민하게 슬리퍼를 가져온 티올라가 바싹 따라붙어 그녀를 부축했다. 그리고 보니, 두 사람 모두 평소 입던 남색의 하녀복 대신 광목으로 만든 미색 원피스 차림이었다.

그러나 의아함도 잠시. 비척비척 욕실로 들어선 릴리스는 욕조 안에 넘실대는 하얀 액체를 보곤 깜짝 놀라 제자리에 우뚝 멈추어 섰다. 방금 전 가졌던 의문마저 깡그리 덮어 버릴 만큼 충격적인 광경이 눈에 들어왔던 탓이다.

"이게…… 뭐야? 끈적해 보이는걸."

"산양의 젖을 데운 것이랍니다. 몸을 한번 푹 담가 보시면 피부결이 한층 부들부들해지실 거예요."

뒤따라온 노라가 액체의 정체를 일러 주었다.

"……이런 건 별로 내키지 않는데."

릴리스는 멈칫거리며 욕조 안으로 한 발을 밀어 넣었다. 살갗 위로 묘하게 미끄덩한 감촉이 느껴진다 싶더니, 비릿한 단내가 훅 일어나 코끝에 철썩 달라붙었다. 점성 탓인지 몸을 움직일 때마다 액체가 질척이며 길게 늘어졌다.

난데없이 웬 호사인가 싶었으나, 평소와 다른 점은 비단 그뿐이 아니었다.

산양 젖에 푹 절여진 릴리스는 노라와 티올라의 부축을 받으며 푹신하고 널찍한 판자 위에 눕혀졌다. 이어, 바구니 안에서 까맣고 납작한 돌덩이 두 개를 꺼내 든 티올라가 뜨끈하게 덥혀진 그것들을 양손에 쥐고 다가와 뭉친 근육들을 힘주어 꾹꾹 문지르기 시작했다.

매끈하고 단단한 것이 살갗 위를 부드럽게, 그러나 제법 힘을 주어 눌러왔다. 퍽 생소한 마사지 방식이긴 했으나 아프지 않게 자극을 주는 솜씨가 제법이라 목 안에서 절로 끙끙대는 신음이 샜다.

엎드린 채 까무룩 잠들었던 릴리스는 비몽사몽간에 가운을 걸쳐 입고 방으로 복귀했다. 평소라면 부리나케 돌아와 아침을 같이했을 바이마르이건만, 왜인지 텅 비어 있는 침실이 눈에 들어오자 돌연 아쉬움이 차올랐다.

"그런데 반은? 이쯤이면 훈련을 마칠 때가 되었는데."

의자 뒤에 서서 머리를 빗겨 주던 티올라가 잠시 손을 멈추며 조심스레 말을 전했다.

"저, 아까 집사님께서 알려 오시길, 저하께선 아침부터 일이 생겨 시찰을 나가셨다고 하시던걸요."

"이렇게 갑자기?"

어제까지만 해도 전혀 그런 기미는 없었는데. 릴리스는 아쉬운 기분으로 걸치고 있던 가운 끝자락을 매만졌다. 행거를 밀며 옷방에서 나온 노라가 옷걸이들 사이에서 옅은 미색의 수수한 드레스를 골라내며 말했다.

"해 지기 전에는 돌아오시겠지요. 너무 심려치 마시어요. 헌데……"

"음?"

"체온이 조금 높으신데요. 욕실에 너무 오래 계셨나 봐요."

드레스를 얼굴 아래 대어 보던 노라가 문득 깜짝 놀란 얼굴로 그녀의 턱에 닿았던 손등을 떼어 냈다. 릴리스는 고개를 가로저었다.

"아냐. 요즘 이상하게 열이 오르락내리락해서."

안심시키기 위해 꺼낸 말이었으나, 도리어 노라는 그 말에 더욱 걱정스런 낯이 되었다. 티올라가 조심스럽게 둘 사이에 끼어들었다.

"기벨 님을 모셔 올까요?"

"됐어. 딱히 다른 증상도 없고."

"하지만 요즘 유독 아침에 일어나시는 걸 힘들어하셨잖아요. 줄었던 낮잠도 꼬박꼬박 챙기시고."

염려 섞인 목소리가 퍽 기꺼워, 릴리스는 한 손으로 노라의 팔을 토닥토닥 두들겼다.

"괜찮다니까. 계속 이러면 꼭 기벨에게 말하도록 할게. 됐지?"

"약속하신 거예요, 각하."

여전히 굳은 표정의 노라를 대신해 티올라가 발랄한 어조로 분위기를 환기했다. 노라가 어쩔 수 없다는 듯 고개를 내저으며 그 노력에 말을 맞췄다.

"옷부터 입어야 하니 일단은 잠시 일어서 보시겠어요?"

"이상한데."

릴리스는 혼잣말을 거듭하며 조용한 회랑을 거닐었다. 청소를 위해 열어 놓은 손님방 안쪽에서는 아직도 미미한 물감 냄새가 풍겼다. 우첼로가성에 머물 적 사용했던 거처였다.

"분명히 무슨 일이 있단 말이지. 그렇게 생각하지 않나, 사야나 경?"

그녀는 열려 있는 문을 지나 회랑 난간 끝의 평평한 모서리에 걸터앉았다. 내내 침묵하던 사야나가 곤란한 목소리로 대답했다.

"저는 잘 알지 못하는 일이라…… 죄송합니다, 각하."

사야나의 얼굴을 가리고 있는 하얀 베일이 불어오는 바람에 나풀나풀

흔들렸다. 릴리스는 제 것을 만지작대며 작게 웃었다.

"와트만의 말대로야. 경은 정말 거짓말을 못하는구나."

"송구합니다."

"아니, 그럴 일은 전혀 아니고."

오늘 와트만 대신 그녀의 호위를 맡게 된 사야나 경은 카리알의 토박이이자 올해 막 성년식을 치른 어린 기사였다. 나이는 적어도 실력이 출중해 그녀를 발탁하는 데 그 누구도 이의를 제기하지 못했다는 이야기를 언뜻 들어 본 기억이 있다.

릴리스는 얼굴을 간지럽히는 베일 안쪽으로 손을 넣어 볼을 긁으며 작게 불평했다.

"대체 무슨 풍습이길래 이런 걸 종일 써야 하는지 모르겠는걸."

"송구합니다."

사야나 경이 다시 사죄했다.

"아니, 그런 게 아니라니까. 하여간 경은 너무 고지식해."

실력도 미모도 출중한 사야나 경의 최대 단점은 사람이 지나치게 우직해 농담이 통하지 않는다는 점이다. 기사로서는 더할 나위 없는 장점이라 하겠지만, 어쨌거나 지금 릴리스가 정말 듣고 싶은 말은 죄 없는 이의 사과 따위가 아니었다.

그녀는 기둥에 등을 기댄 채 한동안 정원을 오가는 이들을 관찰했다. 주인의 존재에 깜짝깜짝 놀라던 사용인들도 이제는 갑작스런 등장에 퍽 익숙해져 처음처럼 기겁하는 대신 가벼운 인사들을 건네 왔다.

릴리스는 막 그녀를 지나쳐 약초밭 쪽으로 향하는 하녀의 뒷모습을 바라보며 볼을 간지럽히는 베일을 잡아당겼다.

'다 똑같은 처지이니 뭐라 할 수도 없고.'

아침 단장의 마무리로 노라가 씌워 준 이 베일은, 그녀의 말에 따르자면 일종의 축제 상비품인 모양이었다. 저녁 전까지는 말을 아껴야 한다며 고개를 가로젓는 통에 그 이상의 정보를 캐내지는 못했다. 그러나 성안의 모든 이가 비슷한 차림인 것을 보자면 일단 아주 지어낸 이야기만은 아닌 듯

싶었다.

'생각해 보면 아침 단장도 평소보다 번잡했지.'

아직도 몸에서 단내가 나는 것만 같다. 릴리스는 괜스레 팔을 들며 코를 킁킁거렸다. 양젖의 효과인지 소매 아래로 드러난 살갗이 오늘따라 유난히도 반드르르했다. 끈적한 감촉이 내키지 않는 것만은 여전하지만, 이렇게 즉각적인 효과라면 가끔은 불쾌감을 참아 줄 가치 정도는 있을 것도 같았다. 절대 자주는 아니고, 아주 가끔만.

"그나저나 오늘은 정말로 한가한걸."

숨을 내뱉자 훅 밀려났던 베일이 제자리로 돌아오며 심술부리듯 입술 위에 끈적하게 달라붙었다. 릴리스는 그것을 떼어 내며 무료함에 하품을 연발했다.

둘베트는 바이마르와 함께 성을 나섰고, 와트만은 신입 기사들의 대련 상대가 되어 주기 위해 며칠째 자리를 비운 상태다. 여기까지야 종종 있는 일이라 의아하지 않았으나 시렌과 무스타리마저 발길을 뚝 끊은 것은 아무리 생각해도 미심쩍어 자꾸만 꾸물꾸물 의심이 돋았다.

물론 둘 모두 나름의 이유가 있었으나, 그게 싹 다 오늘일 것은 또 무어란 말인가? 그것도 하필, 성안의 모든 이들이 희뿌연 베일을 덮어쓰고 다니는 이런 수상하기 짝이 없는 날 말이다.

종일 산책을 즐기다 방으로 돌아온 릴리스는 점심을 챙겨 먹은 뒤 두어 시간 다디단 낮잠을 즐겼다. 그간 일과 시간에 쫓겨 누리지 못했던 평범한 호사였다.

해가 기울기 시작할 때쯤 꾸물대며 일어난 그녀는 허전한 손을 쥐었다 펴며 창가로 다가섰다. 멀리 보이는 마을 끄트머리에서부터 거무스름한 저녁이 내려앉고 있었다.

릴리스는 손끝의 굳은살을 매만지며 콧잔등을 찌푸렸다. 오늘쯤 영주들의 회동 문제를 마무리 지으려고 했건만. 도시 구획 공사도 직접 검토를 거쳐야 했고, 광산 폐쇄 건과 관련한 회의 또한 직접 소집해 타협점을 찾아야 한다.

"하."

하루를 통으로 날리고 나니 어쩔 수 없이 또 마음이 바빠졌다. 황녀로 살 적엔 대체 매일을 어찌 이렇게 지냈었는지. 무료했으나 그런 줄도 몰랐던 그 시절의 허무가 새삼 안타까워 릴리스는 이내 창을 등지고 돌아섰다.

"각하."

때마침 그녀를 찾는 노라의 목소리가 들려왔다. 어영부영하는 사이 벌써 하루를 마무리할 시간이 다 된 것이다. 문간에 선 채 사용인 역할을 자처하던 사야나가 잽싸게 몸을 물려 복도로 나서는 길을 터 주었다. 머리에 하얀 베일을 덮어쓴 노라가 들고 있던 백합 두 송이를 내밀며 말을 이었다.

"저녁 식사 시간이니 함께 내려가시지요. 저하께서도 곧 도착한다고 연락을 주셨답니다."

굵은 꽃줄기가 보드라운 손바닥 위를 비스듬히 가로질렀다. 싱그러운 꽃향기와 샛노란 꽃술. 갈색 반점 하나 없이 길쭉하게 뻗어 있는 하얀색 꽃잎이 기른 이의 노고를 어렴풋 전해 왔다. 릴리스는 그것을 조심스레 한 손에 모아 쥔 뒤, 묵묵히 답을 기다리고 있는 노라를 마주 보았다.

"이것도 설마 그 '풍습'의 일종인가?"

나직한 웃음소리가 대답을 갈음했다. 베일로 가려져 있어 표정을 확인할 순 없었지만, 노라는 어딘가 모르게 조금 들뜬 기색이었다.

뭐, 일단 가 보면 알게 되겠지. 릴리스는 한 손으로는 활짝 핀 흰 백합 두 송이를, 다른 손으로는 지팡이를 짚은 채 서둘러 걸음을 재촉했다. 그리고.

"노라. 이게 무슨……."

천천히 계단을 밟아 내려가던 릴리스는 얼마 뒤 생각지도 못했던 풍경을 마주하곤 깜짝 놀라 제자리에 멈추어 섰다. 수십 명의 사람들이 하나같이 얼굴에 베일을 덮어쓴 채 홀에 모여 그녀를 기다리고 있었던 것이다. 심지어는 옷차림조차 다들 비슷해, 겉모습만으로는 누가 누군지 도통 알아보기 어려울 정도였다. 다른 점이라곤 지금 자신이 들고 있는 백합 두 송이 정도랄까.

그러나 혼란을 갈무리하기도 전, 이번에는 바깥에서 소란한 외침이 들려오기 시작했다. 바퀴가 돌바닥을 구르는 소리, 마차 문을 여닫는 익숙한 나무 소리, 기사들의 떠들썩한 대화 소리에 뒤이어 저벅저벅 가까워지는 발걸음 소리가 차츰 커다래졌다.

"각하, 이쪽이에요."

문득, 작은 키의 여인이 그녀에게 살그머니 다가와 말을 걸었다. 티올라였다. 릴리스는 홀린 듯 그녀를 따라 얼마 남지 않은 계단을 마저 밟았다.

뾰족한 금속이 바닥을 힘주어 찍고 나면 평평한 신발이 뒤따라 내려와 바닥을 짚는다. 푹신한 카펫이 소음을 집어삼켜 사방이 온통 고요해진 가운데, 일순 거대한 문이 활짝 열리며 홀 안으로 거센 돌풍이 몰아쳤다.

어슴푸레한 빛이 역광으로 사내의 모습을 비추었다.

"반?"

릴리스는 천천히 고개를 들어 올렸다. 그림자에 집어삼켜져 어둔 윤곽만이 보이는 일단의 무리들이 서녘으로 곤두박질치는 해를 배경 삼아 성 안쪽을 바라보며 서 있었다. 구름이 자글자글 녹아내리며 지평선 위를 시뻘겋게 불태웠다.

붉은 볕이 채도 낮은 자주색 카펫을 한층 강렬한 색으로 둔갑시켰다. 그녀는 앞뒤에서 휘몰아치는 돌풍에 떠밀려 두어 발짝 걸어 나갔다. 짧은 사이 마주 거리를 좁혀 온 바이마르가 고개를 숙여 물끄러미 그녀를 내려다보았다. 반쯤 어둠에 묻혀 있는 얼굴 위에서, 오로지 새파란 눈동자 한 쌍만이 형형한 빛을 냈다.

오늘의 그는 조금 특별한 차림이었다.

정방형의 커다란 천이 가슴부터 어깨까지 가로지르며 풍성한 주름을 만들었고, 허리 아래로 떨어지는 홑겹의 튜닉은 긴 다리를 감싸며 적나라한 윤곽을 그대로 드러냈다. 흡사 신화 속 인물이 현신한 듯 늠름한 자태였다.

"반?"

이름을 부른 순간이었다. 문득 한 걸음 물러서 둘 사이의 틈을 벌린 바이마르가 방향을 틀어 그녀를 쌩하니 지나쳤다. 저벅이는 발걸음 소리가 등 뒤로 차츰 멀어져 갔다. 앞을 막아서고 있던 벽이 사라지며 다시 서늘한 바람이 불어닥쳐 머리카락을 흐트러뜨렸다.

릴리스는 당혹스러움을 감추지 못한 채 그대로 딱딱한 돌처럼 굳어졌다. 심장이 바닥으로 덜컹이며 추락했다.

한편, 계단 바로 앞까지 걸어 나간 바이마르는 방향을 틀어 둥그렇게 모여 서 있는 여인들 주변을 커다랗게 휘돌았다. 조금의 지체도 없이 한 바퀴를 채우고 본래의 위치로 돌아간 그가 이내 뛰듯이 그녀 쪽으로 다시 걸어와 긴장한 듯 커다랗게 가슴을 부풀렸다.

그가 물었다.

"제가 이 꽃을 가져도 되겠습니까?"

"그게, 대체."

'무슨 소리인지 모르겠다' 그렇게 말하려던 릴리스는 곧 말을 가로채였다.

"가지게 해 주세요. 제게 주셨으면 좋겠습니다."

그녀는 급히 뒤를 돌아보았다. 마침 가까이에 서 있던 티올라가 어서 그렇게 하라는 듯 고개를 아래위로 세차게 흔들었다. 릴리스는 불안한 내심을 숨기려 애쓰며 시키는 대로 백합 한 송이를 내밀었다. 꼿꼿한 줄기를 낚아채듯 급하게 받아 든 바이마르가 이윽고 활짝 웃는 얼굴로 그녀의 얼굴을 덮고 있던 베일을 걷어 냈다. 시원하게 벌어진 길쭉한 입매에는 걱정 가득한 그녀의 표정과는 전혀 다른 활기가 느껴졌다.

"축하합니다!"

시야가 훅 트임과 동시에 함성과 함께 요란한 박수 세례가 쏟아졌다. 몸이 아파 오늘은 쉬겠다던 시렌이 멀쩡한 얼굴로 어디선가 걸어 나와 힘차게 양 손뼉을 맞부딪쳤다. 바이마르를 따라 성을 나섰던 둘베트도, 일이 바빠 정신이 없다던 와트만도 문간에 선 채 신나게 박수를 퍼붓는 중이었다.

한참을 이어지던 박수 소리가 어느 정도 잦아들었을 무렵이었다. 문 앞에 대기 중이던 한 무리의 기사들이 바깥에 세워 두었던 포도주 통들을 데굴데굴 굴려 가며 홀 안으로 들여왔다. 한 줄로 늘어선 채 입장 순서를 기다리던 하인들이 잽싸게 들어와 모두에게 잔을 하나씩 돌리기 시작했다.

릴리스 또한 예외는 아니었다. 그녀는 티올라가 건네주는 포도주 잔을 받으며 바이마르에게 조용히 속삭였다. 아직 충격이 완전히 가시지 않은 탓인지, 목소리가 저절로 가늘게 떨려 나왔다.

"반, 이게 다…… 대체 무슨 일이에요?"

그러나 미처 대답을 듣기도 전이었다. 떼를 지어 우르르 몰려온 기사들이 차례로 두 사람과 잔을 맞부딪치며 축하의 말을 줄줄 읊어 대기 시작해 그녀는 곧 매우 분주해졌다.

차마 기사들처럼 간 크게 굴 수 없었던 하인들은 그저 주어진 잔을 깨끗이 비우는 것으로 제 역할에 충실했다. 그러나 상주하는 기사들의 수만 해도 제법 되었던 탓에, 릴리스는 그로부터도 한참 동안을 영문도 모른 채 자리에 붙들려 있어야 했다.

축하 행렬은 해가 완전히 떨어지고 난 뒤에야 완전히 마무리되었다. 흔적도 없이 녹아내린 불안감 대신 급격히 몰려든 피로감에 머리가 어지러웠다.

"이제 됐어."

솔리안에게 빈 잔을 건네며 돌아선 바이마르가 아이 들듯 릴리스를 훌쩍 안아 올렸다. 한 팔을 구부려 그녀의 엉덩이를 받쳐 들고, 다른 손으로는 허리를 든든히 감싸 안은 채였다. 그대로 성큼성큼 걸어가 계단을 오르기 시작하자 등 뒤에서 다시 우렁찬 박수 소리가 울려 퍼졌다.

"혼인을 축하드립니다, 각하!"

계단 아래 바짝 붙어 선 스쿼드가 손나발을 만들어 크게 외쳤다. 릴리스는 깜짝 놀라 턱을 한껏 추켜올렸다. 얼굴을 조금 붉힌 바이마르가 쑥스러운 듯 웃으며 한층 걸음을 빨리했다.

그들은 곧 침실에 이르렀다.

"이제 다 말해 봐요."

안락의자에 곱게 앉혀진 릴리스는 손에 쥐고 있던 꽃줄기로 탁자를 두들기며 바이마르를 추궁했다. 놀랐던 심장이 채 다 가라앉지 못해 엇박자로 두근두근 불안한 고동을 울리고 있었다.

"혼인이라니 그게 대체 무슨 소리예요?"

"말 그대로의 의미입니다."

난데없이 혹사당한 백합의 꽃술에서 노란 가루가 우수수 흘러나오며 탁자 위로 흩어졌다. 머쓱한 듯 그녀의 곁에 서 있던 바이마르가 꺾이다 못해 목이 떨어져 나가기 직전인 꽃줄기를 부드럽게 뺏어 들며 부연했다.

"카리알의 전통 혼인식이지요. 수도 사람들에게는 생소한 방식이겠습니다만, 저는 이곳에 살던 시절 오가며 종종 본 적이 있어 익숙합니다."

탁자 위에 백합 두 송이가 가지런히 놓였다. 뿌듯한 얼굴로 그것을 내려다보던 바이마르가 이윽고 의자를 끌어다 그녀의 앞에 마주 앉으며 눈을 접어 웃었다. 릴리스는 입가에 작게 팬 보조개를 매만지다 어깨를 늘어뜨렸다.

"어쩐지…… 아침부터 영 수상쩍다 했어요. 베일이며 목욕이며, 아, 아무튼 정말 놀랐다구요."

차마 양젖에 몸을 담갔다는 이야기까지는 하고 싶지 않았다. 행간에 숨겨진 비밀을 눈치채지 못한 바이마르가 여전히 손에 쥐고 있던 베일을 매만지며 고개를 끄덕였다.

"본래 혼인식 날에는 신부를 포함해 혼인식에 참석하는 모든 여인들이 베일을 쓰고 있어야 합니다. 남자들은 식이 시작되기 전까지 식이 열리는 건물 안에 발을 들여서는 안 되지요. 혹 그럴 일이 생긴다 해도 신부의 앞에 직접 모습을 드러내는 것은 규율에 어긋나는 행동입니다."

어쩐지. 오늘따라 유난히 사용인의 수가 적다 싶었다. 릴리스는 손을 뻗어 탁자 위의 빈 잔에 물을 한가득 채웠다.

"시렌과 무스타리가 오지 않은 것도 그래서인가요?"

"맞습니다. 해가 떨어지기 시작하면 비로소 신랑을 위시한 남자들의 입장이 가능해집니다만, 이전에 한 가지 절차를 더 거쳐야 하지요."

"절차."

"예. 베일을 쓰고 있는 똑같은 차림의 여자들 무리에서 신부를 찾아내는 것이 관건입니다. 대체로는 오늘처럼 표식을 지니고 있기 마련입니다만, 과거에는 정말로 어떤 단서도 없이 육감만으로 이 시험을 통과해야 했다더군요."

"하지만 아까 반은 날 그냥 지나쳐 갔는걸요."

그때만 생각하면 아직도 가슴이 꾹 조여들어 숨이 턱턱 막혔다. 서운한 기색을 눈치챘는지, 바이마르가 서둘러 베일을 탁자 위에 내려놓곤 그녀의 양손을 힘주어 맞잡았다.

"절대 다른 의미가 있어서가 아니에요. 그저 오래된 관습 때문입니다. 신랑이 최대한 많은 후보를 눈에 담아 둘수록 후에 선택될 신부의 가치가 올라간다고들 생각했다더군요. 다소 고루한 풍습일 순 있겠습니다만."

"……그럼 포도주는요."

"신랑이 하객들에게 내어 주는 선물입니다. 잔을 부딪치는 것은 행복한 결혼 생활을 기원하는 의미이지요."

"……하지만 우린 이미 부부인걸요."

"맞습니다, 그렇지만."

불쑥 악력이 강해졌다. 솔직히 말해 조금, 아니 조금 많이 아팠으나 릴리스는 차마 그 말을 꺼내지 못해 입을 꾹 다물었다. 바이마르는, 그러니까…… 어딘가 모르게 억울한 표정이었다.

"분명 그날, 도망치지 않으셨습니까."

"네?"

"식장에서 말입니다. 분명 제 기억으론 문을 넘자마자 손을 뿌리치고 도망치셨었지요."

"……."

난데없는 추억 소환에 귓불이 절로 달아올랐다.

"미안해요."

릴리스는 황급히 사과했다. 부인할 수 없는 사실이다. 변명의 여지조차 없는 몹쓸 짓인 것도 맞았다. 물끄러미 그녀를 보고 있던 바이마르가 두 눈을 다소 급하게 깜빡이며 투덜거렸다.

"예! 실은, 그땐 정말 속상했습니다. 먼 타국에서 오로지 마마 한 분만 믿고 국경을 넘어왔는데, 첫날부터 이런 홀대를 받았으니 앞으로 어찌해야 하나 싶었지요."

"……."

"하지만."

일순 목소리에 은근한 힘이 실렸다. 맞잡고 있는 손등 위에 한참 입을 맞대고 있던 바이마르가 이윽고 벌떡 일어서서 탁자 위의 물잔을 집어 들었다. 릴리스는 눈으로 그의 움직임을 좇으며 엉덩이를 들썩였다.

"하지만 꼭 그것 때문만은 아닙니다."

강렬한 시선이 넝쿨처럼 그녀를 칭칭 옭아매 왔다. 릴리스는 팔을 뻗어 그가 건네는 백합 두 송이를 잔 속에 가지런히 꽂아 넣었다. 돌아선 바이마르가 나직하지만 또렷한 목소리로 말을 이었다.

"강권에 따른 혼사였단 기억이 싫었어요. 물론, 지금은 매일이 더할 나위 없이 행복합니다만 그래도 아주 먼 훗날 우리의 처음을 돌이켰을 때, 기왕이면 좀 더 의미 있는 추억이 남았으면 싶어……."

"……그래서, 지금은 만족스러운가요?"

"예, 무척."

바이마르가 대답했다. 릴리스는 그가 꽃이 담긴 물잔을 널찍한 창틀 위에 올려놓는 것을, 뒤돌아서 다시 그녀를 향해 걸어오는 것을, 한 뼘 간격을 두고 가까워진 그의 묶지 않은 머리칼이 흘러내려 그녀의 볼을 간지럽히는 것을 물끄러미 지켜보았다.

너른 어깨 너머로 희부옇게 빛나고 있는 꽃이 보였다. 기억 속의 그 어느 날, 오래도록 야래향 꽃다발이 놓여 있던 바로 그 위치였다.

릴리스는 손을 뻗어 그의 턱을 끌어당겼다. 미지근한 숨결이 차츰 가까워졌다.

"……그러면 우리는 아주 많이 행복하겠네요. 두 번이나 서약을 했으니까요."

새파란 눈동자 속에 티 없이 화사한 웃음이 번졌다.

"예, 분명히 그럴 겁니다."

어디선가 다시, 꽃향기가 일었다.

외전

"아직도 집무실에 계시다는 말이더냐?"

벗은 상체 위에 가운을 걸친 바이마르가 젖은 수건을 신경질적으로 탁자 위에 던지며 뒤돌아섰다. 빨랫감을 챙겨 들고 있던 제롬은 정수리에 꽂히는 서늘한 시선에 깜짝 놀라 몸을 뻣뻣하게 굳히곤 바구니 손잡이를 힘껏 틀어쥐었다.

'하필 오늘 자리를 비울 게 뭐람.'

이게 다 휴가라며 홀랑 내빼 버린 동기 놈 때문이다. 그는 마음속으로 연신 같은 방을 쓰는 친구를 원망하며 슬금슬금 주인의 눈치를 살폈다. 오늘 꼭 고백하겠다며 생떼를 쓰지만 않았어도 절대 순번을 바꿔 주지 않았을 텐데.

'마음이 너무 넓어도 탈이라니까.'

제롬은 어설프게 스스로를 칭찬하며 탁자 위에 널브러져 있는 젖은 수건으로 손을 뻗었다. 그러나 여전히 입을 꾹 다물고 있는 주인은 그가 어떤 행동을 하건 관심도 없다는 듯 무표정한 얼굴로 머리를 빗어 내리고 있을 뿐이었다.

빗살이 성긴 빗이 물기가 채 가시지 않은 긴 머리칼 위를 꼼꼼히 오갔다. 어찌나 결이 좋은지 수건으로 한바탕 털었음에도 걸리는 것 하나 없이 손질이 순조로웠다.

"새 수건을 다오."

얼마나 눈치를 보며 서 있었을까. 마침내 딱딱한 명령이 떨어졌다. 제롬은 서둘러 욕실로 달려가 선반에서 보송한 새 수건을 꺼내 와 커다란 손 위에 얹어 놓았다. 섬세하게 조각해 놓은 석상처럼 고운 외모와는 다르게 손만큼은 험한 일을 하는 사람인 듯 거칠어 굳은살이 가득했다.

"됐으니 이만 나가 보거라."

"예? 아, 예. 그럼."

난데없는 손 관찰에 정신을 팔고 있던 제롬은 깜짝 놀라 급히 양팔을 앞으로 뻗었다. 그 바람에 품 안에 들고 있던 반구형 바구니가 우당탕 아래로 떨어진 것은 물론이었다.

축축해진 수건을 내밀고 있던 바이마르가 눈살을 찌푸리며 직접 허리를 굽혀 여기저기 흩어진 젖은 천들을 집어 올렸다. 제롬은 서둘러 그것들을 받아 챙겨 어깨에 메고 있던 커다란 가방 안에 쑤셔 넣었다.

퉁퉁해진 천 가방을 등 뒤로 둘러메고, 바구니를 주워 한 손에 꼭 쥐고 나자 그제야 임무를 완수했다는 생각이 들어 마음이 편해졌다.

"그럼, 나가 보겠습니다."

탁. 문이 열렸다 닫히며 일순간 방 안에 가벼운 돌풍이 몰아쳤다. 바이마르는 두툼한 커튼을 옆으로 젖히고 반쯤 열려 있던 창문을 안으로 당겨 쇠로 된 고리를 걸쇠에 걸었다.

덧창은 닫지 않았다. 아직은 날이 그리 차지 않다는 합리적인 이유와 더불어, 침대에 누워 밤 풍경을 감상하길 즐겨 하는 릴리스의 기호를 고려하여 내린 결정이었다.

물론 잠들기 직전까지 창가에 앉아 밖을 기웃거리는 그녀를 관찰하는 것 또한 바이마르의 질리지 않는 취미 중 하나였으나, 굳이 고르라면 그는 잠든 얼굴 쪽을 조금 더 선호하는 편이었다.

원하는 만큼 행복을 만끽하게 내버려 두고, 한참 뒤 아래를 내려다보면 릴리스는 대개 입을 살짝 벌린 채 곤히 잠들어 있고는 했다. 오밀조밀한 이목구비가 정말 살아 숨 쉬는 사람의 것임이 믿기지 않아, 가끔은 코나 입 근처에 몰래몰래 귀를 대어 호흡을 확인하고 나서야 안심하고 잠을 청할 때도 있었다.

'모시러 가야겠군.'

그러나 안타깝게도 요사이 그의 취미 생활은 다소 난관에 부딪힌 참이었다. 영지들을 잇는 새 길이 완공되어 본격적인 교류가 시작되면서부터, 묵혀 두었던 일거리들이 물밀듯이 본성으로 밀려들기 시작했던 탓이다.

시렌과 무스타리는 물론이요, 각 영지에서 불려 온 관료들도 매일같이 함께 모여 밤을 새며 머리를 쥐어짜 내고 있는 실정이었다. 그러나 두 달이 넘어가는 지금까지노 일서리는 늘이기기만 할 뿐 영 줄어든 기미를 보이지 않아 모두의 근심을 불러일으켰다.

물론 성과가 아주 없는 것은 아니었다. 통치 체제의 기틀이 잡히면서부터는 내내 신경을 긁어 대던 소소한 반발이 현격히 줄어들었고, 산발적으로 일어나던 영지 간의 분쟁 또한 사그라들어 바이마르는 최근 치안의 안정화에 전력을 기울이는 중이었다.

"집무실로 가십니까?"

문을 밀며 밖으로 나서기 무섭게, 보초를 서고 있던 스쿼드가 알 만하다는 얼굴로 먼저 말을 걸어왔다. 바이마르는 고갯짓으로 대답을 갈음했다.

서재 겸 집무실로 활용되는 커다란 방은 삼면이 책장으로 꽉 차 있어 무척 아늑한 분위기를 풍겼다. 천장까지 닿을 것 같은 커다란 창 바로 아래에는 장미목으로 만든 널찍한 책상이 놓여 있었고, 같은 목재로 만들어 통일감이 느껴지는 커다란 의자의 등받이 끝에는 금을 녹여 만든 늑대 얼굴 조형이 달려 있어 주인 된 이의 명예를 드러냈다.

"마마."

반 이상 녹아내려 짧아진 양초가 마지막 힘을 짜내듯 환한 불꽃을 피워 냈다. 빛이 닿지 않는 방의 가장자리 벽면에 방 군데군데 놓여 있는 가구들이 만들어 낸 흐릿한 그림자가 흐리게 비쳐 마치 파도처럼 일렁였다.

바이마르는 어둑한 방을 가로질러 각종 서류들로 복잡한 책상 위에 들고 있던 램프를 올려놓았다. 고개까지 푹 숙여 가며 무언가에 열중하던 릴리스가 화들짝 놀란 얼굴로 손안의 종이를 구기며 그를 마주 보았다.

"반! 아, 지금 시간이……."

"자정이 훨씬 넘었지요. 아직도 일이 많이 남아 있는 모양입니다."

"어…… 아, 미안해요. 조금만 있다 간다는 게 그만……."

황급히 자리에서 일어선 릴리스가 끙끙대며 책상 맨 아래의 커다란 서랍을 열어젖혔다. 도와줄 틈을 놓치고 만 바이마르는 재촉하지 않고 묵묵히 서서 그녀가 일을 마치기를 기다렸다.

하얀 손이 분주하게 책상 위를 오갔다. 산만하게 펼쳐 놓았던 책들을 덮고, 널브러져 있던 종이들을 황급히 그러모아 서랍 속으로 던져 넣은 릴리스가 허둥지둥하며 책상을 돌아 나왔다.

"이제 가요!"

긴장한 듯 눈치를 살피는 모습이 어쩐지 평소답지 않아 보여 의아했다. 그러나 손끝에 와 닿는 부드러운 체온을 느끼는 순간 그런 생각은 곧 모조리 잊혔다.

"이리 바쁘실 줄 알았으면 싫으시다고 하실 적 모른 체 받아들일 것을요."

바이마르는 의자를 밀며 다가온 그녀의 몸을 양팔로 훌쩍 받쳐 안아 들었다. 릴리스의 키에 맞추어 새로이 제작한 나무 의자는 다리 아래 자그마한 바퀴가 달려 있어 앉아서도 사방으로 이동이 가능했다.

"그랬더라도, 하암…… 분명 내가 다시 빼앗아 왔을걸요. 알다시피 난 지금의 직함이 몹시 마음에 들거든요."

장난스러운 목소리 끝에 채 숨기지 못한 피곤이 묻어났다.

"이런…… 남편보다 일을 더 총애하시니 정말이지 큰일이군요."

바이마르는 고개를 조금 틀어 턱 끝으로 폭신한 정수리를 문지른 뒤, 조용한 복도를 빠르게 걸어 한 층 위의 침실로 들어섰다. 푹신한 침대 위에 릴리스를 내려놓자, 그녀가 이불 위를 한 바퀴 데구루루 구르며 고양이처럼 두 팔을 쭉 뻗어 올려 기지개를 켰다.

"아니에요."

"예?"

"아니라구요."

한바탕 몸 늘리기를 끝마친 릴리스가 문득 몸을 둥글게 말고 그를 빤히 올려다보았다. 바이마르는 겉옷과 셔츠, 헐렁한 바지를 다소 급하게 벗어 던지곤 맨몸에 가운을 걸쳐 입었다. 그대로 침대 위에 몸을 누이자 릴리스가 양팔을 활짝 벌려 그를 열렬히 환영해 왔다.

"저를 매번 이리 방치해 두시면서……. 하긴, 마마께선 거짓말이 참으로 능숙하시지요. 제가 그것을 잠시 잊고 있었습니다."

말 사이사이 입맞춤이 끼어들었다. 바이마르는 그가 가장 좋아하는 콧잔등에 여러 번 입술을 맞대다 릴리스가 숨을 몰아쉴 때쯤이 되어서야 내키지 않는 기분으로 몸을 뒤로 물렸다. 자그마한 입술 사이로 색색 달뜬 공기가 흘러나왔다. 뾰로통한 듯 무표정한 얼굴 위, 오로지 눈가와 광대만이 조금 붉은 흔적을 남겼다. 그에 의한, 그가 남긴, 오로지 그만이 볼 수 있는 오롯한 포상이었다.

"그런 적 없는데."

릴리스가 속삭이며 입술을 아주 조금 비죽였다. 어슴푸레한 달빛 아래 희미하게 드러난 귀 끝이 불그스름했다.

바이마르는 어쩐지, 조금 견딜 수 없는 기분이 되어 가느다란 몸을 더욱 힘껏 끌어안았다. 몇 년 전까지만 해도 매일 홀로 잠들었던 이 커다란 침대 위에 지금 그녀가 함께 누워 있다는 사실이 새삼스러웠다. 새삼스러운 만큼 믿을 수 없었고, 믿을 수 없으리만치 행복한 한편, 바로 그 때문에 그는 순간순간 지금의 행복이 두려워졌다.

기실, 바이마르는 자신이 얼마나 운이 좋은 사람인지 잘 알고 있었다. 배다른 동생에게도 애정을 나눌 줄 아는 상냥한 형을 만났고, 충직한 수하들을 얻어 나름의 세력을 꾸렸으니 그쯤에서 만족했어도 될 법한 삶이었으리라.

그러나 욕심 많은 마음은 늘 그것에 안주하지 못하고 공허한 부분을 채워 줄 무언가를 찾아 헤맸다. 카리알과 수도를 빈번하게 오가면서도, 바이마르는 단 한 번도 두 곳을 온전한 집이라 여겨 본 적이 없었다. 아마도 분명 그래서일 것이다. 지금 이 순간이 더욱 간절하고 애틋하게 여겨지는 것은.

"그보다 반, 안 잘 거예요?"

난 졸린데. 그의 가슴팍에 등을 딱 붙이고 돌아누운 릴리스가 뒤척이며 느릿하게 두 눈을 깜빡였다. 목덜미에 기다란 머리칼이 닿아 조금 간지러웠다. 바이마르는 어느덧 어깨 너머까지 자라난 주홍빛 금발 위에 입술을 내리누르며 그녀를 안고 있는 팔에 한껏 더 힘을 주었다.

몽롱한 시선이 창 너머로 보이는 어둑한 밤하늘 사이를 헤맸다. 날이 흐려 별 하나 보이지 않음에도, 릴리스는 한참 그 풍경을 감상하다 잠이 들었다.

"……왜 이렇게 마르셨을까."

바이마르는 규칙적으로 이어지는 숨소리를 확인하며 가느다란 팔뚝을 한 손으로 가볍게 그러쥐었다. 식사량도 늘었고, 규칙적인 생활을 하며 혈색도 많이 좋아졌으나 살짝 살이 오르는가 싶던 몸은 어째서인지 다시 점차로 말라 가 그의 마음을 애태우는 중이었다.

조심조심 손을 떼어 낸 바이마르는 그녀가 깨지 않도록 조용히 상체를 일으켜 손끝으로 가지런한 눈썹결을 쓸어내렸다. 말랑한 볼을 콕 찌르자 손끝이 움푹 안으로 들어갔다. 오똑한 콧망울을 조심스레 간질이고, 말랑한 귓불을 덧그리고 있으려니 어느덧 시간이 훌쩍 흘러 새벽이 깊어졌다.

몹시도 흡족한 밤이었다.

✤ ✤ ✤

"아니, 그 얼굴이 그 얼굴이지. 그 얼굴이 저 얼굴이랍니까? 낮에 그만 큼 잔뜩 보셨으면 됐지⋯⋯."

시렌은 커다란 목소리로 푸념하며 회의실의 널찍한 탁자 위에 지도를 활짝 펼쳤다. 먼저 도착해 꾸벅꾸벅 졸고 있던 둘베트가 눈을 부라리며 가슴 앞으로 팔짱을 꼈다.

"아침부터 쨍쨍대지 마라. 시끄럽군, 아로프 백작."

"아, 새벽 훈련 때 저하 얼굴 못 보셨습니까? 눈 밑이 아주 퀭하신 게! 보아하니 어제도 그놈의 취미 생활 하시느라 쪽잠을 주무신 모양이던데. 대체⋯⋯."

말 대신 혀 차는 소리가 크게 울렸다. 시렌은 이를 갈며 심드렁한 표정의 둘베트를 쏘아보았다. 측근들 모두가 이미 주군의 비밀스런 여가 활용법을 알고 있었음에도, 가장 큰 고통을 겪는 것은 언제나 그렇듯 책사 역할을 도맡아 수행하는 자신뿐이라는 사실이 퍽 억울했던 탓이었다.

'그래. 몸이나 굴릴 줄 아는 저 근육 덩어리 기사 놈들은 이런 섬세한 사정이라곤 쥐뿔도 관심 없으시겠지.'

그는 혀끝까지 튀어나온 험한 말을 억지로 눌러 참으며 자리 정돈에 박차를 가했다. 그래, 이런 홀대가 한두 번인 것도 아니고. 사소한 것에 일일이 열을 내 봤자 결국 제 속만 버릴 뿐이다.

"반의 취미 생활이 무엇이기에?"

익숙한 목소리가 기척도 없이 불쑥 끼어든 것은 그쯤이었다. 깜짝 놀란 시렌은 자라처럼 목을 한껏 움츠린 채 고개를 세차게 흔들었다.

릴리스가 미심쩍은 눈길로 그를 살피는 동안, 그녀를 뒤따라온 와트만이 돌아가는 사정을 눈치챈 듯 너털웃음을 터뜨리며 애먼 둘베트의 어깨를 퍽퍽 두들겼다.

마침 젖은 머리를 털며 등장한 루카스가 피곤한 듯 한 손으로 얼굴을 쓸어내리며 어색한 분위기를 환기했다.

"흐아암…… 아, 역시 새벽 순찰은 할 일이 못 됩니다요. 내 쌈바에 대체 왜 이런 일을…… 응? 왜 그리 서 계십니까, 마마?"

"아니, 시렌이 처음 듣는 이야기를 하길래."

릴리스가 돌아서며 시렌을 턱짓했다.

"하하, 그야 뭐 한두 번 있는 일도 아닌데요. 원체 불평불만이 많으신 분 아니십니까…… 하후. 무례를 용서하십쇼, 마마. 졸려 죽을 것 같아서 그만."

무의식적으로 하품을 하며 턱을 쩍 벌리던 루카스가 순간 황급히 제 입을 틀어막으며 머쓱한 표정으로 용서를 구했다. 릴리스는 가볍게 양어깨를 들썩였다.

"이제 와 그런 것 가지고 뭘. 그보다 무스타리는?"

"지금 왔습니다, 마마."

"아, 어서 오렴."

아까의 일은 금세 잊어버린 듯, 이내 평소처럼 태평한 대화가 이어졌다. 마침 두툼한 서류철을 한가득 품에 안은 무스타리가 뒤뚱뒤뚱 회의장 안으로 들어서며 일행에게 목례를 건네 왔다.

종이와 글자라면 경기를 일으키는 스쿼드가 똥 씹은 표정으로 건들건들 그의 뒤를 따르며 시렌을 쏘아보았다. 마치 앞일을 예견한 사람마냥, 몇 번 짜증스럽게 한숨을 토해 내던 그가 이윽고 내키지 않는 듯 미심쩍은 목소리로 물음을 던졌다.

"대체 이게 다 뭡니까, 아로프 백작?"

"뭐긴요. 죄다 경이 외워야 할 것들 아닙니까. 다 아시면서 무얼."

무스타리에게서 서류 뭉텅이 반을 넘겨받은 시렌이 잽싸게 그것을 도로 스쿼드의 품에 안겨 주며 능청을 떨었다. 스쿼드가 하얗게 질린 얼굴로 두 눈을 부릅떴다.

"제가요? 아니, 왜요? 외우는 거라면 단장님이나, 저기 루카스 경이나, 아니면 와트만 경이라도…… 아무튼 저 아니어도 할 만한 사람은 수두룩 빽빽한데요!"

"과연 아펠라에서도 그렇게 말할 수 있나 봅시다."

"예? 아……."

스쿼드가 해쓱해진 얼굴로 탄식했다. 아펠라란 소리에 덩달아 표정이 어두워진 루카스가 제 몫의 자료들을 받아 챙기며 흘금 둘베트를 곁눈질했다.

"아니……, 그렇다 쳐도 둘베트 경이랑 와트만 경은 어째서 빈손입니까? 아펠라에 저희만 가는 것도 아닐 텐데."

시렌이 씩 웃으며 허리에 양손을 척 걸쳤다.

"당연히 그렇지요. 허나 안타깝게도 여기 이 두 분은 경들과 차원이 다른 모범생들이시라, 굳이 이런 요점 정리 없이도 자체 대비 능력이 충분하시거든요. 자, 자. 알아들으셨으면 청년분들은 우선 그것부터 좀 해결하시고—"

반박을 불허하는 명확한 요점 정리였다. 허리춤에 올린 팔을 내리고 멍청히 서 있는 두 기사의 등을 떠밀어 탁자 구석에 앉혀 놓은 시렌이 손을 탁탁 털며 릴리스를 돌아보았다.

"그보다 마마, 저하께선 언제 오신답니까?"

"피곤해 보여 우선은 좀 자게 두었는데. 왜? 오늘은 시찰도 없다 하지 않았나?"

"예에, 그렇기는 합니다만."

"그럼 됐으니 우리끼리 해. 경로가 어찌 된다고 했었지?"

릴리스가 자리를 찾아 앉으며 지도를 물끄러미 응시했다. 당연하다는 듯 그녀의 양옆을 차지하고 앉은 둘베트와 와트만이 덩달아 심각한 얼굴로 시렌을 물끄러미 올려다보았다.

'뭐…… 요 며칠 눈코 뜰 새 없이 일이 몰아치긴 했었지.'

내심 혀를 차던 시렌은 금방 마음을 고쳐먹곤 주군의 불참을 납득했다. 근래 들어 하루가 멀다 하고 곳곳을 쏘다녀야 했던 바이마르다. 본의 아니게 외박을 거듭해야 했었던 만큼, 그간 쌓인 정신적 피로 또한 무시하지 못할 수준일 터였다.

'하여간 집요한 건 알아주셔야 한다니까.'

전쟁터 한복판에서 이루어졌던 반나절의 협정 이후, 바이마르는 릴리스의 곁을 비우는 일에 유독 날 선 반응을 보이곤 했다. 물론 그 주인 쫓는 애완…… 아니, 개…… 아니, 새끼 늑대 같은 유별난 치댐이야 이미 하도 겪어 그러려니 할 만큼 익숙해졌지만 뭐랄까, 그날 이후부터 바이마르는 종종 릴리스를 마치 물가에 내어놓은 아이처럼 여기는 듯 불안함을 감추지 못할 때가 잦았다.

'뭐, 어느 정도는 이해가 간다지만…….'

시렌은 협정을 제안하던 그날, 어린아이처럼 펑펑 울던 황녀의 모습을 불쑥 떠올렸다.

아테라에서도 스파티움에서도. 보는 그조차 안쓰럽다 여겼던 순간이 이미 여러 번이었으나, 그럼에도 그녀는 결코 그들 앞에서 허투루 눈물을 보인 적이 없었다. 화살을 맞아 고통에 몸부림치던 그 순간을 제외하고는.

그랬던 황녀가 마침내 모든 것을 내던지고 울음을 터뜨리는 장면이란. 멀리서도 선명하게 들려오는 흐느낌 소리에 온 막사가 약속이나 한 듯 침묵을 지켰던 그날의 기억이 아직도 머릿속에 생생했다. 성애의 감정이라 곤 한 톨도 없는 그조차도 가슴이 먹먹해 고개를 떨구었으니, 당시 바이마르의 마음이야 오죽했겠는가.

"시렌?"

낭랑한 목소리가 상념 사이에 틈을 벌리고 끼어들었다. 어느덧 어깨에 닿을 정도로 길어진 릴리스의 머리칼이 노을에 물든 금모래처럼 화사하게 반짝였다. 소년처럼 짧은 머리를 하고 있던 황녀의 모습이 순간 아지랑이처럼 어렴풋 떠올랐다가 철 지난 환영처럼 사라졌다.

시렌은 서둘러 자세를 바로 하곤 손가락으로 지도 위의 카리알성을 힘주어 꾹 짚었다.

"아, 예에. 그럼 시작하지요. 출발일은 다들 아시다시피 오늘로부터 2주 뒤, 정오 무렵입니다. 중간에 거치는 곳 없이 바로 폴리스로 향할 예정이기도 합니다만, 이번에 고트성으로 통하는 길이 새로 뚫렸으니 날이 조금은 단축되리라 기대하고 있습니다."

"아펠라는 처음이라 조금 많이 떨리는데."

릴리스가 긴장된 목소리로 중얼거렸다. 원로들을 주축으로 하여 구성된 아펠라는 왕마저도 무시하기 어려운 스파티움 내의 역사 깊은 행정 기구였다. 평범한 귀족이라면 명함조차 내밀 수 없는 고매한 곳이었지만, 다행스럽게도 그녀는 대영지의 영주로서 '원로'로 대접받을 만한 충분한 자격을 갖추어 참여하는 데 거리낄 것이 없었다.

"그러니 더욱 열심히 해야 하는 것 아니겠습니까, 마마. 가만에 교사 노릇을 하게 되어 기쁘기 그지없군요."

시렌은 결연한 표정으로 외알 안경을 추켜올렸다. 누런 종이 두어 장이 그에 호응하듯 지도 위로 펄럭펄럭 떨어져 내렸다. 양피지 앞뒷면을 빼곡히 채우고 있는 깨알 같은 글씨들이 활자 지옥을 연상케 했다.

릴리스는 체념과 의욕이 반씩 뒤섞인 애매한 표정으로 검지와 엄지만을 써 떨어진 종이를 집어 올리며 한숨지었다. 피할 수 없으니 즐겨야 할 시간이었다.

✢✿✢

미루고만 싶던 출발일은 눈 깜짝할 새 다가왔다.

창살이 촘촘히 박혀 있는 성문 앞. 커다란 마차 열두 대가 행렬의 꽁무니를 장식하며 긴 줄을 만들었다. 궁수, 보병, 기병들이 겹겹이 늘어서 대열을 맞추는 가운데, 릴리스는 마차 대신 말에 올라타 허리를 곧게 펴고 앉았다.

그들은 꼬박 하루를 쉬지 않고 달렸다. 새로이 뚫어 둔 넓은 길은 아직 통행량이 적어 바닥이 울퉁불퉁했지만, 그만큼 오가기가 수월해 시간이 한층 단축되었다.

한참 말을 타고 달리던 릴리스는 문득 흙먼지 이는 길바닥에서 시선을 조금 올려 멀리 보이는 뾰족한 성 지붕을 살폈다. 산시 평원과 그 너머의 협곡은 이미 그녀에게도 퍽 익숙한 풍경이었다. 그러나 빽빽하게 숲을 이루던 나무가 반 이상 잘려 나간 것을 보고 있자니 마치 낯선 곳에 도달한 것처럼 어색한 기분이 들었다.

"······벌써 고트 영지까지 왔단 말이지."

"매번 직접 결재까지 하셨으면서 이리 놀라시면 어찌합니까?"

혼잣말을 들었는지, 나란히 말을 몰고 있던 바이마르가 그녀를 돌아보며 싱긋 웃었다. 릴리스는 조금 머쓱한 기분으로 슬며시 그를 따라 미소했다. 매번 활자를 통해서나 접해 왔던 변화였다. 대충 어떠하리라 상상해 본 적은 있었으되, 눈으로 직접 마주한 광경은 그것보다 배는 더 장엄하고 감격스러워 마음이 한껏 뿌듯해졌다.

"하루 머물고 가시겠습니까? 지금이라도 병사를 보낼 수 있는뎁쇼."

"됐다. 미리 언질도 없이 무슨. 갑자기 들이닥치면 얼마나 놀라겠어?"

와트만이 농담하듯 그녀의 의중을 떠보았다. 릴리스는 느슨하게 두었던 고삐를 손가락에 단단히 얽어매곤 앞을 향해 시선을 고정했다. 잠시 멈추었던 행렬이 다시 천천히 앞으로 나아가기 시작했다.

그들은 아펠라 개회 당일, 늦은 새벽이 되어서야 폴리스의 성문을 통과했다. 입궁하는 대신 마을의 여관에서 잠시 눈을 붙인 일행은 동이 트기 무섭게 곧장 아펠라가 열리는 서쪽의 수정궁을 향해 말을 내달렸다.

평상시라면 한산했을 둥그런 정원은 일찌감치 모여든 사람들로 북적였다. 보통 때는 얼굴 한번 비치지 않던 원로들마저 왕자 내외의 참석 소식에 헐레벌떡 달려와 목을 빼고 앉아 개회 시작만을 기다렸다.

"이거, 오늘 아주 귀한 손님이 오셨군요."

"그리 반겨 주니 고맙군. 헌데……."

릴리스는 십수 쌍의 시선을 가로질러 널찍한 회의장의 끄트머리를 향해 걸었다. 탁자 모서리 근처에 앉아 있던 백발의 노인이 웃을 듯 말 듯 묘한 표정으로 그녀를 마주 보며 자리에서 일어섰다. 언뜻 누군가를 연상케 하는 외양이었다.

"레비안트 마몬입니다."

의아해하는 기색을 눈치챘는지, 그가 먼저 나서 자신을 소개했다.

"아."

릴리스는 뒤늦은 탄성을 입 속으로 갈무리하며 고개를 끄덕였다.

"어쩐지 이상하게 익숙한 얼굴이라 했지. 만나서 반갑네."

"저야말로 만나 뵙게 되어 영광입니다. 아들놈에게 이야기는 많이 들었습니다만…… 이리 뵈니 대단히 감회가 새롭군요. 살아생전에 아테라의 황녀 마마와 말을 섞게 될 줄 누가 알았겠습니까."

마몬이 한 걸음 물러서며 인자한 노인처럼 허허 웃었다. 그 바람에 거대한 덩치에 가려져 있던 빈자리가 그의 어깨 너머로 빼꼼히 드러났다. 체자레가 앉을 상석과 가장 가까이 위치해 있는 두 의자의 탁자 앞쪽에 삼각뿔 모양의 팻말이 마치 초대장처럼 가지런히 놓여 있는 것이 보였다.

릴리스 반 모라 갈바르 아테라.

철자가 길어 이름이 두 줄로 적혀 있었다. 고민 끝에 지우지 않은 아테라란 세 글자가 어쩐지 이 자리에 몹시도 어울리지 않는 것처럼 느껴져 그녀는 무심코 눈썹을 조금 위로 꺾었다. 마치 그에 반응하듯, 호기심과 적의가 뒤섞인 시선들이 뾰족한 창처럼 살갗을 따끔따끔 찔러 왔다.

"마마."

마몬을 스쳐 앞으로 나선 바이마르가 팻말을 뒤집으며 의자를 뒤로 뺐다. 퍽 능숙해 보이는 시중이 거슬렸는지, 어디선가 불편한 헛기침 소리가 터져 나왔다.

그러나 상대를 확인할 여유조차 없었다. 등 뒤에서 불쑥 튀어나온 걸걸한 목소리가 묵직하게 가라앉은 공기를 갈랐다. 짙은 남색 벨벳으로 전면이 덮여 있는 커다란 문이 소리 없이 열리며 검은 망토를 어깨에 두르고 있는 체자레를 방 안으로 토해 냈다.

"다들 앉게나."

의자 끌리는 소리가 요란하게 울려 퍼졌다. 벌떡 일어서 예를 취하는 이들을 한 바퀴 둘러보던 체자레가 이윽고 손을 내젓고는 상석의 제 자리를 찾아 앉았다.

상석 의자는 크기가 조금 커다랄 뿐 다른 것들과 다를 바 없는 평범한 나무색이었다. 두르고 있던 망토를 벗어 등받이에 걸쳐 두고, 릴리스와 바이마르에게 눈짓으로 알은체를 갈음한 체자레가 조용해진 회의장을 다시 한번 둘러보며 만족한 듯 손가락으로 탁자 위를 가볍게 두들겼다. 서 있던 릴리스가 모서리 바로 옆의 빈자리에 착석하자, 바이마르 역시 천천히 그녀의 곁에 앉아 자세를 바로 했다.

"첫 번째 안건부터 시작하지."

이어, 굵직한 목소리가 다소 이른 개회를 알렸다.

열기 띤 목소리들이 싸늘하던 공기를 한껏 덥혔다. 바이마르는 잔뜩 긴장한 채 오가는 대화의 흐름에 집중했다. 기사단. 병력. 아나토리아 등. 망명자 출신인 이들이 제법 되어 다소 언성이 높아졌지만, 이권 다툼에 그다지 흥미가 없는 원로들은 심드렁한 어조로 간간이 말을 끼워 넣을 뿐 철저하게 방관적인 태도를 고수했다.

"그래서, 우리가 아나토리아에만 이득이 되는 행동을 하고 있다 이거요? 거참. 이리 억울할 데가 있나."

망명자들 중에서도 가장 기세가 등등한 이는 로지아 후작의 육촌이자 스파티움의 명예 원로인 볼테르 백작이었다.

"옳은 말이오. 모함도 정도껏이지. 더한 이도 이 자리에 뻔뻔스레 얼굴을 들이미는데 무얼!"

팽팽한 대립이 계속되는 와중, 여태껏 가장 공격적인 태도를 고수하던 에오타 후작이 사방을 둘러보며 한껏 목소리를 높였다. 노골적인 불평에 일순 약속이나 한 듯 시선이 한곳으로 쏠렸다. 뾰족한 어투에서부터 작정한 듯 부정적인 내심이 묻어났다.

바이마르는 들썩이려는 몸을 애써 진정시키곤 찬물 한 잔을 벌컥벌컥 들이켜 타는 목을 축였다. 덜 녹은 얼음 부스러기가 혀끝에 걸려 거추장스러웠다.

"무엇이 그리 억울한지 모르겠군."

그때였다. 탁. 유리잔이 나무판에 부딪치는 소리에 겹쳐 차분한 목소리가 거북한 침묵을 갈랐다. 릴리스였다.

"그대가 언급한 무역 독과점은 결코 나 혼자 벌인 일이 아니야. 셀먼 영지에서 파디마 비단의 수입 경로를 억지로 튼 손가가 막심한 것은 알고 있는지 모르겠군. 팔아 달라 부탁해도 싫다고 뻗대는 것을 도대체 내가 달리 어떻게 할 수 있단 말인가? 아쉬운 대로 자급자족에 만족하고 있다지만…… 그게 이리 지적받을 일이라곤 미처 생각지 못해 당황스럽기 그지없다네."

거침없는 발언이 놀라웠던지, 일순 체자레의 눈이 조금 크게 떠였다 본래의 크기로 돌아갔다. 비슷한 감상인 듯 잠시 주춤하는 듯싶던 에오타 후작이 이내 비스듬히 입매를 끌어 올리며 대꾸했다.

"궤변이십니다. 애초 파디마 비단의 주체가 아나토리아라는 건 알고 계실 테지요. 워낙 생산량이 적으니 유통을 줄여 혼란을 방지코자 함이었을 뿐입니다만……. 하긴, 그마저도 누군가에게는 퍽 어려운 이야기일지 모르겠습니다. 할 수 없지요. 배움이 부족한 게 죄는 아니지 않습니까."

퍽 자신만만한 목소리였다. 바이마르는 의기양양한 얼굴로 그들을 관찰하는 귀족들의 면면을 후려쳐 주고 싶은 강렬한 충동에 휩싸였다. 감히, 어느 안전이라고 왕자비의 허물을 까뒤집어 드러낸단 말인가?

"그게……!"

"글쎄, 이제 보니 그대 변명이 퍽 장황한 듯싶구나."

그러나, 일순 발끈하려던 그는 또다시 순서를 가로채였다. 이번 역시 범인은 릴리스였다. 한 치의 흐트러짐도 없이 꼿꼿하게 앉아 있던 그녀가 에오타 후작을 똑바로 쏘아보며 목소리를 내리깔았다.

"혼란을 방지코자 했다면 애초 수출을 막았어야지. 충분한 물량도 없이 독과점을 노리니 가격이 치솟는 것이 아닌가? 그마저도 카리알엔 비싼 값에 사겠다고 빌어도 팔아 주질 않으니…… 어쩔 수 없지 않은가. 이쪽에서도 다른 대안을 강구할밖에."

흠. 에오타의 왼편에 앉아 있던 마몬이 흥미롭다는 듯 거세게 콧김을 뿜어냈다. 그러나 후작 역시 이대로 물러설 기미는 없어 보였다.

"허! 그 대안이 고작해야 아테라의 문물 수입이란 말씀이시지요. 허구한 날 꾸밈에 관심을 기울여 이미 나라의 기강이 말이 아니거늘, 어찌 그리 뻔뻔하게 얼굴을 들고 계실 수가 있단 말입니까? 아무리 자라나며 겪어 온 환경이 다르다 하나 적어도 자신을 받아 준 은혜를 이리 저버리시면 곤란하지요."

흠, 험, 커험. 순간 걸걸한 헛기침 소리들이 동조를 표하듯 산발적으로 터져 나왔다. 잠시 침체되었던 공기에 갑작스레 활력이 넘쳤다.

"앞서의 말씀이 전부 옳습니다. 향유며, 비단이며, 최근에는 온갖 화장용 분까지 들여와 온 상단이 물량 확보에 혈안이 되었더군요. 이거야 원, 붕어 한 마리가 들어와 물을 흐린다더니, 이제 보니 그 말이 전혀 틀리지 않더이다!"

"물론이지요. 아무리 상황이 바뀌었다 한들, 벌써부터 이리 분위기가 해이해지니 걱정이 클 수밖에요. 스파티움은 전사의 나라입니다. 붓과 펜 대신 검을 쥐어야 해요. 허튼짓은 국력을 떨어뜨릴 뿐입니다."

"어디 그뿐이오? 그리 벌어들이는 돈이 죄다 어디로 흘러들어 갈지도 생각을 해 보아야지요. 이 순간에도 아테라가 다시 그 땅땅한 배때기를 불리고 있을지 누가 다 알겠습니까!"

"말을 삼가라, 볼마트 백작! 이 자리에서 갈바르 공작을 모욕하는 것은 곧 내게 반하는 것임을 아직도 모르는가?"

과열된 분위기에 체자레가 주먹으로 거세게 상판을 내리쳤다. 쾅! 둔탁한 마찰음과 함께 탁자 다리가 흔들거렸다. 회색빛 콧수염이 인상적인 남자가 홀쭉하게 마른 어깨를 움찔거리며 불안한 듯 엄지로 반대편 손바닥을 비볐다.

"하지만, 전하! 전하께서도 이미 충분히 알고 계시지 않습니까. 폴리스 길거리에만 나가 보아도 그 변화가 확연합니다. 나랏돈이 아테라 국고로 줄줄 새고 있는 것을 신하 된 자로서 어찌 이대로 좌시……!"

"험벨 상단의 단주가 볼마트 백작가의 둘째 아들이라지."

그때였다. 싸늘하리만치 고저 없는 목소리에 자리를 박차고 일어섰던 볼마트 백작이 당황한 낯으로 입을 꾹 다물었다. 어색한 고요가 사방에 깔린 가운데, 릴리스가 느릿하게 주위를 둘러보며 다시 입을 열었다.

"듣기로는 이번에 아나토리아에 새로이 거래처를 뚫었다 하던데."

"……."

"충직한 스파티움의 백성들이 모조품에 홀려 돈주머니를 열 생각을 하니 안타까워 눈물이 앞을 가리는군그래. 다행히, 나는 가진 땅이 조금 있어 질 좋은 원석들을 쉬이 공급받을 수가 있네만…… 내 영특한 책사의 말에 따르자면 특히 수도의 상점들이 이 점을 높이 쳐주고 있다고 하더란 말이야."

그녀의 말대로, 카리알을 통해 흘러나온 장신구와 향유들은 최근 스파티움 전역을 휩쓸며 선풍적인 인기를 구가하는 중이었다. 통칭 '티테' 라 불리는 카리알식 복식 또한 그 분위기에 힘입어 사방으로 유행처럼 번져 나갔다. 타국의 풍습이 뒤섞인 왕자 내외의 독특한 차림이 본의 아니게 일구어 낸 훌륭한 성과였다.

"다시 말해, 유통되는 모든 자금은 애석하게도 현재 아테라가 아닌 카리알성의 배때기만 불려 주고 있다는 뜻이 되겠어. 백작이 한발 앞서 궁의 국고를 걱정해 줄 필요까진 없다는 의미이네만…… 그대가 제대로 알아들었을는지까지는 내 확신하기 어려워 몹시 유감일세."

그러나, 정말로 확신하지 못했던 것은 이처럼 자연스러운 릴리스의 달변이다. 바이마르는 표정을 숨기기 위해 꾹 다문 입술에 힘을 주었다. 곰곰 생각을 더듬는 사이, 근래에 대수롭지 않게 넘겼던 몇 장면들이 갑자기 떠올라 머릿속을 스쳤다. 구겨진 종이를 책상 아래로 숨기던 모습, 허둥지둥 어설프게 말을 돌리던 모습, 종일 시렌과 붙어 무언가에 열중하던 모습까지 전부.

"그렇대도 너무 신경 쓰진 말게나. 그대 역시 알다시피, 배움이 부족한 게 죄는 아니지 않은가. 이를테면…… 그래, 멀쩡한 철광석이 아나토리아 땅만 밟았다 하면 가격이 두 배로 뛰는 기이한 계산법이라든가, 부끄러운 줄도 모르고 고리대금을 일삼는 몇몇 파렴치한들처럼 말이지."

요컨대, 그 모든 시간들이 결국은 오로지 지금을 위함이었던 것이다.

"요 근래 이따위 도적 떼에 나라가 몸살을 앓고 있는 중이건만, 끝까지 알지 못했다 변명한다면 나 역시 할 말이 없겠군. 알다시피, 무지한 자를 무작정 책하기도 어려운 일이 아니겠는가."

부드러운 굴곡을 그리는 하얀 옆얼굴 위로 창을 통해 들어온 햇살이 날카롭게 떨어졌다.

"횡포를 의심할 만큼 수요가 넘친다는 소식에는 기쁨을 금할 길이 없으나, 안타깝게도 카리알은 땅덩이가 넓어 내야 할 세금이 제법 된다네. 짐작컨대 국고의 상당 부분을 내가 채웠을 터이니 이만하면 나 역시 제법 충성스러운 애국자라 할 수 있지 않겠는가."

그렇지 아니한가?

누구도 답하지 않았으나 모두는 마치 답을 들은 사람처럼 침묵했다.

바이마르는 눈 한 번 깜빡이지 않고 회의장 안에 빼곡히 들어찬 얼굴들을 살폈다. 굳어 있는 표정들을 경고하듯 하나하나 눈에 꾹꾹 눌러 담은 그는 그런 뒤 아주 천천히 고개를 틀어 자신의 오른편을 응시했다.

시선을 느끼기라도 한 것처럼, 돌처럼 무감정해 보이던 얼굴이 일순 아주 조금 흐트러지며 그를 향했다. 길 잃은 새가 둥지를 찾듯. 어미 잃은 새끼가 안락한 굴을 찾듯이.

상냥한 충동이 온몸을 휩쓸었다.

탁자 아래에서 두 손이 겹쳐졌다. 마디 굵은 손가락이 하얗게 질려 있는 손 틈 사이를 능숙하게 파고들어 공간을 벌렸다. 손바닥에 축축이 배어난 식은땀이 그간의 고뇌를 증명하는 듯했다.

바이마르는 자신도 모르게 치밀어 오르는 한숨을 눌러 삼켰다. 기묘한 떨림에 가슴이 벅차올랐다.

굳건히 닫혀 있는 커다란 문 바로 너머에서 희미하게 웅성거리는 소리가 들려왔다. 복도를 오가며 이제나저제나 폐회만을 기다리던 시렌은 서둘러 회의장 문 앞으로 달려가 쏟아져 나오는 이들의 면면을 유심히 살폈다. 뭉근한 긴장감이 감도는 방 안 풍경이 활짝 벌어진 문틈 사이로 여실히 드러났다. 붉으락푸르락한 얼굴을 한 원로들이 쌩하니 그를 스쳐 지나가며 괜스레 두 눈을 부라렸다.

"오랜만이구만, 아로프 자작. 아니, 이제 백작이라고 불러야겠어."

냉랭한 뒷모습을 물끄러미 지켜보며 서 있을 때였다. 상대적으로 느긋하게 원로들의 뒤를 따르던 마몬 후작이 여유로운 미소를 내비치며 불쑥 손을 내밀어 악수를 청해 왔다.

"……"

그 두터운 손을 보고 있자니 이제는 다 나은 손목이 어째 다시 시큰거려 왔다. 시렌은 찰나의 고민 끝에 턱밑까지 내밀어진 손을 재빨리 아주 가볍게 쥐었다 털어 냈다. 마몬이 어깨를 으쓱하며 뻗었던 팔을 도로 거두어들였다.

"오늘 보니 갈바르 공작이 제법 달변가이시더군."

"그리 봐 주시니 다행입니다."

시렌은 입가에 미소를 내걸며 의기양양한 기분으로 콧대를 한껏 세웠다. 수면 부족에 시달려 가며 쪽잠으로 연명하던 지난 몇 달간의 고생스러움이 그 한마디에 달콤한 크림처럼 스르륵 녹아내리는 기분이었다.

마침 그를 부르려는 듯 가까이 다가섰던 모군이 떨떠름한 표정으로 고개를 흔들며 투덜거렸다.

"자네 많이 뻔뻔해졌구만."

그러고 보니 꼭 누굴 닮은 것도 싶고. 혼잣말처럼 중얼거린 모군이 회의장 안의 와트만과 시렌을 번갈아 보며 눈을 가늘게 떴다.

"그럼. 앞으로도 쭉 고생하게나."

그때였다. 바위처럼 단단한 손바닥이 시렌의 어깨를 다정스레 툭툭 쳤다. 말이 좋아 툭툭이지, 까딱하다간 그대로 밀려 고꾸라진대도 할 말이 없을 세기였다. 그러나 시렌은 용케도 꿋꿋이 선 채로 그 다독임을 받아 냈다.

담백한 인사 뒤, 미련 없이 자리를 떠나 버린 마몬의 등 뒤로 길게 늘어진 옷자락이 흡사 망토처럼 펄럭였다.

"참, 마마께 인사는 드렸겠지요?"

물끄러미 그 모습을 보고 있던 모군은 부루퉁한 목소리에 의아한 내심을 숨기며 옆을 돌아보았다. 무언가 마음에 차지 않는 듯, 못마땅해 보이는 표정을 짓고 있던 시렌이 눈을 번득이며 그를 마주 보았다.

모군은 잠시 물음의 방향을 고심했다.

"……마몬 후작을 말하는 거라면 물론일세. 폐회 뒤 이미 작별 인사를 나누셨지."

설마 싶어 내 놓은 말이 바로 정답이었다. 찌푸리고 있던 미간을 선선히 펴 낸 시렌이 그제야 퍽 만족한 얼굴로 돌아섰다.

모군은 시렌을 보며 고개를 갸웃했다. 어쩐지 그 태도조차 이상하게 낯이 익었던 탓이다. 짝다리를 짚고 선 저 불량한 자세며, 팔짱을 끼고 고개를 기울이는 모습까지.

"그나저나 마몬 후작의 말대로입니다. 황녀 마마…… 아니, 갈바르 공작께서 준비를 퍽 많이 해 오신 것 같더군요."

그러나 아무려면 어떻겠는가. 그는 쓸데없는 생각을 밀어내며 서둘러 말을 고쳤다. 시렌이 호응하듯 세차게 고개를 주억였다.

"아무렴요. 아니, 카리알에서 채워 넣고 있는 국고 자금이 얼마인데. 기사들이 입고 끼는 저 갑옷들부터가 죄다 우리 철로 찍어 낸 것 아닙니까.

어디 한번 진짜 횡포를 부려 봐야 감사한 줄을 알지요."

"……"

"하여간, 볼 것도 없는 머리만 멀쩡히 달려 있으면 뭐 한답니까. 애당초 감히 대들 생각을 말았어야지."

어째 말본새조차 한층 험악해졌다. 역시 이게 다 그 작자 때문에…….

슬금슬금 의심이 다시 싹을 틔우려던 순간이었다. 비틀비틀 문을 향해 걸어오던 릴리스가 일순 중심을 잃으며 바닥으로 기우뚱 쓰러졌다.

사색이 된 바이마르가 허겁지겁 몸을 굽혀 그녀를 부축했다.

"마마, 왜…… 아니, 어찌 손이 이리 얼음장 같으십니까? 역시 몸이 좋지 않으신, 아니, 아니지. 당장 돌아가야겠습니다. 와트만, 마차를 불러라, 지금 당장 카리알로—"

"됐어요. 괜찮아. 긴장해서 그런걸요."

"하지만."

"정말이라니까. 봐요. 아무 문제 없잖아요?"

솔직히 말해, '문제없음'을 피력하기엔 조금 지나치게 창백한 낯이었다. 어디 그뿐인가. 다섯 시간 동안 내리 이어진 회의의 여파로 모두의 얼굴에도 지친 기색이 역력했다.

'……'

와중에도 어떻게 자신을 향한 시선을 알아챘는지, 휙 고개를 쳐든 바이마르가 퍽 사납게 그를 마주 보았다. 실은 '마주' 보았다기보단 '쏘아보았다'는 표현이 좀 더 어울릴 법한 표정이었지만…….

'……'

모군은 황급히 고개를 틀어 어느덧 휑해진 탁자 근처를 한 번 크게 훑었다. 본의 아니게 공교로운 목격자가 되어 버린 원로 몇이 뜨악한 표정으로 황급히 회의장을 빠져나갔다.

"릴리스!"

어색한 분위기를 깨뜨린 것은 오랜만에 듣는 활기찬 부름이었다. 힘차게 회의장 안으로 걸어 들어온 살로메가 활짝 웃는 얼굴로 일행을 향해 다가오며 양손을 흔들었다. 살이 조금 오른 듯한 동그란 얼굴 위에 얼핏 희미한 홍조가 떠돌았다.

"릴리스! 세상에. 정말 고생 많았어요. 실은 좀 더 일찍 보러 오고 싶었는데, 볕이 좋아 단잠을 자느라 그만⋯⋯."

확연히 부풀어 오른 배 위로 부드러운 천이 겹겹이 주름을 만들며 떨어졌다. 펑퍼짐한 튜닉 드레스는 발목 바로 위에서 끊겨 있어 걷기에 전혀 불편함이 없어 보였다. 풍성한 치맛자락을 휘날리며 천천히 가까워진 살로메가 부드럽게 양팔을 뻗어 릴리스를 마주 안아 왔다.

"나도 보고 싶었어요, 살로메."

릴리스는 그 환대를 기껍게 맞받았다. 그러나 불룩한 배가 자연스레 간격을 띄워, 포옹은 가슴 대신 서로의 어깨가 아슬아슬하게 스치는 수준에서 아쉽게 마무리되었다.

릴리스는 어정쩡하게 상대를 마주 안은 채, 슬몃 고개를 기울여 맞닿은 가슴 아래를 살폈다. 밀착한 살갗에서 뜨끈한 열기가 느껴졌다. 쿵, 쿵. 완만한 곡선을 그리는 부푼 배 안쪽에서부터 맥박 치듯 잔잔한 파동이 전해져 왔다. 그것은 조금 이상하면서도 또한 딱 그만큼 뭉클한 기분이었다.

수정궁을 나선 그들은 자연히 두 패로 갈라졌다. 릴리스의 곁에 딱 붙어 있던 살로메가 대기 중이던 두 대의 마차 중 하나에 먼저 올라타 출발을 지시해 버린 것이다. 붙잡을 사이도 없이 덩그러니 남겨진 바이마르는 뒤이어 들려오는 목소리에 급히 정신을 차리고 뒤돌아섰다.

"뭐 해? 우리도 가자."

남아 있던 마차 문을 활짝 열어젖힌 체자레가 먼저 자리를 잡고 앉아 턱짓으로 들어오라는 시늉을 해 보였다. 어쩔 수 없지. 바이마르는 마지막으로 수정궁을 일별한 뒤, 날렵하게 단을 밟고 올라 자그마한 문을 닫았다.

곧 바닥이 흔들리며 마차가 덜컹덜컹 굴러가기 시작했다. 맞은편에 앉아 있던 체자레가 눈살을 찌푸리며 투덜거렸다.

"뭐야, 좁잖나."

"그러게 왜 먼저 가게 두셨습니까."

기다렸다는 듯 부루퉁한 반박이 날아들었다. 덜컹. 때마침 다시 마차가 흔들리며 서로의 무릎이 맞닿았다. 평범한 크기의 마차였지만, 덩치 큰 사내 둘이 함께 올라타니 꽉 차다 못해 비좁게 여겨질 만큼 여유 공간이 부족했다.

불쾌한 표정으로 인상을 쓰고 있던 체자레가 몸을 한껏 움츠리며 벌컥 언성을 높였다.

"아, 그럼 날더러 어찌하라고! 가뜩이나 요사이 살로메의 짜증이 늘어 아주 죽을 맛이다. 부탁이니 너까지 나서 괜히 속 긁지 말거라. 지난달까지만 해도 괜찮은 듯싶더니만, 어찌 된 게 이제는 하루가 멀다 하고 싸움을 걸어와!"

바이마르는 고개를 갸웃했다.

"살로메, 아니, 비전하를 말씀하십니까? 오늘은 기분이 괜찮아 보이시던데요."

"그게 몇 시간밖에 유지되지 않으니 문제라는 거 아니겠느냐. 나다니는 건 또 어찌나 좋아하는지. 좀 누워 있으라고 해도 영 말을 안 들어."

덜컹. 몸이 기울어지며 이번에는 맞닿아 있던 무릎뼈가 부딪쳤다. 꽤나 충격이 커 얼얼한 통증까지 느껴질 정도였다.

체자레가 끙 소리를 흘리며 한 손으로 볼록 튀어나온 옷감 위를 문질렀다. 말하다 보니 기분이 조금 나아진 것인지, 살벌하던 기세가 어느새 퍽 누그러져 그는 이제 완전히 평소와 같은 얼굴을 하고 있었다.

"그래서 말이다만, 그…… 너희는 아직 아무런 소식도 없느냐?"

이윽고 무릎에서 손을 거둬들인 체자레가 눈치를 살피듯 조심스레 운을 뗐다.

"아직은 없습니다."

"그래. 혹…… 크흠, 네가 부족한 것은 아니고?"

고개를 젓기 무섭게, 곧장 떠보는 듯한 은근한 물음이 돌아왔다. 바이마르는 일순 발끈해 미간을 확 좁혔다. 절로 날 선 목소리가 튀어 나갔다.

"잠자리라면 이미 충분히 성실하게 임하고 있으니 걱정하지 않으셔도 괜찮습니다."

"크흠."

멋쩍은 헛기침 소리가 뒤따랐다. 믿는 것인지 아니라는 것인지. 미심쩍은 기색으로 체자레를 마주 보던 바이마르는 잠시 고민하다 슬쩍 몸을 일으켜 창을 가리고 있던 커튼을 걷어 냈다.

"정 의심이 드신다면 시렌이라도 불러 확인을 시켜……."

"거참 됐다니까! 돼먹지 못한 시정잡배 나부랭이도 아니고. 누가 그런 걸 진심으로 궁금해한단 말이더냐? 좀 놀려 먹은 것 가지고 예민하게 굴기는."

당연한 수순으로, 체자레는 몹시 기겁한 채 바이마르의 어깨를 내리누르는 것으로 발랑 까진 동생을 뜯어말렸다. 어쩐지 전부터 조금씩 기미가 보이더라니. 설마하니 이 정도로 파렴치해졌을 줄이야.

"어쨌거나, 혹시라도 마마께는 아무 말씀 마세요. 괜한 부담 드리고 싶지 않습니다."

그러거나 말거나, 붙잡힌 팔을 잠시 보고 있던 바이마르가 제자리에 앉으며 목소리를 내리깔았다. 순식간에 쑥 가라앉은 분위기 때문에 그렇잖아도 좁은 마차 안이 한층 답답하게 느껴졌다. 체자레는 어색하게 무릎을 매만지며 고개를 끄덕였다.

"그래. 뭐, 딱히 서두를 필요는 없겠지."

돌아오는 답은 없었다.

⚜

'저, 저하. 드릴 말씀이 있습니다.'

본궁에 도착한 바이마르는 터벅터벅 침실로 걸어 들어가 둥그런 탁자 앞에 홀로 앉았다. 도착할 시간을 짐작해 미리 준비해 놓은 것인지, 김이 모락모락 오르는 따끈한 찻주전자가 몇 개의 잔과 함께 납작한 쟁반 위에 다소곳이 놓여 있었다.

그는 한 손으로 빈 잔을 뒤집어 차를 따르며 일전 들었던 기벨의 조심스런 충고를 떠올렸다.

'마마…… 아니, 각하께서 이베리코차를 제법 오래 복용해 왔다고 말씀하시더군요. 휴식기를 두지 않고 마시면 피임에 탁월한 효과가 있어 많이들 애용하는 게 사실입니다만…….'

'헌데.'

'문제는 장복이지요.'

'……'

'효과가 좋은 만큼 독성도 강해 웬만한 가문에서는 사실 잘 쓰지 않는 약초이기도 합니다. 다행히 큰 병을 유발하는 것은 아닙니다만, 아무래도 성분이 성분인지라…….'

'……'

'가장 큰 부작용은 역시 불임이지요. 각하께서는 기간이 오래되신 만큼 회임에 성공한다손 치더라도 조심에 또 조심을 기울이셔야 할 겁니다. 척박한 토양에 뿌리를 내렸으니 아주 작은 위험에도 뽑혀 나갈 수 있음을 부디 명심하십시오.'

잔인하리만치 현실적인 충고였다. 바이마르는 아직 반쯤 남아 있는 찻물을 입 속에 털어 넣으며 꿀꺽 목울대를 움직였다. 적당히 우려 떫은맛이라곤 전혀 없는 차였음에도, 괜스레 혀끝이 아린 듯해 표정이 우그러들었다.

울적한 기분은 풀리지 않은 채 그대로 밤까지 이어졌다. 릴리스와 살로메가 난데없는 '여자들만의 밤'을 통보해 옴에 따라, 바이마르는 체자레와 단둘이서 오붓한 저녁 식사를 즐겨야 했던 것이다.

간만에 형제끼리 나누는 대화는 퍽 즐거웠지만, 인기척 없는 방에 혼자 있으려니 다시 한껏 기분이 가라앉았다. 다른 무얼 할 의욕조차 생기지 않아 바이마르는 잘 준비를 마치고 일찌감치 침대에 드러누웠다.

그러나 한 가지. 예기치 못한 문제가 남아 있었다.

"……."

잠이 오지 않는다.

그는 눈을 뜬 채 한참 동안 뒤척이며 시간을 흘려보냈다. 텅 비어 있는 품 안이 아쉬운 한편, 변해 버린 스스로의 모습이 몹시도 낯설어 어리둥절하기까지 했다. 몇 해 전까지만 해도 이곳에서 혼자 잘만 잠들었는데, 어째서 지금은 생판 모르는 남의 집처럼 어색하고 불편하기만 한 것인지.

"반?"

부스럭거리는 이불 소리에 나지막한 부름이 섞여 든 것은 그쯤이었다. 환청인가 싶어 뻣뻣하게 굳은 채 귀를 기울이고 있으려니 다시 똑똑 문 두들기는 소리가 들려왔다.

"반, 자요?"

잘못 들은 것이 아니다. 바이마르는 그것을 깨닫는 즉시 곧장 이불을 걷어 내곤 침대 밖으로 튀어나왔다. 뛰듯이 걸어 문을 벌컥 열어젖히자 릴리스가 깜짝 놀란 얼굴로 그를 올려다보며 개암 같은 두 눈을 깜빡였다. 다시 한번 노크할 생각이었던 듯, 주먹 쥔 손을 어정쩡하게 머리 위로 들어 올린 채였다. 부드럽게 손목을 그러쥐고 힘을 주자 자그마한 몸이 천천히 방 안으로 딸려 들어왔다.

"아직 안 잤어요?"

"혼자 있으려니 잠이 잘 오지 않아서…… 그보다, 어째서 이 시간에 깨어 계십니까? 비전하께서는요?"

"아, 그게 살로메가 밤에 갑자기 배가 아프다고 하더군요."

탁. 문이 닫히며 한숨처럼 가벼운 바람이 일었다. 협탁 위의 촛불이 그에 응답하듯 흔들리며 옅은 그을음을 피워 냈다.

"의사 말로는 별일 아니라는데. 그래도 우선은 혼자 쉬게 두는 게 나을 것 같아 이리로 왔지요."

자박자박. 흐릿한 불그림자만큼이나 아스라한 발자국 소리가 방 안에 베일처럼 드리운 고요를 갈랐다. 바이마르는 그 흔적을 따라 홀로 뒤척이던 침대 앞으로 다가섰다.

그때였다.

"반, 혹시 내가 괜히 온 건 아니지요?"

슬리퍼를 벗어 던진 뒤 이불 끝자락을 들추던 릴리스가 머리맡에 놓여 있는 하나뿐인 베개를 가리키며 고개를 갸웃했다. 바이마르는 대답 대신 그녀가 쥐고 있던 이불을 완전히 젖혀 빈자리를 차지하고 있던 커다란 베개를 침대 헤드 아래쪽의 본래 자리에 머뭇머뭇 가져다 놓았다.

"그럴 리가요. 이건 마마 대신입니다. 아무것도 없이 자려니 영 기분이 나질 않아서……."

말하다 보니 쑥스러워 귓불에 후끈 열이 올랐다. 이래서야 몸만 자란 어린애라 놀려도 할 말이 없겠다.

"……그럼 이만 자요."

다행히 릴리스는 별말 없이 그 베개를 베고 누워 양팔을 활짝 벌렸다. 재촉하는 듯 또렷한 시선이 그의 등을 떠밀었다.

바이마르는 서둘러 슬리퍼를 벗고 이불 안으로 파고들어 가 말랑한 몸을 힘주어 끌어안았다. 두툼한 쿠션이 두 사람분의 무게를 받아 푹 꺼지며 새둥지처럼 아늑한 분위기를 자아냈다. 카리알이 아닌 탓일까. 익숙하지 않은 향유 냄새가 일순 훅 끼쳤으나 그마저도 기꺼워 숨이 막혔다.

"……있잖아요, 반."

"예."

품 넓은 잠옷이 흘러내려 하얗고 동그란 어깨가 드러났다. 바이마르는 마른 살갗에 가볍게 입술을 내리누르며 그녀의 부름에 응답했다. 살이 포개어진 틈새를 따라 축축하게 뭉그러진 소리가 샜다. 웃는 듯 잠시 어깨를 들썩이던 릴리스가 이내 차분하게 말을 이었다.

"살로메 말인데…… 그, 아기 말이에요."

"말씀하지 않으셔도 됩니다. 전 아무렇지도 않아요."

바이마르는 황급히 상체를 일으켰다. 노곤하던 분위기가 삽시간에 깨지며 팽팽한 긴장감이 빈자리를 메꾸었다. 물끄러미 그의 표정을 뜯어보던 릴리스가 이불 속에 파고든 채 웅얼거렸다.

"하지만 원했잖아요."

"그야 분명 마마를 닮았을 테니까요."

바이마르는 상체를 비스듬히 세워 누운 뒤, 오른쪽 팔꿈치로 쏠리는 무게를 지탱했다. 자유로운 왼손으로 흐트러진 머리칼을 쓸어 올리자 그림자 속에 반쯤 파묻혀 있던 얼굴이 드러났다.

그는 잠시 눈을 내리깐 채 다시 일전의 대화를 반추했다.

'마마께도 이 사실을 고했나?'

'아직 아닙니다.'

'잘됐군. 방금의 대화는 잊도록 해. 괜히 마음 상해 하시는 모습은 보고 싶지 않으니.'

실은 조금쯤 아쉽기도 했다. 자신과 릴리스를 반씩 빼닮은 아이라면 무척 사랑스럽고 대단히 영특할 것이 분명했으므로. 딸이라면 더할 나위 없이 좋겠고, 아들이더라도 그것대로 기쁜 일이 될 것이다.

그러나.

"그러니 예쁘지 않을 리가요. 하지만 그뿐입니다."

그럼에도 릴리스가 그 별것 아닌 기대에 자책하며 스스로를 망가뜨릴 걸 상상하노라면, 바이마르는 늘 가슴속 어딘가가 으깨져 버린 것처럼 쓰라린 통증을 느꼈다. 그것은 마치 손쓸 도리 없이 부서진 바퀴를 달고 달려 나가는 망가진 수레처럼 비참한 기분이었으며, 때로는 격렬한 분노나 형용하기 어려울 만큼의 애틋함을 동반하기도 했다.

하물며 혹시라도 아이로 인해 릴리스가 잘못되기라도 한다면.

생각만으로도 토할 것처럼 배 속이 뒤틀리며 심장이 우그러들었다. 만일, 정말 그리된다면 아이를 기껍게 볼 수 있을지조차 확언이 어려웠다. 결코 자신처럼 방치하며 키우지는 않을 테지만, 그렇다 해도 그건 정말이지 너무나 끔찍한—

"……반?"

그를 부르는 목소리 끝이 파르르 떨렸다. 바이마르는 울컥하는 감정을 억누르며 고개를 가로저었다.

"……아이 이야기는 잊어버리셔도 좋아요. 지금처럼 둘만으로도 저는 더할 나위 없이 족합니다."

"하지만."

"그보다, 이만 주무시는 게 좋겠습니다. 내일은 분명 아주 많이 바쁘실 테니까요."

그는 그대로 엎드려 제 아래에 짓눌린 몸을 힘껏 부둥켜안았다. 바르작대던 릴리스가 이내 위로하듯 그의 뒷덜미를 부드럽게 쓰다듬어 왔다.

바이마르는 그 손길 아래에서 마치 어린 짐승처럼 무력해졌다. 뒤척였던 적이 있기라도 했었냐는 듯, 긴 여정 동안 축적된 피로가 단번에 밀려들었다. 베개 따위와는 비교할 수 없는 안온함이었다.

그는 금세 모든 것을 잊고 수마에 굴복했다. 깊고 달콤한 잠이었다.

✤ ✤ ✤

이튿날. 분명 바쁠 거라던 바이마르의 장담은 예상보다도 더한 방식으로 이루어졌다. 릴리스는 이참에 티테의 위상을 다지겠다는 시렌의 원대한 야망에 휩쓸려 온갖 천과 장신구에 둘러싸인 채 종일 병든 닭처럼 꾸벅꾸벅 졸았다 깨기를 반복했다. 그나마 두 사람의 상태를 고려한 가신들의 배려로, 티타임을 즐기듯 오순도순 앉아 시간을 보낼 수 있게 되었다는 것만이 이 사태의 유일한 위안이었다.

"아, 정말 죽겠네요. 오늘은 이만하면 안 됩니까? 어제 하루 가지고는 피로가 안 풀린단 말입죠."

마찬가지로 피로에 찌든 얼굴을 하고 있던 루카스가 끊임없이 날라져 오는 천 더미들을 쏘아보며 투덜거렸다. 졸지에 짐꾼이 되어 오가는 하인들 틈에 끼어 있던 스쿼드도 냉큼 그 말에 동조하며 목소리를 높였다.

"옳으신 말씀입니다! 세상에 어찌나 긴장했는지. 저도 어제는 초저녁부터 잠이 쏟아져 견딜 수가 없더라니까요."

"벼락치기 하느라 며칠 밤을 샜으니 그럴 수밖에. 그러게 평소에도 영지 일에 관심을 좀 가져 보라 했잖나."

둘베트가 딱딱한 목소리로 두 사람의 푸념을 잘라 냈다. 몇 번 더 말이 오가며 투덕대는 소리가 한데 섞였다. 그 소란에 퍼뜩 깨어난 릴리스는 건성으로 입씨름을 말리며 손에 쥐고 있던 포크로 티 테이블 위에 놓인 케이크를 큼직하게 잘라 냈다. 막 그녀의 목 아래로 자주색 천을 대어 보던 티올라가 색이 마음에 차지 않는 듯 불만족스러운 표정으로 고개를 내저으며 물러났다.

"너무 그러지 말렴. 그래도 그 벼락치기 덕에 이렇게 모든 것이 건재하잖니. 경도 오늘만큼은 조금 너그러이 굴어 보는 게 더 나을 성싶은데."

"……당연한 말씀을 하십니다. 안 그랬으면 제가 먼저 이놈들 모가지를 날렸을 텐데요."

둘베트가 혀를 차며 뒤돌아섰다. 릴리스는 불그스름하게 물든 그의 목덜미를 보며 터지려는 웃음을 다디단 케이크와 함께 목구멍 너머로 밀어 삼켰다.

그저 과묵한 줄만 알았던 전직 사냥꾼은 생각보다 수다스러운 구석이 있어 종종, 아니 그보단 좀 더 자주 이런 말다툼에 휘말리곤 했다. 그런 스스로가 부끄러운지 매번 저렇게 귀나 목을 벌겋게 붉히곤 하지만, 다음 날이 되면 언제 그랬냐는 듯 다시 똑같은 행동을 반복하는 것이다.

'다행이지.'

그러나 어쨌건, 아펠라를 무사히 마무리한 것만큼은 거듭 칭찬해도 모자라지 않을 성과가 맞았다. 돈줄 이야기에 씨근덕거리던 원로들의 모습을 떠올리고 있노라면 오던 잠도 저 멀리 달아날 만큼 의욕이 솟아났다.

허나 그렇게 기가 죽어 꼼짝도 못 하던 이들이, 루카스와 스쿼드를 불러들이면서부터는 또 어찌나 기가 살아 입들을 놀려 대던지. 현직 영주

보단 그 쪽이 더욱 상대하기 쉬우리라 여겼던 듯싶었으나 다행히도 준비
된 두 기사는 쏟아지는 추궁에 의연히 대응하는 것으로 주어진 몫을 다
했다.

시렌의 선견지명이 아니었다면 아차 하는 순간 형체도 없이 물어뜯겼으
리라.

"각하, 혹 이 옷감은 어떠하신지요? 이 위에 연녹색 페리도트 장식이 달
린 허리끈을 두르시면 참으로 아름다우실 듯한데."

"아니지요. 피부가 깨끗하시니 그보단 이 토파즈 머리 장식이 훨씬 더
잘 어울리실 거예요. 아! 일전 새로 구입한 벌꿀 모양 귀걸이도 나쁘지 않
을 듯한데…… 어떻게 생각하세요, 각하?"

이런저런 생각에 잠겨 있는 사이, 장신구 함을 뒤지던 노라와 티올라가
조잘조잘 의논을 거듭하며 탁자 앞으로 다가왔다. 시렌의 열정에 감화라
도 되어 버린 모양이다. 수북이 쌓여 있는 천 더미를 뒤적이는 손길에서
병사들 못지않은 기개가 느껴졌다.

무의식적으로 포크를 놀리며 생각에 잠겨 있던 릴리스는 유난히도 활기
차 보이는 두 사람을 번갈아 보며 마른침을 꿀꺽 삼켰다.

"장신구는 상관없다만, 천만큼은 다른 것을 고르는 편이 낫겠어. 그 색
은 아무래도 반에게 어울리지 않을 듯싶거든."

"아, 역시 조금은 그렇겠죠."

하지만 예뻤는데. 티올라가 중얼거리며 아쉬운 기색으로 여태껏 만지작
대고 있던 옷감을 내려놓았다.

"저는 골라 주시는 것이라면 무엇이든 좋습니다."

문득, 말없이 어깨를 붙이고 앉아 있던 바이마르가 맞잡은 손을 주물거
리며 눈을 쓱 내리깔았다.

"……"

길게 뻗은 속눈썹이 보기에 퍽 예쁘긴 했지만, 아쉽게도 썩 도움이 되는
발언은 아니었다. 릴리스는 옆얼굴로 따끔하게 꽂혀 드는 시선들을 모른
체하며 텅 빈 접시를 슬쩍 옆으로 밀어 두었다.

"듣던 대로 두 분 사이가 좋으시니 보기 무척 흐뭇하답니다."

때마침 옆방에서 걸어 나온 린데암 백작 부인이 옷핀이 가득 꽂힌 두툼한 바늘꽂이를 길쭉한 천에 달아 팔뚝에 고정시키며 커다랗게 미소했다. 연회를 위해 살로메가 직접 붙여 준 고급 인력이었다.

궁내 재봉실의 수석 시녀장이자 왕년에 유명한 의상실을 운영했었다는 그녀의 목소리는 낮지만 힘이 있어 좌중의 이목을 끌어모으는 데 탁월한 효과를 발휘했다. 아니나 다를까. 불구경이라도 난 듯 두 사람을 흘금대던 시녀들이 그 즉시 꼿꼿하게 자세를 가다듬었다.

노라와 티올라 또한 덩달아 긴장한 얼굴이 되어 서로를 마주 보았다. 그리고 이내, 허리에 양손을 척 올린 린데암 백작 부인이 씩 웃으며 본격적인 작업 시작을 선포했다.

"그럼 두 분을 치장하는 데 최대한 힘을 쓰라는 전하의 명에 따라, 지금부터 조금 실례하겠습니다."

⚜⚜⚜

오늘의 연회 장소는 수정궁 바깥에 위치한 커다란 원형 홀의 꼭대기 층이었다.

매끈한 회백색 돌이 깔려 있는 널찍한 복도는 어두침침한 분위기를 풍기는 본궁과 달리 퍽 경쾌하고 밝은 느낌을 풍겼다. 건물 테두리에 장식처럼 둘려 있는 야트막한 난간은 달빛을 받아 희부옇게 빛나며 흡사 아테라 황녀궁의 백돌담을 연상시켰고, 정원수 사이사이 달려 있는 작은 등들은 마치 동화 속 요정들의 작품처럼 반짝거렸다.

그리고 바로 지금, 릴리스는 아테라에서의 어느 겨울날 그러했듯이 바이마르의 손을 꼭 쥔 채 복도 끝의 커다란 문 앞에 서 있었다. 일전 체자레의 결혼식에선 식순에 따라 잠시 얼굴을 비치는 것으로 짧은 인사를 마무리했었기에 제대로 된 연회 참석은 이번이 처음이나 마찬가지였다.

"바이마르 왕자 저하와 갈바르 공작 각하 드십니다!"

그녀 못지않게 긴장한 낮의 시종이 목청껏 두 사람의 입장을 알렸다. 앙 다문 입처럼 꽉 닫혀 있던 커다란 문짝이 잘 익은 부단처럼 쩍 갈라지며 향긋한 냄새를 풍겼다.

나란히 서 있던 바이마르가 그녀를 부축하며 상체를 구부려 부드럽게 속삭여 왔다.

"라벤더로군요. 시렌이 오늘 아주 작정을 한 모양입니다."

어쩐지 뭔가 익숙하다 싶더라니. 창틀과 탁자 등 시선이 닿는 곳마다 드 문드문 자그마한 유리병이 놓여 있는 것이 보였다. 향유병에 끝이 뭉툭한 나무막대를 꽂아 만든 카리알식 방향제는 아직까지 초를 태워 악취를 없 애는 게 전부인 스파티움인들에게 퍽 신선한 바람을 불러일으키고 있는 중이었다.

릴리스는 길을 터 주는 사람들 틈을 헤치며 가슴을 부풀려 숨을 한껏 들 이쉬었다. 익숙한 향에 파묻혀 있으려니 마치 집에 머물고 있는 듯 긴장이 한껏 누그러졌다.

그러나 여유는 잠깐이었다.

"아쉽게 되었네만, 살로메는 당분간 휴식을 취해야 해. 요사이 태동이 잦아진 탓인지…… 자꾸만 복통을 호소하지 뭔가."

체자레는 그들의 입장 직후 나타나 짧은 축사를 읊는 것으로 연회의 서 막을 열었다. 그러나 간결한 축사보다 릴리스를 더욱 당혹스럽게 만든 것 은 예정에 없었던 살로메의 부재였다. 그녀는 북적이는 주변을 곁눈으로 훑으며 바싹 마른 입가를 혀로 축였다.

안타깝게도, 하필 오늘은 바이마르조차 사교에서 그리 자유롭지 못할 예정이었다. 성장세가 뚜렷한 카리알의 새 권력자와 밀담을 나누길 바 라는 이들이 벌써부터 틈을 노리며 두 사람 주변을 맴돌고 있었던 탓이 다.

이런 날이야말로 살로메를 방패 삼아 버텨 볼 심산이었건만, 뜻밖의 사 태에 눈앞이 깜깜했다.

"오히려 좋은 기회가 될지도 모르니 너무 그리 걱정은 말게나. 의외로 부인들 사이에서 그대의 평이 나쁘지 않더군."

그러나 그녀의 타는 속을 아는지 모르는지, 체자레는 도리어 느긋한 얼굴로 고개를 저어 보이는 것으로 심심한 격려를 대신했다.

"그럼. 잠시 후에 다시 보세나."

"잠깐……!"

이를 드러내는 미소로 인사를 갈음한 체자레가 바이마르를 이끌고 신속하게 걸음을 뗐다. 삽시간에 커다란 기둥 아래 혼자 남겨진 릴리스는 당황을 감추려 애쓰며 지팡이 손잡이를 힘껏 쥐었다. 슬금슬금 거리를 좁혀 온 이들이 기대감으로 눈을 반짝이며 그녀의 주변을 둥그렇게 둘러쌌다.

"오늘 정말 아름다우세요, 각하."

가장 먼저 말을 걸어온 것은 재봉을 도맡았던 린데암 백작 부인이었다. 작품을 감상하듯, 한동안 몇 발짝 떨어진 곳에서 릴리스를 살피던 그녀가 이내 만족한 듯 활짝 웃으며 무릎을 구부려 예를 올렸다. 그리고 그 인사를 시작으로, 릴리스는 곧 인파에 휩쓸렸다.

"백작 부인의 말이 옳아요. 카리알식 옷차림이 유행이라기에 각하께서 직접 입고 계신 모습을 꼭 한번 보고 싶다고 생각했었는데…… 아, 저는 밀리아나라고 불러 주세요."

"저는 일리아스라 불러 주시면 된답니다."

"저는 호셉이에요."

멋쩍은 듯 주변을 서성이던 이들이 기다렸다는 듯 앞다투어 몰려와 자신을 소개했다. 머릿수로만 따지자면 멀찍이서 그들을 흘금대는 무리의 세력이 훨씬 컸지만, 그래도 이만하면 첫 출발치곤 나쁘지 않은 성적이었다.

내내 쏟아져 들어오던 적대적인 시선과 달리, 퍽 우호적인 말씨에 마음이 한층 풀어진 것도 사실이었다. 릴리스는 기꺼운 얼굴로 마주 고개를 끄덕여 주며 조심스레 북적이는 연회장 안을 살폈다.

사람들의 옷차림은 대개가 단정했고, 옷감에 많은 색을 쓰지 않아 다소 심심한 느낌을 주었다. 하지만 화려하다기보단 소박한 세련미를 풍기는 연회장의 전체적인 꾸밈과 더할 나위 없이 잘 어우러지는 복식이었다.

그러나, 무엇보다 가장 눈에 뜨이는 점은 성별에 따라 극명히 갈리는 무리의 구성이다. 공식 석상이라 더욱 내외하는 것인지는 모르겠으나, 남녀 구분 없이 자유로이 섞여 있는 아테라와는 전혀 다른 풍경에 새삼 이곳이 타국임이 실감 났다.

그때였다. 자신을 밀리아나라 칭했던 녹색 눈의 키 작은 여인이 문득 손목을 내보이며 자랑스러운 듯 목소리를 한층 키웠다.

"실은 이 팔찌도 최근 카리알에서 들여온 물건이랍니다. 각하께 꼭 보여 드리고 싶어 잊지 않고 착용했지요."

릴리스는 시선을 돌려 유심히 그녀의 손목을 살폈다. 과연, 눈에 익은 팔찌가 볼록 나온 뼈에 비스듬히 걸려 있는 것이 보였다.

손톱만 한 유색 보석들이 일정한 형태를 이루며 둥그런 팔찌의 밋밋한 윗판에 단단히 박혀 있었다. 길이를 조절할 수 있도록 달아 놓은 세 줄의 촘촘한 사슬 장식이 밀리아나가 움직일 때마다 서로 부딪치며 차릉차릉 경쾌한 소리를 냈다. 불빛을 영롱하게 반사하는 정중앙의 호박석 또한 카리알의 광산에서 직접 캐낸 상등품이다. 궁에서 평생을 살며 한껏 높아진 릴리스의 심미안으로도 충분히 높은 평가를 내릴 만한 물건이었다.

릴리스는 한참 그것을 들여다보다 흡족한 기분으로 고개를 까딱였다.

"마음에 든다니 뿌듯하군그래. 완성품이 나올 때까지만 해도 화려함이 과할까 싶어 걱정이 많았거든."

미묘한 어투에 몰려섰던 이들이 고개를 갸웃하며 서로를 마주 보았다. 그리고 찰나의 침묵 뒤, 린데암 백작 부인이 흘금 주변을 돌아보며 조심스러운 목소리로 물어 왔다.

"혹 그 말씀은, 각하께서 물품 제작에 직접 관여하신다는 것으로 이해

해도 될는지요?"

"뭐…… 전부라고는 하기 어렵겠네만."

릴리스의 고개가 천천히 위아래로 움직였다. 작은 탄성이 일었다 가라앉고, 이번에는 호셉이 살짝 손을 들었다.

"실은, 오늘 홀을 장식한 것도 전부 카리알 장인들의 솜씨라 들었답니다. 지나친 무례가 아니라면 오늘 쓰인 향유의 이름을 알고 싶은데…… 괜찮으시다면 귀띔이라도 해 주실 수 있으실는지요, 각하?"

호셉의 말이 끝나기 무섭게, 그녀 주변에 서 있던 여자들이 너나할 것 없이 입을 달싹이며 손을 들어 올리기 시작했다. 린데암 백작 부인이 흐뭇한 표정으로 고개를 주억였다.

"저도 내내 궁금했었답니다. 향이 너무 무겁지도 않고, 조금 독특하달까요…… 각하께서 유통하실 계획이 있으시다면 가장 먼저 구매하고 싶은걸요."

"어머, 부인께선 지금도 카리알산 화장품만 취급하시지 않나요? 그런 부인께서 모르시는 것이 있다니 의외인걸요."

"전 그보다 또 다른 활용법이 있는지 궁금하네요. 향유를 이렇게도 쓸 수 있으리라곤 미처 생각해 본 적이 없어서……."

오늘 쓰인 향유의 원료는 고트 협곡의 골짜기 안쪽에서 자라나는 검붉은색 라벤더의 다 자란 줄기였다. 구하기도 그리 어렵지 않은 데다가, 특이하게도 레몬을 섞어 놓은 듯 상큼한 향이 가미되어 있어 이 새로운 향료는 최근 카리알 내에서도 독보적인 인기를 끌어모으며 높은 인기를 구가하는 중이었다. 릴리스는 오가는 대화를 흐뭇하게 음미하며 머릿속으로 시렌에게 전할 기쁜 소식들을 추렸다.

"그래 봤자 아테라 문물 아니겠습니까."

조잘조잘 이어지던 말끝에 문득 송곳처럼 뾰족한 가시가 돋쳤다.

무심코 그 소리를 따라 고개를 틀었던 릴리스는 등 뒤에 서 있는 낯선 객의 모습에 깜짝 놀라 뻣뻣하게 몸을 굳혔다. 한 발짝 나서며 가까이 몸을 붙여 온 린데암 백작 부인이 고개를 틀어 그녀의 귓가에 속삭였다.

"로지아 후작이군요. 얼마 전 아나토리아에서 돌아왔다고 들었답니다."

아펠라의 로지아.

자주 들어 이미 잘 알고 있는 이름이었다. 후작의 이야기만 나올라치면 시렌이 진저리를 치는 바람에, 솔직히 말해 릴리스의 머릿속에서 그는 마치 음험한 노인처럼 묘사되는 면이 있었다.

"처음 뵙겠습니다, 갈바르 공작 각하. 신, 알레우스 로지아라 불러 주십시오. 제 평생 제국의 황족을 이런 자리에서 뵙게 되리라곤 상상조차 해 본 일이 없었던지라…… 이 순간이 이루 말할 수 없이 영광스럽군요."

그러나, 망명자들 사이에서 실세로 꼽힌다는 젊은 후작은 죽 찢어진 눈매와 반듯한 가르마가 무척이나 인상적인 잘생긴 사내였다. 목깃을 빳빳하게 세워 재단한 잿빛 로브가 서늘한 이목구비를 부각시켜서일까. 오늘의 그는 마치 잘 벼려진 한 자루의 검 처럼 보였다.

한동안 그녀를 뚫어져라 살피던 로지아 후작이 이윽고, 의뭉스레 웃으며 말을 덧붙였다.

"아, 그러고 보니 제가 생각이 짧았군요. 용기 있게 고국을 등지신 분께 감히 혈통을 운운했으니…… 허나 긴장해 저지른 실수일 뿐입니다. 결단코 비난할 의도는 없었음을 알아주셨으면 좋겠습니다, 갈바르 공작 각하."

부드러운 말씨가 흡사 오래된 친우를 대하듯 부드러웠다. 그들을 향해 있는 수십 쌍의 시선을 의식한 듯, 의도가 다분히 드러나는 사죄였다.

릴리스는 목에 힘을 주어 턱을 조금 추켜올렸다. 어느덧 슬금슬금 다가와 주변을 둘러싼 무리들이 드문드문 영양가 없는 대화를 이어 가며 그녀의 답을 기다리고 있었다.

"……물증도 없이 남을 책할 만큼 멍청하지 않으니 걱정 말게나. 그보다…… 보내 준 선물은 잘 받았는지 모르겠군."

그러나, 우습게도 전혀 긴장이 되질 않는다.

근래 겪어 온 일들이 제법 많아서일까. 이 정도의 비꼼은 이제 이렇다

할 위협으로조차 느껴지지 않는 게 신기했다. 놀랄 만큼 태연한 스스로의 모습이 무척이나 어색해 자신도 모르게 입가에 머쓱한 웃음이 스몄다.

"선물…… 말씀이십니까?"

로지아 후작이 그녀의 얼굴에 떠오른 희미한 미소를 발견한 듯 일순 눈을 가늘게 떴다. 아. 재빨리 표정을 수습한 릴리스는 아까 전의 그처럼 무감정한 탄성을 내뱉은 뒤 곧바로 말을 고쳤다.

"아, 참. 울란의 일은…… 아나토리아가 아니라 테바이였던가 보아. 미안하네. 딱히 나쁜 의도는 없었으니 오해하지 않았으면 좋겠어."

물론 실수였을 리가 없었다.

살얼음판처럼 아슬아슬한 침묵이 이어졌다. 그리고 마침내 부드럽게 이어지던 음악 소리가 잠시 멎고 경쾌한 춤곡이 울려 퍼지기 시작했을 무렵, 로지아 후작이 커다랗게 웃음을 터뜨리며 뒤돌아섰다. 목적은 달성했다는 듯 깔끔하기 그지없는 태도였다.

"물론입니다. 각하의 말씀, 반드시 잊지 않도록 하지요. 부디 좋은 시간 보내시길."

외양만큼이나 날카로운 발자국 소리가 뚜벅뚜벅 홀 바깥으로 멀어져 갔다. 린데암 백작 부인이 예도 갖추지 않은 채 자리를 떠 버린 로지아 후작의 뒷모습을 일별하며 들으란 듯 쯧, 가볍게 혀를 찼다.

"하여간 보면 볼수록 속을 알기 어려운 분이에요."

"비전하께서 저런 분과 맺어지실 뻔했다니…… 생각만으로도 정신이 아찔해진다니까요."

통성명을 나누었던 이들을 위시하여, 몇몇이 더 가세해 벽을 치듯 릴리스의 주변을 둥그렇게 둘러쌌다. 우리 안 원숭이 보듯 그녀를 흘금대던 시선들이 자연스레 멀어지며 은은하게 느껴지던 압박감이 옅어졌다.

"뭐…… 이미 지나간 일인걸요. 그보다 비전하께선 괜찮으시겠지요? 요사이 복통이 잦아지신 듯한데."

"잠도 많아지셨다지요."

눈치 빠른 여인 몇이 잽싸게 나서 대화의 물꼬를 텄다. 불편했던 분위기가 삽시간에 물에 탄 잉크처럼 희석되어 바람결에 부스스 흩어졌다.

릴리스는 오가는 대화를 한 귀로 흘리며 테이블 끝에 놓여 있는 디저트 접시들을 슬쩍 훑었다. 분명 아까 배불리 식사를 마쳤음에도, 음식을 보는 순간 이상하게 허기가 느껴져 입 안 그득 군침이 고였다.

"좀 가져다드릴까요, 각하?"

그새 시선을 눈치챈 모양인지, 모여 있던 여인들 중 누군가 먼저 나서 심부름을 자처했다. 당장이라도 뛰쳐나갈 듯 의욕 넘치는 태도였다.

릴리스는 황급히 고개를 가로저었다.

"아니, 그럴 필요 없네. 이미 오기 전 충분히 먹기도 했고…… 입맛이 도는 것에 비해선 들어가는 양이 꽤나 적거든."

"그렇지만요. 요사이 자꾸만 마르신다며 저하께서 걱정이 많으시던데."

린데암 백작 부인이 말을 덧붙였다. 릴리스는 조금 시무룩해져 그 말에 동조했다.

"그게 참 이상한 일일세. 요사이의 난 어느 때보다도 식욕이 왕성하거든. 헌데…… 막상 먹으려고만 하면 헛배가 부른 느낌이란 말이야. 몸을 덜 움직여 그런가 싶다가도, 시도 때도 없이 졸음이 쏟아지는 것을 보면 피곤하지 않은 것은 또 아닌 듯싶고."

"어머."

어색한 침묵 뒤, 약속이나 한 듯 일제히 나직한 탄성이 터져 나왔다. 릴리스는 묘하게 들뜬 분위기를 이해하지 못해 슬쩍 고개를 기울였다. 어째서인지 목소리를 한껏 낮춘 여인들이 서로를 마주 보며 의미 모를 눈짓을 주고받았다.

곧장 나긋한 질문들이 이어졌다.

"속이 울렁거리신다거나 몸이 무겁지는 않으시구요?"

"혹 다른 증상은 없으신지요? 손발이 퉁퉁 붓는다거나, 이유 없이 배가 자꾸 당긴다거나."

"열이 날 수도 있어요. 가슴 통증은 없으신가요?"

증상을 짚어 내는 솜씨가 훈련받은 의사들 못지않았다. 릴리스는 깜짝 놀라 두 눈을 휘둥그레 떴다. 그렇잖아도 이 일로 내심 고민이 많았건만.

"그…… 어떻게 알았나?"

답하기 무섭게, 삽시간에 사방이 부산해졌다.

"잠시만요, 각하. 우선은 이리 서 계시지 말고 의자, 어디 의자 없나?"

"따끈한 차라도 한 잔 드릴…… 아, 혹 평소 즐기시던 종류라도 있으신 지요?"

"글쎄. 굳이 고른다면 루베잎차 정도랄까. 끝맛이 달아서 요즘 자주 찾 는……."

"안 돼요! 맙소사."

반강제로 푹신한 의자에 앉혀진 릴리스는 살벌하기까지 한 눈초리에 영 문도 모른 채 어깨를 조금 움츠렸다. 호셉이 엄한 표정으로 검지를 좌우로 흔들었다.

"루베잎차는 피하시는 것이 좋아요. 아기…… 아니, 몸에 좋지 않으니 다른 걸 드셔야 한답니다."

"기왕이면 엘립차가 낫겠어요. 단것도 너무 많이 드시면 좋지 않으니 주의하시고요."

"식사는 양껏 하셔도 아직 괜찮을 거예요."

"되도록 그런 일은 없어야 하겠지만, 어느 순간부터는 음식 냄새가 역 하게 느껴지실 수도 있어요. 그럴 땐 너무 놀라지 마시고, 이런 비스킷을 찾아 드시면 된답니다. 배를 채운다기보단 사탕수수처럼 질겅인다는 느낌 으로요."

일리아스가 알 굵은 소금이 드문드문 박혀 있는 자그마한 크래커를 건 네주었다. 릴리스는 반신반의하는 마음으로 딱딱하게 마른 과자를 씹어 삼켰다. 퍽퍽한 밀가루 덩어리가 입 속에서 뭉개지며 고소한 냄새가 훅 끼 쳤다. 역한…… 것까진 아직 잘 모르겠지만, 밋밋한 맛의 크래커를 질겅이 고 있으려니 솟구치던 식욕이 잠잠해져 신기했다.

"나라의 경사로군요."

린데암 백작 부인이 입가에 흐뭇한 미소를 띠었다. 릴리스는 남은 크래커를 입에 문 채 곰곰이 생각에 잠겼다.

"……내가 이걸 먹는 게 말인가?"

까르르. 한껏 들뜬 웃음소리가 뒤섞여 쏟아졌다.

"그보다 더 좋은 일이지요."

"하지만 이후 처치는 의사의 몫이랍니다."

"저희는 입이 무거우니 걱정 마세요."

린데암 백작 부인이 손가락을 입술 위에 대며 '쉿' 소리를 냈다.

마침, 경쾌한 춤곡에 이어 조용조용한 왈츠가 흘러나오기 시작했다. 젊은 연인 몇 쌍이 홀 가운데로 나와 손을 맞잡고 빙글빙글 회장을 누볐다. 릴리스는 크래커를 하나 더 입에 물며 한동안 그 흥거운 분위기에 파묻혔다. 퍽 즐거운 저녁이었다.

⚜ ⚜ ⚜

'병증'의 원인을 알게 된 것은 카리알에 도착한 이후의 일이었다.

"뭐……라고?"

"확실합니다. 소공을 잉태하셨습니다. 축하드립니다, 각하."

기벨이 떨리는 목소리로 진단 결과를 읊었다. 도톰한 러그 위에 무릎 꿇고 앉아 있던 그가 감격한 듯 떨리는 손으로 마른세수를 거듭하며 다시금 검사 결과를 알려 주었다.

백발이 성성한 정수리 위로 따가운 가을볕이 떨어졌다. 릴리스는 멍한 얼굴로 그를 마주 보며 되물었다.

"내 그대를 의심하는 것은 결코 아니네만. 기벨. 혹, 진단하는 데 착오가 있었다거나……."

"없습니다. 정말…… 정말 축하드립니다."

노의사의 입꼬리가 천천히 휘어 올라갔다. 본디 표정 변화에 인색한 기벨이 내보일 수 있는 기쁨의 최대치였다.

그러나 그도 잠시, 이내 평소의 얼굴로 돌아간 그가 전에 없이 단호한 목소리로 꼼꼼히 주의 사항들을 읊기 시작했다.

"하지만 이제 겨우 시작일 뿐입니다. 본래 착상되는 것보다 유지하는 게 더 힘든 법이니 지금부터 출산까지는 무엇보다 몸조리에 심혈을 기울이셔야 함을 유의해 주십시오."

"……알겠네."

"다소 늦은 물음입니다만, 가장 최근 피를 보신 게 언제이십니까?"

릴리스는 얼떨떨한 기분으로 기억을 더듬었다. 분명 지난달엔 하지 않았고, 지지난달에도, 그리고 그보다 더 전달에도…….

'조금 안일했던가.'

문득 그런 생각에 얼굴이 붉어졌다. 물론 변명거리가 아주 없지는 않았다. 오래 섭취한 차의 영향 탓인지, 아테라에서도 꽤 자주 달을 건너뛰곤 했었으므로. 그렇게 살아온 지가 워낙 오래되어 딱히 이상한 일이라 여겨 본 일조차 없었다. 개비마저 그러려니 하는 태도로 넘기기 일쑤였던지라 더욱 위기감이 없었는지도 모르겠다.

"그게, 워낙 규칙적이지가 않아서…… 정확히 언제부터인지 모르겠네."

"괜찮습니다. 어쨌거나 아직은 초기임이 확실하니 앞으로는 그에 맞추어 일정을 조정해야겠지요. 헌데, 저하께는 언제 말씀드릴 생각이십니까?"

"아."

다소 멍하니 앉아 있던 릴리스는 그 말에 날벼락이라도 맞은 사람처럼 깜짝 놀라고 말았다. 너무 당황한 나머지 바이마르를 완전히 잊고 있었던 것이다. 그 표정을 어떻게 해석했는지, 고개를 한 번 주억여 보인 기벨이 가방을 챙겨 들며 서둘러 자리에서 일어섰다.

"저하께서 아시면 분명 무척 기뻐하실 테지요. 저는 일단 모르는 체하고 있겠습니다."

노의사는 붙잡을 새도 없이 훌쩍 멀어졌다. 문이 닫히고, 그 너머에서 기벨과 인사를 나누는 와트만의 목소리가 들려왔다. 릴리스는 떨리는 손을 들어 아직은 납작한 자신의 배를 조심스럽게 쓸어내렸다.

이 안에 아기가 있다니.

연회 날 부산을 떨던 여인들의 행동이 이제야 조금 이해되었다. 출산 경험이 있어 금세 알아챌 수 있었던 모양이지. 건강에 퍽들 관심이 많다고 생각하며 가벼이 여겼던 얼마 전의 스스로가 몹시도 부끄러워지는 순간이었다.

"그나저나."

정말 어쩌지. 릴리스는 초조한 기분으로 발끝을 들어 러그 위의 푹신한 털들을 헤집었다. 방금 전까지만 해도 현실감 없는 꿈처럼 여겨지던 일들이 막상 혼자 남고 나니 몹시도 크게 다가와 마음이 심란해졌다.

아이라니.

스스로의 상태가 그리 좋지 않음을 알고 있었으므로, 싫은 반 이상 포기한 채 내버려 두었던 일이었다. 살로메의 임신 소식에 조금 동요했던 것은 사실이나, 그마저도 한 번쯤은 겪고 넘어가야 할 시련이라 생각했다. 그런데 그게 이제 와 이렇게.

많이 좋아하겠지……?

활짝 웃는 바이마르의 얼굴을 떠올리자 팽팽하게 긴장해 있던 신경 줄이 아주 조금 느슨해졌다. 얇은 옷감 한 겹을 사이에 두고 배 위에 얹힌 손으로 뜨끈한 체온이 느껴졌다. 아직 그럴 시기가 아님에도, 태동을 감지하듯 손끝이 살짝 떨렸다. 그 미약한 진동을 따라, 문득 묘한 감각이 넝쿨처럼 스멀스멀 손등을 타고 올랐다.

솟구치는 기쁨, 부드러운 희열과 격렬한 안도. 하나로 정의하기 어려운 감정들이 순식간에 흘러넘쳐 가슴속을 제멋대로 휘저었다. 그녀는 몸을 웅크리며 본능적으로 판판한 배를 감쌌다.

이 안에 바이마르의 피를 받은 아이가 있다. 달라진 것은 단지 그뿐임에도, 마치 세상을 전부 얻은 것처럼 충만한 기분이 들었다.

호흡이 가빠지며 숨이 막혔다. 토할 것처럼 울렁거리다가도, 밖으로 뛰쳐나가 마구 소리치고 싶은 격한 충동이 일었다. 아니, 아니다. 그저 이대로 조용히 앉아 이 순간을 음미하고 싶었으며, 한편으론 지금 당장 바이마르의 얼굴을 보고 싶었다.

"마마, 오늘은 어찌하여 내내 방에…… 마마?"

그래, 바로 저 얼굴을.

"무슨 일이라도 있으십니까?"

바람을 듣기라도 했다는 듯, 다음 순간 노크도 없이 문이 벌컥 열렸다. 평소처럼 느긋하게 들어서던 바이마르가 일순 눈살을 찌푸리며 목에 걸쳐 두었던 수건을 등 뒤로 내던졌다.

다급한 발소리에 이어, 금세 가까워진 몸에서 흐릿한 라벤더 향이 풍겼다. 소파에 자리한 릴리스의 맞은편에 한쪽 무릎을 꿇고 앉은 바이마르가 걱정스런 눈길로 빤히 그녀를 마주 보았다.

잡티 하나 없는 매끈한 피부가 습기를 흠뻑 머금어 이슬 맞은 오월의 장미꽃처럼 발그레했다. 쌍꺼풀 없이 길쭉한 모양의 눈가에는 긴 속눈썹이 틈도 없이 촘촘히 박혀 아래로 옅은 그림자를 드리웠고, 도드라진 콧대와 도톰한 광대는 작은 얼굴에 양감을 한껏 더해 또렷한 이목구비를 부각시켰다.

릴리스는 석고로 뜬 조각상처럼 아름다운 그 얼굴을 물끄러미 바라보다 충동적으로 입을 열었다.

"기왕이면 반을 많이 닮았으면 좋겠어요."

"예?"

그녀는 대답 대신 엄지로 끝이 뾰족한 눈썹을 부드럽게 문질렀다. 천천히 방향을 틀어 매끈한 볼을 쓸고 있으려니 문득 손끝에 찰랑이는 짧은 금붙이가 걸렸다. 폴리스의 궁에서 다짐했던 대로, 새빨간 노을을 담뿍 담아 그에게 선물한 귀걸이였다.

릴리스는 뭉툭한 엄지로 달랑이는 루비를 문지르며 느릿하게 입술을 뗐다.

"우리 아이 말이에요."

"그게 무슨……."

반듯한 미간이 좁아 들며 눈썹 사이에 얕은 고랑이 파였다. 말없이 손을 끌어다 말랑한 배 위에 얹어 주자 커다란 몸이 마치 돌처럼 딱딱하게 굳어졌다. 각진 턱에 힘이 들어가며 볼 아래 근육이 볼록 솟았다.

"마마, 혹시."

새파란 눈동자 속에 얼핏 기대감이 스쳤다. 바이마르가 초조한 듯 눈을 내리깔며 입술을 잘근 씹었다. 릴리스는 그가 짐작한 바를 털어놓길 묵묵히 기다렸다. 솜털처럼 부드러운 긴장감에 혀끝이 바짝 말랐다.

"그러니까, 마마. 그 말씀은 지금 이 배 속에."

자세만큼이나 뻣뻣한 목소리였다. 힘겹게 말을 잇던 바이마르가 문득 입을 다물고는 배 위에 얹힌 손을 둥글게 모아 쥐었다. 섬세한 얼굴과 달리 커다랗고 거칠어 한껏 투박한 손이었다. 릴리스는 그 위에 자신의 손을 겹치며 까끌까끌한 살갗을 부드럽게 쓸어내렸다.

"네. 아이가 있대요. 우리 아이가……."

손등 위에 굵은 핏줄이 선명하게 불거졌다. 새파란 눈이 물속을 유영하듯 아주 천천히 시선을 마주해 왔다. 가릴 것 없이 들이치는 햇빛 아래, 희망과 환희와 기대와 의심이 한데 엉켜 적나라한 민낯을 드러냈다. 그리고 이내, 백지처럼 하얀 얼굴 위로 계절과 닮은 감정이 차례로 스쳤다.

첫 시작은 겨울이었다.

뺨 위로 흐릿한 긴장이 어리며 일순 표정이 휘발되었다. 일자로 꽉 다물린 입매와 내리깔린 눈꺼풀이 삭막하고 황량해 마주 잡은 손끝이 시렸다.

잠시 후, 두툼한 어깨가 커다랗게 들썩이며 억눌러 두었던 숨이 터졌다. 흉곽이 천천히 부풀었다 원래의 모습으로 돌아가길 반복했다. 헐떡이는 숨소리 사이사이에 채 다 숨기지 못한 흐느낌 소리가 섞여 들었다. 절제도 없이 흘러넘친 눈물이 볼을 타고 흘러내려 마른 얼굴을 축축하게 적셨다.

"정말로……."

그리고, 봄은 시나브로 찾아왔다.

젖어 번들거리는 얼굴 위로 문득 들이친 볕이 어리고, 일자로 힘껏 다물렸던 입매가 파르르 떨리며 차츰 크게 벌어졌다. 아직 촉촉한 눈동자에 빛이 깃들며 밤하늘에 점점이 수놓인 별처럼 반짝였다.

울고 싶기도, 웃고 싶기도 한 것 같은 표정으로 두 눈을 깜빡이던 바이마르가 이내 와락 달려들어 그녀를 부둥켜안았다.

젖은 얼굴이 부드러운 천 위를 마구 비볐다. 발갛게 달아오른 눈가와 더불어, 이제는 코끝까지 붉게 변한 바이마르가 이윽고 남은 한 팔로 그녀를 부둥켜안으며 훌쩍 몸을 일으켰다. 시야가 급변하며 몸이 순식간에 허공에 붕 떠올랐다.

"잠깐, 반?"

차가운 유리창이 등에 닿았다. 릴리스는 시리고 딱딱한 그 감촉을 직접 느끼고 난 뒤에야 지금 자신이 널찍한 창틀에 걸터앉아 있음을 깨달았다. 어리둥절해하며 바이마르를 마주 보고 있으려니 얼굴 위로 연신 쪽쪽거리는 입맞춤이 떨어졌다.

"이름은 무엇으로 할까요. 성별을 알지 못하니 너무 이른 고민이라 여기실 수도 있겠습니다만, 혹 태어날 아이가 딸이라면 마마 이름을 따와 짓고 싶어요."

잔뜩 들뜬 목소리가 주절주절 이어졌다. 말하는 사이에도 간간이 아래로 떨어진 입술이 정수리며 이마에 닿아 뜨끈한 흔적을 남겼다. 어느새 흔적도 없이 사라진 눈물 자국 위에 여름날 숲에서 불어오는 시원한 바람처럼 쾌청한 웃음이 덮였다.

"하지만…… 같은 이름이 둘이면 조금 이상하지 않을까요?"

커다란 몸이 창틀 앞과 탁자 옆을 부산하게 오갔다. 도저히 한자리에 머물 수 없다는 듯, 성큼성큼 방 안 곳곳을 왔다 갔다 하던 바이마르가 그녀의 물음에 후다닥 달려와 격하게 고개를 가로저었다.

"무슨 말씀을 그렇게 하십니까? 외려 둘이면 더욱 좋지요! 셋이어도 좋겠고, 넷이면 더할 나위 없이 기쁠 겁니다. 릴리스 둘은 품에 안고, 나머지 하나는 어깨 위에 앉혀 다니면 분명 온 카리알 사람들이 저를 부러워할 거예요."

허리를 구부린 채 매달리듯 창틀 아래 기대어 있던 바이마르가 일순 벌떡 일어서며 양팔을 둥글게 말아 허공에 띄워 보였다. 서툴기 짝이 없는 몸짓이었으나, 그 어색한 행동에서 도리어 숨기지 못한 흥분과 기대가 물씬 묻어 나와 가슴이 간질거렸다.

릴리스는 쑥스러운 기분을 숨기려 괜히 입술을 잘근 물었다.

"애초 그렇게 많이는 무리예요. 게다가 기벨의 진단에 따르자면 아직 초기일 뿐인걸요. 확실한 건 아무것도 없는 데다가……."

"하긴 그렇지요. 헌데…… 회임 소식은 대체 어떻게 알게 되셨는지요? 지금껏 아무런 말씀도 없으셨잖습니까."

"그게, 폴리스에서—"

"폴리스에서요? 그때부터 이미 알고 계셨단 말입니까? 하지만 아펠라 참석 날부터만 따진대도 벌써 꼬박 한 달 전의 일인데요. 미리 알았다면 좀 더 편히 모셨을…… 아."

대번에 시무룩해진 표정을 하며 제 손가락을 꼽아 보던 바이마르가 문득 무언가를 알아챈 얼굴로 고개를 홱 쳐들었다.

"허면, 혹시 오시는 길 내내 마차를 고집하셨던 것도 그 때문입니까?"

릴리스는 소심하게 고개를 끄덕였다. 실은 지금도 몸이 젖은 빨래처럼 축 늘어져 고역이었다. 입덧 때문에 날로 말라 가는 살로메와 달리 자신은 도리어 식욕이 너무 왕성해 문제였지만…….

'조금 쪘으려나.'

특히나, 요사이에는 스스로가 느끼기에도 몸이 퍽 말랑해졌다. 손목이며 팔뚝도 전보다 통통해졌고, 당연한 수순이겠지만 뱃살도 좀 더 붙어 어쩐지 벌써부터 몸이 한층 무거워진 기분이 들었다.

그렇지만 아직 살로메를 따라가기에는 한참 멀었다. 곧 그만큼 배도 부풀 것이고, 몸무게도 훨씬 더 늘어나겠지. 그렇게 생각하니 어쩐지 묘한 기분이 되어 릴리스는 서둘러 바이마르에게로 관심을 되돌렸다.

"딱히 숨길 생각은 아니었어요. 그저…… 모든 사실이 확실해지면 직접 소식을 전해 주고 싶었지요. 일부러 따돌린 게 아니니 서운해하지 않았으면 좋겠어요."

"허면, 마마께 직접 이 소식을 들은 이는 아직까지 저뿐이란 말씀이시지요?"

그야 확인할 필요조차 없을 만큼 당연한 이야기였다. 힘껏 고개를 끄덕여 주자 바이마르가 만족한 얼굴로 활짝 웃었다.

"괜찮습니다. 저는 그것으로 만족해요."

"반."

"그러고 보니 오늘 기벨이 방문한다 했었지요. 다른 말은 없었습니까? 무엇을 조심해야 한다거나, 특정 음식을 더 먹어야 한다거나, 혹 하지 말아야 할 일이라거나."

기운없이 끙끙거렸던 일은 아예 깡그리 잊어버린 양, 그는 곧 본래의 활기를 회복했다. 어디 그뿐인가. 당장이라도 이 사실을 널리 퍼뜨리지 못해 안달이 난 사람처럼 몹시 흥분한 기색이기까지 했다.

아니나 다를까. 말이 끝나기 무섭게 창턱에 한껏 붙어 선 바이마르가 양팔을 뻗어 릴리스를 다시 훌쩍 안아 들었다. 회임 중임을 고려한 것인지, 평소와 달리 무릎 뒤와 등판을 팔로 받쳐 드는 자세에 몸이 마치 드러눕듯 비스듬히 기울어졌다. 전 같았으면 팔로 목을 감았겠으나, 누워 있는 채로는 달리 붙잡을 만한 것이 없어 어쩐지 양손이 허전한 것 같기도 했다.

익숙지 않은 자세에 잠시 정신을 팔고 있는 사이, 긴 다리가 성큼성큼 방을 가로질렀다.

"잠깐, 잠깐만요! 반!"

거침없이 뻗어 나간 손이 막 문고리에 가 닿기 직전이었다. 한 박자 늦게 정신을 차린 릴리스는 허공에 둥둥 뜬 채 화급히 엉덩이를 들썩였다.

말 잘 듣는 아이처럼 자리에 우뚝 멈춰 선 바이마르가 굵은 팔로 옥죄듯 안아 들고 있던 그녀의 몸을 위로 슬쩍 추켜올렸다.

"왜 그러십니까?"

"그, 공표하는 것 말인데요. 괜찮다면 조금만 더 미뤘으면 해요."

바이마르가 평평하던 미간을 일순 홱 우그러뜨렸다.

"하지만, 모두가 이 사실을 알아야 마마를 대하는 데 있어 더욱 신중을 기하지 않겠습니까. 자칫 몸이라도 상하시면 어찌하시려구요."

"……그런 걸 걱정했어요?"

릴리스는 진심으로 깜짝 놀라 눈을 휘둥그렇게 떴다. 그리고 보니 둘 사이 이외의 일은 전혀 고려할 생각조차 하지 못했다. 나름대로 의연하게 받아들이고 있다고 생각했었는데. 지금 보니 정작 진정해야 할 것은 다른 누구도 아닌 자신이었던 듯해 문득 부끄러움이 엄습했다.

"당연하지 않습니까."

의연한 대꾸에 부끄러움이 한층 심화되었다. 그녀는 그제야 그의 눈 안쪽에서 물결처럼 일렁이는 걱정과 염려를 읽어 내곤 조금 미안한 기분이 되어 손가락을 꼼지락거렸다. 단순히 아이 소식에 기뻐하는 것이리라 여겼던 짧은 판단에 미약한 죄책감마저 일 정도였다.

그러나 얼굴을 보이고 싶지 않은 이유는 또 있었다.

'……기뻐.'

쑥스러운 마음 한편, 스스로도 미처 몰랐던 곳에서 자신을 염려해 주는 이가 있다는 사실에 기분이 한껏 고양되었다. 양 뺨이 달아오른 것이 느껴져 그녀는 자유로운 양손으로 얼굴을 전부 가려 버렸다.

힘들어하는 기색도 없이 그녀를 든든히 받쳐 든 바이마르가 한숨처럼 나직하게 속삭이며 물어 왔다.

"공표하는 걸 미루시려는 이유를 여쭈어도 되겠습니까?"

"……그냥, 아직은 아무도 몰랐으면 좋겠어요."

어물어물 대꾸가 이어지기 무섭게, 맞닿아 있는 몸이 긴장으로 뻣뻣해졌다. 릴리스는 쭈뼛쭈뼛 얼굴을 가리고 있던 손을 떼어 냈다. 그대로 고개를 조금 숙인 바이마르가 시선을 똑바로 마주쳐 오며 부연을 요구했다.

"……그게, 아직은 실감도 잘 나지 않는 데다가."

"예."

초조한 목소리가 황급히 따라붙었다. 머릿속으로만 생각하던 것을 밖으로 뱉으려니 영 쉽지가 않아, 릴리스는 고개를 푹 수그린 채 다시 손끝을 꼼지락거렸다.

"그리고, 이런 건 그리 적절치 않은 경우일지도 모르겠지만…… 그래도 조금은 다른 사람 몰래, 우리만의 비밀이 있으면 어떨까…… 문득 그런 생각이 들어서……."

말을 이어 갈수록 목소리가 잦아들었다.

"역시 이런 건 조금 이상한가요……?"

그러지 않으면 좋겠는데. 그녀는 차마 뱉지 못한 말을 입 속에 눌러 삼키며 괜스레 공중에 대롱대롱 떠 있는 발끝을 오므렸다. 열이 오른 귀끝이 자꾸만 따끔거려 민망함이 배가되었다.

그러나 없는 용기를 한껏 쥐어짜 내어 건넨 말에도 바이마르는 이렇다 할 답이 없었다.

'어쩔 수 없지.'

릴리스는 엄지로 가볍게 코끝을 문질렀다. 침묵이 조금 서운하긴 했지만 그의 위치를 고려한다면 충분히 이해할 수 있을 만한 반응이었다. 체자레 또한 조카 소식을 기다리고 있을 것이다. 폴리스에서는 모른 척 티를 내지 않았지만, 릴리스는 그가 그녀 몰래 바이마르를 닦달했을 거란 쪽에 가진 광산을 전부 다 걸 수도 있었다.

기다리다 지친 릴리스는 결국 꺼냈던 말을 다시 주워 담으려 입술을 뗐다.

"잊어버려요, 그냥 해 본 말……."

"아뇨, 아닙니다! 그렇게 하고 싶어요. 둘만의 비밀로…… 간직하고 싶습니다."

말과 함께 시선이 훅 튀어 오르며 몸이 아래위로 거세게 흔들렸다. 눈 깜짝할 사이 탁자 위에 그녀를 앉혀 놓은 바이마르가 상판 위를 양팔로 짚은 채 상체를 비스듬히 기울여 얼굴을 가까이 붙여 왔다.

"죄송합니다, 너무 기뻐서…… 하지만 정말, 정말로 하나도 이상하지 않습니다. 전혀, 절대로 그렇지 않아요."

그러나 입을 맞추려는 것처럼 지금까지 다가왔던 얼굴은 한 뼘 정도의 거리를 두고 멈추어 그녀를 다소 의아하게 만들었다.

"기쁩니다, 너무…… 기뻐요."

얼마나 그렇게 서로를 마주 보고 있었을까. 이윽고 피어난 청량한 미소가 물에 스민 잉크처럼 천천히 얼굴 위로 번져 갔다.

릴리스는 조금의 주저도 없이. 온 마음을 담아 그에게 답했다.

"나 역시 그래요."

⚜ ⚜ ⚜

바이마르가 수상하다.

"저하, 오늘 훈련은 조금 이르게 마치시는 것이 어떻겠습니까? 내일부터 휴가인 이들이 많아 다들 마음이 허공에 붕 떴습니다요."

"그래."

"아, 저하. 요번 달 성벽 순찰 말입니다만, 순서를 조금 바꿔 3부대가 맡는 것이 어떻겠습니까? 아시다시피 2부대는 최근 신입을 많이 받아 분위기가 다소 어수선한 편인지라."

"그래."

"타지 상인들이 드나들기 시작하면서 치안 문제가 다시 대두되고 있습니다. 경비대 수를 늘리는 게 어떻겠습니까?"

"그래."

"무슨 소리! 슬슬 겨울나기 준비에 신경을 써야 할 때입니다. 그보단 성벽이 얼기 전에 보수를 마치는 편이 더 나을 듯한뎁쇼."

그래. 시렌은 이어 나올 대답을 입 안으로 미리 읊으며 머릿속으로 천천히 수를 셌다. 하나, 둘, 셋.

그리고 아니나 다를까.

"알겠다."

평소 같았으면 뭐라도 트집이 날아왔을 시점이었다. 그러나 내밀어진 서류 위에 선뜻 마지막 서명을 마친 바이마르는 펜을 던지듯 내려놓는 것으로 당일의 업무 종료를 알렸다.

방을 나서는 바이마르의 등 뒤로 갑옷 차림의 기사들이 꼬리처럼 줄줄이 따라붙었다. 시렌은 물끄러미 그 모습을 살피며 두 눈을 가늘게 떴다.

"요사이 저하께서 좀 이상하시단 말이지요."

나란히 서 있던 무스타리가 목소리를 한껏 낮추어 속삭였다. 두 사람은 느긋한 걸음으로 일행의 꽁무니에 따라붙어 대화를 이어 갔다.

"그러게 말입니다. 오전 내내 혼자 웃었다 말았다를 반복하시던데, 모르는 척하는 것도 은근 고역이라니까요."

"각하 앞이 아니면 표정 변화도 거의 없으시던 분께서 종일 혼자 싱글벙글하시니 이것 참······ 매번 어떻게 반응해야 할지 모르겠다니까요."

"혹 짐작 가는 이유라도 있으십니까?"

"이유는 무슨. 넌지시 뭐 좋은 일이라도 있으시냐 여쭈었는데도 묵묵부답이시던데요."

"제가 다시 여쭤볼깝쇼?"

걸음을 늦추어 그들과 합류한 루카스가 앞을 흘끔대며 덩달아 목소리를 내리깔았다. 눈에 띄게 뒤처지는 세 사람의 속도에 앞서가던 기사들이 흘금흘금 뒤를 돌아보았다.

그때였다.

"아, 저하."

병사 몇을 이끌고 성내를 배회하던 솔리안 경이 일행을 발견하곤 제자리에 우뚝 멈추어 섰다. 예고도 없이 한자리에 모인 덩치들 탓에 좁은 복도가 마치 시장 바닥처럼 복작거렸다. 난데없이 최고 사령관을 마주하게 된 앳된 얼굴의 병사들이 깜짝 놀란 표정으로 서로의 눈치를 살폈다.

"뭐야, 신입들인가?"

품에 서류철을 소중히 끌어안고 있던 기사 하나가 낯선 얼굴들을 물끄러미 살피며 고개를 갸웃했다. 솔리안 경이 뿌듯한 표정으로 고개를 주억였다.

"예. 이제 갓 입성한 놈들입지요. 저하께서 세우신 공훈에 퍽 감명을 받은 것 같던데요."

말을 마친 그가 잔뜩 긴장한 듯 보이는 청년들을 턱짓으로 가리키며 씩 웃었다. 그것을 일종의 신호라 생각했는지, 뻣뻣하게 굳어 있던 병사 한 명이 돌연 각 잡힌 자세로 눈을 질끈 감고 외쳤다.

"마, 만나 뵙게 되어 영광입니다! 바이마르 왕자 저하!"

또랑또랑한 목소리가 좁은 복도에 메아리쳤다. 삽시간에 사방이 고요해진 가운데, 뜨악한 표정이 된 솔리안 경이 조심스럽게 나서 어린 병사의 입장을 대변했다.

"크흠…… 훈련이 덜 되어 아직 조금 자유분방합니다만…… 아직 머리에 피도 안 마른 놈들이니 부디 어여삐 보아 넘겨 주시지요."

아무리 계급에서 자유로운 스파티움이라지만 말단, 그것도 고작 견습 병사가 감히 왕자에게 먼저 나서 말을 거는 일이란 게 결코 흔한 사건일 리가 없었다. 한발 늦게 돌아가는 상황을 눈치챈 어린 병사가 잔뜩 겁먹은 표정으로 두 눈을 꾹 감았다.

"……거참, 어린 놈이 목청 하나는 대단합니다요."

때마침, 뒤처졌던 거리를 서둘러 따라잡은 루카스가 능청스러운 목소리로 분위기를 환기했다. 솔리안 경이 그의 등장에 눈에 띄게 안도한 얼굴로 가슴을 쓸어내렸다. 겨우겨우 기사들 틈바구니를 뚫고 나온 시렌은 흐트러진 머리를 손으로 빗어 내리며 흘금 바이마르의 눈치를 살폈다.

"하긴, 요새 스파티움 어린애들은 왕자님 이야기를 동화처럼 읽으며 자란다지 않습니까. '성안의 공주님'이라고, 지난주에 보니 카리알 서점에도 이미 책이 쫙 깔렸던걸요."

"……."

달갑지 않은 화제에 바이마르의 눈썹이 꿈틀거렸다.

'성안의 공주님'은 최근 스파티움 전역에서 선풍적인 인기를 끌고 있는 어린이용 동화책이다. 카리알의 두 연인을 모델로 삼았음이 확실시되고 있는 이 책은, 우첼로의 초상화와 거의 동시에 발표되어 요 근래 매일같이 새로운 판매고를 갱신하는 중이었다.

"크흠……."

그리고 불과 일주일 전. 직접 책을 사 들고 온 스쿼드가 서명이라도 해 달라며 바이마르의 집무실을 찾아갔다가 어떤 꼴이 되었는지를 똑똑히 기억하고 있는 기사들의 입에서 나직한 침음이 흘렀다.

"……됐으니 이만 가 보도록."

그러나 다행히도, 바이마르는 별말 없이 그들을 등지는 것으로 유연하게 사태를 마무리했다. 저벅저벅 계단을 밟아 내려가는 소리가 차츰 작아지다 완전히 사라졌을 무렵, 돌처럼 딱딱하게 굳어 있던 어린 병사가 두 주먹을 꽉 쥐며 초롱초롱한 눈망울을 빛냈다.

"저하께선 정말 소문대로 너그러우신 분이시로군요……! 책 속의 '바제인 경'보다 훨씬 멋있으십니다!"

옹기종기 모여 서 있던 다른 어린 병사들이 덩달아 감명받은 얼굴로 고개를 세차게 끄덕거렸다. 정작 바이마르가 한 일이라곤 그저 멀뚱히 선 채로 얼굴을 보여 준 것뿐이건만. 어린 병사들은 그 유명한 왕자의 얼굴을 영접한 것만으로도 충분히 만족한 듯 보였다.

시렌은 충성심 넘치는 강렬한 시선에 떠밀려 떨떠름한 기분으로 턱 끝을 매만졌다. 가히 미화를 넘어선 세뇌라 불러도 할 말이 없을 정도다.

"크흠, 흠. 저, 나는 이만 가 봐야겠소만."

사람 생각이란 게 결국은 다 비슷한 모양인지, 차마 신입의 기대를 깰 수 없어 말을 아끼던 기사들이 그 즉시 앞다투어 작별을 고하기 시작했다. 찔리는 것이 많은 듯 다들 영 석연치 않은 표정이었다.

"아, 나도 같이 갑시다. 늦었네, 늦었어. 커흠."

"그럼 수고하게나, 솔리안 경."

"예에."

솔리안 경이 떨떠름한 얼굴로 대꾸했다. 의욕에 활활 불타는 신입들의 기세가 영 마뜩잖은 기색이었다. 시렌은 걸음을 빨리해 뿔뿔이 흩어져 버린 기사들의 뒤를 쫓았다. 묘한 예감에 어째 입맛이 찝찝했다.

✢ ✤ ✢

불길한 예감은 언제나 그렇듯 정확히 들어맞았다.

이튿날 오후. 시렌은 정원에 수북이 쌓여 있는 솜뭉치들을 쏘아보며 엄지로 지끈거리는 관자놀이를 문질렀다.

"아니, 저하. 대체 이게 다 무엇입니까?"

"보면 모르겠나?"

바이마르가 의기양양한 표정으로 성 안팎에 깔려 있는 쿠션들을 가리켰다. 아니, 누가 그걸 몰라서 묻나. 그러나 익히 되뇌었듯 상대는 왕자였다. 시렌은 솟구치는 짜증을 억누르며 애써 목소리를 부드럽게 가다듬었다.

"제 말은, 저하, 이 물건들의 용도가 궁금하다는……."

"반!"

때마침 불쑥 튀어나온 낭랑한 목소리가 공교롭게도 그의 말허리를 뚝 잘랐다. 빌어먹……! 시렌은 잽싸게 한 손으로 입을 막아 튀어 나가려던 험한 말을 억눌렀다. 누군가에게서 옮기라도 한 것인지, 근래 들어 입버릇이 유난히 거칠어진 듯해 걱정이 컸다.

"마마? 어찌하여 이곳까지 나와 계시는 것입니까? 나가실 일이 있으시면 저를 먼저 부르시지요."

한편, 곧장 자리에서 튀어 나간 바이마르는 뛰듯이 걸어 정원 입구의 아치 아래에 이르렀다. 꽃 넝쿨에 기대어 서 있던 릴리스가 능숙하게 그의 목에 팔을 감으며 투덜거렸다.

"집무실은 2층이잖아요. 그래 봐야 겨우 한 층 내려왔을 뿐인걸요."

"그러다가 굴러떨어지기라도 하시면 어쩌시려고요. 멀쩡한 평지에서도 돌부리에 걸려 넘어질 수 있는 게 사람입니다. 미리 문지방이라도 없애 놓길 잘했지요."

어처구니없는 우김에 찰나 싸한 침묵이 내려앉았다.

"……무스타리가 하도 우는소릴 해 대기에 혹시나 싶었는데…… 그럼 이것들도 전부 반이 사다 들여놓았단 말이지요?"

"그럼요. 이제 어딜 가신대도 크게 다치실 일은 없을 겁니다."

그렇게 말하는 바이마르는 퍽 뿌듯한 낯이었다. 릴리스마저 대꾸할 말을 잊은 듯 허공을 쏘아보는 가운데, 그를 뒤따라온 시렌이 본능에 떠밀려 기어이 입을 가리고 있던 손을 떼어 내며 큰 소리로 툴툴거렸다.

"마음 씀이 대단하시다는 것은 아주 잘 알겠습니다만, 저하, 혹 사정 모르는 이가 봤다가는 각하께서 아주 걷지도 못하신다 여길까 싶어 심히 무섭습니다."

쯧. 혀를 차며 그를 한 번 쏘아본 바이마르가 릴리스를 안아 든 채 아치 너머의 판판한 돌길 위로 한 발을 내디뎠다.

"다 그럴 만한 이유가 있어서 해 놓은 것이니, 너는 허튼소리 말고 좀 가만히 있거라."

그러나 이대로 물러설 시렌이 아니었다.

"아니, 대체 그 이유란 게 무엇이길래 요 며칠 내내 그리 이상하게 구십니까? 쿠션은 둘째 치고, 어제는 난데없이 비스킷을 잔뜩 사들이라 명하셨다지요."

"무스타리가 그리 입이 가벼운 줄은 몰랐는데."

바이마르가 중얼거렸다. 말없이 두 사람을 따르던 와트만이 문득 비딱하게 선 채로 한쪽 눈썹을 추켜올렸다. 시렌은 그를 따라 몸을 기울이며 가슴 앞으로 팔짱을 꼈다.

"군량으로나 쓸 법한 음식이니 그렇지 않겠습니까. 어디 출정이라도 나서는가 싶어 걱정이 이만저만이 아니더라니까요. 그러니 그 사정이 뭔지 이제 좀 알려 주시면."

"그건 안 돼."

문 앞에서 우뚝 멈춰 선 바이마르가 단호한 얼굴로 뒤돌아섰다. 언제 성을 내었냐는 듯, 금세 쑥스러운 표정이 된 그가 수줍은 목소리로 한마디를 덧붙였다.

"마마와 나 둘만의 비밀이니 억지로 캐낼 생각일랑 하지도 말거라."

말이 끝나기 무섭게 보초병이 문을 활짝 열어 주었다. 성큼 걸어 들어간 바이마르가 안쪽으로 사라진 뒤, 문 앞에 남겨진 시렌은 떨떠름한 기분으로 방금 들었던 말을 곱씹었다.

"둘만의 비밀요."

'둘'에 유독 힘이 한껏 들어갔다 여겨지는 게 단순한 착각은 아닐 것이다. 시렌은 종일 싱글벙글 웃고 있던 바이마르를 떠올리며 걸음을 옮겨 홀을 가로질렀다.

"이 정도면 과보호도 일종의 병증인 것 같은데."

두어 걸음 뒤쳐져 따라오던 와트만이 성안을 둘러보며 자못 심각한 목소리로 진단을 내렸다. 시렌은 불경한 마음으로 동의하며 황망하게 콧잔등을 찡그렸다.

퉁퉁하고 커다란 갖가지 쿠션들이 홀이며 회랑 곳곳에 나뒹굴었다. 어쩐지 며칠간 성이 북적인다 싶더니만. 이제 보니 딛고 선 아래마저 마냥 평범한 바닥이 아니었다.

"……"

카펫을 대체 몇 겹이나 덧대어 놓은 것인지, 흡사 여름철 잔디밭을 거니는 듯 발아래가 폭신했다. 갓난쟁이가 종일 바닥을 굴러도 털끝 하나 다치지 않을 것만 같은 안전함이다.

시렌은 발을 구르던 것을 멈추고 쿠션 하나를 집어 들며 울적하게 와트만의 의견에 동조했다.

"……그러게나 말입니다."

밤.

그림자 다섯이 어둠을 틈타 회의실 안으로 숨어들었다. 교대를 위해 자리를 비운 스쿼드를 제외한 최소 인원이었다. 은밀한 회동임을 증명이라도 하듯, 촛불 하나 켜지 않고 모여 앉은 이들의 표정이 사뭇 침통했다.

먼저 포문을 연 것은 시렌이었다.

"다들 오늘 보셨지요. 성이 온통 빵빵한 쿠션투성이입니다. 물론 취지는 참 건설적입니다만, 갑자기 왜 안 하던 짓에 몰두하시는지, 나 원 참."

"일 처리를 하실 때도 별반 다르지 않아요. 아니 차라리 예전처럼 깐깐히 구시는 게 백번 낫지요. 뭐든 좋다 하시니 저하답지 않으셔서 기분이 영 이상하단 말입니다."

"심지어 오늘 아침 훈련 시간엔 생전 못 들어 본 칭찬까지 해 주시더라니까요. 무표정한 얼굴로 '잘했다' 하시고선 혼자 실실 웃으시는데, 무례한 표현입니다만 어디 많이 편찮으시기라도 한가 싶어서 덜컥 겁이 나더라 이 말입니다."

무스타리와 루카스가 뒤이어 각자의 경험담을 풀어놓았다. 묵묵히 두 사람의 성토를 듣고 있던 와트만이 손등에 턱을 괴곤 심드렁한 어조로 첨언했다.

"일단은 그 '비밀'부터 캐내야겠는데."

"마마께 무엇이라도 들은 게 없나?"

둘베트가 입을 뗐다. 생각에 빠져 잠시간 눈을 굴리던 와트만이 이내 어깨를 들썩이며 자세를 바로 했다.

"없는데."

"쓸모없긴."

툭 던진 말에 분위기가 사뭇 험악해졌다. 황급히 둘 사이에 끼어든 시렌

608

이 중재하듯 손뼉을 짝짝 치며 화제를 전환했다.

"자, 자. 다들 모르니 이 자리에 모인 것 아니겠습니까. 그럼 우선 최근 가장 이상했던 점부터 꼽아 봅시다. 쿠션 말구요."

"비스킷?"

루카스가 착한 어린이처럼 한 손을 번쩍 들어 올렸다.

"차도 있습니다. 이름이 뭔진 모르겠는데…… 아무튼 일주일 전인가. 찻잎만 세 수레를 사들이셨더군요."

무스타리도 선뜻 나서 한마디를 거들었다. 툭 끼어든 루카스가 눈을 휘둥그렇게 떴다.

"어? 잠깐만. 그거 아로프 백작님이 벌이신 일 아니었습니까? 전 또 묵혀 뒀다 되파시려는 줄 알았는데요. 잘하시지 않습니까, 그런 거."

"그거 일종의 모욕입니다. 사재기는 뭐 아무 때나 하는 건 줄 아시나."

시렌이 툴툴거렸다.

"그리고 보니 기벨 님이 요 근래 자주 각하의 진찰을 보시는 듯하던데."

둘베트가 검지로 탁자를 탁탁 소리 나게 두들겼다. 찰나 그것을 포착한 와트만이 주먹으로 손등을 있는 힘껏 내리쳤다.

쾅. 그러나 잽싸게 빠져나간 손가락들 대신, 가격당한 탁자 상판이 요란하게 뒤흔들렸다.

"하긴 그렇지. 본래는 달에 두어 번꼴이었는데, 요사이는 하루에 한 번씩 꼭 들렀다 가신단 말이야."

쳇. 와트만이 혀를 차며 목표를 잃은 손을 갈무리했다.

"그리고 보니 이상합니다. 저하께서도 요 근래 각하를 어찌나 끌어안고 다니시던지요."

무스타리의 말에 둘베트가 심드렁한 얼굴로 두 눈을 끔뻑였다.

"그게 뭐 특별한 일이라고."

"정도가 부쩍 심하니 드리는 말씀입지요. 그렇잖아도 힘들지 않으시냐 여쭈었더니, 앞으로는 더 많이 해야 할 일이니 내버려 두라고 하시더란 말입니다."

"'더 많이 해야 할' 일?"

와트만이 눈살을 찌푸리며 되물었다. 벌떡 자리를 박차고 일어선 루카스가 심란한 낯으로 탁자 근처를 서성였다.

"혹 몸 상태가 악화되신 게 아닐까요? 각하야 워낙 힘든 내색, 아픈 내색을 하시지 않는 분이시니. 저하께도 말하지 말라 부탁하셨다면 이 유난도 말은 되지 않겠습니까."

일리 있는 말이었다. 시렌은 착잡한 기분으로 어느덧 귀 밑까지 자라난 머리칼을 매만졌다.

카리알은 이제 막 자리를 잡기 시작한 신생 영지다. 아펠라 참석으로 정계에 확실히 눈도장을 찍은 데다, 상업적 영향력도 계속해서 상승 곡선을 그리고 있는 만큼 아주 약간의 잡음도 패착이 될 수 있음을 유의해야 했다.

헌데 하필 이런 시기에.

"……쿠션의 용도는 대충 알겠고. 비스킷은?"

"겨울나기 준비가 아니겠습니까? 전해에 창고가 홀랑 타 버려 식량 수급에 난항을 겪지 않았습니까. 비스킷은 부피가 작으니 많은 양을 사들여도 보관이 퍽 용이하지요."

"하긴. 운신이 어려우실 예정이라면 더 납득이 갈 만한 선택이긴 하지."

둘베트와 무스타리가 침착하게 의견을 주고받았다. 시렌은 가라앉은 분위기를 모른 척하며 내내 품고 있던 의심을 입 밖으로 꺼내 놓았다.

"잠시만요. 그렇게까지 비관적으로만 생각할 필요는 없어요. 일단 그게 사실이라면 저하께서 그리 웃고 다니셨을 리가 없고."

"허면. 당장 더 나은 가설이 있나?"

……안타깝게도 없었다.

한번 논리에서 밀린 탓일까. 어째서인지 자꾸만 부정적인 방향으로 생각이 흘렀다. 무엇보다 실현 가능성이 농후하다는 점이 특히 모두의 불안감을 부추겼다. 바이마르의 기쁨은 그들의 마음속에서 약간의 왜곡을 거쳐 슬픔에 잠긴 청년의 이상 행동으로 덧칠되었고, 그것은 놀랍게도 너무나 자연스러워 겉보기엔 어떤 의혹도 없는 듯 여겨졌다.

"허어."

시렌의 탄식을 끝으로 근근이 오가던 대화가 뚝 끊겼다. 사뭇 침통한 분위기가 흐르는 가운데, 자리를 박차고 일어선 와트만이 성마르게 나머지 일행을 재촉했다.

"이렇게 된 이상 직접 이야기를 들어 봐야겠어. 다들 일어나. 우린 기벨 님께 간다."

도중에 마주친 스쿼드까지 합류하고 나자, 일행은 곧 여섯 명으로 불어났다. 아닌 밤중에 불청객을 맞이한 기벨은 난데없는 윽박지름에 깜짝 놀라 드물게도 표정을 허물어뜨렸다.

"예?"

"마마, 아니 각하께서 말하지 말라 명하셨을 것은 예상합니다만. 영지에서 벌어지는 일이니만큼 저희도 대충은 알고 있어야 하지 않겠습니까."

"모르는 체할 테니 살짝 귀띔만 해 주십쇼."

시렌과 루카스가 차례로 입을 열며 고개를 수그렸다. 충성심을 앞세운 가신들의 간곡한 부탁에 기벨이 난처한 얼굴을 하며 눈을 내리깔았다.

"허면…… 다들 어디까지 짐작하고 계시는 것입니까?"

"추측 가능한 부분들은 전부."

둘베트가 대꾸했다. 쓰고 있던 안경을 벗어 협탁 위에 올려놓은 기벨이 피곤한 듯 손등으로 마른 눈꺼풀을 문질렀다.

"그렇다면야 더 드릴 말씀이 없겠습니다. 뭐, 애초에 그리 오래 숨길 수 있을 만한 일도 아니었습니다만."

설마 하던 가정이 기어이 확신으로 굳어졌다. 두 사람의 대화를 듣고 있던 루카스가 퍽 조심스러운 어조로 되물었다.

"상태가 많이 안 좋으십니까?"

"초기인 만큼 한층 섬세하게 상태를 살펴야 하는 것은 맞지요. 아주 심각한 상황은 아닙니다만 워낙 오래 혹사당해 오셨다는 것을 감안한다면…… 실은 그리 낙관적인 상황만도 아닙니다. 아, 이 이야기는 두 분께는 비밀로 해 주셨으면 좋겠군요."

꿍. 대답을 듣고 난 루카스가 신음을 뱉으며 머리를 긁적였다.

"저하께서 요사이 그리 유난스럽게 구시는 이유가 있었군요."

"실은 며칠 전에도 개인사임을 못 박으셨습니다만, 각하의 일이라면 결국은 영지 전체의 일이라고도 볼 수 있지 않겠습니까."

"그도 그렇겠습니다."

무스타리와 시렌의 첨언에 기벨이 다시 고개를 끄덕였다. 대화의 흐름을 따라가지 못해 벙쩌 있던 스쿼드가 혼란스런 얼굴로 제 머리칼을 헤집으며 손을 번쩍 들어 올렸다.

"잠깐만요. 그러니까 지금, 대충 듣자 하니 각하께 뭔 일이 있으시다는 건데. 제가 이해한 게 맞습니까?"

찰나 사방이 고요해졌다. 기벨이 고개를 끄덕이며 긍정했다.

"그렇긴 합니다만, 어쨌거나 주변인들도 마음을 편히 먹는 편이 각하 본인께도 훨씬 나은 일이라는 점을 늘 명심 또 명심하셔야 할 것입니다."

"허면, 각하께선 지금껏 그것을 우려하여……."

예. 한숨 같은 답이 흘렀다. 다시 얕은 침묵이 내리깔린 가운데, 그들은 제각기 침통한 표정으로 각자의 생각에 잠겼다.

"직접 마마를 뵙고 이야기를 들어야겠어."

와트만은 한참 뒤에야 입술을 뗐다. 어쩌면 이 중 가장 심란할 이의 단언이었다. 당연하게도 돌아오는 반박은 없었다. 말없이 시선을 나누던 그들은 새벽 별이 다 지고 나서야 해산했다. 마음이 퍽 어지러운 밤이었다.

※ ❀ ※

다음 날 아침. 보초를 서는 와트만을 제외한 여섯 남자는 밤을 꼴딱 샌 얼굴로 다시 모여 릴리스의 집무실로 향했다.

"오늘따라 늦으시는군요."

그러나 도착했어야 할 시간이 이미 한참 지났음에도 복도는 여전히 휴일처럼 한산했다. 진찰을 위해 덤으로 끌려온 기벨이 피곤한 낯으로 서 있는 다섯 남자에게 자그마한 유리병을 하나씩 나눠 주었다.

"드시죠. 피로 회복에 도움이 좀 될 겁니다."

쌉싸름한 약초 향이 긴장으로 팽팽하던 분위기를 조금 느슨하게 만들었다. 금세 내용물을 비워 낸 일행이 주섬주섬 빈 병을 모으고 있던 와중, 복도 끝의 계단 위쪽에서 불쑥 모습을 드러낸 와트만이 그들을 내려다보며 손가락을 까딱였다.

"오늘은 준비가 좀 늦어지시는 모양인데. 일단은 다들 올라오지 그래."

침실이 위치한 꼭대기 층은 제한된 인원만이 드나들 수 있는 가주 내외의 사적인 공간이었다. 복도 양 끝에 늘 보초가 상주하여 어지간한 친분이 아니고선 접근만으로도 사나운 추궁을 받아야 한다.

물론, 일행과는 하등 관계없는 이야기였다.

"각하, 기벨입니다. 들어도 되겠습니까?"

그들은 와트만을 쫓아 아무 방해 없이 계단을 밟아 올랐다. 복도 끝의 커다란 문 앞에 선 기벨이 큼큼 목을 가다듬곤 차분하게 방문을 청했다.

얼마나 기다렸을까. 이윽고 간결한 답변이 돌아왔다.

"들라."

바이마르였다.

일행은 곧장 기벨을 위시하여 한 줄로 늘어섰다. 무스타리, 시렌, 둘베트, 루카스, 스쿼드 순으로 자리를 잡고 나자 와트만이 앞장서 문고리를 비틀었다.

그러나 막상 방문을 허했던 바이마르는 문이 열리는 소리에도 미동 없이 앉은 채 자신이 하던 일에 계속해서 몰두할 뿐이었다. 열중하고 있던 시간이 이미 제법 길었던 듯, 둥그런 탁자 위에 구겨진 종이 뭉치들이 이곳저곳에 너저분하게 널려 있는 것이 보였다.

"이건 또 무슨 조합인지 모르겠는데."

복작이는 발자국 소리가 거슬렸던 모양이다. 미간을 찌푸리며 깃펜을 내려놓은 그가 이내 심기 불편한 얼굴로 긴 줄을 훑었다.

시렌은 대답 없이 서 있는 기벨을 대신해 방문의 목적을 밝혔다.

"진상 규명 위원회랄까요."

"뭐? 무슨 진상."

"반? 이게 대체 다 무슨 일인가요?"

막 추궁이 이어지려던 참이었다. 단장을 마치고 옷방을 나서던 릴리스가 복작이는 응접실을 보며 의문을 표했다. 그녀의 등 뒤에 시립해 있던 노라와 티올라가 무스타리와 짧은 눈인사를 주고받으며 눈치 있게 방을 빠져나갔다.

시렌은 그들이 완전히 멀어진 것을 확인한 뒤에야 다시 입을 열었다.

"저희에게 미처 알리시지 못한 소식이 있음을 압니다, 각하."

"거 너무 서론이 없으신 것 아닙니까?"

루카스가 작게 툴툴거렸다. 시렌은 그 소리를 못 들은 체하며 당황한 기색이 역력한 두 주군의 얼굴을 살폈다.

의미 모를 시선이 몇 차례 두 사람 사이를 오갔다. 릴리스는 푹신한 소파에 눕듯이 기대앉아 곤란한 표정으로 납작한 배 위를 문질렀다. 긴 한숨이 흘렀다.

"적어도 안정기에 접어든 뒤에 천천히 알릴 생각이었는데…… 이렇게 빨리 들킬 거라곤 미처 생각지도 못했어. 그렇게 티가 났나?"

"예, 뭐."

답을 얼버무린 루카스가 보란 듯 바이마르를 곁눈질했다. 흡사, 범인을 지목하듯 노골적인 태도였다.

"정말로 제가 아닙니다, 마마……."

화들짝 놀란 바이마르가 시무룩한 얼굴로 고개를 가로저었다. 시종일관 못마땅한 눈초리로 사태를 주시하던 와트만이 이내 험상궂은 목소리로 기벨을 추궁하기 시작했다.

"그래서, 지금 상태는?"

"어지럼증이 다소 심한 편이십니다만, 나머지 증상들은 대체로 평이합니다. 박동도 며칠 전보단 훨씬 안정되었고……."

맥을 짚고 있던 기벨이 쥐고 있던 릴리스의 손목을 부드럽게 놓아 주며 무뚝뚝한 얼굴로 그녀를 칭찬했다.

"자고로 이럴 때엔 휴식이 최고의 명약이지요. 어젯밤은 푹 주무신 모양입니다, 각하."

"음. 그대가 그러라 했잖나. 일정이 늦어져 무스타리에게는 조금 미안하네만."

무스타리는 황급히 그녀의 자책을 부정했다.

"아닙니다, 각하. 이런 이유 때문이시라면야 얼마든지. 그보다…… 운신하시는 데 불편함은 없으십니까?"

"아직은. 하지만 몇 달 뒤의 일까지는 장담하지 못하겠군. 움직이지 못할 시기가 오면 부득이하게 반에게 대리를 맡겨야겠지. 아쉽지만 어쩔 수 없어."

차분한 목소리가 이어질 경과를 담담하게 예견했다. 사뭇 의연한 태도에 충격이라도 받은 듯, 무스타리와 스쿼드가 나란히 고개를 아래로 떨구었다.

시렌은 침울한 광경에서 눈길을 떼 내며 바이마르가 앉아 있는 탁자 쪽으로 한 걸음 다가섰다. 두꺼워 보이는 두 권의 양장본 아래, 비죽 튀어나온 하얀 종이 모서리가 문득 눈에 들어왔다. 끄트머리에 적혀 있는 조금 낯선 문자들이 낙서처럼 이어지며 불규칙한 얼룩을 만들었다. 글자의 형태와 짜임으로 추측컨대 아마도 오랜만에 보는 신어가 분명한 듯싶었다.

'헌데 갑자기 이건 왜?'

복잡한 심사에도 언뜻 그런 궁금증이 일었다. 그러나 주군의 것에 함부로 손을 댈 수는 없는 노릇이라, 그는 호기심을 거두며 다시 시선을 정면으로 고정했다.

"젠장."

마침 기다렸다는 듯 와트만이 험한 말을 뱉어 냈다.

그때였다. 바이마르가 돌연 분노한 얼굴로 자리를 박차고 일어섰다. 삽시간에 분위기가 싸늘해지며 릴리스의 눈이 한껏 휘둥그레졌다. 가방을 뒤져 달여 낼 약초를 골라내던 기벨마저 한순간 분주하던 손길을 멈추곤 뻣뻣해진 뒷목을 문질렀다.

이 순간, 오히려 아무렇지 않은 것은 당사자인 와트만 한 사람뿐이었다. 어지간히 당황스러운 듯 한참 생각에 잠겨 있던 릴리스가 이윽고 착잡한 얼굴로 입술을 잘근 깨물었다.

"그런 반응은 조금 많이 의외인데. 솔직히 말해…… 난 그 누구보다 경이 가장 기뻐해 줄 것이라 여겼었거든."

"예에?"

가슴 앞으로 팔짱을 끼고 서 있던 와트만이 퍽 무례한 어조로 반문했다.

"거참 말이 되는 소릴 하십쇼. 평생 갈 상처를 얻으신 것만으로도 속이 쓰린데, 더한 걸 어찌 기껍게 여기라는 말씀이십니까."

"너—"

그때였다. 우뚝 서 있던 바이마르가 순식간에 소파 등받이를 훌쩍 뛰어넘어 그들에게 접근했다. 반사적으로 방어 태세를 갖추는 와트만의 멱살을 잡아채어 거칠게 무릎 꿇린 바이마르가 못마땅한 기색으로 손아귀에 힘을 주었다. 날 선 눈빛에서 채 숨기지 못한 냉기가 풀풀 흘러넘쳤다.

"잠시만요, 반. 와트만도 나름 생각이…… 어, 그러니까, 경, 추측컨대 그렇게까지 고생스럽진 않을 거란다. 무엇보다 나 또한 무척 기대 중인 일이니."

바이마르를 따라 엉거주춤 일어선 릴리스가 난감한 듯 두 손으로 얼굴을 거듭 쓸어내렸다. 싸늘해진 분위기에 모두가 눈치를 살피며 말을 아꼈다.

'기대?'

한편, 오가는 대화를 묵묵히 듣고 있던 시렌은 불쑥 느껴지는 위화감에 콧잔등을 일그러뜨렸다. 일단 말은 통하는 듯싶은데, 왜인지 묘하게 어긋난 듯한…….

"잠시, 잠시만요, 각하."

무심코 튀어 나간 부름에 약속이나 한 듯 모두의 시선이 시렌에게 쏠렸다. 그는 귀에 걸린 안경다리를 매만지며 조심스레 말을 골랐다.

"그러니까 지금, 저희가 각하의 몸 상태에 관하여 논하고 있는 게 맞는지요?"

누구도 말이 없는 와중, 둘베트가 보일 듯 말 듯 가볍게 고개를 까딱였다. 릴리스는 여전히 말이 없었고, 기벨은 다시 제 일로 돌아가 묵묵히 약초를 분류하는 중이었다.

무스타리와 루카스가 구명줄이라도 손에 쥔 양 그를 빤히 바라보았다. 시렌은 그에 용기를 얻어 다물려 있던 입술을 재차 힘주어 떼어 냈다.

"무례한 말일지 모르겠습니다만, 각하. 괜찮으시다면 보다 구체적인……."

"됐다, 그만해 둬."

일순 말허리가 뚝 끊겼다. 짜증스러운 어투로 난입한 바이마르가 손아귀에 힘을 주어 내리누르고 있던 와트만을 도로 반듯하게 일으켜 세웠다. 산만 한 덩치를 힘들다는 내색도 없이 끌어 올린 그가 팔을 털어 내며 음산하게 경고했다.

"주군을 염려하는 마음들은 알겠으나, 미래의 소공을 짐짝 취급하는 행태는 심히 불쾌하군그래."

"……에?"

어디선가 얼빠진 소리가 흘러나왔다.

"……예?"

누군가 다시 비슷한 소리를 냈다. 그리고 이어, 차분한 경악이 사방으로 빠르게 퍼져 나갔다. 모두가 당황을 금치 못한 얼굴로 서로를 바라보는 가운데, 가장 먼저 반응을 보인 것은 역시나 루카스였다.

"저하, 소공이라뇨. 그게 대체 무슨."

무스타리도.

"아니. 지금, 제가 뭘 들었는지 모르겠는데 말입니다."

스쿼드도.

"……?"

둘베트마저 황망한 표정이 되어 침을 꿀꺽 삼키는 동안, 뒤늦게 실수를 눈치챈 바이마르가 낭패한 얼굴로 허겁지겁 뒤돌아서며 입술을 달싹였다.

"……저, 마마."

릴리스는 복잡한 심사를 억누르며 작게 물었다.

"그러니까 경들…… 혹시 몰랐나?"

✤ ✤ ✤

화창한 날이었다.

하늘은 푸르고 바람은 선선하며, 내리쬐는 햇살은 찬란해 눈이 부시다. 발칸은 갖가지 꽃들이 화려하게 피어 있는 황궁 정원 한복판을 거닐며 식후의 여유를 즐겼다. 다소 길게 자리를 비웠다는 자각 정도 있었으나, 돌아가면 또 잔뜩 물어뜯길 것이 뻔해 영 발걸음이 떨어지질 않았다.

그는 둥그런 분수대 끄트머리에 앉아 양손으로 엉덩이 양옆을 짚었다. 시선 끝에 높은 단 위에 올라앉은 날개 조각상이 언뜻 걸렸다.

고개를 조금 틀자 예쁘게 정돈된 관목들에 주렁주렁 매달린 주홍색 열매가 보였다. 한 달 전까지만 해도 푸르뎅뎅하던 것들이 어느덧 색을 한껏 덧입은 모습을 보고 있자니 새삼 시간의 흐름이 실감 났다.

발칸은 그대로 고개를 한껏 젖혀 온 얼굴로 내리쬐는 햇빛을 양껏 즐겼다. 구름 한 점 없이 맑은 하늘을 올려다보고 있으려니 할 일 없는 백수라도 된 듯 느긋한 기분이 들었다. 물론 정말 그럴 일은 없을 테지만.

'하여간 욕심들만 많아서는.'

그는 혀를 차며 여전히 시끄러울 회의장 안쪽을 생각했다.

현재 아테라 정계 초미의 관심사는 통합 의지를 보이고 있는 근처의 세 왕국이었다. 이 세 왕국, 즉 우노스와 밀러네스, 에펠로가 합심해 이루어 낸 달턴 연합은 아테라와 스파티움이 반목하던 최근 몇 년간 무섭게 세력을 키워 최근 통합 왕국 건립을 공표했다.

그러나 얄궂게도, 유력한 초대 건국 왕 후보였던 테기우스가 얼마 전 돌연사해 버린 연유로 현재 달턴 연합은 다음 지도자 자리를 차지하려는 사람들로 말미암아 온갖 내분에 시달리는 중이었다.

가뜩이나 스파티움이 세를 불려 가며 예전의 영광을 되찾고 있는 지금, 이는 또 다른 강자의 등장에 긴장하고 있던 주변국들에게 더할 나위 없는 호재였다. 아테라의 입장 역시 별다르지 않았으나 문제는 와중에도 출병을 주장하는 일부 과격분자들의 분탕질이었다.

스파티움에게 무참히 깨진 것을 앙갚음이라도 하겠다는 듯, 치기 어린 태도를 고수하는 몇몇 귀족들 탓에 요 근래 아테라의 외교부는 그야말로 축제 날 시장 바닥처럼 시끄럽기 짝이 없었다.

하필 출병을 주장하는 이들이 황제파의 강성들이며, 그들의 최우선 공격 순위가 명백히 노선을 달리한 리안 발칸이라는 사실 또한 그에 크게 한몫을 거들었음은 물론이었다.

'……하.'

생각할수록 돌아가기가 꺼려졌으나, 그렇다고 하여 무작정 모른 체할 수만도 없는 노릇이었다. 발칸은 내키지 않는 기분으로 자리를 털고 일어서 본궁 쪽으로 걸음을 내디뎠다.

"어? 발칸 공자님 아니십니까."

그때였다. 갑옷을 입고 있는 갈색 머리 기사가 분수대 옆을 지나치다 문득 그를 불러 세웠다. 발칸은 몸을 돌려 상대를 마주 보았다. 얼굴의 반을 덮고 있는 덥수룩한 머리칼이 유독 눈에 띄는 사내였다.

알아보지 못하는 것을 눈치챘는지, 그가 이내 멋쩍은 표정으로 먼저 나서 자신을 소개했다.

"기억나지 않으시나 봅니다. 저, 황녀궁에 있던 에드몽이라 합니다요."

"에드몽?"

"왜 그 와트만 경 아래 있었던……."

"아."

그래, 그런 이름이었지. 발칸은 기억 속에 어렴풋이 남아 있는 희미한 얼굴을 떠올리곤 나직하게 감탄했다. 그간 의식적으로 생각을 밀어 두었던 탓일까. 마치 오랜 친우를 만난 듯 기묘한 친밀감이 솟아났다.

"생각해 보니 정말 오랜만이로군. 그대는 아직도 궁에서 일하고 있는 모양이야."

"예. 운 좋게 별 고초는 안 겪었습니다만, 그렇다고 딱히 갈 곳이 있는 것도 아니고. 해서 본래 있던 순찰대로 돌아간 상탭니다."

에드몽이 왼팔에 차고 있던 붉은색 완장을 보란 듯 높이 올려 흔들어 보였다. 발칸은 착잡한 기분으로 고개를 가로저었다.

"아무리 생각해도 급 차이가 너무 나는 듯싶은데."

"하하, 그래도 뭐…… 이만큼 멀쩡하게 살아 있는 것만 해도 다행이지 않겠습니까. 당시 갈려 나간 놈들만 해도 열 손가락이 넘는뎁쇼."

"그렇기야 하네만……."

1년 전, 예거라트는 황녀궁을 완전히 폐쇄함으로서 배다른 동생을 향한 애정에 마침내 공식적인 마침표를 찍었다. 주인 잃은 철새들은 뿔뿔이 흩어져 금세 본래의 자리로 복귀했으며, 어느 쪽에도 속하지 못했던 소수의 시종들은 자리에 남아 적국과의 내통 혐의로 억울한 형을 언도받았다. 혹여나 피해라도 입을까 싶어 모두가 앞다투어 황녀를 헐뜯던 시절이었다.

"뭐, 나도 남 말 할 처지는 아닌 것 같군."

가문의 유명세가 아니었다면 그 또한 눈앞의 사내처럼 한직을 전전해야 했을 것이다. 드러나지 않게 상대를 배척하는 게 황제의 오래된 계략임을 알고 있으나, 막상 당해 보니 머리로 이해하는 것과 와닿는 감각이 전혀 달랐다.

거기까지 생각하니 어쩐지 눈앞의 사내가 한층 가여워졌다. 발칸은 말랑한 동질감에 휩싸여 저도 모르게 입 속으로 거듭 혀를 찼다.

"빌렸던 돈에 이자까지 쳐서 갚겠다더군. 죽지 말고 꼭 살아 있으라던데."

평소 그답지 않은 친절 또한 그 같은 감상의 일환이다. 생각지도 않았던 말을 들은 탓일까. 잠자코 서 있던 에드몽이 얼떨떨한 얼굴로 물음을 되돌렸다.

"예?"

"와트만 경 말일세. 자네에게 꼭 말을 전해 줬으면 좋겠다며 직접 부탁을 해 오지 무언가. 그렇잖아도 맘에 걸리던 참이었는데…… 설마하니 이런 곳에서 마주칠 줄은 몰랐어."

발칸은 능청스럽게 사족을 덧붙였다. 부탁을 받은 것은 이미 한참 전의 일이며, 돌아온 뒤로는 일이 바빠 까맣게 잊고 말았으니 기실 반쯤은 거짓에 불과한 변명이었다.

"아, 하하. 예, 뭐. 단장님께선 잘 지내고 계시는 모양입니다."

당연하게도 에드몽이 그러한 뒷사정을 알 리는 만무했다. 발칸은 해맑게 웃고 있는 사내의 얼굴을 마주 보며 조심스레 목소리를 낮추었다. 스스로도 어째서 이런 말을 하고 있는 것인지 알 길이 없었으나, 입은 제멋대로 움직여 기어이 쓸데없는 제안을 토해 냈다.

"……혹 떠나고 싶다면 내 기꺼이 손을 거들어 줄 생각도 있네만."

"예?"

스파티움 말일세. 입 모양으로만 뻐끔대는 것을 용케도 알아들은 에드몽이 화들짝 놀라며 눈을 둥그렇게 떴다.

"아닙니다. 뭐, 그렇잖아도 슬슬 궁을 떠나야 하나 고민하고 있었습니다만…… 기껏해야 이 아테라 안이겠지요. 고작 저 따위가 무어라고 그곳까지 가 몸을 의탁하겠습니까."

"떠난다고?"

"고자질 같아 조심스럽습니다만, 실은 이 안에서도 은근히 따돌림이 있단 말입죠. 그냥저냥 버텨 보려 했는데, 원 참. 영 생각만큼 쉽지가 않습니다요."

비록 소속이 별궁이라 하나, 애당초 부기사단장이란 직책이 단순히 허울만 좋은 한직일 리가 없었다. 금패라면 또 모를까. 못해도 은패를 지닌 용병 한둘 정도는 능히 상대할 만한 실력이 된다는 뜻이다. 쓸 만한 기사 한 명을 키워 내는 것이 얼마나 까다로운 일인지 알면서도, 고작 알력 다툼을 하느라 한 치 앞을 못 보는 행태가 착잡했다.

물끄러미 그의 안색을 살피던 에드몽이 난처한 기색으로 머리를 긁적이며 말을 덧붙였다.

"뭐, 저는 이렇게 말씀 나눠 주신 것만으로도 충분히 만족합니다. 앓던 이가 쑥 빠지는 기분이랄까. 그간 책잡힐까 싶어 황녀궁 쪽은 쳐다보지도 않으려 얼마나 애를 썼던지, 목에 석고라도 두르면 좀 낫지 않을까 싶었다니까요."

발칸은 에드몽의 푸념을 한 귀로 흘리며 저 멀리 흐릿하게 보이는 황녀궁 지붕을 올려다보았다. 한때는 그 어느 별궁보다 아름답고 화려했던 장소이건만. 드나드는 이도 방문하는 객도 없는 지금, 버려진 정원과 텅 비어 있는 건물은 그저 수치스러운 과거의 흔적으로 전락했을 따름이었다. 그는 보고 있던 풍경에서 어렵사리 시선을 떼어 냈다.

"그래서, 갈 곳은 있나?"

이만하면 대화는 충분히 나누었다. 작별 인사 뒤 자연스레 멀어지면 될 일이었으나, 이상하게도 자꾸만 쓸데없는 말이 입 밖으로 튀어 나가 시간을 갉아먹었다.

에드몽이 어깨를 들썩이며 하하 웃었다.

"글쎄요. 양손은 멀쩡히 달려 있으니 어디든 먹고 살 길은 있지 않겠습니까."

"……가문 기사에는 별반 관심이 없는 모양이야."

그리고 기어이, 앞서 나간 충동이 난데없는 사고를 쳤다. 발칸은 제가 뱉은 말에 도리어 놀라 굳어진 얼굴로 미간을 찌푸렸다. 불편한 기색을 쉬이 읽어 낸 에드몽이 손사래를 치며 그를 안심시켰다.

"아이고, 그런 말씀 마십쇼. 제가 어딜 감히요."

"그렇게 기겁할 필요는 없을 듯한데. 어차피 갈 곳도 없다 하지 않았나."

다시 불쑥 말이 튀어나왔다. 발칸은 복잡한 기분으로 메마른 얼굴을 쓸어내렸다. 평소답지 않은 연민임을 안다. 감정적으로 구는 것을 끔찍이도 싫어했던 이전의 자신이라면 결코 하지 않았을 멍청한 행동이기도 했다.

"그렇다 쳐도 말입니다. 이제 와서 저 같은 놈을 받아 줄 만한 선량한 가문이 남아 있을 리가 없지요. 뭐, 어디 남부 시골구석이라면 또 모를까."

"……수도에도 없진 않아. 이를테면 내 밑이라든가."

그럼에도 이 결정이 후회되지 않는 것은 어쩌면 마음 한구석에 여전히 남아 있는 미약한 죄책감과 그리움 탓일 것이리라.

혹은, 그간 멋대로 휘둘려 왔던 세월에 대한 알량한 보상 심리 때문일지도.

어쨌거나 뱉고 나니 마음이 후련한 것만은 사실이었다. 발칸은 이내 평소와 같은 무표정을 가장하며 돌아섰다.

"예에?"

물론, 애석하게도 평온은 오로지 그에게만 국한된 표현이었다.

에드몽이 불에라도 덴 듯 화들짝 놀라며 두어 걸음 물러섰다. 논리적으로 퍽 납득 가는 반응이긴 했으나, 막상 눈앞에서 그 꼴을 보고 있자니 자연스레 기분이 저조해졌다.

"싫으면 말아."

경고하듯 쏘아붙이자 대번에 격한 반응이 돌아왔다.

"아니, 그게! 물론 저야 아주 좋습니다만, 정말 괜찮으시겠습니까? 듣자하니 요사이 가뜩이나 발칸 후작가를 향한 눈길들이 곱지만은 않다던데.

거기다가 저까지 데려가셨다가는…… 크흠."

발칸은 이어진 말에 내심 놀라 주름진 미간을 움찔거렸다. 그저 검이나 좀 쓸 줄 아는 놈이리라 가벼이 여겼건만. 이제 보니 사리 판단까지 제법인 구석이 있다.

그는 속내를 숨긴 채 짐짓 서운한 듯 말을 뱉었다.

"이거 안타깝군. 경 눈엔 내가 그 정도도 막아 내지 못할 것 같아 보이는 모양이야."

"에이, 아니라는 것 잘 알고 계시지 않습니까. 어디, 지금이라도 함께 가면 믿어 주시렵니까?"

……어쩐지 기사단장과 퍽 친분이 깊은 듯싶더라니. 넉살을 떠는 것조차 비슷하게 수준급이었다. 발칸은 다시 불쑥 떠오르려는 옛 기억을 밀어 내며 에드몽을 으슥한 나무 그늘 근처로 이끌었다.

"지금은 곤란해. 연합 개입에 대한 문제가 마무리되면 그때 다시 이야기하도록 하지. 게다가 당장은 눈앞에 닥친 연회도 있잖나."

"하긴 생신 연회가 남아 있었죠. 나 원. 황자님께서 벌써 세 살이시라뇨……. 시간이 참 어찌 이리 빠른지."

에드몽이 묘한 표정으로 뒤통수를 긁적였다. 발칸은 좁은 오솔길을 따라 걸으며 지금 서랍 속에 박혀 있는 릴리스의 서신을 떠올렸다.

공식적인 발표는 아직인 듯했으나, 회임 소식을 알리는 편지에는 그녀의 들뜬 마음이 고스란히 담겨 있었다. 신어로 방패란 뜻을 지녔다는 아이의 복중 이름은 왕자가 직접 정해 건넨 첫 선물이라 했다. 무엇이었더라. 로, 루, 아무튼 그 엇비슷한 단어였던 듯싶은데.

"폐하께서 이번에는 무슨 선물을 준비하셨으려나요. 전에는 사냥터 한 곳을 통째로 하사하셨으니, 올해는 어디 궁 한 개쯤 될 법도 한데."

마침 생각을 읽기라도 한 양, 에드몽이 퍽 궁금한 얼굴로 고개를 갸웃거렸다.

"글쎄."

발칸은 대수롭지 않은 척 대꾸했다. 실은 뭐든 그리 뜻깊은 물건은 아닐 것이니, 궁금하지조차 않다는 쪽이 조금 더 적절한 표현이었다.

아직 어린아이라 한들, 요아힘 황자는 현재 아테라의 하나뿐인 적통 후계자였다. 좋은 옷과 화려한 보석보단 좋은 스승과 질 좋은 교육이 더욱 필요한 위치라는 뜻이다.

그러나 기실 황자가 지닌 것들은 대개가 허울 좋은 사치품들에 불과했으며, 인자한 오라비와 자상한 아비의 탈을 쓴 황제는 이 허울을 무기 삼아 여전히 수월하게 민심을 주무르는 중이었다. 변방 출신 황후라는 의미 없는 뒷배에, 상주하는 유모마저 황제의 사람이니 사태가 절로 나아질 것이란 기대 또한 하등 무의미한 관측에 불과할 뿐이다.

'그렇게 둘 수만은 없지.'

출병을 지시하며 군권을 장악한 예거라트는 이전보다 공고해진 황권을 바탕으로 무소불위의 통치권을 행사하는 중이었다. 나라의 이목이 밖으로 쏠릴수록 내부의 통제는 강화된다. 요 근래 황제파가 연일 달턴 연합 소탕을 주장하는 이유 또한 이와 결코 무관하지 않을 터였다.

"오늘 산책은 이쯤에서 그만두지."

뻔뻔한 그 낯짝을 떠올리니 바닥을 치던 의욕이 놀랍게도 펄펄 솟아 날뛰기 시작했다. 발칸은 그대로 뒤돌아서 왔던 길을 되짚었다.

"예에, 나중에 뵙겠습니다요."

유쾌한 목소리가 등 뒤로 멀어져 갔다. 오랜만의 짧은 재회를 축하하듯, 높이 솟은 해가 두 사람을 물끄러미 굽어보고 있었다.

✤ ✤ ✤

릴리스의 배는 겨울이 깊어 가며 눈에 띄게 불러 왔다. 가시적인 몸의 변화에 따라 거동 역시 조금씩 불편해졌다. 두꺼운 옷의 무게에 더해, 한층 무거워진 몸을 지팡이 하나로 지지하는 일이 결코 쉬울 리 없었던 것이다.

"조금 쉬었다 갈래."

앞서 걷던 릴리스가 결국 우뚝 멈춰 서 가볍게 숨을 몰아쉬었다. 얼룩 없는 눈밭 위에 자그마한 발자국이 비뚜름한 선을 그리며 찍혀 있는 것이 보였다.

조금 떨어진 채 그들 뒤를 따르던 하녀 둘이 잽싸게 뛰어와 녹은 눈으로 푹 젖어 있는 긴 의자 위를 닦았다. 품에 안고 있던 푹신한 담요를 서너 겹 겹쳐 깔아 놓고 나자 딱딱하던 돌 의자가 금세 푹신한 소파로 변모했다.

몇 걸음쯤 떨어진 곳에 서 있던 릴리스가 뒤뚱뒤뚱 걸어와 자리에 앉으며 가벼운 한숨을 내쉬었다. 와트만은 그녀가 부풀어 오른 배를 양팔로 끌어안고 무릎을 힘겹게 주무르는 것을 물끄러미 지켜보다 슬그머니 입술을 뗐다.

"이제 그만 들어가시는 편이 낫지 않겠습니까?"

"겨우 이 정도 가지고 뭘."

끙끙대며 상체를 들어 올린 릴리스가 고개를 절레절레 흔들었다. 숨과 함께 입 속에서 새어 나온 새하얀 김이 잠시 공중을 떠돌다 이내 연기처럼 사방으로 흩어졌다. 와트만은 곤란한 기분으로 오른쪽 볼 위를 긁적였다.

요 며칠 눈이 내리며 기온이 제법 올라갔다고는 하지만, 북부의 겨울은 포근하다 하여 쉬이 안심할 수 있을 만큼 만만한 상대가 아니었다. 이러다 콧물이라도 한 번 훌쩍인다면 그 즉시 온 성안이 한바탕 뒤집어질 것이 뻔하다.

"기분 좋다."

그러나 한껏 후련해 보이는 얼굴을 보고 있자니 차마 더는 재촉의 말을 꺼내기가 힘들었다. 좋으면 됐지, 하는 허허로운 흐뭇함이 늘 그렇듯 걱정보다 앞서 버리고 마는 것이다.

스쿼드는 종종 '손녀 보는 할아버지 같다'는 말로 그의 이런 태도를 놀려 먹곤 했다. 물론 그런 뒤에는 늘 훈련을 빙자한 신체적 굴림에 후회의 비명 소리를 내질렀지만.

그러나 누구도 모르고 있는 사실이 하나 있다면,

'굳이 따지자면 삼촌 정도일까.'

바로 와트만이 사실 누구보다 자신의 상태를 객관적으로 판단할 줄 아는 남자라는 점이었다.

그 사실을 깨닫게 된 것은 이미 제법 오래전의 일이다. 어쩌면 처음 보았던 날, 쭈뼛대며 사탕 하나를 골라잡던 그 모습이 아직까지도 뇌리에 생생하게 남아 있어서일지도 모른다. 혹은, 무감각한 인형처럼 궁에 방치되어 있는 모습이 마음에 걸려서였는지도.

그러니 릴리스에게도 일말의 책임 정도는 있었다.

평생 변방이나 떠돌다 생을 마감할 것이라 여겼던 자신을 이렇듯 뿌리내린 식물처럼 붙들고 있지 않은가. 그 정도로 계산속이 밝지 않다는 것쯤이야 이미 잘 알고 있지만, 와트만은 가끔 그렇게라도 자신을 옹호하고 싶어지곤 했다.

"예, 날씨가 무척 좋군요."

결정을 내린 와트만은 재촉 대신 자리를 옮겨 벤치의 측면을 등지고 섰다. 바람이 불어오는 방향이었다.

그는 그대로 선 채 잠시간 새하얀 정원 풍경을 감상했다.

눈 내린 카리알에는 3년째 보아도 질리지 않는 이곳만의 정취가 있었다. 겨울임에도 헐벗지 않은 울창한 숲과, 비처럼 부스스 내리는 싸락눈. 특히나, 언덕 위의 성에서 내려다보는 눈 쌓인 도시 정경은 아테라가 자랑하는 수도 풍경에 결코 뒤지지 않을 만큼 아름다웠다.

한동안 감상에 젖어 있던 와트만은 부스럭대는 소리에 흠칫 놀라 멍하던 정신을 가다듬었다. 장갑 낀 손으로 두꺼운 망토 속을 뒤지던 릴리스가 품속에서 곱게 접은 종이 다발을 꺼내어 불룩한 배 위에 얌전히 펼쳐 올렸다. 얼마 전, 발칸이 회임을 축하한다며 선물과 함께 보내온 따끈따끈한 서신이었다. 와트만은 자리를 지키고 선 채로 고개만을 죽 빼어 보이지 않는 서신 속 내용을 곁눈질했다.

"좀 읽어 주십쇼. 뭐 특별한 일이라도 있답니까?"

그를 흘금 곁눈질한 릴리스가 망토를 여미며 천천히 글을 읽어 내려가기 시작했다.

"좀 기다려. 어디 보자…… 흠, 소공이 에드몽을 봉신 기사로 들였다나 봐."

"정말입니까? 잘 되었군요. 하긴, 그놈은 처음부터 싹수가 제법 새파랬습죠."

발칸이 에드몽을 거두기로 했다는 것은 요전번의 서신을 통해 두 사람 모두 이미 알고 있는 사실이었다.

그러나, 단순히 가문 기사단에 합류하는 것과 봉신 기사가 되는 것 사이에는 하늘과 땅만큼이나 엄청난 격차가 존재했다. 하물며, 그 '가문'이 명문으로 손꼽히는 거대 세력이라면야.

"고용 기사는 아무래도 고급 용병 신세를 벗어나기 어려우니 말입니다. 봉신 기사라면 노후도 신분도 보장되는 만큼 자리가 그리 넉넉하지 않아요."

엄밀히 말해 이제는 제가 상관할 바조차 아니었건만, 와트만은 괜히 자신이 더 뿌듯한 기분이 되어 어깨에 힘을 주었다.

"참! 그나저나, 올해 요아힘 황자가 받은 선물은 무엇이랍니까?"

"아, 그건 나도 궁금하던 참이야. 잠깐만…… 아직 달턴 연합 이야기를 하고 있거든. 아테라는 결국 삼국 중 하나를 지지하기로 결정 내린 모양이군. 이래서야 우리도 지금처럼 방관만 하고 있을 수는 없겠는걸."

퍽 심각한 얼굴이 된 릴리스가 계속해서 편지를 읽어 내려갔다. 와트만은 어젯밤 시렌과 나누었던 대화를 떠올리며 턱 끝을 긁적였다.

"하지만 아펠라는 우노스를 지지하지 않습니까?"

"목소리 큰 소수의 의견일 뿐이야. 결국은 테바이가 어느 쪽을 택하느냐에 따라 승패가 갈릴 듯한데……."

"뭐, 용병 놈들이 돈 냄새 하나는 기가 막히게 맡을 줄 아니 말입죠. 어찌 되었건 연합국의 탄생이 여러모로 좀 더 나을 텐데요."

"음…… 맞아. 그리고 또…… 아! 이런. 줄스가 얼마 전 아이를 낳았다는군."

여전히 편지에 코를 박고 있던 릴리스가 문득 활기찬 목소리로 생경한 소식을 전해 왔다. 줄스? 와트만은 당혹스러운 기분으로 한쪽 눈썹을 홱 꺾어 올렸다.

"헌데 마마, 대체 줄스가 뉘랍니까? 송구하지만 정말이지 처음 듣는 이름인뎁쇼."

아아. 릴리스가 성의 없는 추임새를 넣으며 어깨를 들썩였다.

"후작저에서 키우는 늙은 개 이름이야. 어릴 적에 들었던 이야기이니 경은 모를 수도 있겠지."

낭랑한 목소리가 낯선 이, 아니, 낯선 개의 정체를 밝혔다.

"아…… 예에……."

와트만은 예상치 못했던 전개에 허탈해진 마음을 황급히 추슬렀다. 줄스라. 길 가던 이들을 무더기로 붙잡아 놓고 묻는대도 열에 둘은 찾을 수 있으리라 자신할 만큼 흔해 빠진 이름이었다. 그 정도이니 개에게 사람 이름을 붙인대도, 뭐.

'그럴 수도 있겠지.'

하물며 후작저의 개라지 않은가. 단언컨대 그 개보다 못 사는 사람들만 모아 놓아도 카리알 전체만 한 구덩이를 꽉 채울 수 있을 것이다.

"그리고 음…… 카리알산 보석들이 생각보다 제법 수요가 있는 모양이야. 시렌에게 유통량을 조절하라 일러야겠군. 또…… 아, 요아힘 왕자 이야기가 드디어 나왔는걸. 생일 선물로…… 사벨 타이거 새끼를 받았다는데."

그가 개와 사람의 삶에 대해 심오한 고찰을 거듭하는 동안, 릴리스는 귀찮은 기색도 없이 성실하게 낭독을 이어 갔다. 잡념을 떨치고 다시 말소리에 집중하던 와트만은 뜻밖의 선물 목록에 깜짝 놀라 순수하게 감탄했다.

"정말 사벨 타이거란 말입니까? 이거야 원…… 황제가 웬일로 정말 귀한 것을 골랐군요."

사벨 타이거는 남부에 주로 서식하는 희귀종으로, 길쭉한 송곳니가 위협적인 공격형 포유류였다. 곰도 한 입에 찢어발길 수 있을 만큼 힘이 세고 포악해 어지간한 실력자가 아니고서는 잡기조차 어렵다 알려진 동물이다.

"옆에 두고 기르기엔 지나치게 사나운 것 같은데."

"꼭 그렇지만은 않습니다. 의외로 주인에 대한 충성심이 높다고 하더군요. 잘 길들이면 분명 훗날 큰 도움이 될 겁니다."

"요아힘 황자가 든든한 뒷배를 얻었군그래."

릴리스가 한 손으로 망토 아래 봉긋하게 솟은 배를 매만지며 대꾸했다. 와트만은 가볍게 고개를 주억였다.

"사람은 아닙니다만, 뭐 대충 그렇게도 볼 수 있겠죠. 그나저나…… 그런 것을 주었으니 황제도 슬슬 몸을 사려야겠습니다요."

"왜?"

그는 어깨를 으쓱했다.

"짐승은 인간의 계급에 연연하지 않으니 말입니다."

릴리스가 픽 웃으며 고개를 꺾어 그를 올려다보았다.

"꼭 경이 그걸 바라고 있다는 것처럼 들리는데."

"황제가 그놈 발톱에 갈가리 찢겨 죽는 것 말입니까? 뭐…… 그럴 수도 있겠지요."

양심상 차마 아니란 이야기는 못 하겠다. 그런 생각이 얼굴에 죄 드러났는지, 릴리스가 고개를 내저으며 다 읽은 서신을 곱게 접어 손에 꼭 쥐었다.

"하지만 그리 되면 황후의 처지가 너무 가엾어."

작아진 목소리에 언뜻 씁쓸한 기색이 묻어났다. 흐릿한 기억을 뒤져 드와이트 영애의 얼굴을 떠올리려 노력하던 와트만은 문득 머릿속을 스친 낯익은 이름에 자신도 모르게 미간을 왈칵 구겼다.

'그러고 보니 시녀장 이야기를 먼저 꺼내신 적은 없었지.'

예거라트 만큼은 아니겠으나, 기실 개비 또한 릴리스의 삶에 제법 깊은 족적을 남긴 이였다. 사람을 시켜 몰래 알아본 바에 따르면 유배지에서도 남의 일을 도우며 근근이 생활을 이어 가고 있는 모양이다. 자세한 사정은 모르겠으나 꽤 큰 딸이 하나 있더라는 소식도 얼핏 흘려 들었던 기억이 났다.

그러나 실은 어떻든 상관없는 이야기였다. 혹여 해코지라도 해 올까 싶어 잠시 관심을 기울였을 뿐. 릴리스가 묻지 않는다면 구태여 입에 올릴 가치조차 없는 이름이다.

뎅— 뎅— 뎅—

때마침 정오를 알리는 종소리가 세 번 연달아 울려 퍼졌다.

와트만은 뒷짐을 지며 머릿속으로 가만히 시간을 가늠해 보았다. 곧 바이마르가 그들을 찾아 이곳으로 바삐 달려올 것이다. 그러고는 왜 나와 있냐며 걱정 어린 잔소리를 몇 마디 뱉을 테고, 릴리스는 못 들은 척하며 잠시 멈추었던 산책을 계속하겠지. 요 몇 주간 질리도록 반복된 일상이 굳이 보지 않아도 눈앞에 선했다.

'뭐, 그 마음도 이해는 가지만.'

솔직히 말해, 뒤뚱거리며 걷는 릴리스의 모습은 어떻게 포장해도 안전과는 거리가 조금 멀었다. 어렵게 의견을 절충하여 하루 두어 시간의 산책으로 타협을 보았지만, 바이마르는 그마저도 못 미더운 듯 늘 오전 일과를 다 마치기도 전 뛰쳐나와 릴리스의 안위를 확인하곤 했다.

그 바람에 고통받는 것은 당연하게도 측근인 시렌과 무스타리였다.

절대 안정이 필요하다는 기벨의 진단에 따라 릴리스는 한 달 전 일선에서 물러나 완전한 휴식기에 들어갔다. 수하들이 처리할 수 있는 일에도 한계가 있는 만큼, 최근 바이마르는 기사단 업무 외에 영지 일까지 떠맡아 눈코 뜰 새 없이 바쁜 나날을 보내는 중이었다.

"마마!"

생각하기 무섭게 커다란 목소리가 들려왔다. 경갑옷 위에 회색 망토를 덧입은 바이마르가 눈발을 휘날리며 바쁘게 정원을 가로질러 다가왔다. 무스타리와 시렌이 헐레벌떡 그를 뒤쫓는 가운데, 오전 훈련을 끝마친 기사들이 와자지껄하게 떠들어 대며 반대편 연무장에서부터 본성 쪽을 향해 걸어 들어오고 있는 것이 보였다.

창백했던 세상에 금세 갖가지 소리들이 들어찼다. 그림처럼 고즈넉하게 멈춰 있던 풍경이 돌연 생동감 넘치는 연극 무대처럼 변모했다. 와트만은 멀찍이 서 있는 기사들과 눈인사를 주고받으며 머쓱한 기분으로 짧게 다듬어 까슬까슬한 머리칼을 매만졌다.

카리알에서는 이제 머리를 기르고 장신구를 매다는 남자들을 어디서건 심심치 않게 마주칠 수 있었다. 기사들이라고 하여 예외일 필요는 없다. 사령관인 바이마르부터가 치장을 소홀히 하지 않으니, 본업에 충실한 한은 누구도 상대에게 섣부른 비난을 퍼붓지 못했다.

'나 참.'

와트만은 가까워지는 기사들의 모습을 살피며 슬쩍 자신의 차림을 돌이켜 보았다. 수수한 무복과 한껏 깔끔하게 다듬어진 머리. 정작 아테라에서 나고 자란 사람은 이쪽이건만, 도리어 이제는 누구보다도 그 자신이 스파티움인처럼 보일 지경이라는 사실이 우습기 짝이 없었다.

"볼이 발갛습니다. 이만 들어가셔야지요."

"한 바퀴만 더 걷구요."

한편, 그를 지나쳐 성큼 릴리스에게로 다가선 바이마르는 서슴없이 몸을 내려 눈밭 위에 한쪽 무릎을 굽혀 앉았다. 마주 비벼 열을 낸 커다란 손바닥이 차갑게 식어 있는 뺨 위를 부드럽게 문질렀다. 한발 늦게 그들을 좇아온 무스타리가 바퀴 달린 의자를 밀며 벤치 가까이로 다가왔다. 벌떡 일어서 릴리스를 안아 올린 바이마르가 방석이 깔려 있는 푹신한 의자 위에 그녀를 앉히곤 등받이 위에 달려 있는 손잡이를 꽉 쥐었다.

"앉으시지요, 마마. 남은 산책은 제가 맡겠습니다."

다리 대신 커다란 바퀴를 양쪽에 달아 놓은 나무 의자는 가구 장인들이 어렵사리 고안해 내어 성으로 보내온 선물이었다. 릴리스 본인이 걷는 것을 선호해 한동안은 빛을 보지 못했으나, 그녀의 배가 부풀어 거동이 힘들어지기 시작하면서부터는 바이마르를 대신할 유일한 이동 수단으로 취급되며 퍽 극진한 대접을 받았다.

마침, 몸무게가 일정 수준을 돌파하면서부터는 릴리스 또한 가급적 그에게 안기는 것을 자제하고 있던 참이었다. 힘든 것도 힘든 것이려니와 몸이 상할까 걱정이 되었던 탓이다.

그러나 속도 모르고 시무룩해진 바이마르는 당장 그날로부터 최선을 다해 자신의 건장함을 피력하기 시작했다. 강도 높은 훈련에 기사들의 입에서 앓는 소리가 끊이지 않던 시절이었다.

결국 이 소란 아닌 소란은 릴리스가 의자보다 바이마르를 훨씬 신뢰한다는 공공연한 선언을 하고서야 끝이 났다.

어쨌거나, 그들은 곧 길을 따라 정원을 천천히 거닐기 시작했다. 혹여 릴리스가 감기라도 걸릴까 안달이 난 바이마르의 입장에선 불만스럽기 짝이 없는 일과였다. 그러나 '하고 싶으신 대로 두는 것이 가장 좋겠다'는 기벨의 진단에는 결국 그런 기색마저 본래 없었던 것처럼 쏙 들어가고 말았다.

"이전 겨울에는 함께 성을 쌓았었는데."

방향을 틀기 위해 잠시 멈춰선 사이, 평평한 눈밭 위를 바라보던 릴리스가 불쑥 말을 꺼냈다. 중간부터 합류해 산책을 함께하던 루카스와 스쿼드가 자랑스러운 표정으로 각자 제 가슴을 팡팡 쳤다.

"아, 그거야 제 전문이지요."

"뭐? 아니 그게 왜 네놈 전문이야? 나라면 또 모를까."

와트만은 금세 투닥거리기 시작한 두 사람의 목덜미를 양손으로 각각 가볍게 낚아챘다. 어깨에 한껏 힘을 주어 팔을 양옆으로 휘두르자 건장한 청년 둘이 휘청거리며 바닥으로 고꾸라졌다. 바닥에 두껍게 쌓여 있던 눈가루들이 부스러진 설탕 가루처럼 사방으로 흩날렸다.

이윽고, 소란을 조용히 관망하던 릴리스가 차분한 목소리로 결론을 내렸다.

"내 보기엔 둘 다 영 아닌 듯싶은데. 반이 말하길 늘 우승은 자기 몫이었다 하던걸.”

반발은 생각보다도 훨씬 거셌다.

“예? 아니 무슨 그런 소리를!”

“다 저희가 봐드렸으니 그럴 수 있으셨던 것 아니겠습니까.”

눈밭 위에 나동그라진 두 기사가 억울한 표정으로 주섬주섬 눈을 털며 일어섰다. 조용히 일행의 뒤를 따르던 시렌이 이때다 싶었는지 불쑥 튀어나와 한마디를 덧붙였다.

“아무렴요, 실력대로 정정당당히 승부했다간 무슨 심술을 부리실지 몰라서 문제였다니까요.”

“쓸데없는 소리들 마라.”

바이마르가 기어코 눈을 부라리며 수하들을 나무랐다. 와트만은 으르렁대는 사내들에게서 시선을 떼어내 릴리스를 바라보았다. 팔걸이를 내리누르며 힘겹게 일어선 그녀는 어느덧 눈밭 위에 쪼그려 앉아 양손 가득 눈을 꼭꼭 눌러 담는 중이었다. 부푼 배가 움직임을 방해해 언뜻 허우적대는 것처럼 보이기도 했다.

평소에는 더할 나위 없이 의젓한 모습을 보이면서도, 릴리스는 그들의 앞에서만은 긴장을 푼 채 퍽 편안한 태도를 취했다. 평생 자신을 감추며 살아와 억눌렸던 장난기와 치기가 뒤늦게야 불쑥불쑥 고개를 들이미는 듯도 했다.

그러나, 야심찬 공작 시도는 갑자기 찾아든 복통으로 말미암아 단발성으로 끝이 났다.

“마마!”

난데없이 앞으로 고꾸라진 릴리스가 숨을 헐떡이며 배를 감싸쥐었다. 영양가 없는 입씨름을 벌이던 사내들이 놀란 얼굴로 허둥지둥 그녀를 부축했다. 바이마르가 발아래 깔린 눈만큼이나 하얗게 질린 얼굴로 그녀를 번쩍 들어 올려 성안으로 내달리기 시작했다.

다행스럽게도 복통은 곧 잠잠해졌다. 급히 달려온 기벨은 별문제 없을 것이라는 말로 모두를 안심시켰지만, 혹시 모르니 며칠간 절대 안정을 취해야 한다는 말로 릴리스를 한껏 심란하게 만든 뒤에야 유유히 방을 나섰다.

밤.

교대를 마치고 1층으로 내려온 와트만은 홀을 가로질러 굳게 닫혀 있는 현관문을 열어젖혔다. 조금 열린 문틈을 비집고 들어온 찬 바람이 드러난 얼굴을 삽시간에 날카롭게 할퀴어 왔다.

그는 후드를 머리 끝까지 단단히 눌러쓴 뒤, 거침없이 걸어 나가 정원 왼편의 야트막한 언덕길로 접어들었다. 꼬불꼬불한 오솔길을 어느 정도 올라가면 사방이 탁 트여 있는 높고 평평한 지대가 나타난다. 무너진 사원의 잔해가 그대로 남아 있는 이 황량한 공터는 한눈에 도시를 조망할 수 있어 본성에 거주하는 사람들에게 제법 인기 있는 장소였다.

날이 워낙 추워서일까. 오늘은 다행히도 선객이 없었다. 와트만은 저벅저벅 걸어 무너진 담장 아래의 평평하고 자그마한 돌 위에 엉덩이를 대고 앉았다. 새까만 밤하늘에 휘영청 떠 있는 새하얀 반달이 머리 위에서 희미한 빛을 뿜어냈다.

아름다웠다.

지붕 위에 소복이 쌓인 눈들이 바람에 떠밀려 수면에 이는 물결처럼 부드럽게 일렁였다. 길가에 걸어 놓은 키 작은 램프들은 마치 설원에 피어난 자그마한 꽃처럼 반짝였고, 창문마다 달려 있는 두꺼운 커튼 안쪽에서는 가느다란 빛줄기들이 새어 나와 겨울밤의 푸근한 정취를 더했다.

아테라에서도 분명 이 같은 풍경을 수없이 보아 왔을 것이다. 그러나 어째서인지 와트만에게는 지금 이 순간 눈앞에 펼쳐친 광경이 지금껏 눈에 담아 왔던 그 어떤 장면보다도 생생하고 의미있게 여겨졌다.

단순히 전쟁터를 벗어낫기 때문인지, 단순히 이곳이 마음에 들어서인지는 아직도 확실히 분간이 가질 않았다. 루카스는 그럴 때마다 자신이 너무 잘해 준 덕이라며 자화자찬을 일삼았지만, 솔직히 말해 와트만은 굳이 따지자면 그보다는 둘베트를 조금 더 신뢰하는 편이었다.

어쨌거나.

"……에헤취이!"

쿵. 그는 코를 훌쩍이며 옷소매로 얼굴 아래를 닦아 냈다. 벌써 아테라를 떠나와 맞는 세 번째 겨울이지만, 뼈까지 시려 오는 북부의 추위에는 완전히 적응하기가 쉽지 않았다.

한동안 그대로 앉아 언덕 아래의 풍경을 감상하던 와트만은 이윽고 느릿느릿 일어나 올라왔던 길을 다시 밟아 내려갔다. 말단 병사들이 훈련 삼아 아침부터 성 이곳저곳을 보수해 놓은 덕에, 그는 얼어붙은 눈에 미끄러지는 일 한 번 없이 무사히 정원으로 되돌아올 수 있었다.

그리고, 돌아온 그의 눈에 들어온 것은 견고해 보이는 한 채의 성이었다.

눈을 정성껏 뭉쳐 지어 놓은 새하얀 성은 높이가 낮고 폭이 넓어 흡사 아테라의 궁을 연상시켰다. 표면이 조금 녹으며 서로에게 달라붙은 얼음 결정들 때문에, 성 겉면은 언뜻 유리로 지어진 듯 투명하고 매끄럽게 보였다.

구경을 끝마친 뒤 무심코 고개를 들어 올린 와트만은 불빛이 아른거리는 창가 근처의 그림자를 보며 눈을 가느스름하게 떴다. 창이 나 있는 위치로 미루어 짐작컨대, 릴리스 내외가 함께 쓰는 침실 쪽이 틀림없었다.

곧은 시선이 물끄러미 하얀 성을 눈에 담았다. 그리고 눈이 마주쳤다 생각하는 순간, 그녀의 뒤편에서 다가온 커다란 그림자가 자그마한 몸을 삼키듯 완전히 덮어 가렸다.

확신컨대 그가 바로 이 성의 주인이리라.

뾰족하게 솟아 있는 첨탑 지붕 위에 눈이 소복이 쌓여 있었다. 얼음 위에 하얗게 피어난 연기들이 자그마한 성 위를 은은하게 떠돌았다. 달빛과 연기가 한데 섞여 희부연 빛을 뿜어내며 후광처럼 성 전체를 감싸 안았다.

그 성은 마치 아침이 되면 그대로 사라질 것처럼 신비로워 보이면서도, 영원히 그 자리를 지키겠다는 듯 눈밭 위에 우뚝 서 있었다.

와트만은 지금 이 순간이야말로 그가 평생 보아 온 적 없는 장면임을 확신했다.

　여전히 아름다운 밤이었다.

연표

·····(중략)·····

세베력 141년

1월. 아나토리아가 스파티움에 복속되어 왕국의 이름을 버리다

2월. 카리알이 공국을 선언하다

·····(중략)·····

세베력 143년

3월. 아테라의 황제 예거라트 필리포스 아테라가 궁 내에서 짐승에게

물어뜯겨 혼수상태에 빠지다

4월. 아테라의 황제 예거라트 필리포스 아테라 사망하다

11월. 아테라의 황태자 요아힘 브뤼오스 아테라가 제위를 이어받아

황제로 등극하다. 국법에 따라 메리엔 드와이트 황후가 섭정을 선포하다

·····(중략)·····

세베력 153년

6월. 스파티움이 제국령을 선포하다

— 에피네우스 전쟁사 中 일부 발췌

릴리스의 관 II

1판 1쇄 찍음 2019년 10월 7일
1판 1쇄 펴냄 2019년 10월 17일

지은이 해 말
펴낸이 정 필
펴낸곳 (주)뿔미디어

기획 · 편집 심은지, 이영은, 문지현
표지 디자인 우 물

출판등록 2002년 9월 11일 (제1081-1-132호)
주소 경기도 부천시 소향로 17, 303(두성프라자)
전화 032)651-6513 팩스 032)651-6094
E-mail bbulmedia@hanmail.net
비북스 http://b-books.co.kr

ISBN 979-11-90379-16-8 04810
ISBN 979-11-90379-14-4 04810 (SET)